燕京乡土记

上

邓云乡 著

中华书局

图书在版编目(CIP)数据

燕京乡土记/邓云乡著. —北京:中华书局,2015.6(2023.11
重印)
(邓云乡集)
ISBN 978-7-101-10752-4

Ⅰ.燕… Ⅱ.邓… Ⅲ.散文集-中国-当代 Ⅳ.I267

中国版本图书馆 CIP 数据核字(2015)第 035759 号

书　　名	燕京乡土记(全二册)	
著　　者	邓云乡	
丛 书 名	邓云乡集	
责任编辑	吴艳红	
封面设计	毛　淳	
责任印制	管　斌	
出版发行	中华书局	
	（北京市丰台区太平桥西里 38 号　100073）	
	http://www.zhbc.com.cn	
	E-mail:zhbc@zhbc.com.cn	
印　　刷	北京新华印刷有限公司	
版　　次	2015 年 6 月第 1 版	
	2023 年 11 月第 2 次印刷	
规　　格	开本/880×1230 毫米　1/32	
	印张 23⅝　插页 6　字数 530 千字	
印　　数	6001-8000 册	
国际书号	ISBN 978-7-101-10752-4	
定　　价	98.00 元	

小丁 绘

邓云乡，学名邓云骧，室名水流云在轩。一九二四年八月二十八日出生于山西灵丘东河南镇邓氏祖宅。一九三六年初随父母迁居北京。一九四七年毕业于北京大学中文系。做过中学教员、译电员。一九四九年后在燃料工业部工作，一九五六年调入上海动力学校（上海电力学院前身），直至一九九三年退休。一九九九年二月九日因病逝世。一生著述颇丰，主要有《燕京乡土记》、《红楼风俗谭》、《水流云在书话》等。

邓云乡和顾起潜（左）在苏州太平山合影

中华书局一九九八年版《增补燕京乡土记》

云乡学兄：

　　大著《燕京乡土记》拜领，谢甚！

　　这确是一部多姿多彩、引人入胜的好书。我虽多次慢慢欣赏，但每次却是走马看花，未能尽兴。大著确好可以补我的不足，且可以助我学识，兴味尤浓。我将好好的用些余时间，详加拜读。

　　大著的三篇序文各有千秋。这回我来上海，还特地去拜会了陈事文兄。顾起龙兄多年不见，下回希望能拜会他。

　　一年又将过去了，尼年多作，全人敬羊。但仆之风望千万要注意健康。

　　余容后叙。即请

著安

　　　　　　　　　　　　　　　弟周颖南拜上
　　　　　　　　　　　　　　　一九八六年十一月八日

周颖南致邓云乡函

出版说明

邓云乡(一九二四——一九九九),学名邓云骧。山西灵丘人。教授。作家,民俗学家,红学家。出生于书香世家,祖父和父亲都曾在清朝为官。幼时生活在山西灵丘东河南镇,一九三六年初随父母迁居北京,一九四七年毕业于北京大学中文系。做过中学教员、译电员。一九四九年后在燃料工业部工作,一九五六年调入上海动力学校(上海电力学院前身),直至退休。

邓云乡学识渊博,文史功底深厚。为文看似朴实,实则蕴藏着无穷的艺术魅力。其旁征博引,信手拈来。不论叙述民风民俗,描摹旧时胜迹,抑或是钩沉文人旧事,探寻一段史实,均娓娓道来,语颇隽永,耐人寻味。

此次中华书局整理出版的邓云乡作品集,参考了二〇〇四年版《邓云乡集》,并参校既出的其他单行本。编辑整理的基本原则是慎改,改必有据。具体来说,就是:

一、凡工作底本与参校本文字有异者,辨证是非,校订讹误。

二、凡引文有疑问之处,若作者注明文献版本情况,则复核该版本;若作者未能注明的,或者版本不易得的,则复核通行本。

三、作者早年著述中个别用字与当代通行规范不合者,俱从今例。

四、作者著述中某些错讹之处,未径改者加注说明。

五、本次整理对某些书稿做了适当增补,尽量减少遗珠之恨;有的则重新编排,以更加方便阅读。

邓云乡与中华书局渊源颇深，生前即在中华书局出版《红楼风俗谭》、《文化古城旧事》、《增补燕京乡土记》、《水流云在丛稿》等多部著作。此次再续前缘，我们有幸得到其家属的大力支持，不仅提供了邓云乡既出的各种单行本作为编辑工作的参考，并以其私藏印章、照片、手稿见示，以成图文并茂之功，在此谨致谢忱。

中华书局编辑部

二〇一四年十二月

目　录

胜迹风景谭

市廛风俗志

艺苑风烟

自　序①

　　这本书我是在《燕京乡土记》的基础上，修改、增加、补充而写成的，篇幅较前书增加近一倍，篇幅既增，内容亦补，因而名吾书为《增补燕京乡土记》。此书与原书源出一脉，实系两书，可并行而不悖也。

　　龚定盦《己亥杂诗》之十，"进退雍容史上难，忽收古泪出长安"。诗后注云："先大父宦京师，家大人宦京师，至余小子三世百年矣。以己亥岁四月二十三日出都。"诗只是七绝四句，注亦很简单，但古人诗，想象体会其感情，则是千头万绪，无比深厚的。我不敢上比前贤，攀附古人，但人的感情总是一致的。时代有古今之分，学识有深浅之别，才调有高下之异；而其感情则或有相通者，家世则或有类似者，因此也特别有感于前引之定盦诗及诗注。唯其如此，我对燕京乡土，亦充满了故园之情，故旧之思，故都之爱。这是所以写《增补燕京乡土记》及六年前已出版过的《燕京乡土记》的最根本的原因。

　　我家祖籍虽然不是北京，并未寄籍大兴、宛平二县。但先人们因供职京曹，前后也经历了三四代，时间也过百年了。这一点与定盦诗注中所说的是十分类似的。近百年前，先大父选青公，讳邦彦，以举人朝考，供职内阁中书，在清代这是很重要的一种小京官。当时迎养曾祖父飞熊公于京邸。庚子时，那拉氏与光

---

① 本文为一九九八年中华书局版《增补燕京乡土记》自序，述《燕京乡土记》到《增补燕京乡土记》源流甚明，现移来作为本书自序。——编者注

1

绪蒙尘西安，李鸿章在京与外人议和，先大父膺折差之命，往返于京陕道上。后因曾祖母去世，丁忧回籍，起复后在去京途中，感染时疫，中年去世。其时先父汉英公，讳师禹，方十余龄，尚在家塾读书。不久废科举、兴学校。先父也到北京上学。后又像李越缦说的"入赀为郎"，花钱捐了一个民政部的员外郎，也作了一个时期的清朝的小官，不久就辛亥革命了。其后一直侨寓北京。中间虽然回过原籍几年，但过了几年，又到了北京，以后即久住了。由"七七事变"前数年，直到沦陷期间，在税务部门做个小职员，教育子女，维持全家生计。我家自高、曾祖起，即四代单传，祖父辈都无堂房叔伯。我们兄弟都是庶出，生母张、嫡母贺，先后于弟妹未成人时去世。先父遭逢时艰，抚育子女，生活重担，十分困难。日常跟随外出，每至一地、每睹一物，即讲说故事，缅怀京华盛日，神态飞扬，暂忘当时之生活困苦，我于京华旧事，在此时所得者最多，前尘历历，是永远忘不掉的。

嫡母姓贺，我从小和她一起生活，老太太更是一位老北京，外祖父是一位从未放过外任的太史公，一直在翰林院里做老编修，老太太从做儿童时就住在北京，经历过庚子前的岁月，亲眼见过义和团、红灯照……两只小脚，拍地一跺，就上了房，一盏小红灯，飘飘荡荡就到半空中去了。外国人来了，砸大门，门房老头躲在门后，捧着个月饼，大门打开，给鬼子吃，鬼子裂着嘴傻笑了……又过了多少年，民国了，城南游艺园开了，天天晚上放盒子，五彩焰火照满天……在乡下晚上睡觉时，她总替我讲这些，在她是从讲说童年、少年旧事中，得到无限欣慰；在我则是像听神话故事那样地入神，几乎每晚都是在这样神思中入梦。杂七杂八的庚子以来的京华旧事，就这样印入我童年的脑海中。后来我在北京，往往到了一些童年早已闻名神往，而眼前却破敝荒凉不堪,如城南游艺园、新世界等旧址,就自然地产生了不少今昔之感了。

说来也很简单,就这样在老人们的爱抚教导中,使我养成了热爱京华风物,留心京华旧事的习惯。遇有旧时文献,或前人著述,或断烂朝报,或公私文书,或昔时照片,以及一张发票、一张拜帖、一份礼单、一封旧信……均赏玩不置,仔细观看,想象前尘,神思旧事,所眷恋者是一种注定已消失了的淳厚风俗和高雅文化的结晶,简单地说,是一种"京华风韵",再简言之,即"京味"。因为北京远的不说,即说近古,也是明、清两代五六百年的国都,在这漫长的历史长河中,全国精华所聚,怎能不形成一点特殊的风韵呢?风韵、风物、风土、风俗……都与"风"字有关,用现在的话说,就是一种"气氛",一种特有的京华生活气氛,这种气氛,在"七七事变"之前,在我童年时期的生活中,有深切的感受,生活环境、衣食住行、人际关系、文化教育……其主流都是充满了悠久历史感和深厚文化气息的气氛。我一直想用拙劣的文字,把这种从小听到的、看到的、感受到的气氛表现出来,记录下来,以免使其烟消云散,归于无有。可是多少年来,一直没有机会。因而这些想法,就成为埋藏在心中的创作欲望,一有机会,它就会澎湃地奔流出来。

在十余年前,我有机会为一家新闻单位写有关京华旧事的专栏外稿,文章虽短,但发稿量大,几年当中,写了上千篇这样的短文,充分抒发了对京华的眷恋之情,满足了在胸中埋藏已久的创作欲。唯一感到欠缺的是,每篇文字,都限于专栏篇幅,不能畅所欲言;再有就是各种内容的稿件,必须穿梭来写,不能集中在一起。固然也有好处,可以想到什么写什么。但是也有缺点,就是一个大内容,刚刚想到一些,已写了几篇,便要暂停,改写其他内容。这样在报纸上刊载，固然富于变化，但作为有系统的一组一组的文字，则显着杂乱，也影响写文时思路的连贯性。为此在七八年前，我又在写短文的基础上，按类别重新编写了一些有关燕京风土的文字，汇为一书，名为《燕京乡土记》，出版后居然引起了海内外学术界朋友们的重视，纷纷撰文在各报刊上介绍。日本学术界前辈波多野太郎教授还写专文在《东方》上评论，并将此书译为日文出版。想不到的异国友人，也来信要书，如莫斯科大学华克生教授便辗转寄来了要书的信。对此我感到很大学术友谊的温暖和莫大的鼓舞；但也感到为难，就是书印的太少了，出版后几乎没有上市，就卖光了。我事先未多买一些，结果自己到出版社也买不到书，不断收到各地友人要书的信，抱怨买不到，我真是感到万分抱歉了。

为此我想重新编写一本，一方面在原有的基础上修改补充，一方面增添了百多篇新写的文章，使原来欠缺未写的部分，更完满一些；使原来粗略的部分，更细致一些。唯一的愿望，就是想把前面所说的那种气氛，表现得更浓郁一些——自然，这也只是主观的痴想；在客观上，又何能表现其悠久宏博、绚丽纷繁于万一呢？也只能用句古话说明一下：尽心而已矣！古人谈到著述，往往有立德、立功、立言之说。其意在不朽。对于这点，我则是不敢当也从不作此想的。千秋万岁名，不如少年乐；身后是非谁管得，满村争唱蔡中郎。这才真正是洒脱的态度。其洒脱处在于现实，在于真正懂得人生。人生是个体，又是群体。自己的欢乐与欣慰，分享一点给同道，不是很有趣味和意义的吗？为此我抱着野人献曝、献芹的心态，想把自己昔时感受到的京华气氛的淳真美善，用拙劣的笔记录下来，告诉爱好此道的朋友们，或引起有同样经历的朋友们的回忆、共鸣；或引起未有此等经历的朋友们的想象、神往……能达到这样的目的,我也就感到无上欣慰了。是为序。

一九九〇年庚午重阳后九日,
于浦西水流云在轩延吉新屋秋窗下云乡志

岁时风物略

万象又更新

除　夕

岁时之事,先要由岁首说起;而岁首之事,则先应由除夕说起。岂不闻昔时联语乎?一曰:"一元初复始,万象又更新。"二曰:"一夜联双岁,五更分二年。"复始、联双,均连除夕计算在内。因而开宗明义第一章,也先要从除夕说起。

旧历除夕在江南俗称"大年夜",前一天晚间称"小年夜",在北京俗称"年三十晚上",似乎没有小年夜叫法。即使是小月(北京叫"小尽"),腊月只有二十九天,也照样叫"三十晚上",不会叫"二十九晚上",这早已成了"除夕"的代名词了。

除夕是一年中最使人留恋的一晚,所谓"一夜联双岁,五更分二年",一夜之间,就变成两年了,前半夜生下的小孩属"猴",后半夜生下的就属"鸡"了。中国人向有"守岁"的习惯。北京人于除夕守岁之夜,又是最喧阗的时候,这一夜有几种特殊的声音,家家户户都传出,此起彼伏,洋洋盈耳,交织成一部别致的乐章,可以名之曰"三十晚上协奏曲"吧。

其一是爆竹声。《燕京岁时记》云:"及亥子之际,天光愈黑,鞭炮益繁,列案焚香,接神下界。"这说的是接神的鞭炮声。"亥子之际",是夜里十时到十二时之间,其实用不了这样晚,天一擦黑,东一声、西一响的早就放起来了。最先是孩子们或者半大小伙子，早已拿着香火放着玩了，孩子放的，一般是"小百响"上拆下来的小炮，大的麻雷子、双响、二踢脚等，那可以算作巨型爆竹的，孩子们是不敢放的。《红楼梦》第五十四回写放爆竹，黛玉"不禁嘹啪之声"，而湘云则不怕。宝钗笑道："他专爱自己放大炮仗，还怕这个呢。"说明放大炮仗是要有胆子的。年幼的不敢拿在手中放，把爆竹竖在台阶上，拿着根线香，一只手捂着耳朵，远远地探着身子点，其他小孩两手捂着耳朵，紧张而又焦急地等待着……此情此景，即使白头人也还记得吧？待到午夜，"嘹啪"之声，渐繁渐密，震耳欲聋，这象征千家万户迎神接"祖"之时到了。一年便到了这个抓也抓不住的最后时刻了。

二是剁饺子馅的声音和切菜的声音。《京都风俗志》云："妇女治酒食，其刀砧之声，远近相闻，门户不闭，鸡犬相安。"孩子们在院子里紧张地放爆竹的时候，也正是主妇们在厨房里最忙碌的时刻，年菜都在前几天做好了，而大年初一的"煮饽饽"却总是要在三十晚上包出来，这时家家的砧板都在噔噔噔地忙着剁肉、切菜。饺子有净肉馅，有猪肉白菜馅，有羊肉萝卜馅，也还有不少初一吃素的，要包香油、豆腐干、干菠菜馅，因而刀砧之声，也就彻夜不停了。说到刀砧声，想起一个十分凄凉的故事。旧社会生活困难，三十晚上是个关。一家人家，丈夫到三十晚上很晚了尚未拿钱归来，家中瓶粟早罄，年货毫无。女人在家哄熟了孩子，一筹莫展，听得邻家的砧板声，痛苦到极点，不知丈夫能否拿点钱或东西回来，不知明天这个年如何过，又怕自己家中没有砧板声惹人笑……便拿着刀斩空砧板，一边噔噔地斩，一边眼泪潸潸地落……这是我很小时听母亲讲的故事。至今我还深深记忆着。若能把它写成个小说该多好呢？常常这样想着。

三是结账的算盘声。旧式买卖，要在年三十作出决算，开出

"清单",因此三十晚上又是大小买卖最紧张的结账时刻,这时如到大街上走一转,在一路上所有铺子传出的"噼噼啪啪"算盘声和报账声,抑扬顿挫,彻夜不停,直到五更接神为止。《都门杂咏》"节令门"除夕诗云:"爆竹千声岁之终,持灯讨账各西东。五更漏尽衣裳换,贺喜拈香倩侍童。"其中讨账一句,未写算盘声,却已听到算盘响了。此亦不写之写也。

这三种声音再夹杂着大量说笑声(当然也有叹息声、哭泣声)构成了当年北京的"三十晚上协奏曲"。

吉　语

年三十守岁,俗名"熬年"。孩子们张罗熬年最起劲,但睡着得却最早,往往和衣而卧,一觉醒来,揉揉眼睛,又是一年了。记得蔡绳格《一岁货声》中有一条很有趣的记载,其记卖"荸荠果"的注解道:"闻早年必于除夕晚间,先卖此果,仅卖初间数日,然后待夏初才卖,谓之先熟果,盖取'必齐'之义。"

这在北京叫作"口彩",荸荠谐"必齐"的音。前人诗云:"一年将尽夜,万里未归人。"人们在年三十晚上是更加思念远人的。远人归来,一家团聚,必定齐全,欢庆元旦,所以在"大年下的"(北京口头语),一定要多说两句吉庆话,讨个口彩,这不是迷信,这是善良的人们良好的祝愿。从语言学角度来讲,人类语言,应该越进化,越丰富,变换手法越多,越风趣,越含蓄,越美。有些话,有些词语,直说不受听,便换一种说法。如说,"你吃舌头吗?"人人口中都有舌头,把舌头吃掉,那如何做人呢?因而北京人创造出"口条"的词汇,"您吃口条吗?"江南人又创造出"门枪"的说法,"耐阿要吃门枪?"这样便中听多了。吉庆话也是这样的创造。

5

大年摆供,苹果一大盘是少不了的,这叫作"平平安安";一尾活鲤鱼是少不了的,不但"吉庆有余",而且"年年有余",还要"鲤鱼跳龙门";要供一盆饭,年前烧好,要供过年,叫作"隔年饭",是年年有剩饭,一年到头吃不光,今年还吃去年粮的意思。这盆隔年饭最好用大米、小米混合起来烧,北京俗话叫"二米子饭",是为了有黄有白,这叫作"有金有银,金银满盆"的"金银饭"。饭堆在盆中,弄得很圆,像个大馒头,上面干果、柿饼、桂圆一定要放几只,叫作"事事如意";花生、栗子一定要放几枚,红枣一定要放几只,叫作"早生利子"。这盆饭看上去圆圆的极丰满,色彩也很美丽,有黄、有白、有红,花团锦簇,人们还要打扮它,在上面插上红绒花,剪上红寿字,等等,总而言之,是取个吉利。

北京过年虽然不像江南那样重视吃年糕,但家家户户也要买一些,叫作"年年高"。过去有人拿一叠木板印的财神像,在除夕晚上挨家挨户去送,一到大门口,就叫嚷:"送财神爷来啦!"借以乞讨几个钱,这时家主千万不能说"不要",要说:"劳您驾,快接进来!"细想想,人们有时自己骗自己,是很滑稽的,但这种小迷信,如果不当作迷信看,无伤大雅,却还带有一点生活的情趣。

大正月里,处处要说吉庆话讨口彩,忌讳说不好听的话。比如打碎一个碗,不能说"打碎了",更不能说"砸了",而要说"岁岁平安"。小孩跌了一跤,也要说句吉庆话,叫作"跌跌碰碰,没灾没病"。我只能举很少的例子,因为这都是老北京"妈妈大全"上的话,我没读过。《帝京岁时纪胜》记正月禁忌云:"元日不食米饭,惟用蒸食米糕汤点,谓一年平顺,无口角之扰。……人日天气晴明,出入通顺,谓一年人口平安。"还有不少,不多引了。这是乾隆初年的风俗。

老一辈的读书人,也要讨个吉庆,用红纸写个小条儿,年初一贴在书桌前面,叫作"元日书红",都是四字句、四句押韵的吉庆话。如"元日开笔,笔端清妍。文思泉涌,吉庆绵绵"。写时一定要恭楷,这又叫"元旦开笔",祝愿今年高中。这是封建科举时代读书人梦寐以求的。中了以后,做了大官,这个元日书红,还是要写的。或叫"元日试笔",孙宝瑄《忘山庐日记》光绪三十二年(一九〇六年)正月初一记云:

> 晨起拜天,试笔作岁岁平安四字,时檐瓦间犹留隔年之雪未销,案头梅花渐放,对之颇欲咏吟,然自昔元旦从无出色句,不过吉祥颂祷而已。

从日记可以想见其情景。近五十年前,亲见一位举人出身的舅父,年年大年初一恭恭敬敬地写元日书红的帖子,写好后,亲自认认真真地贴在书桌前,其虔诚的态度,决不下于一个虔诚的释子合掌礼佛,或一个虔诚的天主徒,跪在圣母玛利亚像前划十字忏悔,但这不是宗教,是什么呢? 大概是在传统的古老文化熏陶下所形成的一点痴心吧。

初五开市

现在春节放三天假,加个星期天,再调一天,前后差不多也是五天。这还有点老习惯。北京旧时过大年,一般最少要过五天,由初一算起,到初五为止,才算过了年,俗名"破五"。在这五天内,商店停市,戏馆子封箱不唱戏,各衙门封印不办公,统统要等到初六,最少初五才开市大吉。在这几天中,东四、西单、前门大街、大栅栏、廊房头条等繁华热闹的去处,大大小小的买卖,一律上着板，用大红纸、梅红纸写了贴在门上："初五开市。"《燕京岁时记》云：

> 初五日谓之破五，破五之内不得以生米为炊，妇女不得出门。至初六日，则王妃贵主以及各宦室等冠帔往来，互相道贺。新嫁女子亦于是日归宁。春日融和，春泥滑达，香车绣帆，塞巷填衢。而阛阓诸商亦渐次开张贸易矣。

把新嫁女子归宁和商店开市并列，写在一起，喜气洋洋。但是"几家欢乐几家愁"，就在这喜气洋洋、欢乐的新年新月里，在商店渐次开张贸易的时刻，年年总有一些人要愁容满面，这就是各商号中被辞退出店的伙友。在生意萧条的年月，这些人多些；在生意繁荣的年月，这些人少些，但多少总是有一些的。

旧式商业的会计年度是以旧历计算的，人事变动也是按旧历计算的。如果一家买卖年初五、初六开不出市来，那就等于告诉人这家字号"关门大吉"了。腊月底各家字号把账结好，开出总清单送给东家。是赚啦，还是赔啦，赚多少，赔多少。大掌柜、二掌柜以及大小伙计，把钱分好，用红包送到各人手中。多少不等，人人有份。三十晚上吃敬神酒，初一给东家拜年，初二祭财神等等，这些都是欢乐的事，而最最紧张的是年初四或年初五晚上开市之前那顿酒席了，这是一顿使人提心吊胆的"便宴"。这顿便宴行话叫"说官话"，俗名"吃滚蛋包子"。这顿晚宴比较丰盛，有菜有酒，酒后照例是吃包子。上席时，东家、掌柜、大小伙友各就座位，小伙计依次把酒斟满，当家的举杯祝贺，然后吃上几口酒菜之后，便要开腔了。如果生意好，便当众宣布人事照旧，大家便可开怀畅饮；如果生意不好，借此机会要辞退人。按，老年规矩,辞退人也十分注意礼貌,在席上当家的叹完"苦经"之后,等到包子端上来,便亲自夹一只包子放在某人碗中,此人一切便明白了。饭后自己就收拾行李带着辛酸和热泪告辞走了。"吃滚蛋包子"即由此得名。

北京旧时商业,各种买卖的掌柜、伙友等,真正北京人极少,最多的是山西人和山东人。山西是晋中晋南人,如文水、介休、太谷、平阳等县,山东是胶东一带,蓬莱、莱阳、益都、文登等县。大行道如粮店、钱庄、绸布、药材、饭庄、干果等,少数行业是河北人,如煤厂、浴室,都是京南河间一带的人。一般十三四岁跟上亲戚同乡到北京学徒,山东人叫"小力把",山西人叫"娃子",勤勤恳恳,吃不少苦头,熬到满师,当上伙计,一年年地升上去,颇不容易。在经济稳定时期,生意过得去,一般不轻易辞退人。大量辞退人,首先是经济困难,买卖难做,赔累过甚,不得不收缩,甚至关张。如遇战争等那就更不用说了。但有时因伙计犯一点小错误,如违犯店规,或经济上手续不清,或因同事间倾轧,在东家前被人说了坏话等等,总之当时旧商业的人事是没保障的,年初五在各家铺子中都是一个既欢乐而又担心的日子啊!

燕九春风驴背多

白云观

积习难除,年年过年,总要写几首诗,以寄岁时之感。有一年写的诗中,有一首专叙年景。俞平伯老师北京来信云:"《辞岁书怀》,情思俱胜。第四叙年景尤妙。"这首诗中的结句云:"胜游排日桩桩定,燕九春风驴背多。"这是说旧时正月十九骑小驴逛白云观的事。经历过的人回忆起来,是极为神往的。正月十九日称燕九节,是纪念元时丘长春道士,白云观就是他修炼的庙宇。正月开庙,所谓车骑如云,游人纷沓,说是能遇到神仙。《桃花扇》作者孔尚任《燕九竹枝词》第一首云:

> 春宵过了春灯灭,剩有燕京燕九节。
>
> 才走星桥又步云,真仙不遇心如结。

这说的就是燕九节会神仙的故事。按,燕九节是丘长春生日。丘处机生于南宋绍兴十八年正月十九日,他是全真道教教主王重阳的嫡传弟子,道号长春子,称长春真人。修道终南山,元太祖召他北上,曾于西域见成吉思汗,赐号神仙,令掌管天下道教,元人入北京,即赐居太极宫,改称长春宫。这里是唐开元间建的道观天长观,金代又改建。元人又大加修葺。丘死后,以其生日正月十九日为燕九节。据说丘长春每年这一天还要下凡，但人们不易遇到，所谓"真人不露相，露相不真人"，凡夫俗子是不大容易有缘遇到仙家的。而且真人下凡的时候，变化多端，时男时女，时老时幼，有时甚至是穿得破破烂烂的叫花子，因此到了十八日的夜里，是每年白云观最热闹、最神秘也最滑稽的一夜。有些痴心妄想结仙缘的人，便整夜住在观中，甚至整夜不睡，黑黝黝地在观中偏僻的地方兜来兜去，一心想突然间遇到一位神仙，超度他飞升，因而观里的一些滑头道士，便也装作种种怪样子，或者方巾道袍，特别潇洒；或者麻鞋竹杖，特别龙钟；或邋邋遢遢，特别肮脏，躲在黑暗角落里，来愚弄人，敲点小竹杠，问你化点缘，名义上是试试你的心诚不诚。所以得硕亭《京都竹枝词》中写道：

> 绕过元宵未数天，白云观里会神仙。
> 沿途多少真人降，个个真人只要钱。

因为会神仙这天，正是白云观老道赚钱的好机会，化装成各式各样乞丐要小钱的那就更多了。这种情况，也早在明代就有了。刘同人《帝京景物略》中就曾有过"相传是日，真人必来，或化冠绅，或化游士冶女，或化乞丐。故羽士十百，结圈松下，冀幸一遇之"的记载。可惜的是，白云观中的凡夫俗子们，会了三百多年神仙，并没有遇到过一个真仙，只好叹"年年错过总无缘"了。

神仙虽然会不到，但金钱眼却可打得着，当年逛白云观"打金钱眼"是比"会神仙"更有趣的节目。白云观一进观门不远，横在正中白石引路上，模拟宫殿建筑，有一条三四丈长、丈许宽、丈许深的假金水河,底部并无水,全部是用青砖砌的,中间对着引路是一座石桥,桥栏杆和小河四周的栏杆,都是汉白玉的,雕镂也很精致,桥下有涵洞。白云观庙会一开,桥下涵洞中东西两头面朝外各坐一名老道,大布道袍道冠,闭目盘腿打坐,在他们头顶各悬一小钟,钟前又挂一大钱,漆成金色,中间钱孔大约二三寸见方,游人在正对桥孔的白石栏杆外,用铜钱遥掷,如果能穿过钱孔击中悬钟,锵然一声,那你这一年肯定要交好运气。试想这样有趣的游戏,又关系到一年的好运气,谁能不来一试呢?所以白云观最拥挤的地方,就是这打"金钱眼"的地方,汉白玉栏杆边人头济济,争着扔铜钱,一次打不中,再来一次,直到锵然一响,打中为止,才带着幸运的欢笑离去。打"金钱眼",在清代用的都是当十大钱,清末直到辛亥之后,不用制钱了,都改用铜元打"金钱眼",老道自然更加欢迎。后来铜元也不用了,"金钱眼"则照样打,老道在桥边设立了临时兑换处。随时按他们定的牌价卖给你铜元。年年白云观单只这一笔收入就很可观了。难为的是桥洞中每天打坐的那二位白胡子老道,实在要有点真功夫,每天天不亮就坐进去,直到晚上游客走得差不多时才能出来,大约有十四五个钟头,不吃不喝,不解大小便,盘腿打坐,纹丝不动,没有一点真功夫,能办得到吗?

道家的炼丹术是很神秘的,卷帙浩繁的《道藏》中,有不少这方面的记载,如用科学观点来看,这也是我国古代冶炼史的重要资料。可惜过去叫作"黄白术",胡说是能用铅炼成白银。白云观开庙,不少梦想发财的人来进香上供、布施钱财,目的是想求"点铁成金"的黄白术。俞曲园《茶香室三钞》中记道:"此日僧道辐辏,凡圣溷集,勋臣内戚,凡好黄白之术者,咸游之,访丹诀焉。"说的就是这种情况。另外白云观中有"十二生宿殿",还有

"迎顺星"、"点星宿"的故事。近人陈莲痕《京华春梦录》记云："自按芳龄,就所司岁神前,虔诚进香,名曰'点星宿',樱口喃喃,殆皆祝早得如意郎君……"盖这和西湖边的月老祠一样,又要管离魂倩女的终身大事了。但这后两样,比起前两样,尤其比起打"金钱眼"的人来,那赶热闹的要少得多了。

神仙的事是渺茫的、迷信的。白云观最值得思念的是骑小驴,在"的的"的驴背上,迎着春风,沿着阜成门外的土路去白云观,那才真是神仙般的梦呢。

厂甸欢情

厂　甸

在历史上,厂甸是正月里最热闹的地方。厂甸开市,叫作"光厂"。

几十年前在北京生活过的人,大概很少有正月里没有逛过厂甸、后来不怀念厂甸的人吧?那一眼望不到头的画棚,那数不清的大大小小的书摊,那一个接一个的古玩摊,那火神庙中的光怪陆离的、眩人眼目的珠宝玉器摊,那海王村里里外外的数不清的玩艺摊,那喊破喉咙的各式各样的吃食摊,那挤来挤去的欢笑的、嘈嚷的像潮水般的游人,那错杂的插着小彩旗的大糖葫芦,那几十个联在一起的彩纸的哗哗乱响的大风车……这些哪一样不值得怀念呢?单纯一样,就够你思念一年半载的了,何况它是组织在一起,糅合在一起,融化在一起,色彩、光芒、音响、气味、情趣……这浑然一体的绚丽的厂甸啊,它就永远会成为相思的代名词了。年年逛厂甸,年年逛不厌;时时想厂甸,时时想不厌;千百篇写厂甸的诗文,人人读不厌;逛厂甸,真是迷人的事啊!

厂甸,简言之,就是琉璃厂中心的范围,以十字街为中心,东西南北各不过里许路,包括火神庙、土地庙、吕祖祠、海王村在内。乾、嘉以前,此地尚未形成街市。据汪启淑《水曹清暇录》记载,还是"造内用琉璃瓦"的琉璃厂所在地。厂门楼名"瞻云楼"，厂内有官署，厂外多空地树木，有石桥、土阜，直到清末，空地还很多。辛亥后，北洋政府钱能训做内务总长时，在空地上盖了海王村公园。一九二四年左右，又在宣武门与前门之间的城墙上开了一个新城门，名"和平门"，沟通了南北新华街，逛厂甸就方便多了。

近人王开寅《都中竹枝词》云：

> 厂甸依然百肆屯，公园名复海王村。
> 临时陈列楼高耸，思与工商细讨论。

这是刚开海王村公园时的诗，所谓高楼者，即劝工陈列所老式之二层洋楼，楼至今还在，就是中国书店的楼。另外关赓麟《都门竹枝词》云：

> 演书跳鞭厂场喧，骨董摊边似蚁屯。
> 新缩和平门外路，出城即是海王村。

这是开了和平门后，修了南新华街后的诗。所谓"新缩"，因为开城门之后，逛厂甸路线缩短，出城就是了。

在三十年代，进厂甸的走法是：出了和平门，过铁路，走到师大附中墙外，就是画棚了。一间画棚走完又是一间，等着一间一间地看出来，已经到了电话局（原叫电话南局）门口了，首先看到的是一个大风筝摊子，路旁高大的墙上挂满了五彩缤纷的大风筝。风筝摊过去，是卖爱窝窝、驴打滚等吃食摊子。随着簇拥的人群再往南，到了海王村西面，马路边上就是接连的卖玩艺的了，那是人头济济，厂甸最拥挤的地方，卖大糖葫芦、大风车、步

15

步蹚的都集中在这里。再到东琉璃厂火神庙看钻石摊、珠宝摊、玉器摊、书摊,这一部分要花不少时间。

然后出来往南徐行,看那数不清的古玩摊,约走里许再折回沿路西看那数不完的书摊,还有最精彩的"哈爸风筝"。再往北边走边看,就已经踏上归途了。这只是走马观花,已尽一日之辰,如要细看,那就非几日不可了。

逛厂甸,走来走去也不过一二里的范围。即所谓海王村公园,也不过有两个大四合院般大,但是说也奇怪,在厂甸期间,会变得博大精深,不知道有多大,好像永远走不到头,看不完一样。近年回京,常到中国书店去,院中虽然有些变化,但变化不大,仍旧不脱海王村时的老格局,看上去真是觉得一点点,而不知当年厂甸庙会时,为什么感到它是那样大,难道在年龄幼小时看东西会有误差吗?细想也还不是的,恐怕似乎是因为内容的关系吧。这就是道家说的"袖里乾坤、壶中日月"的道理吧?昔日的厂甸,似乎也符合这个道理。

画　棚

厂甸"画棚"是世界上最特殊的画展,是最能显示文化气氛,又最普罗化的大众画展。

厂甸摆出的小摊,最多的是书籍和字画。北京正月里天气寒冷,风沙多,别的东西,露天设摊,把容易被风吹走的东西用重物压牢,即使冷点、脏点,也还勉强能行。独有字画,如果全部露天挂出来,一阵大黄风,势必吹它个七零八落,那卖画的掌柜哭皇天也来不及了。因此有"画棚"之设。这是贴着北新华街马路两侧原师范大学、师大附中的围墙搭的芦席棚,有顶有墙,上装活络玻璃窗,光线很好,一间连一间,透迤而去,形成一种世界上最别致的大众画廊。

逛厂甸的人,一到师大附中墙外(当年附中校门不开在马路上,开在电话局胡同里),就可以进画棚去走走了。棚中挂满了各种字画,论形式有:大小立轴、各种屏条、各种对联、摆在条案上的各种插页、各式扇面。论内容有各种山水:青绿山水、写意山水、淡墨山水;花卉有工笔着色、工笔勾描、没骨写意,有带草虫的、有不带草虫的;还有工笔仕女、工笔人物;书法中真草隶篆,魏碑、章草一色俱全;论人物则是从古至今,所有的名书家、名画家没有一个没有的,最多的是近世现代的大名家:什么工笔仕女不是唐寅,就是仇十洲;写意花卉不是八大山人,就是吴昌硕;其他什么王麓台、恽南田、郑板桥、何子贞、成亲王的墨迹,要多少有多少,真可以说是洋洋大观了。也许有人要问,哪里来的这些宝货呢? 老实说,这些画中,名气越大,假画也越多。再进一步说老实话,真假之间,其实也很难叫真。清代刘石庵的字,大部分都是其如夫人代笔,这是尽人皆知的。宋人无款名画,不少都是艺苑珍品,但在当时,又何曾以人名重,以人名分其真赝呢? 说到最高的,皇上家也有不少假画。阅上海图书馆所藏稿本查慎行《南斋日记》记替康熙鉴定书画云:

> 黎明入直庐,早饭赐鲜鱼一盘。发下赵松雪泥金小楷《孝经》二册,细观纸色乃宣德磁青纸,后人赝笔也。

> 黎明入直,午刻发下赵松雪泥金《观音经》一小册,圣上知其为赝笔,令臣等识认时人中仿佛何人手迹。正詹、澹远及余辈俱回奏云:疑是户部郎中陈奕禧所临。

我引了二则，说明在康熙盛世，宫中还多赝品，就更不用说厂甸画棚中了。这也可以告诉人一个真理，即看画先要看画本身，而不要看人。不要管真假，先要看画好不好，这才是真的观画者。

逛画棚主要的目的是看热闹，自然是外行多，贪便宜的多，掌柜的主要也做的是这些人的生意。但这里面也可以分成若干类，如以看的人分类，一是纯粹外行，看热闹，挤来挤去并不买。二是有些爱好，但不真懂或懂一些不精，偶然看中也买一二张。三是真内行，来寻找便宜货，想用最少的钱来觅宝。如以所售画幅来分：一是大量摹的名人的立轴、对联，裱得虽然很好，但一看就知是假的。二是不知名的人的书画，书、画都一般，也是白纸黑字绫子裱，也还不错。三是冷门高手，不为世俗所知的名画。人中是第三种人最厉害，画中也是第三种最可取。琉璃厂各画铺、南纸铺库房里堆的那些平日无人问津的假字画，全靠正月里弄到画棚去出笼。"慧眼识英雄"，觅到精品的也大有人在。记得我家曾用很少的价钱买到过一幅六舟和尚的《松石图》，画着一枝松枝，一块石头，题字云："始遇黄石公，终遇赤松子，张良功业尽于斯。"这就是属于第三类的真品。因六舟是高手，但非名人，所以不会有大量假画，而真画也很少人知道，所以就成便宜的好货了。

大风车

谁还记得厂甸的大风车、大糖葫芦吗？

曼殊震钧《天咫偶闻》记厂甸云：

晚归必于车畔插相生纸蝶,以及串鼓,或连至二三十枚,或以山查穿为糖壶卢,亦数十,以为游帜。明日往,又如之。

所谓"串鼓",说的就是大风车,只是为了文字典雅,故意用了怪名词,实际上是大可不必的,在北京还没有听人说过串鼓这个名称。

厂甸的风车是别的地方所看不到的,是地道的风土工艺品,都是北京近郊农民扎制的。他们利用冬季农闲,用高粱秆先扎成"日"字、"田"字、"品"字形的架子,再用高粱篾片圈成直径三四寸的圈,中间做一小轴,将东昌纸条染成红绿色彩,把圈和轴粘成一个彩色风轮。用胶泥做成铜钱大小的小鼓框,用两层麻纸裱在一起作鼓皮,制成小鼓。然后把风轮、小鼓装在架子上。风轮小轴后面用麻线绞一小棍,风轮一动,小轮便击鼓作声;如果风轮在风中不停地旋转,则小鼓便不断地咚咚作响。大型"品"字形架上,可装二三十个风轮,便有二三十面小鼓,随风吹动,则是一片咚咚鼓声了。多的能装百数面小鼓,百数面风轮。卖风车的小贩都集中在海王村前门,推着小车,车就当摊子停在四周。逛厂甸时,游人一走近海王村前门,便是洋洋噪耳的一片风车声,其声浪和夏夜的蛙声、伏天的知了噪,完全一样。是一种声音的海洋,也不只是声浪音波,还有彩色风轮不停地旋转着,形成彩色的晕环,一个、两个,数不清的五彩晕环在你眼前荡漾,声浪、色彩……色彩、声浪,把你包围在中心,你不买一个怎么能突破这个"重围"呢?古人说一池蛙唱可代半部鼓吹,但比之记忆中厂甸门口的风车声,那真是小巫见大巫,无法比拟了。逛完厂甸,高擎一个大风车回来,迎着春风,一边走,一边响,洋洋自得,到家往门口一插,仍在风中哗哗乱响,不用问,隔壁房邻早就知道你逛过厂甸了。

大糖葫芦和大风车一样,同样是厂甸的象征。前人厂甸竹枝词云:"游人毕竟难忘俗,糖蘸葫芦一丈长。"又道:"三尺动摇风欲折,葫芦一串蘸冰糖。"这都是京西西山上农民的创造,用长竹签串山楂(俗名"山里红"),一个一个地穿起来,串成三四尺长的一大串,上面抹些饧糖,顶端再插上一面彩色小纸旗。实际上北京自有蘸冰糖的很好吃的糖葫芦,而这种几尺长的大糖葫芦,却是不能吃的。试想串的都是未洗的山里红,抹点饧糖,立在风沙中吹上半天,沾满泥沙,叫人如何能吃呢?人家争着买,只不过是为着好玩罢了。

在记忆中,我是十分喜欢大风车,而对大糖葫芦是没有什么感情的,因我不吃山里红,也从来没有买过。现在回想,其情趣则也十分可爱,能够创造,把山里红插成几尺长的糖葫芦,这本身就具有一点罗曼蒂克的想象力,其始作俑者,是真够得上"天才"的称号的。只是我现在仍然想象不出,那些买回去的人,如何处理这样大而脏的糖葫芦呢?难道真的吃下去吗?那似乎太不卫生了。传说风俗中的种种事物,何去何存,这种地方应该有点区别的!

火神庙

正月里逛厂甸,最阔气的地方是火神庙了。富察敦崇《燕京岁时记》记云:"儿童玩好在厂甸。红货在火神庙,珠宝晶莹,鼎彝罗列,豪富之辈,日事搜求,冀得异宝。"近世坐观老人《清代野记》记云:"东头之火神庙,则珍宝、书画、骨董,陈列如山阜,王公贵人、命妇娇娃,车马阗塞,无插足地。"

从两则记载中,可以想见昔时火神庙生意之热闹气氛了。那时说是逛厂甸,周围虽只一二里之遥,但也包括几个大的部分。南新华街以十字路口来分,街南北马路两侧,各为一部分。海王村公园为一部分。东面吕祖庙为一部分,西面土地庙为一部分,海王村公园南门前为一部分,此外火神庙还是一个重要部分。火神庙在东琉璃厂中间路北,说是庙,平时并没有什么香火,庙中空房都出租给书铺、南纸铺。到厂甸会期时,前门外廊房头,二、三条的金店,珠宝店,玉器店,前门五牌楼的钻石局,内城东安市场,后门桥头的各个古玩店,隆福寺街各大旧书店,都来这里摆摊营业,这里可说是厂甸最阔气、最豪华的地方,每个小小的摊子,在当年都值一万、八千的现大洋。这里大约分珠宝首饰摊、玉石摆件摊、瓷器古玩摊、金石图章摊、书画摊、古书摊。前两项北京行话叫作"红货",珠宝玉器铺叫作"红货行"。

摆小摊卖每件价值数千、数百、最少数十元的翠玉戒指、翡翠耳环、钻石别针、珍珠项链等等珍宝首饰,这恐怕就全世界来说,也只有旧时北京的厂甸火神庙才有吧。不只此也,还有更奇怪的呢:在五十多年前,三十年代初叶那几年中,每到火神庙会期,东交民巷外国人开的钻石局,字号大概是"乌利文洋行"吧,都要到火神庙来摆摊,摊子很小,也不过一张八仙桌大,上铺紫红丝绒台布,在二三百支的强光电灯照耀下,两个有玻璃罩子的亮盘中,摆的都是打开的小首饰匣,里面是嵌着各式各样散发着耀眼光芒的钻石戒指、别针等。两个彪形大汉的外国人站在两边。当时不时兴什么展览会,平时廊房头、二条大金店、大玉器行、大古玩店,一般人是很难进去的,即使你穿着整齐,你不买东西,你进去做什么呀?随便逛逛看看不行的。因而各种珠宝玉器平时一般人是看不到的。火神庙的珠宝摊也像一种展览会一样，但却不要买门票，可以随便进去，平时看不到的东西，在这里任人观看，自然是人山人海，都想一饱眼福了。我清楚地记得，大约一九三五年吧，就在这个外国人的小摊上，看到一个标价三万元的钻石戒指。当时金价不过一百元一两，即以黄金计算，这个钻戒，也值三百两黄金了。两个外国人，在北京的古庙中，摆小摊卖钻石戒指，在今天说来，有谁相信呢？似乎是燕京的"天方夜谭"了，可是这是历史事实。

还有一点奇怪的，那些古玩摊、玉器摆件摊上浮摆着的玩艺，随便捞一件，也值个百儿八十的。可是从未听说过火神庙发生过大小抢劫事件，也可算奇迹之一吧。或者多半是假的，不值钱的东西吧？却也说不定。因为不少人在火神庙买过假玩艺呢。

另火神庙的书画一般都是比较有价值的，比画棚的货要可靠名贵的多。姚华《弗堂类稿》有诗题云：

> 过火神庙，求故书一无所见，惟胡人购珍宝者四塞，仅乃于庙隅得画摊，买金晓珠双凤轴子归，及出门，则高榜曰文化商场，于是旧京数百年之流风荡然尽矣。庙本道院，去年道士无端斥卖，而庙有碑，镌左翼总兵捐数，遂没官，置商场焉。丹垩既讫，因重租税，书画遂奇货。

诗题所说"胡人购珍宝"云云，正证实了我所记外国人摆摊卖钻石的情况，也说明这里是以卖珍宝为主。书画等已很稀少了。所说金晓珠，是女画家，明末如皋冒辟疆姬人，名玥，款署水绘庵，水绘园之庵也。

春风吹大地

大　风

北京的大黄风是有名的,虽然稍感遗憾。但其豪迈的精神却是值得称许的。

钱穆老先生抗战时在成都华西坝教书,就常常向学生讲燕京旧事说:"由城里坐车顶着西北风去燕园上课,风呼呼地吹到脸上,痛快呀……"可以想见其豪情了。

在旧历元旦过后,北京刮大黄风的季节就开始了。燕山脚下的老农谚语云:"不刮春风地不开,不刮秋风籽不来。"郊外的土地,被冰雪覆盖着沉睡了一冬天,要被勇猛的大黄风吹开怀抱,开始为人间孕育五谷了。尽管大黄风刮得天昏地暗,但老农是深喜的,因为知道将有事于田畴了。而住在城里的人,这时却常常为风所扰,家居大风撼屋,几案之上,尽是黄土;出门黄沙扑面,走路困难,鼻子、眼窝都灌了尘土。这种风由立春前后刮起,断断续续刮到立夏之后。检阅咸丰十年(一八六〇年)《越缦堂日记》,三月初十记云:"昧爽饕风发屋,终日扬沙。昼晦。黄涨天宇,万响奔吼,北地多疾风……"把大黄风形容得淋漓尽致。十一日又记云:"终日风怒不怠,日色惨淡,黄沙蔽空。"这样的大风连着刮,可以想见其威力了。查民国二三年的《鲁迅日记》,年年二三月间,总是"风"、"大风"、"昙"的天气为多,真正风和日丽、淑气晴明的天气是不多的。

"月晕而风，础润而雨。"我小时候是在读苏老泉《辨奸论》时记牢的。在北京我特别体验了这两句中的上一句，我常常注意看月亮，是屡试不爽的。在正、二月有月亮的夜晚，常常可以看到月亮周围一个圆圈，老北京都知道，明天一定又是风天。北京的这种风往往是定时的。如果是天亮起风，那肯定要刮一天了。俗谚有"天亮起风，刮到点灯"的说法，这也是十分准确的。而更多的是上午好天，下午刮风。久住北京的人，特别有此经验，上午是艳阳高照，春意盎然，而吃过中饭，一会工夫，突然听到院里随便什么东西嗯嗒一声，"啊，又起风了"。因此在北京春天常常听到人说："要去早点啊，看这天儿说不定下半晌儿要起风！"这正像江南人常说的："要去好稍去，当心后半日要落雨。"自然条件也使人们在生活中养成了不同但又类似的经验和语言，愁风愁雨，也是十分有趣的了。

北京旧时代路政不修，柏油马路少，土路多，因而刮风时最大的坏处就是尘土飞扬，不是"大风起兮云飞扬"，而是"大风起兮尘飞扬"，这就需要戴防风眼镜。早在明清两代，就有了类似的东西，文人叫"眼罩"，俗名"鬼眼睛"。乾隆时汪启淑《水曹清暇录》记云："正阳门前多卖眼罩，轻纱为之，盖以蔽烈日风沙。"这种眼罩后来为玻璃风镜所代替了，如果哪里发现一个即使送到博物馆，人们可能也不知作什么用了。北京近代自行车普及的较早，三十年代中不少女学生都骑车上学，春天迎风骑车，头上多蒙一方纱，人低头用力踏车前进，而面纱被风吹着向后飞扬，翩然翼然，人们称之为"飞霞装"，这种装束一直持续到现在，也该真是燕市风中春色吧。从蒙古草原吹来的大黄风，一直吹到燕山脚下，吹开了冻土，吹发了草芽，吹醒了柳眼，吹笑了桃花,吹起了昆明湖的波涛,吹白了紫禁城的宫娥的鬓发……千百年来,年年它吹来了春天,又吹走了春天。年年岁岁,吹到了我们今天。

北京春天的大风,大地喜欢它,老农喜欢它,游子怀念它,"月是故乡明",风——也是故乡的深入人心啊!

元宵月照华灯

元　宵

先抄一首小词，这是正月十五的风韵：

> 水部灯残又一时，长安故事更谁知？春风吹起天涯梦，只有银蟾悄入扉。　　灯市近，酒旗低，媚娘蛮榼踏歌词。夜分却惹邻娃笑，扶得衰翁带醉归。

这首缠绵悱恻的《鹧鸪天》，题为《元夕》，是清末郭询白晚年客居滨江的忆旧之作。"水部"是源于古代的"水部侍郎"，属工部，所以明清两代，文人喜以"水部"称"工部"。清代正月十五灯节时，有的大衙门中如"六部"都放灯，其中以工部最盛。《燕京岁时记》记云：

> 自十三以至十七，均谓之灯节，惟十五日谓之正灯耳。每至灯节，内廷筵宴，放烟火，市肆张灯。而六街之灯以东四牌楼及地安门为最盛，工部次之，兵部又次之，他处皆不及也。

按，明清两代的工部、兵部旧址，均在东长安街南面，和东交

26

民巷中间,早在庚子时已被破坏,后即划为使馆区,旧址无存矣。工部的灯,灯节时任人观看,在同、光之际,十分著名。曼殊震钧《天咫偶闻》记云:

> 六部皆有灯,惟工部最盛。头门之内,灯彩四环,空其壁以灯填之,假其廊以灯幻之。且灯其门,灯其室,灯其陈设之物,是通一院皆为灯也,此皆吏胥匠役辈为之。游人阗咽,城内外士女毕集,限为之穿。

从其记载中可以想见当年工部灯节时的热闹情景。当时工部主管各项工程,当差的各种能工巧匠是很多的,各种灯彩自然也是他们的创作了。

当时灯的种类有许多,以材料区分,有铁丝纸灯、竹架纱灯、玻璃灯、料丝灯、羊角灯、牛角灯、明角灯、麦秸灯、冰灯;以样子区分者,有圆纱灯、宫灯、绰灯、挂灯,以及各式花灯、绣球灯、荷花灯、狮子灯、兔子灯、牡丹灯、菊花灯,这些都用纸糊成,争妍斗胜,各尽其巧。三是按灯的悬挂布置来分,如门灯、柱灯、檐灯、井台灯,以及布置成八卦阵般的九曲黄河灯。九曲黄河灯同星宿灯一样,是一百零八盏灯盏,布置在一个四五丈见方的平面上,用竹竿扎起栏杆,灯盏放在一个小的彩色纸灯笼中,插在或挂在竹竿头上,远望是一片闪闪灼灼的灯海,走近一些,四周都有横竹竿栏杆拦着,看灯人顺进口入去,顺着竹竿拦着的路线弯弯曲曲地走一圈,由出口出来,一共三里路,这是多么有意思的灯阵呢? 故名叫"九曲黄河灯"。刘同人《帝京景物略》中说:"十一日至十六日,乡村人缚秫秸作棚,周悬杂灯,地广二亩,门径曲黠,藏三四里,入者误不得径,即入,迷不出,曰黄河九曲灯也。"

可见这风俗明代就有了。我家乡村人，误叫作"皇皇灯"，已误传了。在三十年代中，北京邻近各县每逢正月十五还布置这种灯阵。这是有图纸的，按图纸扎栏杆放灯，现在则不知人间还有些图纸否？也是十分使人思念的了。

那时没有电灯，一切灯火的光源不是靠油，就是靠蜡，油也都是植物油，没有煤油；蜡也都是老式用麦秸蘸的牛油蜡，没有洋蜡烛。老式蜡烛按重量计算，一斤几支，叫"几个头"。如一斤四支，叫"四个头"的蜡。另有特制的龙凤喜寿烛，是红色上粘飞金福寿字的，即所谓"绛烛"，可以做到几斤重一个，所谓"如椽巨烛"即是。而灯市上的灯笼、纱灯、彩灯、玻璃灯、料丝灯等等，里面都插的是"四个头"以下的蜡。比起电灯来，那光度是很差的，但它虽无耀眼的亮光，却有朦胧的意境。因而老去词人，对着窗前的月光，不免想起春明的灯市，反复沉吟起"春风引起天涯梦，只有银蟾悄入扉"了。

灯　市

旧历正月十五叫"元宵"，又叫"上元"，俗名"灯节"。古来这天有张灯庆元宵的风俗。灯节的传统，不但从历史上讲，源远流长，而且从地理上讲，也遍及南北、遍及都会和乡村。明代北京的灯市，在宫城东华门外，直到现在还有灯市口的地名。《日下旧闻考》引逸书孙国敉《燕都游览志》云：

> 灯市在东华门王府街东，崇文街西，亘二里许。南北两廛，凡珠玉宝器，以逮日用微物，无不悉具。衢中列市……一楼每日赁直至数百缗者。夜则燃灯于上，望如星衢，市自

> 正月初八日起,至十八日罢。鳌灯在市西南,有冰灯,细剪
> 百彩,浇水成之。

这是明初的记载,其后有明一代,灯市全在东华门外,即现在的王府井北面灯市口一带,有关诗文记载很多。姚雪垠著名小说《李自成》开始一卷中,所描写的崇祯时灯市的记载,就是根据这些文献资料描绘的。写的最详细的是倪启祚的《灯市篇》和刘同人《帝京景物略》的记载。

所说"东华门外"的东华门,实际是同东安门混淆起来的。过去紫禁城东、西两面的门叫东华门、西华门。皇城东、西两面的门叫东安门、西安门。而人们习惯上又叫外东华门、外西华门,这里所说的东华门外,实际上是外东华门外了。这个门原在东皇城根南口,早在民初年正月兵变时被烧。比西安门(外西华门)在北京城阙变迁史中早消失四十多年。

东华门外的灯市在清初顺治时还仍旧,稍后到康熙中叶就迁移了。查慎行《人海记》云:"灯市旧在内城东华门外,今移正阳门外灵佑宫旁,至期,结席舍,悬灯高下,听游人昼观。"《康熙宛平县志》亦记云:

> 八日至十六日……曰灯市。旧在东华门外灯市街。今
> 散置正阳门外,及花儿市、菜市、琉璃厂、厂甸诸处,惟猪市
> 口南为盛。元宵前后夜,金吾禁弛,赏灯夜饮,火树银花,星
> 桥铁锁,殆古之遗风云。

不过说来这些都是历史上的情况了。到清代末年,有了电灯之后,各闹市平日也灯火辉煌,反而使得元宵佳节的灯市,暗

淡无光了。在记忆中,数十年前的北京灯节,只有廊房头条大栅栏一带的大金店、大绸缎庄的细绢宫灯,尚值得一看,都是工笔细画《西厢》、《三国》、《水浒》、《红楼》等故事,如瑞蚨祥、谦祥益、东鸿记、西鸿记、三阳、天宝等家,每年元宵一到,仍按灯市故事悬挂。"百本张钞本牌子曲"云:"元宵佳节把灯观,月正圆,庵观寺院,抖了抖衣衫,花合子处处瞅,炮竹阵阵喧,惹的人大街小巷都游串……"

在满街花炮的硝烟、硫磺气味中,冒着寒风,穿街走巷到廊房头条去看灯,这也是"长安故事更谁知"的老话了。现在各处街灯都开起来,自然照耀如同白昼,十分耀眼,但与正月十五看灯,那情调还是两样的。元宵看灯,这是民族传统的佳节风俗,如何把它经常地保持下来,我想这在今天与未来,都还是十分有意义的事吧。

制　灯

"正月里来正月正,正月十五闹红灯。"正月十五的灯不只点起来美;不点的时候,挂在那里同样美。对于我这个常常想起北京风物的人来说,那春灯还总是随着年年佳节的到来,在我的记忆中出现。

宋代女词人李易安在一首《永遇乐》中有句云:"如今憔悴,风鬟雾鬓,怕见夜间出去,不如向帘儿底下,听人笑语。"春灯本是南北各地都有的,但总觉得是少年时的好,是故乡的好。况且人到老年,总有些自惭老丑,但又眷恋于少年时的欢乐,所以出现这种"在帘儿底下,听人笑语"的复杂心情。同样,如今在灿烂的电灯光下,我还是念念不忘于北京的元宵华灯。不只想那灯,而且想到那制造灯的"灯局子"。

旧时北京专卖灯的，叫作灯笼铺，又做灯又卖灯的叫灯局子。这种铺子集中在前门外劝业场、廊房二条、三条一带，与卖"景泰蓝"的、卖雕漆器皿的、卖玉石摆件的铺子为邻，成为两三条集中特殊行业的街道。这种铺子一般只是一两间门面，都很精致，磨砖对缝的房屋，画栋雕梁，红绿油漆窗棂，夏天挂竹帘子，冬天装风门，几乎像大观园中怡红院、潇湘馆的格局，完全是老式的"京朝派"风格的小而精的铺子。上台阶进入这种铺子一看，哎呀，全是五光十色的灯，大大小小的大红纱灯，飘着鹅黄穗子的、四方的糊着白纱、工笔彩画山水人物的小宫灯；像一个半透明的大球一样，画着仕女人物、花鸟草虫的羊角灯、玻璃灯……屋顶上挂着的、硬木"多宝槅"上摆着的，货架上面收拢来堆着的，都是灯。

北京制造的这种灯，有一个特征，即除去"羊角"、玻璃等灯外，其他都能收拢起来。一个三尺高的大红纱灯，支起来像个"地球仪"一样的大圆球，但如雨伞般收拢来不过只有一束，携带、存放都很方便。一架二三尺高的大宫灯，看上去又是"牙子"，又是穗子，难拿难放，但若按"销子"拆开来，就变成了几片。这都便利了携带和存放。在那没有电灯的时代，纱灯销售量最大，它不只是元宵灯节的点缀，更重要的是实际生活中使用。大大小小的官，最少都得要有一对带"官衔"的纱灯，这都是白纱灯，两头糊黑云头花边，中间一行"扁宋"红字写官衔，这种灯用一根灯杆挑着。灯杆是一寸阔三片弯头毛竹片制成，样子极像打冰球的那根"曲棒"，制造十分灵巧。不过这是清代的官衔灯笼，其后这些华灯实用性少了，便成为了一种艺术灯具。

制作灯笼要分许多行道，如制作纱灯，中间插蜡的灯芯架子归一道手续，底下一块圆木头，竖两股粗铁丝做提梁。还有活络插蜡的、别紧纱罩的装置。做纱罩骨子是一道手续，用好木头镟两个木圈，木圈中心按竹架股数开出槽，把竹篾两头削平，嵌入槽中，用胶膘好，用木钉钉好。糊纱又是一道手续。纱是生丝绢，都裁剪成橄榄形小片，糊的要牢，还要挺括，而且要能收能张，收张之间，不会破损。这三道工序都不是简单的，而且尺寸还不同，大的纱灯，常用的是三、四、五尺。买主买了灯，还要替买主剪贴堂名、官衔，有的官衔很长，如什么省、什么使、钦赐什么顶戴、什么府县正堂某姓等等，一写就是一大串，又要求一行写完，所以只得用很扁的宋体字来写。纱灯有扁的，像个倭瓜，有圆的，像个西瓜。在灯局子中，制作纱灯还是粗活。如做宫灯，要雕刻红木牙子，要工笔细画，那就更能显示出手艺的高低，其工艺之细，可说是无穷无尽了。年年灯节思念北京的灯，拉杂写来，当作风土资料吧。

梅花三月

春　梅

　　唐诗道："江城五月落梅花。"那是指的"梅花三弄"，是乐曲的名称。犹如"莲花落"之"梅花落"。我所说的"梅花三月"，倒是真的梅花。不过开的比较晚。老实说，北京没有种在地上的梅花，梅花三月，也是十分勉强的。前人说的"十月先开岭上梅"，那是指大庾岭一带的梅花，在江南苏杭一带就不可能了。无锡梅园、苏州"香雪海"、杭州孤山，也都要到灯节前后，才能看到红梅怒放。在北京，一般说来梅树不能在户外过冬，但也有少数例外，这少数例外的户外梅树，即使精心培植，最早也要到三月间才会开花，所以我说：京华三月看梅花。

　　由于气候的原因，北京是不能在户外种梅花的，这正如恨鲥鱼多刺，恨月季无香一样，是无可奈何的恨事。唯其如此，所以害得伟大的作家写以北京为背景的书，也把梅花开的季节写得颠三倒四了。曹雪芹写《红楼梦》中的梅花，第五回中未写清时间，第四十九回中却明明写着是"十月"，这真可谓之"小说家言"了。北京从来不会在十月间开梅花。而江南各地，十月间也是看不到梅花的。

　　近人夏枝巢老人在《旧京琐记》中记云：

北京梅树无地栽者，以地气冱寒故也。城中惟贝勒毓朗园中一株……地属温泉，土脉自暖。余尝于二月中过之，梅十余株，与杏花同时开放，惜皆近年补种，无巨本也。

毓朗，字月华，是清代末年的红人，光绪三十四年（一九〇八年）代那桐任步军统领，宣统元年（一九〇九年）和载涛、铁良共同负责训练禁卫军，是清末有实权的亲贵。他城中府邸在西四牌楼南面，缸瓦市路东，就是最早的定王府，早在二十年代末就无存了。原址盖了一大片住房，都是三间一座的小院，有不少所，取名义达里，是专为出租的。那里还有一家著名的专卖白肉的馆子"砂锅居"。几十年前，经常往来于西四和西单之间，再也没有看到毓朗的花园府邸，更不要说什么温泉和梅花了。

去世不久的张丛碧老先生是好事者，从江南弄回四株梅花，种在北京寓中，种活了一株。在其所谱《凄凉犯》的序言中写道："故都寒冱，梅种难活。去岁江南归来，栽取四株，种植庭前，只活一本。纸窗草荐，勤加护持，词以纪之。"其后又谱《齐天乐》，序言云："江南移种红梅，今春复花，邀客宴赏，枝巢翁为唱，依原韵咏之。"词中说："北里飘零，东风冶荡，却笑寻常桃杏。"但未注明日期，想来也是同杏花开放，总在旧历三月了。

除了据记载毓朗花园和丛碧先生庭院有梅花之外，据贵州朱启钤先生所编《中山公园二十五周年纪念册》记载，中山公园在社稷坛墙外东北角那座假山和亭子边上，也种了七八株梅花，虽还经过精心培养，但仍因北京冬天地冻，天气回暖得迟，地气上升得慢，那几株梅花，年年也总要挨到三月间才能看花。原书在第六章《本园花事季节》第七条"大梅花"记云：

梅产自江南,多百年老干。以气候关系,率多乌梅,花似杏而小,香韵独优。本园于民六七年间,择其枝干较大者数株种于地上,冬日筑花房以避寒雪,于兹已逾二十年矣。枝干横斜疏瘦,高达八九尺,每年春分后始花,清香袭人,亦此地罕见之品。

可见北京真是难以种梅花了。偶然人们写到北京的梅花,一般是指盆梅;本文所说"三月看梅花",不过是惋惜北京不能种梅花,真是太遗憾了。

端午小景

端　午

北京端午(也叫端五)节是大节,又是初夏风光最好的时候。清人《一岁货声》"五月"有一条写道:

> 供佛的哎桑椹来——大樱桃来,好蒲子,好艾子,江米儿的、小枣儿的、凉凉儿的——大粽子来——哎……神符。(注:这种市声,音节抑扬,长短断续,很难标点。)

这一大串北京胡同里的五月端阳的叫卖声,既有音乐感又有节令感,直到今天,在我耳畔,似乎还余音袅袅,绕梁不绝呢。

端午节是古代的"天中节",南北各地都流行吃粽子,北京当然也不例外,但有一点不同,北京粽子只凉吃,不热吃;而江南粽子则多热吃,少凉吃。再者北京只包红枣粽子,从来不会包肉粽、豆沙粽、豆瓣粽子的。这是与江南迥乎不相同的,所以《货声》中喊的是"江米儿的、小枣儿的、凉凉的大粽子"。吃粽子重在"凉凉的",这在江南人或许无法理解,但对北地人却是别有风味的啊!这种风味就在于糯米凉糕。元人欧阳原功五月《渔家傲》词云:"凉糕时节秋生榻。"可见北京人吃凉的糯米食品是向有传统的。

老实说，在端午节的食品中，北京的江米小枣大粽子，并不是全国最好的粽子，嘉兴肉粽、广州豆沙粽都远比北京小枣粽子好吃的多，但是北京却另有一样端午节的应节食品，十分好吃，那倒是别的地方所没有的，很值得一提，那就是"五毒饼"。

饼而名"五毒"，这已是外地人想不到的了，而这"五毒"则又是蝎子、蛇、蛤蟆、蜈蚣、蝎虎子等五样丑恶的东西，这岂不更可怕吗？其实说起来会哑然失笑。因为五毒饼实际就是玫瑰饼。用香喷喷、甜滋滋的玫瑰花瓣捣成娇红的玫瑰酱，加蜂蜜和好白糖等熬稀，加松仁等果料，调成馅子，做成雪白的翻毛酥皮饼，上面盖上鲜红的"五毒"形象的印子，这便是《京都风俗志》所说的"馈送亲友，称为上品"的五毒饼。这样的滋味佳美、色彩鲜艳而又富有浪漫主义想象，以"五毒"命名的饼饵，难道不是最好的艺术创造吗？当然，这五毒也是有来历的，来源于道家。清初庞垲《长安杂兴》诗云："一粒丹砂九节蒲，金鱼池上酒重沽。天坛道士酬佳节，亲送真人五毒图。"这写的是端午风光，也是五毒饼的来历。所谓"五毒"，是古代讲求卫生的一种措施，因为天气渐热，各种毒虫要出来，所以要采取预防办法。刘侗《帝京景物略》说："插门以艾，涂耳鼻以雄黄，曰避毒虫。""五毒饼"是人把五毒吃了下去，当然它不能毒人了。滑稽而又风趣。

不过话又说回来，端午节虽然门插蒲艾，臂系彩丝，再加江米小枣大粽子、五毒饼等等，似乎这样的佳节又有好玩的，又有好吃的，十分美好了，但却不要忘了当年这也是一"关"——即一年中偿还债务的"三大节"之一。当年日常生活，柴米油盐，平日都是记账赊购，三节即端阳、中秋、除夕还账。过节固然高兴，但筹借款项还各种"节账"却是令人伤脑筋的事。《都门杂咏》端阳云：

> 樱桃桑椹与菖蒲,更买雄黄酒一壶。
>
> 门外高悬黄纸帖,都疑账主怕灵符。

"灵符"就是《一岁货声》中最后所说的"神符",即"钟馗像"之类的东西,贴在门口,也挡不住来要节账的债主,这是当年端午节的苦恼。如今自然没有,就只剩下端阳节的欢乐了。

民间文学作品,常常反映了各个时代极为生动的民间岁时风俗,这种资料,比文人学士的作品还要生动。清末"百本张"岔曲《端阳节》云:

> 五月端五街前卖神符,女儿节令把雄黄酒沽,樱桃、桑椹、粽子、五毒,一朵朵似火榴花开瑞树,一枝枝艾叶菖蒲悬门户,孩子们头上写个王老虎,姑娘们鬓边斜簪五色绫蝠。

这支曲子是无名氏的作品("百本张"是出版者,非作者),写得多么漂亮!五毒一词,与粽子并列,现在一般人就不理解了。说的就是五毒饼。另有桑椹,北京讲究五月端午吃黑色桑椹,说是吃了黑色桑椹,夏天不沾苍蝇,这也是传统的说法,考其原始,也很难知道其道理了。

节赏·耍青

北京人历来就十分重视过端午节,俗语就叫作五月节,把它和八月节——中秋,正月初一过大年,并称为"三大节"。这三大节不只是游赏宴乐的节日,也是经济上结算的日子。商店中要结算,要收账;住家户要还"节账"。另外机关的差役,家中的佣人,常去吃饭的饭馆的跑堂,常去看戏的戏园子的看座的,都要给以开赏,谓之"节赏"。如果还不起节账,开销不出节赏,就叫作"过不去节",就得想办法借钱过节。《越缦堂日记》咸丰十年端午日记云:"还各店债,付芷郎钱六十吊……借得叔子京蚨满五十吊,付仆从节犒四十吊。"这位大名士,旧京官的李慈铭老爷,当年就是经常过不去节,要借钱来开销节账和节赏的。

清代的穷京官,如翰林院、国子监、礼部、兵部等等,俸银俸米都很少,又没有什么大权,外快相对也少,而平日开支甚大,外面买煤、买米、买菜,一律立折子赊账,连看戏、吃花酒等正当及不正当娱乐,都是不付现钱,一律赊账,平日花天酒地,随意作阔,但一到节下,就要发愁打饥荒了。因而当年不少京官,平日靠赊欠借贷过日子的,一到节下就分外忙碌。不过端午节是一年中第一个大节,实在周转不灵,还可以向债主子说句好话,推到下节,不过有些节赏是非付不可的。因而目空一切的李慈铭,也不得不借钱付"仆从节犒"了。

北京的端午节,正是榴花照眼、新绿宜人、不冷不热的好季节,正是外出游耍的好时候。北京没有大江大河,历来都没有龙舟竞渡的风俗,可是端午外出游耍,却一向都十分盛行。而且游耍的地方也很多,如天坛、金鱼池、满井、高梁桥等处,都是游人集中的地方。所谓"为地不同,而饮醼熙游也同"。这些游耍胜地,现在除去天坛而外,其他地方基本上都不存在了。这里稍作介绍,聊存春明掌故吧。

金鱼池在天坛北,是金代的鱼藻池。《燕都游览志》记云:"鱼藻池在崇文门外西南,俗呼金鱼池,畜养朱鱼以供市易。都人入夏至端午结蓬列肆,狂欢轰饮于秽流……"前人记载金鱼池的诗文很多,都把金鱼池说得十分美妙,可是几十年前看到的金鱼池却都是一汪臭水,及至读到《日下旧闻考》所引明初孙国敉《游览志》文字,说到"轰饮于秽流之上",才哑然失笑,金鱼池大概从古就是浊流了。

所以读到前人的文字记载,也不能完全偏信,本来是很脏的地方,形诸文字时却写得十分漂亮,迷惑了许多后来的人,发了许多无聊的感慨。从金鱼池自明代初年就是秽流这件事情,也可以悟出不少道理来。

如果说金鱼池是污浊的地方,那满井、高粱桥的确都是好地方。满井,明人袁宏道的《满井游记》曾经生动地介绍过,不过后来人们很少去了。高粱桥则是两水夹堤,垂杨十里,从明代到前几十年,一直是好玩的所在,只是后来可供游玩的地方多起来,也就没有人再去欣赏这野趣了。而且后来端午节出游,也不再列入重要项目。在北京的生活中,所谓"耍青去,送青回"(彭蕴章端五诗,见《松风阁诗钞》)的风俗已慢慢地消失了。

入夏数伏

夏　日

有一年初夏，大约是六月中旬吧，客居沪上，江南正是梅雨天气，穿很厚的长袖子衬衫一点也不觉得热，而接友人信，说北京城六月中旬已经大热，已经出现三十七度的高温了。想想真感到有点汗流浃背，如果居住条件不好，住在四合院的一间小东房内，下午大太阳一晒，屋里真有点呆不住人了。如果说给外地人听，似乎北京要比南方还热，那样人家是不会相信的。不过北京夏天在历史上的确曾创造热的记录，一九四二年夏天，就曾出现过摄氏四十二度的高温天气。这在江南也不能不说是十分炎热的天气罢。

北京虽说是北方大平原上的城市，但往西北两面走不了多远，就是连绵不断的大山，燕山山脉接连着太行山脉；而东南走出一百公里就是大海，这就使北京的气候，又沾一点海洋性，冷热较适宜，雨量也充足，对植物生长说来是非常好的。

在北京居住过的南方人，都有一个普遍的感觉，就有北京没有"春天"，穿夹衣的时间极短，似乎一脱棉袄，就穿单小褂了。江南的"半臂轻寒"的漫长春天在北京是没有的，"梅子黄时雨"的黄梅天气北京也是没有的。在北京，五月端午一过，说热就热，天气一下子就热了。阳历五六月间，即阴历四五月中，在江南,正是弄寒弄暖的天气,所谓"作天难作四月天,蚕要温暖麦要寒,插秧的老哥要落雨,采桑的娘子要晴天"。江南差不多穿一件薄羊毛衫的天气可以持续两个月,而在北京则很少用得到。北京一入六月,就完全是夏天的感觉,即使不是特别热,只要一件衬衫就行了,晌午时孩子们可以光脊梁了。

闲翻李慈铭咸丰十年(一八六○年)的《越缦堂日记》,四月十三日,就记着"晴热"了。十四记着:"晴、热,始着单。"五月初二记"大热"。十一日记"郁闷异常"。六月初一记"热甚"。初二记"炎暑顿甚,昼睡一时许,热甚"。初四记"连日炎燠"。李越缦是绍兴人,是生长在热的地方的人,但往北走了三千多里,也没有感到凉快,还是热。所引作为北京气候史料,也可以看出北京热的是很早了。

北京历史上最热的天气,常常出现在六月份,如前说一九四二年夏热到四十二度,日期就是六月十三日。因此六月的天气,出现三十四五度的天气,不算稀奇。而同样的时间,上海的气温最高也只在二十六七度之间,基本上历年如此。偶有三十度以上的天气,那已是极稀少的了。论纬度,北京近北纬四十度,上海只在三十一度多,而一般在六月份天气,却是北方较热,而南方较凉了,这不是很怪吗? 其实不怪,江南霉期早而长,阴雨多,所以气温低;北京霉期晚而短,一般在阳历七月底八月初,阴雨十几二十天,空气潮湿,气压低,不多久就过去了。人说北京没有"霉天"是不确切的。只是不长,不明显罢了。

不过北京的热,有三个特征,一是昼夜温差大,相差约十至十五度,因而白天尽管汗流浃背,晚上睡觉照样可以盖被子。二是"一雨便成秋",一下雨或者一连阴雨天,马上就凉,而且很凉。《越缦堂日记》五月十六日记云:"夜雨声凄密达旦不止,凉甚如八九月。"六月十二日记云:"阴,凉可衣夹。"这都是明证。在小时记忆中,这种天气是很多的,光脊梁穿夹袄,抱着膀子还感到凉,在大六月里,也是常事。三是凉得早,阳历九月间,江南还正是炎暑蒸人的"秋老虎"天气,而北京则已经有些"豆叶黄,秋风凉",早晚要穿毛衣了。

伏 天

我国古代历法有伏天的推算,直到今天民间还讲究"三伏"。这是自秦代以来的很古老的说法。《汉书·郊祀志》中有明确的记载。注中说:"六月伏日也,周时无,至此(指秦代)乃有之。"颜师古注说:"阴气将起,迫于残阳而未得升,故为藏伏,因名伏日也。"伏天的说法,南北是一致的。据清顾禄《清嘉录》记载:"从夏至日起第三庚为初伏,第四庚为中伏,立秋后初庚为末伏,谓之三伏天。"北京伏天也是这样计算。俗语云:"冷在三九,热在三伏。"北京伏天里最热也可以到摄氏三十六七度,炎暑流金,在生活上必然也形成了不少安排过热天的习惯和讲究。北京气候高爽,没有江南五月那样的"黄梅天",但伏里常有连阴雨,老房子也不免潮湿,因此也要定期晒晒衣物。刘侗《帝京景物略》云:"六月六日,晒銮驾,民间亦晒其衣物,老儒破书,贫女敝缊,反覆勤日光,晡乃收。""銮驾"是皇帝的仪仗车驾,刘侗把它与"老儒破书,贫女敝缊"对照来写,十分有趣。这是有意安排,是从"南阮、北阮",晒"犊鼻裈"的故事演化而来。所谓"未能免俗",实际则是傲视富贵,傲视权势和君王的,这种地方,颇可显示这个麻城人的骨气,也可显示晚明小品的价值。话说远了,还是说伏中的故事吧:这天国家史馆"皇史宬"(在南池子,现在还在)要晒各朝的"实录";各大寺庙,如善果寺、慈仁寺,要晒佛经,有的还要举行"晒经会"。

伏中都要穿极薄的夏衣,所谓轻衫纨扇。《春明采风志》云:"自初伏日,换万丝冠、葛纱袍、亮纱褂,凡御前差免褂。"这是清代大臣和京官的夏装。而一般民间,伏天衣着也颇讲究。当年有所谓"莲花大少"的说法,就是说冬天高级衣着,如皮货等,比较贵,而夏天单衣服,即使是好料子的也比较便宜。爱漂亮而又并非富裕的小伙子,做件"熟罗"大褂,穿起来也就飘飘然像个"阔少爷"了。只重衣冠不重人,从这俗谚中也可以看出旧时社会上势利眼的风尚。

天气越热,越要讲究卫生。要勤于沐浴。《野获编》云:"时俗妇女,多于是日沐发,谓沐之则不腻不垢。"要饮"暑汤",用"苏叶"、"甘草"等草药煎汤喝。伏天食物,有的人家伏里不吃豆腐;有的干脆吃素,一伏天不吃肉,因天气太热,豆腐易于发馊,肉容易变味、发臭。吃东西尤其讲究清洁,但也要注意营养。俗语云:"头伏饺饺二伏面,三伏烙饼摊鸡蛋。"饺饺就是水饺,伏里水饺不吃肉馅,吃素馅,如用干菠菜、虾米仁、粉条、蛋皮等做馅,又好吃,又干净。二伏面,照《酌中志》云:"吃过水面,嚼银苗菜,即藕之新嫩秧也。"最普通的是芝麻酱拌面,再调以酱油、香油、花椒熟油拼的"三合油",拌上黄瓜丝、绿豆芽。烙饼一般都是家常饼,佐以摊鸡蛋(不同于清炒蛋,即上海人所谓焖蛋,炒锅中多放油,文火,不搅碎,一面黄时翻一面,略烤即可),又简单,又爽洁,不失营养。过去家中人口多的,伏里还要自己晒酱,用曲、麸皮、黄豆加料晒成的黄酱,真材实料,味道鲜美,不知要比店里买的好吃多少倍。生活是一种艺术,作了上千年都城的北京,其家人生活是精通这一艺术的。

居住的房屋,在伏天也有特殊的情调。北京人住家,即使是简陋的小三合院的两三间棋盘心(四周有片瓦,中间灰棚)房子,到了夏天简陋的木窗上也要糊上冷布,挂上旧竹帘子,屋中有点透明感,生点凉意。在屋中透过窗户,可以看天上的白云,檐头的绿树;透过竹帘,可以看见窗下的花草,檐头跳下来觅食的麻雀。伏中阴雨不定,片云可以致雨,忽然隔着檐子看见院中"噼里啪啦",掉大雨点了……一阵好雨,一会工夫过去了。隔着帘子,又可看院中的积水,东屋墙角一抹金色的斜阳,照亮院中被雨洗过的绿意,偶一抬头,隔着冷布,望见东面蓝天出虹了……

夏雨雨人

六月连阴

古人云："春风风人，夏雨雨人。"雨，从古至今，都密切关系着人民的生活。北京，一年雨水不多，但下得较集中，这正符合古语的意义。农历六月是大雨时行的时候，京畿老农谣语云："有钱难买五月旱，六月连阴吃饱饭。"盖五月间苗初出土，正在分苗、耘田、锄草的时候，雨水一多，嫩苗容易烂死，野草反而易长，所以越旱越好。但到六七月间，三伏炎暑，则雨是越大越好。头、二、三伏中，大雨过后，大田里都是水，红太阳又猛照着，高粱、玉米大绿叶子上都是湿漉漉的水珠，老农横着锹，钻进庄稼地里，虽然闷热蒸人，但在那肃静的田野中，听着高粱、玉米"噼噼啪啪"雨后猛长的拔节声，好像听着大地之母的温馨密语一样，止不住心里乐开花了……

北京常年降雨量，平均在四五百毫米之间，而三分之二以上的雨是六七月间降落的。二十几年前，第一次携内子到北京，正是旧历六月底、七月初，在北京住了两个星期，天天冒着瓢泼大雨出去逛，天天湿淋淋地弄得十分狼狈，逛颐和园那天，去时虽未下雨，而一进园子，雨就来了。北京的雨有个特征，夏天雷雨都是过午之后下的，一会儿会雨过天晴，如果是一早下，那肯定是一天。这天起得早，到颐和园时也不过上午八点多钟，雨就来了，这样逛了一天颐和园，也溜溜儿下了一天雨。虽然说站在智慧海前，下望雨中的昆明湖，是难得的奇景，但对一个从上海赶到北京作短期旅游的人说来，淋着大雨逛颐和园，究竟不是美好的记忆，因之后来内子回到南方逢人便说，北京雨水比南方多，随便如何解释都没有用，再也扭转不了这个看法。

在北京，"黄梅时节家家雨"的季节是没有的，"帘外雨潺潺，春意阑珊"的境界，也是难得遇到的。所谓"梧桐更兼细雨，到黄昏点点滴滴"的闷人天气也是少有的。北京的雨，是凉爽的雨。北京伏天，片云可以致雨，不但来得大，而且来得猛，来得快。"早看东南，晚看西北"，闷热一天，下午两点钟一过，西北天边一丝雨云，凉飙一卷，马上就是乌云滚滚，倾盆大雨来了。这时要赶紧找地方躲雨，不然几分钟内，就要淋成"落汤鸡"。旧时单弦演员荣剑尘常唱一个"岔曲"叫《风雨归舟》，有几句道："西北天边风雷起，霎时间乌云滚滚黑漫漫……哗啦啦大雨赛个涌泉。"说来都是北京的雨景，的确生动。

在北京上过学的人都该有鲜明的记忆吧？大雨时行的季节，也正是忙于考学校的时候。那时暑假升学考试，是一个学校、一个学校地考，并不像现在那样统考。因而当年如初中升高中，考师大附中、四中、育英、汇文四个学校，就要考四趟，一趟两天，便是八天，这八天中常常会遇上几场雨。在记忆中冒雨去参加入学考试，那是常有的事。三十年代中，北大有一年入学考试国文作题是《雨天》，考时正下大雨，一位考生文章结尾道："我来考贵校，适逢此时，适逢此题，真是'天作之合'，如蒙录取，岂非'天定良缘'乎？"这么多年过去了，这位"天定良缘"的仁兄不知现在天涯何处。如果健在，也是年近古稀的老人了，当时的雨景，应该还记忆犹新吧。

苦 雨

落雨是自然现象,但却时时关系到人的情绪,"油然作云,沛然作雨",是喜雨;"空山新雨后,天气晚来秋",是好雨;"绕屋是芭蕉,一枕黄昏雨",是诗人的雨;"到黄昏,点点滴滴,这次第怎一个愁字了得",这是离人的雨,而这还不关系到雨量的多少大小。如果"屋漏偏遭连夜雨",雨下得过了头,那就更苦了,不要说闹水灾,即使弄得屋里屋外全是水,那也不大好受。

北京一年到头少雨,但夏末秋初,则雨水淋涔不断,几乎一年的雨都集中到六七月来下。一个短时期内雨这样多,下水道来不及流,便到处聚水,胡同里,院子里,常常是一阵大雨过后,便成为一个小池塘。《红楼梦》写怡红院中在下完大雨后,堵住水道,关住门,水聚在院子里,把花野鸭子缚住翅膀放在水中凫水玩,写得极为热闹。这很明显的是北京的景象。如果在苏州,天井里一般就不会聚水,房前房后都是河,雨水很快就流光了。而北京则不然。岂明老人昔时名其书屋曰"苦雨斋",实际上八道湾的房子是很大的院子,前院是大四合,但下完大雨照样满院积水,所以谓之"苦雨"。小时作文,常写谈雨的小文,光阴荏苒,今年又到了大雨时行之际,不禁又想起北京的雨来。

北京近百余年来,有记载的大雨,最大一次是一八九一年,即光绪十六年庚申的大雨,足足下了四十天,永定河的水漫过卢沟桥,城里大街小巷全是水,浅的二三尺,最深处可到六七尺,永定门、南西门(即右安门)外,都是水。不得已关了城门挡水。宣武门地势低,后来水壅住城门不能开,只好从顺城街象坊桥的象坊中牵出两头大象,才拥开城门,这成为北京早年间一桩很著名

48

的趣闻。

有人在笔记中引用了一封王仁堪写给张之洞的信，正说到这年的大雨。信中说：

> 壶公前辈大人座下，午节得电……都门淫潦，屋壁皆颓。同人唯莲生、仲弢住屋未漏，敝居六十余间，几无片席干处，修茸墙宇，整比书帖，近始复旧……

王仁堪是光绪三年(一八七七年)丁丑状元，后来做过镇江、苏州知府，是很有名的。(莲生是王廉生、仲弢是陈宝琛，当时所谓"清流"。)写信时做京官，住六十多间房的大宅子，等于三进大四合院，大雨之后，照样漏得一塌糊涂，可见北京大雨的厉害了。北京一般四合院，有两点特殊的：一是墙壁大部分不是整砖砌的。过去谚语："北京城有三宝……碎砖头垒墙墙不倒。"这是外地人很难想象的。除去王府以及特别讲究的磨砖房屋而外，其他大部分都是碎砖砌的，而且不用石灰砌，用掺了石灰的泥，叫作"碴灰泥"砌碎砖。这种墙壁，雨稍微一大，便要一大片、一大片地坍下来了。再有屋瓦下面也是泥，不像南方平铺片瓦，不用泥粘。而且坡度小，水流不急。雨水一大，把屋瓦的下面泥都浸软，自然要漏得一塌糊涂了。

屋漏是十分苦恼的，住在高大洋式楼房中感觉不到，如住在旧式老屋或简陋的平房里，夏天大雨来临之前，如不及早为之备，勾抹一下房顶，到了雷雨季节，房顶一漏，就很伤脑筋了。而且漏处越漏越大，越漏越多，真所谓"外面大下，里头小下；外面不下，里头滴嗒"了。前些年回京，宣南寓所室外搭的厨房漏了，正在雨季，漏时用脸盆等物盛水，叮咚有声，悦耳可听。我躺在

床上,三天两头听着屋漏雨声,曾有诗云:

> 屋漏翻疑鼓板声,中宵倚枕总关情。
> 宣南未醒秋窗梦,蓟北曾闻玉女筝。
> 送夏金风期雨后,迎凉天气待新晴。
> 少陵广厦原奢话,陋巷箪瓢未可轻。

　　说着屋漏的苦恼,最后却以此诗作结,这倒应了一句老话:真有些黄柏木底下弹弦子,苦中作乐了。

夏虫京华梦

知　了

我爱过北京的夏天，也很爱北京夏天的某些可爱的昆虫。

在闲中常常想起一句话，道是"夏虫不可以语冰"。到了夏天，昆虫类的小动物不免多起来，虽然有的生命很短暂，但是也足以点缀夏景，丰富人间的情趣。

我思念北京，我也思念北京的夏虫。

经常在我的忆念中的，是那嘹亮的蝉鸣。蝉声是特别能打动诗人心扉的。"西陆蝉声唱，南冠客思深。那堪玄鬓影，来对白头吟"，这是一种意境；"倚杖柴门外，临风听暮蝉"，这是一种意境；昔人写试帖诗有句云："知了知春了。"塾师批道：很有情趣。这又是一种意境。躺在小小四合院的北屋里，午梦初回，睡眼惺忪，透过大方格木窗棂上新糊的冷布，望着荫屋的古槐，这时那嘹亮的蝉声正在欢噪，像海潮般的冲击着你的耳鼓，似乎天地间都被这种声浪填满了。这也是一种意境。而这种意境，住在新式楼房里，你还能领略得到吗？

北京方言习惯上把蝉叫"知了"，这种东西也怪，特别喜欢炎热，天气越热它叫得越凶。在北京夏天，早上起来，一听有噪耳的蝉声，不用问，今儿个肯定又是一个大热天。

在北京最好的听蝉的地方，在中山公园来今雨轩。盛夏午后，在边上找个座位，沏上一壶茶，往大藤椅上一靠，眯起眼来，你就听吧。这时赤日炎炎，槐影斑斑，不闻私语，但听蝉鸣，沙沙——一股劲地向你袭来，音波的海浪，像要把你浮动起来一样。夏日阴晴不定，一个霹雷之后，大雨瓢泼而下，这时蝉声顿歇，那成千上万的知了，似乎一下子都没有了。可不过一会工夫，雨过天晴，斜阳照处，槐叶上挂满了闪光的水珠；一弯霓虹，挂在端门金黄琉璃瓦檐角后的蓝天上，这时，突然所有的知了，又齐声歌唱了……

清李渔子《花镜》中说："生有五德，饥吸晨风，廉也；渴饮朝露，洁也；应时长鸣，信也；不为雀啄，智也；首垂玄绥，礼也。"

其所论又是以道德观点赞赏知了了。但我所爱的还只是它的鸣声，蝉名蜩，《庄子》上有"伛偻承蜩"的故事，直到我小时，北京小朋友还按这古老的办法捉知了，不过我不喜欢玩这个，在记忆中未留下深刻的印象。

知了之外，是蜻蜓，在我到过的地方中，似乎记得没有一个地方比得上北京的蜻蜓多。盛夏时，只要稍微有点雨意，院子中马上便会飞来数不清的蜻蜓，忽而往东，忽而往西，速度极快。北京儿童捉蜻蜓的乐趣，说来绝不亚于捉知了，在蜻蜓多的时候，孩子们可以一大把、一大把地捉到（一双手能够拿好多蜻蜓，所以叫一大把）。

大孩子们用竹枝编个圆圈，结个网子，迎头一兜就是一个，捉起来极为方便。而小小孩，不会编网子，便轻手轻脚捉落在花草上的蜻蜓。旧时京寓屋外有些花草，午睡醒来，常常听到外面窃窃私语。隔着竹帘一看，原来是邻院两个三五岁的小姑娘在轻轻地捉花上的蜻蜓呢。一个捉不到，一个在边上轻轻地埋怨，一个又细声地怪她惊动了蜻蜓……

蜻蜓之外,我还思念着那小小的萤火虫,"轻罗小扇扑流萤",如今住在多少层的高楼中的人,是做梦也梦不到这种飘渺的意境的。小时在京住在一座树木葱茂、蔚然成林的院子里,夏夜乘凉,就在那一小片树林的边上,望着那黑黝黝的林木中,闪动着数不清的小亮灯笼,听着母亲讲说着她小时候经历过的"红灯罩"的故事,似乎那黑黝黝的林木中,真会跳出一个打着小灯笼的一身红的姑娘……

乞巧月令篇

入 秋

北京立秋前后,乞巧时候,总要有一两场好雨,早晚凉意顿生,其感受是极为宜人的。前些年夏天回北京,十分炎热,几天之后,得了一场好雨,新凉乍生,快意无限,便情不自禁,写了一首五言诗道:

炎暑几日蒸,一雨新凉乍。劳人时梦远,听雨宣南夜。
朝来天似洗,清风盈庭厦。隔帘两三花,牵牛娇如画。
散策陋巷行,幽思大可话。街槐花犹香,墙枣已满挂。
居近南西门,胜地人曾写。古寺龙爪槐,酒家余芳舍。
稍远枣花寺,千年过车马。俯仰迹皆陈,于今知者寡。
东市起高楼,西巷余断瓦。倚杖立苍茫,街景亦潇洒。
顾盼感流光,蝉鸣又一夏。安得逢耦叟,相与说禾稼。

这便是夏末秋初,得雨后,新凉乍生的情景。以后便每下一场雨,便加深一重凉意,所以俗语说:"一场秋雨一场寒,十场秋雨要穿棉。"不过一般年头里,由立秋算起,经过立秋、处暑、白露、秋分、寒露、霜降几个节气,能够下十场雨的时候是不多的。所谓"点点不离杨柳外,声声只在芭蕉里";所谓"纱窗外,斜风细雨，一阵轻寒"，这样意境，在北京是很难遇到的。秋瑾女士的名句"秋风秋雨愁煞人"，一般也只是江南多雨之乡的断肠句，在北京，是体会不到的。

北京秋天多是晴朗的天气，但是也有例外，如果遇到某一年秋天的雨水过多，这对城居和乡居的人说来，都不好。秋雨一多，必然气温过低，热既不好受，过凉，又湿又冷，就更不好受，同时易生病，更不利的是秋田禾稼。中秋以前，正在高粱发粒，谷穗灌浆长粒的时候，如果秋雨多，没有大太阳，那就灌浆不足，粒儿长不大。如果中秋以后，雨水很多，那也不好。那时秋收在望，地里的庄稼基本上都成熟了，一下雨，不但影响收割，而且一变天，气候转冷，便会有一场秋霜，庄稼在地里被霜一打，一下子就要影响当年的收成。昔人名句云"满城风雨近重阳"，重阳前后，北京秋高气爽，晴朗的天气较多，不过重阳节期间，如果有雨，那是非常好的，这时大田里的庄稼都收割了，人们正在开始秋耕翻地，如果下两场透雨，太阳已无威力，地里的水分蒸发较慢，不久大地冰封，把水分全部保存在泥土里，到明年开春，叱犊耕种时，地不干燥，便于下种，是大有好处的。当然我这里说的秋雨的好坏，也全是从有关农事的观点出发，因而考虑到秋雨的日子，早下晚下，是大不一样的。如果住在城里，不想到老农，那也就无所谓，只要不太多就可以了。

北京一年到头，除夏末秋初的雨季以外，其他时候，雨水都很少。一秋如果能得几场雨，是十分珍贵的。只不要在初秋时淫雨连绵不断，就好了。在中秋以后，下一场好秋雨，雨后出游，郊原如洗，西山妩媚，燕云徘徊，不要说去游览各处名胜，单只望望西山，看看燕云，就足以心旷神怡了。

不出门，在家里户外檐前，看看雨后的秋花，也是大有幽趣的。北京也能种芭蕉，但不多，种美人蕉者大有人在；如果能养几盆玉簪，夜间听秋雨滴在美人蕉或玉簪叶上的声响，也真像雨打芭蕉一样，足以敲碎游子的秋梦。秋雨后小院中的牵牛花、扁豆花、枣树、槐树都大可赏玩，这就是我前面诗中所吟的情景了。

秋 晒

小时候读旧书，读到"秋阳以曝之"一句，总感到有些奇怪，想着为什么不说"夏阳以曝之"呢？心想一年四季，夏天最热，怎么说秋阳呢？随着年龄增长，在生活中体验，感到的确是秋阳比夏阳厉害。照江南话说：即秋阳比夏阳结棍的多。翻过来，倒实在赞叹古人语言之准确，是深通物理的了。

北京的秋天来得早，比南方要早将近二十天或一个月左右，七月七，牛郎织女会七夕以后的日子里，一场透雨，天气马上凉起来，知了停止了鸣声，便意味着秋天来了。当然，炎热的天气，也不会马上撤退，还要杀一个"回马枪"，那便是俗话说的"秋老虎"，又叫作"秋后老来热"，这还是要热几天的。不过这个热，只是日中心和后半晌大太阳的时候热一阵子。

一般年头里，这秋阳也是十分厉害的。到了下午三四点钟，太阳还是十分强烈，晒在人身上火辣辣的。但是不要紧，太阳一落山，马上便凉阴阴的了。

一入初秋，早晚之间凉快，夜里睡觉要盖薄被子。即使是白天，太阳地里和有遮阴的阴凉地方，温度起码也差五六度之多。这便是北京初秋天气的特征：早晚凉快，日中心里又特热。因而日中心穿背心还出汗，早晚之间，却要穿两件小褂，老年人甚至要穿夹袄了，所以说"二八月，乱穿衣"。

秋阳比夏阳的可畏,在于它照射角度的逐渐倾斜,时间更长,威力更大。即夏天中午及午后太阳垂直照的时间多,夏至过后,日照倾斜度越来越低,过去日光照不到的地方,现在照到了,被晒的时间长了,因而更炽热难挨了。一直到太阳威力一天天减低,那已秋深冬临了。

日中心及后半晌的太阳强烈地照射,对两种情况的人颇伤脑筋,一是对于在户外大太阳地里工作的人,的确是很大的威胁,因而一顶大草帽是少不了的。二是对于住在简陋东房的人家,浅堂窄屋,西晒起来那个热劲儿可真够呛的。而老式四合院,必然有三间东房,下午三四点钟,大太阳直射过来,如不搭天棚,不挂苇帘子,几乎就没有办法在屋子里呆,所以有"有钱不住东、南房,冬不暖来夏不凉"的谚语。南房上午虽然阴凉,但下午西北角的太阳也可照过来,一股热气,也颇有威力,比东房稍微好些,但也好不了多少,所以和东房并举了。

再有北京的热闹大街也奇怪,什么"东四、西单、鼓楼前、前门大街游艺园",几乎所有热闹去处,都是南北向的街。大街南北向,铺面必然就是东西向。而更奇怪者,不少街路东反而比路西热闹,如西单、王府井等处,路东的店铺,大太阳晒着,反而顾客拥来拥去,生意兴隆。这固然因为西单商场、东安市场都在路东,门朝西开。其实西单一带在未开辟商场之前,就是路东比较热闹了。那时马路东边接连不断搭着大天棚,以挡骄阳,过往行人也沾了光。而近年不见搭天棚,也未培育街树,大太阳里走在马路上,就十分够呛了。有一年夏天和一位上海朋友回北京,他在马路上走,受不住太阳的晒,就叫苦不迭,说北京比上海热,以后再不敢在夏秋之际来北京了。因而想到北京的马路建设,是否也应好好考虑一下遮阴问题呢?

秋阳之可畏，只在初秋，不过这只是说晒的人有些受不了，而对于农作物却是大有好处，庄稼正是灌浆壮粒的好时光。太阳晒得越厉害，庄稼的穗粒灌得越饱满，就可以大丰收了。一近中秋，阳光就不再可怕，待到重阳，阳光反而慢慢变得可爱起来了。

都城锦绣秋

秋　色

　　造化装点大地，以光芒、以色彩、以形状、以音响，影响到人，便耳遇之而成声，目遇之而为色了。北宋欧阳修写过一篇著名的《秋声赋》，便是以这一影响为基础而感发成篇的。因而想到，既有声，便应有色，忆及北京，则应该写一篇"秋色赋"。因为北京的秋，是色彩丰富的秋，是色彩绚丽的秋，由初秋到深秋，都是童话般的色彩的世界。

　　《燕都杂咏注》云："秋后斗蟋蟀，开场赌彩，街巷或书某处秋色可观。"当年的北京人是文绉绉的，明明是斗蛐蛐，争强好胜，赌钱斗彩，不说"有利可图"，或"一本万利，试试运气"，却说"秋色可观"，这是其他地方人所想象不到的雅言。那时在宣武门大街靠近菜市口的地方，有几家茶楼，每年秋天，都是专做这项生意的。一交七月，门上就用大红纸写上馆阁体的帖子"秋色可观"，以招引纨袴子弟，裙屐少年，抱着各式各样的蛐蛐罐，来这里一决雄雌，以博彩头了。

　　这是特别以"秋色"为号召的，但本身并不是色。我所说的秋色则是入目而缤纷，照人而灿烂的，红红绿绿的闪耀着光华的真正秋天的色彩，也可以说是北京秋天的色彩。

　　初秋时光，不必远去，就到中山公园后河沿上一坐，领受一下七月的秋色吧：蓝盈盈的天，白絮般的云，金光耀眼的故宫角楼宝顶，黄灿灿的闪光琉璃瓦顶，彩色的栋，朱红色柱子、门、窗，灰沉沉的布满了几何线条的紫禁城墙，筒子河中澄碧的水面映着这些倒影，像是充满了光感和水气感的一幅油画，身边笼罩着的是墨绿色、黑沉沉的老柏树的影子。往东再望着巍峨的黄瓦、红柱的五凤楼的高大的影子，在那黄色的琉璃鸳鸯瓦缝中，可能还长出几根草来。这是北京特有的凤阙龙楼的宫廷秋色，在别的地方是领略不到如此强烈的、感人的秋之色彩的啊！

随着秋意渐深，这些色彩也在渐渐地变化着。虽然紫禁城角楼的镏金宝顶是真的金铂装饰，而在初秋，骄阳照在宝顶上，使人目为之眩，但等到旧历九十月间，同样是阳光照耀，就感到淡淡的了。何况还有萧瑟的秋风，纷飞的黄叶呢！这时天色也不那么蓝了，云也泛着黄，不那么白了。沿着紫禁城墙下的一溜的老态龙钟的宫柳、宫槐，在燕山秋风的摇撼下，那浓密的叶子由绿变黄，由黄变落，披离了，凋零了，最后只剩下褐灰色的杈桠，与那灰沉沉的紫禁城墙，色彩倒似乎协调一致了。那角楼上的画栋雕梁，因为秋风尘土的吹打，似乎色彩也不那么鲜艳了，有些黯淡了。有一年深秋之际，和朋友坐在中山公园后河沿的露椅上，晒着秋阳，领略着这派深秋的秋色，觉得那老柏树的颜色也不是那么墨绿的，而蒙上一层灰色了。我们坐得有些意兴阑珊，便走出公园后门。天已黄昏了，头顶阵阵乌鸦飞过，不禁想起《饮冰室诗话》中的诗句："帝子不来秋又至，乱鸦如叶拍宫墙。"这宫阙的秋色，历史的秋色，当年绚丽的色彩随着历史的推移，也都要褪尽了吧？

深秋时候，京华的秋色太浓了！

小　院

　　造化给人们以光泽和色彩，是公平的。宫阙红墙，秋风黄叶，宫廷有宫廷的绚烂秋色，百姓家也有百姓家的朴实、淡雅的秋色。在那靠近城根一带或南城下洼子一带偏僻的小胡同中，多是低低的小三合院的房子。房子是简陋的，不是灰棚（圈板瓦，中间仍是青灰），便是"棋盘心"（四周平铺一圈板瓦，中间仍是青灰），很少有大瓦房。开一个很小的街门。这种小院的风格，同京外各县农村中的农户差不多，真所谓是"此地在城如在野"了。

　　小院子的主人如果是一位健壮的汉子，瓦匠、木匠、花把式、卖切糕的……省吃俭用，攒下几个钱，七拼八凑弄个小院，弄三间灰棚住，也很不错。一进院门，种棵歪脖子枣树；北房山墙上，种两棵老倭瓜；屋门前，种点喇叭花、指甲草、野菊花、草茉莉……总之，都是一些常见的花花草草，秋风一起，那可就热闹了，会把小院点缀得五光十色，那真是"秋色可观"了。早晨，在朝阳的照耀下，好看；宿雨初晴，在水珠闪耀着晶莹的光芒下，好看。门口的歪脖子枣树，也许姿态不佳，那色彩却实在喜人，翠绿的叶子间，挂满了又红又绿的枣实，那真是惹人喜爱。再往房顶上看，几片大绿叶子，遮着几个朱红的、灰白泛青的、老黄的老倭瓜，在叶与瓜的中间，还留着三朵、两朵浅黄色的残花，其色彩之斑驳烂漫，更是住在高层公寓楼中的人难以想象的。虽在帝京，也饶有田家风味。至于那些盛开的花花草草，喇叭花的紫花白边，指甲草的娇红带粉，野菊花的黄如金盏，草茉莉的白花红点，俗名叫作"抓破脸儿"，还有那"一架秋风扁豆花"的淡紫色的星星点点……这些都是开在夏尾,盛在秋初,点缀的陋巷人家,秋色如画了。

当然,再有精致一点的小院,这种院子不是北城的深宅大院,而都在南城。"四破五"的南北屋,也就是四开间的面宽,盖成三正,两耳的小五间,东西屋非常入浅,但是整个小院格局完整,建筑精细,甚至都是磨砖对缝的呢。主人或是小古玩铺的掌柜,或是开家小药店,或是一位梨园行的二路角儿……砖墁院子,很整洁,不能乱种花草,不能乱拉南瓜藤,青瓦屋顶,整整齐齐,这个小院的秋色何在呢?北屋阶下左右花池子中,种了两株铁梗海棠,满树嘉果,粒粒都是半绿半红,压弯树枝,喜笑颜开。南屋屋檐下,几大盆玉簪,翠叶披离,似乎冒着油光,而雪白的花簪,更显其亭亭出尘。边上可能还有一两盆秋葵,淡黄的蝉翼般的花瓣,像是起舞的秋蝶……小院秋色也在迅速地变化着,待到那方格窗棂上的绿色冷布,换成雪白的东昌纸时,那已经是秋尽冬初了。

这些陋巷寒家或深巷小院的秋色,都足以引起异乡人的神思。几十年前,客居北京,租人家房子住,时时有被逼搬家的可能,因而也无经营花草的闲心。偶经陋巷,看见人家屋顶的朱红倭瓜,爬上墙头的牵牛花朵,伸出墙外的垂着朱红枣实的枣树杈桠,真是艳羡不置。这几分秋色,在我的飘零梦寐之中,是多么绚丽的、温暖的、可爱的色彩啊!

街　头

陋巷寒门的秋色绚丽多姿,磨砖小院的秋色幽雅宜人,那城里的深宅大院的秋色又当如何呢?冯延巳词云:"阶下寒声啼络纬,庭树金风,悄悄重门闭。"那深宅大院的秋色,都是庭院深深深几许,重门隔院,灯火楼台,又岂能轻易为外人所窥?所以还是不说也罢。还不如到街头巷尾,甚或闹市中心去看看呢。

秋天一到,北京街头色彩最为艳丽的要数果子摊了。《燕京岁时记》云:"七月下旬,则枣实垂红,葡萄缀紫,担负者往往同卖。"清末两部讲北京风土的名书,在文字上富察敦崇的《燕京岁时记》似较震钧的《天咫偶闻》更为简俏,这"枣实垂红,葡萄缀紫"二语,色彩写得多么动人。果子摊上,玫瑰紫葡萄、马乳绿葡萄,刚上市的还泛着绿色的大鸭梨,慢慢上市的淡黄的京白梨,黄里透红娇艳的香果,叫人想起"今儿个是几儿来……您不买我这沙果、苹果、闻香的果儿来……"的甜蜜的叫卖声;还有那淡绿色蒙一点儿霜,又露着一点红脸的中国种的北山苹果,那是真香、真细腻、真甜、真好吃。但是自从洋种苹果传入,这种细皮嫩肉的北山苹果越来越少了。市上都是粗皮的,或是绿色的香蕉苹果,或是红色的国光等等,吃起来有点酸。这些苹果较之北山苹果产量高,易保存,合外路人的口味,可是老北京还是思念北山苹果,隔壁老太太就常埋怨:"这是怎么回子事儿呀? 连苹果都变味啦?"

秋果上市,报道燕山秋色的先声,首先轻轻抹上一笔,接着胡同口上,也有卖花红枣的车子了,那半红半绿,红绿斑斓的枣儿,也是秋色染红的。再在那已经抹上的色彩上增添一笔。这还不够呢! 再接着随着天上的银河浮漾,那娇嫩的、粉红色的、轻盈的、飘着秋之梦的荷花灯在街头出现了,这更是点染秋之色彩的神来之笔啊!

随着八月节越来越近,那街头秋色也越来越绚丽了。不只有果,还有花呢。《春明采风志》云:

中秋临节,街市遍设果摊,雅尔梨、沙果梨、白梨、水梨、苹果、林檎、沙果、槟子、秋果、海棠、欧李、青柿、鲜枣、葡萄、晚桃、桃奴,又有带枝毛豆、果藕、红黄鸡冠花、西瓜。

这是何等的五光十色。不只此焉,除去巍巍然的红鸡冠花、黄鸡冠花外,还有金铠金甲、绿袍红袍、粉面红唇、威风十足的兔儿爷和兔儿奶奶呢。他们也都"端坐"街头,和果子摊上的秋果、猪肉杠、羊肉床子、红白相间的花糕般的猪羊肉,共同点缀着京华的绚丽秋色,秋的色彩中,少了这一笔重彩,也是不行的。

秋光大好,秋色宜人,如果你有兴趣,不妨再到陶然亭、窑台、银锭桥等处,从苍黄、雪白的芦花叶子、芦花茸的摇曳中,眺望一下西山山色,那山色也在随时变化着啊;由深而浅,由浅而红,等到倾城而出的游人,出没于白云红叶间的时候,那便是京华秋色的极致了。

重阳话到小阳春

九　花

我国养菊花是有着悠久的历史传统的。《礼记·月令》篇云："鞠有黄华。""鞠"通"菊",可见从三千年前人们就重视养菊花了。自宋代而后,写"菊谱"的就有刘蒙泉、范致能、史正志、马泊州、王芑臣等数家之多,著录菊品多至三百余种,真可以说是洋洋大观了。北京人旧时一到秋天把看菊花和种菊花当作一件大事,不论穷富,都要看看菊花。有钱的人家,持螯对菊,喝菊花酒,扎菊花山子,吃菊花锅子,举行赛菊大会,赏菊大会。小户人家,小院中摆上几盆菊花,朝夕观赏。再贫苦的人家,住在大杂院中,门前一只破瓦盆,种一株黄菊,也可以朝夕相对,楚楚宜人。生活的情趣,本不是被权势豪门所独占的。

北京方言习惯上是把菊花叫作"九花"的。《京华百二竹枝词》诗云:

> 名类纷繁色色嘉,秋来芳菊最堪夸。
>
> 如何偏改幽人号? 高唤街头卖九花。

其注云:"都门菊花,种类颇多,满街高呼,助人秋兴。然称其名曰'九花',殆以菊至九月盛开故也。"

这里把"九花"之名，说得十分清楚。文中有"满街高呼"一句，"呼"什么呢？就是说卖菊花的花担子特别多，满街叫卖。当年一到菊花季节，不但土地庙、隆福寺、护国寺各大庙会的花厂子门前都摆满了出售的菊花，而且花农也大量挑了到城里来卖，每天迎着朝阳，带着秋霜，从广安门、右安门一担担地挑了进来。都是草桥、丰台一带朴实的花农所种，而菊花也像花农一样地朴实，极易栽种，极易移植。花农卖菊花，有的连花盆也不用，担子挑的大扁平底柳条筐中，密密麻麻地摆着一棵棵的菊花，根部只是拳头大的一团护根土，买者捧回家去，栽到花盆中，稍微浇点水，过几天自然会开了。所以花农穿街走巷叫卖时的市声，不是"买菊花来"，而是：

"栽——九花哎——"

喊声抑扬而漫长，是要你"栽"，不是要你"买"。

北京旧时有关菊花的故事也是非常多的，如"花城"。明代《天启宫词注》记云：

> 好事者绕室列菊花数十层，后者轩，前者轾，望之若山坡然，五色绚烂、环围无隙，名曰花城。

又如"九花山子"。《燕京岁时记》云：

> 以九花数百盆，架度广厦中，前轩后轾，望之若山，曰九花山子。四面堆积者曰九花塔。

实际这都是一样的，都是以多为胜，蔚为壮观，后来中山公园年年开的菊花大会也都有这个，是不稀奇的。这些都不是名种菊,名种菊一般都是单茎独朵的多,北京俗语叫作"扦子菊"。所谓"扦子菊",就是用插扦法培植的。就是在夏至前后,把嫩尖剪下,插入泥中,草本在一月内可以生根。种菊花除去插扦法外,菊花都是以白蒿接,把菊花嫩枝接在蒿子梗上。接时把断梗成斜切面削断,把薄面破成鸭嘴口,把菊枝削薄,插在鸭嘴口上,用马兰捆紧,二者自会长在一起了。不过这种菊花只能看一年,明年就不开了。过去中山公园年年开菊展时,这样培植的菊花约有四千多盆,争妍斗胜,名目繁多,真是不胜枚举了。但也都是只看一秋,明年再接。这种办法,在清初就非常盛行。乾、嘉时《燕台口号》竹枝词道:

> 黄菊枝枝接野蒿,花儿匠又试新刀。
> 人生不识仙源路,只合多栽夹竹桃。

诗后注云:"北地以蒿接菊,不欲留美种也。"不过插扦、嫁接都不容易,高手变化无穷,使名菊品种越来越多。北京近代有京西蓝靛厂"扦子刘",是艺菊的专门名家,再有新街口一带有一位刘絜园老先生,养的菊花也是闻名遐迩的。

菊花到处都有,但我更爱的是九花,我永远思念着那一声动听的卖花声:"栽——九花哎——"

红 叶

昔人诗云:"停车坐爱枫林晚,霜叶红于二月花。"这是吟红叶的绝唱,一字不可更易,有位前辈,取后一句作书名,改"红于"二字为"红似",不知是有意还是无意,因为这一改便完全不同了。这还不只是平仄失粘的问题,更重要的是诗的内容。"红于"者,红过也。层林尽染,漫山霜叶,其红远远地超过了二月的春花,一改为似了,就不形象了。因为春天的山花虽繁,但仍是嫩叶多于春花,其红总是较淡较稀,总是同漫山遍野的红叶无法比拟的。在北京看过香山红叶的人都记得,那三月里满山的桃杏花,又如何比满山霜叶呢?

重梅老人有年秋天大老远地从北京寄诗来,中间两联道:

又是怀人秋色里,忽然得句月明中。

新来最爱芦花白,兴至狂书柿叶红。

这不免触动了我的乡愁,又想起香山和西山八大处的红叶来了。江南的红叶,大都是看枫叶、乌桕叶,所以唐诗说枫林,那是长沙的岳麓山,而香山、西山看红叶,则大多是柿子树的叶子。所以重梅老人诗说"兴至狂书柿叶红"了。柿树南北方都有,俗语说柿树有"七德",即一寿,二多阴,三无鸟巢,四无虫,五霜叶可玩,六嘉实,七落叶肥大。这第五霜叶可玩,说的就是红叶。枫叶经霜,叶子一般是大红朱红的;而柿叶经霜,最艳丽时,是深玫瑰红的,真是娇艳极了。

北京西山农家,大多种柿子树,红叶经霜之后,那极为艳丽的深色玫瑰红,因叶面有光,在秋阳照耀下,漫山遍野,闪闪发光,其烂漫是任何春光都无法比拟的。因而当年在北京,深秋到西山八大处、香山樱桃沟一带去游山看红叶,是最及时的赏心乐事。

过去秋天逛西山八大处也好,逛香山也好,逛碧云寺、樱桃沟等处也好,最有趣味的就是骑小驴。这种驴子非常小,几乎只有自行车那样高，都是香山、西山一带农村中农民养的，在秋天看红叶游客多的时候，在山脚下等生意，供人雇用骑了爬山。骑上这样的小驴，悠悠忽忽，穿行在山路的红叶之间，游的人固然有趣，远远望去更是美丽，空中特有的飘渺的蓝天，变幻的浮云，娇艳的秋阳，映着满山的斑斓，骑小驴的人在霜林中若隐若现，时出时没，这样美丽的画面，简直不是文字所能形容的了。如果骑小驴逛香山，由静宜园门口骑驴，沿着大路，兜一圈下来，也不过两三个钟头吧。下来时，折一枝红叶，像春花一样持在手中，任小驴缓缓地下来，活画出一幅"访秋图"。

当然如果身强力壮的年轻小伙子，不愿意骑毛驴，那不妨一口气自己爬上山去，直奔香山的最高处鬼见愁，向下俯视那秋山红叶，更是一种奇景。年轻时和同学们习惯于骑自行车去香山、西山，把车存在山脚下，然后呼啸登山。最难忘的是归途中，每个人车把上都插一枝红叶，一路上秋风瑟瑟，红叶萧萧，说说笑笑，骑回城来，那种欢乐，确实难以形容的啊！

"兴至狂书柿叶红"，豪情犹在，最好在深秋时回趟北京；但不凑巧，回京总以夏天为多，这样便年年辜负西山红叶了，多么遗憾呢！

小阳春

我国南北各地，从农历来讲，都有"十月小阳春"的说法。《清嘉录》引蔡云吴歈云："花自偷开木自凋，小春时候景和韶。"这是苏州情况，北京说来也是一样的。这是因为重阳之后，秋雨已经基本结束，气温还不十分低，而晴天多，太阳光足，又没有到刮大风的时候，所以天气温和，又有春意，故有此说法。北京的农历十月一般都是好天气,地还没有上冻,虽然冷了,但还不算太冷,新棉袄上身,太阳晒在身上暖洋洋的。在郊野,收割了庄稼的土地上,早晚之间,有霜有雾,白蒙蒙的。到了中午,经太阳一晒,黑土还显得十分湿润,向阳处地头塍畔,草色又稍有返青。赶上秋末冬初气候特别暖时,山桃花还偶然会绽开一两个粉红色的花蕾,绰约枝头,我在苏园居住时,就遇到过好几回这种情景。因而京中也有"十月小阳春"的俗谚。

不过虽说是小阳春,也已到"履霜而坚冰至"的时候,活人要准备冬衣,思念逝去的亲人,要"烧寒衣"了。《燕台口号》有诗云:

> 寒衣好向孟冬烧,门外飞灰到远郊。
> 一串纸钱分送处,九原倘可认封包。

诗后注云:"十月烧纸于门外,曰'烧寒衣',纸钱银锭作大封套,上写其祖先某某收。"这自然是十分迷信、应该劝阻的事,但我一到十月,总也常常想到小时候母亲在家门口烧"包袱"、送"寒衣"的旧事。北京有"十月一,送寒衣"的谚语。这种风俗很古老,早在明代就有了,刘同人《帝京景物略》中写得很细致。所谓"识其姓字辈行,如寄书然"等等,意思是天气冷了,人家都穿新衣了,死去的亲人,也应该给他们寄点寒衣去吧!虽然事属迷信,但却寄托了怀念亲人的深厚、淳朴的感情,对于常人来说,也是无可厚非的。母亲是外祖母的独生女儿,当时对于已经去世的外祖母,她以极为虔诚的感情纪念着,每年到十月一,总预先糊好"寒衣包"、"金银锞子包袱",完全像《帝京景物略》说的那样,让我给她在"包袱"外面写上地址,"某县、某村、某处",写上外祖父、母的称谓、姓氏，另外还要写个小包袱"土地酒资五锭"。慢慢我大了一些，受到科学教育，就觉得她实在迷信可笑，我虽每年勉强给她写，但心中颇不以为然。但在自己哀乐中年之后，又感到自己当年也是非常幼稚可怜的了。古人云："生死亦大矣。"对于亲人的怀念，究竟用什么方式表示才好呢？

十月初，在清代，要颁发历书，各处书局，刻印出售。在北京，大小胡同中，可以看到有人背一个布包，手中拿着一叠子历书，一边走，一边叫卖："卖皇历！卖皇历！"叫卖声尖而促，没有卖其他东西的人吆呼的抑扬动听。北京过去是比较守旧的，三四十年代中，皇上已经被打倒二三十年了，历书也早已不是"钦天监"所颁发的了，可是大家还是叫皇历，卖的人也还是喊卖皇历。

再有北京冬天天气冷，要生火，过去老式房屋，人们都睡火炕，十月一要生火熏炕，乾隆潘荣陛《帝京岁时纪胜》记熏炕的事云："西山煤为京师之至宝，取之不竭，最为利便。时当冬月，炕火初燃，直令寒谷生春，犹胜红炉暖阁，人力极易，所费无多。江南柴灶，闽楚竹炉，所需不啻什百也。"这样十月初开始，一直要烧到明年二三月了。

数九坚冰至

冬　至

我国人民从古就重视节令的变化,大概这同十分重视农业生产有关系吧。《礼记》中有名的《月令篇》,三千年前写得就那样生动,而直到今天读起来还非常亲切。

北京四季分明,初冬之后,为时不久,冬至又到了。冬至是冬天的大节令。关于冬至,在北京有两种说法:一是"冬至不算节";一是"冬至大如年"。这是两种截然不同的说法。其故安在呢?因为北京是六百多年的古都,都城中做官的多,做官的人当中,江南人多,这样,北京城里的风俗习惯就比较复杂了。一个冬至节,便出现了两种说法。明代赵可与《孤树衷谈》记云:

> 京师最重冬节,不问贵贱,贺者奔走往来。家置一簿,提名满幅。自正统己巳之变,此礼顿废。

乾隆潘荣陛《帝京岁时纪胜》也记云:

> 长至南郊大祀,次则百官进表朝贺,为国大典。绅耆庶士,奔走往来,家置一簿,题名满幅。传自正统己巳之变,此礼顿废。然在京仕宦流寓极多,尚皆拜贺。预日为冬夜,祀

祖羹饭之外，以细肉馅包角儿奉献。谚所谓"冬至馄饨夏至面"之遗意也。

所谓"正统己巳之变"，是明英宗朱祁镇在土木被俘，即历史上说的"土木之变"。被俘是在八月，朱祁镇这月去大同，在回京途中，经过怀来县土木堡，也先兵至，被俘。其弟郕王朱祁钰监国，九月即帝位，十月，也先兵大举入犯，攻北京，兵部尚书于谦守北京，击退也先。北京形势仍极紧张，自然不会过冬至拜节了。就是说，民间风俗的变化，也常常受到时局影响，但是"冬至大如年"这句话还一直在民间流传着。小时候还常常听到老人们说，虽说在当年幼小的心灵中感到奇怪，但也弄不清个所以然。

清末《燕京岁时记》记云：

> 冬至郊天令节，百官呈递贺表。民间不为节，惟食馄饨而已。与夏至之食面同。故京师谚曰："冬至馄饨夏至面。"

这段记载中特别提出"民间不为节"一句，可见清末与明代风俗已有很大的变化。但是宫廷中还是十分重视的，除去百官互贺而外，在清朝官场中最重要的一件事，就是这一天一律要戴暖帽（有皮沿的帽子），当然翎子、顶子照旧，但要有皮沿。由皇帝直到官吏都是如此。再有从这一天开始，按官品够得上穿貂褂的人都要穿起来，谓之"翻褂子"。"貂褂"是毛朝外穿的，这是很特殊的，好像现代女士们的翻毛皮大衣一样。一件貂褂价钱很大，又非穿不可，这在有钱的王公大臣自然不成问题，而有些冷官，如礼部、翰林院、御史台等等清水衙门的人怎么办，那就到估衣铺买旧的，不管如何光板无毛，只要是件貂褂就可以了。因而有的貂褂，实际还不如一件棉袄暖和了。

在京的京官，都按各人的家乡习惯来过冬至。林则徐在翰林院做庶吉士、编修时，家住虎坊桥。年年过冬至，都在日记上记着："夜搓丸。"（按，即做汤圆。）这是按照福建人的规矩过。李越缦同治元年（一八六二年）住在宣外大街，冬至那天日记记云："天未明即醒，早起盥漱毕，焚香张烛，拜祖宗遥敬。"冬至祭祖，这又是包括绍兴在内的江南人的规矩。至于北京人自己呢？谚云"冬至馄饨夏至面"，吃顿馄饨就好了。同过年吃饺子差不多，不过换换花样罢了。

但是也有比较特殊的，旧式私塾中却十分重视冬至，学生家中要送给老师点好吃的东西。小时候读过几年私塾，这种给老师送吃的情景还历历在目呢。

数　九

在热带地方的人，没有看过冰天雪地，也不知寒冷的可怕。而生活在冬天结冰、地上有一二尺冻土地方的人，冬天总盼着过得快一些，谁不希望春天早一点来临呢？冬至一过，便算交九，又称数九。谚云："从九往前算，一日长一线。"太阳已直射南回归线，从这一天开始，又要往北一点一点地移动了。谚语又有"冬至一阳生"的说法，因为中国古代哲学思想中有"万物消长"的观点。一岁之中到冬至日止，阴的因素已经长到头，阳的因素已经消到头，又开始一点点地回升增长，春天的脚步已经动了。"一日长一线"的说法，早在元代就很普遍了，并且传到宫廷中。据陶宗仪《元氏庭掖记》记载："刺绣亭，冬至则候日于此，亭边有一线竿,竿下为'缇袅堂',至日命宫人把刺,以验一线之功。"可见古人当年也是颇有一点科学的实事求是的精神,也可见期待春回之感情迫切了。

俗语说:"冷在三九,热在三伏。"又说:"未曾数九先数九,未曾暑伏先暑伏。"这些话是什么意思呢? 即由冬至日算起,每过九天算一九,一般到第三个九时,天气最冷,所以说"冷在三九"。到底冷到什么程度呢? 北京的天气,大约在摄氏零下十度到十五度左右,已是十分的冷了。在北京冷到零下二十度那是比较少的。因此说,比起北方其他地方来,北京还不算最冷的。而且北京冬天还有一句谚语:"天寒日短,无风便暖。"即如果没有从蒙古大草原上吹来的寒流,就不会十分冷。在"三九"天,也是一种特殊的享受。记得在沙滩红楼上课时,教室在二楼,冬天时下课休息十分钟,也都跑到楼下去靠墙根晒太阳。红楼连地下室共五层,面南,东西长近一百米,像大城墙一样,把西北风全挡住,使人能饱满地承受暖日。在此晒太阳的味道,真比饮醇酒还舒服。因而也常想"野人献曝"的故事,绝非可笑而是十分诚恳。想起在红楼前头靠着墙,眯着眼睛晒太阳的那种舒服劲儿,绝不下于坐在北京饭店暖气房中的沙发上。不过北京也有无风也冷的天气,太阳淡淡的,到处滴水成冰,北京人把这种天气叫作"干冷",但顶多一两天就回暖了。

九九八十一天之后,春天就来了。刘同人《帝京景物略》载有"九九歌"。潘荣陛《帝京岁时纪胜》也记有此歌并加说明道:

谚云:"一九二九,相逢不出手。三九四九,冰上走。五九四十五,穷汉街前舞。七九六十三,路上行人着衣单。"都门天时极正,三伏暑热,三九严寒,冷暖之宜,毫发不爽,盖为帝京得天地之正气也。

这个歌各地都有，说法不全一致，小时候家中老人们常说的是：

一九不算九，二九冰上走，三九、四九，掩门叫黄狗（即冷得不敢开门），五九、六九，开门集上走（要去买年货了）。七九河开河不开，八九雁来肯定来，九九又一九，犁牛遍地走。

因为九九之后，就要春耕了。这个"九九歌"有关农事，非常符合农村的情况，似乎比刘同人、潘荣陛所记的要有意义的多了。

冰嬉今昔谈

溜　冰

　　偶然看到电视节目中,播放冬季奥运会上溜冰比赛,不禁想起北京溜冰的事来。长江流域,由南京以南,冬天也很冷,也结一点冰,但很难结成坚冰,结两三天就化了,不能冰封河面,所以不能溜冰。北京则不然,一上冻,河面就冰封了,冰封河面有一寸厚,上面就可走人;有一尺厚,走大车都不要紧,健儿溜冰,那真不在话下了。

　　三十年代在北京做过学生的人,大概都有一点溜冰或看溜冰的经验。那时一到冬天,北京大约有三四个冰场,一个在中南海新华门内往东湖面上;一个在北海漪澜堂、道宁斋前;一个在北海北岸五龙亭前。有的年代里,在北海双虹榭前也开冰场。开冰场都是北京棚铺的生意,一上冻,早就同各公园联络好了,到时候用杉篙、芦席在冰上围一个大圈,拉线吊上电灯,就是冰场。每天晚上溜冰结束之后,把冰上冰刀划的冰屑扫干净,用橡皮管子接上自来水洒一层水,夜间一冻,明天又是精光溜滑,冰面像镜子一样了。北海几家冰场,都在茶座前面,本来冬天公园游人少,茶座生意冷清,一开冰场,漪澜堂、道宁斋、五龙亭、双虹榭几家字号,照样可卖茶、卖点心,生意就更热闹了。中南海新华门里面那家,因平时那里无茶座、饭馆,届时棚铺不但要在冰上围冰场,还要在岸边搭茶棚,卖茶、卖热点心,如包子、汤面、炒面等,生意十分好。到中南海溜冰比北海有一个好处,就是省一张门票,只到冰场买票及付存衣帽和鞋的钱就行了。那时中南海名义上是公园,但里面有不少机关和住家,学生可以随便跑进去。

当年冬天常举行化装溜冰。记得在五龙亭举行时,常有一个六七十岁白胡子飘洒的老者也来参加,表演的全是中国式的溜冰,十分精彩,比如他冰上拿一个朝天登,或金鸡独立能一立老半天,这在一般洋学生是没有这样的功夫的。这个老头儿,溜冰时穿一身黑缎子的中式紧身棉袄裤,飘洒着一大把白胡子,十分神气。从他裤腿上缠着绑腿带的古老打扮,看上去似乎像京戏《洗浮山》中贺天保的打扮,岂不知这正是清代末年带点"匪式"的摩登装束。讲究黑洋绉夹袄夹裤,黑缎子棉袄棉裤,谓之夜行衣,这并不是安分人的打扮。时代久远,人只看到这古老的样子,而不知他当年的情况了。据说他当年曾表演给西太后那拉氏看,同唱戏的王瑶卿、谭鑫培一样,是个"老供奉"呢。当年宫廷中也是讲究溜冰的,不过那是中国式的古老的溜冰,当另文介绍,这里只回忆三十年代的冰场。溜冰的绝大多数都是大中学校的学生。说也奇怪,那么冷的天气,不少女同学也都穿着棉袍、蓝布大褂溜冰,小腿上只是一层薄薄的袜子,有的甚至是丝袜子,而居然不冷。男同学穿棉袍子、蓝布大褂溜冰的则更多了。穿长袍子溜冰,现在的人恐怕想也很难想象了。

记得在小口袋胡同上中学时,不少同学都是冰鞋放在书包里,一下学就往冰场上跑。不过我不会溜冰,第一我从小体育技能差,很小的时候,一次向同学借了冰鞋,穿上一踏上冰就摔了个大马趴,差一点把眼睛摔瞎,因而一朝被蛇咬,十年怕井绳,再看见冰就害怕，没有勇气再试了。第二那时买双冰鞋价钱很贵，家中日月艰难，哪有闲钱买这玩艺呢？因而少年一过，对此也再无兴趣，很少想到了。

宫中冰嬉

古诗云："燕山飞雪大如掌。"北京虽然不像东北哈尔滨、牡丹江那样寒冷，但是朔风一吹，河封之后，也有两个多月的坚冰期，所以滑冰从清代就很盛行。那时溜冰自然和现代不同。清代宫廷中的滑冰游戏，是作为技艺，表演给封建皇上看的。那是由八旗兵表演，兼有讲求武事的意义的。道光《养正书屋全集》中收有两首观冰嬉的诗，其中有一首道：

太液开冬景，风光入望清。
推恩绳祖武，敕政廑皇情。
竹爆如雷殷，池水若砥平。
八旗分整暇，千队竞纵横。
瞥睹奔腾急，欣看组练成。
彩球连命中，羽笴叠相鸣。
临阅因时举，趋随沐泽荣。
帝诚通帝谓，瑞雪即飞琼。

诗是非常蹩脚，可以说不成其为诗，"帝谓"不知所云，无书可校，存疑。其中列队奔腾、八旗阵容可以想见是士兵演习，"彩球"、"羽笴"，可知有夺彩球、射箭等项目，记得较清楚，因而作为史料却是难得的。据《金鳌退食笔记》等有关记载，宫中冰嬉

79

是，每年十二月，择日在三海冰上设御座。皇帝来看冰嬉，一是"抢等"，在离御座二三里外，树大旗，皇上坐冰床，又名拖床，鸣一炮，大旗下亦鸣炮；大旗下列队士兵，着冰鞋，急驰而来，滑到御床前；御前侍卫一一拉住，以分头等、二等行赏。二是"抢球"，分左右队，一衣黄，一衣红，御前侍卫以一皮球猛踢出去，至场中，左右分抢，抢着后再抛出去。另一队跃起遥接。接下来还有转龙射球、射天球、射地球等表演。最早八旗兵都有冰鞋表演，道光之后，只命内务府三旗预备了。从记载可见，那时宫中溜冰，似乎也像军事演习一样，是列队进行的。另外还扔彩球，很有些像现在的打冰球，可惜后来这种中国式的溜冰冰球之戏失传了。

除去溜冰、冰球表演外，还有冰上特技表演。据同、光间陈康祺《郎潜纪闻》记云：

> 禁中冬月打滑挞，先汲水浇成冰山，高三四丈，莹滑无比，使勇健者着带毛猪皮履，其滑更甚，从顶上一直挺立而下，以到地不扑者为胜。

这有些类似现代的高台滑雪。那时的冰鞋也是中国式的。据《燕京岁时记》记云："冰鞋以铁为之，中有单条缚于鞋上，身起则行，不能暂止。"不过这些后来都为舶来品所代替了。还记得好莱坞拍摄的宋雅海妮的溜冰影片《风舞银冰》，当年在平安电影院放映时，真可以说是风靡一时，女溜冰健儿们都学着宋雅海妮的舞姿，在各个冰场上一条腿翘起来，不停地打旋子，大大地出过风头，当然也有不少人大大地摔过跤。

北京北海等处的冰场，一般也只是溜溜冰，没有其他花样，一九四五年抗战胜利之后,有一南小街棚铺的掌柜的,很会动脑筋,在王府井南口东长安街路边空地上,租块地皮,搭了大席棚,装了电唱机、彩色电灯,开音乐舞蹈冰场,做了两个冬天好生意。当然,现在溜冰都有音乐和灯光,这些已不足为奇了,可在当时这还是很新鲜的呢。

黄羊祭灶年关到

祭　灶

我国自《三百篇》之后，无代无诗，无处无诗，所以世界上公称中国为诗国，这话是一点不假的。时时可作诗，每逢节日，触动人们的岁时之感，就更易于咏诗了。腊月二十三是祭灶日，虽是个小节，但也有不少诗，因其年事已近，易增感慨也。尤其在北京，客居的人多，腊尽岁残，更易引人的羁旅之思。《越缦堂日记》咸丰九年(一八五九年)腊月二十三日记云："近日见街市多卖花灯纸鸢，及新年诸景物，乡思丛集，今晚听人家送灶爆竹声，恍然故园风景。"又记云："乡愁羁旅，殆不自胜，与珊士、叔子各赋俳体词数阕。"

李越缦是词章家，其诗词不必多引，只看其叙述作诗时的思想感情，即可知其祭灶时是借题发挥，寄托乡愁旅况了。

鲁迅先生在绍兴时，有《庚子送灶即事》云："只鸡胶牙糖，典衣供瓣香。家中无长物，岂独少黄羊。"当时先生家境不好，所以写了这样的事。"黄羊"是古代用来祭灶的，但到后代则无人再用的。据《燕京岁时记》说"内廷尚用之"，至于民间，则不知黄羊为何物，只是清水草料、关东糖瓜而已。沈太侔《春明采风志》记祭灶诗云：

82

> 乌豆才陈爆竹飞，家家庭院弄辉辉。
>
> 灶王一望攒眉去，又比去年糖更稀。

因为生计艰难，寒素之家不要说黄羊，连糖瓜也越来越少了。这不只是近代，稍古一些，也有这样的送灶诗。嘉庆时彭蕴章《幽州土风吟焚灶马》诗云：

> 焚灶马，送紫官，辛甘臭辣君莫言，但言小人釜生尘，突无烟，上乞天公怜。天公怜，锡纯嘏，蟠熊荔豹充庖厨，黑豆年年饲君马。

这又是一格：以讽刺来发牢骚，想入非非，公然要贿赂灶王，使他一下子阔起来了。如果民间俗曲也算诗，不妨再抄两段真正反映北京风土的东西。《霓裳续谱》祭灶云：

> 腊月二十三，呀呀哟，家家祭灶，送神上天，祭的是人间善恶言。一张方桌搁在灶前，千张元宝挂在两边，滚茶凉水，草料俱全，糖瓜子，糖饼子，正素两盘。当家跪倒，手举着香烟，一不求富贵，二不求吃穿，好事儿替我多说，恶事儿替我隐瞒。

另有岁暮儿歌起句云："糖瓜祭灶，新年来到，媳妇要花，孩子要炮，老汉要个耍核桃，婆婆要块手帕罩……"祭灶之后，新年来到，阖家大大小小，各提希望，各取所需，皆大欢喜了。难道这不是善良人们的一点生活希冀吗？自不能肤浅地以迷信视之了。

注:关于黄羊,只知道它是祭灶的典故,其他很少注意到。读梁章钜《浪迹三谈》,其中有一段记黄羊的,颇资参考,文云:

> 余在兰州,饱食黄羊,所谓迤北八珍也。金谓口外之黄羊,则更肥美。元杨允孚《滦京杂诗》云"北陲异品是黄羊"即此。其状绝不类羊,而与獐相似。许圭塘诗"无魂亦似獐",亦即此。惟獐角大而黄羊角小,又其尾短而根白色,为差异。戴侗《六书故》直以黄羊为獐,误矣。按汉阴子方祀灶用黄羊,窃谓阴是贫家,祀灶安得此异品?考《尔雅·释畜》:"羳羊黄腹。"阴所祀当是羳羊。而邵二云先生《尔雅正义》直以今之黄羊当之,恐误。

看了这位福建太史公的随笔,似乎多少知道点黄羊的味道了。

花胜遗风

新正簪花

记忆中的，萦绕着我童年梦的北京，农历正月里招展着三种花：一是那绚丽的烟火中的太平花，在晚上黑黝黝的春寒料峭的庭院中，把一只太平花放在引路中间，用线香一点，立时咝咝的冒出火星，接着那闪耀着银光的火花就喷洒出来了……围着观看的小伙伴们拍手叫好，虽然转瞬之间火花消失了，院子中充满了硫磺味，但这"花"的影子、"花"的"芬芳"，会永远留在你的记忆中。烟火、爆竹都是总称，太平花是其中的一种。刘同人《帝京景物略》记放烟火云："烟火则以架以盒，架高且丈，盒层到五，其所藏械：寿带、葡萄架、珍珠帘、长明灯塔等。于斯时也……光影五色，照人无妍媸，烟冒尘笼，月不得明，露不得下。"

人们爱花，更希望太平，把闪灼着光星的爆竹之一种称作"太平花"，这名称本身就代表了老百姓一种善良的愿望。

北京老话放烟火叫"放盒子"，各种盒子，都是用各种不同的爆竹扎起来，用得最多的是太平花。孩子们买不起"盒子"，买一两枚太平花放放，那欢乐自是无法形容的。所以说到正月里的花，我首先想到的是太平花了。

二是那花洞子里培育出来的报春的"唐花"（方言叫"熏出来的"），红梅、碧桃、迎春、水仙，甚至如《北京岁华记》所记，还

85

有牡丹、芍药、蔷薇、茉莉等。《燕京岁时记》记云："凡卖花者，谓熏治之花为唐花。每至新年，互相馈赠。"

这是非常应时的，惹人喜爱的礼物，"高雅"等等那还是次要的，主要看生意，显示春的气息。北京大小四合院的阳光充足，屋子中又生着火，大北屋、小北屋也好，一窗户太阳，炉子上开水壶噗噗冒着热气，当地八仙桌或靠窗大榆木写字台上再摆上一盆盛开的红梅花，或者一盆碧绿挺立扑鼻香的水仙，拜年的人一进屋，就更是暖香扑面，春意盎然了。

不过话又说回来了，以上两种花虽说情韵难忘，但却不是正月里北京所独有的，烟火中的太平花，全国各地都有，也不是北京的最好。唐花虽是北京丰台花农培育的，但梅花、水仙、山茶等等，江南的、岭南的比北京的更多、更好，也不能算是北京的特产，真正说到北京正月里所特有的花朵，那还有另外的一种，是什么呢？是妇女簪在鬓边的、衣襟上的绒花、绢花，那才是北京正月里所特有的花朵。

我国古代男女都作兴在新春时簪花。宋人笔记中记载，苏东坡老年有一次立春簪花，他侄子还笑他："伯伯老人，犹簪花胜耶？"明人《北京岁华记》记当时都人元旦簪花云："小儿女剪乌金纸作蝴蝶戴之，名曰'闹嚷嚷'。"

刘若愚《明宫史》云：

> 自岁暮正旦，咸头戴闹蛾，乃乌金纸裁成，画颜色装就者；亦有用草虫蝴蝶者。咸簪于首，以应节景。仍有真正小葫芦如豌豆大者，名曰"草里金"，二枚可值二三十两不等，皆贵尚焉。

从明人的记载中，可以知道北京人新正簪花，是源远流长的古老风俗了。不过在几十年前，大多是戴小小的红绒花了。

几十年前，北京人不论男女，都喜欢穿蓝布大褂，男人过年棉袍子、皮袍子外面罩蓝布袍叫大褂，妇女织锦缎衬绒旗袍，外面也罩蓝布大褂。大褂这一名称，还是清代流传下来的。清代官服，一年四季于袍之外，要穿一对襟长褂，是罩在袍子外面穿的。因之北京把一切袍罩，即江南人所说之罩衫叫作大褂。一般都是蓝士林布或毛蓝布作的。大褂加"大"字，是针对区别于短的马褂而言的。过年的时候，家庭妇女，簇新的蓝布大褂罩着漂亮的旗袍，新洗新烫的乌亮的头发，在鬓边要簪一朵大红的、上面点金的绒花，即使年纪大的老太太，也喜欢戴一朵，说是"花"，也不全是花，有红绒"福"字、"寿"字、小红绒葫芦、小鸡、小兔、"十二生肖"等，当然也有戴通草花、绢花的，但那是年轻少妇戴的；而这种小红绒花，却是不限年龄，由小姑娘到老太太都可以戴的。这种戴红绒花的绰约倩影，是我记忆中正月里北京的第三种花，也是北京正月里特有的花朵，这正是古老的"花胜"的遗制了！

卖绒花

"簪花"是中国古老的美容装饰遗风。北京是文化古都，繁华锦绣之邦，对此更是极为讲究，因而在北京制花手艺举世闻名。北京崇文门外面有条热闹大街名花市，北面一些小胡同叫花市头条、花市二条……这些胡同中不是卖鲜花的，而全是做假花、卖假花的作坊。正月里妇女头上戴的那种红艳艳的各种各样的绒花，都是花市作坊里的名产。这是历史很悠久的北京特种工艺品了。乾、嘉时郝懿行《晒书堂外集》记云:"闻长老言,京师通草花甲天下,花市之花又甲京师。每天欲曙,赴者熙攘,博致街头,日间聆深巷卖花声,清扬而远闻,胥是物也。"樊彬《燕都杂咏》注云:"花儿市街,在东城,象生花用通草染作,精巧绝伦,海内所无,亦有刮绒片为之者。"

郝懿行是经学家,也注意到花的情趣,文字十分可喜。樊彬是稍后的人,说得更清楚,盖当时全国包括苏杭一带,象生花朵总做不过北京的。《光绪都门纪略》也引当时的竹枝词道:"梅白桃红借草濡,四时插鬓艳堪娱。人工只欠回香手,除却京师到处无。"这些记载均可看出,当年北京的象生花儿是甲天下的了。

北京旧时代制造的"象生花朵",可分三大类,即绒花、通草花、绢花。因为用的原料不同,制出来的逼真效果也就不同。有的是形似,有的是神似;有的取其显眼,取其精神,有的取其轻盈,取其漂亮。如绒花、大红绒石榴花、红绒龙戏珠、黄绒小鸡、红绒"寿"字等等,在耀眼的毛茸茸的猩猩红颜色上,再粘上泥金的点子,那是格外"豁亮",是取其喜气洋洋的精神。过年时,娶新娘子时,这种显眼得像火一样的花朵,点缀于大年夜团圆饭的席上,点缀于新娘、新郎和漂亮的男女傧相行礼如仪的礼厅之上,就使欢乐气氛更增加了色彩感。再如绢花、通草花,那同绒花的艺术效果又两样了,绢和通草都适宜于做大瓣的花,如月季、芍药、山茶、杜鹃等等。用通草做出来的玫瑰红月季,真是娇艳逼真,那花瓣上的花粉似乎一碰要落了下来,如簪在黑色、白色、蓝色等丝绒旗袍的衣襟边,其仪态华丽,是不必多用笔墨形容的了。至于绢做的山茶、杜鹃等花,簪在鬓边,其轻盈之态,真有走一步就会飞动的感觉。这就不由地使人想起唐人的《簪花仕女图》,想起"钗头凤"、"金步摇"等等美丽的形象。其制作方法、行业组织,在沈太侔《春明采风志》和五十多年前编的《旧都文物略》中均有记载。大抵花市做花,分粗细两行,材料有绫、绢、缎、绸、绒、通草、纸等,纸又分洋毛太、粉连。染花全用中国颜色,红、蓝水色,甚不易制。《春明采风志》特地记染色工艺云:

> 红则红花,店制膏汁零售,其招牌云:"水作花红。"蓝则靛之二蓝,一庙中制而零售。做花活人家用时,以盏往售,至今呼为"蓝汤老爷"庙。今用洋色,恐失传,故志之。

沈太侔的记载是清末的,当时已有失传之势,现在这种工艺大概是没有了。在三十年代初,据《旧都文物略》记载,花市以花为业的铺子、作坊、人家,尚有一千余家,这已是凋零的情况,但于此亦可想见清代最盛时期的情况了。

闲园菊农《一岁货声》中也有"卖绫绢花嗷"的记载,其注云:

> 旧用二尺如折扇面样之纸匣,中贯扁杖,肩扛,又有挑两落绿纸方匣者,有背一落方匣者,各种绫绢、灯草、纸蜡、细花带、铜铁针,又有蝴蝶绒球,大小各式。光绪十年后,兴出随时折枝,照真花做,色色逼真。

这种卖花的,在三十年代中还常看见。在北方农村中,各处庙会集市上都有卖绒花的、绢花的,那些都是贩自北京花市的。塑料花兴起之后,绒花等或稍受影响,由于塑料花与绢花等给人的美感不尽相同,因此,绢花、绒花、通草花还是在姹紫嫣红地开放不衰。

春风忆童心

空　竹

旧时在北京,农历二月间,在风和日丽的天气,如果你住在一个小小的四合院或三合院中,不论你住的是西屋、南屋或北屋,隔着明洁的纸窗,你不时地会听到嗡嗡的声音,一会儿紧,一会儿慢。这到底是什么响呢?是鸽铃声吗?是风筝的弓弦声吗?为什么声音这样近,就在院子里吗?啊!原来那是抖空竹的声音。刘同人《帝京景物略·春场》篇中记明代京师童谣云:

> 杨柳儿活,抽陀螺;杨柳儿青,放空钟;杨柳死,踢毽子;杨柳发芽儿,打柭儿。

按,儿歌所说,乃季节性男孩子的游戏,春天抖空钟,冬天踢毽子,现在也还如此。"空竹"即"空钟",后面解释道:

> 空钟者,刳木中空,旁口,烫以沥青,卓地如仰钟,而柄其上之平。别一绳绕其柄,别一竹尺有孔,度其绳而抵格空钟,绳勒右却,竹勒左却。一勒,空钟轰而疾转,大者声钟,小亦蛞蝼飞声,一钟声歇乃已。制径寸至八九寸,其放之,一人至三人。

刘同人的文章,以冷隽著称,但是写景有可取处,叙事或说明一种物体,则感到做作,反而觉得不够流畅。这段解释空钟的文字就犯这个毛病。"沥青"不知所谓,易与现代名称混淆。实际空钟就是俗名空竹的玩具,江南叫做扯铃。这是一种很古老的玩艺了。

北京的空钟,大多是孩子们正月里在厂甸买来的。有单的、有双的,尺寸也不一样。空钟的轴部是桦木车制的。还有一小的,中间高寸许,径约寸半,制如空钟,中间无轴,只一根长芯,用线缠上,利用离心力原理,把线一抽甩出去,它便在地上如陀螺旋转,发出嗡嗡声音,谓之风葫芦。抖空钟是一种技巧游戏,不是每个小孩儿都能抖的,有时几个人在一起抖,有时一个人抖,旁边几个人等着,一个抖的掉在地上了,另一个再接着抖……这种游戏是既古老又文明,既听声音又活动体力,表现技巧。

初学抖空钟,自然是先抖双的,取其容易平衡。即中间一个葫芦腰轴,两头两个空圆盘。因其是竹木制,又叫空竹。形如一片空圆饼,边上有缝,旋转起来空气进去,便发出嗡嗡之声,因而名钟、名铃了。会抖双的之后,再学抖单的,即一头有圆盘竹"钟",一头只是木头轴,而且是两挡绳槽,很滑,一头重,一头轻,抖起来就不容易平衡了。但这似乎是空钟的正宗。抖得好的人,不但能把这一头重、一头轻的空钟抖得飞快地旋转,还要会一松抖绳,把它放在地上,让它尖头朝下,像陀螺一样在地上旋转,等它旋转快要停止,还要趁未倾斜倒地之际,再用绳缠住葫芦轴,提起来继续抖,这才叫真功夫。在孩子们当中,可以算及格了。若进一步来讲究空钟技艺,那还有一大套呢。如抖的当中,扔向空中接住再抖,或转个身接住再抖,这也是最普通的花招。还有抖着抖着,突然用绳竿接住,让空钟在绳竿上滚动,哗哗乱响。再有两三个人抖着玩一个，我抖着一松绳子扔给你，你马上接住，抖一会儿，再传给他，中间再夹杂一些花样姿势，玩得十分巧妙利落，变化又无穷无尽。可以用庄子"庖丁解牛"的话来赞美，可谓近乎技矣。

老的耍叉艺人王雨田的爱女王桂英，是几十年前著名的抖空钟的表演者，可以左抖，右抖，反抖，扔起来再接住，有"骗马"、"卧鱼"、"黄瓜架"、"风摆荷叶"、"回头望月"等身段，当年红氍场上，堪称绝技，算来现在也已两鬓如霜了，自然有新秀来继承她的技艺了。

风　筝

春风和畅时节，也正是孩子们在空旷的地方放风筝的时候。几十年前，北京空旷荒僻的地方不少。北城，后海沿；南城，窑台、坛根；东城，东单大空场、御河桥；西城，二龙坑大土堆、太平湖。在春日里，这些地方到处都可以看到放风筝的孩子们。古人所谓"千秋万岁名，不如少年乐"，曾经经历过这种欢乐的人，大概永远不会忘记吧，不要说自己拉着线，在那里放，有多么得意洋洋了，即使是做个"小喽啰"，在别人放的时候，两人捧着风筝，帮助人家助跑两步，那点劲头，那种乐滋滋的味道也是难以笔墨形容的。待到牙豁头童之际，即使想捧着风筝，相帮人家跑两步，人家也没有人要了，这点哀愁，千古一理，是永远不得解决的了。袁随园有诗云："不羡神仙羡少年。"正是一句话说到要紧关头上，不愧为袁子才，真是比那些车载斗量的新旧废话诗高明多了。

当年北京孩子们玩的风筝，也有不少自己做的，但大部分也还是买自厂甸的。过去我写文章曾经说到过："哈爸记"风筝，中外驰名，人说那是按曹雪芹遗法制作，并有《南鸢北鹞考工记》一书为证。其实当年厂甸有两个风筝摊子，制法一样，并非"哈记"一家的独秘。不过在造型漂亮上，可能"哈记"更胜一筹，完全够得上"五彩缤纷"四个字的"考语"了。沈太侔《春明采风志》中记载，最大的"长脚沙燕"可有一丈二尺高，其他各种花样名目有：哪吒、刘海、哼哈二圣、两人斗戏、蜈蚣、鲇鱼、蝴蝶、蜻蜓、三阳开泰、喜鹊登枝等，实际还不只这些，还有美人、寿星、喜字、福字等等。有钱的公子哥儿，花银子时也可用几十两银子买个风筝，但自己又不会放，只好叫别人代放，自己看着，这也并非奇闻。一般儿童们买风筝，没有钱买贵的，最普通的是二十枚一个的"黑锅底"，制形同沙燕一样，上面全是黑色花纹，画得也比较粗糙，所以俗名叫"黑锅底"。放风筝时，小风筝一般看清风向后，先把线松到一丈五到两丈，让风筝平躺在地上，然后拉线抖上两下，兜起风来，回头跑几步，边跑边抖线，如果感到手中的线较有力，便可再松一段线，这样一边轻轻抖线，一边放线，放到五六丈以上，风筝就稳在空中了。手中的线，还要轻轻不停地抖动。拉着十分有劲，这时风筝就算放起来了。放的孩子仰头注视着高空，边上看的孩子也仰视空中。古书上说，这种游戏可以泻内热，是很有卫生意义的。风筝在高空中放着，这时要注意风向的变化，千万不能让空中风筝失去平衡，那样一翻身，就会突然坠下来，收线也来不及。儿歌云："黑锅底、黑锅底，一个跟头扎到底——"孩子们一边拍手，一边唱着，就是嘲笑那些不会放风筝的人的。

对一般儿童说来，花过多的钱买风筝，不但不可能，而且也没有意思了。最有劲的还是自己动手做风筝。做风筝最主要的材料是竹篾和纸。记得小时家中常有破竹帘子,在做风筝的季节里,把竹篾抽十几根出来,一根竹篾一弯就正好是一个小西瓜大的圆圈,扎起来,用写仿的东昌纸把圆圈糊上,把各个糊好的圆片等距地连接起来,再在最后一片拴好"顶线",连在风筝的线上,这就做成功了。这个风筝像卖的"蜈蚣"一样,只是少一个"头"。北京将这类风筝叫"蜈蚣",我始终不敢赞同,因为这个名称太不美了。我们山中管这种风筝叫"九条雁",像雁阵一样,多么形象,又多么美丽而富有诗意啊!这种风筝放起来,在飘渺的晴空中,真像是个扇动着春风的一字雁阵,多么值得人们无限地思念呢!

小金鱼

记得几十年前,初次来到北京时,那真比刘姥姥进大观园的印象还深刻,而第一个给我强烈的印象的就是在我所住旅店门前看到的卖小金鱼的担子。

幼年我本是一个山里的孩子,初到北京后先住在前门外打磨厂一家古老的客栈中。店名兴顺店,店中是一个一个的小四合院连起来,古老到什么程度呢?窗户全是纸糊的,晚间还是睡炕,一切还都是庚子前的老样子。那时这种老式客栈门前,由早到晚,不停地传来各种小贩的叫卖声。其时正是早春天气,有一天,听到门前抑扬地吆呼道:"吆——大金鱼儿、小金鱼儿哎!"当时我还不熟悉北京话,听不懂这吆呼的是什么,但是那美妙悠扬的声浪,像柔和的春风吹入我的耳鼓,怎能不强烈地吸引着我幼稚的好奇心,跑出去看呢?啊——这是一副小小的担子,一头是一个柳条篓子,上面用块包袱布盖着,从篓子的孔中,可以看见里面放着一些大大小小的玻璃鱼缸；另一头是直径约二三尺左右的木盆，内盛多半盆清水，用十字木片隔成四格，一格是大一些的金鱼，一格是小金鱼，一格是黑黝黝的活泼泼的蝌蚪，江南人叫作"阿摩温"的东西，再一格则无鱼，漂着一些翠绿的藻草，边上挂着一个捞小鱼的小网罟。试想一个从小生长在北方黄土高坡穷山乡、从来没有看见过鱼的土头土脑的孩子，乍一看到这样有趣的玩艺，能不为之心动，能不留下强烈的印象吗？此后，在北京若干年中，每到春日，听到街头一声悠扬的"吆——大金鱼儿、小金鱼儿来——"的叫卖声，一种强烈的春天感觉和童年时代甜蜜的回忆便会油然而生。那种悠扬动听回荡在春风中的声音，凡是听过的人都会记得，其优美感人处是超过任何音符所能表现的调子的，可惜当年没有人把它录音灌成唱片，现在再想听是听不到了。

当年这种卖小金鱼的小贩都是从天坛东面金鱼池贩来的。金鱼池早在明代就有了。《日下旧闻》引明代逸书孙国敉《燕都游览志》云：

> 鱼藻池在崇文门外西南，俗呼曰"金鱼池"，畜养朱鱼，以供市易。

刘同人《帝京景物略》记"金鱼池"云：

> 池泓然也，居人界而塘之，柳垂覆之，岁种金鱼以为业。鱼之种，深赤日金，莹白日银，雪质墨章、赤质黄章，日玳瑁。……种故善变，饲以渠小虫。

养小金鱼叫作"种鱼"，由鱼生子到成小鱼成大鱼，以及各种变种，都是一种专门技术。养金鱼池中养和盆中养要结合，单池中养，鱼一近土，色便不鲜；单盆中养，长的会慢。大抵是谷雨前将红根藻草放入水中，鱼即生卵其上，然后将草取出，放入净水内，四五日后即破卵、成鱼。喂最小之鱼虫，名灰水虫，及鸡蛋黄，由纱布包好，放入水中，鱼仅能吸其浆水。十四五日后改喂稍大鱼虫，名小蜘蛛。再过半月，喂大鱼虫，名仓虫。养金鱼，每日要换水，但不能全用新水，亦不能全用老水，每天换掉十分之二老水为宜。北京冬天寒冷，不管是金鱼池养或家中养，都要移入室内，温度要在二十度以上。

几十年前，中山公园的金鱼最出名，其品种计有龙睛鱼、蛋凤鱼、绒球鱼、龙睛球鱼、红头鱼、虎头鱼、红帽鱼、蛤蟆头鱼、望天鱼、翻腮鱼、珍珠鱼，其色彩更有红、白、蓝、黄、黑数种，可以说变化无穷。当时一对名种"蓝望天"等，价值五十元现大洋。养出这些名贵的金鱼，却都是金鱼池传下来的绝技。但我却更喜欢小金鱼，那抑扬的"吆——大金鱼儿——小金鱼儿来"的市声，年年春天仍然会在我耳边回荡。古人说"余音绕梁，三日不绝"，那似乎太短促了，我想，应该是永远不绝的吧。

春讯报芳情

花　朝

　　小时候读旧书,讲究背诵,并不一定全懂,这被一些貌似高明、实际不通之士斥之为死记硬背。但却也记住几句老话,到现在居然还常常想起来。早上起床,看到连日阴雨之后,今天放晴,不禁忽然想起《论语》上的话:"莫春者,春服既成,冠者五六人,童子六七人。浴乎沂,风乎舞雩,咏而归。"(莫即暮。)

　　感到这真是好文章,觉得如果在北京,这种天气和同学们骑车到城外"撒撒野"该是多么好呢!虽然不到暮春,早春也是很好的嘛。《康熙宛平县志》云:

　　　　(二月)十五日曰花朝,小青缀树,花信始传,骚人韵士,唱和以诗。

　　虽是"志书",却也很有文学情趣,这"小青缀树,花信始传"二句,不是毫不亚于"杂花生树,群莺乱飞"之名句吗。不过北国的天气,农历二月一般还是冷的。袁宏道《满井游记》一开头就说:"燕地寒,花朝节后,余寒犹厉。"因此说是"花朝"也好,说是"百花生日"也好,算日期已到春天了,但离开百花烂漫还差着近一个月的光景呢!因而昔人用"小青缀树,花信始传"来写这一时令特征,一个"小"字和"始"字,颇具匠心。因为虽说天寒,但毕竟春天的脚步到了,如果节令早,那各种花木也都要返青了。

按,花朝俗名百花生日,是古老的节日,南北各地都有,周处《风土记》早有"二月十五日为花朝"的记载。江南天暖,是时已杂花生树,群莺乱飞矣。所谓"百花生日是良辰,未到花朝一半春",这说的是苏州景物。而北京花期较江南要晚半月光景。因而"志书"所说正是恰如其分。

农谚云:"三月清,灰腾腾;二月清,遍地青。"即清明节如在农历三月,则春来较迟,花木发芽返青也晚;如果清明在农历二月,则春来较早,花木芳草皆及时返青,因此叫"遍地青"矣。查李慈铭《越缦堂日记》:咸丰七年是三月初七清明,而三月初八仍"大风、冰、寒甚"。相反咸丰十一年是二月二十六日清明,而这年三月中却大都是好天。初一"晴,天气温沤,春光大佳";十三日"晴……夜月甚佳,极思出游";十九日"微晴大和";二十日"终天嫩阴";二十二日"晴暖可单棉,春光极丽",这都是北京花朝前后的天气特征,大抵只要不刮大黄风,就是好天气。如果能够在二月中得着两场雨,雨后新晴,土润柳青,到护城河边上遛个弯,则幽燕春色,也不让江南矣。

记得一九五三年春天,正好在清明前两三天下了一场好雨,在北京这真是难得的。因为在北京,春天总是刮风,而且刮的是大黄风,农谚云:"不刮春风地不开,不刮秋风籽不来。"北京最普通的是在一两个月大黄风中传来春讯。枝上小青,于风中呈现;花讯蓓蕾,于风中绽发,年年似乎都在狂风的震撼下万花齐发。"小楼一夜听春雨,深巷明朝卖杏花"的那种江南春色,在北京不能说绝对没有,但常是十年九不遇的。这年得了这样一场好雨,实在难得,而且恰逢雨后又是一个星期天,因而这年游春的人,似乎有倾城而出的势头,我和同事们骑车出城,先到万牲园(当时人们还习惯叫旧名)转了一圈,出来后,大家一鼓作气,骑车到青龙桥。把车寄存在野茶馆里,徒步沿着卧佛寺后面的路,直奔樱桃沟。一路春风吹拂,万山回青,其豪情真比孔夫子"风乎舞雩"痛快多了。俯仰之间,说这话,已是三十多年前的事了。而当时那小青缀树,山峦间似乎弥漫着一派绿光,花讯始传,点点野桃、山杏初绽蓓蕾的画面,仿佛还晃动在眼前,搔一下头皮,能不喟然神往乎!

高粱桥

　　草色返青,春光明媚,北京西直门外的高粱桥,在历史上是踏青的好地方。《帝京景物略》记云:

　　　　岁清明,桃柳当候,岸草遍矣,都人踏青高粱桥。

　　刘同人这段文章写的很长,很热闹,不多引了,总之,从明代起高粱桥就是踏青的好地方。高粱桥的风景在当年是十分潇洒的。袁中郎在《瓶花斋集》中有一小文记高粱桥云:

　　　　高粱桥在西直门外,京师最胜地也。两水夹堤,垂杨十余里。流急而清,鱼之沉水底者,鳞鬣可见。精蓝棋置,丹楼珠塔,窈窕绿树中,而西山之在几席者,朝夕设色以娱游人。当春盛时,城中士女云集,缙绅士大夫,非甚不暇,未有不至其地者也。

试想想，这种风光，几百年后不是还令人神往吗？

现在在北京，一般人很少知道高粱桥了，这还要从头说起。为什么叫高粱桥呢？因为玉泉山、昆明湖流进城来的那条河道，叫玉河，流到西直门外半里，叫高粱河。吴长元《宸垣识略》解释道：

> 高粱河在西直门外半里，为玉河下游，玉泉山诸水注焉。高粱，其旧名也。自高粱桥以上，谓之长河。

吴长元并引《魏征南将军李靖碑》说："高粱河水出自并州，黄河之别源。"又引谚语说："高粱无上源，清泉无下尾。"等等，可见高粱河乃旧名。且河源漫漶不明，实际就是玉泉山、昆明湖水入城河道。高粱桥就是横跨河身的要道。只上下两名，故中郎曰"两水"。

几十年前出西直门到香山一带去有两条路可走，一条出西直门笔直往西，经过万牲园（后改动物园）路口再往西转入去海甸的大路；一条出西直门走关厢不远就拐弯往北，进入关厢北街，再往前走不多远，就到了高粱桥了。一到高粱桥，风景便豁然开朗，南北的大石桥，桥北是开阔的北方田野，桥下是清澈见底的流水，这水都是由玉泉山、昆明湖流来，流向德胜门水关的，西北一望：西山、玉泉山、万寿山色调深浅、层次分明，可以说是北京城郊最美的一条路。

在未修马路前，由西直门出来，全是石板铺成的路，由石道转弯向北时，有两座过街牌楼，南面一座题字是"长源、永泽"，北面一座题字是"广润、资安"。高粱桥附近的园林极多，有以丛竹、海棠闻名的齐园，有皇家的乐善园，有巡河厂、广通寺、滋献寺、极乐寺等等。现在的展览馆、动物园就是这些古代名胜的旧址。由高粱桥再往东，有水闸，名高粱闸，正在西直门北城墙转

角处,这一带风景极好,前人记云:

> 水从玉泉来,三十里玉桥下,夹岸高柳,丝垂到水,绿树绀宇,酒旗亭台,广亩小池,荫爽交匝。岁清明日,都人踏青游者以万计。浴佛日、重午日,游亦如之。

从记载中,均可想见这条路的旖旎风光。

清代光绪后期那拉氏去颐和园都在这里上船。桥北建有"倚虹堂船坞"。直到清末这里也还很可观,震钧《天咫偶闻》所谓"西直门而西北,有如山阴道上,应接不暇,去城最近者为高梁桥……沿河高楼多茶肆"。孙宝瑄《忘山庐日记》光绪三十四年(一九○八年)四月十日记云:"日西斜,乃共乘车出西直门,绕御河长堤而行,水清涟作深碧色,高柳如云,远山明媚,所谓江南景物,竟自有之。将至万寿寺,狂飙大作……"均可想见本世纪初高梁桥仍然是风光非凡的了。

可惜的是,后来西直门外修马路,没有选择这条路,走了另外一条,因而高梁桥、极乐寺、万寿寺等处都冷落了。我作初中学生时,春天一来,骑车出西直门玩,特地走高梁桥去"撒野",甩"白条子"(钓小的白鱼)、编柳圈,其欢乐真是"南面王不易也",只是少时旧梦越来越渺茫了。

注:几年前夏天,偶然又经过万寿寺门前,几棵高大的古槐,浓荫掩映,高处蓝天白云,仍有无限沧桑之感,门前御河水十分浅,已快干涸了。右侧便是大马路,而马路对面,又是新盖的外资豪华饭店,世纪初与世纪末,在这小小的万寿寺前变化太大了。已无人能想象西太后去颐和园时经过这里的情景,只有飞驰的小汽车了。而这几株老槐还在静静地观察着。

燕山花信谱

山桃花

客居江南，年年一到旧历二月中，不禁想起北京的山桃花来，虽然常常是闭目暇思，但是鼻端似乎已经嗅到那初开冻不久的泥土香了。

我原是一个深山野坳里的孩子，小时候跟随家中大人来到这首善之区，先住在一个老式客栈中，住了不久，就在西城皇城脚下租到了几间房子。迁入新居的日期，正是旧历三月间。那天刮着北京有名的大黄风，一家人坐着几辆洋车，拉着箱笼及人，混混沌沌，由打磨厂一直拉到府右街。顺着皇城，来到新居。那时洋车进前门到西城，习惯斜穿西交民巷草帽胡同出来到长安街，虽然曾经眼界一宽，但沿路灰黄一片，记忆中实在没有什么值得一说的。但是当一走进新居的二门时，突然一幅花团锦簇的图画，映入我的眼帘，使我猛然一惊，留下极为强烈的印象，尔后我无论千里万里之遥，廿年卅年之后，偶一忆及，便立刻鲜明地重现在眼前，这就是那树盛开的山桃花。昔年曾写了《望江南·苏园花事竹枝词》四十首，其中一首云：

> 苏园忆，一树小桃红，廿四番风尔独早，三春迎客记头功，常在梦魂中。

那所房子，名苏园，是清末一位尚书公的。尚书公去世，后辈虽然仍住在老宅子中，但都已分房异炊，有的房份分的房子很多，住不完，为了增加点收入，就把空余房子租给房客住。这所大宅子，不是老式四合院式的，而是带点西式的大花园式。一进大门，是二三亩一大片花木，中间一条路；一进二门，又是三四亩大一片花木林，走完之后，才是房屋，后面还有很大的花园。这棵独特山桃花树，就在二门外一排房子檐前，树身倾斜，高过房檐，着花最早，最繁，一开就是粉白一树。苏园里里外外，丁香、榆叶梅、海棠等，有上千棵，而很奇怪，山桃花却只有这一株。我第一次同它见面时，正刮大黄风，苏园花木林丛，晕黄一片，毫无春讯，独它在大黄风中，开着一树繁花，也是非常特殊的了。我在苏园中，足足住了十三年，年年春天看它招展枝头，首传春讯，这情缘是很深的了。

那四十首《苏园花事竹枝词》，都是一时的相思纪实之作。盖在都门花信中，户外着花最早的就是山桃花。《水曹清暇录》载《燕台新月令》二月云："是月也，鸡羔祀日，山桃华，城笳鸣春……"山桃，树干有亮晶晶的红皮，着花粉红色，比桃花深，花时缤纷盈树，十分烂漫。树一般长不大，是京华花事先驱者，只要山桃一开，其他春花都要次第开放了。山桃结很小的毛桃，不能吃，但是桃核很大，可以雕刻成"数珠"或其他小玩艺，也是很好玩的。

都门一春花事，不大讲究看桃花，以桃花著名的园林寺观，可以说少得几乎没有。记忆中桃花最盛的是北海东岸濠濮涧一带山上，有一大片桃林，花时云蒸霞蔚，有点"香雪海"的气势。袁中郎曾说过："燕地寒，花朝节后，余寒犹厉。"这是北京气候的特征。因而在山桃花开时，天气还比较冷，甚至有时还下雪。北海那片桃林，就曾几度欺霜傲雪，在雪中开放过。时人词曲家张丛碧和萧重梅二位老先生，就都有"雪里桃花"之作，吟的就是这片桃林。

每到"山桃华，城笳鸣春"的时候，对北海东岸的桃林便感相思弥切，忆念中苏园的那株山桃花也该无恙吧？珍重寄以遥远的问讯了！

藤　花

记得很小的时候，听小伙伴念《名贤集》，听得熟了，居然也记住不少句，其中一句道："藤萝绕树生，树倒藤萝死。"那时觉得似乎颇有些道理。后来在北京中山公园，看见能干的花把式，却把藤萝种在已枯死了的柏树边上，这样藤萝便牵藤引蔓，缠绕在树上，既省了搭藤萝架的费用，而又使春时紫花盈树，夏时郁郁葱葱，好像那株古木又充满生意了。这种办法颇使我大吃一惊，感到世界上的道理真是太多了。花把式独具匠心的设计，藤萝绕树生，枯木亦逢春，也是含有不少哲理的。我于此诚然受到不少启发，从此也就更十分眷恋于藤花了。

北京赏藤花是有其历史的传统的，著名的古藤也不少。吏部藤花是明代弘治间吴宽手植的。在刘同人《帝京景物略》记载时，已经烂漫了近二百年了，所谓：

> 方夏而花，贯珠络缨，每一鬖一串，下垂碧叶阴中，端端向人。蕊则豆花，色则茄光，紫光一庭中，穆穆闲闲。

莆田人方兴邦还为这株藤花写了《古藤记》，刻石花间。吏部在前门里东面公安街,辛亥后,一直是警察厅的所在地,这株藤花在三四十年代还在。另一株古藤,是清初诗人王渔洋手植藤,在宣武门外琉璃厂夹道。"古藤书屋",是自查初白而后,多少诗人都歌咏过的。这株藤花在清代同治、光绪而后还在,孙丹五诗所谓:

> 诗人老去迹犹存,古屋藤花认旧门。
> 我爱绿杨红树句,月明惆怅海王村。

　　说的就是这里。不过这些古藤后来都没有了,几十年前,在都门看藤花,最好就是中山公园了。稷园花事,丁香、牡丹而外,藤花自占几分春色。每到花时,一过那座蓝瓦汉白玉大牌楼,就望见在暖洋洋的日光中,一派紫光,蜂围蝶闹,眩耀春情,真的是熏得游人欲醉了。

　　少年时代,寄居在西城苏园,那里也有两架很繁茂、很老的藤萝。藤花先开花,后出叶子,这一般看花的人都是知道的。另外不知你注意过没有,藤花在早春刚刚生出一串串的花缨时,也是嫩绿的,慢慢才变颜色,等到大放时,才变为淡紫色的。那一串串、一簇簇,都有它特别的风度,吐出了淡淡的、带有甜蜜气味的暖香。北方春天晴天多,雨天少,即使大风天气,也往往是过午才起风,上午九十点钟,在阳光的照耀下,看紫藤是最有情趣的。不只是蜜蜂在花中乱飞,而且有极小的蜘蛛拖着极细的游丝从中坠落下来,闪耀在花光日影之中,我小时不知多少次,坐在花下,得到无限的静中的趣味……北京有藤花的私家院落园林也不少,可惜我大部分都不知道,记忆最深的,感情最厚的,就是苏园和稷园的藤花了。

离京之后,几十年没有在三春花事时得到回北京的机会,因而多少年没有再看稷园藤花了。前些年小住吴门,常常到拙政园看文徵明手植藤,保存很好,老干缠绕高大的木架,遮满一个院子,其气势就足以显示它五百年的沧桑,每值花时,开得仍十分烂漫,不免招惹情思,曾写了一首小诗道:

天涯无客不思家,坐此藤阴爱紫霞。

坐久不知春意绪,微风吹落两三花。

看着吴门的藤花,思念京师的藤花,权且寄与无限相思吧!

海棠故事

在《红楼梦》中,大观园怡红院里有一株海棠,名曰女儿棠,宝玉说它有闺阁风度,这样把构成"怡红快绿"的海棠点缀得十分有趣,我不禁想起又一个关于海棠和女孩儿的故事:

明清两代,春明花事,海棠本来是十分著名的。皇家苑囿、贵戚林泉、寺庙道观,有不少的名海棠,见于前人诗人笔记,直到现在均可查考。但是据说更早时候,北京海棠却是很少,是从辽圣宗耶律隆绪之后,北京西山的海棠树才繁茂起来的。传说他的第十个女儿,小名"菩萨",长得十分聪明美丽,但是长到十四五岁时,尚未出嫁便夭亡了。死了之后,葬在西山,从此那里的海棠便繁盛起来,不但春日作花,缤纷艳丽,而且秋日结果,也垂实累树,有名的白海棠、榅桲都是出产在这一带。后来这里地名就叫公主坟,还盖了庙,叫作无相寺。从此这里的海棠又引种到城里的各个园林寺观中,名种海棠如"西府"、"铁梗"、"垂丝"等等,便盈都下矣。这个传说自然是附会之谈,不能据为史实的,但这个故事却是十分美丽的。如果据之作为文学作品的素材,不论是写为小说、神话故事、戏剧,都是令人魂销的。自然,历代文人不乏多情之士,好事之徒,嘉、道时定盦居士曾吊以诗曰:

> 菩萨葬龙沙,魂归玉帝家。
> 余春照天地,私谥亦高华。
> 大脚鸾文鞯,明妆豹尾车。
> 南朝人未识,拜杀断肠花。

这是纪实兼想象之作,因为"菩萨"《辽史》无传,是北京西山果农把其地称作公主坟,所以说"私谥亦高华"了。

明代北京的海棠,以报国寺、韦公祠最著称,王崇简诗所谓"凤城西南报国寺,海棠双树芷幽邃";又道"燕京此花驰声价,韦祠为最此为亚",说的就是这两处名胜。清初张远《澳志》曾记云:

> 京师多海棠,初以钟鼓楼东张中贵宅二株为最,嘉隆间数左安门外韦公祠。万历中,又尚解中贵宅所植高明。区中允大相诗,解家海棠帝苑边,开时车马日喧闹,是也。今旧本俱无存矣。

其中所说韦公祠,在当时极负盛名,几株海棠特别大,不少书中都有记载。谈迁《北游录》记他顺治十一年(一六五四年)清明后四日看韦公祠海棠云:

出左安门探韦公祠海棠……有海棠二，各合抱，枝干丛条，尚未荂也。自甲申来，今百四十一年。木之寿有限，似易于见长。记南都（按，即南京）静海寺海棠，为永乐七年（一四〇九年）太监郑和舶上物，大不及此。或曰梨树接铁梗海棠，则成西府，理或有之。

这是北京的粗可合抱的老海棠史料之一，不过这只是历史文献上的记载，现在则早已没有了。

虎坊桥东面路北，有一所大宅子，当年是纪晓岚阅微草堂旧址，几十年前，是京戏科班富连城的社址。那里有两棵高大的海棠，还是纪晓岚居住时的旧物，迄今已经二百多年了。在北京现存的为数不多的一些古老花木中，这株古海棠，也可以算是硕果仅存的了。期望当事者，注意保护吧。

落花诗

说句老实话，在北京早春的花事中，海棠的确是值得称道，它比杏花繁盛、艳丽，比桃花花期长、花朵密。如果把它比作日本的樱花，那颜色比樱花还红得爱人，而其着花之繁密缤纷，差可媲美樱花，到秋天却又能结很好吃的果子，这又是樱花所无法比拟的。海棠的种类也极多，按明代李日华《紫桃轩杂缀》记载云：

海棠多品：贴梗、的铄、口脂、西府，轻盈醉颊，木瓜、玉臂、纱单、垂丝，步摇风细，尚有紫棉，未得经目，味其标目，定有妙姿。然昌州海棠独香，不知竟是何种。

从李日华的记载中，可以想见当时的海棠品种是很多的，不过这还是文人随便写写，如果今天植物学家分类，恐怕还远远不止此数呢。按，海棠无香，故香者特别说明。而据李渔《闲情偶寄》说，海棠还是有香的，只不过香味恬而淡，人不大容易嗅到，而蜂蝶十分敏感，届时还是因香而来的。引郑谷《咏海棠》诗"羡他蝴蝶宿深枝"为证。

记得几十年前住在北京西城时，那里有个很大的花园，各种花木品目繁多，而一春花事，要属花厅前的两大株垂丝海棠开的最烂漫。这是两株高约丈五的老海棠，分植花厅前引路左右两侧，枝叶开展，葱茏繁茂，四面伸出，成半圆形，培植修剪得极好。垂丝海棠开的花，一簇就是四五朵，每朵花蒂连在一根不足一寸长的细丝上，像下垂的缨络一般，极为别致。秋天结成小的果子，也是一簇一簇的，惹人喜爱。在红色中，桃红、海棠红、玫瑰红，都是娇嫩艳丽的红色。这两株海棠，在我的记忆中，极为繁茂，年年春天，开满一树。真是嫩红盈树，笑傲春风，比古人所说的"红杏枝头春意闹"更为热闹。因为花朵稠密，开谢之后，也真是落英缤纷，地上红红的一层，这一点倒也很像樱花了。曼殊上人诗云："落花深一尺，不用带蒲团。"在海棠花下，也似有这样的意境。

记得龚定盦有一首很有名的古风《西郊落花歌》，写的就是海棠花。诗前有《小序》道：

> 出丰宜门一里，海棠大十围者八九十本，花时车马太盛，未尝过也。三月二十六日，大风，明日风少定……出城饮，而有此作。

诗中形容落花道：

> 如钱塘潮夜澎湃,如昆阳战晨披靡,如八万四千天女洗脸罢,齐向此地倾胭脂……又闻净土落花深四寸,冥目观想尤神驰,西方净国未可到,下笔绮语何漓漓。

定盦的诗,写得实在是海阔天空,极尽豪迈之能事,但更重要的是那片"花海",实在蔚为奇观,太惊人了。小序所说"丰宜门",是按照金代的名称叫的,实际就是后来的右安门,又叫南西门。这片"花海"就在右安门外面,那时这里有座名称十分典雅的庙,叫作花之寺,俗称三官庙。龚定盦的同时人杨懋建曾在一本书中记道："南西门外三官庙,海棠开时,来赏者车马极盛。"这说的就是龚定盦诗中所写的海棠。

我在苏园住了十三年,那个园子虽然日渐荒芜,但花木还照常年年萌发,开出烂漫的花朵,不误春时,不负东风,海棠是最仪容华贵的。我少年时代,不知在花间消磨过多少个晨昏朝暮,后来蓦地分手了,再也看不到她了。若干年前有一年春天,住在海边一个小渔村中,向晚坐在海边望着月亮、海水、帆樯出没,不知来去有多少征人,我不禁想起苏园的海棠花,想起月光下的海棠花,曾有句云："故园亦有团圞月,不照风帆照海棠。"几十年没有看见过开得那么盛的海棠花了,那娇艳的、嫩红的、像少女樱唇一样的繁花啊,随便什么时候都似乎还在我的眼前浮动呢!

马缨花

蒲松龄在《聊斋志异》的一个故事中,写到了马缨花,写得很为美丽:有一个书生,在梦境中到他那意中人的家中去,骑着马走到一个幽雅的村落中。一户人家,疏疏的荆篱,小小的房舍。篱内一树马缨花开得正好。隔篱又望见敞开着的晴窗下的人儿正是他那意中人……这段描绘是把前人诗句中的"遥指红楼是妾家,门前一树马缨花"更加形象化了。柳泉居士的文字实在漂亮,写得引人入胜。我辈何敢望其项背,只不过借个由头,来谈谈马缨花罢。

马缨花不是名花,在京华花事中,烂漫不比桃杏,芬芳不比丁香,淡雅不比紫藤,娇艳不比海棠,文人学士大多是注意不到它的,因而见之于诗文的并不多,只有留心生活情趣的像柳泉居士这样的人,才把它写入美丽的故事中。实际它在春明花事中,是别有幽闲态度的花朵,这点在一百多年前,也有人发现了,那就是大名士李莼客。《越缦堂日记补》咸丰十年(一八六〇年)四月二十九日记云:

> 窗前马缨花开,茸艳幽绮,其叶朝敷夕敛,又名夜合花,越中颇罕得。花细如缉绒所成。夜分后,温香清发,即摘置亦然。真香奁上供,情天欢果矣。

真想不到这样普普通通的花会得到越缦堂主人这样的喜爱和赞美。五月初一又记云:"马缨甚开,满枝霞敷绛帧,甚资爱玩。"不愧为名士手笔,这"花细如缉绒所成"一句,写的正好,实际在北京它的通俗名称就是叫做绒花的。这个名称似比马缨花更好些,因为"马缨"都是猩猩红的,形状也大得多,又如何能比拟这淡粉红的、一小团毛茸般的、轻盈的花朵呢? 所以叫"绒花"比叫"马缨花"形象得多,可惜越缦堂主不知道这个名称,不然也写在日记中了。实际据《植物名实图考》载："合欢即马缨花,京师呼为绒树,以其花似绒线,故名。"其产地是益州、京、雍、洛间,江南是很少的,所以李越缦说"越中颇罕得"。据说此花能令人消除忿怒,而且说分枝捣烂绞汁,洗衣服最能去污垢。可见是一种自然高效洗涤剂。

历代诗文集中,单单咏赞马缨花的诗文是很少的,似乎也真是路柳墙花,不足以登大雅之堂。但是在生活中,我却另外同它有些情谊。那还是儿童时在苏园的欢乐,破旧的花园门口,有一株参天的老槐,又有两株近一丈五尺多高的马缨花,边上有一个自来水龙头。这里平时很少有大人来,便是孩子们的天地,在马缨花盛开的时候,我们小朋友,把水龙头打开,把大拇指和二拇指叉开,用虎口堵紧水龙头口,镖水玩,看谁镖得最高,把水浇到马缨花树头上,使马缨花身上挂满晶莹的水珠,在太阳光下一闪一闪的,显出霓虹般的异彩,这真是比梦幻还美丽的境界。

马缨花的花期很长,由初夏直到盛夏,一直默默地开放着,作为街树也是很好的。北京最早种街树,就种过马缨花。《京华百二竹枝词》道:"正阳门外最堪夸,五道平平不少斜。点缀两边风景好,绿杨垂柳马缨花。"

前门外八十年前就种过马缨花,后来反而没有了。北京旧时有些街道就把它种作街树,记得定阜大街辅仁楼(现为北京师范大学的一部分)前,景山前街,即故宫博物院红墙外面,种的也都是马缨花。现在各处街道,好像种的更多了,这是很好的。作为街树让它遮阴,单靠它那疏疏的、"朝敷夕敛"的叶子,是远远不够,但用作看花却是很好的。马缨花的花期初放端阳前后,那时,北京风沙季节已渐渐过去,夏景渐临,年轻人已经换上单衣,在暖洋洋的阳光中,街头一片片的淡粉红色,像朵朵的朝霞,像飘拂的绛纱，像小儿女的青春，像菲色的梦境……这就是京华道上的马缨花、夜合花、绒花呀！

槐　花

现代化城市建设中，很注意"街树"的培植。即使在古代，如中国唐代的长安、宋代的汴京，也在御路两旁种柳树、种槐树。但是明清两代在北京的营建管理中，并未注意到"街树"的栽培。虽然过去北京城内也并不缺少树木，但从未有计划地在大街两旁种"街树"。北京旧时街道上的树木，如南北池子、南北长街、府右街等处，大多都是推行新政、开辟马路之后栽种的。景山前街、景山后街，也都是开辟马路及开放故宫博物院之后栽的树，都培植的很好，没有多少年，便收到了"绿化"（四五十年前，还不懂这个名词）的效果。

说到"街树"，在南方最好的品种是悬铃木，俗称法国梧桐，叶大荫浓，成长迅速，便于修剪。如南京颐和路、杭州南山路、湖滨路以及上海淮海路、衡山路的马路，都种的是这种树，没有多少年便成为很好的林荫道了。但是北京限于气候条件，似乎无法用悬铃木作为街树，关于这点，起先我是这样认为。但近年却又感到有些奇怪，就是看到中南海里面，近二三十年种的悬铃木长得很好，这就否定了我过去以为北京不能种悬铃木的主观想法。我所感到不解的是，为什么北京不用悬铃木作为街树呢？似乎只有选择易于生长的洋槐了。北京旧时较好的几条林荫道，种的都是这种树。

北京历史上遗留下来的乔木，老槐树本来是很多的。有的槐树甚至有三四百年以上的树龄。俗话说："千年松，万年柏，顶不上老槐歇一歇。"槐树甚至可以和松柏比年龄，松柏还比不上它，可见其高龄了。这种槐树开黄花，唐代长安街上种的都是这种槐树。所谓"槐花黄，举子忙"，赶上举子赶考的时候，正是槐花开的时候。从两句流传下来的谚语中，可以依稀想见当年长安的风光。北京古槐最著名的是中山公园社稷街门左右"社稷坛双树"，这是乾隆时钱载（字箨石）写歌咏唱过的，树围一丈三四尺，树龄估计有五百年。北京其他街头、胡同中、人家院里，老槐树都不少，不少名人，还用它作为斋名，如陈师曾先生，就有大槐堂。俞平伯先生又有古槐书屋，这都是近现代艺苑中著名的因槐树名斋舍的例子。只是如用这种槐树作为街树，虽然很好，却是生长太慢，也就不适宜于培植起来作街树了。相对来讲，较为适宜的还是洋槐。

洋槐叶子同槐树相仿，但更大、更密，而且栽种容易，生长比槐树快多了。如栽种茶杯口粗的小树，种的密一些，大约五六年之后，就可成荫，盛夏之际，一条街绿荫荫地就可享受它的凉意了。这是它的第一个好处。它还有更可贵的第二个好处，就是它开很香的花，这却是法国梧桐无法比拟的了。它的花像藤萝花一样，开出来是一串一串的，雪白色而又有点淡淡的绿意，散发着浓郁的清香，如果当年北京每条马路都好好栽种这种街树的话，那每到花时，真可以说是"满城香"了，只可惜种的还不普遍。

旧时街树长的最好的是南北长街、南北池子、景山前街、府右街几条街。记得有一年初夏在京，某一天晚上和两个朋友从北海出来，到府右街朋友家中去，正是槐花开的季节，大家边走边谈，在府右街浓密的槐荫下，沐着五月的晚风和夜气，呼吸着槐花的清香，只顾走，只顾说，早已忘了路之远近，不知不觉已走到长安街了,三人相顾哑然失笑;又返回来,如此走了两个来回,才兴致阑珊地回到家里。多少年来,似乎仍旧能嗅到那股甜甜的槐花香味,淡淡地飘过来。

至于那两位朋友呢?原是一对夫妇。几年前,女士一方来沪,在电话中居然叫我"小邓",而把晤之际,相顾已华发盈头;更可浩叹者,男士一方已成古人了。附记数语,以表纪念吧!

琼华岛夏梦

漪澜堂茶香

在人的一生中,什么事情,破题儿第一遭,印象也就最深刻。我第一次看见——只能说看见——北海时的惊奇、羡慕心情,五十多年过去了,而仍然历历如同昨日一般。为什么不说逛,而只说看见呢?因为我那是在隔着一片水看北海。那是童年时搬入西城新居不久,一次下午家中大人带着到北京图书馆去开眼界,图书馆大门口不要门票,可自由出入。而大楼门口却不让小孩进去,我就跟着大人在院子里玩。好在那院子里当时洁无纤尘,花木葱茂,也像公园一样。我一个乡下孩子,看见这种环境,已经感到有如进入神仙洞府一样,不知道如何是好了。不想走到东面石栏杆旁,隔着栏杆一望,哎呀! 更是大吃一惊,这不真是仙山楼阁吗? 我恨不得一下飞过去,可我当时连北海门在哪里还不知道呢? 至于那是什么地方,自然更不知道了。听大人像说神话般的讲说着,但听到后来,却很失望,因为天色晚了,不带我去,我几乎要哭出来了……

后来过了不久,大人真的带我去了,还坐在茶座上喝了茶,吃了包子。那时的门票,是二十枚铜元。那时喝茶的地方是漪澜堂,是北海最大的茶座。

几十年前北海的茶座有十几家之多,进前门,一过"堆云"、

116

"积翠"牌楼，往左手一转，就是"双虹榭"，因正好对着"金鳌玉
蛛"和"堆云积翠"两座桥，故取名"双虹"。匾是周养庵还是傅
增湘题的，记不清了，不过附有大段"跋语"，这是北海辟为公园
后惟一的一块新匾。过牌楼往右手转弯，绕琼华岛半周，进一个
高阁阙门，眼界忽然开朗，临水汉白玉栏杆，雕梁画栋的楼阁成
扇面形在绿水边展开。对着一派水光，望着西北面的蓝天、白
云、黄瓦的"小西天"以及临水的五龙亭。这里曾有两家茶座，就
是漪澜堂和道宁斋。听说北京最享盛名的仿膳饭庄目前便设在
这里。而那时却是北海最大的茶座，有最好的座位，最好的茶
食，最好的点心……靠白石栏杆摆一排座位，贴走廊栏杆摆一排
座位；另外在房间里面有座位，但来喝茶的人却没人坐到里面
去，外面临水喝茶，风光比天堂还美，有谁肯呆头呆脑跑到屋里
去坐呢？除非有人请客摆圆桌，不然里面经常是空着的。

漪澜堂、道宁斋坐南向北，且系扇面形，下午正当三四点钟
之后，茶座上人时，不免有些西晒。因而夏天在搭天棚后，再在
每根柱子前垂直挂一大块蓝布遮阳，这样一块块的，像船帆一
样，既挡住骄阳，又不碍茶客的观览视线，真是爽朗极了。每到
春夏之交，一到下午三四点钟，太阳偏西之后，是漪澜堂、道宁斋
最热闹的时候。坐在水边，喝着香片茶，嗑着瓜子，吃着玫瑰枣
等茶食，闲谈着，望着龙楼凤阙边特有的蓝天和变幻的白云，听
着划小船的人的笑声、桨声，在大蓝布遮阳下面水中阳光闪动着
金波，小燕子像穿梭一样飞来飞去……这时你会自然想起王子
安的"滕王高阁临江渚，佩玉鸣鸾罢歌舞。画栋朝飞南浦云，朱
帘暮卷西山雨"的诗句。虽然这里不是滕王阁，而艺术的意境会
促使你产生共鸣。

漪澜堂和道宁斋两家，沿栏杆和长廊，上下两层，大约共摆

一百二三十张桌子,每张桌子,四张大藤椅,同时可以招待近五百人喝茶,那真是轻衫纨扇,张袂成阴,可以说是洋洋大观了。

当时一般人家去趟北海也是桩大事,一年中是难得有一两次的。比不得豪富之家或高薪阶层,可以每天坐包车或汽车去北海坐茶座,不当回事。一般人家经常去是去不起的,但偶去一次总也要坐坐茶座,全家每人吃碗馄饨或吃盘包子,花个块儿八毛的,这就是北京人的谱儿。

揽翠轩

琼华岛顶上,白塔后面一家茶社名揽翠轩,地方不大,但居高临下,地势很像西湖孤山四照阁。所不同的,这里是自南向北望,没有那么大的水面,而代替的是远处的人家屋瓦而已。远眺钟楼、鼓楼,近瞰水中小船,像小鸭子一样。尤其是雨后,往下一望,绿树如洗,房屋栉比鳞次,一眼望不到头,一边喝茶,一边闲眺,真感到京师的博大,正是王摩诘所谓"云里帝城双凤阙,雨中丛树万人家"了。

这家茶馆茶点并不好,但是地势好。爬白塔的人爬到顶,累了,也可在此歇脚。记得在读初中时,有一年旧历七月十五北海放河灯,我约了一个小同学一起去看河灯,那天北海真是拥挤不堪,进入漪澜堂长廊的门洞时,比电车里还要挤,年纪小,喜欢瞎起哄,拼命挤进去,挤到漪澜堂前时,人已经拥满了,我们个子小,什么也看不见,十分扫兴。便索兴爬到高处去看,一起爬到处在山顶的揽翠轩。俯瞰下去,水中点点灯火,尽收眼底,十分得看,因而人也很多。我们也想挤在这里看,但并不买茶,人家不让进去;进去也无处坐,依旧是看不成。于是我们只好买了两小瓶汽水。那汽水是很特殊的,瓶口上是一个玻璃球顶牢,开汽水时,用一个木头塞子一按,把玻璃球按下去,汽水噗地一声就滋出来了,是很好玩的,可惜现在没有这种汽水了。我们一人花五大枚买瓶这样的汽水,便在这里饱看了一晚河灯,比沏茶要便宜得多呢。这是我惟一的一次光顾揽翠轩。

过陟山门桥,沿东岸慢慢往北走,经过濠濮涧,弯进去有一家小茶社,颇为幽邃,这是一家最安静的茶社,是作家写作的好地方,也是情侣海誓山盟的好地方。有个时期,曾经有几位老诗人定期在这里雅集,分韵刻烛,不过如今说来,都已是古人的故事了。

偶翻国风社选的《采风录》,其中尚有宗威子的《戊辰上巳北海静心斋禊集分韵得汪字》、曹经沅《戊辰上巳北海镜心斋禊集分韵得急字》等诗,"戊辰"是民国十七年,公历一九二八年,说来都是六十年前旧事,这些人不少还都是所谓的"同光后劲",现在则早已绝响了。

北岸茶社,西面是五龙亭,东面是当时的"仿膳"。五龙亭茶社,只是中间三个大亭子摆茶座,四面轩窗大开,临窗设座位,离水面近,接受南风吹拂,视野又开阔,琼华岛的塔影波光,齐收眼底,在这里喝茶是别有情趣的。东面仿膳,依山面水,搭着高大的舒卷自如的天棚,也摆很多茶座,但是却另有号召,那就是仿照清宫御膳房做的菜肴点心,所以店名"仿膳",也卖整桌的酒席,主要还是靠卖茶和点心的生意,在这里摆酒宴的人并不太多。现在,这里是新建的仿膳的分店,以卖酒饭菜肴为主了。

北海茶座,当年一律都是大藤椅,露天桌子,都是铁架子、人造大理石桌面,从上午八九点一直营业到夜间十二点钟,中间不休息,游人可以随时坐下喝茶。水钱以人计算,一人一毛、八分,约合十枚鸡蛋的价格。茶叶用小包的,另算钱,用壶沏。茶沏好端来时,把包茶叶的小纸反卷斜插在壶嘴上,一来保持壶嘴干净,二来证明茶叶价格、质量。那时一般是五大枚或十大枚一包的,论斤大概是一块六或三块二一斤吧。如沏龙井,要预先声明。桌上照例摆着几盘炒货:西瓜子、花生粘、玫瑰枣等,吃一盘算一盘,每盘等于一个人的茶钱,不吃不算,这是茶房的额外收入。其他点心如豌豆黄、小窝头、千层糕、春卷、包子、烫面饺、馄饨、汤面、炒面等则零吃零叫,另外算钱了。

南京秦淮河六朝居、苏州宫巷吴苑、杭州孤山四照阁等处,都是喝茶的好地方,但比之于北京北海的茶座,那情趣是两样的,可以说是各有千秋吧!

遗憾的是,喝茶吃点心之风,于今不论南北,都已不讲求矣。北海茶座早已没有了,苏州吴苑、杭州四照阁也都统统没有了。悠悠然地喝着茶,慢慢地吃着茶食、点心,这种充满东方文化气氛的生活享受,均已消失在无情的历史中了。剩下的只是遥远的梦幻,梦幻也将慢慢全部消失了。

鸽铃入晴空

放鸽子

曹禺名著《北京人》是以北京生活为背景写的,几十年来,不但在国内演,而且多少次在国外演过。也可说是国际艺坛的名作了。这个戏中有一句台词道:"鸽子飞起来了没有?"配合着道具中的一只鸽子,后台效果中的鸽铃声,布景窗外天幕上的蓝天、白云,真使观众似乎到了北京的古老的四合院中了。当然,如果要使北京味更足一些,这句词还可以改为这样说:"鸽子'起盘儿'了吗?"老北京玩鸽子的术语,起飞不叫"起飞"或"飞起来",而叫作"起盘儿"。因为养的鸽子起飞之后,总是先绕着一个大圆圈盘旋着飞,所以叫作"起盘"。当然在戏中也不能完全用北京的土语或养鸽子的术语,因为这些历史上的方言或术语,不但外地人、外国人听不懂,即使今天的北京人,也不见得完全能懂了。

北京人玩鸽子讲究上"谱",即叫得出名堂。《北京人》戏中奶妈送来鸽子,大少爷说:"还是个'短嘴'呢!"因是上谱的名种,自然十分看重了。鸽子的名称是很多的,据前人记载,寻常的品种有点子、玉翅、凤头白、两头乌、小灰、皂儿、紫酱、雪花、银尾子、四块玉、喜鹊花、跟头花、脖子、道士帽、倒插儿等,其珍贵者有短嘴、白鹭鸶、白乌牛、铁牛、青毛、鹤秀、蟾眼灰、七星、凫背、铜背、麻背、银楞、麒麟、云盘、蓝盘、鹦嘴、白鹦嘴点子、紫乌、紫点子、紫玉翅、乌头、铁翅、玉环等。大少爷说"短嘴",正是上谱的名种。这些名目繁多的鸽子哪里来呢？一句话：都是配种配的。这中间包含着优生学、遗传学、胚胎学、育种学等,不要轻看玩鸽子,这里面大有学问呢。

鸽子是和平的象征,世界上玩鸽子的国家很多的,但多养信鸽,照北京人的办法玩鸽子的是不多的。北京人玩鸽子,简单说有三点：即看毛色,玩品种；看起盘儿,赏飞翔；讲"哨子",品声音。起盘儿如何玩呢？近人李声振《百戏竹枝词》"放鸽"前言云：

> 以花色、能飞、筋斗三种,品其高下,而铁牛之名尤贵,必双畜之,春暖放于半天,尾上系小铃,飞则响振云表。

养鸽的人,就是每天一早,打开窠门,赶它起飞,鸽子飞在空中,是很恋群的,一窠鸽子,不会飞散；总是围绕着自己窠的所在地,一圈又一圈地、忽高忽低地盘旋。鸽子的主人,这时站在古老的四合院中,背抄着手,高仰着脸,望着自己心爱的鸽子在碧蓝高爽的天空中,在朵朵的白云下面,盘旋飞翔,怡然自得。

单纯飞翔,还不够意思,还把管状竹哨子、银哨子系在尾部,飞翔之际,借着风吹,呜呜作响,名叫"壶卢",又叫哨子,规格还不同,有三联、五联、十三星、十一眼、双筒、截口、众星捧月等种类,声音都有差别,精于此道的,即是坐在房中,也能根据声音,辨别是哪个鸽子飞过来了。而且一边看飞翔,一边聆音响,也更有韵味。

旧时各大粮店,都养鸽子,每天拂晓"跑外的"到西直门外粮市开行市,总用手绢包一个鸽子带去,开盘之后,"跑外的"便把当天市上各种开盘价钱,写在小纸上,卷成小卷,塞在鸽子哨子中,放其先飞回,柜上看到鸽子回来,取出纸卷,便可按当天牌价营业,这样家鸽也就起了信鸽的作用了。

我少年时养不起鸽子,但同学中养鸽子的却有不少。少年人好嬉戏,总也跟着同学们一起玩玩。古人云"玩物丧志",为此也浪费了不少宝贵的光阴,但也得到一些养鸽的知识,权之得失,究竟哪一样好呢? 这倒也真有些难说了。

女孩儿节令

五月节

现在年年要纪念"三八"国际妇女节,而北京旧时女儿节,却早已很少有人知道了,真所谓无独有偶吧。这个"节"叫作女儿节,早在明代就有了。沈榜《宛署杂记》记云:

> 燕都自五月一日至五日,饰小闺女,尽态极妍。已出嫁之女,亦各归宁,俗呼是日为"女儿节"。

《康熙大兴县志》记云:

> 五月五日,悬蒲插艾,幼女佩灵符,簪榴花,曰"女儿节",日午具角黍,渍菖蒲酒,阖家饮食之。以雄黄涂耳鼻,避毒虫。

过女儿节时,有几样有趣的习俗。一是"彩绳系臂",这是自宋代就流传下来的古老风俗,在《东京梦华录》、《武林旧事》等书中都有记载。用红绿黄白蓝等杂色粗丝线或棉线搓在一起,成为彩色线绳,系在小儿女的手臂上、项颈里,俗语叫作长命锁或"索",而文人叫作续命缕。明代余有丁《帝京五日歌》所谓

"系出五丝命可续"也。二是"绒花簪头"。彭蕴章《幽州土风吟》诗云:"红杏单衫花满头,采扇香囊不离手。"即是红色绒花做的"小老虎"、"蝙蝠",红绒上还黏金色"符码",这些都是哈德(崇文)门外花市做的。从东、西庙会上买来,届期大姑娘、小媳妇簪在乌亮的鬓边,也像过年戴的红绒花一样,谓之"福儿",再配上一朵火辣辣的盛开的石榴花,就更显着花枝招展,十分耀眼了。三是"身佩葫芦"。《北京俗曲十二景道》:"五月端阳小孩儿欢,艾叶灵符插在门前,人换衣裳,'葫芦'钉在身边。"用硬纸折成指头般大的小粽子,用棉花球团成筷子头般大的细腰小葫芦,用硬纸剪成很小的蝙蝠……把这些小玩艺再用五彩绒丝线缠出来,用彩线联成一串,晚近一些年还时兴再缠一个"卫生球"(即樟脑丸)。把这样一串小玩艺,用小布条钉在小儿女的衣服边上,据说可以驱"瘟疫",避"邪风"。端午那天,过午之后,把这些扔掉,谓之"扔灾"。四是用雄黄酒在婴儿额上写个大"王"字,再用雄黄酒涂小儿耳、鼻等处。《舆地记》所谓"以雄黄涂耳鼻,取避虫毒之义也"。这是很古老的类似近代卫生防疫措施的风俗了。

常常想,我国古代虽没有现代科学的办法,但对于生活中的不少事物的认识和处理,都是非常符合客观的科学规律的而且又与艺术情趣结合起来,使得生活中许多事物变得非常有艺术情趣,非常美,人人爱它,祖祖辈辈传下来,这就变成很好的风俗。旧时端午节这一整套风俗都是这样的迷人,不少人都深刻地记忆着小时候母亲给抹雄黄酒写"王"字在额头上的故事,手腕上带着五彩线索的欢乐,小姑娘们用五彩绒线缠小粽子的情趣……都是永远使人怀念不已的。端午节的好多点缀生活的风俗,正代表了传统风俗中的欢乐、情趣的一面,不也代表了多少代人传统的智慧和创造吗？不也正代表了中华民族悠久历史的文化生活吗？

仔细一想，女儿节也就是端午节，把端午节叫作女儿节也是很好的。所谓"都人重五"，这女儿节是北京特殊叫法，外地是不这样叫的。端午节是全国甚至远东一些国家也过的。大家都吃粽子、插蒲艾。北京还要讲究吃"五毒饼"，但无"龙舟竞渡"的风俗。《帝京景物略》就有北京"无竞渡俗，亦竞游耍"的记载。盖在清代中叶之前，端午节还有外出游赏的事，所谓"女儿节，女儿节，耍青去，送青回"，习惯要到天坛"避毒"，天坛墙外走马。金鱼池、草桥、高梁桥等处游人很多，大家在树荫下，席地而坐，饮酒宴乐。这种风俗，很像西洋人的郊外野餐，在康熙时《大兴县志》还有记载，可惜后来没有了。这就是北京女儿节的故事，那插在小姑娘小辫上的"红绒小老虎"，大概有的人还会记得吧？

夏之儿歌

儿　歌

古人说："千秋万岁名，不如少年乐。"也还记得袁子才的一句名诗："不羡神仙羡少年。"这都是至理名言。别的不用多说，在北京的夏日，看着听着娃娃们唱歌，就使人感到有说不清的乐趣。

为什么说夏天呢？因为五月端午之后，天气渐热，万物生发，人们都换上夏衣，男孩子小褂、汗背心、短裤，小姑娘也是花小褂或者花裙子。孩子们都在户外玩，有趣的事情多了，所以夏天的儿歌也特别有情趣。

夏天天热，阴晴不定，片云可以致雨，用不着等什么"油然作云，沛然作雨"，头顶上一片黑云，西北风一卷，"噼里啪啦"就下起来了。小孩们欢喜地在小院中乱跑，大人在屋里、廊子上还喊不应。这时就会有一首动听的儿歌：

大头，大头，下雨不愁，人家有伞，我有大头！

反复地唱，欢蹦乱跳。当然，也有十分顽皮的孩子，这时也拍着手乱唱了：

下雨喽,冒泡喽,王八戴上草帽儿喽——

　　这个儿歌是善意的玩笑,天真的粗野,如有正人君子认为这是骂人,那就似乎是不懂生活的情趣,错怪了天真的儿童了。当然我也决不赞成推广这类儿歌。因为人们生活中偶然说句"村"话,也并不是一定不可以,但养成坏习惯,恶言秽语不离口,那只能说明是野蛮,没有教养,谈不上其他了。遗憾的是,现在这种污秽的语言,到处都是,泛滥成灾。空气污染、流水污染、语言污染……天天生活在这种污染之中,使人几乎有无所逃于天地间之感觉了。

　　夏天雷阵雨来了,又是风,又是雨,小小的三合院、四合院似乎都是一个避风港,每间屋子似乎是一条小木船,在风浪中震撼着。母亲抱着孩子,从窗眼里望着外面的雨,唱着儿歌道:

风来了,雨来了,老和尚背着鼓来了。

　　至于为什么是"老和尚背着鼓来了",却没有人注意,只是这样说。后来看到老先生们写的儿歌的书,说是"背着谷来了",这可能是南方的说法,而北方仍然是读"鼓"的。难道说北京夏天的儿歌只是这几个吗? 不然,北京夏天还有一个最美的儿歌,那是其他任何地方也没有的。

　　几场好雨过后,小小的四合院中,都是花花草草,绿油油的、香喷喷的、湿漉漉的,在当院荷花缸、大水缸外面,在各屋的马头墙角上,在大树的根部……都有小小的蜗牛翘着两只小小的肉角在爬行。这个背着半透明躯壳的小动物,永远不会担心没有房子住,或为分不到房子、交不出房租而发愁,它永远是那样善良而悠闲地、像诗人散步般的爬行着。北京话很奇怪,因为没有水牛,所以语言中没有"水牛"的词汇,却把蜗牛叫"水牛儿",一个庞然大物,一个小不点,写出来两个字完全一样,这不要说外国人翻译起来容易弄错,就是外地人听到恐怕也会弄不清楚。它是孩子们最好的朋友,孩子们把它轻轻地拿在手中,几个小脑袋凑在一起,盼望着它的触角快点伸出来,抑扬而深情地唱道:

水牛儿——水牛儿,先出犄角后出头儿噢! 你爹你妈,给你买烧羊肉吃噢——

妙就妙在似通非通之间。

我在北京做小学生的时候,已过了玩水牛儿的年龄了,但我听惯了妹妹们和同院小孩玩的时候的歌唱声,我多么爱听这首美妙的儿歌啊!

老树茶烟

稷园瀹茗

旧时春夏秋三季，到中山公园来的游客，有不少是来坐茶座的，而这些茶客，则又像泾渭分流一样，进大门没有几步，便分道扬镳了。往东去来今雨轩的一般不往西来，往西去春明馆、上林春等处的人也不往东来，在人数上，往西的人也多的多，这是因为西面的茶座比东面要多好几家，而且有适合各种类型客人的茶座。

一进前门，顺大路走，过了汉白玉大牌楼，转弯往西，沿老柏树荫覆的林荫大路前行不远，一过唐花坞，就望见第一家茶社春明馆了，五大间勾连搭朝东的房舍，卸了前窗，成为敞轩。从外面老远就可望见挂在正面墙上的一副集泰山《石经》的对联：

名园别有天地；老树不知岁时。

真是老气横秋，是一副包涵哲理的名联。这里的茶客也正像这副联语一样，不少都是飘洒着长髯的老人。这里是专门下围棋、鉴赏古董的地方，来这里的茶客，一坐就是半天或一整天。靠窗桌上，几盘围棋，有对弈的人，有观棋的人，黑子、白子，整日纷纷，以消永日。青年爱侣是不涉足其间的。

顺路由春明馆前往北一转,放眼一望,在一条大路两旁,在郁郁苍苍、不知岁时的老柏树下面,全是一个接一个的茶座了。这里有好几家茶社,由南往北数,长美轩、上林春、柏斯馨、集士林,最北面的柏斯馨、集士林是卖西式茶点和西餐的,那是洋派人物、摩登爱侣情话的地方,不卖茶而卖咖啡、荷兰水、冰激淋、咖喱饺等等。老先生是不到这里来的,正像青年们不到春明馆去一样。这样一南一北,南面的老先生和北面的青年爱侣却把芸芸众生"夹"在中间,中间两家长美轩和上林春是三教九流,包罗万象,以茶客人数论,是三分天下有其二,最为热闹的了。茶社的柜房、厨房、茶炉都设在西面廊子后面那一大排房子中。夏天这一大排房子前都搭大天棚,天棚下摆一部分茶座。夜间在柏树下都吊着高支光电灯,晚风习习,客人们瀹茗夜谈,往往忘却夜色之阑珊矣。

中山公园是清代社稷坛改建的,原来里面的房屋并不多,西边所有茶座房屋,大部分是公园开放后增建的。一九一四年建春明馆及上林春房屋。在公园二十五周年纪念册上记云:"于坛外西南隅路西建楼房上下八间,又西房三间,设照像馆,以便游人留影。其北建厅房五间,设春明馆茶点社。"又记云:"坛西门外迤南路西建西式高房二十间,设中饭馆及咖啡馆,以便游人饮食。"

这是最早的春明馆和上林春,其后陆续修建,建筑物逐年增加,形成了坛西由南到北全是大藤椅茶座的局面。在公园坐茶座,同北海不同,不是为了游玩和看风景,大多纯粹是为了休息的。海内外闻名的不少学人当年都是这里的常客。如果细考起来,是足可以写一本稷园茶肆人物志的。

这些名家烹饪都是十分著名的,当年长美轩的火腿包子、上林春的伊府面都是极有名的点心,还都是经过中外知名的教授品评过的呢。马叙伦先生有名的"马先生汤",就是传授给长美轩的。先生《石屋余渖》记云:

> 住在北平,日歇中央公园之长美轩,以无美汤,试开若干料物,姑令如常烹调,而肆中竟号为马先生汤。十客九饮,其实绝非余手制之味也。

虽似贬语,实亦自夸。当年长美轩、上林春菜肴点心真是好,于今知者亦寡矣。前尘如梦,京华远人,寄以珍重的祝愿吧:一愿稷园古柏长青,更加葱郁;二愿稷园花事如锦,更加烂漫;三愿稷园所有茶座,早日恢复旧观,以接待络绎的中外游客。多少旧雨今雨,古柏下瀹茗夜谈,畅叙寓情,不亦乐乎?

老　树

"老树不知岁时。"这话说得实在好,似在有情无情之间,而有一点却是实在的。北京的一些老柏树,的确是久经岁时,饱阅沧桑,没有谁能说出他们的确切年代了。有的不但远迈明、清,而且也超越金、元,要上溯到一千多年前的辽代去了。天坛皇穹宇西北面有一株树干拧得像"麻花"一样的古柏,相传为辽柏。原来树前还立了一块牌子,说明情况,现在好像还健在。

清代宫廷树木很少,而坛庙中的树木却极为茂密。《天咫偶闻》记云:

> 本朝宫门以内无枝木,惟午门外六科廊下有宫槐数株

耳。若太庙、社坛中,松柏蔚然矣。

这些树木大部分都还健在,真可以说是北京的无价之宝。就以改为中山公园的社稷坛说吧,在建园之初都点过数字的,计有古柏九百零九株,古槐二十三株,古榆十三株,其中最大的树要五个人才能环抱过来,而一般的周径也都在一丈上下,都有五百来年的树龄。再有天安门东面的太庙,里面苍翠森郁,全是柏林,老柏树的株数比社稷坛还要多,应在千株以上。这些树清代补种的极少,基本上都是明代初年永乐修北京,营建坛庙时栽种的,更有一部分还是金、元遗物。在社稷坛南门外东西两侧那四棵老柏树,是园中最大的老树中之四株,树龄都八九百年和近千年了。在元代时,这树的位置,正在元大都南城墙下,丽正门边上。在金代,则这几棵老柏的位置,都在金代京城的东北隅。沧桑几变,陵谷已迁,而乔木犹在。朱启钤氏《中山公园记》云:

> 环坛古柏井然森列,大都明初筑坛时所种。今围丈八尺者四株。丈五六尺者三株,斯为最巨。丈四尺至盈丈者百二十一株。不盈丈者六百三株。之未及五尺者,二百四十余株。又已枯者百余株。围径既殊,年纪可度,最巨七柏,皆在坛南,相传为金、元古刹所遗。此外合抱槐榆、杂生年浅者,尚不在列。

所谓"前人种树,后人乘凉",我们现在如果坐在社稷坛红墙外面那几株大柏树下面,向上望着那苍翠森郁、老态横生的枝叶,衬着那飘渺的白云,人们也许会发悠悠然的思古之情,想到近千年的悠久的历史和所经历的风霜吧!

中山公园除了枞桠古柏外，还有古槐。原来社稷坛，最早南面没有门，要进社稷坛，须走天安门里的门。西面由南到北共三个通社稷坛的门，在最南面一个叫社稷街门，门里左右各一株径围一丈三四尺的古槐，也是有五百年树龄的老树，前在《槐花》篇中所说乾隆时钱箨石写的《社稷坛古槐歌》，咏的就是这两株老树。

北京的古树是无价之宝，其所以无价，是直到科学极发达的今天，仍然无法在短期内培育一株几百年树龄的老树，即使移植一株也是困难的。有钱可以造园林，有钱却无法买到大树。因此"名园别有天地，老树不知岁时"，"名园"之与"老树"，更结有不解之缘了。古人云："见乔木而思故国。"故国乔木之思，是人之常情啊！我想从任何方面讲，都应该加倍爱护现存的古树。

街头夏景

卖樱桃

樱桃,说句老实话,在果品中并不是什么特别好吃的东西,产量也并不多,只是有一点值得称赞,就是它那情调实在美丽,所以诗人写入诗中,词人写入词中,便成为千古绝唱了。所谓"西蜀樱桃也自红",所谓"红了樱桃,绿了芭蕉",都是春末至夏初间有关樱桃的极为美丽的应景名句。虽然是普通事物,但写出来自有其特别引人入胜的地方。它是刚刚过完春天,进入夏天,最早点缀夏景的颜色果品;颜色又是那么漂亮,宜其成为讽咏初夏景物的重要点缀品了。

北京也是有名的出樱桃的地方,郊坰游览胜地中,单纯以樱桃名沟者,就有两处,一在香山卧佛寺后面,那是春日逛卧佛寺时必然要去的所在;二是在去妙峰山的途中,旧时"朝顶进香"的时候也必然要经过。有了"樱桃沟",必然有不少樱桃林、樱桃树,出产很好的樱桃。可惜我少年时期,没有特地去到这两处地方,看看樱桃树开花时究竟是个什么样子,是不是同日本的樱花一样,没有实地调查过。据植物学上记载,樱花的樱,和樱桃的樱,同在蔷薇科,但却是两种东西。最大的不同,就是樱花先开花,后出叶子,而樱桃树,则是花和叶子同时萌发。再有樱花也结实,但为紫赤色;而樱桃结实,却是粒粒娇艳的朱红。所以"红了樱桃"，便以果之红而著称，其美丽的花朵反而很少人道及了，因而直到今天，我还不能用文字来描绘樱桃的花朵。北京樱桃的种类也很多，近人沈太侔《春明采风志》记云：

> 樱桃、朱樱、蜡樱，方言谓带把为"樱桃"，无把为"山豆"。立夏见樱桃，小满见山豆。豆出十三陵者色紫味甜，其出北道者色白。

所谓"紫"，是稍微有些紫色，所谓"白"，是红中带白，较淡，但我还是喜欢那"紫禁朱樱出上阑"的娇红艳艳的朱樱的。明末《烬宫遗录》云：

> 四月尝樱桃，以为一岁诸果新味之始。取麦种煮熟，去芒壳，磨成条，食之，名曰"捻转"，以为一岁五谷新味之始。

按照北京节令，樱桃红时，正是新麦登场时，也是芦笋出水时。古诗说的"芦笋出时柳絮飞，紫樱桃熟麦风凉"，正是这时的景致，而且很特别。在中国历史上宫廷中是很重视赐百官樱桃的，尤其唐代，特别著名。前引诗句，就是王维《赐百官樱桃》一诗的名句。杜少陵《野人赠樱桃》诗所谓"忆昨赐沾门下省，退朝擎出大明宫"，均可见古代有关樱桃的宫廷韵事。清代宫廷中赐百官樱桃并不如唐代那样视为重典。但曹寅《楝亭集》中也有《赐樱桃诗》，所谓"上苑新芳供御厨，承恩赐出绛宫珠"，说明清代宫廷也还有此遗风的。再有诗中咏樱桃均咏果而不咏花。曹楝亭在《咏花信廿四首》中，却有一首《樱桃花》。诗云：

软红争映水晶钩,曾植三株傍小楼。

岂是桃花贪结子,锦囊诗句太风流。

诗并不好,但总是有了,见到这样的诗,也可稍解我没有见过樱桃花诗的遗憾了。

北京入夏卖樱桃却像一首风俗诗、一幅工笔画那样的美丽宜人。那樱桃倒不一定到多大的水果局子里,而是小街小巷、胡同口上,小小的车子上,柳条筐箩内垫一块蓝布,里面堆满了鲜红的樱桃,边上有一罐新汲的井水,不停地把水洒在樱桃上,上面还摆着一块亮晶晶的冰。这样一个小小的卖樱桃的车子,其色彩、其水分、其气氛,都构成"美"的情趣。孩子们来到车子边,托着两大枚,交给那个朴实的汉子,他扯下一块四分之一大的鲜荷叶,用一个小的白瓷茶盅盛两盅樱桃,倒在绿茸茸的荷叶上,交给那孩子。孩子接了托在手中,望着那鲜红的、碧绿的……小心翼翼地拿起一粒喂喂,甜甜的、酸酸的,真鲜呀——有谁还记得这样的童年呀?

附记:

我所写卖樱桃的小贩,似乎还是算阔气的。燕京风俗画专家王羽仪仁丈画了一幅"卖樱桃的小姑娘",一个身穿破衣衫、焦黄小辫的小女孩,手里提着一个小篮,里面点点红樱桃。小姑娘是背着身的,但似乎已看到她稚嫩的愁苦的脸。真是传神之笔,使人一见会联想起安徒生的童话《卖火柴的小女孩》,可惜我对着这幅绘画,不能用文字把它表现出来,殊感遗憾。

唱西瓜

北京卖西瓜小商贩的叫卖声,是很动听的。多谢说相声的侯宝林,他用摹仿卖西瓜的声音编成了"段子",灌入唱片,这就不只是引得人发笑,而且保存了这悠扬宛转的市声,使它传之异域,传诸未来,这点功劳,较之于闲园菊农写下了一本《一岁货声》,似在伯仲之间了。

乾隆时杨米人《都门竹枝词》写卖西瓜云:

> 卖酪人来冷透牙,沿街大块叫西瓜。
> 晚凉一盏冰梅水,胜似卢仝七碗茶。

不说卖西瓜,而说"叫西瓜"。可见北京卖西瓜之高声叫卖,由来久矣。

北京卖西瓜分两种,一种摆摊子或推车子把瓜切开来卖,当然也卖整个的,但以卖零块为主。推独轮平板车,找一个固定地方——如某处大槐树下面,把整篓的瓜卸在旁边,用水把车子冲洗得干干净净,湿漉漉的;有的还用木桶或盆摆一大块冰,镇几个青皮沙瓤西瓜在上。卖的人穿一件背心,系条围裙,一边切,一边叫卖。《一岁货声》记其市声道:

"块又大——瓤儿又高咧,月饼的馅来,一个大钱来!"

西瓜瓤子怎么扯到"月饼的馅"上呢?这除去夸耀西瓜瓤又甜、又可口而外,还有一点就是:南方吃西瓜吃到立秋为止,而北方吃西瓜却要吃到八月中秋供月。《红楼梦》中写赏中秋,不是一再把"西瓜、月饼"一并提到吗?《都门竹枝词》还有一首说到中秋吃西瓜云：

> 团圆果共枕头瓜，香蜡庭前敬月华。
>
> 月饼高堆尖宝塔，家家都供兔儿爷。

这和《红楼梦》中所写是一致的。这种风俗一直到清末仍然如此。《燕京岁时记》云："凡中秋供月，西瓜必参差切之，如莲花瓣形。"这种记载，在《帝京景物略》中也有，似乎从明末到清末近三百年间没有什么变化。

卖西瓜的又有时叫道：

"斗大的西瓜，船大的块儿的咧——'圪垯蜜'的西瓜来，一个大（钱）一块来！"

"谁吃大西瓜哎——青皮红瓤沙口的蜜来！"

总之，抑扬顿挫，自成风韵，可以说是一种天籁体的歌唱吧。这些商贩卖的西瓜，大部分都是从瓜市上，或永定门外大红门一带的地中趸来的。卖瓜人都有丰富的选瓜经验，因之他们的瓜，不但包熟，一般也都甜沙爽口，叫卖声又吸引人，生意自然很好。

另有一种卖西瓜的，是推车、担筐、串胡同卖整个的瓜，也可以包熟、包沙，拣定后打开来再看，其叫卖声为：

"谁吃沙瓤的大西瓜哎，管打破的西瓜呀哎！"

这种卖西瓜的大都是各近郊，或南城菜园子里的瓜农，他们大都自种自销，如果约好，他们还可以把整担的西瓜按时送到您家中。各人有各人的老主顾，生意也很好，与切着卖的商贩足以平分秋色了。

西瓜是夏天消暑最重要的食品，直到今天仍然如此。《燕京岁时记》云：

六月初旬,西瓜已登……沿街切卖者,如莲瓣、如驼峰,冒暑而行,随地可食。即能清暑,又可解醒,故予尝呼为清凉饮。

所记把卖西瓜的小贩都概括了。当然,深宅大院的人家,都还是买了整担、整车的西瓜,放在家里,随时在冰桶中镇上,慢慢吃的,这就另当别论了。

北京东郊、南郊,有不少沙土地,最适宜于种西瓜,几百年来,京郊的瓜农为都城人民培育了许多名种西瓜,如三白、黑皮、黄沙瓤、红沙瓤、六道筋、枕头瓜等等,以及近年培育的早花西瓜,都是十分著名的品种。但瓜农培育的好,还要依靠卖瓜者推销的好。卖西瓜的歌声,是很值得让人思念的;希望真有人再学一下这甜蜜的歌声,即使谱入乐章,搬上舞台,我想也是能醉人的。

小院乘凉时

芭蕉扇

到了夏天，很容易使人怀念起北京的扇子。老实说，北京并不出产扇子，北京的扇子几乎都是从南方运来的，但到了北京，就成了北京的扇子，也是集了文化、艺术大成的杰作之一，足以显示高度文化艺术生活情调的。

"小二儿媳妇，您后半晌到白塔寺去吗？给大妈带把芭蕉叶儿来……"这是一位白发老太太向隔壁屋小媳妇打招呼。

"您看这把，是吴南愚新刻的股子，您看'沙地留青'，这柳树叶和知了翅膀刻得多地道……"这是松古斋南纸铺伙计在向顾客介绍扇股子。

"三爷，您看我今儿个这把，金北楼的山水，张伯英的字……"这是公园茶座上遇到熟人在夸耀扇子。

以上三例都是当年北京的情调，是不同身份的"老北京"，在谈论北京的扇子。

过去，在学校读书时，一到快放暑假，总要到南纸店买两个扇面。那些洒金的、发笺的价钱都贵，我买的一般都是"杭州舒莲记五层绵料"，即用五层绵纸裱在一起的，也有用七层绵纸裱在一起的，叫"七层绵料"。那行红色的楷书水印，裱在里面，要透过日光才能看出。西单牌楼几家南纸铺如同懋增、同懋祥、永

141

丰德，甚至于甘石桥的小南纸铺石竹阁都有的卖。买来拿到学校找图画老师去画，找国文老师去写。当年的老师，王友石、陈小溪诸老都已作古了。

自然这说的还是一般的扇面，要讲究起来，那也是无穷无尽的。一边白绵纸，一边洒金的扇面，两边都洒金的扇面。洒金还有细点的，还有大片的；洒金、飞金，有假的，有真金的，真的飞金、洒金扇面，几百年后也还是金灿灿的。另外还有发笺的，是用朝鲜出的名纸发笺裱成，纸面上会看出极细微的一丝一丝的头发。再有股子也不同，宽窄也不同，有老式宽九股的，有新式窄十四股的，真是种类繁多，要多精致有多精致。这些精美的扇面，也可叫作美术工艺品，真是叫人叹为观止的。

画好之后，或者家中找个旧扇股子，或者再到纸店去买个股子。天然的好的湘妃竹、凤眼竹股子，名家如吴南愚、张志鱼、吴迪生所刻的水磨竹股子，都是很贵的，穷学生自然买不起。纸店伙计就会不厌其烦地捧出大蓝布匣子，把对阖的"荷叶盖"打开，里面一格一格都是扇股子，选个价钱便宜，"俗不伤雅"的，如漻鶒木的、水磨竹单刻一首阴文绝句的，总之力所能及，珍重地选好。纸店伙计从柜台下面取出工具匣子、切刀、笺挦等等，马上拿过你的扇面，把下面一头切齐，用笺挦把扇面穿股子的地方挑开，很快地穿好小股子，切齐两边，糊在大股子上，用一个小纸条在头上一裹便好了。拿回去，放一两天，一把新扇子就好用了。当年我也收藏了不少把扇子，都有师友的墨迹，凝结着深厚的友情，可惜现在都失去了。真如易安居士《金石录·后序》中说的"有聚必有散"了。每年到夏天，我就想起北京的扇子；北京的扇子，也真是使人怀念的"扇子"啊！当然，隔壁王大妈她老人家还是最爱芭蕉叶的。

花草夜话

四合小院四季咸宜,而最富情韵的则是夏日了。在"七七事变"前,能独住一所四合院,到夏天有"天棚、鱼缸、石榴树",一般也得一个相当于清代七品小京官的官吏或大学教授、银行主任之类的财力,或开一家粮店、药铺的,才能摆得起这个"谱"。不然,多半是和人家合住一个院子。比如房东住北屋、东屋;西屋三大间租给李家;垂花门外临街,四大间南房,租给赵家。三家住一所大四合,安安静静,关上大门过日子。也有独门独院的小三合,三间北屋,两小间十分入浅的东西屋,也是一户人家。出了大门东间壁张家,西间壁李家,既不往来,也无争执,十年邻居,大家都还不知道姓什么,这在过去以小院为生活天地的北京市民中,是不稀奇的。

不管独家住大四合也好,四合院合住也好,三合院独家住也好,总有个院子,自家屋门前总有点空地,这就是比上海的石库门房子好得多,更不要说新式工房了。到了夏天,各家屋前总要种点花花草草。房东的花,夹竹桃、石榴树摆在当院。房客也要种一些,最常见的是在自己门前,台阶下面,种一些草茉莉、夜来香之类。如果是自家的一个小三合院,即使破旧些,不完全是砖墁院子,只是砖引路,那就更便于种些花草树木。大门旁边可能有棵歪脖子枣树,山墙角上种两棵引蔓南瓜,院中草茉莉、指甲草……任其生长。晚饭吃过,家伙收拾好,搬个小板凳当院一坐,芭蕉扇有意无意地扇着,沏壶"小叶"茶,慢慢地喝着,人们天南海北地谈着,把屋里灯关上,屋檐下黑黝黝地,飘着草茉莉、夜来香的香气,望着天上密密的、闪烁的繁星,一回头,偶而又由花丛中飞出一两只萤火虫，就这样，院中的人安静地消受着这馨宁的京华夏夜……

如果住的西屋三大间，下午也颇凉爽，但一早还不免有点东晒，骄阳威力虽差胜于西晒，但一早上起来，半窗户大太阳，也不免热烘烘的。如西屋房客没有挂竹帘子、苇帘子也不要紧，沿着台级根脚种一溜喇叭花就行了，这种药名"白丑、黑丑"的植物极容易生长，即使是砖墁院子也不要紧，用"火箸"沿砖缝戳几个洞，扔下籽儿就能活，用细绳子一一吊在屋檐上，牵藤引蔓，大绿叶子正好挡住窗前的骄阳，又遮阴，又看花。喇叭花就是牵牛花，日本名字叫"朝颜"，因为它只开一个早上，太阳一高，花就收敛了。说来也略微有点凄凉感，这样美丽的花，还开不了一个上午，就萎谢了，很容易使人想到朝露人生的古话。日本人也特别喜爱种牵牛花，有不少优良品种。过去日本著名植物园"精兴园"，每年还印新品种目录。牵牛花颜色也很多，常见的紫色带白边的就很好看，只是难得其开的大。白石老人画牵牛题诗云："种得牵牛如碗大，三年无梦到梅家。"就是特别看重一个"大"字的。我更喜欢日本诗人芭蕉的名作《闭间说》中的俳句："朝颜花呀，白昼是下锁的门的围墙。"这种意境，又非一般诗画家所能解悟的了。

有姑娘的家庭，院中也喜欢种一些凤仙花，又名透骨草，北京俗语爱叫指甲草，用作包红指甲。这个风俗，在元代就已有了。如何包呢？清末《燕京岁时记》中说的很具体："凤仙花……五月花开之候，闺阁儿女取而掏之，以染指甲，鲜红透骨，经年乃消。"不过有一点关键性的地方他未说明，即捣时必须加明矾，包时要包一夜，不然是染不上去的。《花镜》云："红花同根着明矾少许捣烂，能糟骨甲变绛色，染指甲鲜红。"正说明其加

144

矶的作用。旧时拙作《京华竹枝词》有一首云：

> 京华儿女事奢华，小院风情更足夸。
> 摘取阶前指甲草，轻矶夜捣凤仙花。

花草足以怡情，吟诗聊代音问：小院清幽，或时入羁人之梦；春明物候，亦宜成屈子之篇云尔。

竹帘·冷布

人常说：见景不如听景。细想想，或许是有些道理的，因为世界上不少美好的环境，当事者身临其境，并无所感，常常是事后回忆，或经别人道出，则倍感亲切。就说当年北京小四合院的夏景吧，当时在北京人眼里司空见惯，也无所谓，而在外籍诗人的笔下，却描绘得十分传神了。嘉庆初朝鲜诗人柳得恭在《燕台再游录》中记琉璃厂书铺聚瀛堂后院的夏景道：

> 聚瀛堂特潇洒，书籍又富。广庭起簟棚（即天棚），随景开阖（即天棚顶上的芦席可随着日影拉开、卷起）。置椅三四张，床桌笔砚，楚楚略备。月季花数盆烂开。初夏天气甚热，余日雇车至聚瀛堂散闷，卸笠据椅而坐，甚乐也。

这所写的就是琉璃厂书铺后院的夏景。北京旧时的四合院，城里偏北一带，大都是大宅门，一般都是大四合，甚至一连几进院子。南城商业区，地皮紧张，都是小四合院，但很精致。柳得恭所写书铺后院，一般同住家户房子是一样的。《道光都门杂

145

咏》有诗云：

> 深深画阁晓钟传，午院榴花红欲燃。
> 搭得天棚如此阔，不知债负几分钱。

在小小的一所四合院中，夏天一到，各屋都扯去熏黄了的旧窗纸，糊上了新的绿阴阴的冷布，和新的东昌纸的卷窗，可以随时卷起放下。屋门都挂上竹帘子，白天在屋里隔着帘子可以看见院子里的一切；而晚上掌灯之后，在院中又可隔着帘子望见屋中的一切。院子中或多或少总要摆几盆花的，如一人多高的盆栽石榴树、夹竹桃，种在大鱼缸中的盆莲、慈菇等。小小的垂花门或月亮门外面，是四合院的外院。南屋台阶上少不了要摆几盆大叶子玉簪，如果落几点雨，在屋里马上可听到"噼噼啪啪"的声音，也有点儿雨打芭蕉的意思。当然如果种两丛芭蕉更好。北京冬天虽冷，但夏天仍很热，芭蕉是种得活的，那就真的是雨打芭蕉了。北屋一掀竹帘子，迎门大八仙桌前面，往往放一个四周挖了"贯圈金钱眼子"的红漆大木冰箱，里面放上每天上午由冰车子按时送来的五大枚的冰，也有一尺见方的一大块。

特别考究一点的，院中还要搭起可卷可放的大芦席天棚；如果日子不宽裕，为了省几个钱，就不搭天棚，买几挂大苇帘子挂起来，太阳照上来时就放下，太阳一过去就抽起来，也可以对付骄阳，使得屋子阴凉凉的。

我说的这是标准的有东西南北屋的四合院，不管大小都是四面有房的。自然也还有三合院或只有一溜北房，或一溜其他房屋的院子，这些按照北京的说法，都是不成格局的院子，但房屋的情趣基本上是一致的。北京的四合院正像江南的有风火高墙的天井院落一样,如从科学、实用的观点来考虑,都是不符合要求的。一所大四合,最适宜于住人的也不过三大间北屋,其他采取阳光、接纳南风都不适宜。比较起来,北京的四合院尚较江南的院落爽朗,江南院落东西厢房、厢楼都同正面的房子连接起来,夏天吹不来风,冬天接纳不了大量的阳光。昔人词云"庭院深深深几许",使人感到,只是阴凉而已。北京人一入夏天,糊冷布、挂竹帘、院中种花木等等,好多都是南中所没有的,其风土情调也就在于此。

远在五六十年前北京中产之家,以及一般铺户所住小四合院的夏景,其风情就在于"冷布糊窗、红榴点景、竹帘垂地、树影阴墙、天棚遮阴、大缸朱鱼"上。既无城市之喧嚣,又有田园之情趣。随着城市人口的增加,旧日的四合院,在客观形势上很难全部保存下来,高楼居室则似难谈夏之情韵了。

天棚遮阴

朱彝尊《曝书亭集》中收了一组咏北京夏天生活用品的诗,如什么冷布、竹帘等等,全是五言律诗,写得颇有情趣,如《凉篷》一诗道:

> 平铺一面席,高出四边墙。
> 雨似撑船听,风疑露顶凉。
> 片阴停卓午,仄景入斜阳。
> 忽忆临溪宅,松毛透屋香。

"凉篷"就是"天棚",最有趣的是起句,把天棚的特征一下全抓住了,非久在北京生活的人是写不出这样的句子的。同时读这样的诗,感到其情趣真切,十分有味,也非是久在北京,熟悉北京旧时生活的人不可。不但诗人对天棚感兴趣,形诸颂咏,连皇帝对之也感兴趣。道光帝旻宁的《养正书屋全集》中就收有两首咏凉棚的诗。一首中有句道:"消夏凉棚好,浑忘烈日烘。……偶卷仍留露,凭高不碍风。"又一首有句道:"凌高神纺构,平敞敞清虚。纳爽延高下,当炎任卷舒。……"把天棚的特征也都说出来了。清代如圆明园、颐和园等苑囿中,虽然佳木阴森,但每年仍要传棚铺来搭天棚的。主要因为在院落中,只栽花木,不种大树的,因而各个宫院中遮凉还要搭天棚。当年还流传过一副搭天棚的著名对联。甲午战后,订了丧权辱国的《马关条约》,台湾省割给日本,而清室仍旧腐败不堪。颐和园传棚铺搭天棚,层层克扣,报销上百万两纹银,全为太监、内务府所贪污。当时北京流传一副讽刺性的对联道:"台湾省已归日本,颐和园又搭天棚。"对仗工稳,切中时弊。这副对联流传很广,在燕谷老人张鸿的《续孽海花》中好像也写进去了。

昔时,在北京,天棚是极为普通的消暑措施。对于住家户来说,虽不能说家家必搭,但对于商店、各类机关,那一到夏天,肯定是要搭天棚的。以西单北大街路东来说吧,由西单商场开始,沿便道迤逦而南,直到西单牌楼转角,天福号酱肘子铺门前,全是大天棚,下午西晒时,行人一点也晒不到太阳。真是妙极。

北京当年有不少家棚铺,他们全靠夏天这一季生意,包搭、包拆、包工、包材料,杉篙、竹竿、芦席、麻绳全是棚铺的,按季一笔算钱。棚铺开发棚匠工钱,用户再开发酒钱。《天咫偶闻》中曾记"京师有三种手艺为外方所无",其中第一种就是"搭棚匠"。他们所搭天棚,有三点绝招:一是平地立木,不论高低和坎坷,扎成多少丈高的架子,四平八稳,极为结实,符合结构力学原理;柱子极少,大风绝对吹不倒。二是棚顶四周都高出屋檐四五尺至一丈以上,不唯棚下通风好,十分凉爽,而且伏天雷阵雨时,狂风得以通过,不会吹倒天棚。三是天棚顶及四周斜檐,席子都可舒卷,像纸糊的卷窗一样,随时可以用拴好的活络绳子抽开、卷起。旧时在中山公园来今雨轩喝茶,常常雷雨过后,伙计便立时抽绳子把大天棚顶上、边上的席子卷起,顿时像开了几扇大窗户一样,豁亮起来。从这"大窗户"中望雨后的蓝天、白云,极为怡神。

当年北京棚铺是很大的买卖,开棚铺的一般都是棚匠出身的内行人,他们有资本,即周转金,有生材,即杉篙、竹竿、芦席、活动窗户等等,他们还拥有一批手艺人,能干粗细活的棚匠。他们包揽的生意,一是夏天搭天棚,二是搭各式红白喜事的棚。棚匠分三种,最普通的是扎架子的,要手脚利落,能爬高,一只臂膀抱一根杉篙,一只手还要顺架子,攀上高空,谓之"飘高"。再高一级的,就不但会普通的"飘高"扎架子,还要会用布用席扎出各种房脊、兽头、飞檐等等。最高级的一种棚匠能出样子,按照困难要求,扎出各种高大建筑物。光绪大婚时,正遇到太和门被火烧了,来不及重建,传棚铺在烧残的基础上,用两个月时间搭一个杉篙、席、布、绸缎的太和门,远看同真的一模一样。读者不妨想想,真可以说神乎其技了。棚铺对棚匠的剥削是很重的,当时高空作业,没有安全措施,棚匠的工作是很危险的,常常有"飘高"跌下身亡的悲剧发生。由天棚说到棚匠的绝艺,是顺便提一提。现在新的电气化防暑降温设备越来越多,老式的天棚,自然没人去搭了;但它却是北京传统的消夏恩物和工艺绝技,不只是情调使人思念,作为风俗史料,也是值得一提的。

若干年前，协和医院朝西的门诊大楼，三层重檐，立面高低凹凸，十分复杂，而每到夏天，都搭起高大的天棚。有一年夏天，谢刚主师在该院住院，去探病时，见仍搭着一座天棚，席不像席，柱子不像柱子，寒伧极了。深感天棚手艺已经失传了。如果可能的话，如何再抢救一下，不更好吗？

河沿野趣多

荷花市场

人们常爱读古人"斜阳古道卖黄瓜"的诗句,以其富于朴实的野趣,常常想野趣比富贵气可爱的多。几十年前在北京,每到夏天,开市的什刹海的荷花市场,便是一处最大众化的富于野趣的消夏场所。记得在那浓密的老柳荫中,在那绿油油的荷塘边上,中间一路长堤,搭着各式各样的席棚、布棚,中间拥挤着熙熙攘攘的人群。一路之上,说笑声、叫卖声、茶棚的让座声、饭棚灶上敲炒勺声、戏棚中的锣鼓声、练武场上的吼叫声、观众的叫好声……这一切充满了生活气息的音响,构成了荷花市场的特有的市声,一曲深刻反映这个古老都城夏日生活的交响曲。

什刹海又分前海和后海,从明、清以来,一直是京都消暑胜地,游人聚会之处,却代有变迁。本来在德胜门内积水潭一带是最热闹的去处,而晚清同治、光绪之后,游人却集中在前海了。沈太侔《春明采风志》记云:

> 什刹海,地安门迤西,荷花最盛,六月间士女云集,皆在前海之北岸,同治间忽设茶棚,添各种玩艺。

所说"海之北岸",那还是同、光时的事,后来海之北岸都盖了不少做小生意的简陋房屋,而荷花市场则又移到前海中间的大堤上了。这条大堤由东南伸向西北,斜贯前海,长约五十丈,把前海一分为二,两旁都是老柳树,柳树外是绿油油的荷塘,在荷塘边,老柳下为"市",这就是荷花市场的所在地。

《胡适的日记》一九二一年七月二日记云:

> 婺源人胡光姚与汉军京口驻防赵家结婚,程发甫先生硬要我出来为男家主婚人,今日午后二时行礼,礼堂在什刹海,天气热极,真是苦事!什刹海荷花正开,水边有许多凉棚,作种种下等游戏。下午游人甚多,可算是一种平民娱乐场。我行礼后,也去走走,在一个古董摊上买了一幅杨晋的小画(杨晋是康熙、雍正间人),一尊小佛。这是我生平第一次买古董。

博士先生虽说"下等游戏",可是"也去走走",又买了古董。可见什刹海之雅俗共赏,贫富皆宜了。

荷花市场年年五月端午之后开市,到七月十五日"盂兰节"后收市,有时再拖上个十天二十天,总之到七月底"秋风凉、豆叶黄"的时候,便十分冷落,再无游人了。最热闹是六七月这四五十天中,届期百货云集,百戏杂陈,茶寮酒肆,游人杂沓。什么卖估衣的、卖盘碗的、卖旧货的、卖鞋袜的、卖旧书的、卖西瓜的、卖果子的、卖炸糕的、卖酸梅汤汽水的、卖炒肝的、卖豆腐脑的,席棚里卖茶的、卖冰碗的、卖莲子粥的、卖苏造肉的……玩艺中唱十不闲的、唱小戏的、说相声的、变戏法的、摔跤的、练武的……男女老少,各式各样的游人,云集其间,轻衫纨扇,又热闹,又潇洒,比正月里逛厂甸还好玩。《北京俗曲十二景》道:

六月三伏好热天,什刹海前正好赏莲。男男女女人不断,听完大鼓书,再听"十不闲"。逛河沿,果子摊全,西瓜香瓜杠口甜,冰儿镇的酸梅汤,打冰砟;买了把子莲蓬,回转家园。

所唱的正是北京当年的夏日乐事,而且是纯粹北京味的,有着浓厚乡土气息的乐事。当年北京城里,高级的消夏场所,公园、北海,可以玩,可以休息,可以瀹茗,吃点心;但是没有卖东西的,也不能听玩艺。那里风景太富贵气,没有野趣。东、西庙会,可以买东西,但夏天人拥人,都是臭汗,自然不是消夏乘凉的所在。什刹海荷花市场的好处,是包涵了公园,北海,天桥,东、西庙会的内容的。来到这里,可以遛弯儿,看风景,喝茶,吃点心,听玩艺,买零碎日用东西,买估衣,买水鲜:莲蓬、鸡头、菱角等等。这里不用买门票,没有围墙围着,可以随便进来,随便出去,自自在在,不受拘束,因而这里的游人,也是包罗万象的,更多的是内城一带的居民。后门外、鼓楼、德胜门一带,在清代是正黄旗的范围,所以老住户里面,旗下人很多。在几十年前,在荷花市场的游客中,还有不少女客,一望而知是旗下人:虽然不穿花盆底子鞋,不梳两把头了,但浆洗得十分挺括的月白蓝布大褂,腋下披块手绢,黑鞋白袜子,走起来腰板笔挺,这些装束和神气,还能显示大格格、二格格的特征。熟人见面,还是毕恭毕敬地双手一扶膝盖,两腿一曲,行个旗下的礼数——蹲安。这在当年逛荷花市场时,在河沿老柳树下会常常遇到的。

茶　棚

旧时在北京夏天坐茶座,瀹茗消暑,如果嫌北海、公园等处富贵气太重,那么最好到什刹海的茶棚中来,这是最有野趣的地方了。这里俗名河沿,虽然只是一泓野水,不过是个池塘而已,却偏要说大话,叫作"海",这点刘侗在《帝京景物略》中也嘲笑过。附近居民,似乎不承认它是海,但也不叫它"池",只是叫它河沿,自然它也不是河。早年间,中山公园和北海还是皇宫内苑的时候,这里就有茶棚了。

什刹海荷花市场上,搭席棚临水卖茶,是市场上的主要的生意。近人曹张叟《莲塘即事》诗云:

> 岁岁荷花娇不语,无端斗茗乱支棚。
>
> 斜阳到处人如蚁,谁解芳心似水清。

说的就是荷花市场上的茶棚,可以从诗中想见其情调。

这种茶棚是每年到了夏天临时搭起的,本来前海这条大堤,约三丈多宽,两边都是老柳树,一间房屋也没有,每年荷花市场开市时,开茶馆的人便约棚铺来搭茶棚。这茶棚下面用杉篙、木板扎架子,高出平地二三尺,一半伸进水中,成一水榭形的平台,这样,自然就把大堤加宽了,堤的两侧都可设座,中间还可以供行人走过。平台上面再用芦席搭天棚,以挡雨淋日晒。平台四周还装上栏杆。天棚出檐上吊上茶馆的幌子,白布横幅上用红布剪成字,缝上去,还有花边,什么"三义轩"、"二合义"等招牌。就在这茶棚中,摆上老式高桌、方凳卖茶,也是论人头算水钱,然后再加茶叶钱,价钱比北海和公园两处的著名茶社,如漪澜堂、来今雨轩等处要便宜不少。在币制未贬值前,一般都按铜元计算,加上五大枚一包的香片,连茶叶带水钱,总不会超过五分钱的,便可以享受半天的"莲塘清风",这不是很实惠的吗?

什刹海喝茶是有点野趣的,当时什刹海的前、后海都有人包租了去种上各种水生植物,海中心水较深处种莲花,水边上较浅处,种菱、种芡(俗呼"鸡头米"),甚至还有不少稻田。坐在这种席棚下茶座中喝茶,可以饱览这种江南水乡般的荷塘景色,还可以看到有人撑着一条船摘荷叶、采莲蓬、采菱角、采"鸡头"。《一岁货声》中所载,"老鸡头,才上河"的市声,卖的就是这里出产的"鸡头"。这种水乡农村中的景色,在北海是看不到的,而在什刹海茶座上,却可以一边悠悠然地喝着茶,一边吹拂着带有荷花香味、菱角香味的薰风,一边欣赏着这水中的野景,听着老柳荫中的"知了"声,这种境界几乎是只可以意会而不可言传的了。真像梦一样的朦胧!

　　什刹海茶馆,自然也是一夏天买卖,过了七月十五盂兰节,就没有什么生意了。《鲁迅日记》一九一二年九月一日记云:"上午与季市就钱稻苏寓坐少顷,同至什刹海已寥落无行人。盖已过阴历七月望矣。"九月五日又记云:"饭后偕稻苏步至什刹海饮茗,又步至杨家园子买蒲陶。"所记可略见什刹海荷花市场茶馆情况。

　　这里还有很好吃的点心,第一是莲子粥,第二是苏造肉,第三是一种不知名的很好吃的饼。莲子粥要另列专题谈,这里不多说。苏造肉可以谈谈。这是一种把五花猪肉,和肝、肚等放在一个铁锅内红烧,汤很宽,锅中一半是正在烧着的喷香的肉,一半是汤,可以煮火烧。你要买时,卖的人从锅中捞出点肉,切碎,放在碗中,再根据买主需要,切一二个在肉汤中煮着的火烧,也放在碗中,浇上一些肉汤。这是一种很实惠的食品,而且很卫生,因为肉锅一直在火上,肉汤一直小开着。这很像上海城隍庙卖的排骨年糕。第三种是不知名的饼,是有面盆大,近两寸厚,中间有很好的馅子;馅子是彩色的,粉红色的肉,蜡黄的鸡蛋……饼一直在平底锅子煎着,油很多,冒出焦香,招引着过往的游人。卖的人切成一牙儿、一牙儿地卖,可以看见里面很好看的馅子,是十分诱人食欲的。我小时候多少次望着它流过馋涎,可是一直没有吃过,直到今天也不知道它的名字,好像叫什么府饼,可是说不清,多可惜呀!

对于什刹海茶座,可以说是"雅俗共赏"。不仅每届夏令普通市民趋之若鹜,就是不少海内外知名的学者,包括外国学者教授,也喜欢到这里来。可惜这样一个大众化的、内容又十分健康的、风光美丽的游乐场所现在没有了。

听　歌

什刹海河沿的各种玩艺,有似乎过去的天桥。过去天桥"八大怪"之一的云里飞,天天在天桥摆地摊演戏。当中放张高桌,后面一张板凳,然后用上几条板凳围成一个长方形,里圈观众就坐在板凳上,外圈观众就站着。他抓把白土子在地上洒几个字,什么《捉放曹》、《二进宫》之类,然后戴上破香烟盒子糊的戏帽,拉把破胡琴,就怪模怪样地唱起来,博得周围观众的热烈叫好声。这就是云里飞的"平地大舞台"。过去,天桥这样的"舞台"实在多,什么唱大鼓的、说相声的、变戏法的、摔跤的、耍坛子的……到处都围满了观众。说实在的,我并不喜欢在这里看玩艺,因为这里的气氛十分枯燥而单调,杂乱而喧嚣。虽然,易实甫老人的名诗"一自识得冯凤喜,不辞日日走天桥"(手头无书,凭记忆记,可能字句有错)我也读过,并且十分欣赏,但天桥听玩艺,我是不大喜欢的。同样,各式各样的地摊玩艺,搬到什刹海河沿,觉得就有意思的多了。

想当年,在绿阴阴的大柳树荫下,正是下午三四点钟的时候,坐在大板凳上,围成一圈,扇着大芭蕉叶,场中一个穿竹布褂的人坐在桌子后面弹着弦子;另一个穿夏布大褂的人,立在桌旁,手里拿着长长的杏黄穗子的八角鼓,一边摇,一边弹,正唱着《钟子期听琴》。那边又一个场子,靠近水边,背着绿油油的荷塘,张着大白布棚子,也坐满了一圈人。场中桌子后面坐了两三个人却是全堂的鼓板,有人正在唱小戏《钓金龟》。一声"叫张义——我的儿啊……"借着水音,又嘹亮、又苍凉。那边又一个场子,一半被柳树荫遮着,一半却晒在午后的骄阳中,但照样围满了戴着草帽的和挥着芭蕉扇的观众,这时从那一堆人中间突然传出了哄然的叫好声,压倒了这面唱单弦的八角鼓声和唱小戏的胡琴声。啊——原来是摔跤场子中一个"硬绊",决出了胜负。那面又是一个场子……这一切,因为都是在老柳下、荷塘边、斜阳外、晚风中,所以不论看什么玩艺,都是那么清凉,那么安详,那么潇洒,这种场合使人自然想起放翁诗句"斜阳古柳赵家庄,负鼓盲翁正作场"的境界来,较之天桥的浑浊空气,真是不可同日而语了。

　　我小时候到什刹海玩,听的玩艺,什么大鼓书、什不闲等等,都不爱看,有的我也不懂。要把式、摔跤的等场子我也不喜欢。不要说刀枪剑戟,单说不练的我不爱看;就是练的刀光剑影的摊子,也吸引不了我,怪害怕的。我从小身体弱,胆小,稍微懂事时,我就不爱看这些玩艺了。我爱看什么呢? 我最爱看变戏法的。北京本世纪初,有十三岁就出名的神童戏法家杨德顺,几十年前,有出名的戏法家快手刘。什刹海地摊上自然看不到这样高级的戏法,有的只是一般的。戏法摊上看客并不多,四周板凳坐不满人,一个憔悴的三十多岁的汉子,蹲在场中,背后半桌上放些道具,他面前地上铺块蓝布,又一块小的两层的方布,叫"袜

157

刀"。他把这块小布一边抖给观众看,一边交待道:"袜刀里儿没毛病,袜刀面,没毛病……"然后铺在地上,用手轻轻一抠,一个圆形的东西在布下出现了,人们惊奇地看着他要变出来了,忽然他用一根短木棍一敲,啪哒一下,又什么都没有了。这时他向大家哈哈一笑,更引起大家的兴趣,又重新交待"袜刀",没有毛病,再重新变起。布底下又隆起了圆形的东西,这时他真要变了,口中念道:"一二三四五,金木水火土,要耍戏法来,还得抓把土。当年纪晓岚在金銮殿大变兔子……列位,带水的难变,带火的难变……"话还未了,人已站起,一手掀"袜刀",一手已把一只大海碗,满满的一碗水,绿的藻草,红的金鱼,端给观众看,多么好玩呢!少年时的我,不止一次地看着,不止一次地想着。

午梦醒来,拿把芭蕉扇,到河沿遛个弯,顺着老槐、老柳的荫凉走过去,一路听着知了的叫声走过去,等到隐约听到丝弦声时,荷花市场就到了。坐在"十不闲"场子边听一段吧!曹张叟诗云:

作媚装腔百样贫,连敲竹板扭腰身,开言便是"莲花落",落了"莲花"哪有人?

霜风一起,莲花一落,荷花市场自然冷落无人了,而河沿莲花落的"咦唠——莲花、嗨、嗨老莲花……"的歌声,却是永远叫人难忘的啊!

七月清韵

荷花灯

有一种像梦一样朦胧的灯笼,经常闪烁在记忆中,那就是旧时北京农历七月十五孩子们点着玩的莲花灯。那时在北京度过童年的人应该都还记得吧:一进七月,在热闹的街市上,如西单牌楼、东四牌楼、菜市口等处,就都摆出卖莲花灯的摊子了。甚至敲冰盏卖冷食的小贩的车子上,也挂上两只招展的莲花灯来卖,以点缀佳节。人们一看到灯,自不免又一兴岁时之感,啊——盂兰节又到了。

农历七月十五盂兰节,就是中元节,荷花灯是北京中元节必有的点缀。《燕京岁时记》"中元节"条云:

> 市人之巧者,又以各色彩纸,制成莲花、莲叶、花篮、鹤鹭之形,谓之莲花灯。

这种风俗原是很古老的了,自元、明以来,一直就有,在欧阳原功词中就曾写到过。这种灯很轻巧,用白绵纸剪成大莲花瓣,染上粉红颜色,趁半干时,把它卷压成弧形花瓣,圈一个竹篾圈或硬纸板圈,把这种"莲花瓣"上下贴两圈,如佛像座下"莲花座"形状。下面再贴一圈用绿色软纸剪的穗子,象征"荷叶"。

用一个小竹竿挑着，中间插一小蜡烛，便是一个莲花灯了。晚上把蜡点上，闪烁着光芒，照着那轻盈、红艳而又朦胧的"花影"，孩童们拿着，在小小的院子中跑来跑去，口里唱着："莲花灯，莲花灯，今天点了明天扔。"这样好的灯，为什么今天点了明天就要"扔"呢？因为按佛教目连僧故事，盂兰会用荷花灯接引鬼魂，灯扔了，鬼魂跟着灯走了，不迷路了。再有因为莲花灯是莲叶灯的遗制，旧时七月十五孩子们玩的灯最妙的就是莲叶灯、蒿子灯。砍一个长柄莲叶，中间插一小签，点个小蜡，扛着在胡同中玩，就是个最妙的"灯"。拔一株青蒿子，蒿子枝上系上许许多多点燃的"线香"头，便是别开生面的"蒿子灯"。清初张远《隩志》所谓"青光荧荧，若磷火然"，《京都风俗志》所谓"于暗处如万点萤光，千里鬼火，亦可观也"。试想在黑黢黢的小四合院中，在飘着夜来香的七月之夜，廊沿下，垂花门边，甚至在偏僻的小胡同中，在简陋的棋盘心房屋的小院中，这该是怎样的情趣呢？其趣味就在"青光荧荧"上。如果在上千支光的电灯照耀下，光同白昼，便索然无味，又哪里去觅莲花灯、莲叶灯、蒿子灯的朦胧之美呢？莲叶灯、蒿子灯等都玩一个新鲜劲儿，隔天便不值一看，所以"扔"了。倘若连纸糊的轻盈美丽的莲花灯也扔了，未免太可惜了。

咏莲花灯的诗不少，康熙时查初白《京师中元词》云：

> 万柄红灯裹绿纱，亭亭轻盖受风斜。
> 满城荷叶高钱价，不数中原洗手花。

写得极为漂亮，这是康熙时的事。枝巢子《旧京秋词》云：

小队儿童巷口邀,红衣蜡泪夜风遥。

莲灯似我新诗稿,明日凭扔乐此宵。

这是夏仁虎先生晚年的诗,后两句亦感慨系之矣。"凉风起天末,游子正徘徊。"几十年前童年时,在北京玩过莲花灯的人,如果客居异地,逢上这样的节令,哪能不思念这轻盈、美丽、朦胧的莲花灯呢? 这种玩艺早已没有了。有一年初秋在京,凉得很早,匆匆数日,已过了中元节,不禁想起幼年玩莲花灯的事来,便写了一首小词《念奴娇》云:

> 新凉数日,又匆匆过了,中元佳节。檐下清阴清几许,树上月华迟发,院落居邻,绳床小坐,意趣何幽绝。渐忘漏永,似疑鸳瓦霜泼。 京国几度繁华,枝巢老子,唱出秋词咽。荷叶荷花灯儿好,惹得孩童歌叠。绛蜡焰轻,明朝扔了,故事凭谁说。未宜重问,趁凉倚枕安歇。

词中写出一点莲花灯的情趣,我把它抄给俞平伯老师、黄君坦先生看,君坦先生来信云:"'绛蜡焰轻,明朝扔了,故事凭谁说。'绝妙好词,为之击节。"奖掖有加。书此聊记翰墨因缘,也当莲花灯的一点文献掌故吧。

蝈 蝈

北京夏秋之交,好玩的虫儿极多,白云古槐,叫不完的知了;秋雨庭院,飞不完的蜻蜓,引得儿童们一天到晚忙着黏知了,捉蜻蜓。在北京度过童年的人,几乎没有一个小时候没玩过知了、蜻蜓的吧？记得十来岁时，住在西皇城根，门前东面是大车道，路面被车轮碾得极为低洼，夏秋雨后，一片汪洋，向晚红头蜻蜓乱飞，比排衙的蜂阵还密，和小伙伴们天天向晚在门前呼啸喊叫，奔跑捕捉，这种欢乐，真是永生永世也忘不了的啊！

按，季节出现的昆虫，说得文雅一些，姑可叫作"候虫"吧。人们捕捉昆虫来玩，不知始于何时，总之是很早了。且不说《诗经》中有关昆虫的歌咏，即以宋人《武林旧事》中所记的杂技"玩虫蚁"来说，最少也有八九百年的历史了。北京人玩起昆虫来更讲究。夏秋之交，不但孩子们忙于粘知了，捉蜻蜓，而且京南农村中，甚至远到山东的农民，挑了整担的"叫蝈蝈"来北京卖。一担密密麻麻，都是细高粱篾子编的拳头大的小笼子，每个笼子里盛一个蝈蝈，插一段葱白给它当饲料。汉子头戴"十八盘"破草帽，身穿紫花布背心，古铜色的皮肤，挑着这个担子在红尘古道上匆匆赶路，一面走着，那些蝈蝈一面在笼中嘎嘎地叫着，像挑着一担天籁的音乐。挑进那京师的阴凉高大的城门，沿街串巷去叫卖。于是，四合院的小门一开，出来个老太太带着两个孙子。十大枚一个，买了两个。"得了，来俩；拿着，一人一个，别打架！"买的人进去，胡同中又归于寂静。蝉在树上叫着，蝈蝈在笼中叫着，汉子挑着担子又招呼别家的生意去了。刚才那两个小笼子，那笼中胖笃笃的、碧绿的蝈蝈，已被挂在葡萄架下面，隔着笼子的洞眼，可以看到它正舞弄着触须，在吃刚刚塞进来的那一小条香瓜。

《燕京岁时记》记云：

> 京师五月以后，则有蛞蛞儿（即蝈蝈）沿街叫卖，每枚不过一二文。至十月，则燋燭（即燃微火）者生，每枚可值数千矣。

所谓"数千"，就是几吊钱，要合到几两银子。几两银子买一个小虫，这是清代旗人贵胄的玩艺，现在说来，是很难想象的了。但不易得到，因时交冬令，天气已冷，要靠火养蝈蝈，就不易活，难能可贵了。

蜻蜓、知了是孩子们的玩艺，蝈蝈则不但是孩子们的玩艺，也是大人们的玩艺。当年有极为贵重的蝈蝈，也有制作极为精美，贵比兼金的蝈蝈笼子。据柴桑《燕京杂记》、汪启淑《水曹清暇录》等书记载，当年旗下贵胄们，极为讲究养蝈蝈。要讲究把蝈蝈笼子藏在怀中，借着体温，养过严冬，到明年春天酒酣耳热之际，尚能听到它的鸣叫。那些蝈蝈笼子多数是用细脖葫芦截去一半，配上象牙盖子，四周再加雕镂，雕出镂空的山水人物、草木虫鱼，工致精绝。据《燕京杂记》记载：名家制品"价有贵至百金者"。乾隆年间，可以抵得上一所小四合院的价格了。崇彝《道咸以来朝野杂记》记道：

> 冬日养昆虫亦为一种娱乐，凡蟪蛄（俗名蝈蝈）、油葫芦、蟋蟀、金钟儿、咂嘴，皆于大小葫芦中养之。每夕室中温暖，则鸣声四起，闻之与夏秋山林之间相似，善养者可过冬至节，或且至上元节。养虫之具，亦穷极奢侈，以象牙、玳瑁、黄杨、紫檀雕成，笼盖有高数寸者，花纹至精细，可纳之怀中听虫鸣也。

从乾隆朝至清末，北京的王公子弟、贝子贝勒，挖空心思玩玩艺，在二百多年中，真不知糜费了老百姓多少钱粮，正是专制封建特权的必然结果，注定也是必然灭亡的。这是一个方面，必须认识到它的本质。另外也反映了工艺的精美绝伦。过去在琉

璃厂古玩摊上,看到各式各样的蝈蝈葫芦,有时雕刻的工细程度
是难以想象的。现在特种工艺可能还有同类的产品,但高明的
养蝈蝈把式恐怕已经难找了。

长安一片月

中　秋

北京旧时过八月十五中秋节,有一样外地没有、而最招孩子们喜爱的怪东西:兔儿爷。这又像是玩具、又像是"神灵"的怪东西,凡在北京度过童年的人是永远不会忘记的。

江宁夏仁虎老先生《旧京秋词》道:

> 银枪金甲巧装排,扑朔迷离总费猜。
>
> 泥塑纸糊儿戏物,西风抬举上高台。

诗后自注道:"中秋儿童玩具曰'兔儿爷',其雌者曰'兔儿奶奶',识者所嗤,然愚民或高供以祈福焉。"

这是一种什么玩艺呢?简单地说,是一种泥人玩具。说得更具体一些,就是一种用模子脱出来的、人身兔面泥俑玩具。脸上红白相间,也十分漂亮。说是"兔脸",也不完全是兔子的样儿,而是人脸,只是嘴是"兔唇",画成一个红色的三叉形。另外上面有两根大耳朵,做成一个银枪金甲红袍的坐像。兔儿爷有大有小,最大的三尺多高,小的也有四五寸高。有一种嘴唇做成活络的,空心中有线可拉,拿在手中玩,一拉中间的线,嘴唇就乱动,十分好玩,叫做"刮打嘴兔儿爷"。这个名称,不要说在外地,恐怕在北京，也很少有人知道了吧。做得最讲究的兔儿爷，面部贴泥金，背后插彩绸护背旗，像戏台上的武将一样，颇为威风。

我常常想，历史上有许多不知名的创造家，都很值得人佩服，是谁别具慧心，创造出这么好玩的兔儿爷呢？它的来源似难详考，但在明代就有了。明人纪坤《花王阁剩稿》记云："京师中秋节，多以泥抟兔形，衣冠踞坐如人状，儿女祀而拜之。"纪坤是阅微草堂的先人，这条记载，朱彝尊编《日下旧闻考》并未采入。整补所引还是《帝京景物略》的记载，只有"月光纸"，上面"缋满月像，趺坐莲华者，月光偏照菩萨也。华下月轮桂殿，有兔杵而人立捣药臼中。纸小者，三尺，大者丈，工致者金碧缤纷"。我想最早创造做泥人兔儿爷的，大概就是照这"月光纸"上的像塑的。这自然会大受孩子大人的欢迎，因而越造越精，越流传越久，就演变成为历史风俗。《燕京岁时记》也详细记载了当时兔儿爷摊子云：

> 每届中秋，市人之巧者用黄土抟成蟾兔之像以出售，谓之兔儿爷。有衣冠而张盖者，有甲胄而带纛旗者，有骑虎者，有默坐者。大者三尺，小者尺余，其余匠艺工人无美不备，盖亦谑而虐矣。

最后一句，是针对当时陋俗"相公"说的，现知者寡矣。

在几十年前的北京街头，大约六十多岁以上老北京都还能记得。一过七月十五，兔儿爷摊子就摆出来了。前门五牌楼、后门鼓楼前、西单、东四等处，到处都是兔儿爷摊子，大大小小，高高低低，摆得极为热闹。摊前簇拥着孩子们。但是孩子们看着高兴，大人们却不见得高兴。端午、中秋、除夕三大节，中秋好过,而还账却是艰难的啊！因为当年平时生活日用,都是赊账,要到节下集中还账。中秋是大节,一夏天的账都是要还的。《道光都门纪略》杂咏道:

> 莫提旧债万愁删,忘却时光心自闲。
> 瞥眼忽惊佳节近,满街争摆兔儿山。

人们看到满街摆出兔儿爷摊子,不免都发愁如何还账了。这首诗是很生动地写出了当年北京中秋节近的街头风光的。

清人都门竹枝词中说到兔儿爷的也很多,比较早的,为乾隆乙卯,即六十年(一七九五年)杨米人所写。诗云:

> 团圆果共枕头瓜,香蜡庭前敬月华。
> 月饼高堆尖宝塔,家家都供兔儿爷。

诗中说得十分明确,其时去《红楼梦》时代不远,而《红楼梦》中却未写到供兔儿爷的趣事,不免也有些遗憾了。

创造这个怪玩具的是谁,我虽然不知道,但我总感到它是一个具有浪漫主义色彩的艺术杰作。真是的,那金盔金甲、骑着老虎、大长耳朵、白面红唇、背后插着纛旗雄踞街头的兔儿爷,配上盛开的鸡冠花,多么招人喜爱呢！孩子们有时却唱道:

"我看你嘴又豁,眼又斜,好像八月十五的大兔爷……"

兔儿爷好玩,但人像兔儿爷则可厌了。前引夏仁虎先生的《旧京秋词》,写于抗战那年秋天。所谓"儿戏物"、"上高台",诗人微旨,是对当时汉奸上台的辛辣讽刺。

供 月

在人类生活中,想象的东西,有时候比实际的要美丽的多。"阿波罗"飞船,把人载到月球上,那里是死寂的一片,并不美丽;但在我们的想象中,却是美丽的嫦娥、玉兔、桂树、广寒宫殿……五十多年前,有一年的八月节,在北京一条胡同中一个小小的院子里,母亲把一张高桌,摆在北屋台阶下面,斜着向东南方向,桌前系上桌围,桌下铺上红毯,供上"月光马儿"(即印有"太阴星君"、"月光遍照菩萨"的神纸)、"兔儿爷"、鸡冠花、两盘月饼、一盘水果,鸭梨、葡萄、沙果,半个西瓜切成花牙形,也放在盘中,摆上"五供"。蜡钎上点上两支四两重的红蜡,烛影摇红,花团锦簇,一切布置就绪之后,差不多已经快晚上七点钟了。这时小院中夜凉似水,碧天无云,少焉,一派寒光由垂花门东南角处冉冉升起,整个院落沐浴在"纱幔"中了。

"秃子,快来,给月光菩萨磕头!"这是母亲在院子里叫呢。"我不磕,男不拜月,女不祭灶……"我在屋里桌子前面,看着盒儿中那摆供剩下的月饼舍不得走开。"什么男的,女的,你胎毛还没有褪干呢……还不给我快来!"

"哎,我穿上大褂就来。"于是我穿上那件小小的月白竹布大褂,来到院中台阶下,站在红毯上,来行"祭月大典"。先上三炷香,拿好香,就蜡台上点燃,捧着一揖到地,插在香炉中,然后又一揖,接着拿起"黄表",点着一角,捧着跪下,快要烧完时,扔在地上,奠过酒,一缕青烟,直上遥空,这时伏下磕三个头,然后站起来再一揖,便礼成了。这时大家回到屋里分月饼,分果子,弟妹等都一人一盘。两个"自来白",两个"自来红",一个苹果,一嘟噜葡萄,隔着玻璃窗、竹帘子,望着月亮越升越高。月亮中的黑影,难道真的有嫦娥吗?有玉兔吗?

八月节,天上满月,人间团圆,拜月,供"月光马"和"兔儿爷",虽然似乎是"妈妈经"上的迷信事,但那情调是美好的。传统风俗中,有不少礼数,多少都有一点迷信、神秘、朦胧的色彩,但又不纯粹是迷信的东西,而往往形成千百年来人们生活中一种有情趣的点缀,有热爱生活的美好愿望在里面。如端午、中秋等等风俗,似乎应该和纯属迷信的东西区别开来。《帝京景物略》云:

> 八月十五日祭月,其祭果饼必圆,分瓜必牙错……撤所供,散家之人必遍……女归宁,是日必返其夫家,曰团圆节也。

其美好的情调和祝愿,不在于向天边的明月焚一炉香,奠一杯酒,而在于望着天涯的明月,万里的遥空,向远方的亲人致以含着思念泪水的、温馨的问讯。"今夕月明人尽望,不知秋思在谁家",此一意境也;"举头望明月,低头思故乡",此又一意境也;"但愿人长久,千里共婵娟",此又一意境也;"长安一片月,万户捣衣声",则又一意境也。但无一不与远人有关,不与团圆有关。多少人童年祭月的梦像烟一般的远了、淡了,而那希望花常好、月常圆的感情并不淡,也不远。

北京谚语云:"八月十五云遮月,第二年来雪打灯。"盖言八月十五如果是阴雨天,明年正月十五也往往是落雪天。不过北京秋高气爽,八月十五中秋节,往往是晴天比较多的。长安街头的皓月,常常像银海般的洒向街头,衬着华灯绿树、凤阙龙楼,和那流水般的车辆。古老的唐诗,"长安一片月",在今天,又有了它的新内容、新气派。

不过任何佳节,总是希望在祥和、宁静、宽裕的岁月中度过,一遇战争、动乱,那就一切都完了。仲芳氏《庚子日记》是日记云:

> 今日中秋佳节,瓜果、月饼、钱粮纸马、鱼肉荤腥皆无卖者,遭逢乱世,人在倒悬之间,何有心肠庆贺中秋……

当代的中国人,读了这样的记载,是感慨万端的,岁数大一些的,谁没有几次惊慌恐惧,命如倒悬的中秋记忆呢? 说来话长,不必多说吧,但愿今后不要过那样的中秋节!

斗蛐蛐之趣

蟋　蟀

旧时代在北京度过童年的男孩子，大概没有一个没玩过蛐蛐（蟋蟀）。一到秋天，就把那大大小小的蛐蛐罐儿捧出捧进，什么"蟹壳青"、"棺材板"、"枣核儿"，各式各样的蛐蛐名字，一天闹个不停。一放学到家别的事不做，先忙着看看蛐蛐。暇时，拉着小伙伴在台阶底下去"斗"，几个头挤在一起，盯在一个小罐中，注视着那两只微虫，时而凝神观察，时而高声喊叫，等到那"胜者翘然长鸣以报其主"的时候，胜负已分，一场比赛宣告结束。有时还要再换一个"运动员"上场，一场接一场，真是兴味无穷。

斗蛐蛐要有"蛐蛐探子"，一般是用蛐蛐草，再有就是用一根细竹篾，头上绑一小段鸡毛翎管，在翎管上插三五根有弹性的毛做成。斗蛐蛐时，如果有一个还没有怒起来，便用"蛐蛐探子"引它。那"探子"的细毛一触动它头部，蛐蛐便会激怒起来，伸出那虽然很小，看上去却十分锐利的牙，为其主人奋勇向前，去效命"沙场"了。我听说，做"蛐蛐探子"的细毛最好是猫的胡须，为此，我抱住家中的大黄猫就去拔，它一疼差点咬了我的手。我想出好办法：拿了块熟肉，一边喂它，一边拿剪刀把它的胡子剪了个光。后来母亲偶然发现，觉得十分奇怪，猫的胡子哪里去了。

结果妹妹告了"密"，我便挨了一顿好骂，现在想起来还觉得怪可笑。

至少早在宋代之前就有了养蛐蛐的了。南宋的亡国宰相贾似道写过一本《促织经》，元兵打到临安，他还在葛岭半闲堂中斗蟋蟀，这是史书上有名的故事。前人咏李后主诗云："作个词人真绝代，可怜薄命作君王。"贾似道如做个清客，做个养蟋蟀的专家，那是很不错的。可惜是他却做了丞相，又是国家危急时的丞相，老百姓只好跟着他倒霉了。国亡家破，生死流离，一代悲剧，万家苦痛，常常起因于几个掌大权的人，世界历史上这样的人还数得清吗？

《聊斋志异》中有名的故事《促织》，就是暴露明代宣德时宫中养促织的罪恶的。明代北京特别讲究养蟋蟀、斗蟋蟀。《帝京景物略》中"胡家村"一段，详细介绍了永定门外一带出产名蟋蟀，以及捕捉的情况。所谓"秋七八月，游闲人提竹筒、过笼、铜丝罩，诣丛草处、缺墙颓屋处、砖壁土石堆磊处，侧行徐听，若有遗亡，迹声所缕发而穴斯得"。写得极得其神，看到他的描写，再想起小时在苏园乱草中找蛐蛐的情景，真不禁哑然失笑了。

蟋蟀的色彩，青为上，黄次之，赤又次之，黑白为下，要首肥，项肥，胫长，背阔，有红麻头、白麻头、青顶金翅、金丝头、银丝头、黄麻头、油利达、蟹壳青、金琵琶等等，说不胜说，一虫之微，可以成为一种专门学问。孩子们玩蛐蛐，只是捉来随便玩玩，天真的游戏而已。而清代的纨绔子弟，游手好闲，不务正业，以斗蛐蛐为赌博。过去在宣武门外靠近菜市口一带临街小楼，每到秋天用红纸写着"秋色可观"，这都是以斗蟋蟀进行赌博的地方。养蛐蛐的泥罐也十分讲究，旧时最珍贵的是有"古燕赵子玉款"的蛐蛐罐。有一年石虎胡同蒙藏学校修房子，掘出大批古代蛐蛐罐,最早的是明永乐年间的,款署"姑苏彩山窑常德盛制"。其次有"淡园主人制",外青内紫;"秋雨梧桐夜读轩制",康熙款等等。据传明代最精美者,为苏州所造。出陆墓邹、莫二家。邹家二女名大秀、小秀,善制雕镂人物之促织盆。现在如有保存者,那便是十分珍贵的文物了。

三冬乐事

围　炉

《艺风堂友朋书札》出版后，先买了一本，又承端木蕻良兄送我一本，放在手边，随时翻阅，真是洋洋大观，得益匪浅。还曾听顾起潜先生介绍过本书的收藏和出版经过。我这里不写书评，只是借来作个文章的话头。冬夜无事，偶翻陆宝忠写给缪艺风的信中，有几句道：

> 光阴荏苒，又届围炉，诸同人必有佳集，酒酣耳热时，尚道及远人否？翘首燕云，不胜黯然。

陆与缪荃孙同是光绪丙子年进士，这封信他是在湖南学台任上写给在北京的缪荃孙的。他在湖南想到昔年在都门时，每到冬天，友朋们围炉清话，十分热闹，而自己却远隔南天，所以信中写"翘首燕云，不胜黯然"了。我想这种感情，在离开北京羁旅到冬天不生火的南方的人，大概都有一些同感吧。

围炉最好是晚饭之后，三五良朋，以炉子为中心，团团而坐，沏上一壶好香片，买上一大包落花生，边吃、边喝、边烤火、边谈、边笑，海阔天空，不拘形式。炉子上坐一壶水，渐渐炉火越来越旺，越来越红，壶中的水嗞嗞地响着，这时不必开灯，尽可坐在暗中,炉中的红火映在顶棚上,形成一个很圆的、很朦胧的红色的光晕,照得炉边的人一个个容光通红。这时谈兴更浓,谈锋更健,谈人生,谈哲理,谈艺术,谈轶事奇文固然很好;谈生意、谈金钱、谈柴米油盐、谈儿女情、身边事,也无伤大雅。谈到忘情处,窗外呼呼的北风声,远处荒寒的犬吠声,深巷飘渺的叫卖声,夜归人偶然的喊叫声,这些都隔绝在这些气氛的外面,而这里只剩下温暖、友谊和欢声笑语,这样的围炉,是令人终生难忘的啊!

北京天寒,冬天平均温度约在零下四五度之间,最低可到零下十五六度,室中无火,是不能过冬的。无论家中条件如何,炉子总要有一个。最早没有西式取暖的炉子,更无现代化的暖气、空调等设备,有的都是烧煤球、煤块的炉子,即使很考究的也是用的这个。曾见过老式老虎脚的大铜煤炉,将近三尺高,大铜炉盘精光耀眼,当地一放,试想烧起熊熊的火来,是多么神气呢?一般小白泥花盆炉子,有个架子,小户人家,生起来借个暖意,一家乐融融,可以躲过窗外的严寒,自然也是恩物,不觉使人想起白居易"绿蚁新醅酒,红泥小火炉"的诗句。虽然它是白泥的,而情调是一致的,都给人以生活美,和热爱生活的感受。最早的炉子没有烟囱,有马口铁烟筒的炉子是西方传来的,最早的洋炉子,当然有烟筒自然比没烟筒好,可以减少煤气。孙宝瑄《忘山庐日记》光绪三十四年正月五日记云:"晚,入卧室,屋小,爇西式炉略暖。"这是一九〇八年的事,孙是邮传部官吏,生个小洋炉子,还是新鲜事呢。

围炉之乐,三五人固然很好,一二人亦不妨。李慈铭《越缦堂日记》咸丰九年(一八五九年)十月二十七日记云:"寒甚,拥炉与叔子谈终日,夜与叔子围炉续话,三更,叔子招吃京米粥,以渝卜、生菜佐之,颇有风味。"

《鲁迅日记》一九一二年十一月八日记云:"又购一小白泥炉,炽炭少许置室中,时时看之,颇忘旅人之苦。"孙宝瑄是杭州人,李慈铭和鲁迅都是绍兴人,都是曾经常住北京的,几则日记,前后相差五十二三年,都写到了北京冬日围炉的情趣,把这三则日记并在一起看,是颇有意思的,很可以想见江浙学人当年在北京的生活和风度。

这和前引《艺风堂友朋书札》的文字合看,也很可以看出,生长在江南不习惯围炉的人,到了北京居住之后,过两个冬天,很自然地也就爱上了围炉。不过也有例外,章太炎被袁世凯软禁在钱粮胡同时,很大的房屋中,三九天,他不准生炉子,而穿一件大毛皮袍子御寒。他写给夫人汤国梨的信云:"冬月裘衣,皆在家中箱笥,此地寒凛,仆素恶火炉,非狐貂不足御寒,此亦急当携上者。"从信中可见先生之癖。后来住在南方,三九天也是很冷的。有一次,日本名作家芥川龙之介来看他,室中无火,宾主对谈,芥川穿西装,冻得发抖,他老先生丝绵袍外又加狐嗉袍子,泰然自若,越说越起劲,使得芥川大吃苦头,后来芥川记在他的《支那之行》日记中,写得极有风趣。

我十分怕冷,每年冬天,一到烤火期,便不免翘首燕云,回忆起围炉之乐来,系以《忆江南》小词一首,用寄温暖之思吧。词云:

　　京华忆,最忆是围炉,老屋风寒浑似梦,纸窗暖意记如酥,天外念吾庐。

消寒图

现在可能还有不少人在小的时候画过"九九消寒图"吧？这是旧时北京流传了几百年的风俗，记载这一故事的书是很多的，《帝京景物略》中记的很清楚，文云：

> 日冬至，画素梅一支，为瓣八十有一，日染一瓣，瓣尽而九九出，则春深矣。曰"九九消寒图"。

不过现在通行的《帝京景物略》都是经过纪昀删节的本子，纪昀把此书所引的诗都删掉了，其中有不少是好诗。如崇祯八年(一六三五年)刻本，此段后就有杨允孚一诗云：

> 试数窗间九九图，余寒消尽暖回初。
> 梅花点遍无余白，看到今朝是杏株。

诗虽不十分好，但亦清新可喜，尤其是联系到"日染一瓣，瓣尽而九九出，则春深矣"几句，一齐来读，更使人感到有一种春的信息的情思。

不论江南、冀北，在岁时中人们都有一种共同的感觉，就是都希望春天早一点来。尤其是北方人，到了冬天，冰封大地，四野光秃秃，一片灰黄死寂，一点绿意也没有，希望春天早日回到人间的愿望，那就更为迫切。冬至一阳生，从冬至开始，太阳已到了南回归线，又要一天天向北移了，春的信息又开始萌动了。洋诗人所说的："冬天来了，春天还会远吗？"说的也正是实话，比那些冒牌的洋诗人们不知所云的呓语似乎明白的多。这点情思和画"九九消寒图"有相通处，都表现了对春天的殷切希望和坚定信念。"九九消寒图"虽不是诗，而却是充满了诗的情思的。

"九九消寒图"最简单、最普通的画法，是把一张白纸，先画九个大方格，上面写上图名，边上写上《九九歌》。每个大方格中，再用竹笔帽印九个圆圈圈，从冬至日起，每天用墨笔点一个圈。点的时候而且还有规矩，点时只点一部分，以区别不同的天气。有歌词云：

"上画阴、下画晴，左风右雨雪当中。"就是说如是阴天，把红色圈圈的上面一半染黑，如是晴天，把下面一半染黑，其余以此类推。等到把红圈圈全部点染完毕，便是回黄转绿之际矣。这样点，便于计算阴晴雨雪天数，照《京都风俗志》的说法，还有"以占来年丰歉"的意义在里面。明代刘若愚《酌中志》记载，宫中年年都要由司礼监印刷"九九消寒图"。不过这不是图，却是"诗图"，每首诗四句，如"一九初寒才是冬"至"日月星辰不住忙"止。可惜他没有把诗全记下来，他认为是聱词俚语之类，不值得记，其实这正是风俗志中的好材料，由"一九"说到"九九"，可能都有些具体内容的。

最喜欢弄"九九消寒图"的，莫过于私塾及学校中的小学生了。他们的消寒图，最普通莫过于写"庭前垂柳珍重待春风"九字了（风要写繁体字"風"，不然风只四笔）。先用毛笔写好，再用一张白纸蒙上，用双钩的办法，把这九个字用红笔（当时叫朱笔）影写下来，便都是空心字了。这九个字每字九划，按笔划每天描一笔，描完之后，正好垂柳回黄，意义双关，是很别致的一幅"九九消寒图"。记得小学时老师还让同学们自己编制"九九消寒图"，先让同学查字典，找出许多"九笔"的字来，然后再编成一句"九言词句",老师修改,制成红笔空心字图,然后再评定优劣。同学们感到好玩,特别挖空心思地去制作,但是想着容易,凑起来却十分困难。有一个同学,凑了一句"盼春信,待看某俏柳染"。大为老师赞赏,说他知道"某"是"梅"字的古体字,是很好的,把他评为第一。这虽然有点近乎文字游戏,但却颇能显示学童的文字修养和文学才能的功力,这样的游戏,不比打扑克好吗?

腊鼓声声

忙　年

腊鼓,是腊月的社鼓,过去有腊鼓催年的说法,这"催"字用得好,催是催促,不能再停留,不能再等待,这就意味着"忙"了。因此腊鼓声声,先从忙年说起。人生是忙碌的,春忙种,秋忙收,一进腊月,便又要忙年,这也是古已有之的了。《春明采风志》记云:

> 凡年终应用之物,入腊,渐次街市设摊结棚,谓之蹲年。如腊八日前菱角、米、枣、栗摊。次则年糕、馒首、干果、叶烟、面筋、干粉、香干、菜干……江米人、太平鼓、响壶卢、琉璃喇叭,率皆童玩之物也。买办一切,谓之忙年。

由"蹲年"到"忙年",这段文章中间罗列的品名极多,有吃的用的、敬神的、玩耍的,中间一段文字将近百种。这种罗列品名的风土文章写法,来源于《东京梦华录》,给人一种眼花缭乱的繁华感觉。经历过的人,看着每一样东西,只看看名称,就觉得像蜜一般的甜了。这段文字,第一给人一种感觉,就是当年北京过一个年的内容该有多么丰富呢?第二也使人想到,这么些有趣的东西,每样买一点,该要用多少钱、多少精力呢?因而蹲年、忙年也是不容易的了。读仲芳氏《庚子记事》庚子年腊月二十三日记云：

> 今值祭灶送神之期。新年在迩，各街巷毫无过年景象，本来人皆困窘无聊，有何心肠庆贺新年耶。

这是侵略者八国联军盘踞北京时"忙年"的情况，年轻人看了可能无所感觉，而沦陷时在北京生活过的人，看了这样的记载，则不胜感慨了。因而前面所引《春明采风志》所写的"忙年"丰富内容，在我的记忆中，最热闹的还是"七七事变"之前，做孩子时的情况。那时北平虽然也已十分危险，但还较多地保存着一些传统的习惯，物价便宜，东西好买。那时我家住在西城，一到腊月里，卖年货的，不单南到单牌楼，北到四牌楼，到处南货铺、点心铺、猪肉杠、鸡鸭店、羊肉床子、大小油盐店，拥满了人，而且马路牙子上，也都摆满了各种摊子，干果子铺门口，都吊着大电灯，那大筐箩堆的什锦南糖、京杂拌，都像小山一样。堂子胡同口上一家大鸡鸭店，大肥鸭子吹足了气，擦上油，精光肥胖，天天吊满了铺子，一般教书的、当职员的人家，拿出十块、二十块"忙年"，就能买不少东西了。买只五六斤重的大肥鸭子，一块大洋还要找钱呢。年是年年要过的，而太平年月和战争年月的年是完全不同的。在太平年月中，欢乐的家庭和愁苦的家庭其忙年也是两样的。忙年的"忙"字，就全社会来讲，当时大约可分为三方面内容，一是经济上的，年终结算，人家欠的账要收回，欠人家的账要准备偿还，要筹措买年货过年的费用，要筹划送礼的费用，这在大人们，尤其是当家人，是最忙的。经济宽裕的还好，经济困难、欠债累累、出大于入的人家，那就要忙上加忙了。二是

181

物质上的，由新衣新帽，到年菜年礼，以及花生、糖果、压岁钱、红包，样样筹办齐全，不要说没有钱、经济拮据的人家张罗起来费力，即使财力雄厚，多花点无所谓，那筹办齐全，也要用大量的人力。大户人家，有管家、有佣人，当家人和主妇只要支使，会动脑筋就可以了。小户人家，样样要自己来，"忙"这个年，也就累得够呛了。常听人抱怨，为什么要过"年"呢？这么忙……可是还是年年要过，年年要忙，这就是生活。三是风俗庆贺，种种仪式、种种礼数，由一入腊月的腊八粥，到廿三祭灶、掸尘、贴对子、烧年菜、守岁、祭祖、拜年、迎顺星、闹元宵、填仓、引钱龙……啰啰嗦嗦，足足两个来月，这些故事依次做全，那真是要忙个不停了。不过这说的还是家中的忙碌，而"一年将尽夜，万里未归人"，奔波于道路上，赶回家过年的人还不知有多少呢？那就更忙了。

沦陷以后，那就满不是那么回事了，东西越来越涨，年越来越难过。真是"王小二过年，一年不如一年"，我每到过年时，就想起父亲那几年中为"忙年"而发愁的脸色，在我面前浮动着，说起"忙年"的滋味，也有说不尽的酸甜苦辣呢。至于那些离乱的家庭，家人离散，音讯渺茫，忙年的梦，只剩伤感与愁思了。

俗　曲

在过去所写过年的岁时短文中，引用过不少北京的民谚俗曲，如"糖瓜祭灶，新年来到……"，"二十三、糖瓜粘，二十四、扫房日……"等等，都十分有意思，虽在他乡异域，一读到它，马上便感到一种北京过年的气氛，一种甜蜜的乡风吹拂到身边。其实旧时北京，写过年情景的民歌俗曲，除此之外，还有不少。有的因为长，不能在短文中引用，而它的内容却是非常丰富的。清末"百本张"俗曲,有一段"赶板",题目是"打糖锣",而写的却全是过年的情景,像一幅风俗画一样,极为细致生动。不能照引原文,只选择其中一些特殊的句子,作个介绍。可以大略看到光绪年以前北京人过年的风貌。

过年先要用钱,这个段子一上来就唱道:"正月里的银子腊月里就关,二十一二嗨放黄钱。"旗下人有钱粮、京官有俸银、当差的都有月钱,把正月的钱提前到腊月发放,就可以两月并一月过个肥年了。黄钱,即新出炉的大钱。

过年要敬神祭祖,俗曲中唱了不少。"卖香炉、蜡烛台儿的满街叫唤",这是串街走巷去卖;"神纸摊子摆着门神挂钱",这是摆摊卖;"元宝、阡张上绕街上串串",这又是串街卖,元宝是锡箔糊的纸元宝,阡张是一搭子白纸,用切纸刀切成钱圈、钱眼,又连在一起;"爆竹床子、佛龛和灶王龛、佛花供花也出摊",又是摆摊,而且卖爆竹的叫"床子",同卖羊肉叫"羊肉床子"一样,为什么叫床呢?因为不只是平板摆摊,还有架子挂好多玩艺。中国过去所谓床,是指有架子可挂帐子、帏子的卧具。

过年要买好吃的:"汤羊和那鹿肉、野鸡吆喝新鲜,关东鱼、冻猪、野猫堆在街前。"这两句唱词,写出了一百年前北京过年的历史风尚,汤羊是带皮的羊,野猫是野兔,这些都是当年的所谓"关东货",从松花江两岸、长白山麓运到北京来的。后来这些玩艺基本上都没有或者很少了。即使在半世纪前,我幼年在北京过年时,也很少听说谁家过年买鹿肉,而在一百多年前,却是很普遍的。

写大家见面时的祝贺客套云:"旗下爷们见面有的把满洲话翻,无非说的是新喜,吉语吉言。买卖爷们见了面也要拜年。把磕膝盖一拱,乱打么谈,说的是新春大喜,大发财源。"这几句也保存了很有意义的风俗史料。即清末旗人还要说几句满洲话，现在也很难想象了。

这篇俗曲很长，不能多举，最后引几句写孩子们的话结束吧："小幺儿们磕头，为的是弄钱；压岁的老官板儿，小抽子儿装圆。喜欢的个个跳跳蹦蹦……""老官板儿"是大铜钱，清代康熙、雍正、乾隆的钱最大，俗叫"老官板儿"。"小抽子"是小荷包口袋，装满了，把口袋一抽收紧，就不掉了。俗曲不同于诗人的诗，于俚俗处，更能生动地描绘风俗民情。试看把得压岁钱的欢乐，写得多么生动呢？

不过这首俗曲说的都是清代晚期情况，有的已难理解，有的则要加注解读者才能理解。《北平歌谣集》中，有一首儿歌，更接近现代，更为风趣。文云：

> 老婆老婆你别馋，过了腊八就是年，腊八粥，喝几天，滴滴拉拉二十三，二十三、糖瓜粘，二十四、扫房日，二十五、炸豆腐，二十六、炖羊肉，二十七、杀公鸡，二十八、把面发，二十九、蒸馒头，三十晚上熬一宵，大年初一扭一扭。您新喜！您多礼！一手白面不捵你，到家给你父母道新喜！

这首儿歌，最后三句，神情如画，真是天籁体的好文章。今天的家庭主妇年初一两手白面正忙着包饺子，接待来拜年者，还是得说这几句话吧！

书　春

我国民间风俗，过年要贴春联，直到今天仍很普遍，但这事的历史并不十分太长。说是不太长，只是相对而言，实际也有几百年了，不过没有上千年，所以说"不十分太长"。（注意，我这种句法，要让那些位专讲语法的先生们看见，又要找刺了。）残唐五代时元日悬"桃符板"，宋代进"春帖子"，已是春联的前驱，元明之后，才大量出现了楹联。不过年下贴大红对子，究竟从哪一个时期才开始，如何普及起来的，迄今仍无人作一明确答案。

清代是最讲究春联的，在北京一进腊月，街头就出现写春联的摊子，榜曰"书春"、"书红"、"借纸学书"、"点染年华"等等。都是私塾教师及学生们大显身手的时候，趁机得些润笔，是一种不伤雅道的生意，也可以说是一种活动吧。但摊子前很风光，大红纸、漆黑的墨，橡笔淋漓，当场写了贴到墙上，一幅一幅的大大小小，十分醒目。

春联种类有各行各业及家庭的门对，又可分大门对、二门对、仪门、角门、房门等，不同的"横楣"，贴在门楣横木上的，又叫"横披"，都是四字吉言。还有大小斗方，正方形的，贴在檐头上、门扇上，还有贴在迎门影壁上的以及各种祠庙神前的，除去外面的大寺大庙诸神庙，每户家中还有灶君、财神、祖宗龛、天地桌、井台等等数不清的大小神灵前，也都要贴对子横披，岂不闻"上天言好事，回宫降吉祥"乎？这就是灶王前的春联。"东厨司命"，就是横披，也有贴"一家之主"的，那就更是虔诚地崇拜它，要向它早请示、晚汇报了。

但是辛亥之后，直到三十年代中，北京内城宅门中，过年贴春联的人家越来越少了。而且不少大宅子，住的都是文化修养很高的人家，即使贴春联，也都是自己写的，不会到对子摊上买春联，所以"书红"的生意越来越清淡了。记得《北晨画报》有一首题风俗画"书春者"云："春帖元来照样誊，今冬纸价却微增。

还须搁笔思何事,代写家书我亦能。"写春联变成摆小摊代写书信,那真是斯文末路,形同乞讨了。我三十年代中叶,到口袋胡同上中学,每天经过甘石桥孔教学堂门口,有几个破小书摊,还有一位代写书信的老者,一到腊月,便改卖春联。一张小方桌,上摆笔砚,用铜镇纸压着裁好的红纸,在后墙上钉了几个钉子,拉上绳子,写好的就挂在上面,另外用红纸大写"书春"及"借纸学书"等字,贴在那里,以广招徕。孔教学堂临街是整齐的青灰砖墙,蓝阴阴的墙,红艳艳的纸,乌黑发亮的字,远处望去,十分显眼。所谓"点染年华",人看了很有岁时之感。记得他一副抱柱对子,卖二十枚,一个横披,只卖五大枚,价钱是很便宜的,不过只是小户人家或煤铺、烧饼铺、井水窝子买他的春联,那收入想来也是微乎其微了。我放学经过他摊子前,背着书包在人堆里看他写春联,那和善的样子,迄今还历历如在目前。《一岁货声》载买春联市声云:"街门对,屋门对,买横披,饶福字。"其下注云:"木红纸、万年红,裁成现成各对联,在各城门脸里外卖,四个大钱一副。"价钱比三十年代便宜多了,但也在城门脸卖,主要销售对象还是四乡的老农。再有《一岁货声》所说的春联,用的都是老式红纸。而三十年代我所见的写春联的老者的纸,则是刷了红色的新闻纸,是洋纸了。

我国以"红"为吉色,所以春联是大红的、梅红的。庙里贴对子用黄纸写红字或黑字,守孝人家用蓝纸写白粉字,这在当时社会上都知道,现在则知者鲜矣。但清代宫中春联则是白绢锦栏、墨书。因为宫中的门都是红的,所以不用红纸,这种对联照映朱门,更为鲜丽,一律由翰林写恭楷。

另外宗室王公家中春联照例用白宣纸加红边,如守孝加蓝边,不忌讳白色。民国四年,袁世凯帝制,清宗室世恂用白纸贴春联云:得过且过日子;将死未死国民。触袁霉头,这又是春联掌故了。

门　联

说起书春故事,也常常想起北京旧时各家大门口油漆的门扇上的对联,实际这也等于是春联。不过不是用红纸写的,而是油漆的罢了。还有院中廊子上的木制抱柱,也是春联的永久制品,讲究人家,只要每年重油漆一遍就可以了。这些油漆门联和抱柱的词语,大多和春联是一样的。有一年平伯夫子得了曾孙,极为欢喜。给我来信云:

> 许公到京后甚忙,昨以曾孙来京,邀至戚一观得晤。小儿相貌颇好,曾有句云:"含英玉蕊生庭日,解笑鹦雏入抱时。"生甫二月,亦老人痴念也。

我见老人如此高兴,便回信祝贺,并引了一副北京旧日每条胡同中街门上常见的联语:忠厚传家久;诗书继世长。以之为贺辞。不想这样一副最普通的联语,竟中老夫子心目,接着便来信道:

> 远承致贺,谢谢。所引旧京门对,昔时大小胡同随处可见,以为俗套,今则稀如星凤。愚久不出门,恐竟绝迹矣。移咏寒门,殊不敢当,却非泛泛。足下熟悉京华故事,方能一语道破,不胜心铭,事有似偶非偶者,若此是也。

老夫子函中，于谦语中却深以得此一联致贺为喜也。实际这联正如先生函中所说，旧日随处可见，是被认为"俗套"的，实际细想想，却又是至理名言，颠扑不破的。"忠厚"意味着与人诚恳和睦相处，应该是文明社会的主流。反之则尔虞我诈，这恐怕是任何社会中都不会公开提倡的。但忠厚并不排斥公平合理的竞争。"诗书"则是代表了文化修养，任何一个民族、国家、家庭，如果没有文化修养，那是长不了的。所以这副联语，虽是封建时代世俗常语，而相对地说，还是可取的。清代民间大门不许油成红色，都是黑油小门。四合院小砖门楼，两扇门上刻一副红油黑字"忠厚传家久；诗书继世长"门对，朴实而典雅，标准京朝风范，其仪容是别处没有的。相反，另外一些常见的门联，如"帝德乾坤大；文华日月光"、"天恩春浩荡；文治日光华"等等，则全是颂圣的口气，拍皇上的高级马屁，均无所足取了。

后面这一类联语，在旧时北京四合院的街门上，同前一类一样普遍，这在清代自然是必然的，妙在三四十年代中，故宫的皇帝已下台二三十年了，而在北京胡同中，还常常见到，也可见当时之封建气氛了。

除有这些普通门联外，也还有不少特殊的。那时常经过西四南魏儿胡同，一座大宅子大红门上，刻着一副泰山"石经体"的大四言联："天予厥福；世有令名。"极为气派。据说是北洋政府某总长的宅子，不过我经过时，主人已不住在里面，大门整日双扉紧闭，"天予厥福；世有令名"，威然而又冷落地望着偶然经过的路人，给我留下深刻的印象，迄今还常想到它。由书春说到北京的门联，体系是一致的，都是中国传统文化的点滴表现，传统文化绝响，此事自然也将慢慢消失了。

干干净净过个年

剃　头

旧时过年是大事,粮店、油盐店的小力把、小伙计到年根也都要剃个头,洗个澡,干干净净过个年。

用迷信的话说,过年敬神祭祖,先要斋戒沐浴;沐是洗头,浴是洗身,自从清代剃头留辫子,民国剃光头之后,那"沐"也就包括剃和洗了。小力把辛苦一年,正像"汉乐府"说的"头多虮虱、面目多尘土"。过年了,掌柜的也得让他们剃头洗澡,去去一年的脏气。因而过年之前,人人都得剃头洗澡,可惜过去记北京过年风俗的书,很少记到这点,似乎忘了讲卫生了。为此我要补上一笔。不过我小时候,很爱过年,却很怕剃头。或者亦可以说很怕剃头,又很爱过年。这话颠来倒去是一样的,现在的读者看了会感到很奇怪,但那时过年与剃头是不可分的,而且对我来说,却是记忆犹新,虽然说已经过了半个多世纪了。

要说清楚这个,还要从说清楚五六十年前北京儿童的发型说起。那时北京男孩子的发型大约可分四种:一种是留个小辫,这是最老气、最守旧的;一种是剃个精光,这种是最乡里气、有点土头土脑的土劲儿的;一种是小平头,这种是用理发推子推的,比较文明一些了;一种是小分头,这是最洋气的,那时多是富贵人家的孩子才留这种头。

由于这四种发型不同,所以用的工具亦不同。第四种如在理发馆理,那什么剪子、推子都是要用的。第三种用推子,上海人叫"轧剪"的那种工具。第一、第二种,则只要用一种小孩子看来很可怕的东西——剃头刀。也许有人问:既然留小辫子,还用剃头刀作什么用呢?现代人是想不出那时小孩留小辫的样子了。那是在头心,或是正中,或是偏一边,留下碗口大的那样一片头发,养长了,梳一根筷子粗细的小辫,其他部位的头发都剃掉。那小辫戴上帽子便看不见,摘掉帽子便露了出来,跑起来飘在头上,像条蚯蚓一样,十分好玩。孩子们还编了歌儿唱道:

> 小辫刘,蒸窝窝头,半拉生,半拉熟(北京语半个曰"半拉"),熬白菜,不搁油,气得个小辫直发愁。

小辫周围的头发,用剃刀剃掉时,剃得头皮发青才算完。因此留小辫子亦免不了一剃之苦。我那时没有留小辫,剃成一个秃和尚。邻居孩子虽然有留小分头的,但是我家里大人不许我留。说是长长的头发生长在头上,上火,赶明儿长大就没有记性了,还是剃光好。

剃光头用不着上理发馆,只是门口叫"剃头挑子"来剃,那时"剃头挑子"用的都是老式剃头刀,木头柄,很厚的刀背,不管是"双十字"或是"老王麻子"的名牌货,还是一般刀剪铺的,反正都一样。那刀刃似利又不利,刮到头发上连割带拔,其疼无比。所以,小孩几乎无例外的都怕剃头,叫作"护头",于是难免被大人按住,一边哭,一边剃,那个罪真难受。平时,大人让剃头,还可以推三阻四,拖延几天。而年根里,要过大年了,还能不剃头吗?只好哭丧脸忍痛牺牲了。所以我说"很爱过年,很怕剃头",

此之谓也。

当然后来家里大人也开通了,给我两毛钱,让我到东斜街口上泰兴理发馆去理发,推个小平头,那就好受多了。不过我仍然不大喜欢理发,年轻爱漂亮时,去理发馆理分头,坐在那大椅子上,听他们摆布,滋味也不好受。有一种无可奈何之感。现在我则是每隔两三个月,找孩子们替我用轧刀轧轧日渐稀疏的烦恼丝,护头的后遗症,似乎一直延续到现在。联想到做和尚的人,要被剃度的剃刀嚓喇嚓喇地剃头,也实在是够可怕的。

洗　澡

我从小不爱剃头,却十分爱洗澡。最早在乡下时,洗澡很困难,家中有很大的木盆,要抬到房间中,烧了热水,挑来,洗完,再舀入桶中,挑走,是十分特殊化的,一般人家自然没有,想想这样洗澡是十分罪过的,所以很少洗。后来到了北京,出灵境胡同不远,就是裕华园,温热三池,白瓷砖浴池,洗池子只要八分,洗盆子也不过二角。这样洗澡的次数就多起来了。开始都是跟了大人去,后来自己就约了同学一起去,没有事和母亲要两三毛钱就约同学去洗澡去,感到那是人生最舒服的事,浴室四大皆空,是最自由的地方。夏天凉爽,冬天温暖,又是最好的休息场所。但平时洗澡和过年洗澡又迥不相同。

其所以不同,是平时洗澡可去可不去,可以今天去,也可明天去,甚至干脆不去。过年可就不同了,年前的剃头和洗澡,不论年事多么忙,总得安排出时间来做这两件事,是非去不可的。在旧式店铺中,年根里生意再忙,掌柜的也要给伙计、徒弟以及"小力把"(在山东人店铺中刚学生意干力气活的小徒弟)安排好剃头洗澡的时间,而且一定要在年三十晚上吃祭神酒之前剃好、洗好。一般住家户亦都要在三十晚上剃好头、洗好澡。记得有一年,父亲不在家,家中的事由我来操持,家中人多,生活艰难,过一个年可真不容易,直到年三十午夜才把家中年事安排好。这时才抓空出去到裕华园澡堂洗了个澡。年三十那一天,北京城的大小澡堂子,照例天破晓就开始营业,一直忙到午夜过后,年初一的五更天才"下吊挂",上板休息。(北京所有店铺一天营业时间结束时,叫"上板",不像江南那样叫"打烊",更不能叫"关门"。)那年的年三十,已是半夜时分,我赶着去洗澡,澡堂子里面还是灯火辉煌,浴客满座,伙计大声招呼"看座——里边请","这边来一位","垫板儿——"的声音,此伏彼起,不绝于耳。这种热烈的气氛,高声喊叫的带着浓厚的怯腔的京南定兴县老乡的调门,虽然经过几十年了,我在遥远的他乡异地,每当腊尽岁阑之际,仍然亲切地在我耳边回荡着。

洗澡本来是件极普通的事,不要说宾馆,即使条件好的公寓楼,也有卫生间、有热水,自然是随时可洗、非常方便的。但这在几十年前的北京是不可能的。一般人,甚至亦包括很有名气的学者、教授,都是到澡堂子去洗澡。读《鲁迅日记》,就常常记着他去升平园洗澡的事,可以想见当年的情况。不过五六十年过去了,现在北京、上海等地教授冬天洗个澡,似乎比鲁迅时代还困难。北京一般宿舍家中没有浴具澡盆,不能洗,上海有澡盆,太冷不能洗,到浴室去,又挤、又脏、又要排队,而且路途遥远,车辆拥挤,无法去。因而现在的中国教授,尤其是老教授,冬天大多还是不能讲求起码的卫生,不要说每天洗个热水澡,即使一星期洗一次,也办不到。就这一点,连鲁迅时代也比不上了。另外还有奇怪的事,就是有的人从小洗惯澡堂子的大池,即使家里有浴室,亦还要到澡堂子洗澡。据说当年京剧某名伶住家辟才胡同里头,家中房子有卫生设备,暖气,是很考究的,但是他每天还是坐汽车到清华园澡堂洗澡……这是没有体会过北京味的人难以想象的。老年间浴室联云:"来时兵部(谐'冰布')体;归去翰林(谐'汗淋')身。"只有老北京,才有这样的感受。而年三十晚上的这个澡,意义更为重大,是要洗去一年的寒酸,一年的尘垢,一年的霉气的。说到洗澡,必然要说到澡堂子,文明的说法叫"浴池"、"浴室",日本人叫"风侣屋",上海俗名"混堂"。上海混堂,伙计都是扬州人。北京澡堂子,由掌柜的到小伙计,几乎全部都是京南宝坻、定兴的人。他们在北京服务一生,而乡音到老不改,语尾"儿"字音拖得特别明显,因为他们职业大都是在澡堂子、剃头铺,所以说相声的便常常利用他们的怯乡音编词取笑。有一小段怯音说书词道:

> 这个黄天霸儿,拿着个修脚刀儿,说道:"贼儿、贼儿,我给你剃个头儿。"……

这段相声侯宝林不大说,如果让天津郭荣启说起来,那是很好玩的。他们说话除去怯音而外,还有不少怪词:如说"不知道",他们总说成"知不道","干什么"总说成"怎么着",我和他们交过不少朋友,特别爱听他们说这两句话。他们从事的职业,是大有益于市民卫生的,当时社会上虽然有人看不起剃头的,但那是偏见。他们从事这些行业,都是乡亲引进,师徒相传,由乡下进京赚钱,安分守己,老北京是文明礼貌的城市,不像上海那样,开混堂的都是"白相人"、流氓头子,在北京,澡堂子都是正派的生意买卖。

北京的澡堂子是很值得回忆的,其所以值得回忆,一在于它的方便,二在于它的清洁、舒适,三在于它的服务热情周到。说方便就是东西南北城只要不是太偏僻的城根,附近大街总有一个不错的澡堂子,每天一早就开门营业,直到晚间十一二点钟,你随时可去沐浴,用不着排队等座位。说清洁那真比现在的浴室干净十倍、八倍不止,不要说雅座中雪白光亮,洁无纤尘,就是普通官座,也十分干净,毛巾枕头等绝无异味,天天洗换。

客人衣服都挂在高处,不像现在贮衣柜,一开全是臭汗味,甚至有虱子、臭虫。池子中,浴盆每天用盐粒砂子碱水洗得光可鉴人,白瓷砖像水晶宫。大门口照例有二掌柜穿着银灰或月白短裤褂接待客人,一进门满面堆笑,熟人三爷、二爷、张先生、李先生分外亲热;生人也格外招呼里面看座,由门口一直喊到后堂。至于洗完倒茶、送毛巾,替你擦背,更是接二连三,你只能张手说够啦、不要啦——这样的服务小费您还会不给吗?当然也不会多,一般毛儿八分而已。而且您真要不给,笑脸绝不会改,不是还有下回吗?这热情是真心的。

北京澡堂子内部大体分后柜锅炉房,前柜池塘、盆塘,官座、雅座三部分,另外有的附设理发部。池塘很大,讲究温热三池,就是三部分大浴池,一部分比一部分水温高。盆塘是浴缸。雅座是一个个小房间,有很好的供休息的卧榻,高级的甚至还装有电话,是最好的一浣尘埃,休息精力的好场所。因而北京人洗澡不单纯是洗洗而已。车船劳累,远途归来,到澡堂子洗个澡,再睡上一大觉,解除疲劳;两个朋友,好久未见,我请你洗澡,池子里或是盆里一泡,四大皆空,一边呼热气,一边天南海北一神聊,可以忘去一切忧愁和烦恼,洗完出来,躺在铺上,一壶一毛一包的双熏,又可以畅叙平生;这时如果再谈学问、讲生意、托人情、交情报,亦无不可。据不少做过地下工作的朋友们谈,当时常常把碰头地点,订在各大浴池的雅座中。

澡堂子除了洗澡、理发之外,另外有"搓澡"、"修脚"、"捏脚"等。"搓澡"也叫"擦背",行话叫"垫板儿",传统的办法,让你躺在一块板上,一个腰里围块毛巾、光身的彪形大汉,把热毛巾裹在手上,在你皮肤上用力摩擦,不但把尘埃擦光,而且能把表皮的死细胞擦掉,擦得你遍体通红。不习惯的人是吃不消的。修脚、捏脚等,可治脚病,但是弄不惯的人,弄了也吃不消,我是从来享不了这个福的。

三四十年代中,北京的名浴室是不少的。西四的华宾园、华宾园北号,西单商场的裕华园,东安市场的清华园,南城杨梅竹斜街的东升平、西升平,都是极有名的,自民国初年就载誉京华了。据说福州请人洗澡,在浴室中要吃点心,甚至摆酒席,搓麻将,吃了洗,洗了吃,再洗再吃,足足要折腾一天。当年东、西升平也仿照这种办法,浴室中有点心部,有非常高级的点心师傅做精致面点,什么鸡丝面、千层糕、小笼蒸饺等,应有尽有,是十分有名的。一般浴室,如裕华园、华宾园等,客人也可让伙计从外面小馆叫便饭或点心来吃。炒饼、炒面、锅贴、烫面饺自不成问题,即使叫个炒鸡丁、木樨汤吃饭也可以。当年都是常有的普通事,现在则已成广陵散,说来有些不信了。如今年纪大的普通人,包括大学教授之类的人士,洗个澡(尤其是冬天)也真不是件容易事了。做一个讲卫生的文明人真不容易,辛辛苦苦半个多世纪了,也还没有盼到。

糖瓜到饸饹

糖　瓜

　　糖瓜祭灶,新年来到,媳妇要花,孩子要炮,老汉要顶新毡帽,老婆婆要块手帕罩。

　　此数十年前吾乡腊尽春回时之儿歌也。

　　糖瓜是麦芽糖拉白吹成瓜形的。北京叫"关东糖",乡间叫"麻糖",江南叫"饧糖",又叫"胶牙糖"。范成大《吴郡志》云:"二十四日祀灶,用胶牙饧,谓胶其口,使不得言。"可见江南冀北,是一样的。

　　北京过年吃食,说得范围广一些,应由腊八粥说到来年二月的龙须菜,或说到元宵。范围小些,则由糖瓜说到煮饸饹了。不知是谁想出来的主意,灶王爷上天去见玉皇大帝,要说长道短,临走小小地贿赂他一下,弄个糖瓜把他的嘴一粘,即使粘不住,这一点小小的甜头,亦足可以把他的嘴堵上,便不敢再说百姓的坏话了。这种风俗,在今天现实生活中,是随处可见一点也不奇怪的。因为现在的灶王爷太多了,而在新的卫道之士看来,自然认为这是十分迷信的举动,但如从另外一个方面去想,却又觉得这是十分带有讽刺意味、而又很有生活情趣的一种风俗,而且所费无几。祭灶的供品最简单:一盘糖瓜、一方豆腐、一点儿马料豆、一点儿干草便可以了。即以现在的物价计算,这也是十分便宜的。"上天言好事;回宫降吉祥"的对子,亦只有一小张红纸便可了事,言辞却带有调笑的意思。这副对联,亦不知是出自哪位名家的手笔,应该说是很有才情的作品。可惜当年没有人给他登记版权,多么遗憾呢?

祭灶最重要的是糖瓜。北京叫"关东糖",因为在清代这大部分是东北贩运来的。"关东糖"实际就是麦芽糖,亦就是饴糖,是用大麦发芽上锅熬成浆,逐渐加热浓缩成为饴糖的。熬糖的作坊在北方称为"糖坊",这同做粉条的叫作"粉坊"、榨油的叫作"油坊"、烧酒的叫作"缸坊"一样,都是旧时著名的食品加工作坊。所不同的,"糖坊"一般只是冬天才熬糖,天气热了,因气温和湿度都无法熬了。

糖瓜是麦芽糖做的,麦芽糖刚刚熬成时,是咖啡色的浓浆,从锅中盛出,倒在洒满面粉的石板上,冷却,变成一大块,好像沥青一样的东西,不过是褐色的。做糖瓜时,把这大块的麦芽糖坯敲下一大块,放在洒了干粉的案板上加热揉搓,使之变软,慢慢软得像嚼过的口香糖一样了。然后把它弄成一个圈,套在一个抹了油的木桩上,再用一根小木棍套上来拉,拉长了,再折一转,绞成麻花状再拉,反复多次,说亦奇怪,褐色变成白色了。拉到这种程度时,取下,把粗长糖条,用手一段段勒细,成葫芦腰状,稍冷,把细腰处快刀切断,便成倭瓜样的糖瓜了,多好玩呢?

麦芽糖揉软后,压平包炒过的黄豆粉或炒过的碎芝麻,反复包,反复压,压成层数很多的形状,就可作成豆酥糖或麻酥糖了,种类很多,留待后面说"杂拌儿"时再细说。另外吹糖人的、做石版糖画的,用的都是没有拉白的麦芽糖为原料,麦芽糖甜度不及蔗糖,但营养价值很高。不过祭灶的糖瓜并不好吃,小时拿来吃，又硬又韧，咬也咬不动，弄不好，会把牙齿崩掉，可是做孩子时，还要啃它，也真怪！

杂拌儿

俞平伯先生过去有一本文集，起了一个很好玩的名字，叫作《杂拌儿》。这个书名，外地人看了，感觉不到十分亲切，甚至还有些不理解，而北京人看了，却感到特别亲热。俞先生十六岁由苏州去到北京，后来虽然曾回过南方，并且在上海中国公学教过书，但那都是短时期的，其余时间则都在北京，可以说是以南方人而久居春明，成为完全京朝化的学者了。所以书名亦起的是富有京朝风味、春明乡土气息的《杂拌儿》。

什么叫"杂拌儿"呢？这是北京旧时过大年时，无论贫富，家家都要预备的一种食品。对于过年最感兴趣的就是一帮孩子们，他们除了穿新衣、戴新帽、给长辈拜年磕头、拿压岁钱而外，更重要的就是有好东西吃。而在零食中，瓜子、花生而外，最普通的就是"杂拌儿"了，杂七杂八样样都有。那些比较讲究的家庭，有高贵的客人来，就端上果盘来，细细吃茶，像《红楼梦》中袭人家里招待宝玉一样。那亦是正月里接待客人的时候，有的是细果盘，而袭人还认为没有什么可吃的，给宝玉拿了几粒松子仁，吹去细皮，给他吃。至于对待焙茗呢，那就不会这么细致了，最方便的，就是捧一大捧"杂拌儿"放在他衣袋儿里，让他自己摸着吃。

"杂拌儿"简言之就是把一些甜的干果、芝麻糖之类的东西混合在一起。大体上有这样一些东西：瓜条、青梅、蜜枣、山楂糕、花生粘、核桃粘、麻片、寸金糖、豆沙馅芝麻糖、雪花馅芝麻糖、油枣、枇杷条、小开口笑、糖莲子、米花糖、虎皮花生、虎皮杏仁等等。过去没有西式糖果,一直到清末才有进口的瓶装"摩而登糖",至于什么太妃、牛轧、朱古力等等,当年老北京是很少听到的。因而同"杂拌儿"近似的是"什锦南糖",就是把麻片、寸金糖、黑白芝麻糖、各种灌馅芝麻糖混杂在一起,就叫"什锦南糖",而再加上瓜条、青梅、蜜枣等就成了"杂拌儿"了。新年新岁,要喜气洋洋,"杂拌儿"在色彩上显示了这点,红的是山楂糕,绿的是青梅,金黄的是开口笑、油枣,粉红的是染了色的花生粘、核桃粘,不但色彩鲜嫩,而且吃起来亦又香、又甜、又脆。

"杂拌儿"有粗、细两种,粗杂拌儿便宜的东西多,如柿饼、米花糖等;细的就高级多了,有金丝蜜枣、糖腌莲子等。其中芝麻酥、芝麻片、寸金糖之类的都是麦芽糖、绵白糖、黑白芝麻制成的中式糖果。都是又酥、又脆、又香的很好吃的东西,其中加的油料也都是小磨香油,有一种粘满芝麻、中间又包了细澄沙的特别好吃。做时是把麦芽糖拉白压扁、揉上炒芝麻,拉成长条压扁再包澄沙,做成长条,用快刀切片。我没见过单卖这种东西的,只有混在"杂拌儿"或"什锦南糖"中的,我小时专爱从大堆的杂拌儿中捡这个吃。还有蜜枣,过去的蜜枣都是油亮湿润透明的,又大又扁,真漂亮,上面的丝纹像指纹那样细,真好吃,现在,这些东西都不知哪去了。

前人词云:"一盘除日消寒果,吃果看花只清坐,罪过梅花应笑我……"这可能就是随意吃一盘京杂拌儿吧。可惜这已是消失了的旧梦了。多少年没有吃"杂拌儿"了,这么大岁数,难道真是那么馋吗? 只是在这岁尾年头,苦苦地思念故乡那个情调;何况,那蜜枣也真甜啊!

煮饽饽

北京人过年,有件极为重要的事,也就是最、最、最为重要的事,就是吃包饺子。这不只是北京人,大抵北方几省都是这样的。大年初一吃包饺子,平时也吃饺子,但那不算什么。再说饺子也并不是最好吃的最讲究的食品,北京过去不要说大馆子,即使小饭馆也不卖饺子。只是包子铺、饺子铺这种专门铺子才卖,是最普通的食品。但到了过年时,吃饺子则不同了,是有特殊意义的。这风俗至少从明代开始就是这样了,而且不只是老百姓家,连住在皇宫内苑的皇上家都是这样的。刘若愚《明宫史》(此书又名《酌中志》)"正月"记云:

> 正月初一五更起,焚香放纸炮……饮椒柏酒,吃水点心,即"扁食"也,或暗包银钱一二于内,得之者以卜一岁之吉。

刘若愚是个太监,所记均明代宫中事,而其岁时风俗则与民间一样。他不叫"水饺",却叫"水点心",是很有趣的。把水饺当点心,则颇似江南的习惯。而"水饺"一词,基本上亦是江南叫的。北京一般只叫饺子,或"包饺子",而很少叫水饺,除去与烫面饺区分时才加"水"字。而文中"扁食"一词,却是地道的北京土语。再有老北京的说法,那就叫"煮饽饽"了。娶新媳妇,按照"妈妈大全",重要的一个项目,就是吃"子孙饽饽"。新郎新娘第一次同桌吃饭,傧相故意端上一碗煮的不熟的水饺,给新娘吃。新娘咬一口,别人问:"生不生?"回答说:"生!"这就是大吉大利,意味着能够生贵子。但是这不叫"子孙饺子",亦不叫"子孙扁食",只叫"子孙饽饽"。可见把水饺叫成"煮饽饽",是最尊贵、亲切的叫法。

过去我写小文曾经谈过"饽饽"一词的不同涵义。这里不再细说,总之,凡是香甜可口的食物似乎不少都可以叫作"饽饽"。因而加以引申,受欢迎的、惹人喜爱的人亦可以嘲之为"香饽饽"。反过来说,"煮饽饽"作为大年初一的最好的食品,数百年受人喜爱,风俗流传,迄今不变,亦是有其历史原因的了。旧时有一则很有意义的歌谣云:

　　夏令去,秋季过,年节又要奉婆婆,快包煮饽饽。皮儿薄,馅儿多,婆婆吃了笑呵呵,媳妇费张罗。

这是一首很生动朴实,有乡土气息的民歌。把包饺子的要点,说得十分简明扼要。皮儿薄、馅儿多,这是关键。皮儿、馅儿细说都有讲究。皮儿的面在未有机制面粉之时,就分一罗到底的黑面,二罗白面,也叫重罗面,甚至有三罗、四罗其白如雪的飞白面。就是罗了再磨,磨了再罗,越罗越细。当然这是有钱人家的考究吃法。自从有了机制面粉厂的袋装面粉后,北京人叫洋面,三十年代间,大多吃福兴厂的面,不过粮店也还有不少自己有磨房的。至于馅子,那种类就更多了,最高级三鲜馅:海参、虾仁、白肉丁;其他猪肉、猪肉白菜、羊肉、羊肉红萝卜;素馅:干菠菜、金钩米、炸豆腐、口蘑、粉条末……那是说不完、道不尽的。擀饺子皮,是一手功夫,会擀皮子的巧媳妇,擀起来又圆、又薄、又快,面团不停旋转,双手像飞一样。自然,和面、拌馅,无一不有讲究,但擀皮子是最带技术性的一步。清人李光庭《乡言解颐》中载包饺子诗云：

细砑霜肤薄，弯环味曲包。
拈花生指上，斗角簇眉梢。
轻似月钩漾，白如云子抄。
主人非自食，饾饤莫同嘲。

诗并不好，但饺子入诗，也难得看到，十分新鲜了。另外，过年吃煮饽饽，千万不要忘记腊八醋和腊八蒜，吃过煮饽饽，就算又过一年了。

行礼如仪

拜　影

　　过年在祖宗牌位或遗像前供杯茶、上炷香，这是最简单的祭祖仪式，摆一个供桌，供菜奠酒，就比较隆重了。仕宦之家，祖宗有官职的，都有生前画的影像，过年时拿出来挂上，全家参拜，谓之"拜影"。祖上名人多的，可以挂许多轴，都是按生前官职画的，按文武品位、花翎顶戴画就。而一般人家，祖宗影像，也有综合画在一张上的。小时故乡祠堂中，后墙条案上，就长期挂着一张大中堂，上方正中是高祖的影，其他两侧下方都有较小人像，都用小字写着谁，年年过年上供向他们磕头跪拜。前几年读赵冈先生在《考红琐记》一文中说这是满洲礼俗，《红楼梦》中糅合汉满礼仪：汉人祭祖祀"木主"，满人祭祖悬"影像"，除引《帝京岁时纪胜》、《燕京岁时记》、《天咫偶闻》等书而外，还引了《红楼梦》第五十三回中大段原文，以期说明这些论点。我对"糅合汉满礼仪"这点，是不感到奇怪的，因为这是缘于社会风俗的互相影响，但把"木主"和"影像"截然分为汉、满不同的礼俗，则不是历史事实，因为满人同样要请"木主"，应叫神主。汉人同样要悬"影像"，木主正名"神主"，影像亦名"神轴"。各书记载，或作"世胄之家，致祭宗祠，悬挂影像"（见《燕京岁时记》），或作"世家祭宗祠、悬影，家家佛前、神主上供"（见《春明采风志》）。这里只写"世胄之家"或"世家",并未写明"满人"或"旗人",这"世家"二字,自然是包括满、汉了,即使作者是满人,也不见得所写全是满人的礼俗。况且《帝京岁时纪胜》一书作者是大兴潘荣陛,字在廷,是老北京,不一定是满洲人,更非专写满人风俗,"悬影"一词,也绝非满人所特有,是不少仕宦之家都有的礼俗,而且不只是北京有,同时也遍及其他城市。如顾铁卿《清嘉录》记苏州过年云:"择日悬神轴、供佛马,具牲醴糕果之属……"如果这还不能说明问题,不妨再引一条文献,《越缦堂日记》戊集咸丰八年(一八五八年)正月元日记云:

> 皇帝咸丰八年仓龙集,戊午,春王正月,建甲寅,元日,戊寅。终日密雨,下午尤甚,蚤起祀神,拜曾王父母、王父母、先君子像,诣直河拜殿纂公、樊太君、太高祖父母及本生曾王父母、本生王父母、大伯父、二伯父像,各本家贺年,又进城拜高祖父母、生高祖母像……午赴家庙谒拜。

这年李慈铭还在绍兴,未来北京,所写完全是绍兴的风俗,这是先在家中拜遗像,后到嫡堂本家中拜遗像,然后再到家庙。"拜遗像"就是"拜影","家庙"就是"宗祠"、"祠堂",这完全是绍兴的汉人过年的礼俗,叫法虽然两样,但事情则完全是一回事,怎么能说"悬影"就是"描写满人年节祭祖的礼仪"呢?

仲芳氏《庚子日记》除夕日记云:

> 予家祭神、悬影、供饭、接灶一切礼节,俱与往年照样,未敢从权草草,惟值此困窘之际,毫无进项,拮据万分。只得将祭品、钱粮、菜蔬等物略为从俭,所谓心到神知耳。

这是本世纪开始在战争期间过年悬影情况。每读此则日记，就想起沦陷时供曾祖父照片祭拜时情景，这也并非独独满洲人如此了。再拜影挂祖宗画像在江南叫"挂喜神"。顾铁卿《清嘉录》云：

> 比户悬挂祖先画像，具香蜡、茶果、粉丸、糍糕，肃衣冠率妻孥以次拜，或三日、五日、十日上元夜始祭而收者。至戚相贺，或有展拜尊亲遗像者，谓之拜喜神。

实际这和拜影是一样的，只是叫法不同。由北京到绍兴、苏州，可见这一风俗是遍及南北的了。

按，古代没有摄影技术，只能绘画，作子女的在父母年事渐高时，找专门画像的画师画张像，叫作"喜容"，或叫"喜神"，裱作轴子，俟父母去世后，每逢周年、诞辰或过年时，请出来张挂，谓之"神轴"，有单影，也有双影，大家族中，年代久远，分房立户，高、曾祖的影像由长房保存，其他各房再找画师把许多张大像缩在一张上，过年时悬挂在正中，这也是"神轴"，北京人也叫"影"，总之这是满汉都有的。自从照像术兴，各家都挂先人照片，绘画的"影"慢慢没有了，"拜影"的词语也已消失，人都不懂了。

拜　年

"过年了，给您拜年！"

"恭喜恭喜！您过年好！"

"恭喜发财！多福多寿！"

过年拜年的礼数，直到今天，在华人社会中还是保存着的，在国内不要说了，在世界各地不少华人也还保持着这个习惯，回想在半世纪前，在当时的北平，那就更十分讲求此礼了。

北京俗曲《新年到来》唱道："新年到来，诸事安排，见家家贴着门神、对子、挂钱、插着芝麻秸，爆仗纸儿放的满地白，新年新衣添新气，只见满街上闹闹哄哄，拉拉扯扯把年拜：发万金罢，太爷！不敢太爷，好说太爷，岂敢太爷，太爷新春大喜就发大财！"

歌词虽然简单，没有高级作家那种"我的血液沸腾了"的词语，读来甚至有的地方欠通，但这却是地道的北京土产，把当年北京大年初一的街景气氛都描绘出来了。"爆仗纸儿放的满地白，新年新衣添新气"，那种空气中飘浮着爆仗硫磺味，穿着新蓝布大褂捂着耳朵的欢乐情景浮现在眼前了。

"秃子，快点回来，给你舅舅、舅妈拜年去；离得不远，前后胡同，顺便到你们高老师家去一趟……"

这是谁家的母亲在喊她家小秃子去给亲戚拜年……正在这时，又有小伙子迎着大门进来了，一进门就嚷嚷：

"二姑，给您拜年来啦——"

"这怎么说的哪？快进来吧，我刚叫你秃兄弟到你们那儿去呢。你倒先来了，快进来吧！"

北屋风门打开了，一位穿着新罩衫、系着围裙、头上簪着红绒花、绾着袖口、手上沾着白面的主妇，满面春风地招呼着自己的娘家侄子……

这普普通通的场景，那样淳朴感人。那欢言笑语的音波，在我耳边，似乎永久不会消失，天涯岁晚，夜阑枕畔，听得更真切了。又想起儿歌道："您恭喜，您多礼，一手白面不搀你！"几十年前,我见过多少这样的笑脸,听过多少这样的语言呢?

小时我家拜年主要是我的任务,舅舅家、表叔家,这些是亲戚中主要的。同学之间,要好的同学互拜伯父、伯母,然后再约好了去给老师家拜年,总之这几天安排得是很满的。

北京拜年的风俗,从历史上说,那是很早了。元代欧阳玄《渔家傲》词中说:"绣毂雕鞍来往闹、闲驰骤,拜年直过烧灯后。"元、明、清直到民国,延续下来,有五百多年了。按,北京老规矩:年初一本家同宗拜年,初二至亲姥姥舅舅家拜年,初三之后给老师、同学、同寅友朋拜年。清代官吏拜年,只是望门投刺,递个片子,并不真拜。有的则派小孩坐车,捧着拜帖匣子,挨门递片子拜年,本人根本不在车中。而所到之家,也都挡驾免礼,说主人外出拜年去了,也许他正在屋中睡大觉,或同朋友打牌呢。这就是官场的官派。而把拜年的任务交给小孩,直到我小时还是如此。三十年代,机关学校同事间除特别要好的外,一般是"互不拜年",或定期团拜。想些旧事,说些老话,实际同现在也还是差不多的吧。值得庆幸的是,拜年的礼数,直到今天,在生活中仍然保留着。

福禄寿喜

喜 神

几十年前,北京人过年,即今天的春节,不论贫富,有一本书,必然是要买的,那就是历书。清代因为是钦天监颁发的,代表皇家天文律历机构颁发的,所以又叫"皇历"。明、清二代,每年十月初一钦天监颁发历书给百官,市面上也就有卖历书的了,直到过年。《春明采风志》记云:

> 十月颁历,在官皆领,以后书肆出售,街巷亦有负箱唱卖者,又有卖春牛图者,牛儿、芒儿,一文钱两张,谓之小黄历。又逢奇怪事,有卖图儿者,行喊其事。

卖皇历的小贩,身背捎马(两面有插兜的布袋)沿胡同用尖锐的声音叫卖:"卖皇历——"这种市声,直到三十年代,没有皇帝已二十多年了,仍然这样吆唤着。

现在看见过旧时历书的人越来越少了,这是一本非常有用而又奇怪的书。可说是一本"万宝全书"。有关天文节令的记载:什么某日某时某刻立春呀,黄道、黑道呀,日蚀、月蚀呀,宜沐浴、不宜出行呀,上上、上中呀,五花八门,应有尽有,民国以后,还印上什么总统何人,总理何人等等。小户人家买本这样的小书,什么问题都能解决了。农民家则更为重要,因为一年不违农时,辛勤耕作,全靠它呢。自然,用科学眼光看,好多都是迷信材料;而用历史的眼光看,那又代表了那个时代的认识和生活面貌。其中又有它科学的成分,如"黄道"、"黑道",一般人不知道是什么,以为纯属迷信玩艺儿,如问有天文知识的人,便了解它的涵义,而是专门的知识了。

在历书正月初一到初五,这五天中某一天的小格下,什么黄道、黑道、宜沐浴、不宜嫁娶等等小字的下面,又用大字印着"喜神正北"或"喜神西南"等字样,这是干什么呢? 这就是过去由皇家到民间,每年一度的"迎喜神"的日子。"喜神"是什么呢? 其义有三:一是旧时称遗像为"喜神",就是在拜影篇中所说的;二是旧戏台上用的假小孩,如《四郎探母》铁镜公主抱的婴儿道具叫"喜神";三是吉神曰"喜神"。迎喜神用第三义。

喜神说它是迷信的,但又不是凭空想出的一个神灵,而是计算出的一种方位。据《协纪辨方书》记载,喜神方位是按干支日时和八卦方位计算。如甲巳日在艮方,寅时;乙庚日在乾方,戌时;丙辛日在坤方,申时;丁壬日在离方,午时;戊癸日在巽方,辰时等等。

历书上查明喜神方位,清代皇家要举行仪式,按喜神方位,赶神牛到郊区以迎喜神,牛要披红,鼓乐以送,司吏官要鸣鞭,谓之"鞭春",以尽一日之欢,是一种很古老的农事风俗。

民间养牛之家,也要举行此典,这是十分有趣的。到迎喜神那天,把在黑乎乎牛圈里关了一冬天的牛牵出来,牛乍见亮光,眨巴眨巴大眼睛,自己颠颠地向村外出去。后面跟着大人孩子,敲着锣鼓,同时把长鞭子在空中一抖发出啪啪的声音,并不打在牛身上,既脆又响,谓之"响鞭",牛到了郊野,奔啊,跳啊,用角触弄塍畔的泥土……欢乐极了。

三十年代，北京城里，已经没有什么人家去为迎喜神而举行仪式了。但在北京四郊，这古老的风俗还十分普遍。尤其是农民养牲口的人家，包括牛、骡、马、驴子，更注意迎喜神，在年前早已在皇历上看好迎喜神的日子和方位了。如果立春在正月初，那就更好。记得在乡间时，有一年正月初三立春迎喜神，在正北，那天家中帮工们兴高采烈，把两头关了一冬的老黄牛牵出来，把几头骡子也赶出来，统统赶到村北小河边田里，放它们在地里随意闲玩，人们却就地撮土为垒，上香、烧黄表、奠酒、磕头，然后放百响，哔哔啪啪，老牛先还愣着，后来跑到田塍间，用双角拼命撞击塍畔的泥土，而骡子们转着圈跑过去，又跑回来，最后全躺在地上尽情地打滚……牲畜通人性，全像一群顽皮的孩子一样尽情打闹欢乐……这就是迎喜神之乐，兽犹如此，何况人呢！

福禄寿

新年新月，人都爱听个吉庆话。元旦之后，便是春节，按过去说法，叫作"阳历年"和"阴历年"，就是一个按照太阳历计算，一个按太阴历计算。中国人还习惯过阴历年，尽管已改名为春节，但其热闹情况却远远超过元旦，人们见面，还不免互致吉语，说一声"恭喜、恭喜……"或"恭喜发财，恭喜发财"。

当年北京人更是如此，不但民间如此，皇家也是如此。道光十七年（一八三八年）阴历十二月二十七日林则徐在"日记"中记道："帮贡差曹正全回楚，奉到恩赏御书'福'字、'寿'字两幅，狍鹿肉一总封，恭设香案敬领。"

这就是清代皇上过年赏大臣的吉庆话：福、禄、寿也。福、寿是写两个字，而禄则是谐音，用鹿肉来表示，又滋补有营养价值，名称又好听，而且是由山海关外来的，是清朝的"发祥"之地，所以从清初一直到清末，过年时都要赏大臣鹿肉，其意在谐"禄"之音，凑成"福、禄、寿"三者俱全也。

而"福、寿"则是写在纸上的。什么纸呢？是印有细线泥金花纹的朱红蜡笺。当年写字，按纸的性质来分，是两大类，一是不同种类的生宣纸，如夹贡、玉版、六吉，以及染成梅红色及红、黄花斑的梅红宣、虎皮宣等。另一种是用宣纸加工成的、用蜡捶过的各色蜡笺。蜡笺如现代之有光纸，有亮光，十分好看，但不吸水分，因此写字新时墨色发亮，而年久墨会脱落。新科翰林写对联送人打秋风，都用朱红、大红蜡笺裱好的现成对联来写，因其喜气洋洋，华瞻漂亮。但若干年之后，卖给古董商，同样一个人的对子，蜡笺只及宣纸一半的价钱。皇上赏给大臣福、寿字，照例用蜡笺斗方写。所谓"斗方"，就是老式斗口大小的正方形，约合市尺一尺五寸见方，四周都印有很复杂的龙纹及其他吉祥花卉花纹，写时对角写，尖向上，很大的福字、寿字写在中间。京内大臣及外省大臣，一般都要赏赐。京内南书房行走、尚书以上至亲王，外省巡抚、总督、将军等，外省由折差按驿站递送，最远云贵总督、新疆伊犁将军要得到。前引林则徐"日记"，就是他在湖广总督任上所记。道光十五年他任江苏巡抚时，也受到同样赏赐，不过只有"福"字，少个"寿"字。清代宫中十二月初一有开笔书福之典，后改十二月二十日。《养吉斋丛录》记云："面赐福字者……以次入跪案前，仰瞻御书毕，即叩头谢，两内监对持龙笺而出。叩谢者，正当福字下……或加赐寿字，则预书也。"外大臣自难得到"面赐"，只好摆香案恭领了。

雍正四年，曾有"朕手书福字赐内外大臣"的上谕，但够得上这种赏赐的大臣并不多，像《红楼梦》那样的贵戚家，也还够不上，所以书中没有写到。因为很稀少，所以得到的自然特别珍贵了。《林则徐日记》记云："即恭装匾额悬于二堂，九拜叩谢。"就是把"福、寿"等字幅，精裱在一块木板上，挂在堂屋正中。几十年前在北京，给亲友家拜年，还有那些祖上做大官的人家，在堂屋中挂着"圣赏"福、寿斗方，显示了京朝旧家的华瞻。自然，也有的人家，子孙不肖，家事式微，这些玩艺儿就流落到琉璃厂古玩铺当作商品，甚至被外国人买去了。

现在很难见到这"福、寿"字幅，年轻人自然不知其所以然了。前两年有一人突然来找我，拿着一幅给我看，问我这玩艺儿值钱不值钱。细询其家世，只知其祖籍是江苏淮阴，清代"清江浦"，是清代河道总督驻扎的地方，但他自己也说不清他祖上做过什么，只问"值钱不值钱"，深令人感到可怜、可叹、可笑而且可厌了。联想到若干年前，有亲戚家没有钱过日子，把祖宗遗容卖给琉璃厂画铺，也可能出口给外国人去供养了。能不同为之喟然长叹乎？相反，自己倒深庆没有皇上赏"福、寿"字的祖宗，抄家时既未抄走，也不会发还到手中，再满处去找主顾出卖祖宗的荣誉。这难道真如老子所说的"祸兮福所倚"吗？

但哲学地说祸福、宗教地说祸福，对于常人来说，都没有必要。新年新月，说个吉庆话，"多福多寿，加官进禄"，讨个口彩，听的人高兴愉快，生活中便增加一些欢乐的气氛。旧时旧历年在院中摆"天地桌"，后面供"天地马儿"（即神像）或一座画着"福、禄、寿"三星的插屏，中间一位朱袍纱帽的"官"，两手展一小轴子，上书"天官赐福"四字，一旁是南极寿星老头儿，另一旁则是散财童子，这个"三神小组"总是在一起不分离，现在谁要感兴趣，还可以到瓷器店去买，那里有景德镇烧的细瓷"福、禄、寿"三星，买了和维纳斯石膏像摆在一起，可以来个东西方神像大聚会。

新春吉福，"福"字最普遍，有情调最好的，首先我最怀念有些人家影壁墙上贴的大红"福"字，小时候给人家去拜年，一进大门，迎面影壁墙上，鲜艳的双红纸大斗方，乌黑油亮的大"福"字，首先像火一样映入你的眼帘。有的考究人家，是木制朱红漆金字斗方，"福"写成《圣教序》帖意的草书，整个字向右上方挺起，显现了右军法书的劲俏之处，更使人感到古色古香。

用大红丝绒制成小"福"字、小"寿"字，那是簪在鬓边的花胜；由闽粤远道而来堆在果盘的朱红果实，那是引诱儿童的"福"橘，同样还有印有"福"、"寿"字的福寿饽饽……这些都是祝您多福多寿，加官进禄啊！

升官图

《京都风俗志》中记京都除夕盛况有句云："家庭举燕，少长欢喜，儿女终夜博戏玩耍。"其他书中记到这点的也很多。《红楼梦》中也有过正月里"赶羊"掷骰子，贾环赌输赖账，受到凤姐斥责的描写。可见北京昔时在过年时家庭中做一些赌博性的游戏是很普遍的，当然只是玩玩，为了取乐，拿少量的钱赌个彩头，并不是真的赌钱。几十年前，在北京度过童年的人，大概不少都有点这类游戏所留下的欢乐的记忆吧。

过大年时，每个小孩给大人拜年，都能得到一些"红包"、"压岁钱"，大人们也允许孩子们在家中做些赌博游戏，如掷骰子呀，用"牙牌"推个"小牌九"呀，一张张接个"龙"（有时叫"顶牛")呀，而这些游戏中，最有趣味的也是输赢最少的，不能算作游戏的，莫过于玩"升官图"了。

"升官图"是一张木版印的按照明、清两代官制排列的格子图，正中一个长方形格子，分成三个竖格，顶头二个大字：中间"太师"、右面"太傅"、左面"太保"。大字下面，用横线隔开，用小字注明"德、才、功、赃"四种奖惩办法。如"太师"下注："德进贺双仪"、"才进贺单仪"、"功致仕还乡"、"赃贬吏部主事"。就是用四面写了"德才功赃"的"拈拈转儿"（即陀螺）旋转，转出什么字就得到什么结果。由哪里玩起呢？这张正方形的图，围绕中心"内阁"太师处共分三圈，都是一样的格子，按上下级分出各种衙门，如京中"六部"、外省督抚州县都有。在一边有一行横排竖格，是"出身"，由"白丁"到"状元"共十五六格，把明、清二代可以作为"出身"的都列上了。玩时就是由"白丁"玩起，最后的目标是进入"内阁"为止。

当时这张表格式的图纸，是木版刻制刷印的，有二尺见方，有刷成红色的，有刷成黑色的，在年画摊子上都能买到。除去这种最常见的由"白丁"开始到"太师"为止的明代职官制式的"升官图"外，我还看见过由"小学"到"大总统"为止的民国元二年间编印的新式"升官图"；也见过"红楼梦升官图"，最中心"太师"的那一格是"史太君"。其他格子如何排列，如何升降，就记不清了。这也是别开生面的玩艺，为迎合清代社会上"开口不谈《红楼梦》，此公缺典定糊涂"的风尚而刻制的。那个陀螺，我在古玩铺见过，用红木刻的，字填朱、绿、蓝、白四色；用象牙刻的，字填朱、墨两色，都很精美。但买不起，一般孩子们，都是用木头自己刻了，写上去的。好在那时上学的孩子们，银朱砚台和墨砚都方便，四个字中"赃"字一定要写黑的，墨吏嘛，谁不恨呢？

玩时各人先准备一个标记,置放"白丁"处。随着旋转陀螺,按结果移动标记。如"白丁"下注云:"德秀才、才监生、功童生、赃不动。"这样旋出"德"来,标记就移到"秀才"一格中,其他依次类推。"赃"本来是应该降级的,但"白丁"无处可降,只好不动了。再如"知县"格,那便是:"德知府、才知州、功不动、赃典史。"这样就是两个升的机会,一个降的可能,一个不动,这样逐步升上去,直到内阁,才能得到"贺仪",赢一两个铜板;弄不好,刚刚进去,又旋一个"赃"被贬了出来,还要再旋半天才能进去。玩这个,也许有人说,这不是从小就想升官吗?但是也使孩子们从小就知道:贪赃的事情是实在做不得的。

顾铁卿《清嘉录》记云:

> 又以官阶升降为图,亦六骰掷之,取入阁之谶,谓之升官图。有无名氏《升官图》乐府云:"一朝官爵一张纸,可行则行止则止。论才论德更论功,特进超升在不同。只有赃私大干律,再犯三犯局中出。纷纷争欲做忠臣,杨、左、孙、周有几人?当日忠臣不惜命,今日升官有捷径。"

按顾铁卿所记,是掷骰子来决胜负,进官阶,大概是点数来分"德、才、功、赃"四等。那样玩要比直接用"拈拈转"来转德才功赃复杂多了。我小时从未用骰子玩过,何况要六枚骰子,那更难想象了。后面所引的诗是大有感慨的,而且讽刺很尖锐,很明显。看内容可以想见是晚明的作品,大约是崇祯时打倒阉党之后所写。所说忠臣杨、左等人,杨是杨涟,左是左光斗了。在此之前,魏忠贤得势时,不可能这样说,在此之后,到了清代,就更不同了。于此亦可见升官图游戏,明代已很普遍了。据传升官图是明代倪宏保所造,图中皆明代官职,这点似乎是可靠的。至于唐代房千里《骰子选格序》所说:"以六骰双双为戏,更投局上,以数多少,为进身职官之差。"这样升官图游戏历史可以上溯到唐代,不过这如何玩法,是否有图,早已失传了。

　　小时玩升官图,大多还是"出身"开始,由"白丁"到"状元",官阶由县、州、府到六部,最高太师、太傅等。因为玩耍,对封建官吏名称进级都很熟习,从中也得了不少历史知识。对于小学、中学直到什么内阁总理的新式升官图大家都不感兴趣,我也没有玩过。

闹元宵

舞龙·耍狮

在电视屏幕上常看耍龙灯和耍狮子,有不少次甚至看到外国城市如伦敦、马尼拉街头也在耍,看上去十分亲切,似乎看到老乡亲一样。龙灯和舞狮在中国各地都有,虽然各地造型稍有不同,但大体都差不了多少,北至塞北,南到海南,西北东南,其风格都是一致的。但在我的心目中,却思念着北京的——具体说是离开北京若干里路的故乡的龙灯和"狮子",我感到那是最美的,时常在我甜蜜的记忆中萦绕着。

先说舞狮:

舞狮的历史很久了,唐代白居易有著名的诗歌赞美过它,那是来自西域的玩艺,其后代代相传,直到今天。南北各地狮子的造型稍有不同,我童年时熟悉的故乡的狮子,它完全是按照北京寺庙宫殿门前蹲着的那对狮子的形状造的。狮子的头部是上、下两片简单木架子,在简单木架子上,用竹篾编成弧形的像狮子头骨般轮廓。上面再用老式旧账纸——即麻纸或东昌纸,一层一层地裱糊好,晒干,这样轻轻敲打,像鼓皮一样,嘭嘭发响。眼睛是两个圆洞,再嵌上一个黑油漆圆球。在裱糊好的纸上,先刷桐油,再上绿油,描金、描黑,全部油漆一新之后,就是一个亮光光的、绿色威武凶猛的狮子头了。

尾部亦有竹木圆形架子，亦同样裱糊好，油漆成绿色，再装上象征性的尾巴，这样便很像狮子的臀部了。狮子整个身体实际是一块布，上面一排排钉好青麻，拖得很长，全部用绿颜色染过，一抖动，毛茸茸的很像狮子的长毛一样。

舞的时候两个人，一个高个子，把狮子头套在自己的头上，有两根带子，可以挂在两肩上，分量不太重，两片架子各有一根横木，用右手握住上面横木，左手握住下面横木，这样上下一开合，就如同狮子的嘴在不停地张动了。两手握横木左右摇摆，那就是狮子在摇头了。那块钉满绿毛的布，前端连在头上，后面连在尾部架子上，另一个小个子的人，把狮子尾部架子背在背上，低头蒙在那块布中，弯下腰，两手揪住前面那个人的腰带，随着他的动作，要表现出狮子腰部摆动和摇尾的动作。老实说，扮狮子尾巴的人是苦差事，我小时扮过，又闷气又累，玩不了多少时间，就一身臭汗，急忙想找替工了。

过去北京有"万年永庆狮子会"、有"狮子圣会"等民间狮子会，在各村庄闹元宵耍十五时也都有。狮子一般每对两只，两对前后跟着耍，有的还有一个小狮子，是一个人装，爬着舞，比两个人舞的大狮子更吃力。狮子舞一般叫"太狮"、"少狮"，叫封建时大官太师、太傅、太保的声音。最大的官是"老太师"。舞狮也有乐，那就是大锣大鼓，所以每一对狮子必跟一套锣鼓，一边敲打一边舞，耍时的步伐及摇头摆尾的动作，都是跟着锣鼓的节奏来动的。不然，耍的人闷在头盔里面，如何看得见外面，那不要瞎舞乱撞吗？

等到锣鼓停了，也就舞完了，走在路上时，有时前面的人把上半身从狮子嘴中伸出来，把狮头斜挎在身上，后面的人，也直起腰来，把头从下面伸出来，绿毛片子斜披在身上，一路说说笑笑,已不是狮子,而是奇形怪状的人了。这时你看了也许会突然想起"露出马脚才是真脚"的谚语,更感人生如戏了。

说完了狮,再说龙,或者说叫龙灯。

龙灯亦是南北各地都有的。虽然不少地方是白天出来耍,但其来源是龙灯,所以纵不点灯,亦可以龙灯名之。各地制造亦是大同小异,有的地方制造的太简单,龙头不像龙头,龙身只是涂了颜色的一个大长布条子,大白天地在街上绕来绕去,显得十分寒伧,老实说,这样的耍龙灯,亦没有什么好看的。

而北京山乡的龙灯是很值得一看的。先说龙头,是木架、竹篾扎成的龙骨架子,外面糊纸,装上龙角、龙须,同画上画的龙头十分相像,是很高大威严的,架子里面有几处插蜡烛的地方,晚上玩,点起蜡烛来舞,光闪闪的。因为龙头高大,所以耍起来时,要一位彪形大汉来掌握,力气小是舞不动的。

龙身连龙尾,一共八节,加龙头共九节,以每节二三尺计,全长一般不到三丈。每节龙身,是一个横着的筒状架子,下面有三尺多长的柄,架子两边糊上纸,画上龙鳞,上面中间留口,可以插蜡,可以点蜡,每节与每节之间,用白布连接,亦彩画龙鳞,这样一节节连在一起,由龙头到龙尾,鳞甲片片,便像一条真龙了。

龙不能只有一条,所谓"二龙戏珠",必须要有两条龙,而且不能一样颜色,我们少时常见的山乡那两条龙一条画青鳞片,曰"青龙",一条画黄鳞片,曰"黄龙",每节两个人来撑,一条龙十八个人,鱼贯前行时,一前一后,如果舞起来时,那就要龙头对龙头,左、右相反的方向探首、盘旋,随着锣鼓点,撑"珠"的那个人,要把"珠"按节奏在二龙的头部晃动,引逗的两条龙翻江倒海般怒斗,这样就把观众的情绪引向高潮了。

不管舞狮亦好,耍龙亦好,都是晚上玩的玩艺。现在各国文艺界,都在大谈其朦胧诗,大谈其朦胧美,我想世界上的确是有朦胧美的。似乎有的东西,在光天化日之下,并不好看,而在月光下或不大明亮的烛光下,就会产生一种十分美丽神奇或娟秀飘渺的感觉。由乡下住到北京,在街头看走会的太狮、少狮,带着大串铃,哗啦哗啦地跳动,只觉得十分热闹、好玩,但并不见得美丽。而在山乡中,在朦胧的月光下,围着密密的人圈,大家撑着小纸灯笼,在跳动的密锣急鼓声中,一对庞然大物的狮子带着串铃翻滚着、跳跃着……人堆中忽然有人放起太平花来,那耀眼的白色火星射到狮子绿毛上,人们欢呼着,这该是多么美的童话境界呢!

高　跷

看电视时,某些别人不一定发笑的镜头,而我却不禁发出会心的微笑。比如看到某些国家狂欢节日街头游乐人群中,有装假脚的高人出现,走起来摇摇晃晃,因而想到,这不同我小时候在北京看过的"高跷"一样吗?是中国学外国的呢,还是外国学中国的呢,还是各自同时创造的呢?这还有待于精通古今中外的人考证一番。

小时候在北京,我十分爱看"高跷",腊月里正月里,四郊农民一二十人扮上角色,一堂锣鼓丝竹,踩上高跷,扭扭摆摆进城串街走巷表演。北京人家,一般都关着大门过日子,听见外面的锣鼓丝竹声,是什么呢?孩子们最好奇,打开大门一看,哦,踩高跷的过来了,进来玩玩吧。一个一个,弯着腰,低着头,高抬脚,迈过门坎,从大门洞进来,孩子们又好奇,又幼稚,十分惊讶地看着他们,觉得大门洞对他们说来太低了。看着他们,孩子们觉得自己更小了，真像小人国遇到大人国的人。

高跷能玩些什么呢？大头和尚戏柳翠、小二格赶驴、傻公子上京、渔樵耕读四时乐等等。高跷只能摇摇摆摆地走着表演，而且走的是一定步伐。领头的是大头和尚，手里敲着木头梆子，随走随敲，表演的人，按照他敲的快慢来扭着走，手上再做一些动作，如扮小媳妇的，一手贴着腰，一手甩着手绢；扮小二格的，摇着赶驴的鞭子，表演时走的路线，走圆圈、走拗花（如两个英文字母大写 S 交叉）、走四门斗（四角对穿走三角斜）等等。

休息时更好玩，即不能站定不动，又不能坐，必须靠在墙上或窗户边站着。我看靠在窗户边站着的大头和尚，把木梆夹在腋下，把头套推上去挂在头上，掏出烟袋、烟荷包、打火镰悠闲地抽烟，我出神地看着他，但他并不注意我，他哪里想到他那刹那间的神态，给我会留下永久的印象呢？

他们穿的都是一些旧戏衣，所有女性，都是农村小伙子们扮，擦一脸怪粉，好像石灰墙一样，再抹上红红的胭脂，把脸上和嘴上抹得都吓人，这副打扮，可以说是十足的"村"样，说俗也真俗到极点，但大俗之极则是另一种"雅"，其风土感、社火味，是任何高级歌舞雅乐所不能代替的。

日本青木正儿氏所编《岁时图谱》，后由内田道夫教授解说、平凡社出版的《北京风俗图谱》，有一幅"高跷图"、"渔樵耕读"、"小二格赶驴"、"朱光祖盗九龙杯"等戏装人物都全，标题是"道化芝居"、"竹马芝居"，说明是民间歌舞，农民收获后正月里自我娱乐的游戏。就是秧歌戏，同东北二人转一样，不过一队高跷由十或二十人组成。

高跷是秧歌的一种。《京都风俗志》也说：

秧歌以数人扮头陀、渔翁、樵夫、渔婆、公子等相,配以腰鼓手锣,足皆登竖木,谓之高脚秧歌。

《定县秧歌选绪论》也说:"北平唱秧歌的人,脚底下绑上三四尺高的木棍,叫做踩高跷脚。"这种形式,在清初就十分普遍了。施愚山诗云:"秧歌椎击惹闲愁,乱簇儿童戏未休。见说寻常歌舞竞,大头和尚满街游。"这种古老的带有泥土气的玩艺,给孩子们的欢乐,可以说超过了梅兰芳的《天女散花》。岁尾年头,想起童年的欢乐,岂止是惹闲愁,实实在在是无限乡愁了。

灯　谜

谜语是正月里元宵节玩的玩艺。又叫"春谜",又叫"灯谜",又叫"灯虎",又叫"文虎",又叫"闷闷儿",又叫"谜谜子",又叫……又叫什么,我不知道了。查查书,据说又叫"隐语",又叫"廋词",又谓之"离合体"等等。一个小玩艺,居然有这么许多名称,你说好玩不好玩?这难道不是人们的智慧结晶吗?这难道不也是神州文化海洋之一滴吗?绝不能以小道视之,而把它排在文化艺苑范畴之外。

下面我先把这些名称稍作解释:其曰"春"、曰"灯"者,因为它是春初元宵前后看灯时的玩艺。《红楼梦》元春在元宵省亲之后,派太监从宫里送出谜语来给宝玉等人猜,不就是粘在一个小纱宫灯上的吗?为什么一定要粘在宫灯上,而不装在一个信封里呢?因为猜谜语的游戏,照例是在灯节中看灯时的趣事,所以要粘在灯上,后来贾母主持灯谜雅会,也特地做了一架"灯屏"。不只《红楼梦》写到这事,在《二十年目睹之怪现状》也写到这事。写元宵之夜在宣武门外胡同中看一些好事之家,在大门口灯笼上贴的灯谜,评论哪一个作的好,哪一个作的不好,书中并记录了不少有趣的巧灯谜,可惜手头无书,不能抄几则以飨读者。有兴趣的人,不妨去查一下原书。

北京旧时特别讲究元宵猜谜语,小说中所反映的都是当时的社会风尚。康熙时柴桑《燕京杂记》云:"上元设灯谜,猜中以物酬之,俗谓之'打灯虎'。谜语甚典博,上自经文,下及词曲,非学问渊深者弗中。"这段文献就说到第二名称,沾一个"虎"字,猜谜语说成"打灯虎",多么可怕呢?这是把猜谜语得到"猜头"(即赠品)和打猎的猎获物等同起来,而且认为很难得到,没有把握,像打猎得到老虎一样难,所以称之为"灯虎"、"打灯虎"等等。

又因其是文人游戏,要根据文思才情来编、来猜,是旧式书房中塾师和学生最喜欢玩的玩艺,所以又称之为"文虎"、"雅谜"。所得赠品,正如《红楼梦》中所写,也都是纸笔墨砚等文墨用品,得不伤雅,取不伤廉,同一般赌博性的得彩不一样。自然也如俗语所说"秀才人情纸半张"一样,受到人们的善意的嘲笑。《光绪都门纪略》灯虎诗云:

> 几处商灯挂粉墙,人人痴立暗思量。
> 秀才风味真堪笑,赠彩无非纸半张。

这就是嘲笑猜灯谜的穷秀才呆相的诗,其实写这诗的又何尝是达官贵人呢?也同穷秀才差不多。正因如此,所以写来有如自况,人读了后特别有味了。

但是谜语有雅俗之分。如蔡中郎书曹娥碑阴八字:"黄绢幼妇,外孙齑臼。"杨修解作"绝妙好辞"四字。《三国演义》据之写了一段很好的故事。曹操都一下子猜不透,可见其多么深奥了,实际这也是一个谜语,不过是文人学者的比较深的雅谜。至于"麻房子、红帐子,里头住个白胖子",猜作"落花生",这便是文人学士认为的"俗谜",而是孩子们所喜欢的"猜个谜儿,破个闷儿"的"闷闷儿"和"谜谜子"了。前者是北京儿童的娇言乖语,后者便是江南小儿女的俏皮话了。写文章常恨不能表现声音,如果把纸、书籍随着文字能显示声音,那"闷闷儿"和"谜谜子"的娇嫩声调多么能感染读者呢?可惜现在尚不能。我相信不久的将来,人们一打开报纸和书本,随着阅读,便会有声音从字里行间传出来。到那天,盲人也可随意阅读任何报刊和书籍了。

至于把谜语叫作"隐语"、"廋词"等等,那就更早了。当然,应该翻过来说:把"隐语"、"廋词"叫作谜语才对,因为谜语是在三国曹魏时才出现的名词。东汉末杨修所猜中的"绝妙好辞",当时还叫"离合体"(这很像一个现代自然科学名称,如半导体、结晶体等),叫"隐语"。孔融曾将"鲁国孔融文举"六字,用隐语写成四言诗一篇,共二十四句,每四句离合一字,如以"鲁"字作谜底,其谜面四句云:"渔父屈节,水潜匿方,与时进止,出寺弛张。"简言之,即"渔"字去水,"时"字去寺,合为鲁字。而诗句内意义,又以屈原、孔子作比,表现了他的志向。因"渔父"是《楚辞》篇名,又是屈原放逐之后所写,有"屈节"、"隐潜"之意。而孔子称作"圣之时者也","时"去寺"余""日"字,则不能成为"时者",进止之际,颇费周张了。这种谜语写来太难了,不但要学,而且要才,孔融是建安七子之一,是名不虚传的。但孔融、曹操时,还没有"谜语"的说法。可能民间早有了,只是文献中没有记载。直到刘勰《文心雕龙》中才记云:"魏代以来,君子嘲隐,化为谜语。谜者，回互其词，使昏迷也。"

自此之后，谜语就变成为非常有趣的语言艺术。在南北朝之际，十分风行。所谓"清谈侣晋人足矣"，南朝人物，本来是最善于辞令的，加上谜语，更可以解颐了。史书中很多，现举一例：

咸阳王司马禧败逃，让从官龙武作一谜解忧。龙武为作"箸"谜道："眠则同眠，起则同起，贪如豺狼，赃不入己。""箸"就是筷子，现在温州方言还叫箸，这样的筷子谜语，虽至今天，不是仍然很生动吗？

历史上流传下来的好谜语是非常多的，有的知道作者，有的不知道作者，《红楼梦》写贾宝玉作的谜语："南面而坐，北面而朝，像忧亦忧，像喜亦喜。"贾政大叫"有趣有趣"，却没有写作者的姓名，后来问了，才知道是宝玉的。但书中并未明写是宝玉编的，读者便认为是宝玉编的，实际也就是曹雪芹创作的了。而事实上都不是，既非假人宝玉所写，亦非雪芹所创，却是另有出处的。明末崇祯时，吴县贡生冯梦龙，署名"墨憨斋主人"，曾编一本《黄山谜》，内中即收了这一则谜语。冯梦龙这本书是编的，不是他写的，因而这则谜语可能在明末早在社会上流传开了，冯看其有情趣，便把它采入《黄山谜》中。曹雪芹写《红楼梦》，又因其情趣及暗示镜花水月之意，作为宝玉的谜语。至于它原作者是谁，早已无法考证了。

在明代以前，还没有专门记载谜语的书，一些著名谜语，散见于史书、诗话、笔记中，有些成为流传十分广泛的趣谜。如："目字加两点，不作贝字猜，贝字欠两点，不作目字猜。"谜底是"賀"、"資"二字。又如："四个口，尽皆方，加十字，在中央。"谜底是"圖"字。以上二谜均载于宋人《钱氏私志》中。又如："一人立，三人坐，两人小，两人大，其中更有一二口，教我如何过。"

谜底是"儉"字。系见于宋人洪冀《旸谷漫录》。

以上这些字谜,广泛流传在爱谜语者的口头传说中,自己猜完了,又说给别人听,大家都感到很有兴味。明代出现了专门记载谜语的书,如《谜社便览》、《千文虎》等等,收集了大量前人谜语,不过这种书现在很难见到了。谜语除北京人喜欢,全国各地也都很流行。清人《在园杂志》记云:"灯谜本游戏小道,不过适兴而成。京师、淮扬,于上元灯棚,用纸条预先写成……聚观多人,名曰打灯虎。"

"百本张"俗曲唱本中,还有一个"平灯谜"的段子,写道:

> 好是灯谜雅社开,大家谁不遣情怀?社主大起风流兴,去把那清洁房屋去捡择,取一个雅致别名横书作匾,定一个日期约帖竖写如牌。……已饭时三五成群鱼贯而入,人人是哈腰拉手笑盈腮,社主让茶诸公归座,雄谈阔论畅叙心怀。评一番人情说一番世路,提些个私事问些个官差。不多时窗棂的日影欲将午,那未到的敢是今朝晒了台。社主说:先猜我的是抛砖引玉也须把诸公的佳作请拿来。有几个款款毛腰摸靴筒,有几个急急回手探襟怀。有几个摆手摇头说不曾带,下次找补此次暂该。社主说:新添的脾气是这等的塞虎,从今后不带灯谜不准猜……钉壁子按墙宽窄分长短,粘条儿成排端正莫斜歪。忽听得乒乒一阵锤儿响,顷刻间柳绿花红次第排,真个是纸色光明夺锦绣,字迹华丽显文才,也有那五彩洋笺如云灿,也有那一色洋宣似雪白。……那好玩的偏捡村题的打,爱小的专将挂赠的猜,灵机的只用一言揭下去了,钝塞的频翻两眼想不起来。

原曲很长,删去一些,从曲中可见清代北京谜社风光。自然到三十年代这种谜社再没有了。我只是很小时在乡间参加过一次谜会,到北京再未参加过。人常说文字游戏无聊,实际也还要文字基础和水平。大字不识,全是文盲,也无法文字游戏了。

《在园杂志》所记除北京而外,说到扬州。其实还有苏州也很盛行。前引冯梦龙《黄山谜》,就收了不少苏州吴语谜,十分有趣,举两个例子:"丝虽长,湿哩搓弗得个线;经虽密,干子织弗得个绢。""板板六十四,一生有正经,说嘴又说脸,眼里看弗得个灰尘。"前一谜底是"雨",后一是"板刷",全是方言文学,天籁体的作品,这种谜语,只能用吴语读,才有情趣,一读普通音,便索然无味了。至于"村"的,都以貌似说两性关系引人,措词较黄,不多介绍了。

茅姑人

换茅姑人也是正月十五北京山乡的趣剧、闹剧。什么是茅姑人呢?就是手工做的小人,一般五六寸长。做茅姑人,是大姑娘、小媳妇们的巧手,而换茅姑人,却是好事小伙子们的趣事。一般在正月十五日天不亮时,在街头闹市朦胧中进行。把茅姑人用布或毛巾一裹,揣在怀里,只露一点点。当时冬天都是穿有大襟的衣裳,衣襟向右掩,换的人大家凑近,你觊觎我的,我觊觎你的,大家都不肯先拿出来。只能看到小人的头顶,或头顶上所戴的花。眼明手快者,先看到对方一个制工十分精巧的小人,一把抢过来,把自己怀中的插着一朵小花的扫炕笤帚把塞给对方,连忙就逃。对方比较迟钝,朦胧中一时看不清,等到发现上当,已来不及了。如这样拿回家去,肯定要挨媳妇、姐姐、妹妹的一顿好骂,当时大家庭多,一些精巧的小人,都是嫂子、小姑子等在闺中灯下心灵手巧的杰作啊！当然，如果也是机灵的，他不会上当，便会揣着插了花的破笤帚把再去骗别人，不过，总有以丑易俊，换回精美小人回家欢笑的，也总有以俊易丑，甚至破笤帚把回家挨骂的。

《聊斋志异》中有一篇《花姑子》，内中写到"紫姑"的事，就是这有趣的茅姑人。文云："叟方谦挹，忽闻女郎惊号，叟奔入，则酒沸火腾。叟乃救止，诃曰：'老大婢，懦猛不知耶！'回首，见炉旁有蒻心插紫姑未竟，又诃曰：'发蓬蓬许，裁如婴儿！'持向安（故事男主角安幼舆）曰：'贪此生涯，致酒腾沸，蒙君子奖誉，岂不羞死！'安审谛之，眉目袍服，制甚精工。赞曰：'虽近儿戏，亦见慧心。'"柳泉居士的文章写得实在典雅简洁，几句话就把三个人物的神情写得历历如画。

这里说到的"紫姑"，就是俗语说的"茅姑人"。"紫姑"的故事来源很早，最早见宗懔《荆楚岁时记》、刘敬叔《异苑》，原是一个很悲惨的故事，说是寿阳李景子胥之妾，姓何名媚，字丽娘，受到大女人曹姑的虐待，成年叫她在厕所中做最污秽的事，在正月十五日便悲惨地在厕所中自杀了。后世人因哀怜她的不幸，便说她成了神，尊之曰"茅姑神"，每年正月十五日，闺中的小姑娘便用竹头木屑以及小绸布片作成"人形"，夜间到厕所中祝祷，以迎其归来。祷辞是："子胥不在，曹姑亦归去，小姑可出戏。"

这事在北京旧时很受到重视，小姑娘平日做小衣服、小鞋、练习女红，都叫做"茅姑鞋"、"茅姑人"。正月十五更是要隆重举行仪式，在《帝京景物略》中有详细记载。查初白《风城新年词》云："添得楼中几日忙，簇新裙帕紫姑装。一年休咎凭伊卜，拍手齐歌马粪香。"因为据刘同人记载，迎紫姑时，要打鼓，唱"马粪香歌"。以上是明末清初的情况，后来这种风俗一直流传下

来,光绪时魏元旷《都门琐记》引《燕都杂咏》云:

> 敝帚挂红裳,齐歌马粪香。
> 一年祝如愿,先拜紫姑忙。

并注云:"正月闺中用帚插花穿裙,迎紫姑神于厕,以占休咎。"

这里面一个说"簇新裙帕紫姑装",一个说"敝帚挂红裳",这都是什么意思呢? 于此还要解说一下,这是因为迎紫姑的风俗虽然家家一样,但制作紫姑的巧手却不是家家都有,有的小姑娘在闺中心巧手巧,精心细做,用鸽子蛋一头敲成一个小洞,把蛋清蛋黄流空,用细高粱秸剥光皮,做成人形架子,把鸽子蛋壳套在高粱秸上,用纸糊好,上用黑丝绒线贴成头发、抓髻,用墨、胭脂勾出眉眼,点上嘴唇,把预先做好的小衣裙、鞋袜穿上,做成之后,像日本老式"人型"玩具一样,十分漂亮。而懒惰的则只用破扫帚把插朵纸花,裹块破布,虚应故事而已。三十年代中,北京郊外山乡还有换茅姑人的风俗,也十分有趣,但说来话长,就此打住吧。而在城里则早已没有了。小户人家姑娘在庙会上买布娃娃,有钱人家则买各式各样洋娃娃,各种小人也洋化了。

换茅姑人的风俗,是遍及南北的。江南"厕所"叫"茅坑",所以"茅姑人儿"叫坑姑娘。顾铁卿《清嘉录》记"接坑三姑娘"云:"望夕,迎紫姑,俗称接坑三姑娘。问终岁之休咎。"并引李商隐诗云:"羞逐乡人赛紫姑。"诗中用"乡人"、用"逐"、用"赛",可见换茅姑人自唐代就有"比赛"、追逐嬉闹的内容,可以想见乡人欢乐奔跑的气氛。千余年如一日,至少在三十年代不少乡间还存在着,这些精工巧手的比赛,淳朴的山乡姑娘们、小媳妇们、小伙子们的岁时欢乐,如今用什么内容代替了呢?

龙抬头

引龙回

二月二日,龙抬头。过去过年,由腊月开始,节目不断,陆陆续续,似乎一直要过了二月初二才算结束。中国六千年前,就有龙的形象,视为神物,直到晚近,才日渐淡漠。过去年年皇历上总要有图注明今年"几龙治水",由一龙到九龙,各年不同。"云从龙,风从虎",《易经》上明确写着。中国从古是农业国,靠天吃饭,祈求的是风调雨顺,龙是管雨的,自然要敬重它。蛰伏一冬,春天来了,它要抬头理事了,自然也有一番盛典。明沈榜《宛署杂记》云:"都人呼二月二日为龙抬头,乡民用灰自门外蜿蜒布入宅厨,旋绕水缸,呼曰引龙回。"《京都风俗志》亦记云:"俗谓此日为龙抬头,此日饭食皆以龙名。如饼谓之龙鳞,饭谓之龙子,面条为龙须,扁食为龙牙之类。"

从上两则所记,可见明、清以来,"二月二"作为节令的故事。妙在后一则,当时是有皇上的年月,真龙天子,至高无上。而老百姓居然要吃它的鳞、吃它的子、吃它的须、吃它的牙,这还了得。不由地使人想起"批逆鳞"、"捋虎须"等成语,以及"老虎口中拔牙"的俗谚,似乎感到这是性命交关的事。看来当年有皇帝真龙天子时,还是比较民主的,因此似此种种也居然没有成为防扩散材料,这不奇怪吗?

二月二的风俗故事,不只明、清,早在元代就有了,欧阳原功《渔家傲》云:

> 二月都城春动野,引龙灰向银床画。士女城西争买架。看驰马,官家迎佛喧兰若。　　水暖天鹅纷欲下,鹰房奏猎催车驾。却道海青逢燕怕。才过社,柳林飞放相将罢。

这首词中说的是元代北京二月里的风光,一上来就写了引龙回的风俗。欧阳玄《圭斋集》中有十二首《渔家傲》,按月写元代大都岁时风土,是很有意思的,不过有些事,因年代久远,颇难理解,也不易说清了。但也有不少风俗,在几十年前的北京则还在部分人家中存在着,如前面词中"引龙灰向银床画"一句,说的就是二月初二的"引龙回"或称作"引钱龙"的故事。这是很有趣味的事,到那天,天不亮就起来,捧一畚箕细炉灰,打开街门,很神秘地拿炉灰沿着临街房子的墙根,撒一条细线,进了大门,沿着墙根,弯弯曲曲,一直撒到房中,绕床脚撒一圈,再沿墙撒到灶下为止。要撒的细,但绝不能中断,像是后来大扫除时,在墙根屋角撒石灰粉一样。记得做孩子时有孩子的想法,虽然"龙"呀等等,在脑海中存在着,但并不占主要地位,感兴趣的只是一点点细炉灰沿墙根居然能撒成一条线,而且蜿蜒不断,感到十分好玩,因此不但爱亲手撒,而且特别注意断不断的问题,这样就在脑海中留下很深刻的印象,直到今天还宛在目前。

中国古代人以极丰富的智慧,幻想出"龙"这样的神物,变化无穷,实在是了不起。北京人对它更有特别的热爱,近人沈太侔《春明采风志》也说:

龙抬头，二月二日，古之中和节也，是日食饼，为"龙鳞饼"，食面，为"龙须面"，闺中停针，恐伤"龙目"。又以祭余、素烛遍照壁间，有"二月二，照房梁，蝎子、蜈蚣无处藏"之语。

事实上这种风俗包含着很重要的卫生意义，因冬去春来，天气渐暖，万物萌生，各种害虫也都在"龙抬头"的日子里，日渐"起蛰"，因而从明代开始在二月二还有"熏虫儿"的风俗。《康熙宛平县志》云：

> 因荐韭之余，家各为荤素饼啖，以油烹而食之，曰"熏虫儿"，谓引龙以出，且使百虫伏藏也。

不过"引龙回"后来民间叫作"引钱龙"，那完全是发财意思，就是希望钱像龙一样，不断滚了进来。正是财神前对联的意思："财源茂盛滚滚来。"所以钱龙不但引进，而且不能断，不但要引到水缸处，还要引到财神龛那里，烧完香，上完供，磕完头才算完呢。

过了二月二，"年事"才算全部过完，惟似此春明故事知者已少，只能当作"民俗学"的资料谈谈罢了。

再逛厂甸

游　人

年年过年要逛厂甸，前面已经说过，因此叫"再逛厂甸"。

厂甸先是读书人神往的蓬山，同治《都门纪略》厂甸竹枝词云：

> 新开厂甸值新春，玩好图书百货陈。
>
> 裘马翩翩贵公子，往来多是读书人。

从乾、嘉以来，二百余年中，在京的硕儒名士、诗人学者，从李南涧到缪艺风，从翁方纲到端午桥，从黄丕烈到傅沅叔，从林少穆到张香涛，从越缦堂主人到苦雨斋主人，那数不清的大师名儒、经学家、史学家、金石家、书家、画家，真可以说是没有一位不是和厂甸结了不解之缘了。李越缦在北京住了几十年，没有一年不去厂甸，《越缦堂日记》同治二年（一八六三年）正月初五记云："下午偕允臣及美臣游厂甸，至火神庙，买砂子灯三。"十一日记云："下午同予恬游厂甸。是日为今春第一佳日，钿车宝马，香溢街廛，盖厂事极盛时矣。以钱二千买翠瓷茗碗两枚，又于火神庙书摊赊得郝兰皋先生《尔雅义疏》一部，王石臞先生《读书杂志》一部，明代合刻马、陆两家《南唐书》一部，计钞二十六缗。"

十二日记云："日下春后,复与予恬游厂市。"

其后十三日、十五日等日连去,单举越缦堂这一年正月逛厂甸的例子,就足以说明厂甸与学人关系之密切了。

厂甸又是都城妇女正月里摩肩接毂的游乐胜地,最早在乾嘉时,得硕亭《群珠一串》竹枝词就写到:

> 琉璃厂甸又新开,异宝奇珍到处排。
> 妇女摩肩车塞路,都言看象早回来。
> 注:每逢得辛,过象之日,车马尤多,故云尔。

厂甸有数不清的首饰摊、玉器摊、各种玩艺、各种甜食,数不清的游人,爱赶热闹的都城仕女,大正月里,哪一个不争着去逛逛呢? 清代光绪中叶之后,曲院勾栏都移至南城,即各种文献中所谓之"八埠",世俗所谓之,"八大胡同"者,离开厂甸近到咫尺,近人陈莲痕《京华春梦录》云:

> 每当辰巳之交,游人已集,勾栏姐妹,辄薰沐靓妆,至此招摇,少年好事,又多追随香车,甚至夹毂调笑,亦所不禁。

厂甸更是儿童和青少年盼望了一年的乐园,正月里,学校里放假,家中无事,每个人口袋里又多少有几个"压岁钱",逛厂甸去,买"黑锅底"、"大沙燕",买"步步噔",买空竹,买大糖葫芦,买"江米人",买"鬼脸",买"刀枪剑戟"……总之有买不完的玩艺,有的是爷爷带着孙子,姥姥带着外孙女,大一点的孩子,自己相约,三个一群,五个一伙。男女老幼,呼亲唤友,似乎整个京华九陌,皆倾城而出,拥到厂甸来了。

因为游人是从不同的方向拥来的,有的从北往南,有的却从南往北,再有东面的人往西走,西面的人往东走,所以厂甸的游人,并不都是顺着一个方向游玩,而是南北东西,各走各的路,大家以海王村门前为中心,簇拥着浮动着,只看见迎面是人,左右也是人,后面又是人,人拥人,人挤人,人看人,人人都有自己心目中的厂甸,这就是年年厂甸的游人。

夕阳西下,厂甸路上游人络绎归去,有的乘车,有的步行,但都扛着大糖葫芦、大风车,在扑扑的春风中,哗哗乱响,个个都像得胜回朝的将军一样。厂甸给予人们的欢乐,还洋溢在他们脸上被春风——也可能是大黄风吹拂着,不是吹起涟漪,也不是吹来花香,而是吹拂着厂甸的气氛。

海王村

厂甸以海王村公园内外为中心,这里是东西琉璃厂中间,因为旧时有桥,故名"厂桥",清乾隆三十五年(一七七〇年)琉璃厂窑工在厂中掘地取土,发现辽代李内贞墓志铭,上刻埋葬于京东燕下乡海王村字样,才知这里是辽代的海王村,同时也可证辽代京城地址,在明清北京城之西。民国六年,钱能训作内务总长时,在这里窑厂旧址修了个"海王村公园",说是公园,其实并无风景花木,只是一进大门有点山子石,有些刺柏冬青树,四周是一圈半中半西的房子,最北面有座两层楼,是"工艺局",最早负责人黄思玉,承造珐琅、雕漆、栽毯等。四周房屋都租给人开小书铺、古玩铺,张篁溪替康有为开的"长兴书局"就在这里。平时并无游人,只是一到正月里厂甸庙会时,这里就热闹得无法形容了。

自从钱能训修了海王村公园直到三十年代"七七事变",是厂甸最整齐的阶段。民国二十四年《群强报》有老人写文章说:"北平厂甸,是南城繁华之地;先年庙市,聚在琉璃厂窑门,记得五十多年以前,尚是一片极污的空地,而在香车停处,还有一道大沟,有一首竹枝词上说:'沟沿游人一桁齐,对车指点碧琉璃。掀帘反骂东风恶,吹得头颅尽向西。'"上推五十年,是光绪初叶,正是李越缦逛厂甸的时候了。

　　海王村四周一圈,面对面摆的都是玩具摊子,形成一条五光十色的玩艺小街,由西门进来往南是捏江米人的、京戏脸谱鬼脸的、彩蛋的、仙鹤香的、泥铁仪仗执事的,每种或一二摊或数摊不等。到南门折而东,是蜡制水果鸭梨、苹果摊、玻璃柿子、葡萄摊,纸蝴蝶、泥鸟摊,锡制刀枪剑戟摊。过东门往北,烧砖亭台楼阁摊,秸秆亭台楼阁摊,辛夷猴戏摊,料器博山茶杯、飞禽走兽摊,乐器胡琴、三弦摊。走到头再由北面绕到西北,是盔头局刀枪剑戟摊、鬃人摊、弓燕摊、糊炉粢(煤炉灰中炼在一起的炉渣)、西洋景摊、氢气球摊。这条玩艺小街如运动场跑道,是椭圆形的,四面都有路口,北对工艺局,东、南、西三面都对着门通向外面。南门外是中心的中心,是风车、空竹、步步噔、倒掖气、大糖葫芦等代表厂甸特征的集中地,是沸腾着色彩、音响、人流的海洋。

　　东门洞里是弩弓、弓箭、袖箭、桦木盒、桦木环等摊子的集中地,出了东门对面就是吕祖祠,烧香的善男信女一天不断,门外都是卖吃食的摊子:豌豆黄、爱窝窝、驴打滚、豌豆粥、棉花糖、豆汁……里面玩具小街的中间空地上,搭满了高台,卖茶、油茶、茶汤、元宵,都有茶桌、板凳,一色老式红油家具,坐满了游人,居高临下,看着下面的人流。

厂甸中心是玩具的天下,玩具的海洋,集中了全北京玩艺的精华,都到这里设摊,"渡泥斋"的砖烧玩具,王万青的桦木套环,"都一斋"的泥纸鬃人,陕西巷"盔头局"的藤竹泥银刀枪,这些一年一度在海王村设摊的名家,不但是名重厂甸,而且是名满京华的啊!

明刘侗《帝京景物略》春场篇所记:"东之琉璃厂店,西之白塔寺,卖琉璃瓶,盛朱鱼,转侧其影,大小俄忽,别有衔而嘘吸者,大声咮咮,小声唪唪,曰倒掖气"云云,在三十年代中,在海王村前门,都有几个卖倒掖气的摊子,大的那粗头有小面盆大,紫光耀眼,挂在那里,小的、中不溜的都放在竹箓大箩筐中,围满了购买的大人孩子,闹闹嚷嚷,那情景,又比刘侗所记热闹多了。

气　氛

厂甸是一个大博览会,是一部大百科全书,是一部展现几百年都城历史、绚丽多彩的戏剧,无法在舞台上演出,只能在琉璃厂、海王村公园、火神庙等处演出的戏剧。厂甸还存在的时候,还有比较丰富内容的时候,那时电影已经比较发达了,可是没有一家电影公司、一位名导演,认识到厂甸的文化历史意义,把它拍一两部纪录片保存下来。这真是无法弥补的历史损失。

用广角镜来回忆厂甸,它是多角度的、交织光束的、重彩重合的、闪烁的、立体的,它可以使你产生数不清的"蒙太奇"。可惜《火烧圆明园》的导演李翰祥先生三十年代前期,还未作导演,也许没有逛过当年的厂甸,不然,他可能真留下一部《厂甸万花筒》的历史杰作呢。

那六七尺长的顶上飞动着彩旗的大糖葫芦,那上百面小泥鼓连在一起的闪耀着彩虹般晕圈的大风车,那丈二长带着双弓子的、用藤子棍扎的、绢糊的五彩大风筝……显示了厂甸的节日气氛。

那大竹篓子中的闪着红光的琉璃"步步噔",那贴着大红纸签子、用金粉写着黄金万两的大空竹、小风葫芦,那不停地充着气的、一松手会飞入半空的洋玩艺五彩氢气球,那用红纸包着的各种各样的爆竹、用花纸糊着的像花篮、楼阁般的烟火盒子……显示了厂甸的欢乐气氛。

那冒着热气的元宵锅、茶汤壶,那飘着焦香的正在平底油锅中煎着的灌肠,那以小车当大案子,两手沾满白江米粉,不停做着爱窝窝的汉子,那又一个以小车作案子、堆满黄沉沉豆沙馅"驴打滚"的摊子……显示了厂甸的生活气氛。

那碧绿的、透明的玻璃翠烟嘴、扳指、别针、簪子,那雪白闪光、粒粒滚圆的东珠项链,那闪着红光的石榴子,那闪着蓝光绿光的猫儿眼的宝石头花,那蓝光四射、黄光四射的大大小小的非洲钻石、锡兰钻石戒指……显示了厂甸的华贵气氛。

那连绵一二里长的、挂满了唐宋元明清真假字画的画棚,显示了厂甸的精湛的艺术气氛。

那数不清的大小书摊、碑帖摊,唐人写经、宋元版本、蜀刻建刻、黑口白口、旧抄旧校、蜡拓旧拓、榜纸开化纸……其中学问无穷,显示了厂甸宏博的学术气氛。

那各式各样的古玩、瓷器、铜器、料器,擦得宝光四射,摊子接连不断,显示了厂甸的高古典雅气氛。

还有各式各样的玩具、各式各样的鲜花……这一切的一切,融汇成厂甸的特有的气氛。这气氛是凝聚了北京作为辽、金、元、明、清五朝上千年首都的精华所形成的,是凝聚了中华民族五千年文明史所形成的……而于今则被强烈的风暴吹散了,消失在历史的云烟里了,消失了的气氛是不会再聚拢来了,只存在一些人的记忆中,也将随着这些人消失在历史的长河中了。后之视今,亦尤今之视昔,试问现在又到哪里去找说开元、天宝旧事的白头宫女呢?

画　棚

俗曲《打糖锣》描绘街头年景中,有一句写道:"画儿棚子搭满了街前。"这既非走街串巷,又非摆摊,而是"搭棚",而且说是"搭满",可见其多了。读了这样的话,使我感到非常陶醉,童时带着猴皮帽子,拖着清鼻涕钻画棚之乐,又浮现在我眼前了。

所谓画棚,不是一般天棚、凉棚那样的棚,而是帐篷那样的活动房屋,即临时用杉篙和芦席搭起来的临时建筑,里面挂上画卖画,便是画棚了。这种临时画棚入腊月搭起,差不多到灯节为止,做不到两个月的生意。建筑是临时的,生意也是临时的。等到忙过腊月,过了年,看过灯,这画棚的生意便算结束,棚也拆了,画也光了,人也散了,要看热闹,又待来年了。它的历史很长了,大概是从明代延续下来的吧。乾隆时《京都竹枝词》就说:"西单东四画棚全,处处张罗写对联。"可见当时画棚是多么普遍热闹了。

画棚有两种:一种是厂甸搭的,卖各种旧字画、假字画的。一种是西单、东四、天桥以及各大庙会搭的卖年画的。年画旧时北方习惯叫"卫画",因为都是天津卫杨柳青出品,是印的。最早是彩色木版套印,如现代之所谓"版画"。后来石印传来,大约是一百多年前吧,慢慢都改用石印,木版印制年画工艺渐渐失传了。"卫画"俗名又叫"卫抹子",和江南苏州桃花坞的水印彩色木刻年画是一样出名的。

明代军队有"卫"的编制,名曰"卫所",驻金山、威海、天津、海参崴等处,以后这些地名都带"卫"字,即天津卫、威海卫等等。清代冀中老乡习惯称京里(北京)、卫里(天津)、府里(保定),杨柳青是天津南面一个镇,祖传家家户户以画年画、印年画为习,所以叫"卫画",因其风格是民间工艺,都是抹上颜色印,而不是画在纸上,所以叫"卫抹子"。

其内容以戏剧为主,如《龙凤呈祥》、《三娘教子》、《八蜡庙》等等。另外有固定内容,如"雪园景"、"围场景"、"渔家乐"、"田家乐"、"桃花源"、"五谷丰登"、"吉庆有鱼"、"鲤鱼跳龙门"、"乡村景"、"刘海戏金蟾"、"大头娃娃"、"五猪救母"、"二十四孝"、"天官赐福"、"福禄寿三星"、"人家骑马我骑驴"等等。老式木刻年画,色彩都鲜艳,但线条有时较粗,套板不准,眼睛变方,衣服颜色到了脸上等情况常有。光绪中叶,有钱慧安去杨柳青给画年画稿子,指导印刷,印出不少精品,是"卫画"艺术成就最大的时代。不过在我逛画棚的时代,已全部是石印的年画,而且都是洋纸的。皮纸、水印木刻卫画,那时也已成为古董了。

至于厂甸的画棚,那所卖全是旧字画,由中堂、横披、对联、大小镜芯都有,三十年代间,这种画棚由师范大学斜对面新华楼饭馆南面搭起,沿着师大附中操场西墙往南,第一段先到附小门口,约一百五十米长,第二段由附小正门南面沿墙搭起,到电话局门口止,约一百米,进去之后,可以一格一格地沿画棚里面边看边走,等到两处画棚全走完,出来就是风筝摊、爱窝窝摊、驴打滚摊,人头济济,就到厂甸热闹中心了。那些数不清的字画,哪里来的,一共有多少,谁也说不清。逛画棚,懂行的人不少,但是看热闹多,尤其是孩子们,在人堆里钻来钻去,什么唐伯虎、郑板桥,谁还懂真假呢,只是凑热闹罢了。

物　价

逛厂甸是老北京人正月十五必不可少的。要带些钱去,带多少呢?照老年间说,带个三大枚、五大枚去,也不为少;带个三万、两万现大洋去,也不嫌多。我这样说,也许你怀疑我耸人听闻,故甚其词。其实绝无半点谎言,且听我细细道来。

孩子们得了压岁钱,兜儿里揣个十枚二十枚,三五成群,逛趟厂甸,那是最高兴不过的了。买玩艺,最便宜的,弹的琉璃球,一大枚就可买三个。门口卖"步步噔"的,这种闪着紫光的玩艺,是用琉璃吹成的,其薄如纸,像小喇叭一样,放在口头一吹一吸,铿锵有声,最小的一只两三大枚。风筝,最小的黑锅底卖八大枚。一副最小的空竹,卖二十枚,抖起来照样嗡嗡响,也能玩"片马"、"葫芦架"……至于吃的东西呢?两大枚买一个"驴打滚",又精又软的黄糕包着豆馅,滚满了黄豆面,又香又甜又解饿,买两个就半饱了。再不然馄饨摊上吃碗馄饨,四大枚,或是卖豆腐脑那里吃碗豆腐脑,三大枚,再吃两个芝麻酱烧饼或马蹄烧饼,又是八大枚,这样十一二大枚,就肚儿圆,真饱了。

这么便宜,那三万两万现大洋又如何用呢?三十年代中叶,白银政策之后,不用现洋,但中交票未发毛,一元固定价格,换铜元四百六十枚。那一万元换成铜元,都买两大枚(四个铜元)一个的"驴打滚"能买多少呢?自然这是笑话,因为钱多另有用处,那就不是买"驴打滚"和烧饼吃了。

数不清的书摊,三大枚、五大枚买本破书,一千两千买部宋版书，一本唐吴彩鸾写本《切韵》就卖两千元。数不清的古玩摊，两大枚可以买一枚古钱，而一个几寸高雍正款胭脂水山水小瓶可卖一万元。数不清的碑帖摊，五大枚可以买一张龙门石刻"马"字拓片，而一本宋拓《化度寺碑》可值六千大洋。其高低相差就这样大，好古的穷教书匠和开着大银行的收藏家，都能徘徊摊头，各有所获。万儿八千是生意，三五大枚也是生意，都受到温和的接待，这是厂甸人的高贵品德，仪容宽厚的书卷气。

自然，一进火神庙，三五大枚的玩艺找不到了，都是高级古玩摊、摆件摊、首饰摊。一件真玩艺，少说也得十块八块。东交民巷德商乌利文洋行每年两个碧眼黄发彪形大汉在火神庙摆摊卖钻石戒指，最大的两个蓝光钻，每个标价三万元，当时正合三百两黄金。如果不是我亲眼所见，谁说给我听，也很难相信，而确是事实。

孙宝瑄《忘山庐日记》光绪三十二年（一九〇六年）正月九日记云：

> 饭后，偕章甫、撷兄游厂肆，在宝文斋小坐，彼处专供文人墨客所需，饶精雅，俄同至火神庙，庙中每年正月为珠玉宝器及字画古玩赛会之所。翔客如织，价皆翔贵，真赝淆杂，非识者往往受愚。晡，复至厂甸，则皆杂鬻儿童戏具……

另《胡适的日记》一九二二年二月十一日记云："今日是旧历元宵，为火神庙书市的末一日；我去逛了一遭，买了几部书。"书是《烟画东堂小品》十二册，价十二元。《唐三藏取经诗话》残本一册，罗振玉影印的……价一元。《〈儒林外史〉评》二卷、二册，价一元。《四书或问》……价一元。《延平答问》……价一元。《陆桴亭遗书》二十二种……价五元。《尽言集》价一元半。《说文引经考异》价一元半。合计共二十四元。随手引二位前人的日记,作为史料,以证实我所说不是谎语。

两大枚的"驴打滚"也好,二十四元的旧书也好,买来的不是东西,而是欢乐,世界之大,还有这样穷富皆宜的宏博大商店吗?多么值得思念呢。

春明花事

花信风

据《吕氏春秋》记载:"分岁为十二月,二十四气,七十二候。"二十四节气,按周天三百六十度等分,告诉人们以岁时顺序,教民耕作,不误农时,这是中国最早的伟大发明。一般人常说三大发明、四大发明,而把这个在天文气象学上为人类所作的巨大科学贡献忽略了,这是很不应该的。由此又产生出"九九"、"三伏"等,很好玩,其计算方法,都是"三"的倍数。清代大学者赵翼[1]有篇名文"释三九",说明三乃数之始,九乃数之成。这是联系到最早的数学原理的问题,天文气象的科学认识,是基于对数学原理的认识。

除二十四节气外,还有二十四番花信风。"九九又一九,犁牛遍地走",数来了春的消息,二十四番花信风,数出了春天脚步的次第。这既关游赏,更关农事。宗懔《荆楚岁时记》云:"始梅花,终楝花,凡二十四番花信风。"现在人们说起二十四节气一般还知道,说起花信风,知道的就少了。不妨在此作个简单的介绍。据《蠡海集》载:每月二气、六候,自小寒至谷雨,共四月八气二十四候,每候五日,以一花之风应之。其顺序是:

---

① 《释三九》为汪中作,见《述学》内篇,作者误记。——编者注

小寒，一候梅花、二候山茶、三候水仙；

大寒，一候瑞香、二候兰花、三候山矾；

立春，一候迎春、二候樱桃、三候望春；

雨水，一候菜花、二候杏花、三候李花；

惊蛰，一候桃花、二候棣棠、三候蔷薇；

春分，一候海棠、二候梨花、三候木兰；

清明，一候桐花、二候麦花、三候柳花；

谷雨，一候牡丹、二候荼蘼、三候楝花。

九九又一九，犁牛遍地走，报来了春讯；二十四番花信风，细数春之年华。岁时多感，故国情深，遥望燕山，如痴如醉，惟祝花开次第，烂漫春光吧。

花事序幕

花朝一过，春花要拉开序幕了。天涯远人，眷念春明花事；遥想长安道上，又要忙煞看花人了。

小时候写春联，我最爱的一副是"又是一年春草绿，依然十里杏花红"。这副联语的妙处，全在于"又是"、"依然"四个虚字。只是"一年春草绿，十里杏花红"等实字，并没有多大意思，只不过是机械的对仗而已，一加虚字，全联便活了，便显现了一种极为美妙的意境。这正像"漠漠水田飞白鹭，阴阴夏木啭黄鹂"一样，在原来五字句上，一加"漠漠"、"阴阴"四字，便诗境全活，在艺术气氛上就给人以强烈的感染和无穷的想象了。每到春来，我便常常想到这副联语，虽然我已四十多年没有写过春联了，但四五十年来，春草仍旧是年年要绿的，我常常思念着这种意境，也常常怀念着春明的春花。去春思旧诗曾有句云："记得宣南花事好，丁香应忆白头人。"日前又得诗数首，中有句云："南国春情芳草色，频年归梦看花心。"不怕人家笑话，人老而风情不老，思念春明花事的心，执著一如既往。

在北京，没有梅花，红杏枝头春意闹，最占春先的便是山桃花和杏花，而山桃花又没有杏花的名气大，因而还是先说杏花吧。

"北人不相识，错作杏花看"，这记不清楚是哪位江南人嘲笑北方人不认识梅花的诗了，不免有点轻薄口吻。其实只要能带来春之消息，又何分梅杏呢？北京有十分著名的看杏花的地方，那就是大觉寺。寺在西山中旸台山，其路程是颐和园前往北行，绕颐和园北墙到青龙桥，然后到红山口，直奔西北，其间有黑龙潭、白家瞳、温泉、周家巷，直到北安河村，就到了旸台山麓了。寺在山凹中，本为金章宗之清水院，寺的周围，山峦起伏，远近四方山村，种的全是杏树，漫山遍野，在春日花时，一望全是花光，游人骑个小驴穿行在杏花林中，那境界是苏州邓尉山的香雪海所无法比拟的。一是多，最多时花林联绵二十多里路；二是高大，老杏树比梅树高大花繁，游人看花要仰头看；三是山势险要，有的杏花长在悬崖上，下面泉水，清冽如野境，邓尉哪有此奇景呢？

昔人大觉寺看杏花诗云：

> 青山似识看花人，为障风沙勒好春。
> 一色锦屏三十里，先生未信是长贫。

"一色锦屏三十里"，可以想见杏花盛开时锦天绣地之景色。

过去人们说到杏花，常常盛称"红杏尚书"，似乎杏花是红的，实际在花朵含苞时，是粉红色；等到盛开时，则是近乎白色的极淡极淡的颜色了。这一点，很像梅花，只是梅花有绿萼梅，而杏花则无绿色的，其花萼都是红色的。这一点，倒也符合了红杏之名。

北京春日看花的时间很长，由"红杏枝头春意闹"，到"开到荼蘼花事了"，再连上"天棚鱼缸石榴树"的"五月榴花照眼红"，由暮春到初夏，陆陆续续，为春明花事，可以忙碌两个来月。杏花、梨花、山桃花、榆叶梅、丁香、海棠、牡丹、芍药、石榴等等，这都是普通的、大面积的花树，还不算那些名贵的、特殊的，什么太平花、玉兰花等等。玉兰在南方是很普通的，而在北京则比较少见，是认为很珍贵的。都人春游之际，对这些花木，可以按时序花期，次第观赏，看花虽不能代替穿衣吃饭，但也是生活中必不可少的幸福。唱"苏三起解"，苏三一挑台帘唱道"人道洛阳花似锦，久在监中不知春……低头出了洪洞县境"，这没有自由，不能看花的心情该多么痛苦？

春明三春花事，次第安排，这大觉寺看杏花，不过是一个看花的序幕耳，大轴好戏还在后面呢！

北京春日看花，唯一的一个缺点，就是风多雨少，"杏花春雨江南"，这是江南常见的景致，而在北京则是太珍贵了。杏花春雨，不能说绝对没有，但是太稀奇了，岂不闻"春雨贵如油"乎？哪一年碰得巧，正好在杏花开放的时候，落一场春雨，不管大小，都可以浥尘润土，连空气都使人感到两样，而这是极为难得的。在我的记忆中，也只遇到过一次。因为杏花花期很短，稍一蹉跎，即使再有雨，也是落花狼藉了。雨不多，而风却很多，风都由西北方向吹来，冷倒是不冷，只是风中都是蒙古草原的黄沙，即北京俗话所说的"大黄风"也。所以"沾衣欲湿杏花雨,吹面不寒杨柳风"的境界,在北京看花时,也是难得遇到的。而更多的则是在大黄风中看花,一进山中,因为西北高山屏障,所以风显得小了。正因为西山不少地方都是背风的,所以花事更繁。正是诗中所说"为障风沙勒好春"了。杏花——是京华春花的序幕,烂漫春色,要次第渲染燕山了。

稷园花讯

年年有个春天,年年要发春花。虽说"天涯何处无芳草",但故园的花讯毕竟是多情的。岂不闻前人诗乎?"君自故乡来,应知故乡事;来日绮窗前,寒梅着花未?"客中岂无梅乎?盖客中之梅,非故园之梅也;因而有对客之一问。多日阴雨,困处小楼,殊无春意感觉。忽然天晴,早见晨晞,不觉春意油然而生,啊,春天真的又回来了。年年写小文思念春明芳情、稷园花事,今年好像迟钝了些,似乎已经蹉跎了一半春光了。奈何奈何?赶紧把一本伴随了多年的宝书——《中山公园纪念册》拿出来,翻翻那些照片,看看那些记载,认认那些人名,哼哼那些题咏,真是如游旧地,如寻故径,如赏名花,如对故人了。书中记稷园花讯表云:

桃花四月一日	寿丹四月八日
紫丁香四月十五日	山兰芝四月十五日
杏花四月十九日	白丁香四月十九日
紫荆四月十九日	海棠四月二十日
榆叶梅四月二十日	月季四月二十六日
黄刺梅四月二十六日	藤萝四月二十六日

白牡丹四月二十九日　　各色牡丹五月一日

蔷薇五月十五日　　　　芍药五月十九日

玫瑰五月二十日　　　　石榴六月十一日

夹竹桃六月十三日　　　金银藤七月十九日

百日红九月二十日　　　荷花七月十日

桂花九月五日　　　　　菊花十月十八日

于花信表之后，又说稷园各花均择地而种，至于室内路旁，随时陈列，多用盆栽，并列各种盆栽花木陈列之月令云：

一、二月陈列者为茶花、玉兰、千叶莲、迎春、仙鹤莲、梅花、佛手、丁香等；

三、四月陈列瑞香、花碧桃、洋绣球、木瓜海棠、杜鹃、令箭荷花、德国金钟、草玉兰等；

五、六月陈列翠柏、节节松、水浮莲、璎珞松、太平花、栀子、石榴、玉簪、蔷薇、黄月季等；

七、八月陈列兰花、凤尾兰、凌霄、茉莉、蓝绣球、百子兰、昙花、仙人葫芦、秋葵、秋海棠、晚香玉等；

九、十月陈列桂花、菊花、百日红、倒挂金钟、龙爪枣、含羞草、紫薇、毛鸡冠、江西菊等；

十一、十二月陈列腊梅、一品红、加拿大海棠、枇杷、文竹、黛黛橘、龙舌掌、绣墩草、丽棒草、星星草、蜈蚣草等。

我把这两个表抄出来，好像给诸君看几十年前广和居、会贤堂、庆林春的菜单子，前者是应时小卖，后者是喜庆筵席，您能无望梅止渴，思过屠门大嚼之感乎？我反复地看这两张表，又似乎站在来今雨轩长廊上、唐花坞喷水池边,嗅到阵阵花香了。近年稷园花事如何呢?久不闻其消息。说"稷园",一般知者亦日渐稀少,况花事乎?

玉　兰

　　记得女作家张爱玲曾经对于玉兰花发表过议论,她不大喜欢玉兰花,她说:一到春天,白光光的它先开花,一个叶子也没有,显得那么单调、凄凉,似乎太冷了……大意如此,原文可惜年代久远,记不清了。这话说的不无道理。本来,春天到了,大地回春,万物欣欣向荣,是热烈的气氛,桃红柳绿,都以艳丽的色彩来渲染这春色。而玉兰花,既不红,又不绿,在秃秃的枯枝上,开的都是大朵大朵的白花,这与烂漫的春光多么不协调呢?

　　对于张爱玲的议论,我不想评价,反对、赞成我都无意见。只感这也是一家之言吧,道理有一些,但对我却不会引起什么感觉。在春节过后,久未出门,偶然出去,忽见某处白光光的一大片,一树玉兰开了,惊讶春天又来了,倒有些触目惊心之感,至于说这花如何美,如何高洁,却也感觉不到什么,况且它也不结果,美和实用二点,都也没有什么特殊的。但如要给它唱赞歌,也可以说出许多好听的词语。

　　玉兰属木兰科,《群芳谱》云:"玉兰花九瓣,色白微碧,香味似兰,故名。"是落叶乔木,老树可以长到两三丈高,是江南春花中花信很早,着花十分特殊的花,因为它是乔木,很高,而且又是先开花,后出叶子,因而当它着花时,事先人们往往不大注意,高枝上的花蕾,在未开之前,像一枝饱蘸了色彩的大提笔的笔头,在树下不仔细看,有时看不清楚。可是在一场春雨之后,惠风一吹,暖日一照,会突然开出大朵的白花来,在稀疏的树枝间,白白的、冷冷的挺立着,真是"全无花态度,总是雪精神",其色如玉洁,其味如兰馨,因而名叫"玉兰",又叫"辛夷",也像水仙一样,是花中逸品。玉兰也有一种淡紫色的;还有一种常绿的、大叶子的也开大朵白花,叫作"广玉兰",但我感到真的白玉兰好。曹雪芹的祖父曹寅,就是一位玉兰的爱好者,赞赏家。他在南京作江宁织造时,亲手种过玉兰,曾有诗题云《廊前手植玉兰盛开,同人宴赏,无诗,自题一首》,颇可想见他的情趣。《楝亭诗钞》中收了不少首咏玉兰的诗,其中一首道:

残梅拥髻燕差池,开到辛夷昼始迟。
淡日轻云工捉搦,长风阑雨费支持。
连城不斩春无价,隔岁先胎玉少疵。
却傍青霄惭橐笔,谁倾北斗浥琼枝。

北京玉兰不多,颐和园乐寿堂后殿院子里有几株玉兰,还有由东面进门处也有一株紫玉兰,年年开花都十分烂漫,有人特地去看颐和园玉兰和太平花。过去春天逛颐和园时,看过几次,留下一些印象。其他地方,就没有了。樱园花事,在三十年代中为古城之冠,但是也没有玉兰。

玉兰还是江南花事,残梅之后,次第就到玉兰,淡日轻云,柔风嫩雨,这都是江南的早春风光,在北国和海南,都是无此景色的。江南春日多雨,几十年前客居苏州时,院子中正好有两株玉兰,常常在雨天伏在窗子上,看雨中的白泠泠的玉兰,那大白花沾着雨珠,似乎是像泪眼……这该是思亲的泪呢? 还是怀乡的泪呢? 为此我对它也并不特别欣赏。

丁　香

　　我对丁香是有特殊爱好的。在山村祖宅时,北院小绿野轩廊下,有一大丛齐檐高的紫丁香,年年花时,紫光烂漫,整个院子都是香的。而院中整日无人,有时只有我一个人在花下玩。常常把落花拾起来放在手心中摇着玩,自己一个人玩得很起劲,并不感到什么寂寞。这可能影响我后来的性格,就是有伙伴固然好,一个人却更感到安静。后来到了北京,住在苏园围房。那园里园外几十株丁香,年年看它,年年嗅它,那感情,那友谊也就更深了。江南几十年,别的花很多,独是丁香不多,偶然看到一株,也多是不成气候的非小即病的样子,一看就是不为人所重视的。难免有客中知己之感了。

　　因而每到春来,总感丁香亦是最值得思念的春花。那花光、那香气、那蜂声、那日影、那游丝……所有丁香花下的情韵,凡是经历过的,领略过的,是永远会深藏心灵深处,绮枕梦里的。

　　北京人看杏花,常常要到西山去看,而看丁香,则不同。不少人家,就在自己的窗外、自己的院中便可观赏丁香了。旧时北京人家,不少都有个不大不小的院子,院子中种点花木,习惯上不大种杏花、梨花之类的果木树,而总爱种丁香、榆叶梅、海棠等花木。如果问一句:为什么? 固然亦可以举出"棠棣之华"等古语来说明它的意义,但主要还是习惯问题。再有就是这三种花木着花最繁,成活率高,生长亦快,所以种这三种花木的最多。鲁迅先生当年买了阜成门宫门口西三条的房子,那是很小的一所院子。但先生搬进去后,亦找花厂来种几株花木,主要的是刺梅、榆叶梅各二株,紫丁香、白丁香各二株,这在一九二五年四月三日的日记中记得很清楚。这些花木今天应该是长得十分葱茏，着花似锦的吧。

丁香是丛生灌木，有紫、白二种，分植容易。花形十字形，很小。过去打十字结名"丁香结"，所以《红楼梦·姽婳词》中说："丁香结子芙蓉绦，不悬明珠悬宝刀。"就是说用芙蓉绦打成丁香花形的结子。花期紫、白二种不同，紫花先开，白花次之，在谷雨节时，是着花最盛的时候。开时芬芳四溢，小小的院落中，有一株老丁香，就足可以使门户皆香了。据说丁香花可以用化学方法，提炼丁香油，是很贵重的芳香剂，但是北京当年没有这种厂家，人家院落中的丁香，只是自开自落，纯属观赏花木。我少时住的房子，是租一位尚书公的后人的，有大的花园子，种着一大片丁香，足有好几十株。少年时代，虽然生计艰难，但年年春花烂漫时，我是享足了看花福的。那丁香的馥郁气氛，至今似乎还在我鼻端。

到外面看丁香，最繁盛的是南横街七井胡同法源寺，那可算得是全国闻名的看丁香的地方。另外，就是中山公园了。中山公园过去在社稷坛南面两侧，全是丁香林。在纪念册纪花事，丁香列为第一，牡丹尚在其后。记云：

> 花似茉莉较小，有紫、白二种，本园于民国四年分植于南坛门内左右，名丁香林，越数年，株径既大，乃分植于南部土山，自后逐年蕃殖，栽种遍园内。

据统计，最繁盛的时候，有七百多丛，这不是一个小数字，着花时，亦真是一个小小的花海了。历史上，北京看丁香最著名的是法源寺，而在三十年代时，早为稷园所代替了。昔人《公园丁香林诗》云：

> 到此能回一念深，十年勤溉已成林。
> 香浮茗碗春如海，雪泛宫墙昼未阴。
> 待觅余闲移旧圃，便招幽侣证初心。
> 长安车马匆匆过，难得花前取次吟。

　　现在中山公园的丁香不知如何了？好像记得有一年秋天，偶经公园，看到原种丁香的地方，变成一片苹果树，结实累累。"闻道长安似弈棋"，大概棋局多变，丁香已变成苹果树；今又若干年，不知又变回来没有？

夏之梦

初　夏

　　北京一冬苦寒，水面结冰，有一尺多厚，地面泥土也要上冻，野外看不见一点绿的，人们棉衣臃肿，十分不便，所以冬景是萧条冷落的。到了春日风多雨少，十分干燥，虽说春花可赏，但也常为大风所困扰。只有五月节一过，又进了夏季，中午前后，都可以穿单衣服了，才比较舒畅，有了新的情趣。但是也有变天的时候，遇到西伯利亚的冷空气南下时，还是很冷的。记忆中，有一年端午节，陪先大人汉英公逛北海，正遇上那天风很大，很冷，坐在靠北海后门里，蚕坛西墙外面，几棵大钻天杨树前的露椅上休息，风呼呼地吹着，水面卷起一层小小的波澜，大杨树的嫩叶被风刮得哗哗乱响，这天穿的是一件咖啡色线呢夹袍，要在好天气，露椅上一坐，要感到热烘烘的了，而这天却仍然感到冷飕飕的。坐了一会儿，就出北海后门坐有轨电车回家了。那种阑珊的感觉，真是如在目前，而说起来已是许多年前的旧梦了。

　　元代欧阳原功一首《渔家傲》词云：

　　　　五月都城犹衣夹，端阳蒲酒新开腊。月傍西山青一捈，荷花夹，西湖近岁过茗雪。　　血色金罗轻汗袷，宫中画扇传油法。雪腕彩丝红玉甲，添香鸭，凉糕时候秋生榻。

现在讲诗词的人，很少注意元人的作品，实际元人作品是有另一种味道的。如这首写元代北京端阳风光的词，就迥乎不同于宋词，而他又写得多么典丽宜人。这"月傍西山青一掐"的句子，真是神来之笔，没有于端午前后，傍着楼窗眺望过西山月痕的人，是绝对体会不出这句词写的是该有多么美的。当年在清华、燕京两校图书馆或各宿舍西面窗前，凭栏外眺，最能领略这种情趣。当然，住在海淀街上，也更能朝夕看山，只是到颐和园等处去玩的人，不大容易看到这种景致，因为这是闲中观赏的情趣，匆匆忙忙不大容易得到。此外，时间是要在黄昏时分，到城外来逛的人这时都回家了，所以只有长住西郊的人才容易看到。

词中所说"西湖"，即指现在颐和园昆明湖，元代时叫"西湖"；"苕霅"即浙江省东、西苕溪的别名，作者这句的意思是北京的西湖，超过浙江西湖、苕溪等处景致了，因为押韵，所以用这一个词。"雪腕彩丝"是五色丝线系在女孩子的手臂上；"红玉甲"是凤仙花染红指甲；"凉糕"是糯米豆沙蒸熟后，冰镇的，很好吃，性质同粽子一样；"添香鸭"是鸭形香炉中焚香，这些都把当时端午风光很形象地写出来了。"血色金罗"是红色罗，"汗袼"即汗衫，现在还有这一叫法。"宫中画扇"，宫扇指宫中一般官扇，夏日常景，如《金宫词》："一月日边明更好，轻抛罗扇障元妃。"但也可专指元代宫帏故事，我们一下子说不清了，但形象仍是很美的。

这首词在用韵上十分挺俏，险而不险，但在咏唱上给人一种十分挺拔俏丽的感受，不是执红牙板唱的软语吴歌，也不是铁绰板的关西大汉唱的豪迈放歌，而正是燕赵女儿俏丽的歌声，歌声是俏丽的，但有一些强弓硬弩的蒙古草原的骄悍之气，这正是元词的特色，而所反映的岁时风光，也正有燕山的特色。江南已是纨扇轻衫了,而这里还是"犹衣夹",江南已是"莲叶何田田"了,而这里是"荷花夹",似乎是荷叶尚未全舒呢? 这首词可讲者甚多,只从声音、色彩、风俗故事中已画出一幅元代端五风景画了,诗情画意相通,其艺术气氛,似乎相当于《清明上河图》了。

于此也可见北京初夏景物的特征吧,其他纵使大变,但"月傍西山青一抹"的初夏自然景观,是永远不会变的。只看你是否注意到它罢了。

夏　景

北京的夏景是可爱的,但这夏景又是多方面的,公园、北海有夏景,街头洋槐树下有夏景,出了西直门,一望西面遥天,"月傍西山青一抹"是夏景,而在每条胡同中,静悄悄的每个街门里,也有一派夏景……由哪里说起呢? 由鼓子词《大西厢》说起吧。

在京韵大鼓的段子中,有一个名气极大、每个鼓书艺人都常唱的段子,这就是《大西厢》。"鼓王"刘宝全也以唱《大西厢》闻名南北。晚年已是白发苍苍的老头子了,还照样唱:"二八的俏佳人她懒梳妆,崔莺莺得了那末不大点儿的病躺在了牙床……"而且每到一个码头必贴、每贴必满。刘宝全的《大西厢》,如果照行话说,这是文段子武唱,内容说的崔莺莺让红娘到西厢去请张生,并没有动刀动枪,但他照样把刀枪架穿插进去,如唱到"他要是讲打你就同他先动手,别忘了先下手的为强,后下手的遭殃"时,也要作打架的滑稽动作。《大西厢》实际是很诙谐的一个玩笑段子。

《大西厢》的作者是谁,现在已经说不清楚了,但它确是京韵大鼓中一个杰作,也常常用来作为学唱大鼓书的启蒙教材。中

间有一段描写"西厢"夏日风光的唱词很有意思,现引于后:

> 穿游廊,过游廊,不多之时到西厢。人人都说西厢好,
> 果然幽雅非比寻常。清水的门楼安着吻兽,上马石、下马石
> 列在两旁,影壁前头爬山虎,影壁后头养鱼缸,茨菇——水
> 里长,荷花——开茂盛半阴半阳,红的是石榴花,白的是玉
> 簪棒,蓝的是翠鸟儿,绿的本是夜来香……

这段描绘很有趣,完全是北京的庭院夏景,而且是大四合院
的样子。首先"穿游廊,过游廊",完全走廊子,不走院子,这是要
有"钻山"(即穿过山墙)走廊的大房子才具备这个条件。"清水
门楼"是磨砖对缝的顶上起脊有兽吻的砖门。门对面是影壁,像
屏风一样面对大门,挡住视线。影壁是砖砌的,边上种上爬山虎
(即长春藤),夏天爬满了影壁,一座绿屏障。转过影壁,照例是
大鱼缸,所谓"天棚鱼缸石榴树,老爷肥狗胖丫头"。这是清代北
京中产以上人家的典型院子,但这鱼缸,大多数都不养鱼,而是
种花,两三枝三角大叶子茨菇、两三片大荷叶、一两朵荷花点缀
夏景,在荷花叶下,也许还养几条朱红金鱼。其他石榴、玉簪、夜
来香、翠鸟都是北京常见应时花木,把小院点缀得分外清幽。编
鼓词的艺人,把山西蒲州普救寺的西厢描绘成北京美丽的四合
院,这是元稹、王实甫等大家所想不到的吧,地下有知也要莞尔
一笑了。

北京昔时的夏景,《大西厢》所描绘正抓住了主要特征,自然
是老北京写的。

北京夏景的主要特征在胡同中,各家大小四合院中,对每个
人感受最深、最堪回味。一是宽舒爽朗,胡同大都很宽,不像苏

州又狭、又长、又深;院子豁亮,不像江南狭窄,一点点天井,又被正面风火墙挡住。二是阴凉潇洒,胡同和院子老槐树多,一遮一大片绿阴,东院的树,可以遮住西院,墙里的树可以遮住胡同。喜欢挂帘子、糊冷布、搭天棚,各种人工遮阳,方便而有情调。帘子有大有小,门上挂、廊子上挂,竹子的、苇子的,各有情调。大户人家,大四合搭天棚,那就更高爽了。三是幽雅明洁,家家都种些花,不管大院子、小院子,都有绿意幽香情趣。当年天然冰便宜时,即使小户人家,弄个大绿盆,五大枚冰放在堂屋当地,清凉晶莹,纵然一大暑天,也可享半天清福了。

夏　虫

宇宙之大,苍蝇之微,都可以写成很好的文章,因为这些和人生都有着密切的关系,夏日的昆虫也是生活中少不了的。乌克兰盲诗人爱罗先珂由缅甸到了北京,却苦于寂寞,因为他怀念着缅甸的夜间的"音乐",房里和草间、树上各种昆虫的叫声,夹着嘶嘶的蛇鸣,成为奇妙的合奏。可能是盲诗人乍到北京,对于北京的夏日的昆虫还没有领会吧? 不然,怎么会忽略了北京夏虫的世界呢?

儿童是昆虫最好的朋友,当然,有时也是恶作剧的强者。"水牛儿"的儿歌,我曾经在一篇小文中介绍过,这是一曲唱给昆虫听的情意缠绵的恋歌。捉个知了,捉个蜻蜓,拿来玩,这也不能说是恶意。晚上,在林木间逮两个萤火虫,放在火柴盒中,盒上戳几个小窟窿眼儿,来看它那点微光,但是,萤火虫不飞了,光也没有了,结果孩子们大失所望。不过这也不算虐待昆虫。还有就是捕捉大量的小蚂蚱,送给隔壁二大爷喂黄鸟,喂红靛壳、蓝靛壳,再不然拿回家喂猫。孩子们天真烂漫,乐此不疲,大热天到护城河沿上去捉小蚂蚱。当然,这也不是虐待昆虫,因为蚂蚱同蝗虫是一种,本身就是坏东西,弄不好要成灾的。唐代的名相姚崇大力烧蝗虫救灾,千古传为美谈。所以儿童捉蚂蚱,是多多益善,是消灭害虫的好事,蚂蚱作残庄稼,也正在夏天,一到秋天,就要完蛋了,所以北京有句土话:"秋后的蚂蚱,蹦跶不了几天啦!"

当然,夏虫千万不要忘了蝴蝶,小时候爱捉蝴蝶玩,可是很难捉得住,小黄蝴蝶立在花上,轻轻地去掐它,看着它好像很老实,以为一定可以捉到了。可是当手指刚要接触到它时,它忽然轻轻地飞走了,理也不理你。人常说拍蝶,其实是很难拍到的。如果一下子拍死了,也无意趣。所以宝钗姑娘累得汗津津地,却也没拍到那碗口大的玉色蝴蝶。其实这也是夸张,因为大蝴蝶在云南、台湾多见,在北京、江南都是少见的。我见两寸多大的黑蝴蝶或黑黄蝴蝶,人称"墨蝶",碗口大却未见过。

铁牛儿、金甲虫是最好玩的昆虫,但"铁牛儿"捉着的时候不多,却极为好玩,那两条长长的花触须,真像一位美少年的修眉,是很有绅士风度的一种昆虫。金甲虫最引儿童们喜爱,它伏在台阶底下草茉莉叶子上,像一粒小小的花豆子一样,一动也不动,但是有时候轻轻碰它一下,噗——一下,它也会飞起来。

溥仪儿时被养在紫禁城中,以看蚂蚁打架为乐事,《我的前半生》的读者也许笑他无聊,其实蚂蚁打架大有可观,沈三白在《浮生六记》中就有极为精彩的描写。北京天坛大柏树下面的蚂蚁,都是健壮的庞然大物,在炎夏中,不停地忙碌爬行,如果有兴趣,坐在露椅上,看看那大蚂蚁的忙碌情况,看上这么半个钟头,可能也会悟出点人生的哲理来,并不比释迦牟尼的菩提树差呀!

夏夜在小院中槐树下面乘凉,那碧绿的槐树虫,会偶然冰凉地落在你的项颈上,吓你一跳,其实不要害怕,槐树虫凉阴阴地是不咬人的,它常常拖着根游丝,在空中荡呀荡地,人们叫它"吊死鬼"……

人常说"虫以鸣秋",实际秋虫是凄清的。惟有夏虫是可爱的,京华的夏虫,也是乡梦中的爱侣啊!

初　伏

冷在三九,热在三伏,数九我在小文中说过好多次。而数伏却很少说到。"九"由冬至算起,"伏"由夏至算起。即从夏至起第三个庚日为入伏,其时即在小暑至大暑之间,然后第四个庚日为中伏,第五个即立秋后初庚为末伏,也就是俗话说的"三伏天"。据陆泳《吴下田家志》江南有"夏九九歌"云:

> 一九至二九,扇子弗离手;三九二十七,冰水甜如蜜;四九三十六,拭汗如出浴;五九四十五,树头秋叶舞;六九五十四,乘凉弗入寺;七九六十三,床头寻被单;八九七十二,思量盖夹被;九九八十一,家家打炭墼。

在北京各书记载及民间传说,没有这些说法。只有两句话道:"未从数九先数九,未从数伏先数伏。"意即在冬至之前,先要大冷几天,在数伏之前,先要大热几天。多少年的体验,感到这两句话倒是实在的。北京伏天热的比江南还早,清代王鸿绪有《三伏叹》诗云:

长安三伏苦午热，日赤尘红气酷烈。

闲曹谢客不出门，汲水磁缸贮清冽。

平头摇扇尚挥汗，一卷横看肱欲折。

五侯潭潭甲第深，湘帘梧槛留浓阴。

水晶屏侧冰作岫，寒光四射锋嵌崟。

......

诗中说的清代小京官三伏苦热的生活很形象，不过其中特别写到"午热"，即由正午到下午三点钟这段时间，这和江南不同，因为大陆气候温差大，中午和午夜，温差可到十五度。不像江南温差小，白天夜间相差不过五六度，大热时午夜也蒸热难眠。头伏饺子，二伏面，三伏烙饼摊鸡蛋，在伏中饮食上，今古仿佛，不必多说，只说说清代伏天洗象吧。

现在北京看大象到西直门外动物园，即最早的"三贝子花园"，后来展出动物，改名"万牲园"，这都是庚子之后，北京看大象的地方。而在此以前，明、清两代的四百来年中，北京看大象的场所却另有所在，那就是宣武门外往西护城河，时间是六月初。乾隆时《燕台新月令》六月条，一开始就说到"象"，文云："是月也，仪官浴象，象始交。"这就是一百来年北京看大象的故事。

北京直到后来，在宣武门里沿城根往西，还有一个古老的地名，叫作"象房桥"，这就是当年大象出入的地方，附近就是为皇帝豢养大象的"象房"。当时象房中有专人经常养着二十来头大象，其用处一是皇帝举行某大典时，要用大象驮着缨络"辇亭"参加仪仗队；二是按"舆服志"规定，皇帝最大的坐车"金辂"、"玉辂"都要用大象来驾辕。这些大象都是云南、交广及南洋各处派使臣专程护送到北京的,林则徐去云南当主考时的日记中,就曾记载路上遇到送象来京的外国使臣。嘉庆二十四年(一八一九年)六月十六日记云:"辰刻至桃源县,行馆在河滑。因缅甸贡象入境,邑令恐前途驿舍不敷,劝余并两程行。"十九日记云:"平明过马鞍塘,遇缅甸贡象过此。"据此可想见当时大象来北京情况。到了北京,就养在象房中。象房中的大象平时并不让人参观,只有每年六月伏天,要骑了大象出宣武门,到护城河中洗澡,这样都城百姓才有机会看到大象。而且每年第一次骑象出来洗澡,还要举行热闹的仪式,明代归锦衣卫主管,清代归銮仪卫主管。届期由主管机关派官,鼓吹彩旗,前往迎接,象房的象由饲养的人骑着,络绎而出,出了宣武门转弯往西,沿护城河到浴响闸下水洗浴。下水时要敲鼓,出水时鸣锣。看的人都在护城河两岸,所谓"游骑纷沓,列车如阵,如蜂房",可以想见当年看"浴象"的盛况。看的人中,不但是男人,而且有不少女眷,当时妇女出门游赏的机会是很少的,六月初出来看"浴象",也是一件轰动九城的游胜。得硕亭《京都竹枝词》特别写道:"头伏洗象护城河,宣武门西妇女多。"并注云:"是日看象,命妇尤多。"所说"命妇",就是官宦之家,够上"品"的女眷。记载"浴象"的文献,由明至清,是很多的。最晚者以同、光之际黄钧宰《金壶浪墨》中记载最为详尽。并记载大象表演云:"鸣金登岸,犹以鼻卷水射人,都人知其驯习,畀钱象奴,教以献技。象必斜睨奴,钱数满意,乃俯首昂鼻,呜呜然作觱篥、铜鼓等声,万众哄笑而散。"很像现在动物园大象吹口琴,写得很有趣。

名家洗象诗很多,最著名的是王渔洋的一首绝句:

玉水轻阴夹绿槐,香车笋轿锦成堆。

千钱更赁楼窗坐，都为河边洗象来。

戴璐说此诗"可作图画"，今天海内外哪位画家，有兴趣画一幅《六月春明洗象图》呢？

象房，到清代末年冷落了。自咸丰以后，因太平天国关系，云南战乱，南路不通，有十几年，再无贡象。同治七年（一八六八年）戊辰，缅甸又贡象七只，象又参加庆典仪式。光绪十年（一八八四年）甲申，举行仪仗时，一象驮着辇亭在午门前忽然发狂，将背上辇亭掷向空中，疯狂逃逸，出长安门，遇人就用鼻子卷起一扔，一个太监被扔得把头都摔碎了。直到晚间，才把这头象提住。西城人家，为此整天关着大门，不敢上街。自此事故后，象房象再不列入朝廷仪仗，象房的象慢慢都死光了，洗象的故事自然也没有了。

秋之思

秋　早

　　江南人夏天去北京,觉得北京热起来和江南差不多,如果是初夏去,比如六月下旬,也许会觉得比上海、苏州等地还热。而如在八月底、九月初去,那便有十分明显的感觉,上海还闷热难当,而一到北京,便有些凉飕飕的感觉了。这就是北京的秋早。

　　我有两次明显的记忆,一次是八月末回沪之前,在北京里仁街家中院里坐着,正享受清凉时,忽然一股凉风,直吹头顶心,感到一派秋意,有些承受不了,便连忙跑到屋里去。而过了两天,回到上海,依旧要打赤膊,晚上躺在席子上还出汗。一次是九月初去北京,在上海时,还是穿短袖衫。而到北京的第二天早上,在白广路小花园散步,穿着很厚料子的长袖两用衫还觉凉飕飕的,有极明显的感觉。当然久在北京的人不觉得,久住上海,偶去北京,也颇难感受。只有像我这样两地常跑的人感觉才敏锐。

　　时光流逝,北京秋早,大有可说者。当年,郁达夫先生由北戴河避暑归来,经过北京,在北京住了整整一个秋天,当时达夫先生一是旧地重游,重温京华的秋梦,二是已入哀乐中年,正是在西子湖边结"风雨茅庐"的时候,也正是当年北京形势日渐紧张的时候,诗人感慨极深,写了有名的散文《故都的秋》,既赞美了北京的秋天,又抒发了自己的感慨。现在出版的郁达夫文集,这篇文章不知选进去没有,但是写这篇文章,弹指之间,已经半个多世纪过去了。在达夫先生写了《故都的秋》之后,没有几年,便是"七七事变"。秋风故国之感更深,这年秋天雨水又大,天津闹大水,江宁夏枝巢老先生写了有名的《旧京秋词》,共二十首竹枝词,有诗有注,寄禾黍之思于竹枝之中,极为摇曳多姿,徘徊悱恻。诗前有一篇"小序",为四六骈体,文云:

> 岁序不留,羁人多感。见红兰之受露,识素秋之已深。偶仿竹枝之歌,聊当梦华之录,凡所题咏,并涉旧京,传之他时,或成掌故云尔。

二十首竹枝词,以孟元老《东京梦华录》自比,其感慨之辞,自是极深的了。北京的秋,是感人的,也是喜人的。凡是在北京住过的人都知道,北京一年四季中,冬天太冷,只宜家居,不宜出游。春天多风,难得几日清明润湿的好天气。夏日也苦热,虽在北方,但高温天气也是三十五六度,照样炎暑流金,几乎不亚于南京、杭州。只有秋,那才真是北京的黄金季节,她来得早,去得迟,拖拖拉拉,前后有两三个月。旧历六月底、七月初几天狂热之后,忽然阴起来,"密云不雨天难料",其实也好料,一个响雷,一个闪电,一阵凉飙会刮个天昏地暗,风是雨的头,凉飙过后,瓢泼大雨便降下来了。一下就那么大,一天,一夜,两天,两夜,痛痛快快地下了这么一场,两天之后,雨的劲头过去了,云层也薄了,滴滴嗒嗒还下着,但那已是强弩之末,雨声越来越小,雨点越来越稀,慢慢就停了,只剩下檐前的滴水声,天边薄云已破,露出一线蓝天，真是蔚蓝、蔚蓝的天呀……

雨住了，天凉了，秋来了！东隔壁二奶奶，推开门埋怨着：

"这个雨，一下就是两三天……"

西隔壁姑姥姥搭茬了：

"您可甭说，这是好雨，一场秋雨一场凉，天凉啦，秋来啦，好日子在后头哪！"

一点也不错，雨后便交秋，中元节、八月节、重阳节、十月一，好日子在后头，北京的秋长着哪！

但一切生活情趣感受也要好年月，如遇战争乱世，便不同了，前引枝巢老人《秋词》小序，其第一首云：

迎秋三日雨滂沱，此夕双星怨怅多。

如此洪流天不管，舞台耽误渡银河。

诗后注道："旧京七月初，剧场率演《渡银河》，为应节戏，今年大雨，各省洪流为患，舞台因亦辍演。"

其时正是"七七事变"初起之际，四海横流，人民沉溺于战乱中，如此秋光，则大可悲了。老人诗意在言外，亦风人之旨也。

秋　云

人常常说"燕云北望"。本来这是石敬瑭为了政治野心，不惜割让故国幽燕和云中十六州地盘给契丹，留下的词语，可是用的常了，人们便忘了"云中"，而把"燕云"便当作燕山的云了。我在给北京朋友写信时，也常常这样用。常也奇怪，似乎"燕山"

的云或"燕京"的云也特别引人遥思。于右任在台湾时有《看云》①诗前四句云："南山云接北山云，变换无端昔自今。为待雨来频怅望，欲寻诗去一沉吟。……"似乎把某些人看云的思绪写出了一些。而云又以秋云为最引人遐思。

"秋风起兮白云飞"，汉武帝的名句比之于汉高祖的"大风起兮云飞扬"，刚劲豪雄，虽略逊一筹，但其飘渺之感，则有以过之。秋风与秋云，二者是联系在一起的。但初秋和晚秋大不相同，凡事不可一概而论，初秋之风云，亦迥异于秋末之萧瑟也。

在北京，宿雨初晴，金风乍起，这时候的风是很小的，虽然北京的春天，以大黄风闻名；而在秋天，尤其是初秋，却难得有一点儿风。金风乍起，是最宜人的了。早上躺在床上，尚未起身，听得纸窗外面，稍微有一点儿沙沙的声音，啊，有一点小秋风了，隔着纸窗上面的冷布，凝望渺渺的蓝天，有一两朵白云浮过，今天不用问，是最爽快、最舒服的初秋天气。一会儿太阳高了，树上的蝉可能还会叫，但已是断断续续，不那么叫得欢了。

三十年代中，有不少离开北京的人，都依依不舍，万里相思，不少人都写文章思念她，有的文章中说了不少似乎是"傻话"，有人说：北京秋天天似乎特别高，云似乎特别白。天究竟有多高，一眼望去，如何比较，这恐怕是谁也不知道的问题。至于云白，自然那天空中，有黑云，也有白云，这些说的似乎都是傻话，但正如香菱论诗所说，细想想这些话却都是真话。举个小例子：有一年旧历七月末，几个熟朋友约好了，星期天到天坛逍遥一天。那时天坛游人很少，在皇穹宇外面有个茶座，也没有几个座位，看起来比野茶馆还寒伧，茶客自然也很少，只有几张破藤椅子。我

---

① 按，诗题《南山》，作者似误记。——编者注

们"参拜"了一顿祈年殿,到七星石那里兜了个圈子,然后就蹓蹓跶跶来到了这个野茶座,因为常来,卖茶老头都认识,沏上茶,把带来的馒头、烧饼、酱肉等打开,茶桌上吃野餐,吃饱喝足之后,斜躺在藤椅上,一边闲聊,一边抬头望天看云,老柏树间偶然吹过来一丝凉风,啊,真飘渺呀——那天又蓝又高,真不知有多么深沉,白云浮动着,目光随着那云朵游动,这时云与天之间的距离,躺在这个破藤椅上,似乎看得清清楚楚,这时不知天高,只感到自身的渺小了。龚定盦诗云"吟鞭东指即天涯",一出都门,便是天涯,后来江上看云,海上看云,市楼看云,似乎都没有北京的秋云高爽,都没有北京的秋云缠绵,像蚕丝那样的洁白而牵惹思绪。

忆昔京中家居,听着竹帘子微微吹动的声音,不用问,这是初秋的风,微微地吹动着帘栊,秋云也悠悠地浮动着。等到竹帘子呱哒呱哒乱响的时候,那便秋深了。在城楼上飘动着的云,也是灰黄色的云,迅速地变幻着。竹帘子要换风门,老年人要穿薄棉袄,秋风,秋云,已是尾声,要安排冬事了。

秋　月

年轻时读郁达夫先生的文章,记得有这么一句:"说秋月不如春月好的,毕竟是只解欢乐不解愁的少年。"其实秋月、春月,同样是月,又如何分其好坏,正所谓"干卿底事"了,而人的感情,却总爱寄托在若干万里外的月亮上,岂非亦呆亦痴乎?去年此时,我曾以无限乡情,写了几篇燕京秋月的文章,以点缀佳节,稍遣乡愁。转眼之间,又是中秋了,"故园明月在,只是朱颜改",时光过了一年,人自然又苍老了一年,而月亮却仍旧到时候缺,到时候圆，八月中秋，仍旧是清光辉映，玉影团圞。

"月是故乡明"，自然是感情的、诗人的语言，科学家看见是要产生疑问，逻辑家看见是要用三段论法推论的。而我看见则双手合十，虔诚顶礼的，因为我有过不少的经验。我初到北京时，还想着乡居的童年之乐，到了八月节，北京家中供月、吃月饼、分瓜果、庭院里望月，虽然也很热闹，但是我却还有点生疏感，自然想起乡下的老奶奶、小伙伴，甚至大黄狗、小花猫，以及月光照耀下的黑黝黝的山峦影子。家乡是在山凹处的一个小镇中，那中秋的月景可是真美呀，在城中是看不到的，这是我小小的心灵之中第一次有了"月是故乡明"的感觉。

时光弃我而去，转眼之间，由小孩到少年，到成人，北京真正成了我的故乡了，一方面是由于生活的时间长，一方面则是由于父辈们一直都在北京，有时一开口就是庚子前的事，什么庚子年八月十五如何如何，使我知道了我出生之前的不少北京的情况，更增加了我的故乡之情，年年八月中秋看月，或家中，或北海，或其他公园，由小时的庭前拜月，到大了和朋友们联袂赏月，无时不在欢乐之中。

但是，我像秋叶一样，终于离枝而飘扬了。记得离京时是过了中秋不多几天，在车站登车时，是在夜间，火车离站缓缓转弯之后，视野开阔，看见月华冉冉升起，是下弦的月，送我离开故乡，这时忽然想起唐人的诗句："无端更渡桑干水，却望并州是故乡。"

此后，再也没有在中秋节期间回北京，有时暑假回京，多住两天，顶多在北京过个中元节罢了。而那中秋的月，总是在远离北京的几千里外看的。李太白不是说过吗，"举头望明月，低头思故乡"，浓厚的乡情本是从善良的心田中生长的，哪一个善良的人,能望着他乡的月不想起故乡的月呢?我本是一个平凡的人,时时刻刻有一颗思念故乡的心。何况是明月当头呢?因此多少次在他乡的中秋,看见楼窗的月,便想起北京四合院里廊子上看月的情景;看见海边的月,便想起北海划船时看月的情景;看见山中的月,便想起有一年中秋节和同学登上北海白塔看月的情景。这些难道奇怪吗?故乡的月,总是照耀在我的记忆深处的啊!

乡心在,故乡明月便在,有一年暑假在京,九月初回上海,八月半写首小词寄北京诸老云:

> 去年圆月时,水漾乡心绉。夜夜梦京华,明月还如旧。 今年圆月时,拍曲怜金漏。杯酒酹长空,万里人增寿。

但也常常想起几十年前的一件旧事,抗日战争胜利后不久,正好就是八月中秋,一位朋友在中秋前数日从遥远的印度加尔各答回到北京,他那时在印度做随军翻译,抗战胜利,他觉得可以解甲归田了,便辞去了职务,回到故乡北京。八月节那天晚上,我和他就在所住房屋后面荒芜已久的苏园中漫步,走上那杂草丛生的土堆般的假山,站在一块大石头上,望着那槐树枝头徐徐升起的月亮,热烈地谈着别后的情况,不知不觉月亮已升到当头,北京的秋色特别清明,秋空特别高爽,夜空特别深沉,因而月华就更加明亮了。他望着升起的满月,不禁深深地叹喟了一声道:

"真是'月是故乡明'啊!"

说这话的声音好像仍然在我耳边荡漾一样,但这已是几十年前的旧事了,那位好友早已成为古人,再也看不到燕山的"故乡之月"了。

当时我听了他的叹喟也是深有同感的,因为我当时虽然还未远行到异国,但也曾羁旅在他乡,单为了赶回家过个八月节,看一看故园的月亮,就曾付出过不少艰辛,获得过不少的喜悦。有一年正好中秋那天,我乘平绥路火车从"天苍苍、野茫茫,风吹草低见牛羊"的塞外赶回北京来过节,火车到达青龙桥,已是黄昏后七点来钟,月亮已经升起了。我恨不得立时飞回北京,但那时火车在青龙桥因来回换火车头的关系,照例要停很长时间,我索兴走下车来,避开车厢中的嚣杂,到站台上换换空气,不料下来之后,大吃一惊,真是太美了!四周静悄悄的高山,朦胧的古长城的女墙的影子,荒草间凄凄切切的虫声,这些都沐浴在月色中。站台上詹天佑氏的铜像,立在月光下,凝望着南面的幽邃险峻的山谷,月光照耀在那斑驳的铜像上,那世纪初式样的小领西服上衣的衣褶明悉可见。下车的人很少,站台上静静的,我慢慢地走的远些,细细地看着那月下的燕山,当时我虽然未想起吟"月是故乡明"的诗句,但是我感到这真是世界上最美丽的月光,这已是"故乡的明月"了。

铃声一响,迅速又登上车,我索兴不回到座位上,立在车门口,与月同行,出了南口之后,一马平川,全是下坡路,走得也快了,很快过了清华园,就是西直门了。这段路全是在月光的清辉下经过的,北方秋早,中秋时节,农庄中已开镰了,一片"白霜",照在收获后的田野上,我不禁想起"床前明月光,疑是地上霜"的诗句,造化赋予燕山脚下土地上的风光太美了。可惜当时不是今天这样和平幸福的岁月,那是灾难深重的年月啊!

那时平绥路火车到西直门后,还要环城行走,沿着城墙经德胜、安定、东直、朝阳、东便等门到前门车站，我一路看着月下的古城、城头的皓月，在雪白的月光照耀下的古城，那明代永乐年间修建的，经历了五百多年风霜雨雪的墙垣，那凹凸斑驳的数不清的城砖，虽然不少已剥落残缺了，但仍牢固地团结在一起，似乎仍在顽强地负担着它历史的使命，月光斜照下来，在德胜门、安定门这面，正是背阴面，朦胧的黑影，肃穆宁静地立在月色中，那由城墙砖缝中倔强地滋生出的小树，弯曲向上挺立着，像是古代秘密地爬城的敌国的强人，似乎，忽然间，那女墙上会树起招展的旗，在月光下闪着寒光的耀眼的刀剑……等到火车在东直门北一转弯，望着那月光下古老的静静的角楼，似乎一下子豁然开朗，城墙在月光照耀下，变成银色的了……慢慢东便门又转一个弯，徐徐到达前门车站……这是我生平所见的最美的、最难忘的中秋之月。"月是故乡明"，天涯海角的月光又有哪里能比得上你的明洁与温柔呢？

节　账

中秋是秋天的大节，也是一年三大节中的第二位，即仅次于过年的大节也。大节在当时北京一般家庭中，不论贫富，除去孩子们盼望的兔儿爷、月饼、水果等诱人的种种而外，大人们考虑的则另有三种有关过节的事，即节礼、节赏、节账是也。读李慈铭《越缦堂日记》咸丰间某年八月十一日记云：

> 长妹返婿家，以舟从，送之，并中秋节物：双鸡四、双鹅四、双鱼、豚五斤、大月饼五百二枚、小月饼三斤、水晶月饼三百枚、细沙月饼四斤、西洋蛋团三斤、蛋饼一斤半、桂花饧

273

球一斤半、象鼻酥三斤半、水桃酥二斤、砂仁糕一斤、绿柿十四斤每斤钱十六、朱柿三斤半每斤钱十七、石榴二斤半每斤钱廿、梨十二斤每斤钱卅六、梅梨四斤每斤钱卅七、藕廿三斤每斤钱二十(其时番钱换钱,九百七十三文)。

看看这份节礼,数量有多少,现在读者恐怕会感到很吃惊,也难以想象了。李越缦日记中记了几十年的事,不知记过多少节礼、节账、节赏,这还是他在绍兴老家时所记,后来长期在北京,年年中秋,有关过节开销不少也记在日记中。李慈铭并不是阔人,穷了一辈子,但家中送姑娘回婆家,还这么些东西,单纯大月饼一项,五百二枚,以四枚一斤计,一百二十五斤半,只这一笔,现在看了也感到吃惊,何况还有其他呢? 看来当时一般不富裕的旧家,也还是有一定的经济实力。后来是越来越穷。送节礼也只是两盒月饼,没有人能送几百枚了。

历史的流逝,造成了时代的隔阂,现代的人不但很难想象未来的人,也颇难理解过去的人了。除去节礼而外,还要考虑节赏。有钱大官阔佬无所谓,只要不吝啬尽可开赏摆阔。希望得赏的差人、佣人、学校工友等也有盼头,是增加收入的好日子。苦的是自己家里不够开销,无法还债,却还要开销节赏的穷职员、穷教员、住在斋舍里的公寓里的穷大学生等等,还不如穿短衫、拉包月车的过节乐呢? 同样一个八月节,虽然月饼照样地吃,但几十年前北京人那种过节时的紧张情绪,那样发愁过不去"节"的忧虑,现在人是无法理解了。北京旧时把农历元旦、端五、中秋叫作"三大节"。这三大节中,第一当然是元旦,其次便是中秋,比端五还重要。三大节都要结账,各商号间、各商号与住家户间,一切银钱来往,该借该还,都要节前结清,白花花的银子或现洋钱要还给人家。不论大家小户，弄不到钱这个节就无法去过，欠钱无法偿还，被人堵着门要账，想尽办法"搪账"，不是愉快的事，也不是容易的事。《同治都门纪略》竹枝词云：

中秋佳节月通宵，债主盈门不肯饶。
老幼停杯声寂寂，团圆酒饮在明朝。

这首诗写出了当年八月节的另一面，中秋节夜，月色正好，而债主也能通宵达旦地讨债，此时此际再好的月饼吃着也不香了。

银钱来往，一是商号与商号之间，一般商号与银钱业，透支的款子要归还，归不上就要报歇业。八月中秋买卖家过不了节关张是常事；二是住户与商号之间，当年除去经济极困难的寒门小户，每天用卖力气挣来的有限的钱买柴米油盐而外，一般人家，日常生活所需，都是赊账，粮店立记账的"折子"，赊米赊面；油盐店立折子，每天赊菜、赊油盐，肉铺赊肉、煤铺赊煤，总之几乎无一不赊。到"三节"结账归款。端五节如某项款归不上，或可推迟到中秋，中秋不还，再推到除夕，那就更困难了。这种情况一直到三十年代"七七事变"前夕，还是如此。因之一般人家都要在节前筹划一笔款子还节账。二十年代初，北洋政府欠薪时，平时欠得再凶，但到中秋节前夕，总要多发一些，看《鲁迅日记》，记有不少这种情况。三是要筹划买礼品送节礼，总有几家非送不可的礼，最起码一个"蒲包"（一般三斤水果）、两盒月饼，这叫"水礼"，是最轻的，如送上级，有求于人，自然还要加重。四是要开节赏。机关中办事员以上都得向工役开节赏，学生住在老式公寓中，也得给伙计开节赏，常去的饭馆、娱乐场所，都要开节赏。自然不少指身度日的人也把节赏看作一笔重要的收入，全仗它来过节了。

　　庚子那年中秋节正好八国联军蹂躏北京，仲芳氏《庚子记事》记云："人在倒悬之间，何有心情庆赏中秋……聊以应名而已。所幸各铺户闭门而逃，诸如煤、米、油、面等账，皆未登门索债，反免一番着急。"这也可以反证当年中秋节账多么逼人了。

岁又阑

雪 景

读金匮（即无锡）秦大樽《消寒诗话》，其中有一段写到北京的雪，有些意思。文云：

> 余官京师十八年，与纽桥居相邻，余屋仅可容身，而纽桥居颇华焕，中有楼曰朝爽。一日薄雪，午后遣人邀余看雪，分韵赋诗。余饮少辄醉，醉后诗成，颓然假寐，风雪洒面，惊起，则雪深数寸，几案飘雪俱满，而纽桥尚据案苦吟。

北京人下雪天都在家中，把门窗关得严严的，即使不饮酒取乐，也都闭门家居，绝没有大敞着门窗看雪的。而这两位吴中的"雅士"，在北京居然也像在江南一样，开窗赏雪，饮酒赋诗，让老北京知道，不免要笑他们这点呆劲了。

终年不下雪的地方，很羡慕雪景的美丽，可是又很难想象出雪景的美丽。北京四季分明，夏天热，冬天冷，一冬要下好几场雪。一般人家，自是不大注意赏雪、看雪景的，其实北京的雪景实在是极为华瞻的，所谓"璀璨崇台银世界，权桠老树玉龙蛇"，一点也不错。这道理很容易说明，北京是几百年的首都，宫阙建筑，画栋雕梁，飞檐鸳瓦，最耐在雪中观赏。又有高处的玲珑剔透的山——景山、琼华岛、白塔等等,在雪中也更显高洁。再有北京到处是大树,落叶乔木,到冬天只剩枝桠;常青树木,在疏林中更显其青翠。两种树木,在鹅毛般的大雪中,远处一望,似乎在那里跳动一般,等到雪后,所有枝叶都披满白雪,更是蔚为冬日的奇观。再如你到大街小巷去看,那雪景又各有风采……

北京看雪景,城外以颐和园最好,不论是立在知春亭畔看万寿山,或是有兴趣爬上排云殿下眺长廊和昆明湖的晶莹冰面,或是沿着后山幽路,踏雪去看松树林中的景致,这些都是极为美丽的。不过路比较远,住在城里,如果没有特殊豪情,谁又肯冒着大北风老远地跑到颐和园去看雪呢?

如果在城里看雪景,那最好的就是"金鳌玉蝀桥"了。少年时,经常骑自行车来往于金鳌玉蝀桥上,每当下雪天,一到这里,真像置身在水晶宫中一般。往北看,耀眼的蓝晶晶的冰已被雪盖的像兔子皮毛般的一片粉白。远处五龙亭,被雪压得矮矮的,像比平日低了不少。整个琼华岛,全部被雪覆盖了,在一片寒光中,像是用象牙或白玉雕刻出来的一件工艺品;"堆云"、"积翠"两座牌楼的红柱子和彩画的斗拱,分外显眼了。那长长的桥栏,更显得玲珑。桥上偶然有一两个行人,其中或者有一个用大红围巾包头的,那人们自然会想起《红楼梦》中的宝琴了。

站在桥头往南看呢,比北面更为开阔,万善殿的黄琉璃瓦屋顶都变成了高低起伏的白玉屋顶了,伸在水中的那个亭子,孤零零的,更为清冷,其清韵完全是一幅宋人画苑的粉本,那样的细,那样的静,又那样的美。靠西岸沿湖则又是一眼望不到头的玲珑的玉树,衬着漠漠的寒云,这一派,更是难画难描啊!可惜,我多年来,很少冬日回北京,已经几十年没有看到这样的雪景了。前几年有一次腊月里回京住了一个月,想着该看一看京华雪景,可是天气很暖,只有一天飘了几朵雪花,地上还未发白就停了。听北京朋友说,近些年北京是不大下雪的,看来,雪景也只是记忆中的了。

九九歌

按,九九歌我在前面有的文章中已写到过,但不够全面,这篇说得比较细致,因把它编为《岁时风物补》最后一篇。

一九八四年初春,日本首相中曾根氏来我国访问,在北京大学作了讲演,讲词中提到我国"七九河开,八九雁来"的谚语,不禁使我想起从古以来代代相传的天文、气候、气象等知识来了。似乎这种学问,当年十分普及,而现在却十分缺乏了。不信,如果在大学生中普遍举行个测验,能够说全二十四个节气,能够说清数九、九九消寒、各九特征、九九歌、九九消寒图以及种种节令谚语的,能有几个人呢?恐怕不少人要交白卷。而这些又都是当年乡间农家子弟、乡村小学或私塾中不教就会,而且终生不忘的。

宗懔《荆梦岁时记》云:"从冬至次日数起,至九九八十一日为寒尽。"但后来世俗,一般是从冬至当天算起。因为按照新法、旧法天文运算,照周天度数等分,冬至节应在交节这天几时几分,都是很精确的。因而按科学原理也应从当天算起,而不应推到第二天。由冬至那天算起,习惯叫"数九",又叫"交九"。其后每隔九天作一单元,连数九个九天,头九、二九……直到九九,八十一天,冬天过完,迎来春天,谓之"出九"。

履霜坚冰至,俗语说:冷在三九,热在三伏。冬至开始,意味着一年中最冷的日子逐渐到来了。但按照我国传统的阴阳消长的说法,冷的极限是热的开始;短的极限是长的开始。因此冬至节又叫"长至",又有"冬至一阳生","从九往前算,一日加一线(指日影)"的说法,唐人宫中宫女有用红线由冬至日起,逐日计量日影的美丽故事,只是一时忘记记载在什么书中了。

人们总是苦于严冬,盼望早日回暖,春天早日到来。因此,千百年来,我国民间特别重视冬至节,南北各地都有"冬至大如年"的说法,其历史是很悠久的了。崔寔《四民月令》云:"冬至之日,进酒肴,贺谒君师耆老,一如正日。"这是一千年以前的记载了。清代嘉庆时苏州顾铁卿《清嘉录》"冬至大如年"条目记云:

> 郡人最重冬至节,先日,亲朋各以食物相馈遗,提筐担盒,充斥道路,俗呼冬至盘。节前一夜,俗呼冬至夜。是夜,人家更迭宴饮,谓之节酒。女嫁而归宁在室者,至是必归婿家。家无大小,必市食物以享先,间有悬挂祖先遗容者。诸凡仪文,加于常节,故有冬至大如年之谚。

同时又引徐士铉《吴中竹枝词》云:

> 相传冬至大如年,贺节纷纷衣帽鲜。
> 毕竟勾吴风俗美,家家幼小拜尊前。

不过南北各地,风俗小有差异。乾隆时潘荣陛《帝京岁时纪胜》记云:

> 长至南郊大祀,次旦百官进表朝贺,为国大典。绅耆庶

士,奔走往来,家置一簿,题名满幅。传至正统己巳之变,此礼顿废。然在京仕宦流寓极多,尚皆拜贺。预日为冬夜,祀祖羹饭之外,以细肉馅包角儿奉献。谚所谓"冬至馄饨夏至面"之遗意也。

"正统己巳之变"就是一四四九年明英宗朱祁镇土木之变。朱祁镇在太监王振的怂恿下,带兵亲征,师还,溃于土木,朱祁镇被额森俘虏北去。这是明代最重要的一件事,后来好多是非皆因此而生。这次战争也影响到北京风俗的变化,其时正是于谦防守北京,十分危险紧张的时候,自然不能再按往常那样讲求节令礼俗饮宴了。因此其他讲北京风俗的书,如《帝京景物略》之类,也不记"冬至大如年"了。但是在离开北京几百里的山乡中,却不同于北京,仍然长期地保存着古老的风俗。小时在唐河上游山乡中读私塾,立冬之后开始读夜书,即吃过晚饭仍要到塾中去,在老师的监督之下,于小小的三号煤油灯畔读书写字,有时感到是很苦恼的,甚至有无所逃于天地间之感,但现在回想起来,当时亦有其相对的乐趣,所谓"青灯有味是儿时",是一种充满生气而又宁谧安详的诗的境界。

塾中最重冬至节,那天白天生徒们的父母都要为老师准备些好吃的,晚上用托盘端了送到塾中给老师喝酒宵夜。生徒们要给牌位磕头,给老师磕头行礼,这还是《四民月令》中所说"进酒肴、贺谒君师耆老"的遗意。一千年前的古老风俗,在半个世纪之前的北国山村中,还认真地履行着,所谓"北来风俗犹近古",礼失而求诸野,该有多么古老而醇厚了。

冬至晚上是塾中最热闹的时候,平时的功课这天都不做了,把三号煤油罩子擦得雪亮,在灯光下分头制作"九九消寒图"。

《帝京景物略》所谓：

> 日长至,画素梅一枝。为瓣八十有一,日染一瓣,瓣尽
> 而九九出,则春深矣,曰九九消寒图。有直作圈九<u>丛</u>、丛九
> 圈者,刻而市之,附以九九之歌,述其寒暖之候。

画一枝素梅,日染一瓣,八十一天之后,染成红梅,则春深矣,这是非常有情趣的玩艺。除此之外,还有编一句词,全用九划的字编出,四字、五字句各一,用双钩写在白纸上,逐日用银朱笔描一笔,八十一天之后,便将到回黄转绿之际了。最普通的一句是："庭前垂柳,珍重待春風。"按正体字写,每字都是九笔。有一位塾师王守先先生,是位师范毕业生,热爱祖国,有新思想,编了一句新词道："為甚英、美、俄、法來侵凌?""來"字少一笔,"凌"字多一笔,但也总算是八十一笔了。这位先生是生在本世纪初的,对庚子之变,印象深刻,所以编出这样的句子,虽然有些勉强凑字,但还是有意义的。他又编一首"九九长歌",记得开首是"问吾民、问吾民,为甚英美俄法来侵凌……"数句,用蝇头小楷按我国地图的边界轮廓写了一圈,远看是个黑线画的地图。把上面一句话双钩写上,一天填一笔,我们这些"乡童都逞好喉咙"的学生,觉得很好玩,很了不起。但学生一时还编不出这样的"九九图"。像我这样愚顽的蒙童,只能作"圈九<u>丛</u>、丛九圈"了。

用一张正方小白麻纸,四面折四个边,中间折九个正方格,用朱笔按折线画出格子。用铜笔帽擦干净,抹上朱红,印圆圈圈,每行三个,每格三排,九个红圈,九格印满,便是九九八十一个圆圈。边上写上最简单的九九歌词诗句："点尽图中墨黑黑,便知野外草青青。""上点阴,下点晴,左风右雨雪当中。"点时按

照歌中说明点,只用墨笔按天气涂一半。北方冬日,晴多、阴少,只下雪,不会下雨,因而大多是把红圈圈的下一半涂黑。

"九九图"必有"九九歌",刘若愚《酌中志》记明代宫中情况道:

> 冬至节,宫眷内臣皆穿阳生补子蟒衣。室中多挂绵羊太子画贴。司礼监刷印"九九消寒"诗图,每九诗四句,自"一九初寒才是冬"起,至"日月星辰不住忙"止,皆鄙词俚语之类,非词臣应制所作,又非御制,不知缘何相传,年久遵而不改。近年多易以新式诗句之图二三种,传尚未广。

这段记载很有意思,可见明代民间謽词(即盲艺人所编的鼓子词,放翁诗所谓"负鼓盲翁正作场",即指謽词)就有九首四句头的"九九歌",从一九写到九九,可惜这词没有见到过,或许已失传了。其他见于记载的"九九歌"很多,或者叫谚语、民歌也可以。这种歌南北各地都有。但由于我国幅员广阔,南北气候差异很大,所以谚语也不同。比如日本首相中曾根氏讲演中所引用的"七九河开,八九雁来"的说法,北方冬日河水结冰,所以有河开的说法。一到长江流域就不同了,江南冬天河水从不结冰,也就无所谓河开了。因而各地的"九九歌"也不尽相同。人们常常引用的是刘同人《帝京景物略》中所载的。其词云:

> 一九二九,相唤不出手。三九二十七,篱头吹觱篥。四九三十六,夜眠如露宿。五九四十五,家家堆盐虎。六九五十四,口中呬暖气。七九六十三,行人把衣单。八九七十二,猫狗寻阴地。九九八十一,穷汉受罪毕,才要伸脚睡,蚊

虫蚭蚕出。

《帝京景物略》是部我爱看的书,文章冷隽,写北京风物也十分地道,能生动地看到一些北京明代生活场景,在高头讲章中是找不到的。但他所引的这句"九九歌"却不是北京货。这是哪里来的呢?见书中"春场"篇,歌在前引"刻而市之,附以九九之歌,述其寒暖之候"后面。简单说,是从刻字铺卖的"九九消寒图"上引录的,而并非采风于北京民间。这首歌很明显是江南人编的。第一,按日程寒暖与北京气候大不相同,七九才是正月初,如何衣单呢?即在江南也不行。第二,歌词押韵全是吴语韵。"七十二"与"寻阴地","二"读作"尼"才能押韵。因而说这首歌是江南的,不是北京的。刘同人不加说明把它引在《帝京景物略》中是不确切的。顾铁卿《清嘉录》中记苏州"九九歌"云:

　　一九二九,相唤弗出手。三九二十七,篱头吹觱篥。四九三十六,夜眠如露宿。五九四十五,穷汉街头舞,不要舞,不要舞,还有春寒四十五。六九五十四,苍蝇躲屋茨。七九六十三,布衲两肩摊。八九七十二,猫狗躺溷地。九九八十一,穷汉受罪毕,刚要伸脚眠,蚊虫蚭蚕出。

这全是用吴语记录的,似乎比刘同人所引更合理些。尤其"不要舞"三句,十分传神。其书又引陆泳《吴下田家志》"九九歌"云:

　　一九至二九,相唤弗出手。三九二十七,篱头吹筚篥。四九三十六,夜眠如鹭宿。五九四十五,太阳开门户。六九五十四,贫儿争意气。七九六十三,布衲两肩摊。八九七十二,

284

猫儿寻阴地。九九八十一,犁耙一齐出,一日脱膊,十日龌龊。

三个"九九歌"大同小异,逐句比较,以刘同人所引最差。但这都是江南的。北方的呢,在《帝京岁时纪胜》中也记有简单"九九谚语"道:"一九二九,相逢不出手。三九四九,冰上走。五九四十五,穷汉街前舞。七九六十三,路上行人着衣单。"

潘荣陛也未深入民间采风,所引殊难令人满意。不过比较好些,是有点北京味的了,因为提到"冰",而且提到"冰上走"。这是江南办不到的。真正在北方民间,却有另一首"九九歌"其词云:"未从数九先数九,一九二九,冰上可行走。三九四九,掩门叫黄狗。五九六九,开门缩颈走(或曰"袖筒拱拱手")。七九河开,八九雁来。九九又一九,犁牛遍地走。"

有的山乡较冷,七九、八九句为"七九河开河不开,八九雁来准定来"。有的地方在"犁牛遍地走"之后,还有两句。这个"九九歌"才是北京附近农村的实情。在冬至前便大冷数日,数九之后,冰封河面,虽薄而坚,头、二九冰上便可走人走车了。三、四九最冷,屋中暖和,人不出去,唤狗吃食,也只掩一道门缝。五、六九,腊尾年头,虽然还冷,非出门不可,故曰"缩颈走"。或者街上遇到互相寒暄,只是手抄在袖中作揖了。七九冰化了,八九雁来了。"春"打六九头,七九、八九这是立春之后了。九九之后,春风吹大地,便是叱犊春耕之季了。这个"九九歌"有泥土香味,意境极好,充满了生活的希望。中曾根氏所引后两句也就是"九九又一九,犁牛遍地走"的意思,只是因为译文的关系,未将原句译出,所以读起来不够押韵顺口了。

太液好风光

北海划船

想到北京的宫阙名胜,我常常想到的不先是故宫,而先是北海。我第一次看到北海,那是在我作为一个山里的孩子,初到北京的时候,而且是远看,是旁观,并没有到北海里面,只是跟随着家中大人站在北京图书馆东面石头栏杆边上看,眺望……看见那水、那山、那楼台、那树木,迷离、瑰丽,我吃惊地望着,不知说什么好,刹那间,给我脑海中留下终身的强烈印象。那天是旧历四月初,有些北京特有的风。那动荡的波光中的划小船者衣服色彩,我还清楚地记着。我从来没有见过海市蜃楼,但我当时真感到这就是蓬莱仙山。至于什么琼岛春阴、太液秋波等等,则是我后来作了北海常客,若干年之后所得的知识了。而当时我只是感到惊异、迷离,恨不得一下也跳到那船上划起来,那是在天上、仙境中划船呢……

春风解冻,北国冰融,以后年年北海的小船下水之后,在料峭的春风中,在粼粼的太液柔波中,租上一条小船,划一圈,把在生着炉火的房屋里闷了一冬的筋骨舒散一下,这该是最好的养生之道了。何况是在这殿阁楼台的旧时的禁苑中呢? 少陵诗云"春水船如天上坐",这里不但是春天,而且真是拟于"天上"。高士奇《金鳌退食笔记》记在太液池赐乘御舟,所谓"自是君恩深潋滟,特教天上看芙蕖",就是称作"天上"的,因而可改少陵诗为"北海船如天上坐"了。

在有皇上的时候,北京人是不能在这里坐船的,在城里只有积水潭有条船。戴璐《藤阴杂记》所谓"放棹花间,明月清风,如游仙境"是也。再不然就得要到东便门外二闸去,那里大通桥直接运粮河,不但可以坐船,而且是"桅樯烟雨似江南"了。直到二十年代初,北海开放为公园后,北京城里才真有了划船的好地方,春、夏、秋三季,登上琼华岛白塔往下一望,像小鸭子凫水一样,下面全是小船了。

在北海东岸,有一个宫殿式的船坞,远看那建筑很特殊,朝西临湖一面,是高大的磨砖墙,一个窗户也没有,这墙一直砌在水中,南面没有山墙,房中水与外面相通,备船出入。旧时每到春暖冰化之后,北海舟人就把船坞中的当年西太后坐过的大小龙舟全部撑出来,一字儿排在漪澜堂前汉白玉栏杆下,系好缆,等人包租,直到上冻前才再进船坞。最大的那条龙舟船舱如宫殿式,起脊,连前舱卷棚共三连,全长约在四五丈之间。中间红木家具,书画古玩,陈设一如曩昔。另外两艘小些,也有陈设。还有几条画船,只有雕栏,而无门窗,由舟人撑行,作为漪澜堂到五龙亭的摆渡船,每人收渡资五分。中间这几条御舟,连船带舱内陈设,从文物经济价值讲,也是十分可观的,但是后来下落不明,不知哪里去了。可能毁坏了,也可能入了某些人的私囊了,名胜古迹间,这类事情太多了。

小船则全部停在道宁斋码头边,双虹榭码头边,对岸五龙亭边亦有,均可租用。"七七"战前,押金一元,租金每小时三角,可买芝麻酱烧饼三十九个,还余铜元一大枚。其价不为不贵矣。

北海划船,在春日宜于午前,暖日熏人,波平浪静,最为舒畅。不能过午，一般过午就要起北京特有的大黄风矣。夏秋两季则宜于清晨和夜晚，在夏夜把小船放在黑黝黝的水中央，不用划，任其漂荡，望着夏空繁星与琼华岛之明灭灯火交相辉映，蛙声、语声、水香、荷香、衣衫鬓影香，那真是"仲夏夜之梦"境了。

由春到夏，由夏到秋，都是北海划船的好季节，送走残秋，时交冬令，履霜而坚冰至，太液波光变成一面晶莹的镜子，要想划船，又待来春了。年年岁岁，旧时划船的青年爱侣头发白了，又有一批新的青年爱侣划着小船沉醉在太液波光中，浑厚的白塔在注视着，它曾见过多少太液波光中划船的少男和少女呢？

莲　叶

北海的荷花美，北海的荷叶更美，荷花只是荷叶中的数点娇靥，数枚玉盏，而荷叶则是荷花最好的陪衬。不止此也，除去其美丽而外，更有其实用价值，而且荷花、荷叶各有专名词，所谓总名芙蕖，蕊曰菡萏，实曰莲房，子曰莲子，叶曰蕸，根曰藕。叶有浮、有立。浮者浮在水面，立者高出水面挺立水中。人说荷花一身(包括荷花、莲子、藕)是宝，荷叶自然也不例外。荷叶的价值在于三方面：一是观赏，二是实用，三是玩耍。

牡丹、菊花等在花已开过或花尚未开时，人们都不会特地去欣赏它的叶子，只有荷叶特殊，其亭亭翠盖，给人的美感，似乎比它的花还要长久。"荷钱出水"，"莲叶何田田"，这是欣赏荷叶的第一阶段。"接天莲叶无穷碧"，这是欣赏荷叶的第二阶段。"菡萏香消翠叶残，西风愁起绿波间"，这是欣赏荷叶的第三阶段。"留得残荷听雨声"，这是欣赏荷叶的第四阶段。这都是叶的美，而非花的美。高士奇在《赐游西苑》诗序中说："舒菡萏于方塘,红英度影;玩芙蓉于曲榭,碧叶浮香。"真是阆苑风光,不同尘世。试想,翠叶、碧柳、黄瓦、朱栏,高高的白塔、飘动的浮云、深邃的蓝天、迤逦的红墙,这一切静的与动的色彩组成的绮丽画面,只有北海有此美景,自北海从御苑而辟为公园之后,则尽属京华细民矣。

一大早,坐在岸边,注视着荷叶上浮聚着的晶莹的露珠;或者划条小船到荷叶深处,看碧绿的小青蛙由这个荷叶上噗一下,跳到另外一张荷叶上。如果遇到下雨,那就坐在廊子上,靠着柱子,静静地听雨打荷叶的声音吧,这样的音乐,很难听到的啊!

荷叶的使用价值,那就更大了。宋人诗云"绿荷包饭趁墟人",我国早就习惯于用鲜荷叶包东西了。有谁还记得小时候在北京买肉呢?跑到猪肉杠,一递钱,三十枚大铜子:

"掌柜的,来六吊钱五花的。"

肉铺掌柜的,拿起雪亮的刀来,只轻轻一割,一大片五花肉已经割下来秤过,用刀划半张鲜荷叶,肉放在鲜荷叶上,托给你,嘴里还招呼着:

"一斤二两,高高的!下回您多照顾!"

碧绿的鲜荷叶,粉红白嫩的花猪肉,淳朴敦厚的语音,色彩芬芳和音响,也可算是文化艺术的结晶啊!当年用鲜荷叶包酱肉,用鲜荷叶包樱桃……那美丽的荷叶包是说不完的。这种特殊的包装纸,现在人是很难想象的了,那时老北京话中的"荷叶包",同"盒子菜"是同义词,而盒子菜又是逗人馋涎的酱肘子、清酱肉等的总名称。我这里特别提一笔,以保存一点美丽的生活想象吧。再有用荷叶当锅盖盖在粥锅上,熬出那淡湖色的荷叶粥,那清香就无法形容了。摘个荷叶扣在头上当大草帽,撑在手中当大雨伞,那更是儿童的玩耍,几十年前在北海边上偷摘荷叶的顽皮之梦,于今已是渺不可追了。

莲 蓬

北海从元代开始,就是宫廷苑囿,包括南海、中海,统称之曰西海子,而正名为太液池。欧阳玄词所谓"太液池心波万顷,闲芳景,扫宫人户捞渔艇",就是元代的情景。另外金代还称作西华潭,明代还叫作金海,在清代宫禁中习惯叫瀛台为南海,蕉园为中海,五龙亭为北海,北海公园便是由此而得名的。在辛亥之后,溥仪还住在故宫里,颐和园、北海、钓鱼台等处,都开始还归宫中的管事机构内务府管理,在民初四五年后,归了政府,民国五年,内务总长许世英建议开放,并拨款两万元作为筹备开放经费。后因时局变动,未成事实,六年、八年又提议开放,也未成事实。直到溥仪被赶出故宫,经内务总长兼市政督办朱深主持,这些地方才陆续改作公园,卖票任人游览。北海自开放为公园之后,除去琼华岛、五龙亭等名胜吸引大量游人而外,更重要的就是有广大水面,有碧荷万柄,所谓"水风吹绿不知暑,日日藕花香里过",可以供游人来泛采莲船了。

当年在北海划船,一般都是顺着水路划,自然这水路也是非常宽的。不过水路在中间,两边稍远便是茂盛的荷花,青年男女,也就更喜欢贴着荷塘边划,嗅那沁人心脾的清香。如果在夜间,那情调自然就更美了,贴着密密的荷叶梗子轻轻地打着桨,轻声地说着话,望着那黑黝黝的荷叶丛中,时而飞出点点流萤,沾人衣袂,这就是"流萤飞入采莲舟,夜露轻寒私语稠"了。真是旖旎的荷花之梦啊!

当然,北海当年大面积地种荷花,还不单纯是为了给人们看风景。看风景是游人们欢迎的;还有更重要的一方面,就是荷花的经济价值,这自然也是游人所欢迎的。不说别的,就在岸边上买一把新采的莲蓬,在船里,一边划船,一边剥了吃,这样的清福,一般人能想象到吗? 高士奇诗云:"鹢首风回扑面香,青荷叶底摘金房。剖来满齿流琼液,不羡仙人掌上浆。"当年这皇上享受的,现在也归老百姓了。

北京虽然地处北方,但水面很多,夏天又很热,所以也很宜于水生植物的生长。荷花是水生植物经济价值最高的,莲子、荷叶、藕、花瓣以及梗,无一不是宝。而且北京人最讲究吃这些,首先是吃鲜莲子。《帝京岁时纪胜》云:

> 六月盛暑,饮食最喜清新。京师莲实种二:内河者嫩而鲜,宜承露,食之益寿;外河坚而实,宜干用。

所谓内河,实际是城里护城河、泡子河、积水潭、什刹海等处。当年北海还是禁苑,北海的莲子还轮不到黎民百姓吃。三十年代鲜莲蓬上市时,漪澜堂、五龙亭卖莲蓬,十枚一把,五角钱,合几斤猪肉的价格,不算便宜,但东西真好,其清香鲜嫩,是无法形容的。离开京华之后,吟鞭南指,飘泊过了长江,到了"采莲人在木兰舟"的地方,再也没有吃到这样可入《山家清供》的隽品了!

北京最讲究吃白花藕,因为藕分二种,一曰果藕,二曰菜藕。果藕是生吃的,唐诗所谓"公子调冰水,佳人雪藕丝",这都是脆生生的果藕。而白莲花的藕最嫩、最脆,最适宜于作果藕吃。北京在夏秋之交,街上推小车子卖藕的,总是吆呼道:

"吆——白花藕来吆——"

山中夏景幽

香　山

我第一次去香山,那已是五十多年前的往事了。那还是刚刚进入中学,学校秋季旅行,坐当时的那种老式大汽车去的。路不好走,不像现在的柏油路,车子一路颠簸不已,尘土飞扬,同学们又挤,我小时又有晕车呕吐的毛病,车开到香山,我一下车就大吐特吐,望着那鬼见愁,真有些"鬼见愁"了,还谈什么秋季旅行游山呢?别人都兴高采烈地爬山去了,我却在那破汽车中呆了好几个钟头,最后同学们举着红叶下山了,我则像一个刚褪毛的、斗败了的小公鸡一样,奄拉着脖子跟同学们又坐那辆破汽车回来了。这就是我第一次逛香山的记忆。至于逛香山的各种美好记忆,那远远是在这次之后了。

说到香山,人们一般只知道香山秋天看红叶最好,实际香山在冬、夏二季还都有绝妙之处。冬天雪景是最好的,燕京八景之一的"西山晴雪",实际就指这里。乾隆写的碑,就在梯云山馆的旁边。至于夏天呢,那当然是"双清"最为清幽,可以说是神仙洞府,旅游者去"双清"消夏,定感别有情趣。

香山的最高峰,正名香炉峰,俗名鬼见愁。即《长安客话》所说的"相传山有二大石,状如香炉,原名香炉山,后人省称香云"。论它的高度,也不算太高,不过五百米左右,比起一些名山来,那真是小巫见大巫。只是鬼见愁的山路比较险峻,所以落下一个这样的怪名字。因为攀登起来,多少要花一些气力。如只习惯于登杭州南高峰、北高峰的游客,看见鬼见愁的山路,可能要望而生畏了。

攀登香山,顺着山路走上去,不一定到达顶点鬼见愁,眼界便已经十分开阔了。尤其是向着东南方眺望北京城,那真是说不尽的洋洋大观。《帝京景物略》中有几句说得很好:

> 望林抟抟,望塔芊芊,望刹脊脊。青望麦朝,黄望稻晚,晶望潦夏,绿望柳春。望九门双阙,如日月晕,如日月光。

其中最后两句写得真好。记得曾不只一次站在香山半山腰中望市区,特别在天晴时,飘浮的空气和闪闪的光晃动着,真是如"日月晕"、"日月光"了。

查慎行敬业堂诗《早发杏子口暮至香山》中云:

> 入门翻愁磴曲折,落涧已爱泉玲珑。
> 居僧打点最高顶,十里近与前冈通。
> 冥冥一线索万丈,蜀鸟飞去啼春红。
> 人间何处无捷径,失足怕落荆榛丛。

可见当年的香山山路比现在还要难走些。诗中说"入门",就是入香山寺寺内。因为这里有一股泉水,名"甘露",所以寺也名"甘露寺"了。这个泉一直到后来还涓涓不息,有方池、石桥,水极清冽。在金大定年建寺之初,金世宗到庙里来赞美过:西山一带,香山独有翠色。因而寺中后来有轩题名"来青",风景极佳。据记载，来青轩明代就有了，那时共有五间敞轩，前面有栏杆和短墙围着，下临山涧幽壑，玉泉山似乎就在眼前，曾经挂过一副明人朱之藩的对子，词云："恐坏云根开地窄；爱看山色放墙低。"写得十分形象。查慎行前后有两首宿来青轩的诗，一在秋天，一在立夏时，其写眼界开阔云："九重城阙微茫处，一气风云吐纳间。"其写环境幽静云："洗空尘土三年梦，一夜鸣泉傍枕流。"这后面两句，正写出了香山夏景的清幽。昔年夏天逛香山，懒得爬山，一进静宜园门，稍微走走，到了双清，就着那参天老树的浓荫，随便找个地方坐下，听听山泉的流水声，一坐就是一两个钟头，浑然忘去一切人世的尘嚣，这该是一种什么境界呢？我时时思念着它……

玉泉山

在西湖泛舟，望着初阳台保俶塔影，所谓"保俶似美人"，极为妩媚娟秀；在昆明湖上泛舟，望着玉泉山上的妙高塔，风景极为相似，更感到十分潇洒出尘。风景是极为类似的，所不同者，西湖无围墙，初阳台保俶塔可以随便攀登，而妙高塔则隔在颐和园宫墙外面，要想上去，还要从北宫门或东宫门出去，到青龙桥兜个圈子。而且它是过了青龙桥再往南转弯，才能到清代玉泉山宫苑静明园的宫门。

做学生时，喜欢乱跑，北京的角角落落差不多都去过，有些名胜地方，不知去过多少次，而玉泉山却也只去过一两次，主要因为道路不顺的关系。因为习惯上由颐和园牌楼前往北一拐，骑车沿着北宫墙，一过青龙桥，就往西北奔香山去了，很少再拐向西南去玉泉山。

实际上玉泉山却是极美的，可以说是北京西郊各大名园以及城里各处海子的"生命源泉"，因为所有的水，包括昆明湖的水，都是由这里发源。江南无锡惠山泉，号称"天下第二泉"，而玉泉山玉泉，当年曾经御封为"天下第一泉"。没有这个"天下第一泉"，北京所有园林，就引不来活泼泼的活水，其他一切都不可想象了。

玉泉，水源极旺，水味极甘，是玉泉山的生命线，也是昆明湖及城里什刹海、北海、中南海的生命线。近人林琴南《游玉泉山记》，写泉水道：

> 既下以舟，向"玉泉趵突"，泉为十六景之一，旧曰"垂虹"实则仰出，而非下垂，泉眼伏丛石下，虽盛沸而沉沉无声，明漪绝底，累累咸见细石。去泉寻丈外，多葑秽而弗除，细点出葑上，若鱼沫，珠如泡如，则名以趵突称也。石刊"天下第一泉"。

畏庐老人的记游文字，得力于柳柳州，这段写玉泉的文字，极为甘冽耐读，很像《永州八记》的笔法。写玉泉极为隽永。

玉泉山的生命，除去泉水之外，就在于塔影。玉泉山的苑囿，早在金代就修建。著名的金章宗的"芙蓉殿"就在玉泉山。康熙十九年（一六八〇年），修建静明园，有十六景，第十景叫"玉峰塔影"，这一景就是今天在昆明湖上映着波光所见到的塔影。这塔影是当年康熙皇上常看的，今天能给我辈随便看，亦可使人感到毕竟不是封建时代了。

玉泉山的著名景致——玉峰塔影，有山、有塔、有泉水。游历过无锡惠山的人，再到了玉泉山，往往会产生一种共同的感觉,就是觉得二者非常近似。实际这毫不足奇。因为当年玉泉山的玉峰塔,就是仿照无锡惠山塔的样子建造的。虽然玉峰塔后来倒掉,只剩现在人们看到的妙高塔,但风景仍然很美妙,而玉峰塔影的情调依旧常在。

玉泉山除去这座塔而外,还有很多好玩的地方,如澄照洞、资生洞、伏魔洞、华严洞等山洞,以及里面的石刻佛像。还有玉泉泉水汇成的小湖:高水湖、裂帛湖,都是极为幽雅典丽的地方。老诗人陈石遗在《玉泉山记》中写道:

> 山衺广不一里,峻不越百丈……然其趾,滥泉、汍泉,洪纤错出,绝有力,如川之至。……相传衡渚、中泠、惠山诸泉容积等,而重量逾之。当日品泉之法,盖以此。

按照现在说法就是玉泉比重最高,所以评为"第一",因而山也号为玉泉山了。如果改两句《陋室铭》的句子,那便是"山不在高,有泉则名"了。

玉泉山的另一好处,就是老树极多,金元以来的老柏、老桧当年还很多,夏天浓荫四覆,大树都能遮荫亩许。加以丛树繁茂,都蔚然成林,照人俱绿。畏庐老人说:"大类云栖,栖竹皆寻丈,翳不见日,园则桧与柏合,荒青老绿,虽善画者,莫肖其状。"可以想见玉泉当年的境界。更有惊奇的是:静坐在万籁俱寂的柏桧林中,居高临下,于树罅中会偶然望到昆明湖的一线波光,给人以极强烈的光感,这又不同于在昆明湖舟中望玉峰塔影矣。

银杏奇观

潭柘寺

北京郊坰游胜之处比较远,却又十分出名的,要算潭柘寺了。北京人说,"先有潭柘寺,后有北京城"。潭柘寺是北京名胜中最古老的寺院。潭柘寺正名岫云寺,在晋名嘉福寺,唐名龙泉寺,金皇统间为大万寿寺,明正统间又恢复旧名嘉福寺,清康熙时重修,赐命岫云寺。潭柘寺在京西门头沟过去罗睺岭平原村,离京九十里路。过去交通不便,如果骑小驴去,要起个大早,到天黑才能到。去游玩,必须在那里过夜,去一趟是很不容易的。

但游山慢慢走,也有好处,可以细细看风景。昔人记这一路秋景云:

> 行时深秋,由翠微山麓,乘筍将而南,过石景山,逾浑河,及马鞍山麓,夕阳在树,柿叶殷红,山容横紫,如置身画中。遥望极乐峰,如一老人负天特立,愈近则愈碧,不可仰视……松隙望浑河如练,浮光下界,峰雄殿壮,回合阴森。

现在坐汽车,一二个小时即到,沿途风景不能观赏如此之细矣。

潭柘寺的名胜是很多的,如龙潭,在那大山里有一股甘冽的泉水;如金镶玉竹,在那北国山中古寺内,却有茂密修整的名贵竹林,郁郁葱葱,大出一些认为北京无竹的名人想象之外。还有数丈高的古海棠,所谓"曾闻潭柘海棠树,檐外高枝锦样夸",都是极为有名的。其他寺中旧有辽金的壁绘,佛殿屋脊上的兽头,是金元旧物,极为精美,这些都说不胜说。而最使我思念的则是那棵千年古银杏,生长仍然极为葱茂,不但老干乔枝,密叶极为浓郁。在十几围的老根旁,仍然会发出手指粗的嫩条来,一样长满碧绿的叶子,真是龙孙百代,生意无穷,说来有些近于奇迹了。

北京旧时古树不少,如天坛皇穹宇外面的辽柏,也是上千年的古树。中山公园事务所前的四株古槐,树围超过二丈,按年轮推算,也是近千年的古树。不过,这些古树虽然也生长得好,虽有参天之势,却无滋生嫩树的能力。而潭柘寺这株千年古银杏,根部却能发出嫩条来,难道还不算作奇迹吗?

按,银杏,只是别名,正名是公孙树,北京俗名则叫白果树,因其果实核名白果。因其在树上时呈黄色,所以宋人杨万里诗道:"不妨银杏作金桃。"因嫌其名易与普通杏子混淆也。

银杏是史前期的植物,在冰河期以前就有了,经过冰河期,地球上不少生物都绝种了,而它仍能流传下来,这是十分不容易的,也可见它的生命力之倔强和旺盛。

潭柘寺这株古银杏,已数见于前人记载。清代康熙年间重修嘉福寺,改名岫云寺时,三圣殿前这株银杏树就已经历了六七百年的风霜雨雪,高枝参天,密叶入云。但是这还不足奇,奇的是当时树的左右两侧,从根部各生长出一株小树,像是老年人左右手各拖着一个孙儿一样,极为有趣。这棵树是辽金时代的遗物。另外在此树之西又种了一株,二者对称地挺立在三圣殿前。潭柘寺也处山凹间,周围环列九座峰头,金章宗诗所谓"碧莲花里梵王宫”，形容是很形象的。这个山凹中土质、水脉似乎特别好，地下有一股温泉，树木丛生，长势极旺，所以四望全是翠色，较之远处的黄土秃山迥乎不同，所以叫“碧莲花”，这株千年古银杏长在这里，可以说是得天独厚了。

昔人吟此树诗云："瑞宸九峰朝帝树，鸣阶一水肖龙泓。"为什么说"帝树"呢？因为乾隆认为这老树旁长出葱茂的小树，是爱新觉罗族的祥瑞，故封此树为"帝王树"。可是清代早已亡了，乾隆坟裕陵也被孙殿英毁过盗过，而此树仍生意万千，异常葱茂，所谓"帝王祥瑞"，又安在哉！这点意思，我曾写过一首五言古诗，抄在后面，作为这篇小文的结束语吧。诗云：

春明多乔木，别来更余几。爱此银杏好，森森潭柘寺。
主干过十围，孙枝参天势。郁郁复悠悠，千年多生意。
密叶绿入云，覆荫凉如水。游人围树看，相与叹观止。
殿宇数改移，金身几毁弃。独尔幸长久，青山共旖旎。
帝王真浪言，裕陵风雨里。何处问菩提，达摩西来意。
不如赤脚汉，荷锸勤农事。锄罢饱黄粱，坦腹瓜架底。
抚树感慨生，放眼九峰翠。安得重阳后，再来看红紫。

九峰不老，银杏常青，千秋万载，与燕山风月永远郁郁葱葱吧！

坛宇柏森森

祈年殿

　　如果有人问我，北京最美丽的建筑物是什么？我将毫不迟疑地回答，是祈年殿。那苍翠的一眼望不到头的古老的柏林，那斑驳而古老的覆着鸳鸯瓦的红色坛墙，那衬托着碧空白云的蓝色琉璃瓦重檐圆顶，玲珑、壮丽、缥缈、庄严，这一切都构成了天坛公园的特有的风景线，不要说到过的人，即使从电影、照片上看到过的人，恐怕也会留下不可磨灭的印象吧。在全世界，在人间，这样美丽的建筑又能有几处呢？

　　天坛建于明代永乐十八年(一四二〇年)，周围九里十三步，原是皇帝祭天的地方。辛亥后改为公园，最初动议已是很早的事了。《鲁迅日记》曾记载有在壬子(一九一二年)六月同梅光羲、胡玉搢到天坛视察，研究能否开辟为公园的事，这已是七十多年前的旧事了。而天坛正式开辟为公园，则是在此以后的事，初辟时面积大，老柏树多，还有许多特殊的古建筑，其中最突出的就是皇穹宇、圜丘和祈年殿。

　　圜丘坛系用"艾叶青石"砌成，台面墁青白石，坛分三层，上层径九丈，中层径十五丈，底层径二十一丈，所谓"一九、三五、三七"，总计"四十五"，既是"天数"，又符合"九五"之尊的意义。坛面所墁石板的块数，也都是"九"的积数。中国封建时代在数字中以用"三"用"九"为最崇高。所谓"天坛",这才真正是天坛。其意义是形圆象天,其石头栏上层七十二,二层一百零八,三层一百八十,合成三百六十周天度。关于九的概念,为什么是最高的意义,这在清代著名学者的专著《释三九》中已有所说明,这里不再多说了。

与天坛即圜丘和皇穹宇在一条南北直线上,遥遥相对的一座巍然建筑物,就是举世闻名的祈年殿。

天坛最瞻美、最华丽的建筑莫过于祈年殿了。祈年殿原名大享殿,《春明梦余录》所谓,"祈谷坛大享殿,即大祀殿也",说的就是这里。汉白玉台基三层,最上层中间圆形殿,内外层大柱各十二根,中间特高龙柱四根,最后收到正中心的黄金藻井上。过去屋面是金顶、三重檐,分别覆青、黄、绿三色琉璃瓦。乾隆十六年(一七五二年)改名为祈年殿,并全部进行大修,全部更换为青琉璃瓦,这一更改,真够得上是伟大的杰作,白玉底座青琉璃顶,在建筑物的色彩上,得到了最完美的协调,比过去青、黄、绿三色杂乱的重檐,其艺术成就,真不可以道理计了。

祈年殿曾经被火焚烧过一次,光绪十五年(一八八九年)八月大雷雨,祈年殿因霹雷引起火灾,烧了一昼夜,损失很大,事后计划重修,却没有图样,后来召集许多高手木匠来商量,多亏一位平时经常参加维修而十分有心的工匠,记住了旧时的结构尺寸,画了图样送进宫去,这才解决了重建的图纸问题。这就是我们今天所见的祈年殿,可惜今天这位打图样的高级建筑师连姓名也没留下来。

祈年殿还有许多配合建筑,过去殿前有东西庑三十二楹,现在东西庑则各只有九楹了。原来正南大祀门六楹,接以步庑与殿通,后来改建时,通大殿的步庑没有了,这点也像把屋瓦全部改为蓝色的一样，在建筑上是一个很大的改革，因为这更加显露了祈年殿的壮丽和华美。如果完全保留原来样子，一进祈年门便出现大廊子，直接祈年殿，那岂不有碍观瞻，还谈什么壮丽呢？天坛过去有不少水池，孙承泽《春明梦余录》记云："坛之后树以松柏，外墙东西凿池，凡二十区，冬月伐冰藏凌阴，以供春秋祭祀之用。"这些水池倒是一个重要点缀，现在都没有了，这是很可惜的。人们逛天坛，感到在殿宇浮云、蓝天绿树之间，正需要一点水呢！

古树之灾

著名历史学家邓文如（之诚）老先生，生前收藏过几千张旧照片，其中有一大部分是关于大树的照片，表达了老人对故国乔木的深厚感情。俗话说："前人种树，后人乘凉；前人砍树，后人遭殃。"由此可见乔木的重要意义，不在于一时，而在于悠久的历史。如没有历史观念，就不能重视前人的遗物。隋唐不说，从辽代算起，北京到现在已经历了一千多年，金、元、明、清四个朝代，还做了八九百年的国都，且不说其他的建设，单说种树，真不知种了多少千万株了。辽代的柏树，昔时在天坛曾保留着一株，年来回京，未曾注意到这棵辽柏近况如何？写文时忽然想到它，迩者无恙乎？

凡事有一利，也就有一弊，北京历史上留下来的古树，几百年来确造福社会不少，是好的一面；但也因为树木过多，遭到过无数的砍伐和破坏，多少年中的战争动乱，破坏摧残得就更厉害了。

远的不说，首先是一九〇〇年庚子时，八国联军打进北京，外国侵略军驻在天坛,他们对天坛的树木任意砍伐,以代樵苏。其后一九〇一年,侵略军为了军事需要,把永定门外马家堡火车站接到前门,铁路由永定门东引进城来,沿天坛东南角绕东墙外到东便门,为接这段铁路,就地取材,天坛外坛南面的大树,不知被砍伐了多少,别的珍贵文物的抢掠就不说了。这是第一次劫数。二是张勋复辟,大批辫子兵驻扎天坛,砍松柏当柴烧,又不知破坏摧残了多少。其后北洋军阀时期,什么段祺瑞、吴佩孚、晋军、西北军像走马灯似地进入北京,天坛一直驻兵,成了丘八的渊薮,那些老树,又不知被那些挂着武装带的军爷们砍伐盗卖了多少。三是抗日战争北京沦陷时,大概是一九四三年吧,侵略者经济恐慌,在天坛种地,逼着学生都参加,谓之曰"勤劳奉仕"。这次开荒又不知砍掉多少株松柏。四是北京解放前夕,国民党准备逃命,想出主意,在外坛南面辟作临时飞机场,那时仅残存的一些老树,在短期内被一扫而光。说起来是令人伤心的。请想四次劫数后,还能剩下多少呢?

姜夔《扬州慢》词道:"有废池乔木,犹厌言兵。"现在天坛的老树都是当年劫后的余生,树若有知,是不会忘记这些灾难的。今天在天坛古柏下乘凉的人们,若是知道这段历史,该是会更加珍惜这些余生的老树吧!

贡院小史

贡　院

北京东单有个胡同名"贡院"。贡院是什么意思？可能有不少人已经不知道了。

说到贡院，的确是一个很特殊的名字，它不是街名，也不是胡同名，而是明、清两代科举考试试场的名称。这名称来源于宋代。宋朝礼部有贡院之设，专管士子考试。明、清两代，科举考试制度更加完善，各省会都建立了贡院，北京同样也建立了贡院，所不同者，各省贡院是每隔三年秀才考举人的试场，而北京的贡院，则既是顺天府考举人的试场，又是全国举人考进士的试场。各省会如杭州、南京等处，在贡院旁都有贡院街，因而北京贡院，严格地说，也只能叫贡院街或贡院胡同才是，贡院只是习惯的叫法，把后面的字给省略了。

当年各省的贡院，都是一所十分庞大的建筑物，要容纳上万人在里面考试。北京的贡院，在东城墙观象台北，本是元代礼部的旧址，明永乐时改建为贡院，万历时及清代几次加以扩充，范围越来越大，分成内外两部，内部称"内帘"，包括考试官员办事的大堂，阅卷官的房舍，以及抄写卷子"抄手"的房舍。因为当时试卷不但"密封"，应试人不能在卷子上写名字。而且卷子要重抄过，防止阅卷官认出笔迹作弊。所以每遇考试，就有大量"抄手"。还有最重要的是考生的"闱号"房舍,即在一所大礼堂般的房子旁,再隔成许许多多房舍。因为当年考试,进一次考场要在考场中过两夜,这个叫做"闱号"的小房舍,不是只供写字作文,还供睡觉。所以每个小房舍相当一张双人床般大,房内砖铺地,还用砖砌一个小方台,考生在砖地上摊开被褥,晚上睡觉,白天用小方台当桌子写字作文章。贡院中要有上万个这样的小房间,光绪八年(一八八二年),"壬午科"入闱人数一万六千多人,闱号不足,后来又经添建。如同许多长廊,隔成小房间,前面一排排小巷,来往走动,小巷口有栅栏门,按省、府分别编号,直隶贝字号、奉天夹字号、热河承德府承字号等等。试想:一个大院大厅中,隔成上万个小房子,岂非洋洋大观乎?过去看到过"贡院平面图",密密麻麻,全是小方格,像一张"坐标纸",又像是许多张稿纸接在一起一样,这张图在许多文献书上都曾印出过。

贡院是坐北朝南的大门,门前三座大牌楼,东西迎面各一座,匾额分别是"天开文运"、"明经取士"、"为国求贤",周围有很高的砖墙。进大门不远就是二门,二门内叫"内帘",二门外叫"外帘",考试时二门从里面锁起来,内外隔绝,谓之"锁闱"。明代张居正写过一篇《重修贡院记》,并有三个牌楼,中为"天下文明",到清末就没有了。原来"至公堂"匾,为严嵩所书。二门内有明远楼,四角有闱望亭,后增为六亭,考试时有士兵看守瞭望,其戒备森严,几乎像现代的监狱了。但是几百年来的绝大多数的大官吏、大学者、大诗人……都是由这个地方考出来的,是一处有关中国历史的极重要的古迹,可惜原建筑在清光绪戊戌(一八九八年)后,贡院被烧了一次。其后光绪三十一年停科举,破旧的贡院就没有用了。民国十六年,张作霖在北京作大元帅时,贡院残破房舍,已倾圮不堪,便拆除拍卖,这中间不知经手人贪污了多少钱,后来贡院旧址就全部变为民房,只剩下一些地名了。

在贡院附近,不少胡同都与贡院和科举考试有关系。首先胡同名就是关于举子考试的。如鲤鱼胡同,有鲤鱼跳龙门的意思。笔管胡同,举子作文章用笔,笔正心正,笔管条直。方巾巷,明代举子都戴方巾,来京会试,在京买顶方巾戴。科举时代,遇到会试进士的年份,全国士子都来北京,所谓"公车"入都会试,因为是公家提供交通工具。到京之后,都住在东单一带,是十分热闹的。附近胡同中有空房的,都贴红帖出赁考寓,叫做"状元吉寓"。做买卖的也借此机会,样样涨价大赚其钱。《京都竹枝词》有诗道:

缀号银楼也快哉,但能管事即生财。
休言刻下无生意,且等明春会试来。

诗后注云:"京师买卖,逢乡会试年尤觉茂盛。"可以想见其盛况。因说贡院,附带说到乡会试的热闹,自停科举后,自然冷落了。但在二三十年代中,每年暑假全国各省到北京考中学、大学的学生很多,多少有点类似的味道。

卢沟千古月

卢沟桥

已是半世纪前的事了,一九三七年七月七日,抗战的烽火由这里燃起,掀开了中华民族新生的历史新页。这就是名传青史、名闻中外的卢沟桥。这座意大利人马可·波罗在他的游记中曾经高度赞美过的全长八十多丈的多孔石桥,始建于金代大定二十九年(一一八九年),它的年龄正同传说中的彭祖同岁,已经八百高龄了,而现在还很健康,还是交通要道,海内外游人多到此游览凭吊,说来也真是不容易了。

明代徐文长的一首《竹枝词》云:

沙浑石涩夹山椒,苦束桑干水一条。
流出芦沟成大镜,石桥狮影浸拳毛。

这是青藤山人徐渭咏卢沟桥的诗,也已经是三百多年前的作品。卢沟桥横跨浑河,按,桑干河自山西雁北东流,从太行山脉间流出,又急又浑,常常改道,古称无定河,又称浑河,又名卢沟河。康熙三十七年重修卢沟桥,改河名为永定河。而卢沟河的范围,据《宸垣识略》载:"卢沟河旧自宛平县东,经大兴县南,至东安、武清入白河,即桑干故道也。亦谓黑水,水色最浊,其急如箭。"几百年来,从广安门出去,顺着漫长的通向远方的黄土古道,不知留下过多少鞭影蹄痕。你如走上三十来里路,就到了这座有乾隆御笔题碑的,天下闻名的古桥边。"卢沟晓月"和"蓟门烟树"、"金台夕照"等同为"金台八景"。这里以"晓月"为景,是从"行旅"和"送别"而引起的。元、明、清以来,七百多年中,卢沟桥是北京最重要的门户和交通要道,当年进出京城,有百分之八十的人都是走彰仪门(即广安门)和卢沟桥的。从南方北上晋京的人,最后一站是长辛店,住一宿,五更起身晋京,过卢沟桥时,正是东方欲晓,残月在天之际,出京的人,起身一般都很早,丑末起身,从城内走到卢沟桥,亦正是晨光熹微之际,送别的人,还在此等候,临风话别,晓星已没,淡月有痕,就有说不尽的惜别之意。如果是谪宦、丢官、降职和赶考不中的落魄人,那就更凄凉了,回首玉京,如在天上;长桥古道,冷月西风,河声凄咽,老马悲鸣,此时此景,正是"卢沟晓月"所以成为"八景"之一的最感人的画面了。明王英诗云:

> 浑河东去日悠悠,斜月偏宜入早秋。
> 曙色微涵波影动,残光犹带浪花流。
> 疏钟欲渡千门晓,匹马曾为万里游。
> 题柱漫劳回首处,西风零雾满貂裘。

这是历史上过卢沟桥的情景,自从近代交通工具铁路火车通车之后,这里只是近郊的交通要道,不再有远方的人披星戴月经卢沟桥进出都门,因而"晓月"的胜景也只能起早摸黑地特意去看了。

卢沟桥,明代正统九年(一四四四年)又重修,石料是用房山县出产的汉白玉建的。最出名的是桥栏杆柱头上的石刻狮子，大狮子下面还有小狮子，大大小小，姿态万千，很难数清楚。《帝京景物略》记道："石栏列柱头，狮母乳，顾抱负赘，态色相得，数之辄不尽。俗曰：鲁公输班神勒也。"历史上有名的工程，民间往往传说是鲁班神工，亦可见民间对鲁班的尊崇了。

清代北京城区，分作两个县治，东面是大兴，西面是宛平，卢沟桥边一座弹丸小城，就是宛平县，是"七七事变"的兵燹开始处，六七十岁的老人当还记忆犹新的。记得几十年前初学作诗时，游卢沟桥后曾写了一首诗，现在抄在这里，以见当年凭吊卢沟的感情，用存鸿雪之痕：

> 无定西来咽嘶流，鞭声雁影古卢沟。
> 城荒废堞狂虏梦，碑老长桥国士羞。
> 一夜烽烟连万里，五更残月入新秋。
> 欲将史笔传诗笔，人世何从觅董狐。

永定河古名无定河，昔人诗云："可怜无定河边骨，犹是春闺梦里人。"而卢沟桥烽火，日寇的烧杀掳掠，更千百倍于昔人所吟。有感于此，所以纵使卢沟桥是多少人写了又写，说了又说的名胜，而我在说到北京时，仍然还要写上这么一篇的，不然，又如何对得起当年那数不清的"梦里人"呢？

城南胜迹多

陶然亭

"千秋万岁名，寂寞身后事。"这话说对了一部分，也还有一点点留待后人来商量。因为有人生前名也不大，但偶然做了一件影响到后代、为后人喜爱的事，那么身后反而享大名，使人思念不已了。如康熙时工部郎中江藻就是其中的一个。他曾在京华西南角黑窑厂监工烧窑，并在窑台西南慈悲庵中修了几间有轩窗的房子，可以乘凉、看山、喝茶，起个名字叫"陶然"，从此"陶然亭"便名闻遐迩矣。而且文人雅士，简称之为"江亭"，江藻也因之而名垂艺苑矣。不然，一个小小工部郎中，身后谁又知道呢？近三百年来，陶然亭之名，历久不衰，成为旧时宣武门南第一名胜，这恐怕江藻生前不会想到吧？

几十年前，在北京做学生时，很爱到这个冷落而著名的地方去玩。那时江亭胜况已成往事了，北海、稷园等著名公园代之而起。到陶然亭来的人，只剩下三种人：一是慕江亭盛名的人；二是爱清静、喜欢野趣的人；三是附近来遛弯的人。我和几个同学来玩，是介乎一、二种人之间的，反正陶然亭不要买门票，骑上"铁驴"，出了和平门，过了江南城隍庙的那过街小楼，窑台已经在望了。

进入南下洼子高低不平的土路后，两旁所见都是坟滩、芦塘,路是十分弯曲的。斜斜弯弯向西南方向下去,不远即可望见高台上的荒凉古庙了。台下有几棵高大的老槐,如果是夏天,浓荫下会有嘹亮的知了声。如是冬天,那只有震撼寒风的杈丫老树了。顺着慈悲庵的台阶高坡走上去,坐西朝东的大门首先入人眼帘的就是那块江藻写的"陶然"二字的大匾。古寺的荒疏,其情调,在我的记忆中,只有南京清凉山红泥墙上写着"六朝古寺"的清凉寺扫叶楼可与之媲美。

当年陶然亭的景物最宜于秋天。一过窑台,小路两旁都是密密层层的芦苇,呈现一片绿色生意,春天因为苇芽刚出水,遮不住高处杂布的荒坟,徒使人感荒凉而已。夏天芦苇葱茂,穿行在小路上,密不透风,又太闷气。只有秋天,凉风送爽,芦花摇曳,穿行在这芦苇丛中,极为寥廓萧疏,照过去的说法,便有无限的江湖之思了。

所说陶然亭,其实并不是真正的亭子,而是一大排房子。慈悲庵和陶然亭都建在一小块高地上,陶然亭是紧贴慈悲庵庙院西屋后墙盖的,房子居高临下,打开轩窗,视野极为开阔,蓝灰色的西山的影子,遥遥在望,是当年京西南最好的看山之所。此地旧名文昌阁,饮宴文人又雅称之为"锦秋墩",加上简称"江亭",一共有四个名字。

清代文人墨客,多喜欢到这里作文酒之会,不少写文人墨客的小说,都曾写到陶然亭,如《花月痕》一书,就是从写陶然亭开始的。文人饮宴之后,喜欢在墙上题诗,这是古人题壁的遗意。光绪庚寅十六年(一八九〇年),德清俞阶青老先生(名陛云,俞平伯先生之父)偕友人宗子戴、姜颖生游陶然亭,见西墙有雪珊女史题诗云:

柳色随山上鬓青,白丁香折玉亭亭。

天涯写遍题墙字,只怕流莺不解听。

三十年后,先生重来陶然亭,见旧题漫漶尚可见,因赋《浣溪沙》云:

山色林光一碧收,小车穿苇宛行舟,退朝裙屐此淹留。　衰柳有情还系马,夕阳如梦独登楼,题墙残字藓花秋。

陈寅恪先生对此题有和章,载《寒柳堂集》,共二首,诗云:

故国遥山入梦青,江关客感到江亭。

不须更写丁香句,转怕流莺隔世听。

注:沈乙庵先生《海日楼集》陶然亭诗云:江亭不关江,偏感江关客。

钟阜徒闻蒋骨青,也无人对泣新亭。

南朝旧史皆平话,说与赵家庄里听。

俞平伯先生亦有和章云:

纵有西山旧日青,也无车马去江亭。

残阳不起凤城睡,冷苇萧萧风里听。

自有江亭以来,题壁汗牛充栋,综录雪珊女史题诗诸和章,稍存江亭掌故鳞爪耳。

龙泉寺

如果有条件,包括时间、资料等等,很想写一篇《现存宣南古寺考》,因为历史所说的宣南坊,有不少在文献、艺术、掌故上都很有保存价值的寺庙,现在不少都已消失了、毁坏了,如有名的保存《青松红杏图卷》、又以看牡丹花著称的崇效寺,已全部拆除,盖了新楼了。以供奉金代藤胎全身佛像著称的圣安寺,只剩一个门楼了。明代的长椿寺则已改作大杂院了。既非有计划地拆除改建,也非有计划地修缮保护,对于保存历史名胜古迹来说,都是令人感到十分遗憾的。这许多古寺中,也包括城南一隅,两所邻近的有历史价值的古寺,那就是龙泉寺和龙树寺。

过去在先农坛西,陶然亭北面,地势低洼,俗名南下洼子,那里聚着一汪水,叫作野凫潭。春秋两季,常有野鸭子出没,十分寥廓潇洒。潭的北面,有一座很大的庙,就是龙泉寺。龙泉寺的东面还有一座庙,名龙树寺,因为它有一棵明代的龙爪槐而得名。清末曼殊震钧在《天咫偶闻》一书中,似乎把这两处弄混了。他记云:"其北为龙泉寺,又称龙树院,有龙爪槐一株,院以此名。"实际这是两座庙,中间还隔着一条小胡同呢。李慈铭记得比较清楚,《越缦堂日记·壬集》同治元年(一八六二年)九月初九日记云:

> 独行至南下洼子游龙泉寺,观壁间石刻唐人所书《金刚经》。进方丈室,观寿山石十六尊者像,赞叹莫名……出,访龙树寺,车马甚喧,登看山楼,座客已满,酒肉重午,略一倚栏,啸咏而下,将访陶然亭,以夕照渐西遂返。

另据崇彝所著《道咸以来朝野杂记》云：

> 龙树寺,俗名龙爪槐,在江亭西北,门前野趣潇洒,为诸
> 寺之首,内有蒹葭簃,当年为文士吟啸之所。附近又有龙泉
> 寺,亦名胜地。后改孤儿院,事创于光、宣之际。

从以上所记,可以清楚地看出这三处名胜是邻近的,但又是分开的。所谓"看山楼",是满洲高士炳半聋所筑。后来这些地方十分冷落,但在当年却是"车马甚喧"、"座客已满",可见是十分热闹的了。龙树寺中还有凌虚阁,也可以登高眺望。清人陈澧有《初秋同人登龙树寺凌虚阁》词,写当时景物云："绕楼一带薜萝墙,西风瑟瑟横塘,眼前春色,垂柳垂杨,芦花容易如霜,雁声长,几时飞到?高城远树,乱堞斜阳。"可以想见眺望时的寥廓之意。至于所说"孤儿院",一九八一年,我回京在里仁街旧居度夏,遛弯时见那个坐西面东砖刻灰墙门楼和字还在,第二年再看已被拆除了。

龙泉寺在三十年代中就十分荒芜了,当时各大庙会全靠作佛事。这座庙因为地址偏僻,人家办白事都不到那里去,平时没有什么香客,布施也不多,所以庙也多年失修。有一年逛完陶然亭顺便到那里看看,房子大体完好,只是十分冷清,很有点韩愈所写"黄昏到寺蝙蝠飞"的气氛,那时唐人所写《金刚经》、寿山石尊者像等等,早已不知去向了。

在上世纪末和本世纪初,龙树寺和龙泉寺各有一段重要的掌故。一是同治十年张之洞、潘祖荫大会都下文士于龙树寺,目的是为了调停李慈铭、赵㧑叔二人的矛盾。张写给潘的信云：

四方胜流,尚集都下,不可无一绝大雅集,晚本有此意,陶然亭背窗而置坐,谢公祠不能自携行厨,天宁寺稍远,以龙树寺为佳。

从张的信中,可见当时龙树寺聚会,是多么潇洒。这天的确请了不少名流,除以上四人外,还有大学者孙诒让、王懿荣、王闿运等。由无锡秦炳文画了一张图以留纪念。题云:"时雨乍晴,青芦瑟瑟。纵论古今,竟日流连。归作此图,以纪鸿爪。"当时还有一个笑话,张信中虽然提到"行厨"的事,而作主人的张、潘二位大人都把吃饭的事忘了,都未带厨师。到客人们饿了才想起这桩事,临时找了庆余堂饭庄子来,才解决了问题。

张之洞在龙树寺盖有兼葭簃,张殁后,其门生故吏供张遗像于此。三十年代室仍整齐完好。曹经沅《重游龙树寺诗》云:苇海千弓接远汀,从知眺赏胜江亭。秋来试柱看山笏,一角晴峦绕槛青。三百年来溯胜游,兼葭簃对看山楼,只今朝土垂垂尽,不见诗人何道州。"前一首写风光,后一首则遗老口吻,感慨系之矣。

二是本世纪初,窃国大盗袁世凯曾把章太炎氏囚禁在龙泉寺。这是一九一四年一月的事。袁世凯不许章氏离京。章在车站被阻之后,翌日到总统府见袁,袁避而不见,章便大闹。结果被陆建章用马车骗到南下洼子偏僻的龙泉寺中,因了起来。这是一九一四年一月二十一日的事。到了龙泉寺后,警察总监吴炳湘又派暗探充门房、厨师、扫夫来监视。太炎先生函斥之,其警句云:

遵法而施,则官吏视之;违法而行,则盗贼视之。卿等所为,无异于马贼绑票,而可借口命令乎?自作不法,干犯常人,而可言防卫者性气太甚乎?

袁世凯命令他的爪牙,把太炎先生囚在龙泉寺,又派他儿子袁抱存送锦缎被褥去,太炎先生用香烟把被褥烧了不少洞,抛在院子里,大喊"拿走",显示了凛凛的骨气。先生在"家书"中写当时的情况云:

> 吴炳湘迁我于龙泉寺,身无长物,不名一钱,仆役饮食,皆制于彼。除出入自由外,与拘禁亦无异趣,下床畏蛇食畏药,至此乃实现其事矣。大抵吾辈对于当涂,始终强硬,不欲与之委蛇也。

太炎先生一直到六月中才迁出龙泉寺。这样重要的古迹可惜现在没有了。我常想,当初改建陶然亭公园时,把园区往西移三四百米,把龙泉寺、龙树寺都包括在园中,把东面空地留下盖新楼房该多好呢? 可惜经营陶然亭公园者,不熟悉历史文化掌故,亦不注意此点,不懂保存历史古迹,因感世界上两全其美的事太少了。

醉郭墓

陈子昂《登幽州台》诗云:"前不见古人,后不见来者,念天地之悠悠,独怆然而涕下。"人生有生有死,历史有去有来。从个人说是短暂的,从历史说是悠久的。人不能只活自己的一生,应该常常思念一下前人,想一想来者。后之视今,亦犹今之视昔。未来人思念今人,也许像今人思念前人一样。惟其如此,人们在风景名胜之区,往往对一些前人的墓地,无限凭吊,引起许多历史的、人生的想象,甚至有的是传说中的人物,如西湖西泠桥畔旧有苏小小墓;苏州虎丘下旧有真娘墓,大抵均未必实有其人,而韵事流传，亦足以点缀名胜，令游人产生许多遐想。回忆陶然亭，不免也会想起旧时那里的几处名坟，首先最使人感到神秘的就是那座"香冢"，又名"蝴蝶冢"，就在慈悲庵下面偏北的小土丘上，不少人还记得那个颃艳而难解的碣文吧？上面刻着：

> 浩浩愁，茫茫劫。短歌终，明月阙。郁郁佳城，中有碧血。碧亦有时尽，血亦有时灭，一缕香魂无继绝。是耶？非耶？化为蝴蝶。

据《越缦堂日记》所载，这个"无名碣"是御史张春陔、盛藻所作，是悼念曲妓茜云的。张是丹阳人，光绪初年做过温州知府。不过尽管有李慈铭的记载，而一般游人，又有谁去读他的《日记》，所以仍旧当"谜语"似的流传着。

另外还有一座坟，那就是著名的"醉郭"坟。其墓地就在陶然亭高台下面，偏东南处香冢的旁边。旧时人们不大知道他的名字，只叫醉郭，现在自然连他的坟也不知道了。其实他在本世纪初，在天桥一带是很出名的。当年天桥有"八大怪"，有老八大怪和新八大怪，他是老八大怪中的一个。

按，醉郭是外号，本名瑞，字云五，原是北京西山人，后来流浪在城里天桥一带。庚子时，他编了许多有关北京社会、时事的"数来宝"，在天桥演唱。因其演唱时事十分及时，歌词又极为生动，听的人很多，有时一边走一边演唱，听的人尾随观看。人们不知道他的名字，只知道姓郭，每天都醉醺醺的，所以外号呼为"醉郭"，在街面上特别有名。巡城御史派"堆子兵"赶他跑，但他不理不睬，照样演唱。巡城御史是清代北京很重要的管北京地方治安的官。堆子兵有如后来的巡警，是管地面的兵，分驻在全城各闹市处。当时有一个苏州人彭君翼办《京话日报》，又替他编了不少唱词，因而越唱越精彩。后来彭君翼因事充军，他哭送良乡，从此便一病不起，不能再唱了。他无家无业，卖唱收入全都喝了酒，一得重病，当然无法生活，人们把他送进当时的贫民院，苟延残喘。这样又拖延了一两年，等到彭君翼事解回京，他尚未死，不过只剩最后一口气了。居然与彭道了永诀才逝去，死后还是彭和朋友们凑了点钱，把他葬在陶然亭，立了一块碑，这就是"醉郭墓"。碑碣是林琴南撰文，字是祝椿年写的。

醉郭墓之外，还有一座重要的墓地，就是二十年代著名女作家、山西人石评梅女士之墓，在陶然亭东北面。过去由窑台过去，顺芦间小径往东南走不远，在右手就可看见这座墓。墓前有石碑，刻着用新诗写的碑文，是很著名的。石评梅女士当时女师大毕业，是进步女作家，鲁迅先生一九二六年离京时，到车站送行的就有她，我记得好像陶然亭改为公园后，她的墓地已保留下来了，可能后来又被破坏了，是十分遗憾的。

一九三六年冬，赛金花老死在天桥大森里两间破房中，十分潦倒，好事者为她在陶然亭畔营一墓，碑曰"魏赵灵飞之墓"，其事多知者，不必多作解释了。清宫的一个大红鹦鹉，十分珍贵，后来养在中山公园供人参观，死了后，被人埋在陶然亭，立一小碑，曰"鹦鹉冢"。陶然亭畔，原是义地，从古以来，荒坟就多。康熙时，查慎行《从刺藤园步至陶然亭》诗云："雨余天气晴和候，城角人家墟墓间。"可见从康熙时这里已有不少坟地了，前后二百多年中，陶然亭似乎一直与荒坟为邻，直到解放后改为公园，才彻底地把这些坟墓清除了。

白塔怀古

白　塔

　　前些年看电视,播映一些老前辈们去参观阜城门白塔寺。在广播词中听到,介绍参观者对于古迹、文物的破坏不胜感叹,因见白塔寺的山门被拆除了,改建成一个西式楼房,开了百货商店。这就联系到保存古迹名胜的协调问题。试想如果把北京景山前门、苏州虎丘山门、杭州灵隐寺门,都拆了,盖上几座漂亮的西式多层楼房,那岂不是大煞风景! 今天白塔依然在,未遭拆除,且得到了重修和保护,也该真是不幸中之大幸了。

　　北京有两座白塔,一座是白塔寺的白塔,一座是北海琼华岛顶上的白塔。两座白塔都是非常美丽的。白塔寺的白塔是辽代寿昌二年(一○九六年)建筑的,而北海琼华岛的白塔是清代顺治年间建的,一个在十一世纪,一个在十七世纪,前后相差六百年。

　　塔的式样很多,有中国式的木塔,有印度式的砖塔。中国式的木塔有唐代方形的,唐以后六角、八角的。而这两座白塔的式样,则纯粹是印度式的,仿佛缅甸仰光的大金塔的造型,真正是阿罗汉浮图的样子。关于白塔寺的塔,按《草木子古今谚》记载,元初有童谣道:"塔儿红,北人来作主人翁;塔儿白,南人作主北人客。"据传元世祖忽必烈时,塔上发出焰赤的红光;等到朱元璋起兵淮阳，塔仍旧成为白的了。白塔在西城，传闻因西方属"金"，故建白塔以镇之。同时佛教的"浮图"，其始建时必葬佛骨或舍利，因而据传这座白塔也是为释迦舍利所建，内藏舍利戒珠二十粒。

白塔寺的白塔在辽代名白塔寺，元至元十六年（一二七九年）建万安寺，明天顺间改名妙应寺。在清代几经修建，但并未成为重要的佛教寺庙，却成为重要的庙会之一，不过那已是乾、嘉以后的事了。白塔寺庙会的会期是每旬逢五、逢六，除此之外很少人来，只有在九月九日重阳节，这里曾经也是一处登高的地方，《京华百二竹枝词》注云："白塔寺在平则门（即阜成门）内，以塔得名，九日登高，士女云集，不见一题糕载酒者。"实际这种塔是实心的，塔顶并登不上去，只不过凑热闹而已。等到北海公园开放之后，每届重阳，人们都到北海琼华岛白塔去登高，白塔寺的白塔，在游览胜地来讲，那也就冷落多了。

北海的白塔，名气大得多，也年轻得多，枝巢老人在《旧京琐记》中记道：

> 京师白塔有二，一在阜成门内，一在北海。按，顺治八年（一六五一年）毁万寿山（元代琼华岛旧名）之亭殿，立塔建寺，树碑山址。康熙己未地震，塔毁，次年重建焉。《清会典》载："设白塔信炮总管，隶内务。"盖大内以万寿山为最高，内外有警，以白塔信炮相告。

这座白塔关于城防警戒的作用，现在游人可能很少注意到了，实际在清代初年，鉴于明朝京师失守，建此白塔，设立警炮，其用心是很深远的。但是却没有想到咸丰十年（一八六〇年）和光绪二十六年(一九○○年),两次都是在"有警"之先,皇上便先逃之夭夭了。这是顺治帝福临、康熙帝玄烨做梦也未想到的。

两座白塔在建筑艺术上的成就都是非常大的,在造型上白塔寺塔有其特征,即《宛平县志》上所说的"其足则锐,其肩则丰,如胆之倒垂,然肩以上,长项蠹空,节节而起,顶覆铜盘,盘上又一小铜塔",其建筑线条是十分别致漂亮的。北海白塔的造型是仿这个塔建的。只是今天白塔寺的塔,已被包围在乱七八糟的楼房群中,风景线已被完全破坏,能让人从远处观赏的,只剩下北海白塔了。所谓"梵宇弘开壮帝都,碧天突起玉浮图",雪白的塔衬着北京深邃的蓝天,真是使人有无穷的悠悠之感了。

古寺诗情

法源寺

法源寺是宣南的大庙，前几年回北京，特地到那里去了一趟，看见工匠人等正在动手大修，泥瓦竹木，堆了不少。阴山门里面几株老柏、老槐长势仍然葱郁，时正盛夏，绿叶浓荫，衬托着蓝天白云，红墙殿宇，所谓故国乔木，颇足以引人遐想。因里面尚未修好，不便进去参观，便只在这几株老树下徘徊了一会儿便出来了。

法源寺十分古老，唐代便已建成，名悯忠寺，可以说是宣南古寺之冠吧。寺中最早建有悯忠阁，谚语称"悯忠寺阁，去天一握"，不过这座高阁早在明代之前就不存在了。老的悯忠寺，只留下几块断碑。其一为《净光宝塔颂》，证明过去悯忠寺是有宝塔的。碑称"至德二载（七五七年）十月十五日建，参军张不矜撰，参军苏灵芝书"。讲碑帖的人都知道，唐代有一位既会写字，又会刻碑的艺苑大师李北海，凡是他自写自刻的都署名"苏灵芝"，这座碑就是李北海的作品。不过没有《麓山寺碑》、《云麾将军碑》著名罢了。又有一碑为御史大夫、幽州太守史思明书，游人看到这座碑，可能还会想到"范阳节度使"，想到"渔阳鼙鼓动地来，惊破霓裳羽衣曲"的年月，岁月悠悠，这都是一千一百多年前的事了①。

---

① 史思明碑现陈列在寺中，供人参观。——编者注

悯忠寺在明代正统七年(一四四二年)重建,改名崇福寺,明末寺废,后又重建,改名法源寺。清代康、乾之后,法源寺不只是宣南大蓝若,而且以花事驰名都门。试翻康、乾以后诗人的诗集,有不少都载有关于法源寺花事的诗。乾隆时金匮(清代无锡首县)秦大樽《消寒诗话》记云:

> 京师法源寺海棠最盛,余与绲桥退食数往,值休沐,晨餐后即往游焉。恐主僧诧频来,乃不见主僧,径赴外圃坐海棠花下。曾有诗云:"岁唤狂朋三十度,春风欲放海棠颠。"狂态可想也。

这是乾隆初年法源寺的花事,其后乾隆末年到嘉庆时仍然以海棠著称,洪亮吉诗云:"法源寺近称海棠,崇效寺远繁丁香。"林则徐嘉庆二十一年(一八一六年)四月初七日记云:"出城后顺途拜客,并到法源寺看海棠、丁香即回。"也可见当时丁香颇可观了。待到同、光而后,直至数十年前,法源寺则专以丁香称雄都下。当年山门之内有宋柏,鼓楼后有唐松一株,天王殿前有唐槐一株。此外二门之内,有几百株老丁香,白多于紫,在五月间花事盛时,那庭院中宁静而馥郁的气氛,那淡紫、淡碧的香雾和光芒,那闹哄哄的蜜蜂,在这暖洋洋的花间徘徊过的人,我相信是终生难忘的。所谓"禅房花木深",在寺院中看花,是别有一种肃穆的情趣,连那凝聚在空气中的香味也同中山公园是两样的。

在法源寺中徘徊,不由得还会想起著名的短命诗人黄仲则,"全家都在秋风里,九月衣裳未剪裁"。这样的潦倒而洒脱的诗句,有清一代,也是不可多得的。这位短命诗人在去世前,住在法源寺养病二三年,乾隆四十六年(一七八二年)四月初二还邀请孙星衍、洪亮吉等人在法源寺饯春、饮酒赋诗。当时他的好友洪亮吉正在贾家胡同孙星衍家校书,相离很近,经常到庙中去看他。《卷施阁诗集》收有《法源寺访黄二病因同看花》七古云:

> 长安城中一亩花,远在廛西法源寺。
> 故人抱病居西斋,瘦影亭亭日三至。
> 一丛两丛各称心,前年去年看至今。
> 今年花盛病亦盛,转恐病久花难寻。
> ……

从诗中我们真可以看到这位"才人命薄如君少,贫过中年病却春"的"两当轩主"的倩影了。这是二百年前的旧事了,今天人们在游览法源寺时,有谁来想起两当轩主人呢?

诗　人

两当轩主人黄仲则去世二百年时,曾有他的后人征诗,纪念这位著名的诗人,我就抄了一首《初秋过横街法源寺》的五古,聊表景仰之忱,诗云:

> 杖策横街行,秋风问古寺。老槐暮蝉声,红墙斜照里。
> 地僻车尘少,游者二三子。入门禅院静,廊深帘垂地。
> 唐碑喜尚存,丁香多新艺。法相更谁知,贝叶从头理。
> 宣南梵刹多,问讯皆毁弃。此独见重光,历劫原非易。
> 佛言四大空,着甚悲和喜。闲看天际云,淡若银河水。

惟念素心人，夜吟留故事。吹笛到天明，高情今谁比。

更有毗陵客，上溯乾嘉际。寂寞两当轩，诗魂长已矣。

这首诗最后的结尾，正是对两当轩诗魂的怀念。这首诗是在法源寺修竣的那年秋天去观瞻后所写。我去的那天游人很少，我静静地在那秋阳照耀下的肃穆的寺院中游览了一个下午，我不但想起了古寺得以重光的胜业，多么值得庆幸，而且想起了不少在这座古寺里居住过的、游览过的、因缘比较深的诗人，如两当轩主黄仲则就是一位，除他之外，也还有不少呢！

游览法源寺，也绝不应不想起近代重要诗人龚定盦。他从小住在南横街，离法源寺极近，常常跑到寺中来玩。他的叔外祖段清标（段玉裁之弟）住在他家，年纪已老，常常到庙中来找他，庙里和尚说他们是一个猴子，一个仙鹤。所以他若干年后独游法源寺，重过故宅，写了一首很感人的五古，结句就是"千秋万岁名，何如少年乐"，就是回忆的那童年乐事。他有一首《悯忠寺海棠花下感春而作》的绝句，四句诗可以抵得一部《法源寺志》。诗云：

词流百辈花间近，此是宣南掌故花。

大隐金门不归去，又来萧寺问年华。

龚定盦而后，述法源寺之诗缘，湘绮老人王壬秋应记一笔。一九一五年春，湘绮来京，法源寺的住持道阶上人约请在京名流，为湘绮在法源寺举行"饯春会"，当时正值丁香盛开，参加者近百人，人各赋诗，会后并绘《饯春图》。这也可以说是一次诗会了。

再有去游览法源寺,更不能不想起印度诗哲泰戈尔、老诗人陈桔叟、大学者梁任公、因飞机失事过早去世的新诗人徐志摩。

　　当年印度诗人泰戈尔来北京,徐志摩接待,并为之担任翻译。诗人选择天坛作会场,让泰戈尔发表演说,又陪泰戈尔到宣外南横街法源寺礼佛,参加北京佛化青年会为其举办之赏花会,并在法源寺作诗。当时参加诗会的有梁任公、陈宝琛等位,并一同在丁香花下拍了一张照片。泰戈尔和徐志摩等位在花下吟唱通夜,事情虽然发生在北京,而当年却成为远播海外的艺苑新闻。法源寺虽然以花事著名,丁香、海棠闻名已久,一直是诗人咏唱的地方。但像这样由印度诗人和由大不列颠帝国康桥归来的留洋诗人在此作一夜诗的事,却是没有过的,可说是法源寺庙史上一件空前的韵事了。梁任公为此曾集宋人词句为联赠徐志摩云:

　　　　临流可奈清癯,第四桥边,放棹过环碧;
　　　　此意平生飞动,海棠花下,吹笛到天明。

　　上句指徐之"别了康桥",下句即指与泰戈尔在法源寺通夜作诗。集句自然流畅,一气呵成,这要把大量宋词背得极熟,运用极熟,是极不容易的。

　　法源寺作为宣南名刹,与诗人的缘法是很深的,自然既是名刹,主要还是佛缘了。几十年前,这里开过释迦牟尼佛二千九百五十年佛诞大会。展览过佛牙、贝叶经、隋朝写经、乾隆时心诚和尚刺血书《楞严经》、赵子昂金书《观音普门品》等等。还展出明代恭嘉皇后、清代裕亲王所舍之"水陆像",意思是佛教超度水陆众生的。所谓十法界,即一佛像、二菩萨像、三缘觉像、四罗汉像、五天王像、六人像、七修罗像、八畜生像、九饿鬼像、十地狱像。除去佛教法物外，还有不少珍贵古玩书画，如万历五彩瓶、纪年钟、饕餮文方壶、文徵明山水轴、郎世宁花鸟屏，当然，这些东西今天早已不知去向了。法源寺修复重光之后，又在努力搜寻法物，现在入藏又已不少了。

名塑偶忆

刘蓝塑

　　我国古代著名的塑像家,江南最著称者为唐代的杨惠之,据传苏州角直保圣寺的半堂罗汉就是他塑的。在北京,最著名的则是元代的刘元。在北京西安门里,府右街北口,有一个很小的胡同,地名刘蓝塑,又叫刘銮塑。胡同虽小,名气却很大。据说这里原是元代"天庆观"旧址,天庆观的神像都是元代名塑像家刘元塑的,自古至今十分出名。《天咫偶闻》记载本世纪这里的情况道:"天庆观在旃坛寺南,俗称刘銮塑,神像皆出元刘供奉銮手,今已颓败零落,蔓草塞门,过者瞻望太息。"现在当然更很少有人知道这个始末了。

　　刘元可以说是历史上一个很特殊的人才。他名元,字秉元,宝坻县人。年轻时作道士,从青州杞道录(人名)学会了塑像,当时已很出名,后来他奉元世祖忽必烈召,塑大护国仁王寺佛像,又从尼波罗人珂尼哥学习印度塑佛法。珂尼哥是忽必烈的匠人总管,称为"国公"。刘元学会了他的塑像绝技,即先在泥塑像下糊多层绸,后给以髹漆,待去掉泥土,再涂上真金,这样做成的金佛像,叫作"搏换",俗语叫"脱活",直到现在,北京还有这句俗语。刘元学到绝技之后,给元代两都,即下都(宣化北)和大都(北京)的大庙塑了不少名像。所谓"西出梵相,神思妙合",号称"天下无与比者",官封"昭文馆大学士",并奉上谕:非有旨,不许擅自为人塑像。可惜的是刘元的塑像传到后世的很少,现在则更是绝响于人间矣。因为塑像不比绘画易于流传,他的同时人虞集在《刘正奉塑记》中就曾对此有感。在张彦远的《名画记》中,记录画人数十名,而塑像者只一二人。说道:"良由画可传玩,模拓久远,塑者滞一处,好事识者,或不得而览观,使精艺不表白于后世,诚可慨也。"当时他已意识"塑"之不能致远传久,但却未考虑到后代的大量破坏,否则那感慨就更多了。

北京朝阳门外有座东岳庙,一直到前几十年还安在,那里的塑像就十分出名。庙虽几经重建,塑像依旧精彩。庙里有阎王殿,有狰狞的恶鬼塑像,像下装着木轮子。塑像下的地是空的,连着轮子,游人推开殿门,跨进门槛,一脚踏在塑像前的地下,塑像便突然旋转到你身前,抡起手中的白粉口袋,打在你身上,如无思想准备,便会吓个半死,所以人们说起东岳庙的塑像,大有谈虎色变之感。传说东岳庙的塑像是出自刘元之手。《帝京景物略》说:

> 庙在朝阳门外二里,元延祐中建,以祀东岳天齐仁圣帝……帝像巍巍然,有帝王之度,其侍从像,乃若忧深思远者,相传元昭文馆学士艺元手制也。

其实这传说是错误的。因元代北京有两个东岳庙,一在城内,成于延祐(一三一四年)之前,乃刘元所塑;一在朝外,成于至治(一三二一年)之后,非刘元所塑。参看虞集《道园学古录》中《刘正奉塑记》和《东岳仁圣宫碑》二文所记,延祐所建,在城里东南隅,元代大都南城墙即今长安街。正面南门丽正门即后来天安门的位置，因而"城内东南隅"应为现在东单以北及以东，总布胡同一带。这个在永乐修明代北京城时，可能已经破坏了。明代只剩下朝外东岳庙，刘侗等人可能未注意《道园学古录》，因而以误传误，实际真的刘元塑恐怕早在明代就不复存在了。

禁城记趣

破皇城

北京有好多门的名字,直到今天门没有了,而人们仍按老习惯叫着,如地安门、西安门、东安门等等。地安门俗名又叫"后门",正阳门俗名"前门",人们以为是前后对着的两个门,实际又不是。再有北京现在还有两条街名:"东皇城根"、"西皇城根"。这些都是什么意思呢? 没有其他原因,只是因为历史上有过"皇城"的关系。后来皇城虽然拆除了,但老地名却保留下来。

明永乐帝营建北京城时,城墙就修了三层,最内紫禁城,其次皇城,外面是北京城。到了嘉靖时,在前门外又修了个外城。这样就是外城、内城、皇城、紫禁城,一层一层的城,再加众多的门,这就是明、清两代"凸"字形的"千门万户彤彤日"的帝都了。皇城并不像紫禁城、内城那样方方正正;如鸟瞰它的形状,大体如一"甲"字形,后面方形是城,中间一竖乃千步廊。

皇城共有七门,天安门还不是皇城的正门,正门在明代是大明门,在清代是大清门,在民国是中华门,这是"国门"。现在则早已拆除,改建新建筑物了。内有笔直的长形千步廊,东西带廊朝房各一百十间,又折而面北,东西两面各二十四间,这个狭长的就叫千步廊。大明门就在千步廊南端。在承天门(后称天安门)前左右两面为长安左门、长安右门。皇城东面为东安门,西

355

为西安门，北面为地安门，俗称后门。皇城城墙不是很高的灰砖城墙，而是红墙，上覆黄鸳鸯琉璃瓦的宫墙。按，皇城一周十八里，筑宫墙三千六百五十六丈五尺，高一丈八尺，下广六尺五寸，上广五尺二寸。现在中山公园正门两边的黄瓦红墙，就是昔时皇城的样子。

按，皇城的平面图是一个南北短、东西长的长方形，东西两面不对称，因西面包括三海部分。因而这个长正方形如以天安门所在位置分，东面占三分之一，西面占三分之二。这个长方形的西南角缺一块，成一曲尺形，就是现府右街南面一段，明代这里叫"小时雍坊"。这横长方形，南面又伸出一个很长的头，即千步廊。

明、清两代天安门前是不准百姓经过的，一座皇城挡在中间，所以东西城来往很不便。行人车马要顺着东西长安街走，到了长安左、右门前，不能再往前走，要折而南，顺着红墙，一直绕到大明门前的棋盘街，才能各奔东西。

明代皇城内没有什么居民，大都是供奉内廷的机构，如西安门内西什库、惜薪司，地安门内帘子库、蜡库，北海东的大石作、小石作等等。到了清代，这些场所都变为民居了。清吴长元在《宸垣识略》的按语中说：

> 今皇城内居民甚稠，故东安、西安、地安三门闭而不锁。民有延医接稳者（稳指稳婆，俗称老娘，即接生者），不拘时候，得以出入。支更仍用击柝，与明代异。

这就是清代皇城内居住的情况，这些古老的地名，一直使用到现在。清代皇城内不但有民居，而且还有外国教堂，如西什库天主堂,那就在皇城内,离禁城很近,几乎快要成为对门居了,这也是很特殊的。

清代大官进宫下朝,一般都进皇城东安门,再进紫禁城的东华门。如道光十八年(一八三八年)林则徐放钦差前,到京引见,十一月初十日记云:"拟于明早递折,是晚到东华门外烧酒胡同关帝庙住宿。"一九一二年一月张光培等同盟会会员扔炸弹刺袁世凯,就是在东安门外大街上三义茶馆和祥宜坊酒店发难的,但未炸死袁,只把袁的卫队管带袁金标等炸死了。

明末崇祯时,据传李闯王破北京,由德胜门冲进来,直奔皇城西安门(俗名外西华门),远远射了一箭,射在西安门门洞中匾旁木柱上,记得几十年前还在,常有人经过时特意寻找观看。

在西安门南面的皇城,靠近惜薪司的地方,在庚子时就拆成一个豁口,西安门外靠南一带的居民,就由这个豁口斜着进皇城,去光明殿、西什库以及后门一带了。

皇城在三十年代初叶,袁良作市长时,大部都已拆除,但"东、西皇城根"的地名,却仍保留到现在。至于何以没有"南皇城根",因为它就是长安街的一部分。也没有"北皇城根",而在地安门以东有一段也叫东皇城根,以西大部都叫西皇城根。

当时皇城拆除后,大大便利了东西城的交通,但在西皇城根一带,拆了墙的西面,还留下墙的东面,因为那面是石板房人家的院墙,而这面拆了一片砖后,又未修整,这样便像狗牙一样,参差不齐,难看极了。当时住在西皇城根,面墙而居,天天一出大门,就对着那一大溜破墙,不愉快的印象直到今天还很深。西什库西面,后门西面,街南的墙,则是用皇城墙重砌的,不少现在还在,比较整齐了。

太庙鹤

在清代，进了天安门，走不远，往左拐，是社稷坛；往右拐，是太庙。所谓太庙，就是封建帝王的家庙，也是旧时习惯上所说的宗庙，是祭祀封建皇帝祖宗的地方。为什么叫作"太"呢？太是至高无上的开始的意思，《易经》中的"太极生两仪，两仪生四象，四象生八卦"等等，就是说一切的繁衍，都是从至高无上的原始产生的。所以皇帝家庙叫太庙，现在作了劳动人民文化宫了，郭沫若诗说："昔为帝王庙，今作文化宫。"不过还要加点说明，即这座太庙的建筑，建于明代永乐年间，在明代这里供的是明朝皇帝朱家的祖宗朱元璋、朱棣等人，明朝亡了，清兵进北京，顺治爱新觉罗·福临做了皇帝，便是清朝。爱新觉罗·福临侵占了别人的国家，居住了别人的宫殿，但不好再供别人的祖宗，那么太庙怎么办呢？他把他的祖宗努尔哈赤、皇太极等位的木牌儿从沈阳请到北京来，供在这座太庙里。因此在清代，这里前殿供的就是八旗皇室的始祖、清代尊为太祖的爱新觉罗·努尔哈赤。另尊盛京（即今沈阳）太庙为四祖庙。三十年代编的《旧都文物略》把太庙标题为"清太庙"，是对的。但在说明中云：

> 清太庙，在天安门左，清顺治元年建，朱门黄瓦，卫以崇垣，周二百九十一丈六尺……

按，顺治元年（一六四四年），即明崇祯十七年甲申，那年五月多尔衮入北京，九月，顺治才到北京，十月，即皇帝位，又如何能建造这样大工程的太庙呢？说来还是侵占了明朝的祖宗祠堂而已,怎么能叫"建"呢?这座太庙既不是清代的建筑,清代用的本是前明旧物。那么明代朱家那些祖宗牌位呢?倒也没有扔到垃圾堆里去,而是搬了个家,搬到西四牌楼羊市大街,那里有座"历代帝王庙",也是宫殿的规模,琉璃瓦、大影壁,过去门前两面都有牌楼,供着历代帝王牌位,让朱元璋和他儿孙们给李世民、赵匡胤等人作伴去了。这似乎也是讲礼貌的地方。

太庙在建筑典制上同宫内相仿,共三层大殿,前殿十一楹,中殿九楹,后殿九楹,都是有"阶"有"陛"。前殿阶三成,陛五出,可拟宫内"保和"等殿规模。前殿前有左右庑各十五楹,东面配飨诸王,西面配飨功臣。辛亥革命后,按照"南北军代表"所订《清皇室优待条件》规定,宣统本应迁居颐和园,城内宫殿坛庙等应归国家来管,但是宣统和逊清等王公并未执行这一规定,一直拖延到一九一四年,几经交涉,先将清宫三大殿以南部分划归当时北洋政府所管,包括太庙和社稷坛。社稷坛不久即开辟营建为中山公园,而太庙当时因还算宣统的家庙,每年还要祭祀,所以仍旧封禁着。过去进太庙也是由天安门里面往东进去,南面与天安门平行线上,只是一带红色宫墙,并没有门。中山公园开辟南门时,为了建筑上对称,也在天安门东、太庙南墙上开一"起脊拱门",就是现在劳动人民文化宫的那座正门。而当时虽然开了门,却并未开放。直到一九二四年鹿钟麟进宫赶走了末代皇帝溥仪,才彻底打开了太庙的大门。太庙先开辟为"和平公园",不久又改为"故宫博物院分院",按照公园办法,卖门票任人游览。不过在旧时代太庙的游客很少,偶阅武进诸广成一九三六年夏《北平行草》,记游太庙云:

七日往游太庙,庙位中山公园之左,入其内必须购票,方得参观历代帝王之栗主祭器等,中以御座为奇,状如大栲栳,上镌盘龙极细,约有数十座,由此左行,别为一部。已改图书馆,牙扦百轴,收藏丰富……

可见当时太庙中有不少可参观的,不过后来这些东西不知哪里去了。而真正好的则是园中古柏参天,寂无人声,在盛夏时,里面老柏林浓荫蔽空,暑意全消。而在严冬三九,大雪之后,银白世界,既少脚印,更无人语,都可说是旧时北京"心脏地带"的奇景,没有亲身感受的人有时是很难想象的。

太庙旧时还有一样奇物,就是"灰鹤"。这是一种在参天柏林中营巢的候鸟,春来秋去,浅灰色,比丹顶鹤小。北京只在太庙中有。《旧都文物略》也记云:"其东林木幽邃,有灰鹤巢其上者千百成群,为它处所罕觌。"太庙进门后东南一大片柏林,旧时四周有栏杆,人不能进去,小立栏杆边,静静地望着林中灰鹤来去,上下飞翔,是充满了寂静的生趣的。我曾多少次和先父来这里,在露椅下静静地坐着,望着那柏树林深处浮动着的阳光、轻雾,从那柏枝密处突然飞起的灰鹤,再过去那高大的红墙外面,就是叮叮当当响着有轨电车铃声的闹市,而这里却那么静,静得似乎那远处灰鹤起飞,拍打翅膀的声音都能听到,我不禁想起《庄子》上的话:"野马也,尘埃也,生物之息以相吹也。"在这静中,似乎清晰地听着生命的、历史的脚步声……

角楼蛙声

"倚杖柴门外,临风听暮蝉",这本来是田家的闲适风光,但是蝉声到处都有,换一个地方,仍然一样嘹亮,但情景迥不同矣。

"西陆蝉声唱,南冠客思深",闲适之情,马上变为沉郁之感矣。此即所谓"感时花溅泪,恨别鸟惊心"也。

如古人有以"一池蛙唱,抵的半部鼓吹"的雅趣,在北京乡间,则大不以为然。老乡们称之曰"蛤蟆噪坑"。到了宫禁中又不同了,晋惠帝司马衷在宫禁中有一天听到蛙鸣,便"天真"地问身边大臣道:"此鸣者为官乎? 私乎?"就这一问,留下千古的大笑话,别人也许问,蛙声是细草池塘的声音,皇家宫苑中有此乎? 我说有。不但有,而且也很有情趣,此即所谓"宫蛙"。晋惠帝听宫蛙闹了千古笑话,我今天也来说说"紫禁城的蛙声",岂非也是一个大笑话吗? 先此声明,完全不是,我所说的,在我感到则是一些飘渺的旧梦,一些美好的回忆,一些带着无限诗意和情思的怀念……

若干年前吧,我在北京沙滩读书,家住在西城甘石桥,虽然晚间睡在学校宿舍里,但差不多每天还是要回家一趟,由学校回家,要经过一条北京最美丽的——不,甚至可说是全国最美丽的路,那就是故宫后面的景山前街。在我所走过的街道中,似乎只有杭州孤山脚下的西泠路可以和它媲美,所说"媲美",也只是"似乎",并非真个等驾齐驱也。

是这条路,区分几段领略,比如由东往西来吧:第一段:北池子北口到景山前门,两边绿树红墙,瞻望景山和紫禁城墙、东角楼;第二段:由景山前门往西,到大高殿门前牌楼西边;第三段:由北长街北口,经北海前门、团城,过金鳌玉蝀桥,直到文津街。这三段各有千秋,今天我先说第二段,因为就在这第二段听了紫禁城外筒子河中的蛙唱,给我印象弥深。我那时是骑自行车上学的,由学校回家,或由家去学校,这里正好是中间,我总是下来,把车靠在转角河边上,休息一会儿。当年大高殿的三座牌楼都还未拆除,转角处"官员人等到此下马"的满、汉文石碑还在,这里放眼往紫禁城方向一望，正是禁城西北角，是最美丽的一角，东南高朗的苍穹、白云，衬着玲珑的、金碧辉煌的角楼，紫禁城那整齐的女墙垛口，像两条花边；下面是深灰色的紫禁城"折线"；这条"折线"的更外一层，是临筒子河的曲尺形水榭，再过来是水光粼粼的筒子河，这样一层一层的构成一条极美的风景线，尤其这座曲尺形水榭的设置，是腹内有大经纶、大丘壑、大学问的人设计的。这里宜于迎晨曦，宜于看朝雾，宜于吊斜阳，宜于待新月，更宜于初夏的夜在这里听新蛙的鼓唱。那时学校图书馆晚上九点闭馆，待闭馆后回家，到此处时约在晚间九时半左右，马路上行人稀少，筒子河边更是寂无人语，惟闻一片蛙声，对着寂静的五百多年的禁城宫阙、御河流水，领略这种特殊的天籁的音乐，常常有一种忘我的感觉，似乎与周围已化为一体了。

我上学的时代，自然已没有了皇上，紫禁城中是故宫博物院，晚上没有游人，大门一锁，真是万籁俱寂，我坐在"官员人等到此下马"碑的石墩上，望着那白天游人闹嘈嘈、已经服务了一天十分疲劳、晚上沉沉入睡的紫禁城，听着越叫越欢的蛙声，仿佛是给它唱催眠曲一样。自然也没有拿着火牌巡皇城的旗丁赶我跑。如果我有雅兴，坐在那里听一夜也可以。这就是没有皇上，把溥仪赶下皇座、赶出故宫的好处。

"黄梅时节家家雨，青草池塘处处蛙"，这是江南田家的蛙声；而我则更念念于紫禁城的蛙声，那宫墙下、筒子河边的喀、喀、喀的蛙唱啊！

景　山

故宫后面景山是个好地方，过去是北京城内最高的地方，比北海白塔高。而且在北京城整个布局的中轴线上，后面正对地安门、鼓楼、钟楼，前面正对太和殿、太和门、午门、中华门（明代大明门，清代大清门，已拆）、正阳门、永定门，南北直线一贯到底的巍巍建筑物，这中间就有景山的万春亭。景山未正式辟为公园时，正门经常关着，偶然开开，游人也极少，我小时没有进去过，只知道那里有一棵树，被铁链锁着，说是崇祯上吊的树。

几十年前，景山有一度曾改为北京大学的校园，前后大约有一两年时间吧。那时景山东门一开，正对着马神庙街，北大文、理、法三个学院的男生大部分住在马神庙西口"西斋"，女生住在松公府夹道进去"天、地、玄、黄"等新楼中，距离都不远，改为北大校园，也很合适。但是究竟与学校不在一起，特地去玩的人也很少，始终是冷冷清清的。

景山的名气是很大的，它的名气，全是历史的名声，因为明代亡国之君崇祯皇帝朱由检的确是在景山上吊死的。嘉庆时天津樊间青《燕都杂咏》云：

> 巍巍万岁山，密密接烟树。
> 中有望帝魂，悲啼不知处。

自注道："庄烈帝缢于厚载门万岁山海棠树，即煤山也。"改为公园后，我曾去看过。这棵树在东山坡下面东南角上，过去进东门往南转弯，不远就可看到，一株不及丈余高的枯树，一枝斜出，树用铁链子锁着，旁边有个牌子，写着"明庄烈帝殉国处"。许多书上，都记载这棵树是槐树，我所见亦是枯槐树，而樊诗自注说是"海棠"，不知所据是什么，只可存疑了。树早已枯死。那时来景山的人，不少都是为了特地看一看这株树而来的。因为继明立国的是清，虽然朱由检是因李自成自德胜门打进北京而上吊的。但人们却因吴三桂做汉奸、请清兵等等，所以自清末排满运动开始以来，直到抗日之前，人们一直同情明末的崇祯。因之晚明史料，也就成为专门学问。亡师谢刚主（国桢）先生终生研究晚明史料，成为海内外知名专家，目前恐将成《广陵散》矣。

景山是清代的名称，原名万岁山，又名煤山，原是明代永乐初修北京宫殿时，以煤灰和挖紫禁城四周御沟（俗名筒子河，正名金水河）的泥土堆积而成，周围二里多。高处有五个黄琉璃瓦亭子，中间一座大的四方重檐亭子，名"万春"，其所在处高十一丈六尺，是最高处山的主峰。下来左右两个六角重檐亭，左曰"观妙"，右曰"辑芳"，各建于七丈一尺处。再下来是二座圆顶亭子，左曰"周赏"，右曰"富览"，各建于四丈五尺处。景山本不高峻，但一盖上这五座亭子，马上便气度非凡，不但一扫其"平坦无势"的缺点，也充分体现出凌空缥缈之势，作为紫禁城的屏障，便极为华瞻了。这在北京的宫廷建筑中，也是一个十分成功的范例。山的前面为"北上门"、"绮望楼"，北上门左右房舍，过去是教导内务府子弟读书的地方。山后旧有关帝庙，有"关公立马像"，庙的正名为"护国忠义庙"。山上树木葱茏，浓荫覆地，四季游人不断。

景山后面还有一座完整的建筑，有宫门、围墙，门前都有牌楼，规模同太庙一样，具体而微，总名"寿皇殿"，明代旧有，乾隆十四年重建，现存的是乾隆重建的。这可以说是后宫的太庙。这是清代宫中供开国几个皇帝"御容"（即画像）的地方，又是皇帝停灵柩的地方。清代自顺治开始，许多皇帝死后，灵柩（称"梓宫"）都停在这里。空棺材也都放在这里，几十年前，这里还放着几口清宫的棺材，由几名老太监看守着，后来不知哪里去了。当年景山是北京最高的地方,所以每到重九登高时节,去景山的人最多,登山一望,不但一片黄琉璃瓦的紫禁城尽收眼底,即九城烟树,亦均在望中矣。写到此处,真是心旷神怡,神思已飞到万春亭前,近览都城气象,远眺燕山秀色,燕京乡土风物与怀念之情,古今之思,融为一体了。

瀛台故事

山　石

　　南海瀛台，近年内部开放了，参观游览过的人，都留下了美好的记忆。瀛台，这个曾经名闻中外的所在，处在中南海的南面，是南海中的一个"岛"，环境清幽，夏日极为凉爽，是清初内苑赏荷消暑的胜地，有时夏日赐大臣饮宴，也在这里。

　　按，金梁《清宫史略》"瀛台"条记云："瀛台在勤政殿南，平堤石栏，历级而登。"这就把瀛台的位置写得很清楚，盖中南海里面，水面偏东，陆地宫殿群偏西，宫殿群的最南面是勤政殿，即后来的居仁堂，其正门为仁曜门，门前东、西大路即为南海北岸，就是已到了水边了。但当门正对面却不是水面，而是瀛台。门前大路与瀛台之间，隔开二丈多阔的水面，旧时上面有一座一丈五尺多宽的大木桥连接着。如果把木桥移开，隔着水便没有办法去瀛台了。

　　瀛台地势较高，沿边上绕一圈，大约有四五百米吧。上面中心地带，是一个规模较小的宫殿建筑群。过桥如果向南偏西方向一直走上宽阔的汉白玉台阶，便到翔鸾阁。左右环抱是弧形的楼，东面有匾曰"祥辉"，西面曰"瑞曜"。实际翔鸾阁下面是南、北门窗对开的，等于一座别致的宫门，穿过翔鸾阁，眼前是个大院子，对面就是涵元殿。涵元殿东是庆云殿，西是景星殿，前是蓬壶殿,其他有藻韵楼、绮思楼、香扆殿。有室曰"虚舟"、"水一方"。这座基本上圆形的瀛台,最南端是迎薰亭,紧贴水边三间小殿,台阶下就是水面了。过桥如果不上台阶,沿东岸绕过去,那一路上全是太湖石堆的假山,这都是清初堆石名家张南垣的作品。按,南垣名涟,华亭即今松江人。戴名世《南山全集》卷七《张翁家传》云:

> 小时学画,为倪云林、黄子久笔法,四方争以金币来购。君治园林有巧思,一石一树,一亭一沼,经君指画,即成奇趣……益都冯相国购万柳堂于京师,遣使迎翁至为经画,遂擅燕山之胜。自是诸王公园林,皆成翁手。会有修葺瀛台之役,召翁治之,屡有宠赉。请告归,欲终老南湖。南湖者,君所居地也。畅春苑之役,复召翁至,以年老赐肩舆出入,人皆荣之,事竣复告归,卒于家。

据吴梅村《张南垣传》,他有四个儿子,都能传他的技艺,其一子张陶庵(和写《陶庵梦忆》的张岱,字宗子,是两个人,一松江,一绍兴)也参加了瀛台及畅春苑等工程,现在南海瀛台西面春藕斋、大圆境等处的山子石假山,基本上都是张南垣父子的创作。清代苑囿,以瀛台工程营建最早,是康熙初年的事,所以这些假山留到现在,都是三百年前的旧物了。比颐和园,年龄要大得多。

假山背后都是参天古槐、老柏,森森郁郁,于树隙中隐约可见涵元殿等殿阁的屋角,极为华瞻肃静,有"仙境缥缈"之感。在这堆假山中间,竖着一个柱形山石,上面有明显的"木纹",呈深灰色,上有不少绿色苔藓,敲敲作石音,这便是有名的"木变石",

是多少万年前地壳变动时的产物,同煤的成因一样,但它没形成煤却变为"顽石"了。乾隆《瀛台木变石诗》云:

> 异质传何代,天然挺一峰。
> 谁知三径石,本是六朝松。
> 苔点犹疑叶,云生欲化龙。
> 当年吟赏处,借尔抚退踪。

亿万年前的河山巨变形成木化石,又岂止是六朝所能想象的呢? 人类的历史和自然界的历史相差太远了。

五十多年前,这里不但是"公园",而且还有零星房屋出租给人住,著名画家霜红楼主徐燕荪、弹钢琴的老志诚就曾住在东岸"流水音"。一位同学祖母租了瀛台边上三间西屋颐养,我们便常常到那里玩去。古殿极为阴凉,穿堂风又大,想想那真是个消暑的好地方呀! 可惜现在流水音没有了。

涵元殿

瀛台自元、明以来一直有,都在禁苑中,明代叫南台,又叫趯台陂,按,"趯"音踢,是写字时"一挑"的本字,又是跳跃向上的意思。明代南台之南水浅,是稻田,所谓"村舍水田",是皇帝观稼处。文徵明《南台》诗云:

> 青林迤逦转回塘,南去高台对花墙。
> 暖日旌旗春欲动,薰风殿阁昼生凉。
> 别开水榭观鱼鸟,下视平田熟稻粱。

圣主一游还一豫,居然清禁有江乡。

从文徵明的诗可以想见明代瀛台的景物。南台到清代顺治时改名"瀛台",康熙时大加营建,殿阁山石,均系该时修造布置。那时城外大面积的畅春园还未兴修,康熙宴赏游乐,主要就是在南海瀛台,当时高士奇、王渔洋、朱彝尊、查慎行等文学侍从之臣,初时都是相随在瀛台宴乐。查慎行所谓"臣本烟波一钓徒",就是在南海瀛台写的。朱竹垞《腾笑集》有《夏日瀛台侍直纪事诗》六首,其中有句云:"玉堂铃索动,宣唤入瀛台。"又云"蓬莱今始到,真在水中央";又云"太液新莲菂,金盘曲宴初";均可想见当时文学侍从之臣侍值时光景也。可惜的是:这样好的地方,在其二百年之后,却变成了囚禁光绪的宫廷牢房,前后约十年之久,直到光绪在此死去,这段史实,本世纪前期,清代的遗老们称作"涵元旧事",亦即德龄《瀛台泣血记》之所以名"泣血"也。

戊戌政变之后,八月,慈禧太后那拉氏又听政。囚光绪于瀛台,对外声称光绪病重,不能视事,命中外保荐精通医理之人,来京请脉看病,直到光绪死,先后被保荐来京给光绪看病的有力钧雨、曹元恒、张彭年、施焕、陈秉钧、周景焘、吕用宾、杜钟骏等多人。但开始若干年中,光绪实际并没有任何病。

光绪被囚在瀛台,四周是水,木桥一拉,便与外界隔绝。他住在涵元殿,即所谓"寝殿"。其后妃住在香扆殿,在涵元殿南,隔开两个大院子,没有那拉氏命令,不能见面。所派太监,都是太后耳目,一举一动,都报与那拉氏。据传:光绪被囚无聊,天天随笔乱画,画鬼怪或乌龟,写上袁世凯的名字,贴在墙上,用指戳碎,然后再画再贴。庚子"蒙尘"西安回来之后,在城中时仍被囚瀛台,几年之后,于光绪三十四年(一九〇八年)农历十月十九日

死去,时年三十八岁。闵尔昌《香宸殿诗》云:

> 叔季逢多难,西巡万里归。
> 江湖思退傅,环珮悼灵妃。
> 荏苒医方误,纷纭国事非。
> 金轮同运尽,不见彩鸾飞。

诗中把西安蒙尘、翁同龢被黜、珍妃坠井、光绪死都写进去了。实际说来说去,光绪本身是个无能的废物,政治是不讲同情的。

按,光绪死正好死在那拉氏前一天。而且十月十日那拉氏过生日,忽然宣布光绪病重。另据在内廷教戏的田际云目睹,光绪死前两天,还在瀛台边上散步,等等记载很多,都说明光绪短命死在瀛台是个谜。

癸丑,一九一三年,即光绪死后五年,陈宝琛以宣统师傅的资格,请陈石遗、力香雨、林琴南等人游"西海子",即包括北海和中南海,到瀛台参观,还看见当年涵元殿中"黄幔四垂",各配殿中陈设如旧,只是"凝尘径寸",一派"凄寂无人"的冷落景象耳。

陈氏、林氏等游后约半年之久,袁世凯即以瀛台接待来京履任之副总统黄陂黎元洪氏,盖当时黎氏亦等同于高级囚徒也。章太炎曾改唐诗以讥之,是太炎先生的游戏文字,调侃极为尖锐,其中一首云:

> 蓬莱宫阙对西山,车站车头京汉间。西望瑶池见太后(指黎入京想去见隆裕太后,而隆裕已死,故曰西望瑶池,因已"驾返瑶池"了。徐一士先生曾引此诗,在此处却领会错了),南来晦气满民关。云移鹭尾开军帽(指军帽上的高羽

毛），日绕猴头识圣颜（骂袁世凯沐猴而冠）。一卧瀛台经岁暮，几回请客吃西餐。

这又是民国初年的瀛台故事，也是八十年前的旧事了。

打鬼传奇

雍和宫

雍和宫历来是一个非常出名而且神秘的地方,在历史上最著名的是"打鬼",番语"跳步札"。平常它只是一座大喇嘛庙,几十年前,它并不作为公园类型的场所,卖票开放,只是一般的喇嘛庙,随便都能进去参观,只是你要烧炷香,上点布施,就可以了,你如果多给他们点布施,便可以给你看看精美无比的七宝镏金欢喜佛像了。

雍和宫在北京内城的东北角,一七二三年之前,这里是康熙四皇子、雍亲王胤禛的府邸,康熙死后,胤禛做了皇帝,住进皇宫,这里便成为出过皇帝的所谓"龙潜旧邸",只能改为庙宇,不能再让别人居住了。何况乾隆帝弘历也是在这个府邸中出生的。

这座府邸在胤禛做皇帝后,即改为雍和宫,里面的建筑物很多,前面是天王殿,中部为雍和宫,后面为永佑殿,再后为法轮殿,再后面是万福、永康、延绥三阁。还有绥成殿、寿皇殿、戒坛。在宫的东面,是一所书院,名太和斋,斋东有室名"五福堂",斋西为"海棠院"。院西有楼为"斗坛",名叫"祝龄坛"。宫西部的后面有关帝庙,前面还有观音殿。雍正初年初改为雍和宫时,仍由太监看守,后来根据清代的所谓"家法","凡先皇临御兴居之所,多尊为佛地"。因而在乾隆初年,便派西藏喇嘛来此驻守供佛,即成为喇嘛寺了。

雍和宫大殿中供的佛像,墙上画的佛家故事,都十分华赡典丽。《天咫偶闻》记云:

> 殿宇崇宏,相设奇丽。六时清梵,天雨曼陀之花;七丈金容,人礼旃坛之像。飞阁覆道,无非净筵;画壁璇题,都传妙手。固黄图之甲观,绀苑之香林也。

可以想见当年的情况。除建筑物外,还有不少假山石及花木点缀其间。现在其他依旧,只是山石花木少了点。

雍和宫是喇嘛庙。雍正即位后,将潜邸大半,赐予章嘉呼图克图,为黄教上院。喇嘛古称番僧,"喇嘛"是译音,在藏语中是"最胜无上"的意思。喇嘛教即西藏佛教,分新、旧二派,旧衣红,曰红教,新衣黄,曰黄教。清代皇帝注意边疆,特别注意喇嘛教,雍和宫立有乾隆的碑,四面分刻汉、满、藏、蒙四种文字。当年雍和宫的喇嘛僧都是西藏人。他们在寺庙中有严密的组织制度,除一般诵经礼佛之外,还分四种学科,一是天文学,二是祈祷学,三是讲经学,四是医学,宫中喇嘛,各分一科,终生不变。

历史上,喇嘛庙著名的是"打鬼",近人沈太侔《东华琐录》记云:

> 黄黑寺皆有"跳步札"之举,金刚力士,天龙夜叉,奉白伞盖以游巡。先有黑面如进宝回之状,白骷髅二人,或四人,到处鞭壁,有傩之遗意焉。每岁正月,黄寺十三日,黑寺十五日,旃坛寺初六日,绣衣面具,皆由内制,王公大臣,朝

服临之,虽近儿戏,典至重也。

沈太侔说的这四座庙,都是当年北京最有名的喇嘛庙,黄寺、黑寺在安定门、德胜门外,比雍和宫还大,但是现在都没有了,只剩下一个雍和宫了。当然现在那里"跳步札"的仪式也不举行了,只剩下那些精美的佛像、佛教法物等,供人参观,都是极为有名的,实物都在,不必多说了。关于"跳步札"的仪式,《京都风俗志》、《燕京岁时记》等书也都有记载,但都比较简单。乾隆时汪启淑《水曹清暇录》中有详细记载,较为难见,因将所记录在后面,用存资料,以见具体情况。文云:

> 喇嘛打鬼者,即古"乡人傩"之意耳。喇嘛最尊者为呼必辣吉,人称之曰胡图克土,汉说再来人也。次为朝尔吉,次为勺撒,次为喇嘛占巴,次为噶卜处,次为温则忒,次为德穆次,次为哈楞,次为哈丝规,次为哈素尔,次班第,次哈由巴,次戮由巴,次骨捻尔,次颤吗。女喇嘛为赤巴甘赤。打鬼,喇嘛话曰部勺。每岁打鬼有数次,是日喇嘛庙中,殿上燃灯数百盏,竖大旗于殿之四角,旗画四天王像,命戮由巴鸣金,传执事者齐集,设大喇嘛座于殿之东,朝尔吉以下皆列坐。一喇嘛,名茶勃勒气,散净水于众喇嘛手上,名曰打净。几案上设胡朗八令,盖以醍醐拌面,像人兽行,以供鬼食。左右二甲士监之,甲士以帛束口,防人气触八令上,则鬼不吃耳。班第装二鬼跳跃,一夜叉侧睨之,向其一呼,则潜匿诸喇嘛队,撒面以眯人眼,殿上随吹钢冻,其声甚惨。钢冻者,以人骨为之,似觱篥类,诸乐器皆奏,大钹柄彭,声震屋宇。哈尔素十二人,戴假面,装天神天将,双双跳舞,出

殿庭而下,又哈楞十人,装十地菩萨,花帽锦衣,继之洋洋而出,手执天灵盖碗,髑髅棒,叉杵等物,旁立喇嘛数百人,各持鼓钹敲击,鼓钹之疾徐随舞之节奏。跳迄,温则忒宣开经偈,众喇嘛朗诵秘密神咒,吽声如雷,铃声如雨,喇木占巴以胡朗八令掷于地,二喇嘛装牛鹿假面,持刀斫地,作杀鬼之状。一喇嘛戎装持方天戟,吐火吞刀,云有神附于身,观者皆膜拜。奉界单于神以问休咎。界单者,绢巾也,又名哈塔。跳舞毕,哈由巴以糖一钵候于户外,抹众喇嘛之口,而打鬼佛事终焉。

据汪启淑所记,可以比较具体、详尽地想象一下"打鬼"的情况了。

雍和宫还有著名的东配殿,有乾隆巡幸吉林时,所射黑熊的标本,现在还在,看上去比一条水牛还大。另外就是著名的欢喜佛了。最大一尊名威德金刚,四尺多高,正名是大圣欢喜天。男天是大自在天之长子,女天是观音所化,男像凶暴,女像柔善,相抱性交,希望得到欢心,以镇其凶暴。造型均铜胎镏金,嵌以宝石极为华美,是很难见到的艺术品,其想象力极富浪漫色彩,而其工艺又极为精致,现均在展出,只是腰部围以黄布耳。

西郊路上

海　甸

北京西郊是个好地方,燕山逶迤,一派好山;玉泉清冽,一脉好水。好山好水,构成西郊无限风光,而这无限风光又集中在流水池塘、稻田阡陌的海甸。咸丰时八旗诗人来秀写了不少首《望江南》,其中有一首道:

> 都门好,海甸泛轻船。扶醉客游春柳岸,浣衣人语夕阳桥,一朵妙峰遥。

写得风景如画,令人有怡然神往之感。但想来又不免有些奇怪:海甸是去清华园、颐和园、香山等处的要道,北京人大概都去过海甸,那里不要说现在,即使是五六十年前吧,又有谁在那里能"泛轻船"呢? 这难道是来秀在说"海话"吗? 当然不是,而是海甸本身的变化太大了。旧时的美丽风光,现在除去西山秀色,仍如旧时而外,其他什么河流、池塘、水田等等,都已经没有了,而在历史上则是有过的。从它的地名上就可以知道。

"甸"与"淀"互用,现在多写作"海淀"。按照《帝京景物略》的说法:"水所聚曰'淀'。"海甸现在虽然没有"水",但在历史上却是一个水所聚的地方,是可以种莲、种菱、泛舟的"水乡"。刘同人记载明代的海甸，水域很广，不但平地出泉，而且分北海甸、南海甸，青龙桥的水也入于"淀"，而且南通高粱桥，水程连成一线。单是他所说的这些水面，大家可以想象一下，行船的水域，该有多长呢？起码有一二十里路吧。本世纪初，西太后那拉氏从西直门外高粱桥上龙舟，经过海淀，一直要航行到颐和园里昆明湖，直到乐寿堂前码头上才下船呢，现在这条水路怎么样了，不也很值得研究一下吗？

这里明代有米太仆勺园，有李皇亲园。如果把海甸范围扩大，那燕园的未名湖也应在海淀的水域中，只是沧桑几变，不要说明代的海甸无法想象，即使来秀所描写的海甸，现在也颇难具体描画了。

明代海甸虽有皇亲的园林，尚无帝王的苑囿。而在清代近三百年中，先是畅春园，后是圆明园，再后是颐和园，纷纷营建，都是皇帝的行宫，海甸等于在行宫大门口，其重要可知矣。尤其是经历了康、雍、乾、嘉四朝一百五十多年的岁月，海甸岁岁都是"翠华"进出的要道，虽说只是一个"镇"，其繁华都远远超过了外地的州、府，由于去行宫的官吏、差役日日川流不息，所以海甸街上天天车马络绎，茶楼、酒肆的生意特别兴隆。《天咫偶闻》记载：海甸食肆"多临河，举网得鱼，付之酒家，致足乐也"。

这种在海甸街上酒楼中随时吃活鱼的情景，只能付诸想象了。有临河酒楼，有现网得的鲜鱼，自然还要有好酒。有名的好酒"莲花白"就是出在海甸。要烧好酒，先要有好"水"，海甸青龙桥流下来的"天下第一泉"玉泉山的水，自然能造出好酒来了。而且酒名之漂亮，远远超过"茅台"、"泸州大曲"等等。"莲花白"使人先想到刘同人写海甸"勺园"的文章："望水一方，皆水也。水皆莲，莲皆增白。"有水便有莲。《舆地记》中记都城六月六日时也道："是日海甸莲盛，采而市于城者络绎。"如此说来，"水、莲花、莲花白酒"，都是海甸的"灵魂"了。

海甸是去圆明园、颐和园的必经之路，不但天天达官贵人，车水马龙，要经过这里，打尖吃饭，要上酒楼喝酒，而且不少人因为在园子里当差，或有事到园子里，就要住在附近。因此有的人买房子，有的人租房子，有的人租长期的，有的人租短期的。当年由海甸到挂甲屯这些村子中，房租可以说是奇贵的。这里引一则林则徐日记看看，他嘉庆二十一年（一八一六年）五月初六日记云："是晚偕钰夫、莱山于爪葛墩相宅，为十六日考差小寓，房九间，用银七两。"爪葛墩在海甸北，一个村庄，离圆明园近，他们三人一早进园到正大光明殿考差，租个临时住处，住三五天。所说九间，即三个三间老式房，相当一般饭店三个套房，便用纹银七两，大约相当五六钱黄金，或七石米的价值。实际房价，如果细算，比现在高级宾馆的房子还要贵呢。

贝子园

崇彝《道咸以来朝野杂记》记云：

　　西直门外农事试验场，即三贝子花园，当年亦宝文庄之别业，名曰可园。旁有庙曰紫竹林，盖奉观音大士之祠，其中亦有园亭点缀，宝氏家庙、今试验场并两处圈入，故尤广。当年故址，一无存者，惜哉！光绪壬辰（十八年，即一八九二年），曾侍先姚往游可园，其水木明瑟，花树犹繁，长廊数十间，缘山坡而起，旧制尚不改，可念也。

动物园北京人过去习惯把它叫作三贝子花园。"贝子"全称"固山贝子",亲王、郡王的儿子,有的封作"贝勒","贝勒"之子得封为"贝子","三贝子"是行三的"贝子"。就是崇彝所说的宝文庄,名宝兴,道光末年大学士兼四川总督。但另有传说:三贝子是清异姓郡王忠勇佳勇贝子富察氏福康安,他是傅恒三儿子,因称"三贝子"。园正名"环溪别墅",此园后来又归内务府文麟,改名继园,因事查抄归公,这与崇彝所说的"可园",记载不同,但崇彝曾亲身去游历过可园。邓之诚先生评价崇彝著述"字字珍秘,皆亲见亲闻",因而所说更为可靠些,或本有两园,亦在可能之中。这个园子最早本来是高梁河南岸的园林,其东部是乐善园旧址,再往东是高梁桥,河北岸是倚虹堂船坞,是当年西太后那拉氏由水路去颐和园时,下御辇、登御舟的地方。可园在光绪后期已废,或者没为公产,那拉氏拨"胭脂银"二百五十万两,修建为御园。园中有座著名的西式建筑物"畅观楼",是为准备太后临幸而建筑的,是那拉氏寝宫。早期万生园时,这座建筑物里面任人参观,楼上楼下都摆着很高级的红木家具,铺着很大的华丽地毯。在家具中,有一件特别引起人们——尤其儿童们兴趣的,是两面特大的"哈哈镜",摆在楼下大厅左右两侧,一面照人细长,一面照人矮胖,同上海"大世界"的哈哈镜相类似,不过畅观楼的那两面是紫檀螺甸边框,紫檀底座的穿衣镜形式,较之大世界的考究多了。

　　畅观楼最高处东西各有一个小亭子,虽然朴实无华,但可眺望全园,颇得"畅观"之趣,过去游人是可以随便上去眺望的。畅观楼的东北面,有一座游廊环绕的庭院式建筑物,那是有名的豳风堂,是准备迎接那拉氏观稼的地方。堂名"豳风",取义于《诗经》中《豳风》篇《七月》章,是"颂圣"的意思。因《七月》章以

"七月流火，九月授衣"开头，而以"称彼兕觥，万寿无疆"句结束。这个豳风堂造起来，当年也是为那拉氏祝寿的。只是那拉氏在光绪三十三年即一九〇七年来过一趟之后，第二年就死了。花二百五十万两银子修起来，只来了一趟，她当时并未考虑后来作为公园，只为她个人的临幸，于此亦可见其专制豪侈的一斑了。

在畅观楼南，泉石清雅，花木扶疏处，是鬯春堂，这是一个非常有纪念意义的地方，辛亥革命领袖宋教仁当年在此住过一个时期，其后离京南下，到上海时，被袁世凯派人暗杀了。

在豳风堂的东南，隔一条小河，过去还有两幢日本式房屋，全部是用木头按日本房屋样子造的，鱼鳞片式木头墙壁，做工很细的拉门——"障子"，房外还有矮矮的苍翠的塔松，东洋味很浓，原是展览的性质，但后来都变为很好的一种风景点缀了。

万生园是清代光绪末年推行新政时的建置，清末光绪三十二年，五大臣载泽、端方等人出洋考察时，为了给那拉氏献媚买来几头野兽，先放在广善寺，后来才盖了点兽房。这就是清末之所谓五大臣出洋考察新政，买了点野兽回来，引得那拉氏对着野兽一笑，便算新政了。光绪三十四年（一九〇八年）卖票开放，接待游客。孙宝瑄《忘山庐日记》光绪三十四年四月廿三日记云：

> 阖家往游农业试验场，沈雨老所创造，虽已权邮部侍郎，仍兼理也。……在西直门外，旧为三贝子园，周十五里，已荒废，新造楼亭，并开渠通舟。其万生园移于场之东南，珍禽异兽，笼置而槛隔焉。园之北，有方亭临渠，由兹登舟曲折而行……自五月一日始，即售券，纵人参观矣。两宫自本月十三一来此，端阳后尚欲再临。

据此可知西太后去的日期和卖门票任人游览的确切日期。门票八个铜元。看动物亦八枚。《鲁迅日记》记载他在民国元年五月中旬初到北京没几天，就同友人到万生园游玩，当时已开放几年了。因此，如果编写《北京公园史》，无疑万生园是北京最早的公园了。

城阙怀古

城　门

　　北京的城墙，现在已经拆除了。而拆除之后，只在西便门那里留下一个土堆，前几年又修缮起来，作为古迹保存下来。花了不知多少钱兴师动众，拆掉古老的北京城，又留下这样一点，对比之下，不免使人感到滑稽。北京拆城墙时，不少人有意见，据闻梁思成先生还为此坠泪，其实拆了也就拆了，你坠泪又有何用。正像黛玉姑娘笑宝钗姑娘一样，哭出了两缸眼泪，也医不好棒疮——况且陵谷变迁，本是历史之常，阿房未央，今又何在？即以北京说，辽、金析津旧城，元代大都现在又剩下多少呢？所以城也好，阙也好，是不会永远存在的。人们一看到讲说长城，其实"秦时明月汉时关"，谁又能看见，现在人游览的，原是明代旧存，亦只是居庸关一点点，现在据闻靠近古北口吧，又有一点点，恐怕千分之一都不到吧。不过只留下一些旧名罢了。清故宫当年也有人要拆，后来没有拆，未来呢？谁又能保险？因而感到为拆北京城而掉泪，是大可不必的。

　　有城有城墙，就必须有城门，城墙虽然拆了，但有的城门还保留着，有的还保留着名字，到今天人们还普遍叫着。因此谈到城阙，不妨先说说城门。

　　北京历史上是辽、金、元、明、清五代的都城，这五个朝代的城区,虽然只有明、清两代在一起,其他三代都有很大的变化,但各代都有它各自的壮丽的城阙,四通的门户。在谈明、清两代的城门之前,不妨先把以上三代的城门大体说一说。

辽代的北京城,在现在市区的西南面,即白纸坊、广安门一带,城方三十六里,共有八个城门。东面叫"安东"、"迎春",南面叫"开阳"、"丹凤",西面叫"显西"、"清普",北面叫"通天"、"拱宸"。金代灭了辽,又在辽代都城的旧址上,向四周扩建,建立了金代的都城,比辽代京城大得多,四周凡七十五里。城门十二座,每一面三座城门,正东叫"宣曜"、"阳春"、"施仁",正西叫"灏华"、"丽泽"、"彰义",正南叫"丰宜"、"凤端"、"礼正",正北叫"通元"、"会城"、"崇智"。元代灭金之后,金代都城破坏,便在金代都城之东北方向建新都,曰"大都"。陶宗仪《辍耕录》载:"京城方六十里,里二百四十步,分十一门。"元代京城的城门,正南叫"丽正",左面叫"文明",右面叫"顺承"。东面叫"崇仁",东之南叫"齐化",东之北叫"光熙"。西面叫"和义",西之南叫"平则",西之北叫"肃清"。北面东曰"安贞",西曰"建德"。

永乐营建北京,在元大都的基础上收缩北面,开拓南面,周围四十里,明末史玄《旧京遗事》曰四十五里,设九门,正南"丽正",东南"文明",西南"顺城",东面"齐化"、"东直",西面"平则"、"西直",北面东曰"安定"、西曰"德胜"。在朱祁镇正统年间修门楼、加固北京城时,改"丽正"为"正阳","顺城"为"宣武","齐化"为"朝阳","平则"为"阜成"。嘉靖二十三年修建外城,建七门,正南"永定",西南"右安",东南"左安",东面"广渠"、"东便",西面"广宁"、"西便"。

以上说的是正式的名称,但是北京过去民间习惯上却不这样叫,往往习惯沿用元代旧名。清福格《听雨丛谈》记云:

又今之京师人呼正阳门为前门，崇文门为哈达门，又曰海岱门，宣武门为顺治门，朝阳门为齐化门，阜城门为平则门。外城之左安门为江擦门，广渠门为沙窝门，右安门为南西门，广宁门为彰仪门。若言现定之名，转不知也。

不过现在说来，福格的记载还不够完备，因为还有其他变化及其他俗称。如广宁门后来避道光名字"爱新觉罗·旻宁"的讳，改为"广安门"，直到现在还这样叫，"沙窝门"又写作"沙果门"，"右安门"在文人笔下有时还按金代的叫法，写作"丰宜门"。

以上是清代的城门，辛亥革命之后，北洋政府民国十四年，段祺瑞执政时，在琉璃厂厂甸北面，新开了城门，通南北新华街，名"和平门"。张作霖占据北京时，改名"兴华"，后张离京，又改了回来。日本侵略，北京沦陷时期，在报子街西城墙上，开了豁口，抗战胜利后定名"复兴门"，解放后在东面又开了"建国门"。以后新开豁口更多，无人命名，直到拆城。

这是北京城门的沿革和变化，现在基本上都已没有，只剩名称了。在清代这些城门都各有特征，出入最忙的是俗名"彰仪门"的"广安门"，俗语道："一进彰仪门，银子碰倒人。"收税的地方是"崇文门"，俗称"税务司"，又叫"务上"，看花的人出"右安门"，东南谪宦出"沙窝门"，凡此等等，故事太多，这篇小文无法细说，只能另立专题，慢慢来谈了。

有关北京城阙沿革的记载实在太多了，志书中有，各种笔记中有，在三十年代时，各城门大多亦如明、清之旧，当时除前门瓮城在民初拆除改建，左右开四个门洞而外，其他城门，嘉靖三十四年修的瓮城都还在。由天桥到西直门的有轨电车，叮叮当当，

384

要在瓮城掉头往回开。出城的人，下了电车，由南面门洞出去，再往西往北转弯，才能走往西的大路呢。清乾隆昆山顾森的《燕京记》，是专记北京城阙沿革的书，所记甚详，并记各门路径去向，略引如后：

外城七门，西向者广宁门即张仪门（按，张亦写作彰），西行三十里卢沟桥，过桥四十里即良乡县，为各省陆路进京之咽喉。东向广渠门，俗呼沙窝门，东南行六十里张家湾，为水马头，水路进京于此上岸，沿河有路，共程二百四十里至天津府。南向正中永定门，出城数里即达海子墙。其东即左安门，俗呼姜乂门，乃村庄之路，其西为右安门，俗呼南西门，城外丰台，为种花之地。有小道由固安县通山东较近。然道路隘狭，多宵小，只可徒步者行耳。其东西便门俱北向，即大城城根下路，东便门向东，有小路可至通州。大城除前三门为外城所包，其东向之南为朝阳门，今尚呼为齐化门，外有朝日坛，东南行四十五里至通州，俱石砌大道，粮艘抵通交卸，此陆运进京之道也。由通州东南十五里即张家湾，内城仕宦出京，亦有从此路下船者。通州东北行，即往关东大道。东之北名东直门，亦村庄之路，西向之南名阜成门，今仍呼平则门，外有夕月坛，西行十余里即抵西山之麓，西之北西直门外，有河道直通万寿山，城外有高梁桥，十五里至圆明园，亦抵西山而止，北向之东安定门外有地坛（天坛在前门外），东北至顺义县，出古北口及热河木兰、内蒙古等处。北之西名德胜门，城外有大教场，武乡、会试、跑马、较射于此，西北行九十里至昌平州，再三十里出居庸关，大同、宣化之孔道也。

从记载中可见，北京当年的城门，并不是"条条大路通罗马"，有的只是乡村小路耳。其中最重要的就是广安、广渠、朝阳、德胜诸门。清代各省大官进出京，都走广安门，不管是云、贵、川、广，还是两江、闽、浙，要到涿州才分路呢。而谪宦失意的官出京，则常出广渠门到张家湾上船，顺运河南下。龚定盦己亥离京，吟诗留下名句：

> 浩荡离愁白日斜，吟鞭东指即天涯。
> 落红不是无情物，化作春泥更护花。

出的就是沙窝门。

附带说一下，就是过去有城阙城门时，出城靠近城门的街，曰"关厢"，重要城门的关厢，都是十分热闹的。当年北京最热闹的关厢是朝阳门外东岳庙一带，广安门关厢也热闹，西直门外则是御路，至于什么东直门外、左安门外，那虽说是京都城门，实际只是黄土路、黄土墙的荒城野店，连外地小县城的关厢也不能相比了。

中华门

中华门现在没有了，封建时代这个门象征的是"国门"，现在则不需要了。介绍中华门，先要从皇城规模说起。过去北京皇城的布局，东、西、北三面大体都是齐的，只有西面、西安门南面的皇城墙，在灵境胡同西口处拐了一直角形的弯，不能成为一条直线而外，其他东面、北面皇城都是一条直线，从现在拆墙后的马路仍可看出旧时的痕迹。只有南面比较特殊，皇城墙从东西两面修到天安门前并不接起来，而是折而南，两面墙束成一个很长的长条，到南头再折为东西向，中间连结一座门，在明代叫"大明门"，清代叫"大清门"，辛亥后叫"中华门"，这是旧时代的"国门"。因为南面正中有这样长长的一条，因而皇城的平面图，说通俗一些，很像一把短柄铁锹，整个皇城是"锹头"，这个长条就是"锹柄"。

皇城从明代永乐年间建成之后，前后存在了五百多年没有改样子，一直到三十年代初福建人袁良作市长时，把皇城城墙大部分拆除了。皇城拆除后若干年中，这个长长的"铁锹柄"还没有拆掉，南端这座门也一直保留着。这座门并不高大，几乎可以说只是天安门的十分之一吧，但它却是皇城的正门，北对天安门、端门、午门、太和门、太和殿，南对正阳门、永定门，笔直的一条"中轴线"，如果把皇城比作一副弓和箭，这座门便是"箭镞"，似乎一离弦，便要飞出永定门去了。六百年前建造北京城的建筑师，真是具有满腹经纶的啊！

这座门是起脊、砖砌涵洞式，顶上起脊、黄琉璃鸳鸯瓦、螭头兽头，彩画斗拱；下面三个砖砌涵洞平列，底部是汉白玉莲花座墙基；门装在涵洞中部，近两丈高的大门，朱红漆，顶上密密麻麻的拳头大的"铜铇钉"（一种顶部直径约二寸，高约二寸半的包铜或镀金大钉，俗名叫"门钉"。北京高级饭馆，旧时把"高桩"澄沙包子就叫作，"门钉包子"）。这三个门，在清代，平时只开左面那两扇门，中间和右面都是不开的。中门是"御道"，只有皇帝的銮驾出入时才开。另外每当三年会试之期，殿试发榜之后，"传胪"那一天，就是金殿唱名，叫考中者的名字，第一名某某，第二名某某。这天叫名之后，"三鼎甲"，即状元、榜眼、探花，特赐乘马由中门走出来，这在当年视为最大的荣誉。至于只开左面门,不开右面门,那是清代各衙门中开门的惯例,是迷信的惯例,因为道家俗谚中,有"左青龙、右白虎、前朱雀、后玄武"的说法,"青龙"相吉,"白虎"相凶。《水浒传》林冲误入白虎堂,差一点把条命送掉,由此也可知"白虎"之危险,既然右面是"白虎",凶多吉少,大家自然都不碰它,因而清代开左面的门,便成为惯例了。

这座门外面,左右有一对大石狮子,再往前,是一个南北短、东西长的长方形广场,四周都有"汉白玉"石栏,俗名"棋盘街",即所谓"天街",在明代这里是百货云集、游人肩摩毂击的闹市。门里面,是所谓"千步廊",沿着围墙,都是朝房。门的东西,面北朝房各三十三间,面东西朝房两排,各一百十间,如以每间五米计算,则门里的御路长约六百来米,宽约三百来米。这些朝房早在二三十年代中就没有了。大约在一九一五年前后,贵州朱启钤氏经营中山公园时,已经拆除,将其木料用来修了公园长廊、水榭、春明馆等建筑了。这近三百间"朝房",在明、清两代中,是各部很重要的临时办公场所:吏部、兵部每月选官时,在此"掣签",刑部"秋审"(即一般死刑,秋日复审后执行),礼部乡、会试临时办公等等都在这些朝房办公。朝房外这个狭长地带,除中间御路偶然銮驾经过外,两边也有用处,东面是户部米仓,西面是工部木仓,这就是大清门内外当年的规模。

这座门一直是明代原来的建筑,清代二百六七十年中,只是修葺,迄未改建,不过是换个名字耳。门上匾额是竖的,四周"云头"金边。明代各门匾额,据何良俊《四友斋丛说》载:均中书舍人松江朱孔阳所书,包括这一"大明门"的匾额。另据蒋一葵《长安客话》载:永乐曾命解缙给大明门题门联,解缙写了古诗"日月光天德;山河壮帝居"一联进呈,大得永乐的赞赏。清代入关,此门匾额改为"大清门",蓝色底,飞金箔字,左面满文,右面汉文,同清宫其他宫殿的匾一样。斜着悬挂在门檐下斗拱间,一来匾不大,二来向里斜挂着,三来两边斗拱彩色缤纷,所以这个门额并不突出,稍远一点,便看不到了。

庚子之前,此门中门是御道正路,不能随便开。在庚子乱中,这个御道所经的中门,便成为侵略军车马出入的要道了。庚子议和之后,订立辛丑条约,成立外交部,其所订"各国公使觐见仪注",有一条规定"公使坐肩舆,由大清门入,至景运门降舆"。从此,这个过去只准给皇帝及"三鼎甲"开的"中门",便经常为坐着绿呢大轿、头戴外国帽、口衔雪茄烟的东西洋各国公使等人开放了。

辛亥之后,亦因此关系,很快就先将此门改名为"中华门",主其事者,是当时内城巡警总监王治馨,门额也是王所书,书体有小篆风格,"门"字右下无"勾",当时还为此引起争论。王是袁世凯红人,后来升任"京兆尹",但因受贿五千元,为袁世凯所枪决,不幸做了大奸沽名的牺牲品了。

国子监

春明旧事,可说者实在太多,不过有些地方,虽然十分重要,名气很大,可过去没有仔细游览过,有时就想不到,忽略了。比如国子监就是一个例子。儿童时、青少年时,长期住在西城,东城、南城热闹的地方常去,冷落的地方,因顺路便也去过若干次,就熟了。独有东北城,用现在话说,似乎是"死角",不用说去了,有时想也很难想到。如东直门北面,俄国东正教总会,占了好大一片地方,快要有半个天坛大了。那还是康熙二十四年(一六八五年），俄国哥萨克兵偷渡黑龙江，建城阿拉巴金，康熙派兵去剿，三百五十名俄兵投降，四十五名入华籍，其余遣派。入籍俄兵，在神甫带领下来到北京，康熙给东直门北三百亩地建立东正教堂。三百年中，却很少有人经过那里，也很少知者。不过这是外国教堂，至于中国自己的国子监、文庙，那是供奉孔圣人的地方。在封建科举时代，是极为重要的。而在民国，则也很少人光顾了。年轻时我骑车经过它门口，却未进去过。直到大了，陪着外地朋友去参观游览，才进去仔细看了几次，自然不是当年的规模了。不过基本上还是老样子，连门外满汉文"官员人等到此下马"的碑还在，也不容易了。

雍和宫在北京内城东北角，在雍和宫西面，隔开一条大街，对着便是成贤街，那就是国子监所在地，不但是封建时代最高的学术机构，而且是北京的孔庙，是春秋二季"祀孔"的地方，各代皇帝要亲自到这里来行礼，所谓"方泽之事"，自乾隆而后，每次祭孔事毕，皇帝、大臣都要到雍和宫花园中休息、更衣、吃饭，这是清代皇家的惯例，所以在一个时期中，雍和宫和国子监是有密切关系的。

在明、清二代，各县、各府都有孔庙、有"太学"，北京的孔庙是最高级的，是"国学"，名"国子监"，长官有管理监事大臣一人、祭酒二人、司业三人。清初有名的诗人吴梅村就做过国子监祭酒。

这是很大的一片宫殿型建筑，都是明代初年建造的，后来几经修缮，一直保存到现代。东面是孔庙，西面是国学。孔庙正殿，全国各地一律都叫"大成殿"，因为孔子封作"大成至圣文宣王"。这里的大成殿，在乾隆二年，全部改为黄琉璃瓦。仿照山东曲阜孔庙规模，祭祀大案陈列十种青铜"彝器"，封建时代，春、秋两季，都由皇帝带领群臣亲自来祭孔，这种礼节是从古历代继承下来的，所谓"岁仲春、秋，上丁，释奠，释菜，综典礼仪"。这套礼节是很隆重而复杂的。不但都是三跪九叩的大礼，而且大祭时人员也很多，有主祀、献牲、赞礼等许许多多职称。辛亥后一样举行春、秋两祀，归教育部主祀，不过礼节改为"鞠躬礼"。民国二年秋祀，汪大燮任教育总长，又叫部员行跪拜礼，行礼时哗然大笑，有站有跪，有旁立而笑，演过一出闹剧。这事在《鲁迅日记》中有清楚的记载。

国子监中存有重要的国宝，那就是刻有"石鼓文"的"石鼓"。另外旧时还有不少石刻，有《兰亭》、《乐毅论》、《争座位帖》、《四百字丁香花》诗，在光绪年间，国子监中看守人员从"敬一亭"中觅到宋刻"兰亭"等石，在《天咫偶闻》中曾有记载。清代新考中的进士，都要到国子监来，坐在"彝伦堂"上举行拜谒、簪花的典礼，行完这个礼节之后，才算"释褐"，意思就是不再穿平民百姓的葛布衣服，而是穿丝绸官服了。同时"进士题名碑"也在这里，新进士的姓名都要刻在碑上，像唐代长安的大雁塔一样。国子监中桧树、柏树很多，"辟雍亭"前一座黄绿相间的琉璃牌楼，上面的匾一面是"圜桥教泽"，一面是"学海节观"，也是十分精美的。

我有一次参观，朋友们进去各处看去了，我一个人在外院仔细看进士题名碑，尤其是近代、晚近我知道的，甚至见过本人的，都一一在上面找，如刘春霖、商衍鎏诸老，俞平伯先生家中就有二人，一是曲园老人俞樾，一是平老尊人阶青先生，至于林则徐、曾国藩等大名人那就更多了。深感明、清两朝，五六百年中，其教育文化、政治、经济是一脉相承，源远流长，浑然一体的。这似乎不只是某些个人的事，是关系到国家民族的历史的。如今自然这条河的水源早已断了。新源在哪里呢？

街巷琐记

阴　沟

　　现代城市建设，地下管道是十分复杂的。北京作为明、清两代京城，建城之初，也考虑到这个问题，虽无现代复杂，但是下水道问题首先考虑到了。

　　明代永乐年间，修北京城，在各处大街上，都修了暗阴沟，即下水道。这在现代看来，自然是非常落后的，但在五六百年前，不能不说这也是很科学的建筑。几十年前，有外国专门从事下水道设计工程的专家，亲自下去看过这种下水道，也十分赞叹这项工程的伟大。据说地下一丈多深，有用砖头砌成的六七尺或丈余见方的涵洞，连续不断，出水口直通前三门外护城河。当年东四、东单、西四、西单、前门大街以及虎坊桥、骡马市一带，地下都建有这样的暗阴沟，可以看得出，工程是十分浩大的，尤其是在当时，没有新式施工设备，其工程艰巨，更可想见。建成之后，初时自然畅通无阻，但是年代久远，便多淤积处，没有别的好办法，只好每年春季逐段打开来，把淤积在里面的臭泥挖去，送到农村中去做肥料。这本来也是很好的事，只是这种暗阴沟，每一打开，臭气十分触人，而且挖出来的黑乎乎的像臭柏油，烂糟糟的像芝麻酱一样的积秽，堆在路旁，一时又不能运走，弄得车马断绝，行人提心吊胆，既怕跌在沟中，又怕陷在臭泥中，所以旧日的北京人都把"二月开沟"视作畏途。早在明末清初赵吉士《寄园寄所寄》中就记道："京师二月淘沟,秽气触人,南城烂面胡同尤甚,深广各二丈,开时不通车马。"后来柴桑《燕京杂记》也有同样的记载,说"臭气四达,人多佩大黄、苍术以避之"。至于各种竹枝词中写到臭沟的就多了,均可见当年二月开沟臭气熏人的情况了。

挖沟是街道上的事,当年五城街道官役指派有"沟头",挨家敛钱,雇人掏沟。在商业区热闹地方,出钱多,再给街上的"堆兵"若干酒钱,因而就掏得快,收拾得干净,不然要拖拉到三四月间,甚至初夏之交才能全部掏完封好。蒋士铨《京师乐府》"开沟"中写道:

> ……五城官役役沟头。沟头敛钱按门籍,沟夫畚锸启沟石。窈然深黑恶气腾,往往沟夫死络绎。左沟先开右沟迟,街面土作街心池。沟中滓秽积万斛……君不见,路人握椒相引避,掩鼻如游鲍鱼肆。江南此日夏初临,紫陌风传兰麝气。

诗中把"开沟"写得很具体,"沟夫死络绎",亦可见其悲惨了。如逢大比之年,开沟正值会试试期,尚有谚语"臭沟开,举子来;臭沟塞,状元出"之说,较之唐代的"槐花黄,举子忙"故事相仿,但是臭多了。

西城甘石桥到西单的沟,在马路东侧,三十年代,每年端阳前,还要开沟挖泥,泥都是黑的,到西单一带,买东西时,一边走一边要捂住鼻子,有的沟在人行便道上,有的已到店堂里面。记得西元兴德干果子铺的沟就在柜台前面,挖沟的人出黑泥都要从他家铺子里面出，自然要影响多少天生意，左右各家也都是如此，大概十来天就挖好了。当时不知情况如何？现在想来，各家铺子大概要给挖沟的人一些好处吧。

胡　同

如果编写《京师坊巷志》，那是专门的著作，即使只谈谈胡同名字，也是谈不胜谈。例如明嘉靖时张爵写的《京师五城坊巷胡同集》、清光绪时朱一新的《京师坊巷志稿》，都是很有名的书，如果旁及历朝史实、人事，那内容就更丰富了。原因是北京作为明、清以来首都，就是那么一点地方，却不断在这条街、那条胡同中发生过各种甚至关系到全国的事件，居住过在各个历史时期主宰权势的人，朱一新的《京师坊巷志稿》，在各街巷之下，注明了一些史实，而在其后，迄今又已百年，其间发生的事情又不少，尤其近几十年，街巷改建变化更大，旧时史实亦相随消失，很难确认了。如把近百年北京街巷胡同变化写一本掌故型的书，也是有意思的。

说到北京的胡同名称，也大有学问，趣味性和知识性兼而有之。早先朱偰先生专研北京街巷沿革，旧时住在西什库，又在市立四中上学，所以西安门里一带，十分熟悉。他说在皇城中走，随处都是与明代历史有关的地名，如西安门里"惜薪司"，是明代宫中发放柴炭的地方，"西什库"是宫中十座库房，后门里"蜡库"、"帘子库"、"酒醋局"、"弓箭胡同"，这些都是明朝宫中的仓库。如北海东有个小胡同叫"大石作"，这也是旧时宫中"十作"（即十种工匠作坊）之一。不但皇城之内如此，其他各城都有这样的胡同名：如西城丰盛胡同，原名"奉圣"，是因明朝有名的坏女人天启奶妈客氏府第在此得名，当年客氏被封为"奉圣夫人"。东城灯市口对着的是"乃兹府"，原名奶子府，那里原来就是皇宫中奶妈候差的地方。骑河楼当年河上真有楼，横跨河身，是明代涵碧亭遗址。南长街、北长街，都是明代宫中长街。王府大街，是明代十王府邸所在。当时有房八千三百五十间，可以想见这十座王府的规模，平均每府八百三十五间，比清代定制一般五百间，要多多了。李阁老胡同，是明代李东阳的赐第，灵境胡同是明代敕建道士庙洪恩灵济宫的旧址……几乎每一条胡同都有它的沿革历史，说起来也不胜其烦了。

北京有好几个"堂子胡同"，那是清代的名称。清代满人要"祭堂子"（不完全是宗教仪式），这条胡同是"堂子"的所在地，因而得名。宣武门外头有条胡同叫"方壶斋"，那是很古老的戏园子的名字。宣外下斜街那里有条胡同叫"老墙根"，那是金代城墙的遗址，其年代就更古老了。

北京旧时大街大巷、大胡同那布局是很好的。如东四牌楼、西四牌楼南北，一排排的都是大胡同，笔管条直，好不气派，如东四一条一直顶到十二条，西四北帅府、绒线、报子、石老娘、魏儿、泰安侯诸胡同，都非常好找。在当初没门牌的时候，告诉东口、西口、路南、路北、张宅、李宅，一找便是。但一些方形的、又很短、而地名很复杂的地方，找起来就比较麻烦了。过去在北大沙滩红楼读书，这一带的地名就够难找的。红楼前沙滩，短短一段，还分东沙滩、西沙滩，东面是河沿，西面是汉花园，好像也就是马神庙。因为汉花园只有一号，就是北京大学旧址，即四公主府。只此一家，并无分号。还有正门，还有西斋的门，路南也有门，门牌不知怎么定的。往后走有嵩祝寺夹道，是喇嘛庙，前面还有银闸，另外还有红门、官房、孟家大院等地名，我在那里上了几年学,可是附近地名界限一直未弄清,可见其多么复杂了。

北京街巷名称有十分滑稽的:东琉璃厂、杨梅竹斜街之间有一段名"一尺大街",这是典型的幽默语言,可惜命名者湮没无闻了。鼓楼前"义留胡同"是谐"一溜"的音,会令人想起"老鼠过街"的话。住在锣鼓巷北大宿舍时,到什刹海烤肉季,常常由此一溜而过。新街口"八道湾",是知堂老人苦雨斋所在地,会使人想起"九曲明珠穿不得,归来问我探桑娘"的话。辟材胡同里面小胡同"鬼门关",后改名为"贵人关",实在毫无必要。白石老人就住在这里,有诗云:"寄萍堂外鬼门关。"直言无讳,照样活了九十七岁,寿近期颐,鬼门关又当如何呢?

老北京胡同名有极为典雅的,如西四北"百花深处",这是元大都时留下的地名。朝阳门外有"芳草地",这是过去逛东岳庙踏青、游春的地方。东四"什锦花园",是明代适景园的旧址。近人吴佩孚的宅子就在这里。以前曾代表公家进去过,要买这幢房子,院中大假山,十分讲究。后来听说,早已变成大杂院了。但也有地名本不典雅,一经品题,便令人刮目相看,如东珠市口冰窖胡同,昔时有人制门联云:"地联珠市口;人在玉壶心"。这"玉壶心"三字,便同仙山琼阁了。但也有十分悲惨的地名:西单原有"大沙果"、"小沙果"胡同,在旧刑部街附近,这是谐的"打、杀、剐"等字的音,当年在刑部大狱打官司的人,都是九死一生的。这些胡同,都是当年犯人必经之路,又是有历史血痕的了。

大胡同走进去,全是整齐的大红门、大黑门,有的还有倒座影壁,好不气派,这头一直可望到那头。而弯弯曲曲小胡同,一个门楼两个门楼便要转弯,走起来也很有趣。过去洋车抄近路,专爱走小胡同,跑得还很快。从车站去西城,一进前门,过了西皮市就钻胡同了——西去!——北去!转弯处边跑边高声叫喊,不一会儿,由草帽胡同钻出来,已经到了西长安街新华门前了。

半个多世纪前,"逛胡同"那不是好话,那是指花街柳巷的"八大胡同",由南新华街南武道庙一转,斜着进去就是韩家潭、百顺胡同,那是当年由国务总理到财政部长、伶界大王等是每天必到的。抗战胜利后,第一任北平市长熊斌,娶百顺胡同西口潇湘馆紫娟为如夫人,大概是这个"胡同"的最后掌故了。

庙　会

地方风土资料,正史中是很少的,偶然提到一两句,也只是概括的记载,因而想要了解一些历史上的具体风物,就比较困难了。比如向人问:一百多年前的护国寺庙会是个啥样子?有哪些买卖?便很难答复,因无生动的历史资料可查也。这不免就要向民间去寻找,在清代末年北京专卖唱本的"百本张"的唱本中给我们留下了生动的材料,使我们像从《清明上河图》中了解宋代汴京的热闹情况一样,从他的子弟书唱本《护国寺》中,生动地了解到同、光之际护国寺的具体情况。

他是用假设一个人的游览路线,按着顺序来写当年的护国寺的:先进庙门,再走甬道,到弥勒殿,再到天王殿,到东碑亭,一直走到后院,再出边门,再出庙西的胡同,再到定阜大街上,再回西四牌楼吃饭。每到一个地方,都有具体的卖东西的、耍玩艺的,这些人的姓名、卖什么东西、耍什么玩艺、神态如何、声誉如何,都有生动的描绘,绘声绘影,极真实地记录了当时护国寺的风貌。这里先引原文,再略加解说,以存乡土资料:

忽想起今朝还是护国寺的庙，何不前去略散心？吩咐家人套车备马，站起身将衣衫整整即刻出门。一路上星驰电转如风快，霎时来到庙西门。下车来跟役拿着烟袋、钱包、马札坐褥，至门前一人当门而立面含春，原来施舍那经验的偏方合劝人的经典，接一张看说：何苦来买纸费墨在这里冤人。来至永和斋先将梅汤喝一碗，顺甬道玉器摊上细留神。上了弥勒殿，见翎子张他在庙内摆。只见那腰刀摊也想去打落。见两旁俱是零星古董硬木器。那天王殿下见辛家的玉摊在门内摆，下台阶朝东走见吉顺斋饽饽摊子面前摆，又见那云林斋、德丰斋、冰玉斋卖的是京装绢扇。这里有首饰摊子，我歇歇再走，至东碑亭见"百本张"摆着书戏本，往前行见一个南纸摊儿面前摆，又见那西洋水法儿、水车儿、水轮儿做的十分巧，那卖旱"三七"的吗嗒着眼皮儿麻里麻糖真有趣，卖"苦果"的撅着胡子眉来眼去把人云。卖龙爪姜的说这个小碟儿倾刻间就能起三尺浪，那边是天元堂黑驴儿家的眼药，天下把名闻。面前有一档子莲花落，见座儿上许多擦胭脂抹粉的人，见一档子杠子也在那里将钱要，把式年儿玩艺儿虽强就是爱骂人。来到了塔院寻一个静处解手，见算命的相面的花言巧语尽蒙人，测字的"照九洲"字意儿诙谐颇有趣，"仁义堂"药孟家的"百补增力"算专门……（原文过长，删去后面一半）

在这篇唱词中，不唯记录了当年护国寺几十家买卖的名字，也记录了几十个卖艺人的姓名：如"年儿"的把式、"仓儿"的相声、"王麻子"的相声、"鸭蛋刘"的吞剑、"弦子李"的弦子、耍叉的"董叉"等等，还记录了不少当时的江湖话，如卖首饰的说：

"买过的知道,戴过的认得,露出铜色与我拿回来。"卖膏药的说:"小弟随镖刚从镇江来。"卖糖狮子的吆呼:"狮子、骆驼、猴,荷花、莲蓬、藕,每件清钱三十六。"卖耗子(老鼠)药的说:"一包包管六个月。"凡此等等,不唯记录了当年庙会盛况,也记录了各行各业,商业用语,江湖口吻,生活习惯,都是很生动的民俗学资料。

时代一隔阂,便有不少事不易理解,越是生活上具体小事,越是如此。如"又见那西洋水法儿、水车儿、水轮儿做的十分巧,那卖旱'三七'的吗嗒着眼皮儿麻里麻糖真有趣,卖'苦果'的撅着胡子眉来眼去把人云"。这都是用北京土话写的,已经很难理解了,再加"水轮儿"、"三七"、"苦果"是什么东西,一般就更不知道了。这都是历史上的护国寺了,当作故事说说吧。护国寺原本是元代丞相脱脱的府邸、家祠,其年代又比隆福寺早多了。

另外也有过去北京人传统的坏习惯,没有公共厕所,游人随处大小便,"来到了塔院寻一个静处解手",把高高的白塔当作公厕的标志了。

创作这个俗曲的要具备以下几个条件:一是纯粹北京土生土长的艺人,有极熟练的运用北京当年土语创作的能力。二是极熟悉当年护国寺生活情况,和这些人都认识。三是十分世故,社会人情看得极透,卖苦果的"云"人、算命测字的"蒙"人,都写得极爽极透,创作者本人,也正是当时所说的"京油子"了。

八景之一

在报纸上看到又有人说起汪精卫,而且还附着一张很年轻的照片,阅后不禁使我联想起银锭桥来,因为汪精卫在年轻时候出的名,是和银锭桥联系在一起的;而银锭桥又是北京著名的风景区,直到今天依然风光如旧,引人遐思。

风景名胜地方,常常有所谓"八景"、"十景",最多有"二十四景"、"四十景"。过去圆明园就有四十景,杭州西湖有"断桥残雪"、"花港观鱼"、"双峰插云"等十景,每处都有康熙御笔碑。北京也有八景,如"琼岛春阴"、"卢沟晓月"、"居庸积雪"、"金台夕照"等,也都有乾隆御碑,最常见的是北海"琼岛春阴"碑,一般逛北海时都能见到。而"银锭观山"也是八景之一,却从未见过乾隆的御碑,不知过去有没有。"银锭观山",就是站在银锭桥上看西山。银锭桥在什刹海前、后海的中间,如把什刹海比作一个斜着生长的"葫芦",那银锭桥正好在这个"葫芦"的细腰上。刘同人在《帝京景物略》中记道:"西接西山,层层弯弯,晓青暮紫,近如可攀。"这是北京一处极好的观赏西山的地方,从明代就非常著名了。这座桥呈东北、西南方向,横跨在什刹海前后海的"细腰"上,东北对烟袋斜街,西南旧时有一座观音庵,名"海潮庵",庙早已没有了,现在还留下一个地名,就是桥南那个小胡同。从桥头两侧转弯,往西北通后海南北河沿,往东南通前海两面河沿,是一个四通八达的地方。只是十分短小,又很低,和两面道路基本上一样平,也没有美丽的栏杆,如无人指点,生疏的行人会很不注意地走过去,忽略了它。因为它名声虽大,但与北京其他名桥如卢沟桥、金鳌玉𬟽桥等相比,那未免显得太寒伧了。

但是就是这样一个不起眼的小桥,不但是历史上著名的"金台八景"之一。而且是一座曾在八十多年前名震中外的名桥。宣统二年(一九〇九年)三月,汪精卫、黄树中、罗世勋三人谋炸宣统父亲摄政王载沣,就是把炸弹埋在这座银锭桥下面的。但是因事机败露,三人同时被捕。又因庆亲王奕劻的主意,当时只下法部狱，未被正法杀头。这就是著名的"银锭桥事件"，当时这是中、外均为之注目的政治案件，因而银锭桥也大大地出了名，其"观山"胜景的声名，反为"刺客案件"的新闻名气所掩盖了。

选择在银锭桥炸摄政王，是因为这里是他每日进宫必经之处。因为到了银锭桥，不过桥折而西是后海南岸，过桥折而西是后海北岸，顺北岸西行约一里之遥，坐北朝南的大府第，便是一度"潜龙"、一朝摄政、宣统父亲居住的号称"北府"的"醇王府"了。摄政王当年坐双马大马车出府门进宫，马车先沿北岸向东走，经过一座大庙广慧寺的门前，那时广慧寺是学部立的京师图书馆，馆长是江瀚、缪荃孙，即后来文津街国立图书馆前身，再往东走不远，就到了银锭桥。马车过桥沿着前海西河沿，经过张之洞庖人开的著名的饭庄子"会贤堂"门前，然后或者一直往南，经过"乐家花园"门前，到皇城根，沿皇城进后门；或者过了会贤堂门前，折向东南，穿过夏天作为"荷花市场"的那段大堤，到皇城根进后门，总之不管怎么走，银锭桥一定是要经过的。所以汪精卫当年选择在这个小桥下埋炸弹了。

但是另一说法，据李宣倜《北京庚戌桥记》，炸摄政王是甘水桥小石桥而非银锭桥，文云：

> 北京地安门外十刹后海，有甘水桥。其迤南小石桥，距逊清醇王邸綦近。岁庚戌，今国府主席汪公，曾谋刺王，薶炸药桥下，事在三十年前，至今父老皆乐道之。东莞张君次溪，既为公撰庚戌蒙难实录，详述始末，复考寻其地，请诸市府，定名小石桥曰庚戌桥。

此文写于民国三十二年四月，还是沦陷时期，是给汪捧场奉承的文字。唯小石桥在旧鼓楼大街,在甘水桥北,不是在南,文中所说似乎是糊涂账了。

什刹海前后海,从元、明、清以来,一直是著名园林和兰若集中的地方,名园如镜园、漫园、湜园、杨园、王园、方园、定园;名寺如石湖寺、兴胜寺、三圣庵、海潮庵、广慧寺,真是名胜古迹,数不胜数,但年代久远,大多已湮没无闻,面目全非矣。惟独这座银锭桥,却风光如昔,仍然是看西山的好地方。站在桥边,向西望去,视野极为开阔,后海的水浩浩渺渺,苍苍茫茫,西山的影子明媚如画,宜晴、宜雨、宜朝、宜暮,西山不老,银锭依然,京华风景常在,只是知之者不多耳。

圆明园

遗迹怀古

十几年前,我曾有幸在圆明园废址西洋楼北面一个旅馆中住了二十多天,每天早晚都在西洋楼大水法一带散步,有几个下午没有工作,我借了友人的脚踏车骑了在里面漫游,平时我常看光绪十三年天津石印书屋石印的《御制圆明园图咏》,各处景物印象较深,这次在废址中,几乎一一是按图索骥,放眼遐想,抚今怀古,感慨万端。叙燕京乡土,不能不说说圆明园,为此先写了这篇怀古。

马克思论当时帝国主义侵略中国的暴行时说过,英法侵略军焚烧了中国皇帝的夏宫,所说"夏宫",就是属万园之园的圆明园。一八六〇年英法联军侵略时被焚毁,迄今已经一百三十年了。圆明园从雍正时开始修建,直到咸丰末年被烧毁,前后经历了一百三十多年的繁华。

圆明园原是雍正的藩邸,在康熙的畅春园北里许。康熙取"谨慎清明"之意,亲自赐给当时还是皇四子的胤禛(雍正名)以"圆明"名其园。即雍正御制《圆明园记》中所说:"夫圆而入神,君子之时中也,明而普照,达人之睿智也。"反正都是最好的颂圣字眼。雍正后来就死在圆明园。圆明园大兴土木,是乾隆在位的六十年。乾隆二年(一七三七年),命画苑意大利人郎世宁和孙祜、沈源等绘制总图,由西洋人蒋友仁监工修西洋楼,又把江南西湖十景、海宁安澜园、江宁瞻园、钱塘小有天园、吴县狮子林统统修入园中。王湘绮《圆明园词》注云:"乾隆六十年中,园中日日有修饰之事,图史珍玩充轫其中……若西湖苏堤、麹园之类,无不仿建,而海宁安澜园……则全写其制。"又云:"世宗清厘之后,府库充实,几于贯朽,又当时营作诸臣,皆求见能于上,初不知浮冒报销之弊,故一举工作,计日而程,浚水移石,费至亿万。"从王湘绮的简单说明中,我们可以想见圆明园之经营规模了。

圆明园当年被焚烧的状况是极惨的,一八六〇年十月十八日一早放的火,直到十九日大火还在继续燃烧着,烧到最后,园的正殿"正大光明殿"还未着火,侵略者的首领额尔金发布命令:一并烧毁。刹那之间,就把正大光明殿及出入贤良门一条正路的建筑物全部烧着了,这在目击者、侵略军随军牧师戈赫的书中记载得十分清楚。当时为什么要烧圆明园,主要是格兰特、额尔金所率领的侵略军先把圆明园中的东西全部抢光了,而且为争着抢东西互相打起来,因此,又放了一把火,以掩盖其盗窃和抢掠的丑行。

圆明园被烧后的十一年,诗人王湘绮和他同乡徐树钧访问了这所劫后的离宫,找到一位住在福圆门边的七十多岁董姓老太监,给他们作导游,从瓦砾堆中辨认"勤政"、"光明"、"寿山"、"太和"等殿的遗址。望着园中最大的湖泊"福海"还是"水光溶溶,一泻千顷",湖中"蓬岛瑶台"的宫殿,还未烧毁。西北"溪月松风"一带,"翠柏苍藤,沿流覆道,斜日在林,有老宫人驱羊豕下来"。老宫人在烧后十一年的圆明园中放起羊来,其景象真是够凄凉的了。

咸丰死后,慈安、慈禧垂帘听政,一直就想重修圆明园,但一因北方疮痍太甚,二因南方战火乃烈,修园之事,一时无人提起,到同治七年(一八六八年),御史德泰迎合慈禧心理,上奏折请修复圆明园,但因咸丰弟弟恭亲王奕訢等人反对,德泰成了第一个因议论修园而获咎的牺牲品,受到革职、谪戍的处分。

同治九年,御史德东又上言"请修圆明园,请上园居"。又受到诏旨切责,发披甲为奴的处分。德东出朝门后自缢死了。这是因上言修圆明园而倒霉的第二人。

表面上虽然如此,但暗中却准备大修,因慈禧的四十整寿就要到了。同治十二年冬,御史沈淮上奏折"请免修圆明园"。"奉上谕仅治安佑宫为驻跸殿宇,余免兴修。"按,安佑宫等于是圆明园中的一座太庙,供的是清代皇帝的祖宗。同治大婚后于十三年五月曾到这里来过一次。同治十三年七月,正式停修圆明园工程,《清史稿》都有记载,当时停修主要是有人反对,慈禧尚难为所欲为。但是当时虽然没有修圆明园,却也没有省下钱,同治大婚,单只清宫各处宫门结彩幔等项,就用了绉绸八十余万匹,初步预算,大婚费用数百万。户部尚书宝鋆说,过去旧例不过百余万,但是那拉氏不听,最后实际用了二千多万。而当时工料物价,有一半就可以把圆明园修好了。圆明园劫火之余,一直没有修,但一直也没有停止被人明拿暗偷。鲍源深《补竹轩文集》记咸丰十年八月二十四日入园时情况云:

> 二十四日,闻夷人已退,乘车回园寓一顾,则寓中窗槅已去,什物皆空,书籍字帖抛散满地,至福园门,则门半开,"三天"书籍亦狼藉散于路旁。至大宫门,则闲人出入无禁,附近村民携取珍玩文绮,纷纷出入不定,路旁书籍字画破碎

抛弃者甚多,不忍寓目……

这是刚被侵略者焚毁抢掠完的情况,其后一直似乎是没有什么人管,直到几十年前,还有人不停地用大车装园中的山石石刻等物呢。

圆明园怀古,可以写一本很厚的巨著,而我不过写了个极简单的大概耳。

福　海

我两次在黄昏时,站在福海边上,想象一百多年前的规模气象,我由西洋楼后面骑车绕过来,所在处是福海西北角,也可能是平湖秋月旧址吧,当时还未放水,眼前所见是一个长方形的大坑,像死亡了多少年的历史死尸一样,给人以无限的恐惧感。对角线斜望,依稀可见,中间高出的蓬莱三山更清楚,估计有四个北海大,但比昆明湖小——这就是乾嘉盛世龙舟唤渡的福海吗?

我望着这庞大的死水坑和周围的残破野景,遐想未焚前的繁华景象,并联系文献图录记载,想到圆明园未焚之前,实际包括三个园,即圆明园、长春园、万春园,三处全部重要风景点、建筑群有一百四十五处,各种有关书籍记载的圆明园四十景,又仿建西湖八景,万春园三十景,长春园三十景,而每一个景中,都包括自己的一片风景区和不少建筑物。试摊开同治十三年石印的《御制圆明园图咏》观赏一番,便可知其大概。如"万方安和",是在四周是山的水面上建制的一座卍字形的水榭宫殿建筑。卍字四周转折,每一面都是各五间一转,四面共四十间,前后有廊有厦,跨水有栏有桥。在这座建筑的右前方,又有一座仿照瀛台来薰阁亭样式的大型四面出厦十二角亭厦建筑,其他还有联系的石檐、木桥等,可见单此一景,其建筑情况就有多么复杂了。但是就是这些成百的精美建筑群,一百三十年前,被侵略者统统烧毁了。

福海是圆明园中一大水域,圆明园虽然被焚毁了,而福海的遗址,仍依稀可见,但其面积并不比现有的昆明湖大,深处可能也没有昆明湖深(昆明湖最深处龙王庙附近据说有两丈深),以这样小而浅的水面举行龙舟竞渡,即使再热闹,当然也无法和湘水、汨罗、洞庭、钱塘相比。但是这是把福海同钱塘江、洞庭湖比,如果只就园林中的人工湖而言,那福海又是十分宏大的了。福海的水面,基本上是一个长四方形,周湖一圈,加上丘陵起伏,楼台迢递,约有六七华里之遥,除去皇家苑囿,一般园林,又哪能有力量办此呢?湖周围,背靠沿湖假山,共有风景区十五处,由西南角"湖山在望"数起,沿西北东南四面,依次列出,是"澡身浴德、延真院、廓然大公、平湖秋月、君子轩、藏密楼、雷峰夕照、接秀山房、观鱼跃、别有洞天、南屏晚钟、广育宫、夹镜鸣琴、一碧万顷",湖中心还有三个小岛,就是蓬岛瑶台,象征蓬岛三山。

不要看每个风景区的名称只有三四个字,而实地是很大的。如"澡德浴身",在福海西南隅,其西面、南面都是山峦,面北、面东都是福海水面,曲折逶迤,有楼有榭,有亭有轩,正室名"澄虚榭",南为"含清辉",北为"涵妙识",折而西为"静香馆",再过去"解愠书屋",西南角为"旷然阁",北渡河桥是"望瀛洲",再往北是"深柳读书堂"、"溪月松风"等等,共有十余处之多,面对福海明净水面,所谓"竹屿芦汀,极望弥弥",眼界是极为开阔的。圆明园被焚毁之后,福海是水面,自然不会被焚毁。十年之后,徐树钧、王壬秋、周寿昌、潘祖荫等人去凭吊时,徐树钧《圆明园词序》中写着:"渡桥循福海西行,为平湖秋月,水光溶溶,一泻千顷,望蓬岛瑶台,岛上殿宇,犹存数楹,惜无方舟不达。"这是距今一百多年前的福海,自然后来这"水光溶溶,一泻千里"的波光也没有了,这倒真应了"沧海桑田"那句老话,福海都变成庄稼地了。

平湖秋月,是仿照杭州西湖建造的"平湖秋月",但比真的平湖秋月要大得多,包括两座五开间敞轩、二十多间临水曲廊、一座大的四面连廊五开间带有回廊的方亭,还有三四所群房旁院,其陪衬建筑是西为"流水音",临水"花屿兰皋",北为"君子轩"、"藏密楼",东南是"山水乐"等等。西湖孤山脚下的平湖秋月,又哪能比得上呢?乾隆御制"平湖秋月"的《浣溪沙》小序说:"倚山面湖,竹树蒙密,左右支板桥以通步屧,湖可数十顷。当秋深月皎,潋滟波光,接天无际,苏公堤差足方兹胜概。"于此可以想见一下福海的水面风光了。

他的词载在光绪十三年石印的《御制圆明园图咏》中,词是很蹩脚的,好在只有六句,录之如后:

> 不辨天光与水光,结璘池馆庆霄凉,蓼烟荷露正苍茫。
> 白傅苏公风雅客,一杯相劝舞霓裳,此时谁不道钱塘。

"庆霄"的"霄",是"九霄"的"霄",同"凉"字连不起来,凉字只能同"宵"字连在一起,作"宵凉",即夜凉,而皇帝老儿硬要把它连起来,就连起来了,而且还有鄂尔泰、张廷玉等人给作注解。其注在"庆霄"下引《权德舆答杨湖南书》:"黄钟大玉,庆霄天籁。"又引温庭筠诗:"自有才华作庆霄。"这就叫作"无一字无来历",但仍然同"凉"字连不起来,御用文人也无法给他圆谎。这个"凉"字,在注中只好避而不谈了。不过词虽不好,配这首词的"平湖秋月"的图（孙祜、沈源画）实在漂亮。图的右下方有三分之一为水面。图的上半面是天空和迤逦的峰峦。平湖秋月全部房舍集中在全图中心偏左处，有崇楼高阁、小敞轩等，在平湖秋月后面是一大片竹林，和西湖真的平湖秋月并不完全一样。沈源的画是工细楼台，形同写生，圆明园虽然毁坏了，却使我们今天仍能看到它的景物，所以应该感谢他。

"平湖秋月"在福海的西北面临水，还有许多临水建筑，石阶雕栏，直接插入湖水中。"蓬岛瑶台"则正在海中心，由三岛组成，中间一岛建筑最精美，作长方形，正宫门三大间，汉白玉台阶九层直接插入水中，门两旁各有临水画廊连接，宫门内有楼、有殿、有台。"蓬岛瑶台"是正殿，西面有"畅襟楼"、"昌平安报好音"等建筑。东南渡桥是东岛，有瀛海仙山亭，西北渡桥是北岛。到那里去，一定要坐船。乾隆住在园子中时，春夏秋之季，常坐船来往于福海之中。每当他龙舟在福海中航行的时候，岸上宫女要望着龙船曼呼"安乐渡"，这不是"欸乃一声山水绿"，而是"欸乃一声望幸来"了。

乾隆大概没想到，在他死后六十六年，这"安乐渡"的曼歌声就被侵略者的马嘶声、咆哮声、焚毁时的噼噼啪啪的火烧木料声代替了。而在那大火焚毁时，他在世时英吉利正使马戛尔尼、副使斯当东等代表英皇乔治第三送给他的两辆华丽的四轮马车、两架十二磅榴弹炮还完整如新呢！真所谓，世事之不可逆料者，有如此者！

我站在死去的福海边，想到的很多，而所能写者，也只有这些了，只是感慨而已，于过去、现在、未来又有何用呢？

瓮山思绪

谐趣园

几十年前,湘潭周印昆的《夕红楼诗》中,有一组《颐和园杂诗》,其中一首道:

> 南归自辟水边村,一片葭芦占北门。
> 吴下胜游浑不忘,老来还住惠山园。

诗后注云:"园北名惠山园,乾隆南巡,仿吴中胜处建。已毁。"按其诗注,乾隆时的仿无锡惠山寄畅园风景造的惠山园,已经毁于侵略者英法联军火烧圆明园、清漪园之役。其后那拉氏修颐和园,据说园中之园的谐趣园就是在惠山园的旧址上建造的。因乾隆诗序中有"一亭一径足谐奇趣"的话,所以名为"谐趣园"。谐趣园是庭院布置,院中就是一个曲折的大荷花池。在池的周围有涵远堂、湛清轩、知春堂、瞩新楼等建筑,在建筑布局和结构上是极为精美的,充分体现了皇家苑囿的风光。

在颐和园中的所有建筑里,不少人对于谐趣园的评价是很高的,都说它是"园中之园",认为它建筑精美,布置得趣,是园林艺术中的杰作。

我对谐趣园还有一段有趣的回忆。若干年前,有一年夏天,我临时在颐和园门外一个学校中集训，暑假期间，事情不多，中午连吃饭带午睡要休息三个小时，和同事都买了颐和园的月票，每天可以早、中两次到颐和园去，好多人中午到昆明湖去游泳，而我们几个人，则每天吃完中饭，挟一领凉席，拿把葵扇，进园子直奔谐趣园，干嘛？睡中觉！

在谐趣园睡中午觉可美啦！到了里面，在那个大凉亭上，把席子往大方砖地上一铺，四脚朝天一躺，眼睛望着那彩画的一大方格、一大方格的"团鹤"的天花板，这时正值大热天，又在中午，游人极少，谐趣园中真像水晶宫一样，又阴凉，又安静，往这里一躺，立刻便会忘去扰攘的红尘世界，两三个人说不了两三句笑话，便会一觉黑甜，进入甜蜜的梦乡了。有时说笑话道："咱们比李鸿章还神气，李鸿章当年也不敢躺在谐趣园睡上一大觉！"这真是少年时期，不知天高地厚的几句话，现在想来，真有些近于胡说八道了。但谐趣园中的"清福"，的确是享过的。单是这点，自知也是很不容易的了。

不过每次进入谐趣园后，虽有如进入神仙洞府的感觉；但又总觉得视野不够开阔，只觉得是进入了一所极为漂亮的"房子"，而没感觉到是进入了一所风光幽雅的"园子"，深感其精美有余，疏朗不足；华丽有余，潇洒不足。谐趣园中有不少水面，似乎赏荷、观鱼、听雨，都十分好的，但又都有不足之处：观鱼时，栏杆觉着高；听雨时，又因房屋太高大，感到有欠真切。总之，人人都在赞美"谐趣园"，而我却未敢苟同，老觉着谐趣园在建筑艺术上似乎有什么不足。

读林琴南《畏庐续集》所收《游颐和园记》，文中对谐趣园评价道：

出颐乐殿后，行山径中，古松老桧皆数百年物，而谐趣园题额见诸树阴之外，守者言太后御膳后恒以小辇至其间，长廊邃阁，攒积无隙地，水苇高可荫人，阑干石桥，牌坊位置，皆乖舛忤人意，独霁清轩较高爽。轩后奔泉一道，潋潋泻山石间而东逝。而泉脉又为廊榭所梗，不畅其流，是间果去其殿阁三数处，则水石之致出矣。

文中对谐趣园大加批评，畏庐老人是学者，是文学家，又是画家，这些话都是有独到见解的。真有先我而言，深得我心之感了。这篇文章写于"甲寅"（一九一四年），也是八十多年前的旧话了。

风景线

我国古建筑中的园林建筑，是一门极为精深的学问。《红楼梦》写到修大观园的山子野，清代宫廷中留传下张南垣父子的名字，样子雷的样子，但在著作上，却流传下来的很少，只有一本明代计成的《园冶》，其他却很少。比如颐和园修成到现在，不过刚满一百年，却也没有留下一部完整设计专书，这该多么可惜呢？

我常常想到，修建颐和园的匠师们实在是胸中有经纶、有丘壑的艺术家，那都是有很大学问的人。别的不说，只说说他们利用"借景"吧，他们把中国园林设计中"借景"的法则，利用到极为美妙的程度，他们把挖掘昆明湖西面深水带的泥，堆成西面的堤，在堤中间陆陆续续修了六座不同风格的桥，使堤与水面、桥与堤，又和背面的玉泉山、玉泉山的塔，成为一条风景线，在人的感觉当中，好像西面的玉泉山就在园内，或者说就在堤的西面，穿过桥洞就到了。这就是"借景"的妙处。

这条堤全长五华里,由北向南六座桥,即柳桥、豳风桥(乾隆清漪园时,名桑纻桥)、玉带桥、镜桥、练桥、界湖桥。其中玉带桥造型特别,桥洞特别高,半圆,倒影水中,如一满月,另外堤外湖南有石桥名绣漪桥,和它一样,桥洞特高,都是为了走船。旧时西太后那拉氏由西直门外高梁桥上船,来颐和园,御舟就由这个桥洞穿过,直到乐寿堂前面的码头上登岸。

这条堤和这六顶桥在整个颐和园、昆明湖的建筑布局上起到了极为理想的联系和借景作用。从昆明湖往西望去,本来都是起伏的、颜色深浅不同的燕山山脉的群山,包括西山和香山等等在内,但是这些山和万寿山离得都远,在气势上连不起来,而在万寿山和这群山中间恰巧有一座小小的玉泉山,山顶又有一座挺拔的宝塔,这样正好起一组带作用,把万寿山和西山、香山等都联系在一起了,再加上这样一条一脉烟痕的长堤,和那浮动在水面上的六顶桥,这就更山光水色,塔影楼台,柳丝画舫,桨声波痕,浑然成为一体。不信在昆明湖中划船,透过那玉带桥的桥洞,望着那玉泉山的明媚的塔影,谁又会感到它在园外呢?可见这个"借景"的作用是非常重要的,它不只是一个点缀,而是整个风景的一个组成部分。万寿山之可贵,就在于它得天独厚,不但有西山秀色,可以作它的锦绣屏障,而且有娟秀的玉泉山,可以作它的朝夕情侣,这样就更成就了它的美。

昆明湖西面长堤、玉带桥、镜桥、石桥等等,是很少人走到的,不论是在龙王庙岸上看,或是在昆明湖划船时在船上看,都会有一种"隐隐然均不能至"的感觉,至于玉泉山,则更是有这种感觉了。

北京明、清时所修宫廷苑囿,不少是仿照江南的风景名胜。

昆明湖西部的设计,很明显地完全是仿照西湖苏堤、白堤的风景情调,如果划条小船,划到龙王庙西北一点水面上,向西望去,则很像在杭州西湖中,望清波门外由昭庆寺门前到断桥的那一段堤痕,那玉泉山不正像初阳台?那玉泉山的塔不正同宝俶塔一样吗?

风景要好,还要人善于欣赏,所谓"横看成岭侧成峰,远近高低各不同",在一个定点里,向周围各个方向去看,会看到不同的境界,有时大家都向一个方向看,而你猛地一回头,会看到另外的足使你耳目一新的东西,正所谓"众里寻他千百度,蓦然回首,那人却在灯火阑珊处"也,这是一种特殊的艺术境界,在山水名胜之区,会常常遇到,就看你是否善于领略了。

比如去逛颐和园,由石舫坐船到龙王庙,上岸之后,回过身来,站在那里,向湖中眺望,大多数的人都是眺望万寿山,那一派像象牙雕刻的玲珑的白石栏杆,那藏在绿树中的时隐时现的迤逦长廊,那仙山楼阁般的掩映在松柏枝桠间的听鹂馆、画中游等建筑,那矗立的、巍巍然的排云殿、佛香阁,这是正面的境界,自然是气象万千。也有一部分人向东面眺望,视野所及,从绣漪桥——十七孔桥,铜牛,高高的文昌阁,伸入湖中的飘渺的知春亭,以及乐寿堂东面临水的房屋,尤其是由铜牛到文昌阁一段,沿湖柳树不甚高大,十分萧疏,远远望去,另有一种情趣,想古人写文章,形容远树,有"远树如荠"的说法,此处景致,很有些相似。

不过以上所说两种看法,还是最普通的看法,好像看戏一样,只是向台的正中间看,看主角而未看到配角。如果主角看惯了,再注意一下配角,有时感到配角更中看。万寿山的配角是什么呢?就是玉泉山。

站在龙王庙的北岸上，往北、往东看过之后，再往西一看，则境界迥殊，另一种气氛马上会把你吸引住了。贴着水面，是一线长堤，中间夹着几座桥，其造型真是淡雅秀丽到极点，尤其是玉带桥，远远望去，一个幽深的拱圈静静地立在水面上，倒影入水，仪态万端，似乎不愿与富丽的万寿山为伍，特意僻处一隅，有"遗世而独立"的感觉。如将之拟人化，那长廊、排云殿、佛香阁等等，好比杨贵妃、虢国夫人、秦国夫人……那玉带桥真有些像"何必珍珠慰寂寥"的梅妃了。如果玉带桥好像是梅妃，那玉带桥依偎着的玉泉山，便是上阳宫了。视线从玉带桥望过去，就是葱翠的玉泉山，和娟秀的玉泉塔的塔影，朝朝暮暮，照映着潋滟的湖光。其淡雅、朦胧和超然，和富丽的万寿山，形成了极为协调的对比，相得益彰，是昆明湖不可分割的有机部分。我最爱看这一带的景色，有时划船，向玉带桥方向划去，色彩越来越浓，似乎小船一穿过那个桥洞，就可以舍船就岸，攀登玉泉山了……

故　事

静安先生写过一首著名的长庆体诗:《颐和园词》。其后又自沉于昆明湖，前后相隔十五年，始终关系到颐和园，真可谓如无名氏哭静安诗所咏"冬青树古香仍抱，凝碧池荒水独清"了。

辛亥革命，南北议和，清室逊位，优待清皇室的条例第三款云:"大清皇帝辞位之后，暂居宫禁，日后移居颐和园。侍卫人等，照常留用。"按照这条规定，溥仪及隆裕太后是要搬到颐和园去住的，后来虽然没有去住，而且溥仪把颐和园曾经一度给了他的英国师傅庄士敦，不过这都是后话。而在民国元、二年之间，社会上对于这些公开的优待条例，还是信以为真的。而且清皇室开始也准备履行的。看溥仪的《我的前半生》，曾记载有太监奉隆裕太后之谕，把大自鸣钟等搬到颐和园的事。隆裕、那拉氏死在一九一三年三月，而条例中又规定"暂居宫禁，日后移居颐和园"。根据这两点分析，即在一九一二年的年末和一九一三年的年初，当时袁世凯手下的人，就有不少人提出要求清室履行条约，搬到颐和园去居住。当时袁世凯阴谋帝制，虽尚未明朗化，但称帝后或要住到皇宫中去，其爪牙已在积极准备了。这时王国维正在日本，听到这些情况，便写了一首长庆体长诗《颐和园词》。这首长歌一百数十句，一千多字，内容沉郁，辞藻典丽，和王湘绮老人的《圆明园词》可以并传。

诗中叙述颐和园营建之始，由咸丰死后，慈安、慈禧垂帘说起，对光绪时之宫廷掌故，咏唱颇详。在叙述中对那拉氏常常在用字上予以讽刺，而对光绪则寄以很大的同情。不过讽刺与同情的词语，都比较隐晦，都是用典故来表现的，不详加分析，不易理解。至于对袁世凯，那是丝毫也不客气了。一则曰："安世忠勤自始终，本初才气犹腾踔。"把他比之为《三国演义》中的袁绍。再则曰："哪知今日新朝主，却是当年顾命臣。"把他比之为司马氏。三则曰："寡妇孤儿要易欺，讴歌狱讼终何是？"把他比之为白脸曹操。四则曰："昔去会逢天下养，今来翻受厉人怜。"直接骂袁世凯为"厉人"。这首长诗在思想上的可取之处，是他洞见了袁世凯阴谋称帝的野心；而不可取之处，就是他对清朝的过分的遗老感情，这是和他的死有密切关系的。因而这首诗对研究静安先生的思想情况，是十分重要的。

辛亥之后，静安先生又去日本，这首诗是在日本写的。最早有日本京都圣华房江州旧木活字排印本，大字、大本，印得十分古雅，可惜这种善本，现在不易见到了。按，颐和园在清代一般官吏可以进入南湖一带游览,林琴南《游颐和园记》,就是由南门进去的,而不是东面大宫门。是和旗人寿富去的,在南面所见是"湖水半淤,葭苇丛生,循河塘而东,至廓如亭,铜牛之次,稍北,有文昌阁,严扃其扉,寿富谓禁地不宜前,仍复南折……"可见当时文昌阁北面,就是宫禁内苑,一般人就不能进来了。甲寅即民国三年,林琴南又偕友人游颐和园,就已"售券"了。民国四年,无锡人程颂嘉时任无锡师范校长,到北京开会,也游览了颐和园,记有日记云:

> 八月七号,晨尚微雨,旋即放晴,雇人力车往游颐和园,园去西直门外四十余里(按,西直门至圆明园十五里,至颐和园十八里。这里所记是人力车故意多说的里程),言明全车资十六吊,即铜元一百六十枚,在途行两点半钟始到,计程实有四十里……西直门至颐和园,马路未尽,巡警触处皆是,故地虽荒凉,旅行实甚安稳,使如南方,则抢劫之案,必日有所闻矣。园在西山之东,万寿山、昆明湖均包括在内……游人入内,门票每人银一元二角,准游全园之大略,如欲到排云殿南湖,则在园内临时购票,排云殿五角,南湖三角,坐船渡湖每点钟银两元。管理园务者,向为内监,今则内监之富而有家者,均归为民。贫而老者,仍相依不去。见一内监,自市归,篮携杂物,衣破如丐,其余如守门、除草,均雇外人为之。售票者,亦不知何许人,待客甚恭,此为北京通例。北京无论茶店酒馆,客出入必起立致敬,售票者亦然。入门一年约十五六之童子,手持长衫,欲衣为导,叱去之。其后至排云殿,则一年老者欲出为引,虽叱不去,被诈钱四百文。余喜行止自如,不愿人带领,而若辈则相依不

417

去,恃此为生活,偶叱无效,亦不忍再加以声色,盖其从前之如何擅作威福,余不知也。但见其今日之狼狈可怜而已。……颐和园内,宫殿与大门作一直线者,曰排云殿、仁寿殿、乐寿堂(其实他说的不对,排云殿、乐寿堂都是坐北向南,仁寿殿则坐西向东,不一直线上)……殿屋均甚矮,占面积亦不多,唯金碧辉煌,望而知为帝王之居,墙上绘花卉人物,则俗工为之,不堪入目。殿中字画屏幅,径黏壁上,不加装池,款为臣某画、臣某书。均甚寻常,真者想为内监易去矣。(按,此为江南人第一次游颐和园印象。)……旁有一殿,不得入,从门隙窥之,有广场、有戏台,想即慈禧赐群臣观剧之所。(可见当时大戏台未开放。)……自东而西,长廊数百丈……有石制楼船,船上窗棂,均作石色,细视之,知除底外,余均以木为之,涂以粉漆而已。登最上层啜茗,每人大银四毛,四毛者,北京话四角也。(当时这是四斤好猪羊肉或四十个大油鸡蛋的代价。)湖山之胜,尽收入船,坐一时久,已夕阳在山……由东岸往,有十七环洞石桥一,觉此境绝妙,不可不往……桥之东堍,行未半,风起水涌,心为之怯,有西妇二人,携一仆至同行,胆稍壮,过桥环游龙王庙一周……思慈禧后修饰此园,为世诟病。……其实所费数千百万,用之于园者,不过千分之一,他均为内务府、宫监人等所干没,……至仁寿殿,欲求出门路径,曲折不可得,有内监负草出,询之,遂如指行,及门,已无人收票,怀以归,留作纪念……

这就是当年逛颐和园的实录。片段录之,以存游颐和园之故事吧。所说"太监",如今想来都已死绝了吧!

418

水　路

读孙宝瑄《忘山庐日记》,光绪三十三年(一九○七年)四月八日记云:

> 俄还车至海甸肆中,饱食毕,遂偕至万寿寺观赛马,游人甚众,树林中构棚厂卖茶。俄日西斜,与向辰、益斋游寺中,楼殿重叠,佛像庄严。门外临河,有御舟泊焉,两宫幸此,则乘以入湖。舟严饰颇丽,岸上男女聚观。

这是八十年前四月间西直门外万寿寺前的风光。"有御舟"是皇帝坐的船,"两宫"是指西太后那拉氏和光绪,"乘以入湖"是在此坐了船到昆明湖。一句话,就是那时候,从西直门外,可以坐了很大的船到昆明湖去玩。据《中华二千年史》引李鸿章写给庆亲王信云:

> 钦奉懿旨著照捧日、恒春船式,成轮船一只,随洋划四只,以备倚虹堂至万寿寺乘用。……一切工料,均力求精坚。

孙宝瑄所见船只,可能就是信中所说的某一条了。现在想想,那坐船去昆明湖的胜游一定是风光绮丽,很有味道的。可惜后来再没有人能坐船去颐和园,我三十年代,第一次去颐和园时,已经是坐清华园的破汽车了。那时距离坐船去昆明湖的年代,也不过只二十多年,这样的韵事当时已无人再说起了,世事变化之大之快可想而知矣。

震在廷《天咫偶闻》记西直门外西北,如山阴道上,应接不暇,离城最近的是高粱桥,高粱桥有倚虹堂船坞,那拉氏的御舟,就泊在里面。这里往西沿河走上三里左右,就到了万寿寺门前了。万寿寺是明代建的,乾隆中叶重修,是皇太后祝寿之所,这里有一条街,俗称苏州街,正名万寿街,旧时两旁房舍全按江南式样建造的。乾隆下江南,好多次都是奉皇太后南来,回到北京,在圆明园修西湖八景,在这里修苏州街,以观赏南方景物,不过在震钧写书时,街上苏州式房舍已经"毁尽"了。而在当初是很好的。乾隆时戴璐《藤阴杂记》中说:"高粱桥沿长河至万寿寺,亭榭仿平山堂。春游惟此为胜。"当时有人写诗道:

凤城西去绕高粱,曲水湾环荫绿杨。

青女乍来霜未结,犹余烟景似江乡。

其记载和诗中,都可以想见当年这里的景致有多么美。只是这条路自从修了马路之后,人们出西直门去颐和园、西苑、清华、燕大都顺马路走,马路在高粱桥之南,而且一过白石桥就转弯往北去。而苏州街、万寿寺又在白石桥之西,因而这几处名胜如不是特意来寻访,一般顺路走便走不到了。因而那时有在西郊居住多年,经常出入西直门的人,却不知高粱桥、万寿寺在那里,这是很可惜的。

西太后坐御舟去颐和园我是没有见过的,大概世界上见过的人已经没有了。不过这条上船的水路我是到过的,那上船的地方我也曾特地去游览过。这地方确实是不错的。

过去出西直门到高粱桥,是出了城门往西不远就往北拐,大

420

约不到一里地，就看见南北向跨河的一座石桥，桥面石板上碾了不少车辙。桥下是东西向的河，这条河中的水，往东流到德胜门水关，从城墙下进城，即注入积水潭，再流到后海、什刹海、三海了。据《宸垣识略》记载：有二牌坊，南面牌坊正反面匾曰"长源"、"永泽"，北面匾曰"广润"、"资安"，过桥为倚虹堂。桥水流甚急，两岸高柳垂拂，风景绝佳。倚虹堂宫门三间，东向，临河有门三楹，南向，石阶入水，是那拉氏上下船休息的地方。由此上船，往西三里地左右，即到了万寿寺门前，再往西流，稍微偏北，由海淀南面流过去，往正北流，经长春桥、蓝靛厂，到颐和园南墙水关，打开水门，船可以进湖，船进湖之后，由东南角水关沿湖南河道绕到西面，再由绣漪桥下穿过，进入昆明湖中心，也就是龙王庙北面，如在东岸远望，这里湖面作深蓝色，是湖水最深的地方。船由这里向北走，可以直航至乐寿堂前汉白玉码头下船。西太后当年或是由高粱桥倚虹堂船坞下船，或是由万寿寺前下船，都是沿着水路这样到颐和园的。

万寿寺门前是这条水路最漂亮的所在，好就好在那门前的流水和老树上，庙是明代建的，庙门前有十几株老槐，都是几人合抱，五六丈高，夏天郁郁苍苍的浓荫把偌大一座庙都遮满了。门前对着河，河两岸又都是老柳树，把两面也遮得一片碧绿，真可以说是别有洞天的清凉世界。万寿寺西原是空地，清代庙会时在此赛马。我上中学时，曾和同学们骑车到这里来玩时，已经没有赛马的热闹，也没有搭大棚卖茶的了。庙门前变成大车路，有摆野茶摊的老头，专门卖给来往赶大车的喝茶。再有最热闹的是夏天雨后，孩子们光着屁股在水里扎猛子泅水。这河很深，河中心垂直约摸也有两丈，但平时水很少，很浅，只河中心有水，因而两边河岸的斜坡很高。当年西太后御舟经过时，只是河底有水,须开闸放水,方能行舟。就是将东面广源闸堵上,把昆明湖水关闸打开,下游水流不走,上游水大量流下来,水位自然增高,御舟大船,自然可以顺流直放昆明湖了。

过去西太后的御舟是很大的,在三十年代后期,在北海、昆明湖都可以看到,最大有五丈多长,船顶如起脊房舍两三层连在一起,船中红木家具古玩字画都十分整齐,后来这些玩艺都不知哪去了?现在人们如能不坐汽车,改坐船去颐和园该多好呢!

坛苑拾零

天坛树

有些年暑假回京，常常和萧重梅世伯诸老在天坛喝茶，我曾经写过一首《永遇乐》，这词题目是《留别天坛茶肆诸诗老》，词云：

> 驱暑金风，招凉银汉，曾断魂处。道是归来，匆匆几日，又向江南去。白头诗老，浮云殿宇，记咏少陵佳句。漫留连，多情古树，仍怜绿意如许。　　悠悠岁月，沧桑谁认，欲问明清掌故。五百余年，剩鸳鸯瓦，踏碎宫墙路。儿童情趣，秋虫秋草，石畔闲听细语。应深谢，茶经酒阵，待明夏叙。

我这首小词，着重在写天坛夏日槐市瀹茗的情趣，而重点在"多情古树，仍怜绿意如许"数句。我感到天坛之美，除祈年殿的建筑而外，其灵魂更在于那些郁郁苍苍的老树，不只显示了我们祖国悠久的历史，也显示无限的时代生意。

北京明、清以来，老树一直是很多的。看明末清初人谈迁《枣林杂俎》中"荣植"篇，记北京古木有十七八处之多，这已是三百年之前了。其中所记树木，不少在清朝末年也还存在，如报国寺矬松,左安门外韦公寺海棠等,也都还散见于清末一些人的著作中,不过后来也就再无人谈起了。他曾记载了天坛的榆树,文云:"京师外城,天坛拗榆钱,凡榆春钱,天坛榆之钱以秋。"这同天坛的龙须菜一样,都是奇迹,不只一次的见诸清人著作的记载中。但是在过去逛天坛,在天坛老柏树下喝茶时,一直未曾注意到这些奇迹,不知这株见于前人著述的拗榆钱,是否尚未遭到斧柯,仍有婆娑生意。真有些所谓"吹绉一池春水,干卿底事"的意思,看到谈迁的记载,不免对这株"拗榆钱",更系以悠悠的遥思了。

天坛当年究竟有多少老树,向无统计记录,康熙时刘体仁诗云:"金鱼池上柳烟阔,祈谷坛边秋气高。"同时人查容《咏归录》中说:"五月五日游天坛松林。"可以想见三百年前天坛林木葱茂的情况。但所说松林,与后来所见的稍异,因为几十年前在天坛中所见到的树,是老柏、老槐多,松树并不多,松林似乎已没有了。

天坛范围太大,按古代旧址,内坛、外坛全部在一起,沿着外坛墙走一圈,计有十华里,在这样大的范围内,除去少数建筑物外,其他全是老树,郁然成林,虽没有原始森林深广,但在树间眺望,四周也是望不到头的。如果在夏天,一大早去,在树林缝隙中望朝阳穿过树枝,照耀着晨雾、露珠,雾蒙蒙的,光彩闪灼着,也是一种奇景,这在其他公园中,是见不到的。在几十年前,北京居民少,到天坛来玩的人是十分稀少的,公园大,游人少,老树多,如果一大早去,进园之后,能够走半个钟头,遇不到一个人。因为进去后是向东面走,面对着从树隙中斜照下来的一派金色阳光,更显得树色碧绿、晨雾轻盈、朝露莹洁。踏着树间的乱草走过去,不一会,鞋袜自然打湿了。而草间的小蚂蚱、挂络扁儿

（即纺织娘）受到不速客侵扰,带着露珠飞起来,可又去不远,甚至会落在你衣襟上。这真是一种奇趣,会使人忘去自身的存在,都融合在这寂静而又充满朝气的天籁之中了。这种情味,也是在中山公园、北海等处打扫得十分清洁的林阴道上所体会不到的。

拗榆钱我记不住,但皇穹宇外面那株上千年的辽柏我是念念不忘的。不知在它荫下吃过多少次茶,它的一枝一叶都在我的记忆中。见乔木而思故国,正如我词中所说:"多情古树,仍怜绿意如许。"望着它,更感到祖国历史的悠久,生意的茏葱了。

钓鱼台

钓鱼台著名的很多,在历史上最著名的是富春江严子陵的钓鱼台。北京的钓鱼台,现在名气很大,半世纪前,虽然也是北京的名胜古迹,已无元、明、清风光,而是相当冷落了。溥仪在民国初曾将此园赐予陈宝琛,后经北平大学农学院要求,划归农学院,因溥仪又做了伪满皇帝,又将此产权收回。偶有机会与台湾高阳氏谈钓鱼台事,他说产权问题不清,大概就是因为北平大学农学院将此园收回整理,又迫于当时日本侵略势力,将此园交回溥仪或陈宝琛。现在年代久远,要弄清楚就更麻烦了。钓鱼台赐予陈宝琛氏名"赐庄",公宴及门人一百三十二人于此。曾有诗云:

故山一别十三春,犹有从游载酒人。

佳日池亭俨图画,昔时童冠尽缨绅。

纵观寒山须时栋,暂对清尊远世尘。

胜集金元遗迹在,如斯风义定谁伦。

　　盖钓鱼台从金代直到明、清以来,都是皇家的离宫,著名的游览胜地。

　　半世纪前,虽然冷落了,但风景还是很好的,其景物还分宫里宫外。李慈铭《越缦堂日记》云:

　　钓鱼台地属玉河乡之池水村,亦曰花园村,去三里河西北里许,相近有圆通观,为金主游幸处,金人王飞伯郁,尝隐于此,见元遗山诗。乾隆三十八年,浚治成湖,以受香山诸水,于湖之东口,置闸以蓄泄泄之。其下流由三里河达阜成门之护城河,至东便门入通惠河,湖中有泉,涌出堤岸,周围约二里中悉种莲,较什刹海多几倍了。近水为稻田,堤外积土,隆然成山,迤逦相属,西山修黛,横翠可接。湖中有船,方篷施幔,仿佛吴制。偕云门、敦夫招棹人,携茗具,缓泛其中,山水清晖,怡然心旷。惜花时已过,荷叶已大摘去,枯菡万柄,偶见田间一二晚花,红鲜艳绝而已,买莲子食之,甘脆殊绝。夕景衔崦,遂尔回舟,榜人采菱角一包以献。循堤至钓鱼台行宫,列圣诣西陵驻跸进茶处也。宫墙周里许,下有水栏,以通湖流,宫门面南,入门过桥为养元斋,东向正厅五间,四面回廊,又西为潇碧斋,中为品字形,窗格玲珑,玻璃四照。又西过桥,登石山为澄漪亭,亭中悬高宗御制诗云:"墙外为湖墙内池,一般凭槛有澄漪。剔疏意在修渠政,何心瓶罍细较斯。"亭后下山过桥,以桥已断,仍由来径,曲磴逶迤,老树夹峙,水泉潺潺,略彴相望,宫后为堵墙如城,下临湖焉。由后门出观湖闸,渐已断裂,尚可行人。时夕阳适开,循湖再过桥,登车而回。

越缦堂所记很漂亮,所引诗几不成诗。不过很可看出钓鱼台宫内宫外风景都是很好的。主要是在水中央,得水趣,得荷趣,又可遥见西山秀色耳。钓鱼台在当年不只它本身,在其附近还有不少名胜古迹:

一是摩诃庵,这是离开钓鱼台不远,靠近八里庄的一个极有名的庵堂。在明代就很有名,各家的著述中都提到它。蒋一葵《长安客话》道:

> 制不甚大,宏敞净洁,乃胜他庵。殿前后多古松、古桧、古柏,壁间多名公题咏。四隅各有高楼,叠石为之。登楼一望,川原如织,西山逼面而来,苍翠秀爽之色似欲与人衣袂接。

从蒋一葵的记录中,可以想见摩诃庵的风光。清初自王渔洋以下的著名诗人诗集中,几乎都有游摩诃庵的诗,随便翻了一下查慎行的《敬业堂诗集》,题目中特地提到摩诃庵的就有六七首之多。这里在三十年代,松树还很多,有明人重临三十二体《金刚经石刻》,当时重修过。

二是慈慧寺,这座庙是明代万历年间建的,离阜城门只二里,在路北。俗名倒影寺,后殿墙有小孔,透光,人、树皆侧影。是湖南僧人愚庵,从四川云游到北京所创。因明代诗人南充黄辉而出名。刘同人《帝京景物略》记云:

> 寺周匝列大树,墙百堵,乱砌石,曰虎皮墙,随其奇角,

块块罍罍，龙麟虎斑，寺后有阁，供旃檀佛。

三是万柳堂，元代初年，廉希宪在钓鱼台造了所别墅，构堂池上，在水池四周，种了几百棵柳树，题堂名曰"万柳堂"。有一次请赵孟頫饮酒，并有歌女侑觞，赵孟頫赋诗云：

> 万柳堂前数亩池，平铺云锦盖涟漪。
> 主人自有沧洲趣，游女仍歌白雪词。
> 手把荷花来劝酒，步随芳草索题诗。
> 谁知咫尺京城外，便有无穷万里思。

喜欢写赵字的人，知道这首诗的不少；但知道这个万柳堂就在钓鱼台，就是现在国宾馆的人恐怕就不多了。元人在这里还有不少园亭，如匏瓜亭、南野亭、玩芳亭、玉渊亭等等，不过这些都同万柳堂一样，早在明代就已经荡然无存，只剩曲池残树，野水斜阳了。

四是宫人斜，在慈慧寺后面，这是个很凄凉的地方，就是明代宫女的火葬场。因围墙是斜的，故曰"宫人斜"。封建时代，少女被选入宫中，等于终生监禁，尤其明代，宫女多至数万人。少年夭折之后，都弄到这里火化，真不知牺牲了多少无辜的少女。昔人吟"宫人斜"有句云："不知几夜长门怨，忽作寒灰吹白杨。"可以想见其凄惨了。

除此之外，还有两座历史上著名外国人的墓。一是明末崇祯时意大利科学家利玛窦的墓，在阜城门外二里嘉兴观的西面，按西方墓葬式封盖，墓上立十字架，四周围以石墙，墓前有二重祭堂，堂前立有日晷，刻有铭文曰："美日寸影，勿尔空过，所见万品，与时并流。"二是清代乾隆时宫廷画家意大利人郎世宁的墓，郎世宁逝世于乾隆中叶,死后赐侍郎衔,就葬在钓鱼台,也是西式的墓盖,墓碑一半刻中文、一半刻拉丁文。现在这墓还保存在北京一机关院内。

这只是钓鱼台畔的一些古迹,现在市貌变迁,均已为高楼广厦所代替了。

妃子园

北京几百年帝都,那围绕皇帝老儿周围的妃子、公主、皇亲、国戚不知有多少,这些人,个个都有府邸,都有花园。年轻时上学的最高学府,其地址最早不就是四公主府吗?曹雪芹写《红楼梦》,只写了妃子,未曾写公主,大概"公主"都像《满床笏》、《打金枝》中的角色,是不好写的。妃子则如赵飞燕、杨玉环,历来都是文人笔下的好材料。写妃子家,写到花园,那就是著名的"省亲别墅",大观园是也。这应该说不是妃子家的花园,而是妃子家为了妃子回家,也就是说为了妃子临幸所盖的"别苑"。"别苑"者,皇宫外别处所建之"内苑"也。前面所说"倚虹堂"、"钓鱼台"等处,实际都可以说是"别苑",却都没有"大观园"出名。真的反不如假的名气大,亦可见文人伎俩的不可轻估也。

历来说大观园的,包括袁子才在内,都忽略了一个最根本的问题,即大观园是一个什么性质的园。按,我国古代园林,可以分三大类:一是皇家的苑囿;二是僧道寺观的园林;三是私家的园林。这三者在造园上有严格的区分。大观园原名是省亲别墅,是为了贵妃省亲建造的,是具有皇家体制的宫廷苑囿。这个体制是至高无上,任何皇亲国戚也不能僭越的,非有特许不可。所以宝玉、黛玉等住进大观园,一定要有元妃命夏太监传来一道谕，没有这道谕，是天大胆子也不敢进去住的。

皇家苑囿的特征，其一在于它是宫殿式的，即不管大小，都要有殿，然后才是离宫别馆。《红楼梦》写"金辉兽面，彩焕螭头"，贾政说这是正殿了，只是太富丽了些。别人说是"礼仪如此"，这就是自周代以来的明堂制，宫廷建筑之礼。其二要有亲农观稼所在，这也是皇家制度。清代圆明园有大面积稻田，颐和园也有大面积蚕房。这不是随便的风景点缀，而是帝耕后织，按照制度必须有的。所以大观园中一定要细写稻香村。乾隆在《圆明园图咏》序中说："遐思区夏，普祝有秋，至若凭栏观稼，临陌占云……农夫勤瘁，稼事艰难，其景象又恍然在苑囿间也。"大观园的建造，也是符合这些体制的。

违反体制，就要犯罪，现在恭王府旧址，原是和珅宅第，其中违制建筑，僭越之处，都是和珅罪名中的重要条款。袁子才硬要把他的随园说成是大观园，真是不知死活地乱说，他的随园如果真是大观园，那他的罪担待得起吗？

北京房屋，在旧时都是以四合院为基础的。深宅大院也好，寒门小户也好，小的一个院，大的多少大院连在一起，如作鸟瞰式的眺望，那北京栉比鳞次的房屋，以东西南北都齐全的最多。但是也有例外，一到园林中，这种标准住宅的形式就有了变化，有了多种的形式。不信且看大观园的建筑：

怡红院，一溜回廊上吊着各色笼子，上面小小五间抱厦。可见院中两边是廊子，只中间五间抱厦。抱厦者，前后相连，即俗名"勾连搭"房屋也。

潇湘馆，只见进门便是曲折游廊，阶下石子墁成甬路，上面小小三间房舍，两明一暗，从里间房里，又有一小门，出去却是后院，又有两间小小退步。这是三间两间曲折相联，也没有东西房。

蘅芜院，两边俱是超手游廊，顺着游廊步入，只见上面五间清厦，连着卷棚，四面出廊，绿窗油碧。这也是只有游廊、卷棚（即前面三间比廊子宽一倍的无门窗的照棚），四面出廊，而无东西房。如江南园林建筑之四面厅。

秋爽斋，前有晓翠堂，后联探春卧室，三间屋子并不曾隔断，只隔着纱窗。说明也是前后都有廊子，而且有堂有斋，似乎也没有东西房。

由此看，大观园中各处建筑，都是四合院房屋的变化，但不是完整标准的四合院。这是园林建筑的特征，即花厅、别院、离馆形式，均不同于正式宅第院落的格局。曹雪芹写大观园是这样的，正式皇家苑囿，万园之园的圆明园也是这样的。

圆明园的四十景，每一景中都有不少房舍，其格局都不是墨守四合院的成规，而是加以种种变化。如"万方安和"是卍字曲折式的，"鱼跃鸢飞"是四方四面厅式的，"西峰秀色"是三层五间勾连式的，"平湖秋月"是两层五间敞轩式的，"澡身浴德"是错落临水三间、五间层楼式的，"方壶胜境"是高台仙山楼阁式的。数不胜数，真可以说是变化无穷。这既可以看出四合院的形式是可以突破，变化万端的，也可以看出中国园林建筑之丰富内容，有人记其变化道："鲜用斗拱屋顶形状……多作卷棚式，一反宫殿建筑之积习，其平面配置，亦于均衡对称中，力求变化，有工字、口字、田字、井字、卍字、偃月、曲尺诸形，及三卷、四卷、五卷诸殿……"人们如果把圆明园和大观园对照来看，不是具体而微，可以得到更多的启发吗？

附带说一句：北京清代王府多，而后戚的府第出名者却不多，妃子别苑，真实的似乎没有听说过，西太后那样大的权势，也没有替她娘家修一个大观园那样的花园。

宣南古寺

长椿寺

北京的宣武门外有条下斜街,街西高台上有一所破旧的房屋,路人可以望见里面的残破的筒瓦屋顶,屋瓦上长了一些狗尾巴草。出入是靠南面的一座车门,门前有两株秃树,是槐树,都不高大,纵使盛夏,也没有浓郁的槐影,但树干却十分古老,像一个操持一世,饱经沧桑,越活越萎缩的老人。从这破旧的房屋、山门和老树身上,可以问讯到这个地方的历史,这就是有近五百年历史的长椿寺。谈迁《北游录》十一月癸未记云:

> 癸未,偶入斜街都土地庙……出过长椿寺,以王文宣移寓焉。万历时,孝定皇太后为归空和尚建。殿庑雄丽,其后多宝阁,则崇祯间田贵妃立,费四万缗,内渗金。多宝塔高一丈五尺,塔中空,藏《妙法莲花经》。猊座中奉铜佛,左九莲菩萨、右智上菩萨。九莲,即孝定皇太后李氏也。智上,即纯孝皇太后刘氏也。俱旃檀莲座,旧供封号牌位。今撤去,壁绘千佛,丹碧炳耀,旁铜像十八罗汉,为大内大善殿物,今携寺中。

谈氏所述都是长椿寺在明末的情况,去今已四百余年矣。

这个归空和尚是明代万历时的一位苦行者,据刘同人《帝京景物略》记载:归空原名明阳,自幼出家,"能一再七不食,日饮水数升,持之至五年",因而众人给他尊号为"水斋"。出家后三十年作行脚僧,不袜不席,云游四方,曾跪行到五台山,为参古松,燃烧一指以供文殊菩萨;又去朝普陀山,燃烧一指以供观音菩萨;后又去朝峨眉,燃烧一指以供普贤菩萨。有人问他:"十指今七,那三指何处?"和尚回答说:"十指依然。"其苦行有似近代湘绮老人的名弟子"八指头陀",就是归空和尚比他还多烧了一个指头,也可号"七指头陀"了。他由伏牛山云游到北京,一时名气很大,皇太后便为他建了这座庙,万历帝朱翊钧赐额为"长椿寺"。长椿寺在清代香火不盛也不衰,读孙宝瑄《忘山庐日记》,光绪二十九年(一九〇三年)二月十九日记云:

> 十九日,晴,诣长椿寺,是日观音大士诞也。寺僧每岁为善会,士女多往拜者。余幼记名于寺中,故忆鬐龄时年年赴善会,今不到者,十余年矣。故僧清莲,余方外师,没已二年。怆怀今昔,不胜感也。

这是本世纪初关于长椿寺的实录。足见是宣南名寺之一,佛事还是不断的。同时常常作为人家办白事的场所。一直到三四十年代,还经常有人借这里"开吊"。一位同学的老祖母病故,原是同仁堂乐家的老姑奶奶,丧事很隆重,在这里开吊,曾去出份子行礼,这也是五十多年前的事了。当时寺内各佛院都还十分整齐。

长椿寺庙院并不算大,院中原来有两株很高大的楸树,花时缤纷满树,游人甚盛。至于所藏所谓万历皇后①的"九莲菩萨像",还有一丈五尺高的渗金多宝佛塔等镇寺宝物,恐怕就早已没有了。

长椿寺在下斜街。过去出宣武门过桥右转进达子桥,经上、下斜街直到广安门大街,是进出广安门一条近路,不绕菜市口,清代西城宣武门一带人出京都走此。附近名胜不少,如三忠祠、嵩云别墅等,在清末民初还很冲要,先大人汉英公常常说起这些地方,因为"三忠祠"供的是明末死于辽东战事的张铨、高邦佐、何廷魁,都是山西北路人。因此"三忠祠"等于山西北路的会馆,祠中闲房都寄住着同乡京官,汉英公常常来此找人。不远嵩云别墅也十分著名,而且有园亭之胜,可以摆酒请客。孙宝瑄《忘山庐日记》记道:"晨,微阴,宴同僚于嵩云草堂,堂榭明丽,树石幽峭,桂香飘散远闻。"可以想见其情韵。可惜在半世纪前,这些地方就冷落了,汉英公当年虽常说,亦不过怀念其青年时的旧事耳。

崇效寺

还是我上初中时,记得已是沦陷之后,有一年暮春,先大人汉英公带我慕名去看崇效寺牡丹,是下午去的,也是大风天,坐有轨电车由珠市口到牛街,下车走进去,横穿枣林前街,尘土陋巷,行人冷落,到了庙门,也很残破,随便走进去,里面似乎还有住家。庙院并不大,牡丹园在西北角上,也不过三四十株,有黑紫色墨牡丹,有白中泛绿的绿牡丹,我看过小说《绿牡丹》,原想

---

① 按,"九莲菩萨"李太后乃万历生母,似当为皇太后。——编者注

看看像菜叶子那样绿的牡丹,因而看了这样的"绿牡丹",也不大满意,似乎汉英公也觉得没啥,远不如到公园看牡丹好,因而也未仔细观赏,随意看了看,就出来了。后来就再没有去过这宣南第一名寺。

天下事有幸有不幸,岂亦佛家之所谓"缘"乎?同样是宣南古寺,法源寺居然得到重修,长椿寺还存几间古屋,而同样三百年间以花事著称的崇效寺,则化为乌有了,岂不令人长叹息乎?

崇效寺俗名枣花寺,庙外早年间都是枣树林。直到现在,其旧址附近仍有"枣林前街"的地名,庙院并不大,佛殿也不雄伟,但是它旧时的名气实在大,其出名除去春城花事而外,更重要的是它有两张名图,流传了将近三百年,可以说是"镇寺之宝"。一卷是《训鸡图》,画一老僧抱鸡而坐,别有猫、犬在旁,曼殊震钧氏说是"不解何意",实际这是一卷佛家的"护生画"。另一卷是《青松红杏图》,图中画一老僧打坐,作入定状,上面苍松荫覆,下则红杏霞蒸,后面有自朱竹垞、王渔洋而后,题跋者几千家,真是洋洋大观。寺中历届住持僧人,大都是庸俗势利之徒,只看施主官职大小、布施的金钱多少,便献出这卷名图来让一些达官显宦们题跋。《天咫偶闻》所谓"金貂共狗尾偕陈,玉楮与败叶参见",正说明这种情况。

这卷图为什么当初受到王渔洋、朱竹垞诸大老的重视呢?据传清初崇效寺住持僧拙庵,是明末一员武将,打了败仗后,在盘山落发,做佛门弟子,后来做了崇效寺的住持,因感于松山、杏山的败仗,故作此图,以志亡国之哀。清代初年,一些著名诗人大多都有故国之思,所以也多借题此卷子以抒发其感慨。而年代越后,题的人越缺乏这些真实的感情,只是借古人的光来使自己也出出名,把自己的名字和古人的名字写在一起,不但是狗尾续貂,而且是有些恬不知耻了。

这个享有盛名的卷子,在崇效寺流传有年,古寺、名花、名图,三者相得益彰,而出人意外的是有一度遇到一个极不成器的和尚作住持僧,把这卷"传寺之宝"送到当铺中当了。庚子年,当铺被抢,这幅名图流落出来,被京官杨荫柏收买了去,后来崇效寺住持僧人又设法买了回去,在几十年前仍存在寺中。现在崇效寺已经没有了,尽管白纸坊一带地皮不缺,有的是盖新房子的地方,可有人偏偏要在这个古寺的旧址上盖一间百货店。"皮之不存,毛将焉附",几百年的枣花寺已是历史名称,《青松红杏图》何用问呢? 只有感慨系之了。

圣安寺

北京宣南的庙宇也真多,记得以前逛陶然亭,在慈悲庵门框上挂一小牌,上写"北京佛教会第七十六寺",这还只是佛教会管的,那不归佛教会管的还多,总数当远不只此了。唐人诗云:"南朝四百八十寺,多少楼台烟雨中。"北京近千年的国都,想来也应有此数。《鲁迅日记》乙卯(一九一五年)十二月十七日记云:"季上鸠人洒扫圣安寺,助资二元。"季上是许季上,"鸠"音"鸠",是古字,聚也。意思就是招集人。圣安寺就是我想到的,在这篇小文中要介绍的名寺。

圣安寺在牛街南横街西口路北,是明、清以来很有名的一座大庙,不少书中都有详细记载。庙中供着金世宗、金章宗座像。还有明代李宸妃的像。前人诗有"停骖惆怅圣安寺,后堂空祀李宸妃"句。半世纪前的圣安寺,是乾隆四十一年拨帑银重修。门额"敕重建古刹圣安寺",为乾隆御书。

圣安寺最著名的宝物,是藤胎佛像,计有佛像三、诸天像四。编藤丝为佛像骨架,外裹以生丝绢、黏以生漆,外面再以金箔装金,饰以缨络,佛衣甲胄再嵌以珊瑚青金诸宝石,庄严华丽,比泥塑轻便得多,便于移动。这是自唐代以来流传的塑佛像工艺,日本奈良古寺的鉴真和尚塑像,就是这样塑的。这几尊珍贵的佛像原是宫里的东西,明崇祯时赐给圣安寺供奉。圣安寺离法源寺很近,在寺庙关系上,是法源寺下院,旧时这里经常有办白事,为亡人接三停灵,我少年时几次跟家里大人来此为亲友家吊唁行礼,没有正式逛过,想来是很可惜的。看前人手稿,权作文抄公,引一段前人圣安寺的游记,用为京华古寺鳞爪吧:

> 寺在今南横街之西口四号门,匾曰:敕重建古刹圣安寺。乾隆御笔也。门前有古槐二,入东侧房门,上悬进士匾一,前院有古槐、柏各一,古海棠一株,高及丈余,天王殿各像已旧,尚整。后院海棠、丁香颇高,殊雅静。大院之正中,亭一,南面悬匾曰"瑞像亭",内供佛像,寺僧云是旃檀佛,不知确否?亭北有甬道达大雄宝殿前。大殿供佛像与十八罗汉像,较古,与通常之像不同。有白面者,塑工至精。像后壁上皆有画像,亦皆古而整……老僧玉明居之。方丈匾为"松风水月"。朱文柄联:"旃檀亭上春秋永;兜率宫中岁月长。"薛宝辰联:"片石孤云窥色相;清池皓月照禅心。"尚有他人联语。

一甲子弹指而去了,临风怀想,问一声:这些东西现在哪里呢?

我家在先大人汉英公去世之前搬到右安门里里仁街公房中

437

居住,出入到菜市口购物,三天两头从南横街走,经过圣安寺门前,最初虽然残破,还像一座庙,后来越来越不行,弄得庙门内外,乱七八糟,也不知是破庙,还是破工厂、破机关,总之,简直是"四不像"了。令人想起旧时北京破落户子弟,拿花梨条案当砧板切黄瓜、把破棉鞋扔在祖宗龛上……一张嘴还是吹祖宗三代的牛,其风格似乎是一脉相承的,关于这点,又是祖宗传下来的老病了。因记圣安寺,附带发两句牢骚吧!

石灯庵

偶然想起,北京旧时的庙宇实在多,叫法也多,有的叫"庵"、有的叫"寺"、有的叫"庙"、有的叫"观"、有的叫"宫"、有的叫"殿",这些庙和尚、喇嘛、道士、尼姑应有尽有。而且有不少庙名一般听来很怪,却是很有意义、很雅的。比如在西南城角有一个小庙名叫"石灯庵",就很有点禅宗的机锋。"石"意味着坚固与愚顽,"灯"却意味着光明普照。"主公说法,顽石点头",这是有名的佛教故事;"以一灯传万灯",这又是著名的佛教哲言。以"石"为"灯",便意味着坚定永久,光明普照了。所以石灯名庵,是非常好的。自然,现在很少有人知道这个小小的庵寺了。但在昔时,却也是有点小名气的。乾隆时吴长元《宸垣识略》卷七云:"吉祥寺在今猪尾胡同承恩寺之右,元泰定间建,明季改名石灯庵。"

石灯庵的名字是从明代才改的,为什么改名呢?据说万历年间,即十六世纪末到十七世纪初,苏州僧人真程由江南到京,当了这座小庙的住持。向施主们募了些金银,重修寺庙,在掘地取土时,得到一个石刻经幢,式样像灯台,周旁刻《般若心经》一部,并刻有唐广德二年少府裴监施、朝请郎赵偓书等字样。明万历时礼部尚书黄汝亨特地为此事写了一块"石灯庵"的匾,挂在寺中,从此这座小庙便叫"石灯庵"了。

刘同人《帝京景物略》说:

　　程居此无华饰,朝梵夕呗,二十余年无懈日,日无懈声。绅衿缁素,月八日就此放生,笼禽雀,盆鱼虾,筐螺蚌,罗堂前,僧作梵语数千相向,纵羽空飞……人谓庵小云栖云。

可见这个小庙在明代是十分著名的。后石灯原物失去。《宸垣识略》云:"今寺中有石香炉,云即旧传石灯,然炉上并无镌刻,则石灯已不可考矣。"可见乾隆时石灯即已渺茫了。

这座小庙在六十年前还在,地址在宣武门里往西走,即象坊桥街,经过北洋政府参、众两议院,路北有一小庙,名承恩寺,过承恩寺再往西,即到石灯庵了。前为圆门,匾曰"光明石灯庵",有古槐当门,庵后有小巷即名"石灯庵",有门出入,为当时北京佛教会第十二寺,院内客堂匾曰"宝月常圆"。二三十年代中,住持僧号越尘,把寺整修一新,香火不多,有闲房出租,每月得房租四五十元,维持开销。这里过去是西南城角,是死角,一般人很难走到。但离一些学校不远。附近就是私立民国大学,有的学生还在此租房呢,大概比住小公寓还便宜。原石灯已无,石灯为清代后刻者,上为六角亭形,下座中部细,如灯盏扶手,刻制甚精,内灯满可注油燃灯,灯供在大雄宝殿阿弥陀佛前。殿楹联云:

一曰:"而此福德,胜前福德;即非庄严,是名庄严。"
二曰:"明月不以常满为心;大海有真能容之量。"

第二联尤其好,可惜现在知之者太少了。

中国习惯上叫"庵"的寺庙,大多是女僧住持,因而俗说尼姑庵,《红楼梦》智能儿不就是水月庵的小尼姑吗?而这个石灯庵却一直是和尚当家。当年庙宇有公产,有私产。庙都是受十方供应,募化修建的,怎么会有私产呢?原来有些庙宇,香火冷落,长期无人管理,遇到地方官吏营私舞弊,不良僧人盗卖庙产,这样勾结起来,把庙卖与积有私房钱的和尚,就变成某个和尚的私产了。石灯庵在元、明以来,自然不是私产,而在清末不知何时,却变成私庙,清末住持和尚名潭波,买下当时已破敝不堪的石灯庵旧址,又以私蓄修缮,成为一座整齐小庙,作为自己礼佛奉经之所。六十年前,经堂上还有"三洲感应"大匾,匾上刻着"光绪乙巳年住持僧潭波立"。光绪乙巳是光绪三十一年,那已经是庚子之后,本世纪初的事了。僧人庙产,如徒弟好,相处融洽,也可继承庙产,但是潭波徒弟染有不良嗜好,是个坏家伙,因之潭波临终,留下遗嘱,将庙产改为十方公有,因之后来成了佛教会的庙。一九三五年当时市长袁良主持编撰之巨型画册《旧都文物略》,有石灯照片并文字记载。文字虽略,而照片极为清晰,此一京华历史文物,大约早已化为乌有,赖此照片,得以保存矣。

当时北京内城西南城角,地近太平湖,有一小片水域,风景很不差,因之在清初这里也是文人学士流连咏觞的地方。震钧《天咫偶闻》记云:

> 石灯庵⋯⋯西傍官沟之上窄港相通,石桥互接,或倚茂树,或亘颓墙,金晃刹竿,最多古寺,花依篱角,略辨人家。且城带西山,离离瘦碧,尘飞夕日,默默流红,虽不能遽角胜江南,亦无复京华尘梦矣。

震钧记载中,还有汤西厓"初秋小集石灯庵"断句,今录其全诗于后:

> 岿然削出此香台,恰在蒹葭野水隈。
> 一夕肯抛明月去,廿年曾共故人来。
> 因缘旧梦销禅榻,触迕闲情付酒杯。
> 九陌归途正灯火,少留未用仆夫催。

汤西厓,康熙时人,从诗中可以想见清初大老在石灯庵饮宴时的潇洒情况。不过六十年前,这里已无此情调了。附近有私人花园,园主张燕谋售与富商于宝轩办大同贸易公司,院内古木参天,山石楚楚有致,花木特盛,丁香花极为馥郁,再有这个小园与石灯庵近在咫尺,地名却奇怪,叫"水月庵街",而这里更无屋庵。是石灯庵也曾叫过水月庵呢?还是另有个水月庵在此呢?这正与曹雪芹所写同名,想来曹雪芹时代这里就有"水月庵街"了,联系到《红楼梦》智能儿,不也是很有趣味的问题吗?

现在城墙拆除,这个角上,盖了不少高楼,四通八达,旧时面目全非,连著名的太平湖也没有了。许多遗迹,也完全淹没在楼群中,消失了。石灯庵不知还在不在,或仍在大楼背阴的夹缝中乎?

天宁寺

陈兼与仁丈在为《燕京乡土记》写的序言中,有一句道"南北河泊荷花",只这六个字,还是本世纪初的古话,不要说现在人,即使半世纪前,也很少有人去看,谈起来已是"开元、天宝"的古事矣。孙宝瑄《忘山庐日记》光绪二十八年(一九〇二年)六

441

月五日记云：

> 晨，驱车出彰仪门，至南河泡，其地在京城西南角，有荷池数十亩，水终年不涸，筑堂舍数楹，围以林树，夏间游人甚多。记于庚辰岁，随先人入都，时居西城十八半载，曾随母姊及戚友来游一次。余方七八岁，今逾二十年矣。是日为方勉甫年伯父子所邀，客来颇夥，半皆同里人，杂坐说笑。

日记所记，也就是兼与丈序中所说的"南北河泊荷花"，这在当时，也是一个著名游览去处，最早是私人兴办起来的。

大约一百二三十年前，有一个姓王的富户，看到这里有一个十几亩大小的水塘，便动了脑筋，出资经营，种了树木，修了园亭，盖了水榭，在水塘中种了红、白荷花，添了游船，没有几年，便名满都下，"莲花池"成了夏天都人游赏的胜地了。震在廷形容那里的风景说：

> 敞榭三间，一水回折，八窗洞开；夕照将倾，微风偶拂；扁舟不帆，环流自远；新荷点点，苗水如燃；浓绿阴阴，周回成幄……此间大有江湖之思，故宣南士大夫趋之若鹜，亦粉署中一服清凉散也。

固然是文人笔墨，着意点染，但这地方肯定是不错的。光绪十年（一八八四年）夏，翁同龢写过一首七古，题为"彰仪门外南泡子荷花最繁，子密作图，乃名宝泉河，题奉一笑"。其中有句云：

南泡荷花如酒狂,唐突游人倚窗几……彰仪门西古城角,杰阁无名就倾圮。袁公作堂我题扁,爱此清冷半弯水。后来裙屐日喧哄,我亦罢游经一纪。

翁常熟之诗较之震在廷所记早十六七年,而诗中又有"日喧哄"、"经一纪"之语,即莲花池在光绪元年,尚较冷清,十年之后,已成裙屐喧哄之游赏胜地,而几十年后,又趋荒凉,现在不过百年,这样好的地方,早已没有人知道了。

莲花池如此,"尺五庄"也是这样。嘉庆时姚元之《竹叶亭杂记》云:"尺五庄在南西门外里许,都人夏日游玩之所也。有亭沼荷池,竹林花圃,可借以酌酒。"南西门就是右安门,按文人爱用古语的习惯,也可叫"丰宜门",这座城门外面,直到丰台草桥,全是"花田",是明、清两代最有名的游赏胜地,有不少名园,"尺五庄"是其中之一。《林则徐日记》中记他在嘉庆二十一年(一八一六年)六月初九日同李兰卿约同年十六人在尺五庄雅集,文云:"荷池初开,修竹成荫,坐花行酒,文宴甚欢,酉刻散席。顺途至三官庙看时花。"所记与姚元之相同,颇可想见当年宣南士大夫胜游之乐,亦可想见"尺五庄"之风光宜人。所说"时花"即"莳花",亦称"唐花",实即盆花。当年南西门外不只尺五庄风光宜人,三官庙即花之寺,也是游览的好地方,广安门外还有著名的"冯园",右安门外还有著名的"小有余芳",可惜均早已零落殆尽矣。

南河泡子一直往北三里不到,便是著名的天宁古寺了。崇彝《道咸以来朝野杂记》记云:

天宁寺,在广安门外,石路之北,北魏古刹,其塔为隋代造，又有开皇经幢二，今恐无存，昔年寺中设花肆，尤以桂花、秋菊为有名。同、光间，为士夫招伶人宴饮之所，故越缦堂日记每每言及。尚有南河泡，在石路西南，方塘数亩，荷花甚茂，亦夏日逭暑地。王半塘词中有"他年记取小红亭，小红亭外，高柳万蝉鸣"，即此地也。

天宁寺是北魏古寺，几乎所有记载北京地理掌故的书，都记到它，而把它与南河泡子记在一起，只有崇彝书中是这样写的。因先说南河泡子，后说天宁寺，所以我引了崇彝一段文字，其实天宁寺在各书记载中，最著称的是那座隋代修建的砖塔。刘同人《帝京景物略》特别描绘这座塔，说"四周缀锋以万计"，说不管"风定风作"，塔铃都响。塔铃如果一停，塔上就要出现神光了，说得神乎其神。

值得庆幸的是，南河泡子虽然无人提起了，而天宁寺塔居然还在，在西山夕照时，每每经过此处，望上去特别引人遥思——而不知道哪位高明的官，批准在它边上建了两座大烟囱，真是"伟大"到极点了，还能说什么呢？

昔贤胜迹

袁督祠

有一次在北京坐车到天坛东面新楼群中去找人，车沿天坛北墙外马路开，转角处往南一转，我在车中偶然回头向外一望，见到东面矮墙上一块路名牌，写着"拈花寺"三字，偶一凝神，车已风驰而过，但我脑海中却回忆起一首小诗来：

夕照拈花万柳风，老槐劲节上苍穹。

燕云无限渺茫态，三百年来想像中。

这是昔时我游览北京东南城角，去瞻仰明末袁督师崇焕祠堂时，路上写的一首小诗。"夕照、拈花、万柳"，是三处名胜的名字，即夕照寺、拈花寺、万柳堂也。"老槐"是通往袁督师祠路上的一株数百年老槐，树根苍虬蟠曲，全部露在土外面，枝繁叶茂，郁郁葱葱，直上苍穹，旧游历历，事隔数十年，其气势仍在目前也。

北京过去游览的地方，在清代是宣南，到了三十年代，公园、北海、故宫等处相继开放并热闹起来。宣南名寺及陶然亭各处，显得冷落一些了，但游人还总有一些。最冷落的则是东南一隅，即龙潭湖一带，那真是冷落到极点，不但没有游人，甚至知道的人也很少。当年这一带都是田野,同村庄小路一样,和现在的高楼马路,不但无法相比,几乎难以想象。不过有几处寺庙古迹,著名的袁崇焕祠堂是其中之一。

袁崇焕,广东东莞人,万历进士,是抗清名臣,崇祯时任兵部尚书,因宁远之役,被诬为通敌,被凌迟处死,构成极大的冤狱。一时舆论大哗,都哀痛他被冤屈惨死。据传其仆人佘姓,在行刑后偷负其尸埋葬在广渠门内,后即广东义园。佘姓守墓终身不去,其后人世代守此,俗呼佘家馆。民国六年,在广东新义园内康南海募款建祠,供袁督师遗像。当年这一带的游览路线是先到夕照寺,再到拈花寺,最后到袁督师祠,这是一条游人稀到的路线,当年和同学们骑自行车来此游览,留下一点雪泥鸿迹的印象,在记忆深处也留下了一丝细细的思念。

先到夕照寺,当时这座乾隆时修缮过的庙还很整洁。门额是"敕赐夕照禅林",院内古柏四株,极为幽邃,夕照寺又名寂照寺,有乾隆二十四年住持僧成绍所撰的碑。文中说明当年修建此寺,主要是为了客居在京师的外省人去世后办丧事停灵的。有无主亡人,夕照寺亦代为棺殓埋葬,是一种慈善事业。庙并不太大,有两进庙院,还有一个小花园。有大雄宝殿、大悲殿、梓潼殿、伏魔殿。大殿挂着道光名进士、山西蒲圻人贺寿慈的对联:

> 爽气挹西山,妙转法轮回夕照;
> 恩光凝北阙,常凭神力护宸居。

对仗十分工稳得体,足见这位名进士的翰墨深功。寺中小园有亭甚高,超过城墙,可以远眺,晴日可见西北山痕,故联中曰"爽气挹西山"也。当日在北京,这种可以凭高眺远的地方不多,故甚可贵,今日北京到处已是高楼林立,这就不稀奇了。

由夕照寺去拈花寺、袁崇焕祠,路上先要经过一座火神庙。火神庙门外有株老槐,即是我在小诗中提到的。这个火神庙全名为"灵应火神庙",庙虽小,修得却很好。院中有大游廊、山石盆景,禅室扁曰"啸傲云霞"。有万青藜书联:"三径尚存高士迹;六时常守梵王心。"成多禄书诗幅:"不到名蓝已十年,重来风味觉萧然。山中幸喜存长历,劫冷空怀不坏烟。"人常说:"天下名山僧占半。"其实天下好房子又何尝不是僧占半。回想平生所见,大大小小的庙,那些大小和尚住得都不坏,又干净,又安静,真比北京大杂院、上海棚户亭子间要好得多。其实为了住房,大可以找个地方去当和尚。读者不要见笑,阿弥陀佛!

正殿供火神,大红胡子,手持利剑,狰狞勇猛。也有一副贺寿慈写的联语:

> 位镇南方,大焕文明色;
> 时当朱夏,职司长养功。

当年这一带没有街道,全是菜园子,阡陌相连,在城如在野,这些庙就散处在田野间。由火神庙往南,穿行田间不远,就到了著名的拈花寺了。原是万柳堂旧址,清初是大学士益都冯溥别业,后归仓场侍郎石文柱。康熙四十一年建大悲阁舍为寺,康熙御书"拈花禅寺"。当时是北京东南角最著名的文人学士雅集的地方。康熙时开博学鸿词科,待诏的人都曾在此雅集。朱彝尊《上巳万柳堂宴集和冯相国诗》:

> 不到闲园已隔年,绿杨高映女墙边。

无妨并马横桥渡,更许深杯曲水传。

可以想见当年风光。但在庚子时破坏过甚,三十年代参观时,已十分破敝,不少房屋已改为民居了。当年供康熙御书的御书楼还在,有阮元写的白地黑字大匾"元万柳堂"。康熙刻石联语"隔岸数间斗室,临河一叶扁舟"尚在。御书楼上嵌壁尚有十六方康熙御制诗。这些东西现在恐怕早已没有了吧。

袁督师祠堂还在拈花寺南,隔着一条小水沟。祠堂并不大,修建年代不久。房屋很新,而且景仰者多,所以题跋匾额联语甚多。袁是广东东莞人,清末民初广东在京的名人很多,除大同乡外,还有不少小同乡。如有名的版本目录家伦哲如先生就是东莞人。再有张次溪也是东莞人。大门悬长联:

其身系中夏存亡,千秋享庙,死重泰山,当时反蒙大难;
鼙鼓思辽东将帅,一夫当关,隐若敌国,何处更得先生。

后署"孔子二千四百六十八年丁巳夏至乡后学南海康有为撰并书"。丁巳是民国六年,康是保皇党,书"孔子纪元",这是他创造的。其联语三十年代时,因伪满成立于东北,华北又危在旦夕,所以特别引人感慨,时时有"鼙鼓思辽东将帅"之思。康南海民国六年的联语,二十年后倒成了预言了。

据闻现在龙潭湖公园附近袁崇焕祠还在,而且重修了,什么时候回京,真想再去看看。

顾亭林祠

顾炎武诞辰三百七十一周年时,江苏昆山修竣顾炎武先生祠堂,成立纪念馆,来纪念这位明末清初的大学者,爱国乡贤,我曾去参加开幕盛会,并代王蘧常仁丈读了纪念文章。读后感慨多端,同时又想起了北京的"顾亭林先生祠堂"。

北京顾亭林祠堂,在宣南下斜街著名的大报国慈仁寺旧址上。这本是三百多年前王渔洋常来的地方。偃松高不寻丈,枝桠占地数亩;毗卢阁高处,可眺望卢沟桥,行人骑乘历历可数;寺藏窑变瓷观音,为稀世之珍。孔尚任谓"渔洋龙门高峻,人不易见,每于慈仁寺购书,乃得一瞻颜色",即诗中所说的"御车扫径皆多事,只向慈仁寺里行"是也。报国寺房屋并稀世之珍的窑变观音等,均早已毁在庚子兵燹之中了。只剩下破大门,大影壁,及几株三四百年的老槐了。亭林先生纪念祠,即建在报国寺旧址西面。进了报国寺大门,又一座朝东的小卷顶磨砖门,上有"顾先生祠"四个小篆,这就是北京的顾炎武祠堂了。

顾先生祠虽不大,建筑却十分精致,是北京精致园林院落格局,朝东小门,进门便是垂花门外院落,三间南房,山墙正对小门是影壁。有武进董授经写的篆书匾"炊韲庐",贴西墙小亭"四柿亭"。二进院东西抄手游廊,正面三间,是祠堂,供亭林先生牌位。两旁附祀的是何绍基、张穆二位,似乎是顾亭林先生的陪客。

顾亭林清初在北京住在报国慈仁寺,其大著作《天下郡国利病书》、《昌平山水志》等,有不少是在侨寓报国寺时写的。按,顾亭林侨寓报国寺是康熙戊申(一六六八年)间事,过了一百七十余年,即道光二十三年癸卯(一八四三年),道州何绍基和平定张穆,创议募集款项,在报国寺内修了顾先生祠。何绍基字子贞,官也大,又以书法闻名于世,知者甚多,不必多说。张穆知者较少,不妨略作介绍。按,张穆字诵风,一字硕州。功名和官都很小,只是个优贡生,官正白旗教习,但学问好,宗亭林一脉,讲求实学经史地理,编了《顾亭林年谱》,因此以他配飨入祀。同时人吴昆田《同人致祭顾先生祠遂游报国寺》诗云:

> 入门忽见松阴满,动我凄凉出世心。
> 古殿尚余明代迹,平生未识梵王音。
> 壁间飞舞诸天像,座上庄严布地金。
> 等是云烟轻过眼,且看爽气送遥音。

从诗中可见,初建顾先生祠时,报国寺风光尚好,著名的偃松犹在,故有"松阴"句也。

著名的大报国慈恩寺在庚子战火中,彻底毁坏了。庙中之庙,何绍基、张穆二位修建的顾先生祠,虽然未彻底毁坏,也所剩无多,残破不堪。一九二四年曾经在北洋政府作过总理的张一麐创议集资重建,这就是直到三四十年代还为游人所缅怀景仰的顾先生祠。

顾亭林祠中有两块刻石碑记。一是王锡振撰并书的"顾亭林先生祠记",一是徐世昌撰并书的"重修顾亭林先生祠记"。徐记落款是"中华民国十年仲夏之望徐世昌撰拜书"。这已是徐做过大总统之后所书了。

半个多世纪前,去游览顾先生祠,因为原是建在报国寺中,重修仍在其遗址上,虽说报国寺已大部分烧毁了,但还保留了一些烧不毁的遗物,供人凭吊。首先是在东面小院内,有一座乾隆御制诗石碑,十分高大,完好如新,由碑可以想见乾隆时报国寺的风貌。乾隆帝到处题诗刻石,以诗人和书家言,这位"八徵寿考"皇帝诗既不好,字亦甜俗,均不足论。但从历史观点看,其题诗刻石均是一个时代的历史痕迹,还可以看一看。其诗云:

> 彰仪街旁寺,开堂久自元。
> 增修传胜迹,祝嘏为慈尊。
> 又数百年阅,那庄严相存。
> 往来惜颓废,葺构省华繁。
> 幢石难寻址,虬松尚护门。
> 毗卢弗见阁,祇树不妨园。
> 顶礼观音在,传闻窑变原。
> 静观因有会,了识未忘言。
> 成矣宁无坏,今兮古慢论。
> 五言识颠末,聊当赑碑撑。

诗后记"乾隆二十一年丙子冬月御笔",上镌"所宝惟贤"玺。诗有浓厚的八股气,不过把报国寺的历史和著名的东西都写到了。除了乾隆碑外,在祠堂正院,还有一个唐代经幢,一棵古老的桃树,大约也有二百年左右树龄,也是报国寺未毁之前的旧物了。

大报国慈恩寺原是很大的,顾亭林祠堂只占了旧址的一小部分。其他大部分在顾先生祠北面,原是报国寺正院,辽金古寺旧址,房屋虽烧了,却仍有不少参天古树,庚子后,在这里重修了昭忠祠。光绪三十一年开工,三十四年落成。昭忠祠原在东交民巷,是雍正为了祭祀随他出征的阵亡将士修的。庚子后,东交民巷夷为平地。昭忠祠划入奥地利使馆区,所以选了报国寺旧址重建。规模很大,正殿九间,配殿各五间,门前有新雕大石狮,是北京所有石狮中最新的一对。碑为鹿传霖撰。当时大臣为修此祠均报效银两,礼部尚书右参议良揆捐银一万两,大学士军机大臣鹿传霖捐银一万两,其他捐银者尚多,不一一介绍。此祠现在大概早已没有了。

在半个多世纪前,北京各省的会馆,被盗卖事,时有发生。因而外省在北京的公产,产权事也常闹纠纷,顾亭林祠,最早是顾生前在报国寺住的那几间房,道光时何子贞、张石经倡议建祠祭祀。民国十年,旅京江苏籍大官张一麐、董康集资重建,规模较大。报国寺虽然被烧了,后来还有当家和尚,便把顾祠侵占了。后来江苏旅平同乡会报请官厅,将该祠产权收回,还成立了保管委员会。后又被私立知行中学占用,后来又打官司,和这个中学订立了租约。纠纷前后闹了好多年。亦是顾祠之旧闻,现在知者亦寡矣。

阅微草堂

近人邓文如先生在其《骨董琐记》中,曾有一则专门记载清代著名学人宣南寓所地址的笔记,如:王渔洋住保安寺街,潘祖荫住米市胡同,祁寯藻住四眼井,李越缦住铁门等等。其中说到纪晓岚的住址是“虎坊桥”。虎坊桥在哪里?具体地说,现在虎坊桥晋阳饭庄那所房子,就是约二百年前清朝乾隆年间修纂《四库全书》的河间纪昀住宅的旧址,著名的“阅微草堂”就在那里。二百年来,沧桑几变,宣南多少名人旧宅,均已湮没无闻,而“阅微草堂"直到今天仍然为人们所知道,可见其盛名是历久未衰的了。

"阅微草堂"之闻名,一是因为纪晓岚这个人,二是因为他的名著《阅微草堂笔记》。在清代的著名学者中,纪晓岚的名气所以大,固然是因为他中过进士,官至礼部尚书、协办大学士;领衔编纂《四库全书》,并编写了一部洋洋大观的《四库全书总目提要》。而且还由于他的诙谐、滑稽。他的滑稽故事流传颇多,如"老头子"、"靴筒走水"、"纪大烟袋"等等,在过去几乎是尽人皆知的,现在说来也很有趣。实际他是一个很聪明的人,处在清代文字狱的压力之下,他负责主编《四库全书》,不但任务繁重,而且相当危险,这种诙谐和滑稽,似乎便成为他的"自我保护术"了。他在一首《过德州咏东方曼倩》的诗中道出了这点苦衷,诗云:"十八年间侍紫宸,金门待诏好容身。诙谐一笑原无碍,谁遣频侵郭金人。"用"诙谐"以"容身紫宸",便是他的秘密。纪晓岚一生的重要经历,除早年做过福建学台和晚年遣戍去过一次伊犁而外,其他大部分时间都在北京,以侍读学士为"总纂官",领导"四库馆"的时间最长,后来充军伊犁放还之后,又经起用一直做到协办大学士。他长期在京,都住在虎坊桥这座房子里,堂名"阅微草堂",著名的《阅微草堂笔记》,内容包括《滦阳消夏录》、《如是我闻》、《槐西杂志》等五种,基本上都是在这里写成的,总的书名也以此命名。鲁迅先生说它"发人间之幽微,托狐鬼以抒己见,隽思妙语,时足解颐;间杂考辩,亦有灼见。……天趣盎然,故后来无人能夺其席"。纪晓岚和刘墉(号石庵)非常要好,两个人都活得岁数很大,刘墉为"阅微草堂"书联云:

两登耆宴今犹健;五掌乌台古所无。

梁山舟也曾为其书联云：

万卷编成群玉府；一生修到大罗天。

前一联"乌台"是指"御史台"，后一联"群玉府"是用《穆天子传》典故，指修《四库全书》。纪晓岚一生在学术文章上样样都不后人，但拙于"书"，字写得颇不入格，其《书刘墉临王右军帖后》云："石庵今年八十四，余今年亦八十，相交之久，无如我二人者，余不能书，而喜闻石庵论书。"古人虽是大名家，对自己所不能的也决不硬吹，而能坦白承认，这一点也是很值得人们深思的啊！

虎坊桥迤东路北，这所"阅微草堂"旧址，自二百年前这位"大烟袋"学士死后，不知几易其主，到了本世纪二十年代，成了著名京戏科班"富连成"的所在地，萧长华老艺人任总教习，在此多年执教，著名的"连、富、盛、世"字辈中许多身怀绝艺的演员，都是在这所"阅微草堂"旧址中培养出来的。这是一所有前院、有正院、有后围房的大院子，在"富连成科班"占用时，房子还没有多少变动，大体还是老样子。

"阅微草堂"只是一所普普通通的两进四合院房子，除了"阅微草堂"的匾，当年就挂在正院北房檐前以外，并无什么"泉石之胜"。但有两样花木，却十分可珍，一是藤花，一是海棠。北京的花木中，是特别讲究藤花和海棠的。如吏部古藤、王渔洋手植藤花、慈仁寺海棠、极乐寺海棠等，都是二三百年以上的旧物，过去都是极为有名的，现在都没有了。"阅微草堂"的海棠和藤萝，都是纪晓岚当年的旧物，因而弥足珍贵了。藤萝在前院，老干已死，现在是新发出来的枝条，虽说"新条"，但根部蟠曲，看上去也有百来年了。海棠在后院,已有两三丈高,根部以上分作两杈,都有大碗口粗细,在果木树中是不多见的,即使在北京,这样老的海棠也很少,一望便知是二百年以上的旧物了。所谓"老树着花无丑枝",春来花发时,一定是极为烂漫的。联想到近些年来,各处名胜古迹中的老树枯死不少,因而也很为"阅微草堂"旧址中残存的这两株海棠和藤萝担忧了。

"阅微草堂"后来改为一家酒肆。进门的过道里挂着一个大红木镜框,是陈蛰庐老人写的。款署"八十七叟蛰庐陈云诰并记",两方图章,一朱文"癸卯年蛰庐八十七重宴琼林",一白文"陈云诰印",跋云:

> 树杞老友,服务晋阳饭庄,癸卯九秋,邂逅相语,始知此宅为纪文达公旧居,俯仰今昔,率成此篇,树杞索余书,遂录与之。

蛰庐老人是光绪二十九年(一九〇三年)癸卯科的翰林,该科状元是山东人王寿彭,六十年后的第二次"癸卯年",图章说"八十七重宴琼林",即老人是二十七岁点的翰林了。其诗云:

> 城南虎坊桥,市廛焕金碧。
> 偶过卖酒家,入门占一席。
> 堂堂何遽深,户庭极闳硕。
> 借问居肆人,言之遂凿凿:
> 此日晋阳居,昔日纪公宅。
> 上溯乾隆中,纪年过二百。
> 栋宇虽依然,不知主几易。

手植藤尚存，恨无艮岳石。

草堂署"阅微"，难寻旧题额。

语罢情有余，吾闻亦太息。

传舍如人生，百年一过客。

万象皆虚空，流传独书册。

笔记多名言，读者宜爱惜。

　　第一个癸卯是一九〇三年，第二个癸卯是一九六三年，如今又是三十年过去了。这所房子可能还在吧，再过三十年又如何呢？

顾大使公馆

　　故宫博物院建院六十周年，北京故宫博物院和台北故宫博物院，都举行了各种纪念事项，报上发了不少消息。我看着这些消息，深有感慨。不由得想起当年故宫博物院的董事会、维持会、基金委员会的那些老先生们。过去见过面的、听过课的，今天都已经成为古人了，如陈援庵、夏枝巢、沈兼士诸先生。而有两位名气很大，地位很高，只在报纸上见过照片的人，却硕果仅存，尚婆娑人间，这就是张汉卿将军和顾少川（维钧）大使，迩者消息传来，顾大使也以近期颐之年，成了古人了。老成凋谢，深感享年之长，抑归去之速，正如王羲之所说"修短随化，终期于尽"了。但贡献是永久的。《顾维钧回忆录》正在不断出版，中文译本也出了好几卷了。

　　对于顾大使，我没有机会见到他本人，对他所知，除去书本上的、报纸上的，再有就是老人们的传说了。什么他是当年巴黎和会上最年轻的外交家呀！他是当年中国美男子之一呀！他衣着多么考究,英语说得多么流畅呀,等等。但是这些,对我说来,都是间接的所知。我对顾大使的直接所知,有一样印象最深刻的东西,就是"顾大使公馆",直到今天,那十分气派、而又整天关闭的三间大红门,和那钉在门框上的白地黑字,一尺多长的"顾大使公馆"的牌子,还时而在我面前闪过。

这所大宅子在北京铁狮子胡同西口路北,三间大红门,很像王府的大门,但比较低一些,汽车可以直开进去。里面很大,有中式游廊四合院。也有西式房舍,还有假山花园。人们往往把铁狮子胡同和吴梅村的诗连起来。震钧《天咫偶闻》记云:

> 吴梅村有"田家铁狮歌",疑即铁狮子胡同,双狮在一狭巷中,已破碎。巷口另有二石卧狮,制作极工……巷北为志尚书和第,屋宇深邃,院落宽宏,不似士夫之居,后有土山,山上树数围。

实际震钧未作深考。谈迁《北游录》云:

> 入宣武门大街,久之,道侧铁狮二。元元贞十年彰德路造,先朝都督田弘遇赐第,狮当其门,今门堙而狮如故也。吴骏公尝作歌。

可见明代"田贵妃家铁狮"在宣武门里,东北城的铁狮子胡同是另一回事。震钧所说志和尚书宅,都是实在的,名"增旧园"。所说"另有二石卧狮",那就是有名的段执政府。据传是雍正兄弟允禩,即"阿其那"府邸,但阿其那权势盛时,也只是

"贝勒",而这大门比王府还阔。现在还在,大可研究一番。

震钧所说"屋宇深邃,院落宽宏"的宅子,就是后来的顾大使公馆。据说这座公馆房价和重新修建费,共用了三十万银元。不过详情我不知道,不能多说。我只想说说对这所"顾大使公馆"感情上的深刻印象。

在沦陷时期,门框上的那块"顾大使公馆"的牌子一直钉着,未去掉。自然顾大使早在"七七事变"前就不在北京了。当年北京大小宅门都爱在门框上钉个"张寓"、"李寓"的铜牌子或木牌子。有的在姓上横刻两个小字,加上籍贯或郡望,如"陇西李寓"、"荥阳郑寓"等等。少数文化人把名字刻成小木牌,钉在门上,如"张醉丐"、"王雪涛"等位。这些我都是看惯的。像这样把官衔写在牌子上的派头,既不像住宅,又不像机关,在北京是独一份。我小时偶然一次随大人出门时,坐在洋车上看到,因此留下了深刻印象。

四十年代前期,我已进入大学,常常骑自行车去东北城,经过铁狮子胡同,总爱回头望望这座气派的大红门,望望那块"顾大使公馆"的白地黑字木牌子,而每次望见,总有些眷眷之情,而那神秘的大红门总关着,我真希望那大红门一开,一辆双马敞篷大马车走出来,上面坐着头戴大礼帽,身穿燕尾服,手套雪白手套,扶着"司替克"的顾大使微笑着向路人打招呼! 可是没有……后来我才知道:当年我骑车经过这个"顾大使公馆"时,那神秘的大红门不开最好,万一我路过时,大门哗啦一开,那就太危险了,原来当时那里住的是最危险的侵略者冈村宁次!

自我有记忆的时候开始,"顾大使公馆"中已经没有顾大使了。"顾大使公馆"热闹的时候,还在我出世之前。一九二二年九月二十五日北京《益世报》新闻中说:"好事者于二十二日下午在铁狮子胡同顾宅邀集十六位学者开一茶话会,借冀交换政治主张。"这正是吴佩孚虎踞洛阳,北洋政府经济最困难,黎元洪倒台前夕,王宠惠暂行代理内阁总理的时期。当时阁员外交顾维钧,内务田文烈,财政高凌霄,董康的财政总长因被索薪团扯破马褂,已吓得辞职了。据《胡适的日记》一九二二年九月八日记云:

> 下午四时,到少川家茶会。……茶会时,美国前公使芮恩施演说《中国财政》,说的话浅不可耐,此人真没有道理。我与在君问他几句,他竟不知答了些什么鬼话。林宗孟起来,问亮畴何所闻而来……他说,"我是一个穷人,国务总理没有比我更穷的了。他们为什么不向颜骏人讨账?为什么不去向周子廙讨账?为什么不向以前的'财神'(梁士诒)讨账?为什么都来包围我?我牺牲了身体、金钱、时间,每天只能应付'索薪团',那能有工夫做计划?我大计划是维持北京秩序,此外更无别个计划。"后来在君说了几句话,少川起来说,"今天天太晚了,下回再聚会,请诸位即用'今日政治计划'做讨论题目。"少川究竟是漂亮的人,亮畴若说此话,岂不漂亮?

日记所记,正见当时北洋好人政府时阁员议政之气氛。这会是定期不断举行的,十月二十七日又记云:"四时,顾宅茶会。亮畴、钧任又大发牢骚,到处骂人,大家都不满意。最后蔡先生起来说:'我提议这个茶会今天以后不继续开了。就是要开,也须等王、罗几位出了阁之后。''好人'政府不等于'好'政府。好政府不但人格上的可靠,还要能力上的可以有为……"

这是"顾大使公馆"最风光的黄金时代了。当时开会者有蔡元培、林长民、高鲁、蒋百里、王宠惠、叶景莘、陈铎、王星拱、顾维钧、顾梦余、胡适、李煜瀛等人。这时真是名副其实的"顾大使公馆",我看到时已经不是了。

"顾大使公馆"在一九二四年孙中山先生北上时,作为行馆,世多知者,在此就不多说了。

稷园旧梦

建　园

几年前在北京有一次去中山公园来今雨轩参加宴会,其时正是旧历七月十五,过去这里此刻外面大茶棚下,真是衣衫鬓影,高朋满座,槐阴瀹茗,逸兴遄飞。而这次外面黑黝黝的,人却坐在屋里,开着空调,很不舒服,不由想到稷园许多旧事。

朱启钤氏修建中山公园的时期,是在一九一四年秋天徐世昌内阁中,他任内务总长时的事。当时他任内务总长兼市政督办,相当于市长。以这样的身份,筹办一个公园,是比较容易的,不过也颇费经营,首先是经费问题。公园筹建之初,那还是辛亥前后荒废了若干年的社稷坛,现在南面的正门还未开,要进去须走天安门里面左边的"社稷街门"或后面的"社左门",里面荒芜杂乱,建筑物也不多,改建公园,工程浩大,要一笔很大的修建费和开办费。而当时因北洋政府没有经费,他便在各大官僚之间,发起募捐办法,筹划建园经费。前后募积五万余元银元,朱启钤自己也捐一千元,杨度也捐一千元,除去以私人名义捐款外,当时还有以机关名义捐款的,如外交部、交通部、财政部、中国银行等都捐款千元。当时北洋政府的财政大权都在这些人手中掌握着,包括所谓"交通系"的一些人都在内,都是挥金如土,千儿八百现大洋无所谓的,而实际自然都是搜刮老百姓的民脂民膏,不然哪来这么些钱呢？不过搜刮是逐层搜刮上去的罢了。捐款的人是很多的，按照后来成立董事会时的章程，当时捐款五十元的即为董事，共计董事三百零三人。各届董事会会长，各届公园委员会主席均为朱氏，前后约担任了三十五年之久。

公园草创之初，于一九一四年九月初开辟南面正门，开辟道路，于十月十日就正式开放，这种办事速度，是十分值得后人思考的。现在随便修复一个小小的名胜古迹，动不动就是几年，如果知道当年中山公园开放的情况，该作何感想呢？这样开放之后，一边修建，一边任人游览。由这年秋季到第二年夏，这一时期，朱氏每日到园规划建筑项目，主要建筑物的布置、花木的栽培，都是这一时期完成的。最早的"唐花坞"，也是这时建的，但因当时是木建筑，被养花水汽蒸湿，到一九三五年时，原建筑木料已糟朽不堪，因而全部拆除，改建为钢筋混凝土"唐花坞"了。

公园草创之初，经费问题解决了，材料则是拆迁旧建筑解决的。当时天安门南面，由玉河桥到南面中华门（清代叫大清门，明代叫大明门）两侧，各有千步廊房屋数百间，清代东为户部米仓，西为工部木仓，这些房屋都被拆除，木料都作为公园建筑材料了。最早兴建的房屋是唐花坞、六方亭、投壶亭、来今雨轩、董事会、春明馆、绘影楼、上林春等处。西南角的大假山是一九一六年堆的，荷塘是同时挖的。由南长街织女桥引水入园。同年在河塘边建成水榭。一九二八年又加以扩充。一九二七年，移来圆明园兰亭刻石等物，建兰亭碑亭。大的方面，修建最晚的是进门后两面的曲折长廊，前后修建于一九二四和一九三一年，先建一百八十六间，后建水榭部分四十五间，自进门处长廊修好后，公园的规模才大体具备，十分可观了。朱桂辛老先生创办营造学会，提倡专门研究中国古建筑的营造学多年，在创办和修建中山公园的过程中,他的这些学术研究受到海内外重视,并为中国建筑事业培养了不少人才。直到今天,著名古建筑专家陈从周教授,也还是朱桂老的弟子。

茶烟文化

不知有多少人还记得在中山公园茶座上喝茶时的清福:那样的人,那样的环境,那样的文化层次,那样的生活韵味,像茶烟一样浮动着,淡了,远了,消失了……

中山公园若干年来,与其说它是一个游览的公园,还不如说它是一个休息的公园,聚会的公园,喝茶吃饭的公园,或者说它是一个文化中心为好。它的任务首先是开各种会,举办各种展览,其次是人们喝茶休息,然后才是游览,而游览中看花更是主要的。

公园自开放以来,不知开过多少次各种各样的会。在"七七事变"之前,在中山公园所举行过的重大集会,其意义最重大的,莫过于一九二五年四月在大殿中举行的孙中山先生哀悼会了。旧名"中央公园",自此之后,改名为"中山公园",大殿后来又改名"中山堂",这都是为了纪念孙中山先生。游园庆祝会,早期最热闹的是一九一八年十一月第一次世界大战协约国获胜庆祝会,游人达到三万多人,不过记得这次热闹情况的游客,一般都是八十多岁的老人,说来也都是白头宫女,为数不多了。一九三六年是丙子年,是苏东坡诞生九百周年,好事者在公园为东坡作生日,也是一时的雅人胜会,参加者当中,陈云诰老先生前若干年才去世,于今则知者甚少了。

第二是各种展览会。当年最有名的展览会都是在水榭举行的。一九三七年四月,张大千先生在水榭举行盛大画展,于非厂先生也随同展出,后来大千居士再没有亲自在此举行过画展。其后是庆祝英皇加冕古物送伦敦展览的预展,也是在水榭举行的。这都是有历史艺术价值的展览,我曾不止一次地看过,情景历历在目,什么时候能再看这样的展览呢,我一直在思念着。

当然,那时最经常的文化生活,还是中山公园茶座,不管是东面的来今雨轩,还是西面的春明馆、长美轩、上林春、柏斯馨等等,其茶客不同于一般的茶馆,大体来说,以中上层社会的知识分子为多。尤其是各个大学的教授、一些著名高中的教员、医生、新闻记者、画家、大学生等等。《鲁迅日记》一九二四年四月十三日记云:"星期休息,上午至中山公园四宜轩,遇玄同,遂茗谈至晚归。"这就是由上午直坐到晚上的例子。两顿饭自然都在这里吃。一般都是包子、汤面最方便,而这包子,不是一般的包子,来今雨轩的干菜包子、长美轩的火腿包子、"门钉"澄沙包子(很圆很高、形状像北京城门上的门钉)都是极为有名的。

中山公园进门后那座接连两边长廊的敞轩墙上,旧时有四块嵌壁石刻,刻着以朱启钤为首的公园董事会名单,共三百多人,这些董事进公园不用买票,有些是天天来的。因而人们也把爱到公园来坐茶座而并非公园董事的人都送外号叫"公园董事",有这个雅号的人当时是不少的,这些人差不多都是天天来,到固定的茶座上喝茶,有的人如果家中找不到他,到公园茶座上一找便能找到,也有人甚至把工作带到茶座上做。在那里写稿子、批卷子、翻译书的人,也不少见。鲁迅、齐寿山译德文本《小彼得》,就是在中山公园茶座上完成的。

各茶座都有固定的茶客,如郭则沄、黄节、夏仁虎、傅增湘等,都是春明馆的常客,要有宴会,也到来今雨轩去。马叙伦、傅

464

斯年、钱玄同、胡适之,画家王梦白、速记学专家汪怡,这几位都是长美轩的常客。有人说:二三十年代中,中山公园的茶座,是文化休息茶座,这是一点也不假的。

以上三点,均可见当年中山公园与文化之密切关系了,因而说它是当时一个"文化中心",是非常名副其实的,现在不是又有说中国的"茶文化",其实任何文化都不是孤立的,是浑然一体的,中山公园浮动在茶烟中的文化气氛,当年是那样淳厚,于今则早已消失在历史的长河中了。

来今雨轩

"旧雨不来今雨来",这是来今雨轩命名的由来。它日日期待着新朋友,自然也更怀念老朋友。

《中央公园二十五周年纪念册》上记载着公园创建初期的施工次第。在民国四年项下记云:

> 建来今雨轩,坛外东南隅建大厅五楹,环厅四出廊。厅后置太湖石山景,为广东刘君所叠,前置石座湖石一,原拟为俱乐部,嗣改为餐馆,有徐大总统题匾。民国十五年,厅前增建铅铁罩棚七间,以避风雨。

在同年的记载中,又记载了建春明馆、上林春云:

> 于坛外西南隅……建厅房五间,设春明馆茶点社。

> 坛西门外路迤南路西,建西式商房二十间,设中餐馆及

咖啡馆，以便游人饮食。

　　如果考证北京公园中的高级茶座饭馆，什么时候开始的，这便是原始材料，便是从以上记载的年月开始的。

　　大概是一九三六年前后，上海《宇宙风》社编过一本小书，书名是《北平乎？》，里面收了一篇专谈中山公园茶座的文章，题目为何，作者为谁，大概是谢兴尧吧，都已记不清了，但内容及所附一张简图都还记得清楚，这倒不是说有过目不忘的本领，实在是因为这些茶座，如同多年故人，太熟悉了。随时闭目一想，都好像是在来今雨轩大罩棚下面，斜靠在藤椅上，不是听着牡丹畦中嗡嗡的蜜蜂声，就是听着那老槐树枝头的沙沙的知了叫一样，真是："不堪玄鬓影，来对白头吟。"不知经过几年几度了。

　　北京所有公园餐馆、茶座，来今雨轩可以说是首屈一指的。记得中山公园的茶座，分东面和西面，东面只有来今雨轩一家，但它是所有茶座中最高级的。大厅南北有窗，四周有廊，廊前有大铁罩棚，夏天大罩棚前还要搭大芦席天棚，前面和右面都是朱栏围着的牡丹畦，左面是清故宫端门的一角，红墙黄瓦，画栋雕梁。边上都是龙钟老态的百年古槐。环境风景之好，自是不用说了。更重要是其经营方式，有许多受到顾客们欢迎的地方。如果从表面观察，起码有三点值得称许。一是设计和设备方面，盖这房子的位置是在社稷坛墙外的东南角，社稷街门的西北方，正对着东南方的端门城楼，和那两株乾隆时钱箨石《社稷坛双树歌》曾咏赞过的树龄有四五百年的老槐。气象极佳。家具设计也很好，不说别的，只说那种户外用的铁架子、人造白大理石面的茶桌，就又结实、又清洁、又稳妥，再好也没有了。二是招待和管理方面，不知道公园的经理姓甚名谁，但相信一定是一个非常有管理才能的人,夏天不论生意多么忙,其清洁程度,招待周到,也是第一流的,这且不必说它。最难得的是他家的茶房把主顾们记得一清二楚,多少年不会忘。张恨水先生"七七"前不少年已在南京,抗战后又去重庆,直到胜利才回北京,归来后第一次去中山公园来今雨轩,刚刚走到廊子上,老远就被一个熟茶房看到了,连忙过来热情招呼,真使人有宾至如归之感。三是他家的烹饪技术好,有独创的点心,如肉末烧饼、霉干菜包子等,是别处吃不到的。当然,他家也有最大的缺点,就是太脱离一般消费水平,太贵族化了。在二三十年代中,来今雨轩的茶客可以说是北京当年最阔气的茶客。外国人有各使馆的公使、参赞、洋行经理、博士、教授,中国人有各部总长、次长、银行行长、大学教授……大概当年北京的一等名流,很少有哪一位没在来今雨轩坐过茶座吧。来今雨轩茶资最贵,其实茶资贵还在其次,主要是他家的文化层次高,气氛浓,因而一般茶客是很少插足的了。

《胡适的日记》民国十年六月三十日记杜威事云:

> 北京大学、男女两高师、尚志学会、新学会五团体,于昨日午间在中央公园来今雨轩公饯杜威博士夫妇及女公子之行,到会者约八十人。十二时余,博士一家莅止,稍事寒暄,即入席。酒数巡,主席范源濂起立致辞,由胡适译为英语,大要说……

这是一九二一年的来今雨轩国际文化盛会,当年似此国际文化盛会,在此不知举行过多少次,如果仔细收集,足可编一本很厚的书,足见一个时代的文化气氛。只是这种气氛消失了,花钱可以盖大宾馆,花钱却难买到文化气氛了。

来今雨轩有一样很珍贵的东西,那就是竖在大厅台阶下面的那块青色太湖石,这是有名的"小青",本是圆明园旧物。原有大小两块,曰"大青、小青",俗称"破家石",据传乾隆南巡,在某地见此二石,十分喜爱。惜二石太大,运送困难。有一富室,尽全部家资,为运此二石来京,待石至京,该富室已破产矣。这同宋徽宗"花石纲"故事是一样的,只可惜很少人知道了。

来今雨轩后面的山石是广东一位刘姓老艺人所堆,此老民国四年来游京师,时已八十余。能诗善画,尤善堆石,公园主事者朱桂辛氏请其堆石纪念。果然玲珑剔透,超逸出群。可惜这位老人的姓名没有记下来,致使这位近代张南垣不为社会知晓,未免太可惜。不知现在还有知道这位刘老名字的读者没有?

此文最后拖个小尾巴,聊存来今雨轩的掌故吧。

市廛风俗志

鞭影小骡车

骡　车

从很古的时代，人类发明了车辆，文明历史进入了一个新的阶段。我国进入这样文明时期的历史是很早的。三千多年前的车辆，不论从文字记载看，还是从出土实物看，可以知道已经是很精美了。有了车，就要比速度。现在人们形容慢，常常说"牛步化"，岂不知在晋代普遍时兴坐牛车，因为牛车是很快的。《南齐书·陈显达传》记载，当时著名的快牛有陈世子青、王三郎乌、吕文显折角、江瞿昙白鼻。西晋时石崇和王恺斗富，王恺家的牛车总是追不上石崇家的，因以为耻。从电视上看到澳门比赛小马车的镜头，不禁想起我国历史上的车来。又说驾车的马是从澳大利亚买来的，我不禁想起我国四川的"川马"，又小，又驯良，又善跑，且善登山，在本世纪初还是很名贵的；又不禁想起北京南顶跑车的故事。

在北京清代也很时兴骡车赛跑的，叫作"南顶跑车"。小时候听老一辈的人常常说起南顶跑车的旧事，真比"听书"还热闹。现在不要说早已没有，就是知道的人也恐怕不多了。

要说"跑车"的事，先要由北京本世纪初的市内交通工具说起，当年北京城内最普通的交通工具是骡车，也就是骡拉轿车，是区别于载物的，现在北方还常见骡拉大车的。这种车也像现在的小汽车一样,分官车、自己拴的车、营业车(俗名"跑海车")。这种车在北京历史上使用了足有二三百年。《都门竹枝词》有一首道:

> 一路车声似水流,双鞭飞去不停留。
> 山西脚子槟榔杆,川马骑来小粉头。

这是当年扼要地记载这种车辆的小诗,车行的速度,车辆的考究,拉车的马,乘车人的骄佚,都写到了。其中第三句"脚子"一词,即"较子"。北京当年土语把车轮叫"较子";最讲究山西造,所以叫"山西较子"。"槟榔杆"即槟榔木的马鞭柄,又滑又结实,挥动时不容易断。当年北京豪富之家、纨绔子弟,以及著名大商号,如银号、金店,以及名伶如谭叫天、路三宝,都有一辆甚至几辆华丽的骡车,一般叫"拴车",又叫"玩车"、"耍车"。有了好车,还要配好骡子,还要好御者,即俗话说的雇好"车把式",这些都是十分费钱的。如果财力不继,甚至有败家破产的危险,所以那时流行两句警戒人的谚语:"和你有仇,劝你盖楼;和你有冤,劝你拴车。"据《旧都文物略》引《藤阴杂记》戴璐语并解说云:

> 最贵者,府邸之车,到门而卸,以小童推之而行,出则御者二,不跨辕,而执缰步趋,于两旁矫健若飞,名之曰双飞燕。次曰大鞍车,贵官乘之,障泥用红,曰红拖泥。自余皆绿色油布围之,曰官车。寻常仕宦所乘,曰站口车。陈于市口待雇者,曰跑海车。

观其所述"双飞燕车",亦可想见《红楼梦》中黛玉进府数回中所写之车矣。老实说,当年北京一辆豪华的骡子轿车,连车带帷子、垫子、骡子、车把式等等各项置办费及日常开支,如以"等值"的方法去计算,不会比现代的一部豪华的"奔驰"或"皇冠"便宜。

单单车帷子一项,就有单、夹、皮、棉、纱,其料子有布,有绸,有呢绒、锦缎,甚至有全部用"灰鼠背"、"狐脊子"做的皮帷子,再加乌银、镀金等车饰、马饰。车帷和车饰之外,还要讲究拉车的骡子。骡子要长相好,毛色好,口要嫩,驯得要出色,什么一锭墨、铁青、银蹄、干草黄、海骝、枣骝、一锭银……都是毛色光亮,双耳俊俏,英骏非凡的牲口。一匹好骡子,等于普通好几匹的价钱,考究起来,无穷无尽,其价不赀,自然有人要为此倾家荡产了。

跑飞车

晋朝人坐牛车,唐朝人骑马,到了清朝北京人讲究坐骡车,外国人买小汽车,年轻小伙子买摩托车、自行车,种类虽然不同,心理有时是一样的。现在外国人如果买到一部新汽车,首先想奔驰一番试试车,今天谁买到一辆漂亮自行车,也想马上骑出去兜个圈子。当年北京的纨绔少年也是一样,拴部"十三太保"(即围子上嵌十三块玻璃)川马小轿车,自然也要放个辔头,奔驰眩耀于人前,因而便有"跑车"、赛车之事了。

北京清代"跑车",早在康熙以前就有了,在柴桑的《燕京杂记》中就有记载说:

盛夏时有"跑热车"之戏,贵介公子,疾驰为乐,以骏马
驾轻车,使仆夫痛筴之,瞬息百里。

不过在他的记载中,对跑车的地点没有说清楚,乾隆时得硕
亭《都门竹枝词》中有一首道:

义兴天德(茶馆名)厌喧哗,小有余芳问酒家。
不是春光解领略,南西门外跑飞车。

诗中所说"南西门",就是指右安门,那时出右安门,通向丰
台一带,全是"花田",是春日游赏胜处,又是"跑飞车"的大路。
另一个跑车的地方就是"南顶"。《京都竹枝词》中也有一首道:

但开南顶(五月初一至十八日止)极喧哗,近水河棚数
十家。
纨绮少年归更晚,天桥南面跑新车。

这便是"南顶跑车",不说更早的,即使是从乾隆算起,这种
风头一时的热闹事,最少也持续了一百五十多年,因为不但在光
绪末年所写的《天咫偶闻》中,记载着南顶跑车的事,连三十年代
初编写的《旧都文物略》也记载着当年天桥跑车的事。据《杂事
略》云:"燕市少年,好夸身手,有于车四面之玻璃增前后左右为
十三方者,曰'十三太保',自坐车辕,御骏骡,驰逐天桥一带,曰
'跑车'。竞技争先而不失整暇之态,以表示其倜傥不群。"
什么叫"南顶",这原来是永定门外的一个游览胜地,那里有
一座碧霞元君庙,也就是俗称的"娘娘庙"。每年五月初一到十

八有会。在过会的时候,茶棚、吃食摊、卖唱的、卖艺的,游人麕集,热闹非凡,由乾隆到清末,一百五十多年中,历久不衰。清末时庙虽已残破不堪,但仍然十分热闹,跑车的胜会仍然十分盛行。原因是由天桥往南直到永定门外面,笔直的大道,路面宽阔,行人又少,所以能轻车快马,揽辔急驰。这种跑车,车又漂亮,牲口又健,人又神气,其豪迈之情,也决不亚于澳门的小马车比赛。稍有不同的,就是中国跑车、跑马,对于牲口的训练以"速走"为主,而不以跑或四蹄齐起的奔为佳,北京俗语叫"搂"。如外国马跑,马的前面两个蹄子同时高举往前一窜飞奔。中国跑马,不论跑得多么快,都要马或骡的左右蹄交叉往前迈,步子要快,要大,讲究后蹄印越过前蹄印,谓之"跨灶",但不许改步狂奔。跑车不管跑道长短,都要求一口气不改步跑到终点,谁先到达谁赢。自然当年这种跑车,也有很大的缺点,它不是有组织地进行比赛,而是自发的争强好胜,不免也就常有赌气打架的事情发生,所以后来也就被禁止了。

朝山走会

妙峰山

北京过去各大庙,每年按固定日期开庙会,每逢庙会又有各种"走会"的。当年北京春天的庙会最热闹的要数妙峰山庙会了。妙峰山的庙会,自从"七七事变"以后,已销声匿迹四十多年。可是当年它的热闹景况,老一辈人还会记得的。这种活动,与其说是迷信,不如说是劳动群众的集中娱乐。因为参加的人不完全在于烧香敬神,更多的是在于赶热闹,好玩。

近百年来,旧历四月里的妙峰山庙会,虽不能说是倾城而出,也实在是联袂如云了。光绪中,百一居士《壶天录》记录了当时的盛况,他说:

> 京师西有妙峰山……每岁四月朔日开庙,望日始闭,半月中进香者,西直门起,经海淀,南至大觉寺,数十里,车殆马烦,络绎不绝。

其他书中记载还多,不一一征引,只此数语,亦可以想见当年庙会之盛了。

妙峰山在北京西北面,地处昌平县界内,过去是不算北京郊区的。山麓离市区约有八十里,另外上山的山路约有四十里,共计一百二三十里,过去属昌平县管。去的路程,或出西直门,或出阜成门,或出德胜门。出西直门先到海淀,出阜成门先到八里庄,出德胜门先到松林闸,然后都奔西山。其间地名有陈家庄、西北涧、十八盘、桃园、樱桃沟、孟常岭、香风岭、磨刀石、双龙岭、仙花洞、大风口、磕头岭等。有些地名,很像《水浒传》、《西游记》中的地名,好像是"强人"和"妖怪"出没的所在。实际当年在开庙会时都是人马川流不息,无昼无夜,锣鼓铙钹,灯笼火把,香烟缭绕,喊声震天,一路上极为热闹。

会期是在旧历四月初一到四月二十八,即所谓"初一开山","二十八封山"。正日子是"初一"和"十五"。北京春天雨少,有"春雨贵如油"之说,因而如果在妙峰山庙会"开山"之前遇到一场春雨,那是十分珍贵的,谓之"净山雨",这一年上山的人就更要多了。妙峰山庙会的游客(正式名称当年都叫"香客"),以北京城里的人,尤其是"老北京"为多,还有一大部分郊区(如通县、顺义、良乡、南苑等地)的农民,都要来"朝顶进香"。

为什么会期是在四月初一至二十八呢?这有迷信的原因,也有季节游乐的原因。迷信的是到碧霞元君祠烧香,据说四月十八是碧霞元君的诞辰。季节游乐的是正赶上四月大好春光,人人可趁此痛痛快快地玩一趟,农民还可顺便买农具,买卖牲口。因为等到五月之后,所谓"农家少闲月,五月人倍忙",就无闲空了。所以四月是最好的月份。

每年妙峰山庙会的中心地点是妙峰山顶的碧霞元君祠,内供奉"天仙圣母"像,俗呼"娘娘庙"。这是道教的神庙。北京的碧霞元君祠,过去很多,早期多有记载,如乾隆初期潘荣陛《帝京岁时纪胜》中说,"京师香会之盛,惟碧霞元君为最"。下面列举七处,有高梁桥天仙庙、左安门弘仁桥、东直门东顶、长春闸西西顶、永定门外南顶、安定门外北顶、右安门草桥中顶。以及涿州北关、怀柔县丫髻山等，但却未有记到妙峰山。嘉庆时得硕亭的《草珠一串》竹枝词中，才出现天台山和妙峰山的名称，所谓"西山香罢又东山（天台山与妙峰山），桥上（指弘仁桥，俗名马驹桥）娘娘也一般"。看来妙峰山的香火是乾隆后期才盛起来的。所谓"娘娘"，据说是"东岳大帝"之女，宋真宗赵恒封为"天仙玉女碧霞元君"。说来也十分可笑，天上的"玉女"还要人世的皇帝来封"号"，可见从古就是"人管天"，而不是"天管人"。这座庙巍巍峨峨，金碧辉映，富丽堂皇，但却盖在极为险峻的万山之中，"朝顶进香"的人，要想上去，颇不容易，是要花一番气力的！

在三十年代中去妙峰山，据顾颉刚先生《游妙峰山杂记》，是先从海淀坐洋车到北安河，住长明寺茶棚或长明客栈。如坐轿进山，来回二元二，人多时三元二。从北安河到妙峰顶三十二里。步行走，先上旸台山，再上玉仙台，路窄天黑，再上涧沟，有大灯杆、悬八灯，写"天仙圣母，碧霞元君"。由此买火把登山。直到莲花金顶灵感宫，挂的都是耀眼的汽油灯。到了！香路有五条，走北安河的最多。

香 客

北京西面北面全是山，所谓燕山山脉，也就是太行余脉，千山万岭，一直逶迤到北京西郊才停住。妙峰山再上去可以连到南口，这一带的山都可以说是崇山峻岭。《壶天录》说妙峰山"绵亘数千里，高不可以寻丈计"，说得虽然有些夸大，但广义理解，还是有根据的。因为妙峰山的确是山场很大，很险峻的。登上妙峰山的路有两条，一条由东北方上去，比较近便，但是山路奇险,悬崖很多,所谓"径逼仄,下临无际,自上至下,壁立千仞,步履困难"。可是年轻小伙子有不少乐于走这条路的,因为爬到碧霞元君庙,比另一条要近着五六里路。另一条从山南上去,路比较平坦,不过要远五六里,一般人为了省力、安全,大多还是走南面大道的,经双龙岭等处,爬到磕头岭,就可以望见庙门了,但是俗语道:"看山跑死马。"虽然已经山门在望,而山路仍缭绕曲折,还要走大半天才能到呢。

去妙峰山不比去香山、西山八大处等地,当天可以打来回,妙峰山路远,去的人不只要考虑交通工具问题,还要考虑食宿及沿途休息问题。这有两个解决办法,一是自己要带上点心、干粮;二是沿途都有"茶棚",可以喝茶、吃粥,到了山上,大棚里面,还有铺位,可以和衣休息、睡觉。虽然如此,只靠日间赶路还是来不及,要起早摸黑,赶夜路,这就不但要有点心、干粮,还要预备灯笼火烛了。光绪时让廉《京都风俗志》记云:

> 由德胜门外迤西松林闸东,搭盖茶棚,以达山上,曲折百余里,沿途茶棚,凡数十处,其棚内供奉神像,悬挂旗幡,花红绫彩,外列牌棍旌钺,昼则施茶,夜则施粥,以备往来香客之饮,灯烛香火,日夜不休。助善人等,于焚香献供时,或八人,或六人、四人,皆手提长绳大锣,约重数十斤,以小棒击之,其音如钟,声闻远近,在神前起站跪拜,便捷自若,其式同仪,其音同节,亦彼之小技也。至于施粥、茶之际,数人同声高唱:"虔诚太们,落座喝茶喝粥"等辞,与钟磬之声,远闻数里。以令香客知所憩息,而香客多有裹粮登山,不但粥茶憩息得所,及遇风雨,亦资休避,游人麕集于山水、林木间,实京都第一巨观也。

山中回响声音很大,这缭绕的招呼香客喝茶的音响,当年逛过妙峰山的人都还该记得吧。喝茶、喝粥都不要钱,这在今天人们也许很难理解,又要进一步解说,这里且不多谈。且引点材料,具体看看当年逛妙峰山的热闹情况吧。民间曲艺写得最生动,下面引一段清末"百本张"马头调《妙峰山》唱词:

有一位好善的贤良,心中只想把妙峰山上,老娘娘驾前去进香……车原代步如闪电,霎时来到八里庄,遇见了一当儿子弟玩艺,小广子的花砖与坛子王。村外的茶园都有雅座,款步走进小茶坊。众仆人才忙设酒宴。各肴馔排列出行。用毕之时才写上账,一路走慌忙。不一刻来到三家店上,丫环传说找地方,大奶奶有话喝干榨(黄酒名),仆从个个尽着忙。拣了一座清雅的干净茶馆,预备主人饮琼浆。迎面来了少林的五虎棍,人烟拥挤,尘垢飞扬,好乐的接住说赏个脸儿,耍的是对棍对刀与对枪。东马市的狮子又来到,探海摔山带着蹿房。这佳人才轻舒玉腕慢饮茶汤,眼望着一片汪洋,款步出茶馆,坐在椅子上,别名爬山虎,抬的更稳当,刚刚儿才把浮桥上:"你们听吩咐,别要走慌忙,今年我头一荡,这可怕得慌,这河水好似芝麻酱。"过河上了岸,来到陈家庄,路北有茶棚,磬声儿当啷啷,道了个虔诚把香降,拿出了"万人缘",会头拜求央。众人是圣人,行善的姓名香,预备下粥茶接来往。大奶奶善心动,接下了八百张,一个银一两,这还不算强,问明了门氏将斋让。来到西北涧,布施了银一箱,过了十八盘,阴山要歇凉,水泉的都管齐来看望。桃园走了半晌,过去到南庄,来往的人不少,个个都请着香。樱桃沟花炮儿天天放,天气不早了,不久落太阳,找房歇歇气,肚子里饿的慌,伙食盒子齐都摆上,饱餐了一顿,复又走慌忙,来到仰山寺,叩首三进礼,弟子本姓郎,保佑我一生长无恙。举步往前走,瞧见事儿一桩,浑身三道锁,为母去拜香。孟常岭不远真可逛,看见香风岭,山高路又长;山高路又长,来至涧沟内,松棚要撑香,听见了秧歌在茶棚里唱。佳人说,咱们快着往前走,看一看那热闹排场。只听得锣鼓打的是一等一,小二哥唱的是喝喝腔。忽听那边又来了会,中幡跨鼓和杠箱,这一样儿我从没见,骑着竹杆子喜乐非常,手内拿着一柄垂金扇,衙役三班闹嚷嚷,后面二人抬着木柜,上面系着赤金铃铛,个个好似疯狂。看罢了一回才将山上,诚心顶礼去进香,可想着灵官殿上是头一束,上去再拜老娘娘。来至山门忙下轿,从新复又整梳妆。傅老的杠子也来到,盘的是披脖子倒挂紫金梁。这奶奶上了丹墀忙跪倒,吩咐、丫环忙焚香。这一个献上白檀与紫绛,那一个火燃了真藏香,这佳人他忙取签筒祝告:"娘娘,发慈悲保佑弟子百岁成双,求一支'上上上',一世永安康。"

原曲还要长,我把出门前梳妆打扮等不必要的词句都删去了,只抄了去妙峰山路上的一段,足可见当年逛妙峰山路上风光之一斑了。"百本张"的唱本,现在较难看到,这里多引了几句,以保存一点乡土资料吧。

所写内容,在三十年代顾颉刚先生作社会调查时,都还是这样,所有的会,所经过的村庄、茶棚、粥棚,娘娘庙内的丈余长高幡,上写"京西北金顶妙峰山天仙圣母有求必应"等等,和俗曲中写的是完全一样的。他上山的那天,听说张作霖的如夫人也来了。这就如同俗曲中写的"好善的贤良"了。

走 会

妙峰山"开山"的热闹劲儿是哪儿来的？这主要的是靠"走会"的人,如果没有"走会"的人,那数不清的香客,沿途便没有喝茶、喝粥和休息的地方。施舍茶粥的"茶棚",都是"走会"的人准备的。

所谓"走会"是一种特殊组织,这里只简单地说说妙峰山的"会"。这种"会"总名之曰"善会",有的是按手艺行当组织的,如棚匠、皮匠等。有的是地区的,如海淀、南苑等。参加的都是青年人,经费是熟识的城里各大商号、知名人士、各商号公会布施的。参加"走会"的人,都是尽义务,不收任何费用。平日都各自有行业,到妙峰山"开山"期间,各个善会的人便临时自发组织起来,到妙峰山"赶会"。

善会有"文会"、"武会"两种。"文会"是"粥茶老会"、"拜席老会"、"缝绽老会"等。如"粥茶老会"是沿途在所搭大席棚中施粥、施茶的,参加来尽义务的是各粮店的伙计、运粮的脚行等;"拜席老会"是往山上送席子、供搭棚用的,用完再自己拿回去,是棚铺、席铺的善会;"缝绽老会"是皮匠的会,沿途在棚边设摊,免费为游客补鞋。这种为游山香客服务的"善会"是很多的。

如果说"文会"是为香客上山服务的,那么"武会"就是为香客上山表演、娱乐的。有"少林五虎棍"、各处"太狮、少狮"、"秧歌"、"高跷"、"开路"等会,表演的人都穿着各种戏装,化起装来,配着锣鼓,沿路走一段,耍一段,一直耍到山顶上,到庙前表演给"碧霞元君"看,这就是所谓"朝顶进香还愿"。这样"文会"

服务,"武会"表演,再加上众多的香客,因而才构成妙峰山的乡土风味十足的离奇、热闹的场景。

每年三月间,北京城里的各行各业的会,就贴出"会启"来,会启用黄纸木板印的格式,内开会所及设驾所,即供碧霞元君神位,有的要抬神位上山。再写明守晚、起程、上山、朝顶、进香的路程和日期,守晚即头天晚间在指定地点聚齐。上山后的工作,如茶棚、玩艺及各种义务工作。再有走会的人化缘不化缘。各会都有自己的三角会旗。这是北京城里的会。因住处分散,要贴会启通知。而农村中的会,都是本村的,大家平时都在一起,即使外村,也只三五里,年年走会,大家都知道,只在会所所在院门口写明即可。如"京兆房山县西王佐村年例诚起前往金顶妙峰天仙圣母娘娘驾前进香如意圣会寓"这纸条一贴,走会的熟人自然到此集中前往了。

善会是个组织,一到庙会开的日子,他们去服务或表演,这是表示做善事的意思,叫作"走会"。注意,要明白这个"走"字,参加的人,不管文、武,都要能走,这就要求体力要好,不管老少,都要能走。不只能走,还要能挑了担子走。各个会不论文武,都有道具,先有两担圆笼,一层层叠起二三尺,外面黑油漆,上写"会名"。还有"朝山进香,茶水不挠"等字样,上面还有小彩旗和铃铛,这些不是挑着走,就是抬着走,都是会中的棒小伙子生龙活虎地轮流挑,轮流抬,一直走到山顶庙里。如果是"武会",那还要一边走,一边表演,这就更费劲了。所以一个"走"字,包括了很多内容,是要有好体力,好功夫的。

"朝顶进香"完了之后,归途上也十分热闹。首先在庙门前一定不要忘记买两样东西,一是麦秸编的各种玩艺,一是大大小小的鲜红绒花。归途中不论男女老幼,头上都要簪一朵大红绒花,谓之"戴福还家"。曾记得有一个专门表演"耍叉"的会,"进香"回来,敲锣打鼓地走在新街口大街上,挑圆笼的、坐大车的,都是白大布小褂,黑对襟夹袄,敞着怀,白毛巾包头,插着妆金大红绒花。走在最前面的,是一位插着大红花,白须飘洒的小老头儿,精神抖擞,一边耍叉一边走,钢叉在他身上绕来绕去,哗哗乱响,一路真不知赢得了多少喝彩声……这种兴高采烈的情景,直到今天似乎还在我眼前晃动着。

家家井水清

井　水

宋人笔记中，说柳永的词，道是有井水处，便歌柳屯田词，盖言其普遍也。人们生活中，离不开水，过去饮用水，有井水、泉水、天落水、河水之分，北京则主要靠井水。读清末朱一新所著《京师坊巷志稿》，大部分胡同名后面，都注明"井一"或"井二"，可见当年北京胡同中，差不多都有井，这是人民生活中极为重要的东西。

喝好茶，要有好水，如无好水，即使茶叶再好，也泡不出好味来。而在北京，旧时代吃口好水，并不是容易的。现在当然很方便，北京早已都是自来水。在本世纪初，那时根本没有自来水，自然都是吃井水了。但是北京内、外城及郊区，地质结构并不相同，有的地方土质好，水质好；有的地方土质差，盐碱地，水质不好，井水也就有了"甜水、淡水、苦水"之分。直到今天，北京还有"大甜水井、小甜水井、甘井胡同、四眼井、苦水井、七井胡同、王府井"等地名，这都是当年和饮水、也就是和民生有密切关系的地名。所谓"甜水"，就是含有矿泉水的味道。所谓"淡水"，基本上也近似甜水。至于"苦水"，那是盐碱味特别重的水，吃在口中，又苦又涩，不但不能吃，连洗衣服也不好，漂白衬衫用这种水洗过之后，会慢慢泛黄。

旧时代因生活上全靠井水,而井水质量又不同,所以人们特别重视甜水井。昔时北京的"名井"是不少的。早在袁中郎《瓶史》一书中就提到过,"桑园水、满井水、沙窝水、王妈妈井水",其后清宫中,天坛、王府中都有名井。王渔洋诗云:

> 京师土脉少甘泉,顾渚春芽枉费煎。
> 只有天坛石瓮好,清波一勺买千钱。

从王渔洋诗中可以看出,当年吃一口好水该多么珍贵了。清代励宗万《京城古迹考》记满井云:

> 今查井在安定门外五里大街,井口周围约一丈,水与井平,瓮以乱石,水从石罅流出,居人掘堑蓄水。北方地脉高厚,或掘井数仞,犹不及泉,今水平不溢,亦足异也。

这不只记录了满井的情况,也写到了当时打井的情况。那时打井十分困难,北京土层厚,要打两三丈深才能见水,如果打了两三丈深,遇见甜水还好,倘若遇到的水不好,那岂不等于白废力气吗?据乾隆时汪启淑《水曹清暇录》记载,那时选择打井地点,也有些土办法的。据云:

> 习俗掘井之法,先去浮面之土尺许,以艾作团,取火炷而炙地,视其土色,黄则水甘,白则水淡,黑则苦,凡见黑,则易其地而掘。

大概这是当年北京挖井的工匠凭多年经验总结出来的办

法,道理就是酸碱反应。不过尽管如此,当时吃水仍非易事,第一不是每幢房子中,每家每户都有口井;第二即使是甜水,水碱仍然很重。《酌中志》所谓:"茗具三日不拭,则积满水碱。"光绪三十四年(一九〇八年),周学熙筹办京师自来水公司,用安定门外沙子营下游孙河水作水源,在东直门建立水塔,开办了自来水,这样有自来水的地方,饮用吃上了软水,避免了水碱的毛病。但几十年后,仍因北方河流水源时涨时枯,不能满足北京市民用水,自来水公司便打了机井,仍用地下水作水源,这样自来水实际仍然和井水一样,仍是含矿物质的硬水,一直到现在不变。北京的人家,烧开水的水壶,里面总是积了不少水碱,这就是因为地下水源的关系。这一点,只有待于将来改进了。

买甜水

现在科学发达,有自来水,家家户户用起来很方便,一开龙头水就来了。过去吃井水的时代,则没有那么方便,即使院子中有井,也要去"汲",井浅还好,越深越费力气,用根绳子、一个水斗,系下去,一摇就可汲上一桶。但这是一丈以内的井,如遇二三丈的井,那井台就要装绞水的辘轳了,要摇半天才能摇上一桶水,总之是困难的。何况不是每个院子中都有井,也不是每个井中的水都甜美,都好吃。要吃点好水,还要花一定代价。几十年前北京一般居民饮水,主要是靠买甜水来吃。清代成亲王永瑆有《赠大钵山人诗》云:

大钵山人凤城里,客到打门警不起。
有时梦醒忽思茶,街上呼儿买甜水。

最后一句说的就是买水的事。不过因为是诗,不可能说得十分细致。这里再作些补充。"买甜水"并不是提个桶临时去买,而大多还是由挑水的送到家中,倒到水缸里的。那时北京城内各处都有一种特殊的生意,叫作"井水窝子"("窝"读去声,如"卧"),就是卖甜水的水铺。大的水铺在井口上盖一间小房,井口上有双辘轳不停地在绞水。井口边有很大的石槽,绞上来的水不停地注入石槽中。再由挑水人接入水车,水车装满,就吱吱呀呀地推走,按路线送到主顾门口,再用水桶把车中的水接了,挑到人家厨中,在水牌上记好担数,到月头或三节(即端阳、中秋、除夕)算账,这就是当年大部分中等人家吃水的办法。卖水是专利,谁卖哪几条胡同,都是一定的,这叫作"水道",别人不能抢他的生意,同掏厕所的"粪道"一样。马叙伦《石屋续沈》中记"北平粪道水道之专利"云:"北平无自来水装备之区,皆由水车取于街井,挑送至宅,用水分甜苦,甜水价高。而水井亦为水商专利之具。其水道之制亦与粪道同,居民颇苦之,南人尤甚。"

这桩生意最早都是山西人做,明末史玄《旧京遗事》记云:"京师担水人皆山西客户,虽诗礼之家,担水人皆得窥其室。"

但到后来,这个行当就变成山东人的专利了。得硕亭《草珠一串》中有一首竹枝词并有自注云:

> 草帽新鲜袖口宽,布衫上又着磨肩(挑水人所穿半臂曰"磨肩")。山东人若无生意,除是京师井尽干(京师卖水俱山东人)。

井水窝子门前石槽里的水,南来北往车辆上的骡马,也到这里来饮,饮完了赶车人扔一个小钱给井窝子,井窝子还给赶车人一点点槟榔,作为找头,算是只收半文。乾隆时净香居主人竹枝词所谓:"十三太保骤车傲,饮水投钱到处多。"嘉庆时佚名《燕台口号》竹枝词云:

> 买水终须辨苦甜,辘轳汲井石槽添。
> 投钱饮马还余半,抛得槟榔亦取廉。

说的都是这种情况。井水窝子由清初直到三十年代,并无改变。后来自来水越修越多,"井水窝子"和挑水人的生意才慢慢消失,成为历史上的陈迹。

老年人中有三十年代在北京小胡同中居住过的,一般都还记得吧?每天早上六七点钟起,就会听到胡同中吱吱呀呀推水车的声音。那是一种独轮小木车,轮子很高,车架中间一道竖缝,夹在轮子上半部分,把车分为两半,一边一个二尺多高、二尺多长、一尺多宽的腰圆木制水桶,两侧下部各留一出水小洞,用木塞塞牢。在腰圆水桶后面,横架一副扁担,下有两只小水桶。这种小车下有支脚,放平时,支脚着地稳住车。到了人家门口,放下车子,拿起扁担,把小水桶分置大水桶两边,一拔塞头,一股清泉便喷了出来。转瞬之间,两桶已满,塞好塞头,挑了就走,动作是很麻利的。各家"井水窝子",各个挑水人,都有一定的地界和路线,不能越雷池一步,这是"专利"。初办自来水时,因考虑到挑水人的出路问题,而且一下子也不能家家户户都装水龙头,于是便在街头装上个水龙头,让井水窝子的挑水的人管理出售。开始一共装了四百二十几个龙头,一个时期,推车卖水的也卖的是自来水了。

当时一般人家买水要多少钱呢?庚子(一九○○年)时《高

枬日记》记云："昌（昌平）寓后园枯井出泉，月省水钱二金。""二金"就是二两银子，他一家吃甜水，每月要用二两银子，约相当于同时二十斤猪肉的价格，是颇惊人的了。这就是那时北京的生活状貌，可见当年吃口好水是多么不容易了。

至于宫中皇帝用水，一是每天有水车到玉泉山去拉水，二是用宫中的井水，著名的是养心殿东院的"大庖井"。据《宸垣识略》记云："明黄谏《京师泉品》谓：玉泉第一，大庖井第二。"可见其水质是非常好的。宫中井很多，比如著名的处死珍妃的珍妃井，现在游人还可看见。好井上面都盖个亭子，谓之井亭。大庖井有亭，珍妃井无亭。

技艺杂谈

羽　扇

　　闲园菊农《一岁货声》五月条记云："卖蒲扇，卖毛扇！"下面有注云："挑担大小羽扇，多鹅雁翎。"即完全是鹅毛、雁毛做的羽毛扇。扇子的种类，直到今天仍然很多，但今天的羽毛扇则很少了。现在人们很少使用羽毛做的扇子，其实最古的扇子，倒是羽毛做的。所谓"古者扇翣，皆编次雉羽或尾为之"。因而在文字结构上，"扇"字从"羽"。明代人很讲究羽毛扇，文震亨《长物志》论扇云："羽扇最古，然得古团扇雕漆柄为之，乃佳。他如竹篾、纸糊、竹根、紫檀柄者，俱俗。"这是明代人的见解，以近代论，北京在同、光之际，官场中又时兴了一阵子羽扇，这是一种很考究的羽毛扇子，若干年前，在古玩铺中常常还能遇到。

　　这种高级羽毛扇子，都是用雕的翅膀上的硬羽制作的，十分刚健。其次者用雁翎编。编时是把这种羽毛十几根按长短排好，最长的在中间，其次向两边延展递降。把翎管下端并紧，用铜丝，高级的用银丝、金丝绾牢。在翎管并紧的中心部分，反正两面均用一圆形硬片铆紧，谓之"翾托"，其材料根据羽毛的等级，可用翡翠、虬角、白玉、玳瑁、象牙等等。扇柄用象牙、乌木、紫檀木、檀香木等，柄的一头，即用金属小钉固定在翾托上。柄的另一头，有小孔，可穿丝穗子及扇坠等。"翾托"和"扇柄"的

491

材料有高低,主要决定在羽毛的好坏上,好的羽扇都是用名贵的羽毛做的,最著者如"截白雕",即白色羽毛,中间有一寸多阔白色。"芝麻雕"为苍色羽毛,有黑白点。全白、全黑者都不甚名贵,至于黑白杂色,则更属下品矣。清代讲究玩鹰,最好的鹰,都出在东北宁古塔,有名的是"海东青",羽毛有纯白的、白毛杂他色的、灰的、棕色斑点的等。这些雄鹰死了之后,人们用它翅子上的健羽制成扇子,就是有名的雕羽扇。至于《一岁货声》中记的街头卖的鹅毛扇、雁毛扇,那就便宜多了。一把好的"截白雕"羽扇,在一百多年前,可卖到几十两银子,几乎等于一二两黄金的价值。

"羽扇纶巾",是极著名的故事,马连良氏演孔明戏《舌战群儒》、《失空斩》等等,总少不了一把羽毛扇子,因而"摇鹅毛扇"变成军师的代名词。实际在陈寿《三国志》中,并无"羽扇纶巾"的记载,而最早的羽扇,却见之于《晋书》的"顾荣攻陈敏,挥以羽扇,其众溃散"。苏东坡《念奴娇》词中所说的"羽扇纶巾",那说的是周瑜,并非诸葛亮。直到《三国演义》小说流行之后,诸葛亮摇羽扇,才大大出了名,因而马连良演孔明,总少不了一把羽扇。可惜这位潇洒的"孔明"再也看不到了。

近代有一个用羽扇的大名家,那就是章太炎先生。他用的羽扇有两个最大的特点:一是别人是夏天用扇子,而这位老先生,则是一年四季都摇羽毛扇子,严冬身穿皮袍子,照样挥羽扇。一九一四年正月初七(请注意,那正是隆冬季节)跑去找袁世凯,也同样挥着白羽毛扇子,这在一部讽刺小说《纪念碑》中,描绘得十分生动,当年这都是真事。二是以"大勋章"作扇坠,投袁氏以极大的轻蔑,这在鲁迅先生文章中提到过,世人皆知,不必多说了。

因为说羽毛扇而提到前辈老先生,已近似题外话,而且不免唐突前贤,有所不恭了。

铜墨盒

我现在还保存着一个白铜墨盒子,三寸见方;一对镇纸,五寸长,一寸阔。墨盒子刻的是一枝山茶花,花枝上立着一个缩颈的鸟,而且是正的(画家多避免画正面鸟,因为任何鸟正面一画,就很难看,易成怪状)。边上题着一首诗道:"压断千寻立,山茶一树栽。自时寒鸟舞,犹向雪中来。"题署"茫父"。两方镇纸并在一起,是一幅山水轴子:一条渔船,一个渔翁,远远的一角山,近处是一丛江边的芦花,上面蝇头小楷,刻了一首柳宗元的绝句:"千山鸟飞绝,万径人踪灭。孤舟蓑笠翁,独钓寒江雪。"款署"寒汀"。这两样东西看上去不起眼,实际现在是很难得的了。这是地地道道琉璃厂同古堂的出品,是琉璃厂刻铜世家张樾臣的作品,足足半个世纪以上的东西了。

在当年的北京,一个铜墨盒子,一对铜镇纸,刻得再好,也不足奇,可以说是俯拾即是。而时过境迁,不要说五百年后成为稀世的古董,就是现在也很难见到,也很少人能懂。一上手就能认出张樾臣刻工的人,就更少了。

铜墨盒的历史说起来并不很长,清代科举殿试时,最讲究写墨卷,墨色要黑、要亮、要滑润,用砚台磨墨费时而不易磨好,于是便有人发明用墨盒子:用个铜盒子,盒盖里面有块石片,可以刮笔。盒中放点丝棉,注入一些磨好的墨汁,放进考篮,带进场中,用起来十分方便。据《光绪顺天府志》记载:最早创始在道光年间,到了同治、光绪之后,才盛行起来。盒盖上开始是刻字,光绪时最著名的陈寅生,能在盒盖上刻芝麻粒大小的小楷,二三寸见方的盒盖,能刻一篇《兰亭序》。三四十年代在北京还经常看到这种铜墨盒。有一年暑假回北京,去看望前在故宫博物院工作多年的常维钧(名惠)老先生,他给我看一只二寸见方的赛银白铜的陈寅生刻的墨盒,铜之细腻,刻工之精美,真是令人爱不释手,可惜这样好的东西现在太难看到了。

继刻字之后,又有人在墨盒上刻花卉、翎毛、山水、人物,都是把名家的画稿缩小了刻在盒盖上。这种艺术,在光绪前后五六十年中,是最流行的时期。其中张樾臣的作品,是最精美的,不但北京,而且流行到全国各地以及国外日本、欧美等地。近人所著《北京繁昌记》云:

> 北京之墨盒儿,与江西南昌之象眼竹细工,及湖南之刺绣,为中国之三大名物;而最优之墨盒儿,其价值尚不过五元,及錾刻发达,名人刻者甚多,例如寅生所刻者。至今日之墨盒儿,遂为北京名物之一,琉璃厂、劝业场等处,墨盒儿店,比比皆是。

根据这段记载,可以想见当年北京墨盒的盛行了。

几十年前,学生的作文还必须用毛笔写小楷,在学校和家中,都要练写小楷,因而这墨盒是每个学生都必备的东西。三四十年代中做过学生的人,起码有三种关于墨盒的记忆,在今天还是会常常想到的:一是暑假考学校,不管考中学或大学,头天一定要把墨盒准备好,既不太湿,也不太干,因为考试那天第一场国文卷子,照例是毛边格纸,规定用毛笔答的。虽非考翰林,却也极为重要。二是考试成绩好,或运动会成绩好,以及其他比赛的前几名,常常是用铜墨盒、铜镇纸作为奖品。我小学时就得到过两对镇纸,一个墨盒子,当然这些都是一般的,既非张樾臣刻,更非陈寅生刻了。三是亲朋间送礼常送墨盒,尤其是对方是读书人或家中有青年学生,送个墨盒,价钱不贵,既实用,也雅致。而且可以刻上上下款,受礼的人、赠送的人都留下名字,金石寿长,更可以当长远的纪念品。

张樾臣刻铜墨盒、铜镇纸是在陈寅生的基础上又前进一步。陈只刻阴文小楷,而张则变幻刀法,把刻竹的刀法,运用到刻铜上,仿刻竹中的"沙地留青"刀法,刻出阳文花卉,极为生动古雅。一些著名画家如早期的姚茫父、陈师曾、王梦白、齐白石,后来的吴镜汀、陈半丁、江寒汀、王雪涛等人,都给他画稿,供他刻墨盒子、镇纸等。我在雪涛先生家中见到过他刻的一对特大的镇纸,上刻雪涛先生画的荷花小鸟,柳树鸣蝉,用阴阳两种刀法,极为神似。这样的刻工现在的确少有了。张樾臣是河北新河县人,除墨盒而外,图章也刻得好。印有"士一居印存",不分卷。其子少丞、幼丞,也能传其技艺,但火候相去稍远了。

现在这些文房雅玩也绝响了,首先是铜胚没有人会制了,因为这种铜是白铜合金,极为细腻,是打磨厂特制的,如用一般黄铜或紫铜,都做不出来,勉强制成,也俗不可耐。现在工艺品商店卖的黄铜制品,那在过去是没人要的,太寒伧了。为什么不能把"赛银白铜"的冶炼技艺恢复呢?

冬煤与骆驼

冬　煤

清代乾隆初潘荣陛《帝京岁时纪胜》十月有一条云：

> 西山煤为京师之至宝，取之不竭，最为便利。时当冬月，炕火初燃，直令寒谷生春，犹胜红炉暖阁，人力极易，所费无多。江南柴灶，闽楚竹炉，所需不啻什百也。

这段记载说到一个生活的关键问题。北方天气寒冷，入冬之后，筹划生火炉子取暖，是家家户户必办的一桩大事。在北京，入冬之初，备足一冬的燃料，每家都要付出一笔开支。元代欧阳原功《渔家傲》中有句云：

> 十月都人家旨蓄，霜菘雪韭冰芦菔，暖炕煤炉香豆熟。蟠獐鹿，高昌家赛羊头福。　　貂袖豹祛银鼠襦，美人往来毡车续。花户油窗通晓旭。回寒燠，梅花一夜开金屋。

词中所写屋中生煤炉的情景，看起来是漂亮有趣的，可是到了一般人家，就不是诗意和有趣，而是面临开支的严峻问题了。

北京明、清以来，户口一直是相当多的，三十年代大约是一百几十万吧，那时虽无大型工业，但只生活用煤也就相当可观了。这一点北京在经济地理上正如潘荣陛所说，是有其得天独厚之"至宝"的。北京西北四五十里门头沟一带的西山中，就有优质的煤层。从那里大小煤窑挖出的煤，用骆驼和大车源源不断地运到城里，有的直接卖给用户，有的则通过煤铺卖给用户。北京旧时卖煤的商号一般有三等，一是煤栈，这是最大的商号，这些煤栈大都开在西直门外、德胜门外、宣武门外铁路边上，自己有"道叉"，都是整车皮卸煤，然后用大车再批发给大煤厂。二是煤厂，一般都有很宽大的院子，可以摇制和堆放大批的煤球，有能进大车的车门，大门两旁用几乎占满整墙的大字写着："某某煤厂，乌金煤玉，石火光亨。"三是煤铺，煤铺的局面小，煤球也都是自己摇，自己卖。

煤厂、煤铺卖的煤，首先是煤球，其次是硬煤，就是无烟煤煤块，南方叫做白煤，再其次是红煤，就是有烟煤煤块，这大多是大同、下花园两地煤矿出产的。再其次是引火柴，北京叫劈柴。最后是木炭，那销售量是很小的。地下煤层，虽说取之不竭，但开采也是很不容易的。尤其是当时生产落后，西山窑户其艰苦情况，今天一般人是难以想象的了。

煤末子不能直接烧，要做成煤球。为什么？李光庭《乡言解颐》云："煤末模成方块，谓之软煤，不耐烧炼，买来稍搀黄土，和水以簸箕转丸，趁秋晒干备用，京师佣妪之能事也。"并附诗云："石炭名多软硬兼，元霜为屑合规难。二分尘土胶投漆，一入洪炉雪点丹。莫与儿童当跼蹐，最宜灯火话团圞，京师佣妪抟沙似，好趁秋阳令转丸。"

几十年前，北京连机制煤球也没有，都是人工摇的。开煤铺、摇煤球的工人大部分是河北省定兴县人。把煤末子和黄土

497

用水调起来,比例是三筐煤末两筐土,调好后,摊成一个大薄片,用平而方的煤锹直切、横切,切成小方块,再铲在大眼筛子里,下面垫一个花盆,像摇元宵一样来摇,不一会,小方块湿煤都摇成了圆煤球,倒在一边,晒干后就好卖了。煤球照例由煤铺送到用户家里,用独轮车推,都用柳条双耳筐装,每筐五十斤。一个煤球炉子,一个月一般要烧四百来斤,一年四季,也是一笔不小的开支啊!潘荣陛说"人力极易,所费无多",自然也是比较而言。如果比较那些不出产煤炭的地方,那北京的冬天,还是受惠多了。寒素人家,拣点煤核,掺杂着烧,一般冬天总可以不受冻了。

热 炕

北京在清代,一般人家还是睡炕的多,嘉庆时佚名《燕台口号》竹枝词云:

> 嵇康锻灶事堪师,土炕烧来暖可知。
> 睡觉也须防炙背,积薪抱火始燃时。

又道:

> 黄泥和水造煤炉,砖块徐添好治厨。
> 活水借烹茶亦便,买来铫子是沙壶。

从这两首诗可以知道,当年睡火炕时,尽管有炕火,可室中还须再生个泥炉子,方才暖和。这就等于房中要生两处火。寝室中生了火,厨房中也生火,那是用砖砌的灶,北京俗语叫高灶。

贫寒人家把炕边的灶砌高些,是为着既能暖炕,又能烧饭,俗语叫"锅台连着炕"。锅台应在厨下,不应连炕,锅台连炕,盖自谦家贫之词也。"砖块徐添好治厨",意思也就在此。《红楼梦》第五十一回,麝月对晴雯说:"他素日又不要汤壶,咱们那熏笼上又暖和,比不得那屋里炕凉……"说明怡红院丫头是睡炕的,但烧得不热,其实热炕、尤其炕头,冬天是很暖和的,岂不闻"三十亩地一头牛,孩子老婆热炕头"之说乎?李光庭《乡言解颐》说:"京师睡煤炕者多……家乡多用柴炕。"烧煤和烧柴火力不一样。宫中用地炕,满地有火道。灶在廊子上。

"庚子"之后,睡炕的渐少,睡床和铺板的多起来,在北京又时兴起一种取暖的洋炉子,那就是装有一节节马口铁皮烟筒的西式火炉。一般人家用的小号高二尺、大号高三尺左右,有出烟筒口可接铁皮烟筒通向户外。几十年前,北京一般人家都是从天津洋行中买来的进口货,不但很少有暖气,即便很阔气的商号,也生洋炉子,不过体积大,而且装饰也考究。还记得看见过的廊房头条天宝金店的大炉子,地面上一个大炉盘,中间放着镶有黄铜饰件的又粗又大的特殊样式的炉子,上头还有洋文珐琅商标,擦得又光又亮。四周还围着黄铜"炉挡",亮晶晶的像三面小屏风。这种高级精美的洋炉子,现在是很难见到了。不管小洋炉子也好,大洋炉子也好,那都是要烧块煤,即元煤的。

在有洋炉子之前,北京人家取暖都是用没有烟筒的煤球炉子。高级的样子像大铜香炉似的,烧块煤也烧煤球,此外就是木炭火盆。明、清宫廷中多用火盆,明代宫中每年要用木炭二千六百多万斤,清代乾隆时用六七百万斤,就是非常节约了。雍正元年(一七二三年)十月,太和殿廷试,天气十分寒冷,雍正手谕总管太监:"将大火盆多为预备,免致笔砚凝冻。"可见当时木炭火盆之普遍了。清末民初时，北京烧木炭火盆的人家还有不少，后来逐渐由洋炉子取代，木炭火盆才越来越少了。实际木炭火盆是一种很不实用且又浪费的东西。记得有一年在南京办公室中生火盆，一天要烧二十多斤木炭，合到二元多钱，当时东西还便宜，二元钱可买四斤肉了。装一个带烟囱的炉子，既暖和又没有烟，哪里会用得了这么多钱？

北京一般习惯农历十月初一开始笼火（即生火），农历二月二撤火。《春明采风志》记云：

> 京师居人，例于十月初一添设煤火，二月初二日撤之，炉多用"不灰木"者，以其四周皆暖也……近岁有薄铁做成者，轻而便。

所说"不灰木"是一种外面铁架子，中间像绍兴酒坛子般的白泥炉子，四周是石棉泥作的，不怕火烧，像"火浣布"一样，人们给它起的怪名字。这种炉子后来全部为铁炉子所代替，早已看不到了。北京过冬屋里生个小炉子，暖洋洋的，颇有意趣。但可不能使用没烟筒的炉子，弄不好会煤气中毒，很危险的。后来新造房子都有暖气设备，再过若干年，各种煤炉恐怕都要进博物馆了。

驮　煤

我生长在京国，久住江南，昔人词云："人人都道江南好，游人只合江南老。"顾予亦渐入老境矣，自然不免要常常思念京国。"人情同于怀土兮，岂穷达而异心？"王仲宣《登楼赋》说得实在好。乡情也总是人之常情，于是我的怀念也总离不开北京的风土。

我的思念常常是些具体的事物，比如一到冬天，我就常常想起北京的驼铃。

骆驼原是沙漠上豢养的大牲畜，人称"沙漠之舟"。而北京郊区，西山一带养骆驼的却很多。当年北京城里就常看到一队队的骆驼，响着驼铃，颠颠地漫步于通衢之上。

北京西山一带为什么养骆驼的多？一是北京西山门头沟一带都是煤窑，这些地方多山路，不能走马拉的大车，运煤就全靠骆驼了。北京有句歇后语："门头沟的骆驼——捣煤。"就是谐"倒霉"两字的音，因为北京话把搬运东西叫作"捣腾"。从这一歇后语看出，北京的骆驼基本上是运送煤炭的。这种情况早从明代时就有了。二是北京旧时石灰窑都在京西的房山一带，北京作为都城，几百年中，土木营建不断，年年要用大量砖瓦石灰，大多靠骆驼运送。骆驼，实在可以说是几百年中，经营皇都、供应细民，任重而道远的"功臣"。

一个骆驼究竟能驮多少斤呢？天津人华学澜《庚子日记》中，十月十六条记云："卸煤十四骆驼，共五千六百十斤。"

同月十九日又记云："卸煤三骆驼，共净煤一千一百八十五斤，口袋亦按五斤一个算。"

从这两条日记中，可知每匹骆驼能驮四百斤，这在大牲畜中，负载力算是最大的了。当年南北各省行走山路的驮骡，即使十分好的健骡，驮物重量也不超过三百斤。比之骆驼，那要差多了。要知道，有名的通向欧洲的"丝绸之路"，都是这样四百斤一驮一驮地驮去的啊！

乾隆时净香居主人《都门竹枝词》云：

煤鬼颜如灶底锅，西山来往送煤多。

细绳穿鼻铃悬颈，缓步拦街怕骆驼。

同时人前因居士《日下新讴》诗并注云：

挖遍西山出息多，牵连络绎运煤驮。

朝来宣武门前道，阗骑当车进骆驼。

注：西山出煤，多用骆驼运进城。每一夫辄牵数头，鼻绳前后牵连。堵于车马之前，最碍行路。

当年在北京街头常常遇到牵骆驼的人，读到这样的诗，感到分外亲切，会哑然失笑的。自然，前诗的第一句对于驮煤的哥们很不敬，这好像叫窑黑子一样是应该批判的，但他的诗保留下来的风俗史料，却是有意义的。

骆驼在鼻孔中穿一个洞，可以挂一个环，拴一根绳子，再系在前面骆驼的鞍架上，这样一匹连接一匹。骆驼没有骡马灵活，骡马只在后面吆呼，它便会左右转弯，所以叫"赶骡子"、"赶牲口"。而骆驼只能拉着走，必须叫"拉"。京剧《苏三起解》中，苏三让崇公道问旅客中，有无去南京的客人，好给王三公子捎封信，崇公道向后台一喊，台帘里答道："去南京的客人前天都走了，现在就剩下去八沟喇嘛庙拉骆驼的了。"这便是"拉"的用法。

拉骆驼

久住江南很少看到骡马一类的大牲畜，更不要说骆驼了。

如果拉一匹骆驼在南京路上一站,准能引来成千上万的人,说不定交通也会造成阻塞。三十年代,有人在大世界唱《昭君和番》,把真骆驼弄上台,一时成为重要花边新闻。自然对这方面的知识也就更少,当然,少到编大辞典的人,连驴骡、马骡也分不清楚,这也是近乎今古奇观的笑话。但这也似乎是难怪的了。想到骆驼,不免想到一些饲养骆驼的事,聊当野人献曝,随便说说。

骡子叫"帮",每五匹为一帮,由一个人来赶。骆驼或三或五连在一起,叫作一"把",习惯叫"拴一把骆驼"。骆驼怕热,夏天一般都到口外"放青",就是拉到居庸关或古北口北面去,甚至到张家口北面草原上去吃草。放青,对牲口说来,是一种很好的享受。放青一般一个来月,一个多月之后,蜕过毛,新毛滑软,膘肥力大;秋风一起,就拉回北京,为北京居民辛勤地运送煤炭和石灰了。

骆驼老了,往往卖到"汤锅"(专门宰杀大牲畜卖熟肉的铺子)中宰杀,这从感情上说,未免是太不人道了。所以老舍先生写《骆驼祥子》,为了刻画祥子淳朴善良的内心,特地让他把三匹骆驼卖给老乡,在与刘四爷的谈话中,刘四爷还惋惜他为什么不拉进城来卖给汤锅,可多卖几十元现大洋。从刘四爷的狠毒,也更衬托出祥子的朴厚。

骆驼是非常善良的,我在北京的家中,后面是很大的荒凉的园子。"七七事变"时,正是夏天,因战争关系,郊区养各种牲口的人家都找地方藏牲口。有一家和房东熟识的老乡把几头骆驼赶到这个荒园中饲养,我们几个中小学生高兴地便骑骆驼玩。骆驼长得很高,又没有鞍镫,我们爬不上去。拉骆驼的老乡教我们:拍拍骆驼的脖子,再抻一抻缰绳,再拍一拍脖子,"唔唔"地喊它两声,它便两条前腿一屈,卧下来了,人骑上去;再一抻缰绳,它便站起来,绕着这个园子慢慢转圈子。骑在骆驼上,因前后有两个驼峰,有如鞍槽,十分稳当,晃晃悠悠,真像王昭君出塞了。上去不容易,下来就更难,也亏老乡帮忙,才让它再卧倒,我们才得以下来。这是我平生唯一的一次骑骆驼。

在人们看起来,骆驼似乎走得很慢,但因其腿长跨步的距离大,实际速度还是很快的。佚名《燕台口号》竹枝词,所谓"柳条筐压峰高处,阔步摇铃摆骆驼"。这后一句说得是十分形象的。

蒙古人还用小骆驼加以调练,成为健步如飞的骆驼,谓之"走驼",据说一天能走五六百里路。电视屏幕上放映内蒙古开少数民族运动会,就有骑骆驼赛跑的节目,我想这些骑手们骑的大概就是这种经过训练的骆驼。古诗《木兰词》"愿借明驼千里足,送儿还故乡",说不定也就是这种走驼,这需要进一步考证了。不过当年在北京没有看见过这样的骆驼,只有一串串地蹒跚于西风古道的骆驼,驮着煤缓缓地从西直门洞、平则门洞走进来,驼铃叮当的响着,为城里人送来了温暖。随着历史的步伐,驼铃早已变成卡车的鸣笛声了,不过我还思念着那叮咚的驼铃声呢。我想这美好的风情应永贮记忆,不应该忘记它!

庙市商情

庙　会

　　读李易安《金石录后序》，写到她和赵明诚日取半千钱，往大相国寺游玩的事，着墨虽然不多，却写得极有情致，令后人足以想象到宋徽宗时汴京的繁华光景，可以说是大手笔，足以和文献中的《东京梦华录》、绘事中的《清明上河图》并垂青史。在我国古代，大的建筑在城市中的寺庙，常常是与商业结合在一起的。因为庙中建筑、庭院都十分宽大，足以成为众多的人活动的场所，租与商人摆上货摊贸易，庙中又可以有不少收入，吃庙的这些和尚老道们就可以养得肥头大耳了。这是一种特殊的剥削方式，但也促进了商业的繁荣，满足了居民的生活需要，因而各地以寺庙为场址的商业场所，千百年来，历久不衰，可见它的重要了。宋代汴京的大相国寺，南宋杭州的昭庆寺，都是有名的庙会。其他如苏州的玄妙观、南京的夫子庙、太原的开化寺、成都的青羊宫，等等，都有类似的况味。虽然有的是常设，有的是定期举行，但性质是一样的。

　　北京的庙会，在明代最热闹的是"都城隍庙"，明人《燕都游览志》记载：

　　　　庙市者，以市于城西之都城隍庙而名也。西至庙、东至

刑部街,亘三里许,大略与灯市(即东城灯市口)同,第每月
以初一、十五、二十五开市,较多灯市一日耳。

当年西单旧刑部街西城隍庙的热闹情况,前人记载极多,不
但珍贵货物,样样都有,而且还有外国客商,所谓"碧眼胡商、飘
洋番客,腰缠百万,列肆高谈"(见明人笔记《谈径》)。可以想见
那时庙会的热闹了。一直到清初康熙时,都城隍庙的会期才停
止,移到报国寺、慈仁寺,就是王渔洋、朱竹垞等诗人常去的地
方。等到康熙末年,隆福寺、护国寺等大庙会都出现了,在康、雍
时人柴桑的《燕京杂记》中,有一段说得十分明确,不但记载了两
庙的开庙日期,而且也说明了庙会的性质和贸易内容,文云:

> 交易于市者,南方谓之趁墟,北方谓之赶集,又谓之赶
> 会,京师则谓之赶庙。月之逢三日,聚于南城土地庙,凡人
> 家器用等物,靡不毕具,而最多者为鸡毛帚子,短者尺余,高
> 者丈余,望之如长林茂竹。月之逢七八日,聚市于西四牌楼
> 护国寺;逢九十日,聚市于东四牌楼隆福寺。珠玉云屯,锦
> 绣山积,华衣丽服,修短随人合度,珍奇玩器,至有人所未
> 睹者。

柴桑说的这种情况,由康熙时开始,直到本世纪三四十年代
都是如此。各庙有各庙的会期,基本上没有变,每十天中逢"三"
宣武门外土地庙,逢"四"哈达门外花儿市,逢"五"、逢"六"阜成
门里白塔寺,逢"七"、逢"八"定阜大街护国寺,逢"九"、逢"十"
东四牌楼隆福寺。每到这个日子口,这些庙中便百货云集、百戏
杂陈,游人如蚁,拥挤不堪了。正如前人竹枝词云:"逢期庙会顾

盼兮，三十六行色色齐。若遇人丛挨挤处，留神扒手窃东西。"货物齐全，游人拥挤，自然也不免良莠不齐，"扒手"也就乘机活动了。

庙会上的买卖，大都是租赁庙中的房屋、地段，固定设摊，如某家布摊、某家靴帽、某家眼药、某家梨膏糖，这次在这里设摊，下次仍旧在这里摆，甚至几十年都不换地方。常逛庙会的人，找起来是十分方便的。这些摆摊子的人，一个庙的会期结束后，再去赶另一个庙期。如初八护国寺一结束，当晚便用排子车把货拉到隆福寺设摊，好做初九的买卖。这是一种较特殊的买卖，说它是坐商，却又不停地搬家；说它是行商，却又有固定的地方，这就是庙会的买卖。庙会没有夜市，做的都是白天的买卖。在北京，热闹的庙会，前后存在了足有数百年之久吧。

隆福寺

在北京从清代早年，二百多年中，庙会交易十分热闹，《红楼梦》中贾宝玉都说"大廊大庙"地逛，这大庙指的就是东西两庙，即隆福寺和护国寺。而两庙中，其繁华程度，货物之讲究，隆福寺又超过护国寺。隆福寺有不少卖精致古董玩艺的摊贩，护国寺是没有的，这些最能吸引人。清代韩又黎《都门赘语》隆福寺诗云：

> 繁华艳说四牌楼，东寺货全胜茂州。
> 玩物适情随意有，淫人巧技是泥头。

并有注云："谚云：茂州货全。"这里所说的"东寺"就是隆福寺。得硕亭《京都竹枝词》中也有"东西两庙(隆福寺、护国寺名曰东西庙)货真全,一日能消百万钱"的诗句,均可见当年的热闹景况。

隆福寺在东四牌楼隆福寺街,原建于明代景泰三年(一四五二年)。寺内万善正觉殿,俗称"三大士殿",供奉骑金毛吼的观世音菩萨、骑狮的文殊菩萨、骑象的普贤菩萨,这座殿的藻井极为精美有名。正殿石栏,是拆迁宫中南内凤翔殿旧物。清代雍正年间,隆福寺曾大修过一次,庚子时,天王殿、钟楼、鼓楼等均被焚毁,但并未影响庙会的生意,仍然很热闹。近人陈莲痕《京华春梦录》说:"殿宇久毁,断垣废椽,烬余仅存。京师故例,浮摊多附庙会,故商侩觅蝇头利者,竞趋是间。"记录了隆福寺被焚后的情况。

据《天咫偶闻》所记:"隆福寺庙市之物,昔为诸市之最。"隆福寺在庙会中是最有特征的,它除去有寻常日用杂物,各种吃食、各种玩艺,很大的花厂子而外,还有不少旧书摊、碑帖摊、字画摊、古玩摊。人们最爱逛隆福寺,就是爱逛这些小摊。这些摊子也分等级,在庙里面的是大摊,货物质高,价钱也贵,遇到外行,以赝充真、漫天要价等欺骗行为也是时有发生的,这叫"老虎摊"。庙门口往西去,路边上平地摊块布摆的地摊,又叫"冷摊",更有意思。卖的人都是凄凉末路,鱼龙混杂,也许前三辈是戴过"双眼花翎"的,现在也只好摆地摊了。摊上东西大多破破烂烂,寥寥无几,但也能见到很好玩的东西。已故红学家吴恩裕先生"怡红快绿"的图章,据说就是在隆福寺冷摊上买到的。

三十多年前,设在东单空地上的旧货摊,都集中在隆福寺,改作市场,仍然有不少古董摊,还能看到不少惹人喜爱的东西。有一次我回京进去闲逛,在一个小摊边,看到一幅梁任公集宋人词的对联,任公最喜欢写这种联语,字是由龙藏寺碑变化出来的,严谨、规矩、端庄妩媚,宋词句子又集得一气呵成,天衣无缝。纸很白,朱丝格,古香粲然,只卖四元钱,我徘徊久之,迟迟不忍离去,但又想到,一来阮囊羞涩,回趟北京,凑点路费也不容易,哪有闲钱买这个呢? 再说,当时已意识到这些东西已经到了烟消云散的时候,买了又如何能保存呢? 当时出来还想写封信给思成先生,但又想同他老先生只见过一二面,贸然写信不是有点找麻烦吗? 记起这副对联的回忆,可以说是和隆福寺小摊的最后一点缘分,这也全是早已成陈迹的东西了。

隆福寺"庙"之外还有"街",那也是一条著名的文化街,旧书店一家挨一家,如著名的修绠堂,也都是百年以上的老店。隆福寺街还有"灶温"的烂肉面,一窝丝面,"白魁"的干切羊肉,福全馆的小鸡汆丸子,不过,这些都早已基本上不存在了。

冬天逛庙

北京人逛庙会,简称就直接叫"逛庙"。

在我的记忆中,北京的庙会虽然各有各的情趣,但似乎是冬天逛庙会的印象最深刻。这是因为冬天逛庙会有一种特别的滋味,是其他季节所没有的,老远的还没有到庙门,就望见人头济济,热闹非凡了。再往前走,到了庙门口,更是拥挤不堪,有穿黑布大棉袄、头戴白毡帽或头上包着羊肚子手巾的老乡;有穿毛蓝布罩衫、头戴海虎绒帽子、外罩黑洋缎大棉坎肩的老太太;有身穿阴丹士林大褂内着花缎棉袍、围着大红包头围巾、脚穿黑大绒骆驼鞍棉鞋的小媳妇……各式各样的人挤来挤去,这些人大部分都是"老北京",至少也是久居北京的外省人,太"洋"派的人是比较少的。

　　冬天逛庙会,较多的是家庭主妇,或当家的老太太。来干嘛呢?这里自有吸引人之处。第一是买锅、碗、瓢、勺等等,这是庙会上最多的玩艺儿。那翠绿色的琉璃盆是北京的特产,既美丽又便宜,经济实用,大到直径二、三尺的大洗衣裳盆,小到只有大碗大的小绿盆,买回去洗衣物也可以,和面也可以,拌馅也可以,腌酸白菜也可以,甚至作小孩的便盆也可以,是家居日用少不了的东西。平日门口虽然也有推小车"换盆"的(不卖,只拿旧货换,小贩可得双重利润),但没有庙会上多。庙会上盆、罐俱全,厨房用的家具,几乎样样都有,高粱杆簾子、柳条笊篱、枣木或桦木擀面杖……年货要及早准备,这都是老太太们的心爱之物,已经做包饺子的准备了。

　　第二是鞋面子、花样子。这些东西大买卖家不卖,庙会上则又多又便宜。大姑娘、小媳妇仨俩一伙,在这些摊子上挑了又挑,拣了又拣,买完鞋面子再买花样子,买完花样子再去配线,桃红的、翠绿的,"绣花容易配色难",在绒线摊子上,更要耽误时候了。冬天夜长,闺中灯下都要安排一些针线活,姑娘有姑娘的心事,要在年下完成一双绣花鞋;媳妇有媳妇的打算,给"小不点儿"做双虎头鞋。

　　第三是估衣摊。天气冷了,都要添些防寒的衣服,有的人是为了贪图便宜,有的人是来不及做,估衣摊上的衣服,买下来就穿,识货的碰巧的还能买到便宜货。

　　所有估衣摊边上都围满了人,北京卖估衣是庙会上的大生意,讲究唱,所以卖估衣也叫"唱估衣"。摊子上先摊开垫上一大块比床单还大的大蓝布包袱,把要卖的各种旧衣服,全部摊开来堆在一起,一件件提起,一边抖落一边唱:

"您看这件啵,黑洋绉的面,灰羽纱的里儿,里面全新的大棉袄啊,多了也不要,少了也不卖,只卖您八块六啊,您要嫌贵,去八毛,让八毛,卖您七块整啊,您要还嫌贵……"

一件件地唱,唱起来抑扬顿挫,有腔有韵,引来一大堆围观者,人们有兴致地看着,听着,欣赏着。人堆中某一位看中了,要买那一件,另一个照顾摊子的人接过来做生意,而唱的人还继续唱下去。那个接过来做生意的人,顾客还可以同他商谈价钱,他先看看衣服角上系着的一个极小的白布条,上面有苏州码子写的最低价码的暗记,只要不赔,他就可以卖给你了,价钱都是比较便宜的。

此外,卖布的、卖鞋帽的、卖绒花的、卖鲜花的、卖篦梳的、卖唱本的、卖各式各样吃食的、卖各式各样玩艺儿的……总之,过去北京冬天逛庙会:隆福寺、护国寺、白塔寺、土地庙,是说不尽的热闹啊!

果子市

说到北京旧时古老的贸易方式,除去庙会之外,各种"市"也是很特殊的。如米市、菜市、缸瓦市等等。这里先谈谈果子市。因为曾写过秋果的色彩,在摊头被电灯一照使人有一种迷离的感觉,但如果在赞赏之余,再想想它是如何栽培的,如何摘下来,如何到了街头的水果摊上,这样一来,就非常复杂了。照现在的话说,就联系到一个产销问题,由产到销,一步一步地经过许多步骤。一句话,那鲜艳的果子,不会自动跳到果子摊上,主要靠人来运输、销售。而这大量的,一说就是多少万斤的鲜果,能够极鲜艳地摆在果子摊上,炫耀秋色,在当时交通工具落后的情况下，是经过数不清的人极为细致的劳动的。

　　过去北京秋天上市的果子，很少有远方来的，大部分来之于北京远近郊区，再远就是西北一路的土木堡、沙城，最远到宣化。以大类来分，梨一类有雅尔梨、雅广梨、金星波梨、红绡梨、白梨、秋梨、酸梨、杜梨；果一类有苹果、林檎、虎拉槟、酸宾子、沙果、秋果；葡萄一类有公领孙、兔儿粪、马奶、白葡萄、梭子葡萄、玫瑰紫、水晶。雅尔梨是雪梨种，其种引自"沙雅尔"，故名雅梨，又名压沙梨。这原是口外的地名，江南称之为天津生梨，可能是因为集中天津南运之故。果类之中，除苹果外，其他都不足取。葡萄一类，品种亦多，《水曹清暇录》云："都门市中水果，味之美者：桃有八种，而肃宁最佳。梨有五种，而大谷最佳。栗有三种，而盘古最佳。葡萄有六种，而马乳最佳。"直到后来，也还以水晶马乳葡萄最好，又以宣化出的最好。碧绿晶莹，又大又甜。

　　北京水果的大量出产地都在城西、城北两面山中，要把这些山区中分散的秋果都运到城中来，也不是件简单的事，当年没有现代化的道路和交通工具，山区运输，主要靠畜力来驮，大部分是小毛驴。驴驮子一般驮不到二百斤，一个货架子，左右扎两个荆条篓子，一篓七八十斤就很不错了。当年就靠这样小小的驴驮子，由夏秋之交开始，陆陆续续把数以几十万斤计的雅梨、苹果等，沿着崎岖的山路，从远至宣化、怀来，近一些东、西斋堂，再近一些房山、香山等地运到这繁华锦绣之地的京城来。

　　北京当年有好几个以"果子"命名的地名：德胜门里有"果子市"，骡马市大街有"果子巷"，东珠市口里面还有一个"果子市"，具体地点记不清了。这些都是当年果驮子集中的地方，其中尤以德胜门果子市卸货最多，西北路来的果子都进德胜门，是主要的秋果集中地。

果驮子到了北京，并不直接卖给商贩，而是成批卖给行里（称为果局子）。中间要行里批给商贩，商贩卖给食用者。果局子不做门市零售生意。果农驮来的果子，等级由果局子定，每天行市由各家果局子开。主要看市面情况，货源多少，销路畅不畅，在市面好的时候，大家都有利可图，如市面萧条，或受到战争影响，那果农自然十分悲惨，果局子也有关张的危险了。

　　在北京，水果也叫"鲜货"，是损耗率很大的商品，因此几十年前水果行用的秤是特殊的，进出货物一律是"二十四两"的大秤。但卖给吃果子的人时，则仍旧是十六两的秤。这八两的损耗，完全是要吃果子的人去负担了。

　　当时水果由树上摘下来，直到装篓、上驮、运输、开篓、过行、上市，每经一道手，都是轻举轻放，十分注意，包存得都特别好，都是有经验的老行家。所以直到摆到果子摊上，还像刚刚从树上摘下来的一样，那层白霜还在上面呢！北京很少看见烂果子，虽说是鲜货，十分娇嫩，但由产到销，却把损耗减少到最低限度，这点经验是应该很好继承的。

年货年景

关东货

乾隆时汪启淑《水曹清暇录》云：

> 冬时关东来物，佳味甚多，如野鸭、鲟鳇鱼、风干鹿、野鸡、风羊、哈拉猪、风干兔、哈士蟆，遇着庖手，调其五味，洵可口也。其他石花鱼、滦河鲫、宝坻银鱼，更不胜缕指矣。

我们如果把这段记载和《红楼梦》中所写的乌庄头的账单对照来看，相比较，不是觉得很相像吗？这倒不是写文章时谁抄谁，而是当时的社会情况确实是这样的。得硕亭《京都竹枝词》云：

> 关东货始到京城，各处全都麂鹿棚。
>
> 鹿尾鳇鱼风味别，发祥水土想陪京。

这最后一句说得很清楚，就是清代入关之后，不但把东北的一些风俗，如吃鹿肉、吃鲟鳇等等带到北京，而且把东北的大量物产也带到了北京，把东北与北京的贸易大大向前推进一步，使之格外繁荣起来。这就是小说和笔记所写内容的时代实质。

同时人前因居士(黄竹堂,常熟人)《日下新讴》亦有诗云:

鲟头鹿尾关东品,元豹丰貂塞北裘。
试向人间论衣食,肥轻端合让皇州。

并注云:"每至冬月,关东货初到,价值甚贵,鲟鳇鱼头每斤四五钱,大者重百余斤,动需五六十金。鹿尾之大者,价亦七八两。至丰貂、元豹,皆王公之服,他处难以销售,是以惟京师有之。凡外省或有需用者,必须来京购买。"诗及注均可参证上述。

旧时代交通不便,运输困难,南方靠船,北方靠车马运输,最好的季节即是冬天地冻以后。因为那时都是土路,春夏之际,下雨天十分泥泞,行走困难,即使晴天,尘土飞扬,坎坷不平,也松软难行,只有地冻之后,路面变硬,便于运输。再加秋冬是农副产品收获的季节,或用"四五套"的大车,拉到北京来卖,或是缴纳、贡奉等等,前后约有三个月这样的贸易期,谓之"走大车"。这种大车的轮子是硬的,都钉的是大铁钉子,当年土路,一碾就是一道辙,不上冻的时候,大路上都是"踠窠",重车走上去极为颠簸。这种轮子,新式的柏油路面也不能走,一碾路就坏了,只有土路上冻之后才能走。而这是当年北方旱路最重要的运输工具。沈阳是清朝的"盛京",是满人入关前建立政权的根据地,照旗人的说法,谓之"发祥地",所以叫"发祥水土想陪京"了。这条运输路线约一千五百里,路上顺利,二十天即可运到。"四套"大车长途载货,每辆可装三四千斤,"走大车"的季节里,如每天有一千辆大车到京,那每天就可运到北京近二千吨关东货了,这是一个十分庞大的数字。

关东货中有普通的东西,如麅子、獐子、野鸡、风羊等等;而且关东货是广义的,什么关东冻鱼、关东糖、关东烟,无一不是"关东"。另外还有大量海味:海参、干贝等等;还有不少较珍贵的,如哈士蟆、鲟鳇鱼等等。鲟鳇鱼是很大的,乌庄头账单中"脂评本"作二尾是对的,一般本子作"二百尾",不大相称,是错的了。

再有所说"麇鹿棚",就是关东货云集的时候,街上都搭了席棚来卖。

再有自从清代末年,东北通了火车之后,这种"走大车"的运输方式,越来越少了。"九一八"之后,人们感于东北的沦陷,更缅怀这些关东货的情景。南海关赓麟《都门竹枝词》曾有句云:

> 松花江水跃修鳞,冰窖传车入市新。
> 惆怅榆边今画界,白鱼馈岁更无人。

诗中所咏,就是走大车和关东货了。所云"馈岁"就说明这些都是年货了。而"榆边今画界",当时是最痛心的,"榆边"即山海关,说来这些都是历史了。

年　货

小时候一首儿歌,是写过年各人要买各人的东西,其词云:"糖瓜祭灶,新年来到,媳妇要花,孩子要炮,婆婆要块手帕罩,男人要顶新毡帽,公公要个要核桃。"这首儿歌就是一个简单的年货单子。

中国人几千年来"行夏之历",过年(自然是指阴历年)是件大事,过年之前要做很多准备,要买很多东西,吃的、用的、穿的、戴的、耍的、供的;干的、鲜的、生的、熟的,统名之曰"年货"。

《京都风俗志》云:"十五日以后,市中卖年货者,棋布星罗。"

北京年货种类之多是全国各地都比不了的,赵冈先生在其《考红琐记》中说曹雪芹写《红楼梦》中过年情况时有满人风俗,感到奇怪,其实这是很自然的。因为北京在清代二三百年中,都是汉人、满人、北方人、南方人杂处的,尤其上层社会,即官僚阶层中,各种风俗交流更大,满人、北方人故意学苏杭人的饮食起居,汉人故意学满人(即旗人)的礼数和官派,这就从各个方面混合成特殊的"北京味",复杂的年货,也是这种社会生活的反映。

北京的年货如以大类分,可分饮食、衣着、日用、迷信、玩耍、点缀六大类。饮食大路货如猪肉、羊肉、鸡鸭这是最普通的,鹿肉、野鸡、冻鱼等则都是来自山海关之外的关东货。而水磨年糕、糖年糕、冬笋、玉兰片之类,则又是江南的东西。衣着各时代不同,但旧时除去"旗装"而外,也讲究南式。年货中日用品不少。来自南方的,如纸张、竹器、瓷器等等。迷信用品是旧时年货的大宗,线香、锡箔、木版印的门神、灶王爷、供佛的花、蜜供等等,其中折"元宝"、"锭子"的锡箔则全部来自南方。玩耍的东西就更多了,儿童的、大人的玩艺,都不分南北及旗人。沈太侔《春明采风志》云:

> 琉璃铁丝、油彩、转沙、碰丝、走马(皆灯名)、风筝、毽毛、口琴、纸牌、拈圆棋、升官图、江米人、太平鼓、响壶卢、琉璃喇叭,率皆童玩之物也。买办一切,谓之忙年。

沈太侔文中所举已经不少,但还遗漏了很重要的一些玩耍的东西。如一般人家都要买些爆竹:百响、麻雷子、二踢脚(即双响)、起花、太平花等等,这又是介乎玩耍和迷信之间的东西。还有各街口写春联的摊子,大红纸写的"借纸学书"的市招贴在墙上,特别点缀新年气氛。卖年画的画棚,杨柳青的年画到处摆摊在卖。还有剃头挑子也特别忙,送煤的、挑水的、磨刀的……无一不忙。至于骰子、纸牌等,更都是成人的玩具。点缀岁时的鲜花、梅花、碧桃都是丰台的,如水仙头、佛手,则更都是来自江南的清供了。

一进腊月,各闹市中拥挤不堪,都是买年货的人,但各种东西也都涨价不少,商人趁机做一笔好生意。故有"腊月水土贵三分"之谚。不过这是历史上的安定时期,而在我记忆中的某些年,则只是百物昂贵的急景凋年耳。

清末"百本张"俗曲《打糖锣》把年货写得很全,现在摘引一些,作为结束,以见清代北京买年货的大概。词云:

> 正月里的银子腊月里就关,二十一二该放黄钱。卖香炉蜡烛台儿的满街叫唤,画儿棚子搭满了街前,神纸摊子摆着门神挂钱,汤羊和那鹿肉野鸡吆喝新鲜,关东鱼冻猪野猫堆在街前,爆竹床子佛龛和灶王龛,佛花供花儿瓷器也出摊。祭灶的关东糖,卖到二十二三,元宝阡张绕街上串串,没折儿的先生写卖对联,家家户户都要过年,请香请蜡,蜜供南鲜、黏糕馒头,蒸食买全……

这就是一百年前北京卖年货的场景。

牌楼街市变迁多

牌 楼

　　旧时在我国各地闹市中、大庙前、大衙门前面，常常要盖一个牌楼，又叫牌坊，成为一种特殊的装饰建筑物。

　　按，牌楼古名"绰楔"，创自唐代，原是建在门前，旌表孝义的东西，即俗称的所谓"节孝牌坊"。古人诗中云："风闻下旌诏，光彩生乡间。煌煌树绰楔，巍巍建灵祠。"只是乡间和祠堂门前的玩艺，后来才逐步变成一种宫廷、都会的装饰建筑，当然装饰的同时还起挂牌、挂匾的作用。在明、清两代，几乎各县、各处村镇，都有各种各样的牌楼，有木建筑，有石建筑，还有完全用琉璃砖瓦砌的牌楼。《红楼梦》作者曹雪芹描绘太虚幻境，就特别写了一个琉璃牌楼，把读者引入迷离的境地。由于各地牌楼多，便出现了不少以牌楼为标志的地名，如南京的"三牌楼"、杭州的"花牌楼"，连过去小小的塞外古城大同，也有一个著名的"四牌楼"。明朝永乐时修建北京城作为皇都，自然就修了不少牌楼，像西四、西单、东四、东单等等，以点缀京师的壮丽景象。这些牌楼，经历了几百年，什么"单牌楼"、"四牌楼"，便都成了北京固定的地名，现在牌楼虽然没有了，地名却仍然这样叫着，还要继续这样叫下去，不知到哪一天为止。像南京的三牌楼、杭州的花牌楼一样，从地名上人们还可以想到过去的牌楼景象。

如果有人问:旧时北京街上什么建筑最漂亮？我会毫不迟疑地回答:牌楼。旧时北京街道上的牌楼,可以说是世界上最华瞻、漂亮的街头装饰建筑之一。国内有牌楼的城市虽多,但与北京是无法比拟的。云南昆明"金马、碧鸡"二牌坊也十分著名,若与北京旧时街头牌楼相比,却不免显得逊色多了。

　　北京街上的牌楼,在本世纪初还有东四、西四、东单、西单、东西长安街、东西交民巷、金鳌玉蝀桥、大高殿东西及对面、前门大街五牌楼、历代帝王庙东西、国子监东西,大大小小约三十四座牌楼,连原来建在东单总布胡同口外,后来移建到中山公园的"公理战胜"石牌楼,城里大约只街头就有三十五座牌楼之多,可谓洋洋大观。

　　在这众多牌楼中,规模大小不尽相同。最高大的是前门外一过前门桥头,矗立在街心正对前门箭楼的五牌楼。为什么叫五牌楼呢？因北京那时的牌楼,一般建筑形式为"三门、四柱、七重楼"。简单说,即四根立柱,中间两根高,两边两根低;三个门洞,中间高,两边低;三个门洞之上有三个大的出檐门楼,在三个大门楼之间,四柱之上,又有四个小出檐,因而叫做"三门四柱七重楼"。"楼"者,非楼房,乃大小出檐门楼也。五牌楼特别高大,乃"五门、六柱、十一层"楼了。《宸垣识略》记云:

　　　　正阳桥在正阳门外,跨城河为石渠三,其南绰楔五楹,甚壮丽,金书正阳桥清汉字。

　　这牌楼和正阳桥是配套建筑。最小的则是安定门国子监东西街口的牌楼,那只是两根柱子的小牌楼,是最不起眼的了。

　　牌楼建筑主要还是以木建筑为主,其他砖牌楼、石牌楼、琉

520

璃牌楼等等,还都是模仿木牌楼的造型建造的。北京的石头牌楼,最出名的是中山公园的那一座,原名"克林德碑",全部汉白玉建成,原在东单北总布胡同口外。庚子时德国公使克林德被枪杀在此处,据《辛丑条约》在此给他立了碑。碑上刻光绪上谕并英、法、拉丁等文说明,光绪二十八年十二月二十日落成。第一次世界大战,中国加入协约国,巴黎和议之后,民国八年把这座牌楼拆建到中山公园进门处,改名为"公理战胜坊",解放后,又将"公理战胜"四字改为"保卫和平"。这座牌楼造型只是柱子是方的,其他出檐、斗拱等还是木建筑的样子。琉璃牌楼北京有好几座,如北海等处的,现在游览北海的人都能看到,而在清代这是禁苑,一般人是看不到的。国子监有一座,看到的人也不多。那时朝阳门外东岳庙对面的琉璃牌楼,是供人观赏的。这座牌楼全部是定烧的绿色琉璃砖瓦建成,在北京各处很少见,极为精美漂亮,我常想曹雪芹写《红楼梦》,所想象的"太虚幻境",大概会从这里得到不少启发吧。

金鳌玉蛛

按照中国建筑的规范,牌楼的位置大约可分这样几种,一是在大门前,不管庙门、衙门门、祠堂门。这种牌楼也有三种情况,一座,门稍后,牌楼在门前;两座,在门前街上东西两面,如旧时羊市大庙历代帝王庙门前左右牌楼;三座,左右两座,迎面一座。昔时大高殿门前,现在颐和园排云殿下面,都是这种格局。这是最气派的。二是在街前,这种俗名都叫"过街牌楼"。单只的,修在街的一头入口处;对称的,修在街的两头,一边一个。十字路口,四面修四座牌楼,俗名便叫四牌楼。其他旧式衙门大堂前常常有座牌楼，正对官座，上写"尔俸尔禄，民脂民膏，下民易虐，上天难逃"等等，以警告封建官吏。再有的就是旧时代坟前、祠堂前等等什么节孝坊、功德坊了。后面两种与我所要说的关系不大，不必多说。这里只说说北京街上的牌楼。

永乐修建北京城池、街道时，修了不少处牌楼，其后改朝换代，年代久远，这中间自然也有不少沧桑变化，远的不谈，就从本世纪说吧：庚子年，团民烧大栅栏老德记西药房，引起大火，火焰一直烧过前门城墙，烧到棋盘街，把东、西交民巷口上的两座牌楼也烧了。一九〇一年西太后外逃回京之后，御史闽人陈璧负责修缮工程，重修前门楼、箭楼，同时也把这两座牌楼重修了。重修一依旧式，东交民巷西口，曰敷文坊，西交民巷东口曰振武坊。因此几十年前，人们看到的这两座牌楼还很新，那都是庚子后重修的。

东单牌楼在东单头条胡同口外，西单牌楼在西单旧刑部街口外。东单牌楼曰就日坊，西单牌楼曰瞻云坊。中国文字讲求对仗，这牌楼的名称匾额都是对仗的。东单牌楼在庚子团民攻打东交民巷时，正当前线；西单牌楼在庚子时，因火烧钟表铺，两边铺户被烧了不少，两座单牌楼虽然未被焚毁，但均已残破。辛亥之后，东单、西单翻修马路，便把这两座牌楼拆除了，只剩下地名未改。因为习惯上把"牌楼"二字省掉，简称"东单、西单"，外地人到北京，对这类地名自然感到有点奇怪了。

东四牌楼、西四牌楼，东西长安街王府井南口和府右街南口的两座牌楼，过去也很破旧，也是经过翻修的。它翻修的时间最晚，七十岁左右的北京人都还记得，那是在三十年代初，袁良做市长的时候。东、西四牌楼拆除改建时，把原来的楠木等珍贵木料的大柱子全部抽换，改用钢筋水泥柱子，只此一项，就名利双收。自此以后，人们所见到的这几座貌似古老的牌楼，实则早已是"钢筋铁骨"的假古董了。

北京牌楼之美，除去作为建筑艺术，充分表现中国宫廷木建筑之画栋雕梁、辉煌金碧的风格外，更重要的是与周围环境衬托，组成一个美丽的画面。如旧时北海前门的"金鳌"、"玉蝀"二牌楼，是配合金鳌玉蝀桥建造的。是明世宗朱厚熜（即嘉靖）时所建，桥有九洞，乾隆时御笔题额，南曰"银潢作界"，北曰"紫海回澜"。石桥过去全部为汉白玉所建。在雪白的石桥两头，两座金碧辉煌的牌楼衬着蓝天、绿水、凤楼、白塔、团城等，组成一个画面。故宫西面大高殿前的三座牌楼，衬着红墙、黄瓦、苍松、白云等，另外又组成一个精美的画面，这种建筑组合恐怕在世界上也是独具一格的吧。过去骑脚踏车在夏天傍晚，由新华门前往西踏，遥望着西单一带浮云远天，视野极为开阔，真有羽化而登仙的感觉，我想"飞天"的形象，大概就是由这类观感而产生出来的吧。

因为街道建设的需要，许多牌楼都遭到拆除。其实有的当时可以不拆除，用作为街心装饰建筑。那就是把周围拆宽一些，把牌楼留在马路中间，作为街心岛，围着它迂回走，也是一个很好的办法。如东四、西四的牌楼不拆，四角的陈旧房屋拆成广场，围护着牌楼，原是很好的一劳永逸之计，马路也可借此增添气派。现在街上较好的牌楼，只剩下西郊颐和园门口一座了，每天不知有多少大卡车从它下面呼啸而过。为什么不把两边的小破房拆掉一些让卡车绕着走呢？关心北京牌楼的人，不免时时要为它的命运而耽心。

西　单

　　人们说话,在一个地方住久了,常有一种当地的特殊说法,别地方的人听了,有时会不能理解,甚至感到奇怪。比如过去住在北京西城西四南两面胡同中的老住户,一说买东西,就说到单牌楼去,人一听就知是"西单牌楼",决不会误解为东单。这样叫似乎更有一种亲切感。尽管后来牌楼早已拆除,而"单牌楼"的叫法却一直沿用着。直到三十年代中叶,还常常听见这样的叫声,等到人们都叫"西单",叫单牌楼的就越来越少了,似乎感到老北京的韵味也越来越远了。

　　小时候在乡下常听家中老人们说:"东四、西单、鼓楼前,前门大街游艺园。"印象十分深刻,知道这是北京最热闹的地方,便心向往之。不久,自己也到了北京,家住在西单北甘石桥附近,就习惯于听这单牌楼的昵称。由于亲眼目睹,感到这叫法的确名不虚传,留下的印象就更强烈,真像电脑的信息储存器一样,纵使年代久远,而一按记忆之钮,仍会清晰地显示出来。

　　我记忆中的单牌楼,是拆除了牌楼后的西单。庚子之役,西单牌楼大街上的铺子被焚毁了不少,但后来改建时,也有少数仍保留了原来的样子。知堂老人写文章说过:坐洋车由甘石桥往南,远远地就望见"异馥轩"的冲天大招牌,像是告诉路人它依旧是庚子前的老字号。这异馥轩是香烛铺,它的地址就在甘石桥灵境胡同南面路西。北面是一家一间门脸的小南纸铺石竹阁,南面的邻居是二合义奶子铺,再过去是玉和堂药铺,这是一家不以"乐家老铺"号召的老字号。异馥轩三间大门面,门脸修得像一座彩牌楼,门前两个夹缝石桩子,夹着两面近两丈高、一尺多宽的大招牌,上面刻着字,什么"发卖诚意高香,檀芸绛香,通天蜡烛"等等。门脸牌楼柱头,通天大招牌两边刻工都很细,生意鼎盛时,肯定油漆得金碧辉煌。可是在我的记忆中,它已经是久经风霜,油漆剥落了。

不过异馥轩的所在地,还在甘石桥附近,还不属于单牌楼的范畴。由这里往南走,起码要过了堂子胡同,才渐入佳境,那才是热闹的单牌楼了。路东永丰德南纸店,那是西城最大的南纸铺。有各种宣纸,各种裱件,文房四宝,高级印泥,伙计都有一手裁纸、打格、装扇面、修旧书等等的好功夫,后柜带卖书画,有名家笔单。再往前走,路东有西城最大的干果子铺,又叫南货铺、西元兴德,什么桃仁、杏仁、红白二糖、八角、古月、海参、干贝,三大间门脸的铺子,应有尽有。路西的亚北号,那是卖洋食品的店家,奶油蛋糕、冰激淋等等,清华、燕京每天进城的校车,至西城就在此停一停。单牌楼到了,西城有事的人,便到此下车。

三十年代,西单还有几家这样的老店,如兰英斋、毓美斋饽饽铺、天福号酱肘子铺等。西单那个十字路口,真可以说是令人目不暇接,耳不暇听,东南角有和兰号糖果店、西黔阳贵州饭馆。西南角有同懋增南纸店、大美番菜馆。从刑部街东口往北,便是门面不大的"中山玉"羊肉床子,一到冬天,那整腔大肥羊,由最里面一直挂到门外,片羊肉的几位胖伙计,由早到晚不停地"片"。再过来是一个果局子,一到冬天南果到京,福建的松皮蜜柑,河南的大百合,这些高贵的果食,在我记忆中真是高不可攀啊!东北转角,是最拥挤的地方,转弯过去路北,是一家"国旗庄",再过去是西湖食堂、长安食堂两家菜馆。这中间还有街西的西单菜市,刑部街口里的哈尔飞戏园子,转角路南后来盖的长安剧院,以及一连串的饭庄子,其他欧亚照相馆、盛锡福帽庄、稻香村南货、报子街口上聚贤堂饭庄，这些都是以西单为中心向四周辐射的大字号，还有正在转弯处，就是专卖香喷喷的酱肘子的天福号……

我常想我为什么不是画家呢？不然，我可以仿照《清明上河图》，凭着记忆也能画出一幅"单牌楼闹市图"来。

西 四

在清代末年，城里的热闹去处并不多，主要在前门外面，但也毕竟是一国的都城，内城虽是政治中心，却也免不了要有许多商店，比起其他城市来，那还是热闹得多，只是比前门外略逊一筹耳。

当时说到城里的热闹去处时，一开口便是"西单、东四、鼓楼前"，似乎是冷落了西四、东单，其实这也只是相对而言，并不是西四、东单就一定十分冷清。只是可以这样说，前门外比西单、东四热闹些，西单、东四又比西四、东单热闹些，只是程度上的不同耳。西四和东单如果再加以比较，在近八十年中，那还是西四较东单热闹。但若以"洋派"而言，那西四又远不如东单了。因为当年的西四还十足保持着雍容华贵的"京朝派"风貌，而东单则自庚子、辛丑之后，由于接近东交民巷各国使馆特区，沾染了不少洋气。昔人云："以史为鉴，可知得失。"我们今天的人，时常想想八十多年来北京市廛的种种变迁，也可以当一部"中国近代史"教程读吧。余生也晚，最早还在乡下，所能说的亲眼目睹的事，也只以三十年代前期为限吧。

先说西四，从西单往北走，一过缸瓦市专卖白肉的著名饭馆砂锅居之后，飞檐画栋的牌楼就遥遥在望了。

西四者,西城的四座高大的牌楼之谓也。四座牌楼成"口"字形,分别对着四条街,极为冲要。而所说冲要,也只是北、南、西三面,东面的通衢则在西安门外丁字街上。这种牌楼,都是高大的"三门、四柱、七重楼"的建筑,柱下有五尺高的大汉白玉石桩,前后还有斜撑着的大"梆柱",油着大红油漆,遥想当年最初落成时,一定更是气派。随着城市交通的发展,四座牌楼矗立街心,确也碍事。如今,牌楼早已拆除,但西四、东四的街名却一直沿用下来。

在四牌楼附近,北京人习惯叫作"牌楼根儿底下",西四这里虽然在热闹程度上,较之东四稍逊一筹,但实际也是很热闹的。首先西四往东,是西四菜市,是西城仅次于西单的大菜市。在东南转角处,有很大的猪肉杠、鸡鸭店,还有一家很大的鱼铺,经常有活鱼卖。西四的东北角和西北角,修的都是对称的曲尺形的两层楼铺面房。西四在临街房屋建筑上历来变化不大,这转角上的曲尺形的二层楼木建筑,也还是庚子前的旧物呢,虽然牌楼拆除了,但还可以看出当年的街市建筑的规模和风格。这还是宋代汴京的风格,如展视《清明上河图》与之比较,会发现它有不少的共同之处呢。西四往西不远路北,就是一年到头关着山门的名刹广济寺;再过去则是有名的历代帝王庙了。往南不远路东却是一年到头都开门营业的名浴室华宾园,进不了广济寺山门,则不妨到华宾园"四大皆空",洗个痛快。其他则是绸缎庄、饭庄、茶叶铺、药铺、颜料铺、南纸店,应有尽有。值得一记的有同和居和斜对门的龙泉居,宣外有著名的广和居,这里便开了一个同和居,意即和广和居相同也。广和居虽然当年是何绍基、张之洞等名流大官所赏识的,但地点太偏,到三十年代就关张了。而西四牌楼根的同和居,却地点适中,又得学界赏识,生意一直很好，炸肥肠、三不沾、两鸡丝、烤大馒头，是极出名的。对面龙泉居，也是一家山东馆子，生意也很好，不过地方小，较同和居低一档，他家有名的是"矻硅汤"，这个名称，外地人很难懂，我也卖卖关子，不多用文字来解释了。还有一家南纸店，很大，店名"丹明庆"，同西单北大街的"永丰德"一样。当年西城一带学校多，学人教授多，书画家多，所以大南纸店生意不坏，后来都改成大理发馆了。因为吹风电烫爱漂亮的男女青年，多于讲求纸笔墨砚的人了，南纸店落伍了，电烫头生意兴隆了，文化落后了，只讲外表了，有识者能不感慨乎？

西四各大铺子晚间不作夜市，上板很早，门前在黄昏之后，铺子一上板，饮食小贩便在其门前摆出夜宵小摊，馄饨、烤馒头、苏造肉、烟熏肉，小酒摊卖大碗酒、卤煮花生、栗子，吃的人就坐在摊边大板凳上，东西十分干净。南来北往，骑车的、拉洋车的，到了这里都歇一歇，吃顿夜宵再回家。远望灯火萤萤，情景如在眼前，固不殊于宋人之"夜深灯火下樊楼"也。

东　单

在中国近代史上，东单是个比较有名气的街道名。庚子时德国公使克林德在此被打死，八国联军入北京之后，第二年订立《辛丑条约》，在东单北面煤碴胡同口上给克林德建了一座蓝琉璃瓦白石牌楼。上刻光绪上谕云：

> 德国公使克林德，驻华以来，办理交涉，朕深倚任。乃光绪二十六年五月，拳匪作乱，该使臣于是月遇害，朕深悼焉。因于死事地方，敕建石坊，以彰令名，并以表朕旌善恶

恶之意,凡我臣民,其各惩前毖后,毋忘朕命。

说是光绪,实是那拉氏的投降文告。第一次世界大战,德国是战败国,巴黎和会之后,把这座屈辱性的牌楼迁到了中央公园(现在的中山公园),牌楼上刻了"公理战胜"四个字,这段公案都是和东单有关的。

东单是简称,全称应该是东单牌楼,牌楼早已被拆除。根据文献记录,古代的东单可能是很热闹的。《天咫偶闻》记云:

> 东单牌楼左近,百货云集,其直则昂于平日十之三,负载往来者至夜不息,当此时人数骤增至数万,市侩行商,欣欣喜色,或有终年冷落,藉此数日补苴者。

东单的热闹,在当年可能是周期性的。因为这里离全国考试中心"贡院"极近,遇到顺天府考举人及礼部考进士的年份(每三年一次),这里就特别热闹起来,而平时仍是较为冷落的。

庚子前的东单,具体情况如何,现在世界上已经找不到亲眼目睹的人了。贡院离开东单约一里路,永乐建都时,以元代礼部旧址改建。明、清两代五百多年中,几乎所有重要政治上风云一时的人物,都是从这里考试出来的。可惜这座庞大的可以容纳万人的考场,早在辛亥前已被焚毁,后其残址即拆除,现在只剩下图纸,像一张稿纸一样,数不清的小格,每格一个"号子",都用短墙隔开,里面一个土砖台当桌子,举子们就地坐下作文章,晚上就睡在里面,比现在最简陋的教室还简陋,具体情况只能从文献上想象,没有任何实物遗迹可供参观凭吊了。这一带的小胡同名称,如鲤鱼胡同、笔管胡同、举场胡同,都是和贡院有关的。

在前面贡院一文都曾说到过。

庚子战火中，东单不少房屋化为灰烬，西南一角，原本是铺面房，还有昭忠祠先是毁于战火，后来东交民巷根据《辛丑条约》划为使馆特区，这一带便清除瓦砾，作为东交民巷各国兵营的操场了。再有西北角上的房屋也都在战火中被破坏，因此之故东单头条只有路北的房屋，而没有路南的房屋。现在从东单往北去，路西的胡同第一条就是东单二条。人们也许奇怪，何以没有东单头条，岂不知，东单菜市前面就是东单头条，只是南面没有房屋，似乎与东长安街并在一起，因而为人们所忽略了。

东单二条东口路北大门，是常熟翁同龢的房子，有一个小小的花园，当年有名的访鹤故事，就是在这里发生的。他养了一只仙鹤飞了，他用红纸写了"访鹤"二字，贴在街上寻找，很快被人揭去了，他便又写了一张，而连贴三次，接连被爱好他的字的人揭去三次。当时正是甲午年，吴大澂打败仗的时候，好事者编了一副对联："翁常熟三次访鹤，吴大澂一味吹牛。"这访鹤的房子，还有残存的遗迹。

自从庚子之后，东单因为离开外国使馆区最近，所以许多洋东西都集中在这里。连南纸铺也变成了洋纸行，最大的永兴洋纸行就开在东单南面路东。法国人开的第一代北京饭店，就在东单。比起如今第三代的北京饭店，它显然是太低矮简陋了，但在当时确是唯一的一处现代化的洋饭店啊！几十年前，北京市民很少吃黄油和面包，而东单菜市上却天天有新鲜"白脱"应市。得利面包房、法国面包房、鲜花店等也出现在这里。顺便说一句：当年北京只东单设有跳舞厅，而在其他地方是找不到的。

那时站在东单菜市前高处向西南方向眺望，一片茫茫的大操场空无一物，再远望到东交民巷围墙上的枪眼，黑洞洞的，好像有人在那里瞄准射击一样。黄昏时候，暮色苍茫，东交民巷外国兵营中的军号声断续可闻，使人会忽地想起《李陵答苏武书》中"胡笳互动，牧马悲鸣"的句子，可是这里并非边疆，而是明、清以及北洋时期的京城。当时虽离开庚子已三十多年了，战争气氛似乎尚未消散，这种气氛在我少年时的脑海里，一直留下很深的痕迹。这就是五十多年前的东单。

交民巷

一百年以来，北京街道变化最为剧烈的，恐怕要数东交民巷了。清吴长元《宸垣识略》记云："敷文坊在棋盘街东，为东江米巷西口。"又云："玉河桥在东城根者曰南玉河桥，在东江米巷者曰中玉河桥，在东长安街者曰北玉河桥。"

这两处所记的东江米巷，就是现在的东交民巷。它历史上叫"东江米巷"（北京话把糯米叫作江米），东、西江米巷的名称前后总也叫了几百年吧。这里本来是明、清两代衙门集中的地方，由户部街往东，礼部、户部、吏部、宗人府、兵部、工部、鸿胪寺、钦天监、太医院、詹事府、銮驾库、理藩院、顺天府、光禄寺、翰林院、税课司、神机营、"八旗"各衙门，一直到御河桥一带，全部都是大大小小的衙门。在西面靠棋盘街一带有做买卖的，靠城墙根顺城街一带有不少住家户。八十多年前东交民巷大概是这样情况。同治初，清政府设立"总理各国事务衙门"，直到同治末年，才有日、俄、美、英、法、荷等国使臣在南海紫光阁觐见，呈递国书，在这段过程中，东交民巷才设立各国的使馆。在御河桥西岸的梁公府旧址设立的英国使馆（俗称"英国府"），是当时东交民巷使馆中规模最大的一所。其他使馆，大多都在御河桥以东一带。

清代北京虽然是京城,是一国之都,但是却从来不修路,全是土路,到处车辙黑土,人们说,"无风三尺土,有雨一街泥"。又说"无风香炉灰,有雨墨盒子"。当时御史几次奏请修路,奏疏中道:"一夕之雨,则吕梁不足以比其艰;八达之衢,而孟门未能逾其险。"用典贴切,十分形象。北京最早的马路,是从东交民巷修起的。文廷式《闻尘偶记》记云:

　　　　京师惟东交民巷中段路稍平,雨后泥亦不深,则以各国使馆所在,自行修理故也。闻修理之费,每尺几及百金。盖工人聚议争价,有私减者,则群殴之。京师木厂、石工均有积习,牢不可破,外人亦无如之何。

　　这段记载,也可以作为北京路政的一个小掌故了。
　　东交民巷最初虽然集中了一些外国使馆,也开了一些外国洋行,但还同清朝衙门混在一起,如翰林院,便与英国使馆一墙之隔。还有私人住宅如著名的大学士徐桐,就在江米巷中间路南,因邻近使馆,外人屡欲购买,徐桐坚决不卖,门口贴着著名门联:"望洋兴叹;与鬼为邻。"在庚子时支持义和团灭洋,不久死去,他儿子也被处死了。这时东交民巷的主权还在中国手中。清朝不少官吏也常到做外国人生意的西餐馆(当时叫"番菜馆")中去,在小说《孽海花》、《二十年目睹之怪现状》中都曾经写到过,还有过细致的描绘。
　　东交民巷曾发生过一次剧烈的变化,那就是庚子年义和团的事。一九〇〇年旧历五月中旬,义和团拳民纷纷进京,五月二十六日,清政府调集神机营、虎神营、武卫中军、董福祥甘军,同义和团拳民攻击东交民巷各使馆,这样围着东交民巷便爆发了一场混战。但自开仗至城陷，前后六十多天，董福祥的甘军、武卫中军未攻破使馆。而在战火当中，那拉氏又派人给各使馆送西瓜、米面蔬菜，当年那拉氏之昏庸险诈和两面派之手段，于此可见一斑了。

古老的东江米巷的房子，在这次战火中基本上烧光了。如有名的翰林院（在英国使馆后面），被放火点燃，希望能借此延烧过去，但它却自身先烧毁了。有名的《永乐大典》就藏在这里，自然也被烧、被抢，基本上弄光了。历史上的东江米巷在这次战争中全部消失了。

江米巷

庚子八国联军之后，侵略者军队侵入北京，光绪被那拉氏带着逃到西安，这些史实对曾经作过明、清两代京城的北京来说，震动太大了。在市容上，在风俗习惯上，都发生了巨大的变化，也可以说是本世纪北京的第一次大变化吧。江米巷也在这次变化中大变样了。

老的东江米巷在庚子年的战火中被焚毁了。一九〇一年与侵略者八国联军议和的《辛丑条约》构成了，东交民巷便成了变相"租界"。仲芳氏《庚子记事》辛丑年五月十五日记云：

> 东交民巷一带，东至崇文大街，西至棋盘街，南至城墙，北至东单头条，遵照条约，俱划归洋人地界，不许华人在附近居住。各国大兴工作，修盖兵房、使馆，洋楼高接云霄。四面修筑炮台以防匪乱，比前时未毁之先雄壮百倍，而我国若许祠堂、衙署、仓库、民房俱被占去拆毁矣。伤心何可言欤！

从一九〇一年起,这东西三里长的东交民巷,成了国中之"国",都中之"都",不但中国士兵、警察不能入内,连人力车都得有特殊"牌照"才行,一般的人力车不准进去做生意,至于一切商店、小贩更不能到东交民巷里面去营业了。作为"使馆特区"的东交民巷两头,及台基厂、御河桥等处,都装有大铁栅栏门,可以随时启闭。沿崇内大街、东长安街等处,都筑有一丈多高有"枪眼"的围墙,墙外都有几十米阔的操场,作为开阔地带,供军事使用,可以随时打仗。这些耻辱的痕迹,存在了有半个世纪。

光绪初年朱一新编的《京师坊巷志稿》中就记载云:

> 东江米巷,亦称交民巷,西有坊曰敷文,井二。俄罗斯馆,明会同馆故址也。今为俄国使馆,又有美国、德国、法国、日本、比国、荷国诸使馆,东有武定会馆。

这是庚子前的情况,那时还有抬头庵、宗人府后胡同、牛圈胡同、史家胡同、户部北夹道、鞑子馆、鸡鹅馆、药库等地名。在庚子之后,自然全没有了,英、美、日、法、俄等使馆,都修了新的房屋,占了大面积的地皮。由清末到民国初年,这些使馆俗称都按王府的叫法,叫什么英国府、花旗府、法国府等。

各国使馆,具体情况如下:英国馆,建于庚子前,和亲王旧邸。法使馆,建于庚子前,原纯公府旧址。日本馆,建于庚子后,原詹事府及部分肃王府。美使馆,建于庚子后,原内联升鞋铺、四译馆。比使馆,即徐桐宅。奥使馆,庚子后建,镇国公荣毓府旧址。意使馆,堂子旧址,肃王府一部。俄使馆,原建于庚子前,庚子后又扩大到工部旧址。荷使馆石工厂等铺房。葡使馆,台基厂经板处。德兵营,广成木厂改建。至于庚子前江米巷中私人住宅,包括曾纪泽、大学士朱凤标等宅第,则都没有了。

当年在东交民巷中,除去使馆之外,还有外国银行,大多在路南,从西口进来,往东数:华俄道胜银行、花旗银行、英商汇丰银行、中法汇理银行,御河桥十字路口的东北角是日本正金银行。还有那仅次于北京饭店的高级旅馆六国饭店,就在这个十字路口的东南角,它是一座五层建筑,楼下有很讲究的打蜡地板的舞厅、弹子房。北洋军阀时代,北京政局一有风吹草动,要想在这里楼梯边摆把椅子坐一夜,都要付多少块现大洋。至于领使馆中兴风作浪,搞各种阴谋,更是家常便饭了。溥仪逃出王府,不就是在日本领事馆中过生日坐"金銮殿"吗?这在他写的《我的前半生》中有详细的叙述,这里不多说了。

另外东面还有最考究的德国医院,西面有法国医院。还有外国商店乌利文洋行、世界有名的鞋厂分店拔佳鞋店,在此可以买到珍贵的钻戒和优质纹皮鞋。自然这些房子都是西式的,再没有"老江米巷"的房屋了。只有御河桥西面高墙内的老树,那还是百年前梁公府的旧物,夏日浓荫四罩,一派蝉声,树若有知,似乎也会向你诉说东交民巷的沧桑。

抗战胜利后,东交民巷才真正回到祖国的怀抱,回到人民的手中,结束了这半个世纪的耻辱岁月。

大栅栏

清代北京不少重要街巷,在出入口上,常常为了安全,装上栅栏门,日久便成了地名,如双栅栏、三道栅栏等等。这些写出来完全一样,而读音却迥不相同。比如,前门外大栅栏是著名的闹市,读音"大什栏儿",栅字音如"什"字极轻,在舌头上打个滚

535

就过去了。而在西长安街，双塔寺东的一条胡同亦名大栅栏，读音则为"大栅（读乍）栏"，现在可能没有了吧，当年这也是一条重要的胡同。一样的字，读法两样，是如何形成的，细说起来，恐怕也是很有趣的。这很像旧时上海话中，大马路（即南京路）读作"杜马路"，大世界则仍读"大世界"一样，不知是谁规定的。

北京前门外的大栅栏，作为北京最热闹的市廛之一，说句老笑话，这也是"久矣夫，盖有年矣，非一日也"。康熙时柴桑《燕京杂记》记云：

> 京师市店，素讲局面，雕红刻翠，锦窗绣户，招牌至有高三丈者，夜则燃灯数十，纱笼角灯，照耀如同白昼，其在东西四牌楼及正阳门大栅栏者，尤为卓越。

这是文献的记载。如果再从著名老店六必居（虽不在大栅栏，但离开大栅栏极近）、乐家同仁堂等店铺的年代推算，一家是严嵩写匾的明代就有的老店，一家是二三百年的老铺，都可以推算出大栅栏作为闹市之年龄了。

不但大栅栏本身热闹，和大栅栏连着的街道，如前门大街、珠宝市、粮食店、观音寺，也都是热闹的去处。《道光都门纪略》云：

> 京师最尚繁华，市廛铺户，妆饰富甲天下，如大栅栏、珠宝市、西河沿、琉璃厂之银楼缎号，以及茶叶铺、靴铺，皆雕梁画栋，金碧辉煌，令人目迷五色。

大栅栏这种特有风貌，可惜在庚子时受到一次严重的破坏。

庚子前,大栅栏路北有一家卖西药的老德记药房,一九〇〇年义和团进入北京后,旧历五月二十日放火烧这家西药房,可能是因为药房中存有酒精等易燃物品吧,火点着之后,火势极为猛烈,四面飞腾,无法控制,四处蔓延,大火足足烧了一日一夜。不但大栅栏路北一带烧光,而且一直延烧过去,齐家胡同、观音寺、杨梅竹斜街、煤市街、煤市桥,直到廊房头、二、三条、珠宝市、粮食店、前门大街、前门桥头、前门箭楼、东西荷包巷,火焰又越过城墙,一直烧到东交民巷口上,一共烧了铺户一千八百余家,房屋七千余间。所谓京师之精华,尽在于此;热闹繁华,亦莫过于此。大火一场,一旦而尽了。

古老的大栅栏被一场大火烧光了,五六十年前所见到的大栅栏,那是庚子后新建的,不过恢复得较快。仲芳氏《庚子记事》一九〇一年五月十五日记云:

> 近来后门大街、西单牌楼、前门大街、大栅栏被烧被抢各铺户,均按原业修复,比从前犹觉华丽,金碧辉煌,人腾马嘶,依然兴隆世界。

作者字里行间,对一些商店重建比较迅速,新盖起来的房屋,更加漂亮等等的描述,给我们留下了真实的记录,八十多年以来人们看到的大栅栏,就是这次重建后的大栅栏了。

“比从前犹觉华丽”的话应该不假;试看路北瑞蚨祥、东鸿记、西鸿记几家字号的铺房修得多么金碧辉煌,门前大的绿油漆的铁栅栏,进去高大的铁罩棚,下面停车场,一些顾客的自用马车、包车可以停在这里。然后才是磨砖刻花、装着大玻璃门的楼房,楼上楼下的前檐上,都挂了许多块金字大匾,字号名称,营业范围，都写在上面。二楼前檐还有装饰性的匾额"云蒸霞蔚"、"绮绣锦章"等等。这些金字匾，都是十足纯金叶子飞粘，所以永远是光辉灿烂的。在大栅栏各种字号中，门面之华丽，除绸缎庄外，就数茶叶铺，所谓"高甍巨桷……绚云映日，洵是伟观"。东、西鸿记、张一元等茶庄，都是极为壮观的铺面。大栅栏的大字号除绸缎庄瑞蚨祥东号、西号，茶叶铺东、西鸿记、张一元而外，名店还有药铺乐家老店同仁堂、香粉铺花汉冲、烟铺豫丰号，现在没有人知道这种古老的字号了，但在当年却是出过大风头的。花汉冲的冰片鹅胰子、桃儿粉、棉花胭脂，豫丰号的京杂拌、兰花籽（都是烟草名）是全国闻名的啊！

　　当年北京还没有百货公司，瑞蚨祥虽然是绸缎店，但也兼营一些衣着百货，如皮统子、绒线衫、围巾等。光绪末年，天津一个姓阎的，在大栅栏开了一个很大的百货商店，店名"福寿全"，但因经营失败，加以店伙偷窃，最后倒闭了，阎某也因还不起账自杀了。那时大鱼吃小鱼，尔虞我诈，资本家也不是好做的。

　　北京南城最早的电影院是大栅栏的大观楼。北京当年最高级的戏园子是大栅栏的庆乐和三庆。清末程长庚领袖梨园行，曾矢言不许梆子戏进入大栅栏，若干年后，梆子名伶刘喜奎、鲜灵芝等红极一时，却都先后在大栅栏演出，似乎替梆子戏争了一口气。五十多年前，经济不景气，北京不少买卖都登广告，大吹大擂，大减价、大拍卖，只有大栅栏的买卖，从来不作广告。一位老掌柜的说："咱们宁可少做些买卖，不能给大栅栏失身份。"这就是当年大栅栏的"谱儿"！

交通杂述

铁　路

　　《林则徐日记》道光十八年(一八三八年)记,林在湖广总督任,奉诣晋京,十月十一日由武昌起身,至十一月初十才到达北京,这在当时算非常快的,也足足走了一个月。当年最快的传递紧急公事的驿马,有所谓六百里加急、八百里加急,就是一站一站地倒替着用快马飞奔传递,最快一昼夜八百里,不要说比现在飞机,连一般汽车也无法比了。

　　现在由武昌去北京,如坐飞机,一个多钟头就到了。可是在过去,却没有那么方便,不要说坐骡车或骑毛驴进彰仪门的时候了,即使有了火车,坐火车去北京,也不是十分方便的。据说光绪末年京汉铁路刚刚修好时,火车只在白天开,晚上不开。如由汉口到北京,第一天到驻马店,第二天过黄河,住新乡,第三天到顺德府(邢台),第四天足足走一天才能到北京。虽然比林则徐的时代快了许多倍,但与现在还是不能比的。直到三十年代初,仍然很慢,那时如果由上海坐火车到北京,先要坐到南京下关,然后乘船渡江到浦口,再由浦口坐津浦路到天津,然后再坐京奉铁路(后来改称北宁铁路)的天津到北京段,才能到达北京,最快也得两天半的时间,如果按钟点计算,大约在五十个小时左右了。

北京最早有铁路是光绪二十二年（一八九六年）的事。北京到汉口的铁路创议于光绪三年，至一八九六年借比利时款修建，最早车站设在卢沟桥，称卢汉铁路。京津铁路的车站在马家堡又叫马家铺，在北京永定门东南，离永定门约六华里。华学澜《庚子日记》四月十七日记他由北京乘火车回天津的情况道：

> 黎明起，食点心毕，赴马家铺，何贵从焉。至则初次车已将开，何贵急买票来，坐未定，即行。车中人不少，强半赴保定者，巳正抵津，乘洋车到家。

他由津回京时，《日记》中说："买头等车票三，候京车来附以行。抵马家铺。申祥驱车来接。"申祥是他的车夫，但并非开小汽车来，而是赶着骡拉轿车来接。

当时正是义和团拳民进北京的前夕，那时北京到天津的火车，似乎很随便，既能随便开加车，也能随便停车，可见当时是很乱的了。就是这种混乱的火车，也只是到天津，到保定。北京往其他方向的交通，还主要依靠畜力，大车、轿车、驮轿等了。四川高枏《高给谏庚子日记》五月二十四日记云："雇车五辆，价十五两二钱，送三媳诸女等过昌平。"这车自然是大车或轿车，昌平很近，不过一天的路程，而每辆要三两的代价，如按实物折合，同现在租小汽车的价钱差不多，比起火车来，那不知要贵多少。因为是交通工具落后，不要说做大官的同一般人差不多，号称太后老佛爷的那拉氏，她也无法快走。这个老太婆，在八国联军侵入北京那天的破晓前，仓惶出逃，也只坐了一辆破骡拉轿车，到了延庆州（当时是直隶州，现在是县）才换坐了延庆州官的轿子，一行逃到怀来时，光绪坐的是驮轿，这些在怀来县知县吴渔川所著

《庚子西狩丛谈》中记得很清楚。八十多年前的旧事,顺便提提,也可作为北京交通史上的掌故。

车　站

火车是现阶段的主要长途交通工具,对于一般群众来说,还是关系十分密切的。北京的门户,通向四面八方,每日进进出出,还是以火车站的旅客为最多。由庚子以后,北京陆续通向各地的火车,有京汉,通汉口,转正太路到太原,转陇海路到洛阳、西安;有京奉,可直到沈阳,在天津转津浦到浦口,过江到南京、上海;有京张,到张家口,后又延伸到大同、绥远,前后三四十年,规模大致如此。这些铁路的始发站北京火车站,由上世纪末直到近年,也发生过许多次的变化,最早是马家沟,又叫马家堡、马家铺,那时铁路不能修到城里来,怕破了北京城的风水,现在人看了也许失笑,也许奇怪,这是历史的隔阂,实在很难理解当时人对铁路的看法了。庚子二月北京民谣云:"芝麻酱蘸白糖,鬼子就怕董福祥。福祥足,两头峭,先杀鬼后拆铁道。"多少可见当时人对铁路的心理。今天来说记得马家堡车站的人,恐怕是凤毛麟角了。其后本世纪初,有了前门东、西站。四十年代,西车站取消,只剩前门站,记得这两个车站的人,那还是很多的。直到壮丽的北京车站造成,前门东站才取消。这是北京车站本世纪中的变化。

马家铺车站是在本世纪初没有了的。为什么没有?这里引一条资料。仲芳氏《庚子记事》十月初九日记云:

　　马家堡火车站自被义和团焚毁,竟成一片荒郊,今英国将津京铁路修齐,改在天坛为火车站。昨出永定门,见印度兵将城楼迤西城墙拆通一段,铁道接修进城,千百人夫大兴工作,不日即可安齐,便开火车矣。

这是庚子时八国联军占领北京时的情况。后来北京有西车站和东车站之设,就是从这个时候开始的。仲芳氏同书中一九〇一年阴历五月十一日记云:

保定府至京铁路,车站在正阳门外西月墙,每日火车来往,直抵西门洞。今天津至京铁路,自马家堡分道,由永定门迤东墙缺口进城,绕天坛后,穿行崇文门瓮洞,直抵正阳门外东月墙停车,车站即在东城根。

这就是北京火车站,由城外马家铺迁到前门的伊始,不过当时火车虽已经通到前门,而西太后那拉氏和光绪这年十一月二十八日由西安回到北京,即所谓"回銮"时,仍旧是在马家堡下的火车,又由马家堡坐轿进永定门回宫。据仲芳氏《庚子记事》是日记云:"皇太后皇上及妃嫔王公并随扈大小文武百官,由保定府起銮,坐火车至马家堡,乘轿进永定门还宫。沿途俱有马军门、姜军门大兵并八旗满、蒙、汉各营骑……保护。……一路并不静街拦人,任人瞻仰……各处看热闹之人,男妇老幼填塞跸路,拥挤难行,真千古未有之奇观也。至此可谓大劫过矣。"大概当时马家堡车站虽遭焚毁,其他设备尚齐全,前门草创伊始,或许还不能使用。也可能因是洋人所修,为国家体面,不去用它,才仍在马家堡下车。不过自此以后,马家堡车站年久废弃,至今知者很少了。

庚子以后，北京火车通到前门。当时北京东车站是京奉，后叫北宁、京张，后叫平绥路局的车站，由天津和张家口方向来的车都在东车站上下。京汉路局的车是在西车站上下，去保定、石家庄、汉口，再转正太路去山西太原，都是在西车站。那时由京绥线来的火车过了南口要到清华园站之后，进入北京郊区，由西直门经德胜门、安定门、东直门、东便门、崇文门再到前门车站，谓之环城铁路。它从西北到北京，进入西车站很方便，而偏偏要绕圈子到东车站停车，这就不知是什么原因了。

　　前门修东、西两车站之初，尚有"瓮城"，即在前门城楼和箭楼之间，还有个小城。民国二年，朱启钤做内务总长时，由平汉路局的德国工程师鲁克格大修前门箭楼，拆去了瓮城，在前门城楼左右两侧各开两个门洞，现在前门箭楼还可以看那时的痕迹，即箭楼两侧的砖墙上，有两大块用水泥抹成的建筑装饰，这种风格，是西方式的，这就是西方工程师经手的痕迹了。瓮城拆除后，使车站前空场开阔，便利繁忙的交通。

　　前门瓮城虽然早就拆掉了，但哈德门、宣武门的瓮城还保留了很长一个时期，似乎是直到四十年代初才拆去。印象最深刻的是三十年代初，我随母亲坐平绥路火车来北京，由西直门环城铁路慢慢绕过来到了崇文门，清清楚楚地看见瓮城，火车从东西面穿过，坐在车中透过玻璃窗，既可看到北面有门楼的崇文门，又可看到南面没有城楼的城门，铁栅栏外面门洞前的人群和车辆。而今回想起来那一个个面孔似乎还在眼前呢！

洋　车

　　科学进步，发明了各种各样的机器代替了人们的各种劳动，使人们从劳累中解脱出来,这是现代人的幸福。但是有时机器总不及人们的双手灵巧,这样当前世界上又在进一步制造同人近似或者一样的机器,就是风靡一时的机器人了。看见报纸上登载日本机器人拉洋车的照片,感到十分有趣,照片上那个拉车的机器人,如果不看它那钢铁制的两条腿,只看上半身,那就真像一个真人了。看着这张照片,我不禁想起了老舍笔下的祥子来。那苦命的骆驼祥子,是五十多年前的牺牲品,时代毕竟在前进,今天居然有了能拉洋车的机器人,祥子有灵,也许会咧嘴一笑;但也许更加发愁,因为机器人会拉洋车,他就更没有生意了。

祥子是二三十年代中,北京洋车夫的化身,老舍先生把种种不幸集中到他身上,而他不过是那时北京数以几万计的洋车夫中的一员。由清代末年直到"七七事变"之后,洋车在北京存在了差不多五十多年,其中有自用车、包月车、散车、专拉东交民巷洋人的车、专拉妓女的华丽的车,而多少万人又赖以作为养命之源,这是一个历史的陈迹,这些在老舍的《骆驼祥子》中都作了生动的描写。"祥子"在国际上也出了名,不但翻译成许多国家的文字,而且早在若干年前,好莱坞就曾经计划把他搬上银幕。虽然未成为事实,但一个时期宣传得也很热闹,不少人都还记得这桩事。后来又改编成舞台剧、电影《骆驼祥子》在上演,可见社会上的人还是没有忘记祥子的。

洋车在北京最早叫"东洋车",因为它是由日本传来的,看日本所拍明治时代的影片,不少地方都会出现拉洋车的镜头。曾风靡一时的日本电视片《姿三四郎》,那英俊诚实的姿三四郎,就是拉洋车的,虽然他的结局也是悲剧,但他的遭遇要比祥子好得多了。

日本的洋车,是谁发明的,就不知道了。因为它在构造上有力学原理,使之坐上人之后,利用重量的压力促使车轴向前滚动,减轻了拉车人的牵引力,这种构造,是受了近代物理学影响的产物,估计是明治前后的东西。最早的洋车,轮子只是一个铁圈,没有橡皮。走在石子路上,自然十分颠簸。十九世纪末,北京东交民巷所谓外国"使馆特区",开始有了洋车,但仅有几十辆,中国人使用洋车,在北京大概最早还是由宫中兴起的。看《花随人圣盦摭忆》中引用光绪十六年(一八九〇年)王仁堪写给李经方的信中云:

> 中元北海放灯,以红绿纸剪花若叶,粘木片,插短烛,翌晨入直,醉纸泪蜡,拍浮水面,苑内火车站,以数十人牵挽之,若冰床然。两宫出入,多乘东洋小车,制如沪上,惟黄幄朱轮耳。

王仁堪是光绪丁丑状元,福建人,做过镇江、苏州知府,这时他在北京做京官。所说"两宫",即光绪和那拉氏,在宫中都坐洋车,那拉的自然是太监了,可以想见当年刚刚时兴洋车时的情况。后来庚子时,八国联军侵入北京,洋车就多了起来。仲芳氏《庚子记事》记九月间天安门里的情况说:"大车、轿车、东洋车亦任意来往驰骋。尘土障天,车声震耳。"

大约从一九〇一年起,北京洋车就多起来了。直到四十年代结束,洋车渐近消失,代之而起的是三轮车。洋车前后在北京存在了五十多年,这里面该有多少不幸的祥子呢?

祥　子

我读老舍先生的长篇小说《骆驼祥子》,如果摆老资格,我应该是第一代读者,因为我是在《宇宙风》上连载时读的。其后由人间书屋印成书出版,已是"七七"之后了。

我读《骆驼祥子》的时候,也正是认识不少祥子这样朋友的时候。那时我家租房住在西城一所大院子中,院中不少教授都备有自用车,大门口还经常停着四五辆等座的车。开初我是一个由乡下出来刚读初中的孩子,常常在大门口玩,他们看我是乡下来的,常常笑我怯,又逗我玩,告诉我不少老北京的知识,这样就熟悉了起来,一两年之后,我和这些洋车夫便成了朋友,常在门口和他们聊天,看他们擦车,我也就懂得了谁家车好,谁家车份大,谁家铜活地道等等,于是我读起《骆驼祥子》来,就格外感到亲切,真像读朋友的传记一样。

在二十年代和三十年代中叶,正是北京洋车最多的时候。根据当时所发牌照数目,知道是最多的年份,约在十万辆左右。当时北京人口接近二百万,几乎每二十人就有一辆洋车。最早的洋车,大多由日本直接进口,后来在天津和北京都有了自制洋车的车行。当年"车行"这个概念,有两个意义,一是老板拥有洋车若干辆,出租给车夫,以吃"车份",也叫"车厂",如《骆驼祥子》中刘四爷开的便是。一是制造洋车的"车行",不过大部分都是很小的工厂,自制车箱、喷漆,以钢材锻打车轴,钢皮弯轮圈、电镀,加配各种铜饰件等。这种车行都开在崇文门外打磨厂、东珠市口一带。洋车要"弓子软"是最重要的,即车箱下钢簧的弹力性能好,人坐上去震动频繁,拉起来才既快又省力。车跑起来,拉车人不需用手攥车把,只用虎口压着车把杆,不要让车把翘起就行。拉跑车全靠这两根车把杆,行话叫作"拐棍",因为没有这两根车杆的弹力,车是不能跑的。车上若是没有重量,就更跑不动了。在二三十年代中,一辆崭新的高级洋车,售价在一百到一百二十银元之间，合一两二钱多黄金，按现在的价钱算，并不是很便宜的。

无锡程颂嘉《宝砚斋遗稿》记民国四年到北京教育部开会并游览，所记洋车价格云："北京人力车夫重财而轻路，自前门至魏家胡同，约五六里，有铜元十二枚，足餍其欲。至教育部，则非七八枚不可。""雇人力车往游颐和园，去西直门外四十里，言明全日车资十六吊，即铜元一百六十枚……人力车夫良乡人，沿途告余良乡之水患，人民流亡之苦，在京拖车一日，需缴车租警察捐大洋四角，平日南北奔驰，所入亦仅一元，或尚不及一元。除缴捐外，家有五口，恃以生活，故状殊狼狈云。"三十年代大体亦如此，自己如有车，就不必缴车份了。

当年北京一等阔人家中，除马车、汽车之外，总要有一两辆漂亮洋车，车箱后钉一个铜牌子，上刻"某宅自用"，用来送少爷上学或小姐看戏。有的还不止一辆，如张恨水《金粉世家》中所描写的某宅，自用车就有一号二号之分。三十年代中北京大专学校的教授、讲师中，几乎没有一位没有包车的，有的车夫年轻力壮，像祥子一般，有的则是用了几十年的老人。如康南海的女婿，英国剑桥老留学生罗昌老先生，七十多岁了，拉他的一位车夫也五六十岁。一辆洋车，慢慢地拉着他出和平门到师大去讲叔本华和狄更斯。这都是几十年的老伙伴了，北京人好念旧，主仆相处都讲究推诚厚道，这就是所谓"北京味儿"。不是吃东西的味，而是做人的"味儿"。

北洋军阀混战时，由农村流浪到北京城的人很多，拉洋车谋生只是其中一部分，更多的则是沦为城市贫民，这里头清代的旧旗人占大多数。因为清代"八旗"子弟那时有个规定，即不能种地、经商，不能随便离京四十里定居，只能做官、当兵。如果家境贫寒,无官可做,无兵可当的,为了谋生,便入了一个行业,就是当车把式赶轿车,这在清末的小说中都描写过。辛亥后,又没有了钱粮,骡拉轿车也少了,这些人便只好去拉洋车。我有一个拉洋车的朋友,名叫德禄,是"正红旗",舅舅、外甥都以拉洋车为生。不过他比祥子遭遇要好,后来甥舅二人都改行做小买卖了。

旧时代去远了,让我们永远记着祥子这个历史人物吧。

冰　床

北京冬天的冰,的确给人增添了不少乐趣,同时也给人增加了一种便利,冰上行的冰床就是其中的一种。冰床是利用冰的坚固与光滑,创造发展的一种适应冰上行走的交通工具。在北方冬天过后,踩着河上的坚冰就过去了,比夏天蹚水、凫水方便得多。看外国电影,西伯利亚冬天用马和狗拉雪橇,在冰雪上奔跑,速度很快,坐在上面腿上盖着大皮褥子,也十分潇洒。按,"橇"字最早见《史记·夏本纪》中,注称是泥上工具,看字形,好多"毛",恐怕那时冰上也要用的。如果这样,那么我国的冰上交通工具,也是很古的发明了,这就是后来明、清两代北京的冰上滑行交通工具冰床。

俗语道:"冷在三九,热在三伏。"又道:"七九河开,八九雁来。"在北京,一入春王正月,河上的冰就开始消融,凡是冰上的一切玩艺都要收起来了,但在三九寒天,河里的水却是承受着很大的重量。古语说的"如临深渊,如履薄冰",其实春冰消融时,比薄冰还危险。冬季河冻之后,冰仅厚二寸,人马便可在上面奔跑;春季开河时,冰虽厚有一尺,人也不敢往上踩。脚一踩上去,真像踩在"冰激淋"上一样,马上就会陷下身去。这时在冰上奔驰了一冬的冰床,也就开始休息起来,再无用武之地了。不过冬天它风行于冰上的那阵,在历史上是出过风头的。清初魏坤《倚晴阁杂抄》记云:

> 凌床,今京师在处有之,一人挽行,滑如帆驰。闻明时积水潭尝有好事者联十余床,携都蓝酒具,铺罽毹其上,轰饮冰凌中,亦足乐也。

其中所说明时积水潭故事,即刘同人《帝京景物略》中所记的:

> 冬冰坚冻,一人挽小木兜,驱如衢,曰"冰床",雪后集十余床,馉分尊合,月在雪,雪在冰,西湖春、秦淮夏、洞庭秋,东南人自谢未曾有也。

刘同人的文章写得真漂亮,这几句就是一片空灵,使人读了真有沁人肺腑之感。几十年前冬天常坐的冰床,路线是北海五龙亭到漪澜堂和什刹海后海南岸到北岸。二者相比较,五龙亭、漪澜堂等处,溜冰的人太多,冰床没有什么意思。倒是后海,虽然只是交通工具,坐一趟只三五大枚(即铜元),但两岸行人稀少,空气清冷,望着那岸边树上的积雪,西北王府高墙瓦垄中的积雪,西北一痕淡淡的西山影子,坐在"冰排子"上,迎着凛凛的寒风,哈着冽冽的冷气,这种感受,江南人士是无法领略的,炎方朋友更无法想象了。

冰床的具体制造,乾隆时汪启淑《水曹清暇录》说得很清楚。据云:

冰床，形类矮炕，趺坐颇适。炕足微裹以铁，一人曳之，其行如飞。太液池金鳌、玉蝀皆有之。然惟部曹办事人员方得乘坐。至于外城护城河中，更可搭附，其价颇廉，可省赁车税马之费也。

这则简单的记叙，既记了冰床的形状、制造，又记了宫中和一般冰床的区别。

冰床是很有它的实用价值的。戴璐《藤阴杂记》云："东便门至西便门，三冬冻合，设拖床坐人，比车较省。"东便门到西便门十二华里，实在说坐冰床不但比坐车较省，而且比坐车速度还快呢。所谓"急于车马"，"其捷如飞"，虽然没有现在在电视中的滑雪快，但比骡车那要快多了。只是比较简陋，无法和轿车和外国雪橇比了。

清人写冰床的诗很多，但是很少有好的。这里举两首竹枝词以见一斑吧：

> 城下长河已冻坚，冰床仍着缆绳牵。
> 浑如倒拽飞鸢去，稳便江南鸭嘴船。
>
> 十月冰床遍九城，游人曳去一毛轻。
> 风和日暖时端坐，疑在琉璃世界行。

前一首是文昭《紫幢轩集》的，后一首见杨静亭《都门杂咏》市廛门，均可从中想见当年冰床的情况了。

食肆鳞爪

二荤铺

我走过的地方不算很多,如南京、苏州、杭州、上海等,总感到大小饭馆的叫法,再没有比北京复杂的了,由什么"某记饭摊"直到"某某堂"饭庄,起码可以分出十几档。而且有的名字很怪,如"二荤铺",外地人是不大懂得这个名称,但在老北京看来却是很有感情的。尤其是在北京经历过一段学生生活的人,很少有人从未下过小馆的,这种小馆绝大多数是"二荤铺"。因此走到天涯海角,总忘不了那二荤铺的热烈的场景;那叮叮当当的火爆的灶口敲炒勺的声音,那比拨拉算盘珠子还快的清脆的伙计的算账声……"熘肝尖儿,吃嫩;小碗余黄瓜片儿,外带五个花卷。马前——""三吊六、两吊二、四吊七,一共十吊零五百,您哪——我候啦!"这是一部特殊的、热烈的、没有乐章的协奏曲,是一部永远响在京华游子耳边的协奏曲!

所谓二荤铺是什么意思呢? 就是只有肉和"下水"(即猪内脏等)两类荤菜,不要说没有海参、鱼翅等海货,即使鸡鸭鱼虾等也不卖的小饭馆。地方一般都不大,一两间门面,灶头在门口,座位却设在里面。人也不多,一两个掌灶的大师傅,一两个跑堂的伙计,一两个打下手切菜、洗碗的"小力把"(即学徒)就可以了。卖的都是家常菜:肉丁酱、炒肉片、熘腰花、炸丸子、酸辣汤等等,没有大饭馆那种印好的菜牌子,菜名都是伙计在客人面前口头报。常常是熟人,用不着客人说,伙计已经替你想好了:"得了!还给您炒个肚块儿,高汤甩果,一小碗饭俩花卷。马前点,吃完您就走,误不了您的事儿!"那话又爽气、又温暖,这种朴实的乡土语言,即使走遍天涯海角也会使你思念的!

"马前"就是提前点,快点。"三吊六"等等这是五十多年前北京用铜元时算账的叫法。"三吊六"是三十六枚铜元,一般用"大枚",即当二十文制钱的铜元,只有十八枚。五十望六的人也都还用过这种大枚。至于当年二荤铺伙计口头算账功夫的熟练、快速,那真是久著声誉,有口皆碑,不必多说了。什么老式算盘、新式计算器,对他们说来,都没有用,只用心算口念就行了。因为这种小饭馆既没有菜单子,更不会在吃完饭给你开个详细的账单,全靠伙计在客人面前点空盘、空碗,心计口算,不要看小本生意,实在是有过人的本事的。

说是二荤铺,还可以分出很多等级,最普通的是出卖斤饼斤面的二荤铺。什么叫斤饼斤面呢?就是论斤的卖饼卖面。饼是大饼、炒饼、烩饼。这种大饼的概念和上海不同,就是烙得有锅口大的烙饼,切成一牙一牙秤分量卖,或者是切成丝,秤分量炒了吃,如半斤或十二两炒饼等等。炒饼照例以绿豆芽、菠菜加炒,或荤或素,先炒菜,后下饼,盖锅盖一焖,掀盖翻身即可,菜熟饼软,又焦又香。面都是拉面,或热汤或炸酱均可。一般二荤铺都有饼案子和面案子,不停地烙着饼、抻着面,几乎每条有铺子的街头都有二荤铺。二荤铺虽小,却也有很著盛名的。煤市街百景楼之软炸腰花、烩肝肠当年是十分著名的佳肴。其后西长安街龙海轩的软炸肝尖、扒肘条等菜都十分拿手,生意很好。二荤铺不管手艺多精,生意多好,也始终是二荤铺,就如同在街南

（指珠市口南）天桥唱小戏的，不管多好，也难升到街北。二荤铺也很难升为正式馆子。当年"龙海轩"，因为生意好，改名为"龙海楼"，想升格为饭庄子，与"八大春"争一日之雄，可是事与愿违，不久反而关张了。

二荤铺门口挂匾一般挂两块，一块写店名，如龙海轩、三义和等等，另一块就写"二荤铺"三字。如改饭馆、饭庄，另一块匾就改了。捐、税规模都不一样，开支大了，生意就难做了。

八大春

北京过去饭馆的名称，叫"某某春"的特别多，记得前人曾经说过，第一个给女人起名字叫花的是天才，第二、第三就不知道是什么"才"？北京过去那么多以"春"命名的饭馆子，始作俑者究竟是谁呢？现在很难考证了。但是清末民初之际，北京饭馆叫"春"者真是风起云涌，你也"春"，我也"春"，酒楼皆是"春"了。当时著名者有宾宴春、浣花春、杏花春、醒春居等等，这些饭馆大部都在前门外一带，城里原是很少的。在此之后，才出现了西长安街的八大春。

八大春是当年北京长安街八家中等饭庄子的简称，因其店名中都有一个"春"字，故人们习惯以八大春呼之，犹之乎把广和居、同和居、福兴居、聚仙居等称为八大居，把瑞蚨祥、鸿福祥等八家绸缎店呼作为八大祥也。

一九二六年五月间，学人林语堂离开北京南去前夕，曾在大陆春宴请周豫才（鲁迅）、马幼渔、许季市等位先生，《鲁迅日记》中曾记有此事。这大陆春在长安街路北，双塔寺西，就是八大春之一。另外，一九三七年电影明星金嗓子周璇和严华的婚礼也是在八大春举行的,具体地址是春园还是大陆春记不清了。当他们"燕燕于飞",下大红帖子请客人时,来宾很多,现在可能还有不少人记得其事,可惜周璇去世太早了。

八大春除大陆春、春园之外,还有新陆春、同春园、淮阳春、庆林春、宣南春、鹿鸣春、玉壶春、岭南春等等,前后二三十年中,虽然代有兴替,而八大春的数目,总是凑得起来的。当时长安街上酒家林立,八大春之外,仍有不少名家,如贵州馆子西黔阳,福建馆子忠信堂,回教馆子西来顺,以经济小酌号称的长安食堂、西湖食堂,以二荤铺出名的龙海轩,以及报子街口上的大饭庄子聚贤堂,真可以说是名家济济,其中忠信堂闽菜独树一帜,做的大部分都是福建各达官寓公家的堂会。西来顺更是有名厨褚祥当灶,菜肴之精,生意之好,一时超过了东来顺。此二家又在"八大春"中超然出群,可谓各有千秋,颇呈一时之盛了。

在清代时,大饭庄子都叫某某堂,如惠丰堂、同丰堂等,而且大都在前门外。本世纪二十年代中,因北洋政府参、众两院在宣内象坊桥,几百个议员(所谓"八百罗汉")每日都要征逐酒食;再加总统府的一些官僚,上下班都离西长安街很近;一些官僚的俱乐部如安福俱乐部,在长安街南安福胡同;甘石桥俱乐部,在甘石桥,因而都做成了西长安街八大春及其他饭庄子的生意。在一个时期中,每天车水马龙,煞是热闹。

西长安街那么许多家饭馆子,也各有各的主顾,好多都是地区性的。因为北京是政治中心,全国各地的知名人士,都云集长安。各省的知名人士,一面思念乡味,一面又以乡味自夸。如清末民初,福建人在北京政治文化上有影响的人物很多,这时北京开了好多家闽菜馆子。西长安街忠信堂,就是有名的福建馆子,专做福建名流的生意。看长汀江庸老先生笔记,就有不少地方提到忠信堂。再如西黔阳是贵州馆子,民初北京有不少贵州议员,国务院总理有个时期也是贵州人,也可能照顾西黔阳,以领略家乡风味。不过这些馆子的菜,还是以江苏菜、山东菜,实际也就是京帮菜为大宗。以菜论之,在三十年代中,八大春以庆林春为个中白眉。不算清真馆子西来顺,他家的菜在当时是西长安街上首屈一指的。地址在西长安街西头路北,里面一个大四合院子,隔成大小雅座,院子里有铁罩棚。厨房在外院左首,一般都卖整桌的多,小酌较少。记得他家的葱油海参、虾子蹄筋、核桃酪等菜,真是醇厚无比,后来再也没有吃到这么好的名菜,如今真是"广陵散",绝响矣。那时的菜,味真好,不讲花架子,盘子中一弄出花样来,实际就没有办法吃了。只是看看而已。庆林春后来因一次风浪,据说掌柜自尽了,掌灶和伙计们到一个单位包伙食去了。早已经没有了。

大饭庄本来是只办酒席为主的,而八大春生意做得活,既办喜庆宴会,也卖单座酒席,也卖三五小酌。八家一般都是两个大四合院子,有很干净的雅座。夏天院子里都是大天棚、大冰桶。还都是老式派头,同现在的大楼房情调完全是另一番天地。

小酒家

东安市场在北京的历史较早,本世纪初就有了。西单商场较晚,是在二十年代末才开办起来的。这东、西两处后者是学习前者,在经营方式上,基本是一样的。市场商场都有一些饭馆,但商场的没有市场的有名,没有什么好谈的,这里只谈谈市场的饭馆。东安市场当年的大小饭馆都很使人怀恋,虽然这些饭馆不少都没有了,但岁数稍微大点的人,还时时会想到它,套用一句时髦的话,可以说是"存在于人们的心中吧"。

东安市场,包括市场门口的饭馆,大约有这么些家:市场北门斜对过,金鱼胡同路北,是东城最大的饭庄子福寿堂,路南面是森隆。进北门再往北一拐弯便是东来顺的磨砖对缝的三层楼,由东来顺门前往北再转过去,便是润明楼、新泰和、五芳斋、小小酒家,再有过去也曾鼎盛一时、后来关了张的中兴茶楼等等,这些饭馆还不包括吉祥戏院东面那些小摊,卖豆汁的、爆肚的、炒肝的、豆腐脑的等等,也不包括其士林等那些卖咖啡、点心、西餐的饭馆。这里说的都是中餐饭馆,这些字号有大有小,都有自己的特色和号召力,在当年的东安市场也都是有些小小的名气。

北门外面金鱼胡同的福寿堂,那是专办喜庆堂会的大饭庄子。庚子之后盖的磨砖对缝的两层楼大房子,里面有两进大院子、大铁罩棚、戏台,极为气派。因为地点适中,门前热闹,天天有人在那里办红白喜事,当年很做过一些大生意。但是大饭庄子的菜却很难引起人的注意。记得在此参加过多次堂会,只是留下红白喜事热闹的气氛,却没有一点吃酒席菜好的记忆。森隆是森春阳干果南货铺东家开的,东来顺是由饭摊子起家的大字号,是涮羊肉名家,这些一般人都知道,不必多说了。有人曾把东来顺发达的过程,写过详详细细上万字的文章,这是北京商业史上最好的材料,这里我念念不忘还在于那几家小铺。

润明楼就在东来顺后面,是地道的山东馆子,做的都是山东菜,和同和居一类的馆子一样。新泰和和五芳斋在润明楼东面,两家斜对门,都是淮扬馆子,在北京习惯上都叫作南方馆,淮扬帮馆子烧的是扬州菜,这两家馆子门对门,带有竞争性,所以菜烧得都很好,一般是难分轩轾的。如果硬要分,就是在菜上新泰和较五芳斋为地道;在点心上,五芳斋则是独步一时的了。扬州帮馆子最讲究点心,五芳斋的点心做的是十分地道的,各种包子,各种面。尤其使人念念不忘的是他家的松子、核桃千层糕,又松又甜又漂亮,那熟透的猪油丁真像水晶一样。近几年常到扬州去,著名的富春包子、千层糕等,也常吃,但比之于当年五芳斋、新泰和的点心,真不可同日而语了。好比是一个三家村学究与一位翰林院掌院的饱学之士对比,几乎不成比例了。再有秋天螃蟹下来,他家的蟹黄烧麦,那真是冠绝一时,只只透明,简直是精美的艺术品,比之前门大街都一处的烧麦,是有过之无不及了。

森隆、五芳斋、新泰和这些中等饭馆子,还有一点值得记叙的,就是和新文学家们的关系。当时著名的学者、作家、教授们北大最多,沙滩离东安市场又近,早期的有影响的新文字出版社新潮社,也在沙滩,这些单位常常在东安市场饭馆中招待客人,因而以北大为大本营的一些名作家、名教授,就常常出入于五芳斋、森隆这些饭馆中了。不信看这些前辈学人的日记、书札等,常常会发现这些酒家的名字,这些一个历史时期的小小的酒家,也可以成为文苑史话的好材料了。

由五芳斋再过去,转弯路东小楼,是小小酒家。这是一家广东馆子,物美价廉,十分实惠。做穷学生时,吃不起高级菜,和同学们专爱去吃他家的蚝油豆腐,那真是又热、又香、又解馋啊!日本川濑正三老先生前几年给我来信还说:"离开的前夕,在东安市场的小小酒家话别,席上友人的话犹在耳边……那里有我青年时代的怀念,生活在祖国倒似乎在异国。燕京春梦尚未觉,日月如梭逾古稀。思念北京,写下这两句,不会见笑吧!"东安市场的小小酒家,在异国老人的梦魂中也在思念着呢。

咖啡座

东安市场由一开创，就是北京最带"洋"气的市场。百货的舶来品，服饰的西装革履，饮食的西餐、咖啡，都是以东安市场为最多，虽然不是最高级的，因为还有东交民巷和北京饭店等，但就普通的来说，这该算最好的，也是最受学生们欢迎的了。到东安市场偶然吃杯咖啡，在四五十年前的北京，也是一种很特殊的享受。当年北京真正洋派的东西并不多，北京饭店、六国饭店都有咖啡卖，但那太贵族化了，一般学生是吃不起的。东安市场的东西，价钱虽也不便宜，但比之于大饭店，究竟要贱多了。

东安市场中当年卖咖啡、西点资格最老的两家店铺要算其士林和国强。其士林在正街与南花园交界处，国强就在南花园，再过去一转弯，东面就是当年最大的会贤球房了。这两家都是楼下卖糖果、饼干和洋点心（即奶油蛋糕等），楼上有座位卖牛奶、咖啡、可可、西食。这两家店，各有千秋。其士林楼上座位较多，较洋化，后来仿上海咖啡座的样子，也排上"火车座"，便于爱侣窃窃私语，奶油蛋糕等做得也很漂亮。国强就差一些，楼上是民国初年的老样子，最里面是用木槅扇隔开的两个雅座，挂着白布帘子，外面是十多副黑漆方桌，每张桌子四张直靠背椅子，有白斜纹布嵌红线套子的椅垫子，这种摆设完全是清末上海四马路茶楼的样子，而在当时的北京是很不错的陈设了。国强陈设虽旧，却有两点可取之处，一是他家的掌灶师傅手艺好，正宗德式大菜，铁排鸡、铁排杂拌，火候好，味醇肉嫩，连铁排带着嗞嗞的响声端上桌来，色、香、味之外，还要加上声，是别有风味的。二是他家的伙计待客热情，身穿白大褂，完全是北京的老谱儿，恭敬地接进,恭敬地送走。"您来啦!""里边请!""您走啦!"类似这种客气话总是不离嘴。如果小费给得少,客人走后,也会埋怨;但下次你来了,还是照样诚恳热情,绝不会对你有半分冷淡,这就是像"老白干"那样醇的北京风度。我特别爱这种风度,因此我更爱到国强去。我吃不起铁排鸡,但吃杯牛奶咖啡,随便聊聊,却是最好不过的了。有一个时期,他家的生意很不好,晚上上楼,空荡荡的,大有门可罗雀之势,所以掌柜的欢迎熟人以半顾客、半朋友的身份来多少吃点东西谈谈,这样可以保持店堂的生意气氛。因之我几乎三天两头去,有时去吃晚饭,一客烤通心粉,便可果腹,东西真好,牛肉汁、番茄酱、通心粉浑然一体,正是火候。饭后一杯咖啡,可聊到八九点钟回家,有家人朋友之乐。后来过了一个时期,他家的生意转好了。我去的次数倒少了。

国强的经理姓牛,叫牛春圃,是东安市场南花园的元老。茶房头姓温,客人都喊他老温,也是老东安市场了。从民国元、二年,直到四十年代末,在南花园呆了近四十年,见过不少高官显宦、名媛贵妇,闲谈起来内容极为丰富。据说黎元洪当年做大总统,人称"黎菩萨",家住东厂胡同,有时只身由家骑马到东华门大街真光影院看电影,散场后到国强吃杯咖啡,当年老温就曾不只一次地接待过这位总统,这样的事恐怕现在的人很难想象,也很难相信了!

茶　话

茶　馆

　　老舍先生的著名话剧《茶馆》，以一个茶馆为背景，反映了庚子以来北京的历史变迁，是十分有意义的。我国南北各地，都讲究喝茶，江南叫吃茶。茶是人民生活的必需品，茶馆也是生活中重要的休息场所。有人片面地认为茶馆是有闲者去的地方，那纯属没有深入了解群众生活的主观之言。过去在苏州，冬天早上五点钟曾到茶馆去过，这时茶馆人就满了，都是劳动群众。江南冬日室中不生火，早上没有热水，人们习惯一起床就上茶馆，漱口、洗脸、喝早茶、吃早点或吃泡饭，坐上一个半钟头，然后再去上工。年年如此，代代如此。这批客人走了，再接待第二批、第三批，一批一个类型。北京的茶馆，自然不完全和苏州一样，但也有不少大同小异之处。

　　说起北京茶馆，从历史上讲，自然可以上溯到很早，过早的不必说，只说三四十年代吧。那时北京的茶馆很多，其类型有：一是以茶社、茶楼命名的南式茶馆，也可叫新式茶馆；二是北京老式茶馆，老式茶馆中又可分著名的大茶馆，偏僻地方以及各城门脸上的小茶馆，俗称野茶馆。

　　南式茶馆最早的历史，一时说不准，庚子之后，在前门外战火焚烧后的废墟上建造了几处新式市场，如劝业场、青云阁、首善第一楼;城里东华门外也盖起了东安市场;辛亥之后,南城先农坛北面又开辟了城南游艺园、盖了"新世界"。在这些新式市场中,除去京广杂货、绸缎布匹、各种商店外,又开了不少家供游人休息、喝茶、吃点心的茶社。这种茶社内部一般是靠墙摆藤躺椅、茶几,中间摆方桌、椅子,有的都是红木家具。店里卖茶、卖点心;每张桌子上的四盘瓜子、蜜枣等"看案果盘",作为茶房的收入。当年这种茶社,名店很多,如劝业场之荔香、玉楼春;首善第一楼之碧岩轩、畅怀春;青云阁之玉壶春;东安市场之德昌、沁芳、玉泉、中兴茶楼等。这种茶社均以著名点心为号召,如鸡肉饺、糖油包、炸春卷、水晶糕、千层糕、一品山药等。至于一般的清汤馄饨、两面黄炒面、小笼包子、烫面饺、各种汤面等更不在话下了。《鲁迅日记》中记到这种茶馆的地方很多,但均较简略。无锡人程颂嘉在其《宝砚斋遗稿》记民国四年夏北京旅行时于东安市场吃茶情况云:

> 八月九号……下午至东安市场啜茗,此间茶楼酒馆,装置富丽,不熟悉者不敢入,如东安市场德昌楼,其招牌为豫菜馆,登楼之客,但有啜茗清谈者,有临时食点心一二种者,价亦不昂,茶每客六十文,点心一二角不等,肉丝汤面七十文,颇清洁可口。

所记约略可见这种茶楼情况。清末民初前后十三四年中,是这种茶社生意最好的鼎盛春秋。它不同于南京夫子庙的六朝居,也不同于苏州宫巷的吴苑,不过自各大公园的茶座开张之后,这种茶社的生意便一蹶不振,纷纷关门,早在三十年代中叶就没有了。

至于地道的老的北京式的茶馆,那风格完全是两样的。《茶馆》戏中所展现的茶馆,是应以这种茶馆为模式的。室内全是老式高桌或八仙桌、方凳或大板凳,用大搬壶(即很大的长壶嘴铜壶,放在火上,不能提起,随时搬起后面的柄倒水)沏茶。不卖炒面、春卷等点心,而卖"大八件"、槽子糕等"红炉点心"。店名也不是什么"春"呀、"园"呀,而是老式商业气氛更浓的广泰、裕顺等名称,如最早出名的有地安门外的天汇,前门外的天全、汇丰、同和、海丰等,都是这类茶馆的大字号。

到这里来的茶客几乎部是"老北京",而且旧时以旗人为多。得硕亭《京都竹枝词》云:

小帽长衫着体新,纷纷街巷步芳尘。
闲来三五茶坊坐,半是曾登仕版人。

并自注云:"内城旗员于差使完后,便易便服,约朋友茶馆闲谈,此风由来久矣。"

这写的就是老式北京茶馆,这种茶馆,不少还带说书、唱曲艺的。如清代著名说书艺人石玉昆、司瑞轩等,都是在茶馆中演唱讲说。清代有名的景泰、泰华诸园,也都是这种格局。清末禁止在城里开戏园子,故都叫茶园、茶馆。如东安市场吉祥戏园,最早就叫"吉祥茶园",另外还有"丹桂茶园"。这些"茶园",则都是唱戏为主了。不过那时随便看什么戏,都有人倒茶,你不喝也要付钱。因而戏园叫茶园也就不奇怪了。

辛亥之后,这类老式茶馆生意日渐清淡,剩下的都是一些小茶馆了。这种小茶馆有的专做打小鼓、收旧货商贩的生意,这些人每天固定在这家茶馆歇脚,一边喝茶,一边谈生意;有的专做泥、瓦、木、棚等工匠的生意,这些人每天早晚都在茶馆聚集,一边休息、喝茶,一边洽谈生意,叫作"口上"。有的专做赶大车、拉骆驼的哥们的生意,这些大都开在城门脸和城根一带。有的专做棋友下棋、票友唱戏的生意,茶客来了不是下棋,就是清唱,这类叫"戏茶馆",大多都在什刹海北河沿。伙计提着个壶一边让座儿,一边打招呼:"七爷,沏壶香片吧?等会儿您再来段儿,我就爱听您那几句倒板!"这种招呼客人的方式真是十足的老北京的"味儿"了。

大碗茶

在小说、戏曲中,常常有开茶馆的描写,最有名的是《水浒》中的王婆子,这是很不好的角色。再有《铁弓缘》中,也是开茶馆。这些茶馆,都有一个共同的特征,就是局面很小,都是小本生意。旧时老式茶馆,我见过最大的要算苏州的吴苑了,在北局宫巷,一天到晚热闹非凡。那里的前后门,连着好几个厅,真不知有多少座位。北京在我记忆中没见过这么大的茶馆,倒是那些小的,印象最为深刻。

北京旧时的小茶馆,生意实在小得可以,比起上海的"老虎灶"还不如。老虎灶以卖开水为主,摆桌子卖茶为辅,而北京小茶馆主要靠卖茶。穷茶客往往还自备茶叶,单买开水,坐上半天,也不过二三个铜子。几张破桌子、烂板凳,每天即使卖满堂,也不过几百个铜子儿,折换银元,有时还换不到一块,还要除去煤钱、水钱、房钱、电钱、人工挑费等等开支,所剩能有几何呢?因而大小茶馆的生意,在三十年代前期,就已无法经营了。

那时社会是分阶层的。由中山公园来今雨轩的茶座,到什刹海河沿或天桥的小茶馆,中间隔着好几个档次,各接各的客人。天天在来今雨轩喝茶的大学教授不会到野茶馆去,正像天天出入阜成门赶大车的哥儿们,在门脸儿小茶馆歇脚,不会去来今雨轩一样。是各有各的客人,各做各的生意。

虽说小茶馆生意小得可怜,但好歹还有两间破房。说到卖茶,在旧时北京,还有比小茶馆更小的生意,那就是茶摊。在各大庙会上,如护国寺、隆福寺、白塔寺等,在天桥、在鼓楼后头、在什刹海河沿上,常常看见支一副铺板,铺板上铺块白布,放着一些茶壶、茶碗,也弄得干干净净。边上还放着一两对老式的茶叶罐,罐中放着小包的茶叶。周围放着大板凳。边上行灶上烧着开水壶。这就是当年的茶摊。老爷爷带着孙子来逛庙会,看完玩艺,走累了,坐在茶摊上歇歇腿,孙子在一边吃糖豌豆,爷爷沏上壶三大枚的"高末",沏半包(其余半包还要带回家去),坐下来安详地喝上两碗,这样的茶摊,这样的茶客,其生意比起小茶馆来又小得多了。

如果说茶摊生意小,还有比茶摊更小的生意在,那就是卖大碗茶的了。在天桥也好,在各城门脸也好,在什刹海河沿也好,常常可以遇到年岁很大的老头,或十二三岁的男孩子,挑着一个担子,担子前头是一个一尺多高、短嘴的绿色釉子的大茶壶,顶上三个小鼻纽穿着绳子,挂在担子上。担子后面是一个大篮子,篮子里一块布下面盖着几个粗瓷碗,有时还放一二个小板凳,这就是卖大碗茶的。一边蹒跚地走着,一边吆喊着:"谁喝茶水?"有人喝茶,放下担子,取一个粗碗,从壶中倒一碗酸枣叶子泡的茶水,很有礼貌地捧给你,可能还拿出小板凳让你坐下喝。记得名画家蒋兆和氏曾画过一张《卖茶水的小孩》,画的就是一个十来岁的卖大碗茶的男孩,极为传神,是蒋氏的名作,贯注了我悲天悯人的感情。虽只小小一幅，却足以和他的巨作《流民图》并传了。

　　由小茶馆起，到卖大碗茶为止，老实说，都是小得可怜的生意，照老北京话说，只是赚您个辛苦钱，维持个生活而已。但是他们共同有一种极为纯朴而诚恳的态度，这是共有的燕山风格，都像西山山色那样的浑厚。

闲话玉壶冰

冰　窖

　　清代有位学者,家住东珠市口冰窖胡同,制门联云:"地连珠市口;人在玉壶心。"一时传为艺林佳话。数百年来,北京的冰是有许多故事好说,也是极有情趣的。在我国很古的周代,就十分懂得重视藏冰和使用冰了。《礼记·月令》云:"天子乃鲜羔开冰,以荐寝庙。"这两句话陈澔有注道:"古者日在虚,则藏冰,至此仲春,则献羔以祭司寒之神而开冰。"这差不多已是三千年前的制度了。人类懂得用火,这是文明的一大进步;懂得用冰,这是文明的更大进步。我国三千年前,不但懂得了用冰,而且有了科学的藏冰方法。周、秦而后,直到明、清,绵绵三千年,迄未中断,这也是很值得注意的历史情况了。

　　远的不说,北京是明、清两代的都城,说说明、清两代冰的故事吧。明、清时宫中"颁冰",六部官吏有"冰票"发放,外官和京官之间有"冰炭敬"馈赠。民间传说中还有"王祥卧冰取鱼飨亲"的故事。

　　《帝京景物略》记云:"立夏日启冰赐文武大臣,编氓卖者……"这是明代皇家开冰、颁冰的故事。《天咫偶闻》记云:"以岁十二月藏冰,来岁入伏颁冰,各部院官学皆有之。"这是清代颁冰的制度,实际清代在不少制度方面,都是沿用了明代的,颁冰等等就是其中之一。

在景山西街上，北海有一个东门，名曰陟山门，门外一段街道，叫陟山门大街。进陟山门，过一座很美丽的高孔桥，名陟山桥，桥东面，往南沿岸可到北海前门，往北沿海可到濠濮涧、画舫斋，过桥即登琼华岛。昔时这里有一个大冰窖，名曰"雪池冰窖"，这是当年全京城冰窖中的第一家。宫中给皇帝御用的冰，都是从这里逐日提取的。在刘若愚《明宫史》中记载云："至大高玄殿，则习学道经内官之所居也。其北，则里冰窖也。"所说即指此处。其他地方公家的冰窖，有地安门外火神庙后，德胜门外往西，阜成门外往北，宣武门外往西，崇文门外往东，朝阳门外往南等处，都由工部派员掌管，用纸印成小票，名曰"冰票"，发给各衙门官员，凭票领冰。《燕京岁时记》记载，自从暑伏日起，至立秋日止，各衙门例有赐冰，届时由工部颁给冰票，自行领取，多寡不同，各有等差。但是这种冰票在后来却等于无用了。据记载说，年久弊生，虽然拿着这种冰票，而给冰极少，还不够一个人用的，所以官员们领了这种票，就兑换给胡同里每天送冰的人，他们拿冰票汇总到冰窖买冰，自然要给管冰窖的人以好处，这样官方藏冰也就售于市面上了。好在买冰用钱为数有限，冰票之制，虽等于无形取消，大概也未影响京官生活。后来只剩下一个冰票的掌故了。

清代，京官穷，外官富。京官只靠很少的一点俸银、俸米，可是又要讲究排场，难免入不敷出，这就要靠外省的官吏，上至督、抚，下至州、县，逢年过节，给京官送一些"干礼"（即现银），来维持生活。冬天曰"炭敬"，夏天曰"冰敬"，统称之"冰炭敬"。这在曾朴的《孽海花》小说中，描绘李越缦时曾提到过。"冰"与"炭"并列，可见当年多么重视冰在生活中的用途了。

卖　冰

　　北京四季分明，夏天十分热，也可以到三十七八度，热的时间也很长。冬天又很冷，比江南冷得多，冷的时间也长，土地和河面都要结冰，要结一二尺厚。把冬天的冰用来给夏天作消暑冷藏设备，这是北京几百年来得天独厚的地方。在当年没有现代化电气制冷设备的时代，防寒较易，防暑更困难。炎暑流金的时候找块冰，不要说两广办不到，即在江南一带也很困难。而在北京，当年却非常方便。冬天结的厚厚的冰，打来藏在冰窖中，夏天正好取出来受用。成本低廉，使用方便，真是炎暑的恩物。清代严缁生《忆京都词》云：

　　　　忆京都，赏夏绿荷湾。冰果登筵凉沁齿，三钱买得水晶山。不似此间蒸溽暑，纵许伐冰无处所。

　　词后有注云："冰窖开后，儿童舁卖于市，只须数文钱，购一巨冰，置之室中，顿觉火宅生凉。余尝戏呼为水晶山，南中无此物也。"

　　严是浙江人，妙在最后一句，这是旧时代炎暑中南方想不到的东西，而在北京那时却是很普通、很方便、很便宜的东西，这也该是北京之所以使人念念不忘的原因之一吧。

　　那时全北京城里什刹海、中南海、城外护城河边上，起码有几十处冰窖。冰窖藏冰的步骤，先是打冰，二是运输，三是入窖封窖，四是开窖出售。要说清楚，先要从建筑冰窖说起。在护城河、什刹海等处岸边，挖一个有二三丈宽、六七丈长、两丈多深的大土坑,坑顶用木梁、高粱秸棚上,棚上面再厚厚地堆上土。留个上下斜坡和出入口。等到一数九,河面坚冰有一尺厚,便可用冰钻子(俗读穿,一种很锋利的钢尖矛,旁边一倒钩)垂直在冰上钻成一尺多宽、三尺长的冰块,用倒钩钩上来,用绳子一拴,就可在冰上拖了跑,运送轻便。拖到岸边,从用杉篙搭成的斜板拖上去,到冰窖口滑下去。在窖中把冰块一层层像砌城墙一样砌满,然后再行封口,便算藏好,只等交春之后再开窖卖钱了。

入夏把冰窖打开逐日卖冰,供应量是十分充足的。最大的主顾是各菜市、鱼行、肉铺、鸡鸭店、大小饭庄子,其次才是大宅门,每天一早像现在送牛奶和送报纸一样,由一头骡子拉着大车装着整方的冰(约一尺多宽、三尺长、厚一尺的冰块,谓之一方),冰上还盖上破麻袋,防止在路上融化。送到你家门口,订的是一方,就留一方;订二方,就留二方,也可临时增减。

冰窖藏冰,必须在冬至到四九、五九这一个多月中抓紧时间打冰。这时的冰最坚、最厚,因而在打冰时,希望结冰前水面要宽、要清。北京城内外水源都在玉泉山、昆明湖,如上游及时提闸放水,水自然旺了。旧传,临上冻时,城里各冰窖一定要合送一个五十二两重的大元宝,给昆明湖管水闸的衙门,贿买其及时放水。

卖冰时,除去卖与饭庄、肉铺、鱼市外,各个胡同中的住家户,中下层以上,即好歹有个厨房的家庭,也都向冰车子订一块冰,每天送来。花铜元的时候,大约每五大枚(即十个小铜元,三十年代时约合三分不到),便可买块一尺见方的冰,中小户人家每天送十大枚的冰,便可足用矣。一个月下来,不过一元五角。这样伏天里不但可以天天吃冰镇绿豆汤、冰镇西瓜,而且剩饭、剩菜也可保存,不至于发馊,真可说是世界上最为经济、实惠的制冷设备。

有些没有预订买冰的人家，或者没有在冰车子上买到冰，偶尔需要，自己到冰窖去买，也极为方便。走进冰窖门，顿时感到从下到上凉气飕飕，进去给他五大枚，便能买一大块，比车子上买的大一倍。用一根绳系在冰块上拦腰一捆，拖了就跑。绳子绑的地方，先融化为一道槽，绳子正好嵌在里面，路上也不会脱落。冰是滑的，在马路上拖了跑比小车还快。童年的欢乐，真是永难忘怀。旧梦尚未飘零，往事依然历历，北京的冰，实在是炎暑的恩物，即使在现在已有了人造冰利用，想来那些天然冰的利用价值恐怕还是很高的吧！何况那时水源没有污染，那护城河中晶莹的天然冰，远比现在的人造冰还干净得多呢。

冰盏儿

闲来常常想，人间幸福的生活，不单纯在于物质的完备与奇巧，而更惹人系念的，似乎是一种洁净的环境、安静的气氛、美的关系和艺术的情趣。比如旧时在北京过夏天，住在一条小胡同的小三合院中，两三间老屋，里面四白到地，用大白纸（一种糊墙纸）裱糊得干干净净，一副铺板，铺张新草席，或者干净旧簟席，一个包着枕席的小枕头，院中邻院的大槐树正好挡住西晒，这样你每天下午在那糊着绿阴阴的冷布纱窗下的铺板上睡个午觉。一枕醒来，尚有点朦胧睡意，这时便有两种极为清脆的声音随着窗际的微风送入耳鼓，断断续续，悠悠动听，一是庭院中枣树上的知了声，越热叫得越欢；二是大门外胡同口卖冰人的冰盏声，越热敲得越脆。诗人王渔洋所谓："樱桃已过茶香灭，铜碗声声唤卖冰。"这样的环境，这样的气氛，这样协调的人与物的关系，这样毫末超绝尘寰的艺术境界,不是人间最舒服、最美好的吗?又何必北京饭店十六楼的空调套房呢?真是太麻烦了。

一到热天,在胡同口上,槐树下面,就有卖冰镇食品的小摊子。首先是果子干,将杏干、柿饼等,用冷开水浸开,再加一些藕片,堆在一个特大的五彩大瓷盘中,上面放一大块亮晶晶的冰,如有人来买,盛一舀在小瓷碗中,吃起来又酸、又甜、又凉。在旁边木桶中,放一大罐子酸梅汤,也是用小瓷碗盛来卖。卖的人头剃得精光,身穿白布背心,一边叮叮嚓地敲着"冰盏",一边叫卖着:

"又解渴,又带凉,又加玫瑰又加糖,不信您就闹碗尝一尝!酸梅的汤儿来——哎——一个大一碗哟……"

"冰激凌、雪花酪,爱喝凉的您就开口啵——盛的多,给的多,又凉又甜又好喝……"

这种又敲又唱的卖冰声,是极有韵味的。现在听到过的人,一定不少吧!

所谓"冰盏"是什么呢?那是两个像酱油碟子大小的铜碟子,擦得明光铮亮。其不同于一般碟子者,是底部的一圈颇高。敲时把两个碟子重合起来,托在掌中,用大拇指搬动上面一个小碟的边沿,两碟相击,便发出极为清脆的响声,构成为一种特殊的音乐了。乾隆时郝懿行《晒书堂笔录》云:"京师夏月,街头卖冰,又有两手铜碗,还令自击,泠泠作声,清圆而浏亮。"这位经学大师居然也注意到冰盏声的可听,由此知道他也是很懂生活情趣的人了。不过有一点却感到可惜,即直到今天也还不清楚冰盏一物的历史源流。过去一直以为冰盏只有北京有,后来看到乾隆时金埙《秦淮后游词》中有一首云:

白下莺啼风日蒸，玫瑰香里到金陵。

碧纱帐剪刚过夏，铜碗声敲早卖冰。

诗中说得很清楚，从"白下莺啼"可知冰盏一物，不但源远流长，而且是南北都有的了，只是现在没有了。这也并非是什么"落后"的东西，也不是有人在限制它，只是在社会上商业贸易的大的变化中自行消失了。从生活的艺术来说，似乎也是感到可惜的。现在街头卖冰的小商贩又有了。有哪位有心者，能把这飘荡着夏景清韵的可爱的冰盏声，继承下来，使它叮叮锵锵地又响起来呢……

按，读清顾禄《清嘉录》"六月"有"凉冰"条："土人置窖冰，街坊担卖，谓之凉冰……"并引《元和县志》云："冰窖在葑门外，设窖二十四座，以按二十四气。每遇严寒，戽水蓄于荡田，冰既坚，贮之于窖，盛夏需以护鲜鱼，并以涤暑。"可见藏冰的办法，明、清以来江南也是有的。只是要"遇严寒"，近若干年中，江南冬天偶有结薄冰的天气，可是结一寸以上厚冰的严寒，已遇不到，大概江南普遍气温是回暖了，也没有再藏冰了。

街头巷尾拾零

胡同名

北京历史上作为明、清两代的京城,照旧日写小说的人的说法,是天下第一繁华胜处。大街小巷,经纬密布,数也数不清。北京有不少巷子叫胡同,过去写作"衚衕"。实际"巷"、"弄"、"胡同",都是一样的意思,只不过在读法上是一音之转。北京胡同的叫法是从元代大都时广泛叫起来的。历史上有专门讲北京胡同名称的书,如明代嘉靖年间张爵编的《京师五城坊巷胡同集》,记载了明代北京三十三坊,各坊胡同的名称及方位,对论证北京早期的胡同名称和位置,极具参考价值。再有清代光绪初年朱一新编的《京师坊巷志稿》,那就是《顺天府志》的《坊巷卷》,内容更加详备。此外过去老二酉堂之类的书铺,还专门刻印过一本《京城胡同名》,又叫《进京不求人》。光绪年间,有一署名杏芬女史的,还编写过一本《京师地名对》,是家刻本。以上四书,前二种已有重版,后二种现在很难看到了。

过去有一个好说大话的外地人,去了一次北京,回乡后逢人便吹:"大胡同三千六,小胡同赛牛毛,哪条胡同里我不住个三年二载的。"这虽然是个笑话,但也足以说明北京胡同之多了。如果将《京师坊巷志稿》所记胡同名数一数,虽然没有三千六,恐怕总也过千了。

北京绝大多数的街名、胡同名,都像过去有些人家的孩子,命名为小狗子、小秃子、三丫头、二姐一样,是随口乱叫,然后约定俗成的。如有座西单牌楼,就叫西单北大街,实际应该叫瞻云坊北大街,因为西单牌楼正名为瞻云坊。有座正阳门,俗名前门,就叫前门大街,实际应该叫正阳门外大街。而这样重要的街,都未起正式"官名",那些小胡同就更不用说了。元代时,曾把北京分为若干"坊",像唐代长安一样,都曾起过正式名称,但这些坊名早已湮没无闻。明永乐四年(一四○六年)修建现在的北京城时,也有正式坊名,如什么南董坊、澄清坊、阜财坊、成宜坊、鸣玉坊等等,都是很好的名字。但仍没有再给北京的街道里巷正式命名。

北京的胡同名,看来十分混乱,但如仔细分析,也可以分成几种类型:第一种是排号的,如东四一条至十二条,"棉花"几条,"长巷"几条等等;第二种是象形的,如椅子胡同、裤子胡同、罗圈胡同等等;第三种是以行业分的,如巾帽胡同、珠宝市、鲜鱼口、肉市等等;第四种是以特殊标记形成的,如甜井胡同、门楼胡同、三道栅栏、大栅栏等等;第五种是以历史上名胜古迹得名的,如梁家园、孙公园、隆福寺、灵境宫等等;第六种是以明、清两代机关衙门得名的,如旧刑部街、大石作、惜薪司、太仆寺街、大兴县胡同等等;第七种是以历史人物(好坏都有)得名的,如麻状元胡同、包头章、刘銮塑、奉圣胡同等等,总之种类是极多的。"胡同"之外,同时还有"街、路、条、巷、里、大院、厂、坊、桥、河沿、井、栅栏、市、口、池子、潭、庙、宫、司、库、作、局"等叫法,其名堂之多,在世界上也可能是首屈一指了。

北京也有典雅的地名,如西四北的"百花深处",朝阳门外的"芳草地"。也有最难听的地名,如狗尾巴胡同、猪尾巴胡同、母猪胡同、变驴胡同、牛圈、猪圈等，自然这些难听的老地名后来都被改成好听的了。如鸡爪胡同，改成吉兆胡同；裤子胡同，改成库资胡同；羊尾巴胡同，北京俗音"尾"读"宜"的上声，便改为杨仪宾胡同。北京过去还有不少怪地名，这是别的地方人所想不到的，如"四块玉"、"三川柳"、"马尖嘴"、"山涧口"、"柴竹林"，这些怪地名，你都知道在哪里吗？

打小鼓

昔时在北京住过的人，对于市廛的叫卖声，永远是值得怀念的。专记这些货声的小书，闲园菊农的《一岁货声》，是很值得称道的。这些货声，除去口头叫卖之外，还有不少特别的工具，如夏日卖冰的冰盏声，清脆而悠闲，一直是诗人咏唱的好材料。再如剃头挑子所持的响铁，名曰"唤头"，梭子般中间有缝的两片熟铁，一头有小口，一边走一边用一根小铁棒一划，不断发出铮的一声声金属长音，十分刺耳，似乎使人想起清代开国时的那种"留头不留发，留发不留头"的恐怖声，但二百多年听惯了，已经变成通俗的市声了。这种声音还很多，下面不妨再举个例子。

几十年前，初到北京的人，如果住的是临街的房屋，每天从早到晚，往往会听到一种莫名其妙的市声："梆、梆、梆……"十分急促而清脆地响个不停。到大门口看看，也没有发现卖什么的，只看到一两个挑着一对小竹篾筐的人从门前走过。在北京住久了的人，一听便懂了，这是专门收买旧货的。北京俗话叫"打鼓的"，实在应该叫"打小鼓的"。因为这些收旧货的商贩，左手用大拇指、二拇指卡着一个直径不过一寸多的小鼓，像卡着一只火柴盒子一样，右手拿着一根很有弹性的大头竹篾，挑着二只小筐,左臂攀在扁担上,一边走右手一边不停地敲那个小鼓,以为市声传扬,表示收买旧货的来了。打小鼓是很好玩的,难得又准又脆,那么点的小鼓,每下都能敲在点子上,的确不容易。我小时候好奇,常常跟在打小鼓的后面串胡同,看他怎么敲,很是羡慕敲得那个准劲儿。而且声音十分干脆,传得很远,很深的院子有时也能听到外面打鼓声。

打鼓的资本有大有小,识别货物的眼力有高有低,资本小、眼力差的只收买些一般的旧货,如旧衣服、旧木器、旧铜锡器等等;资本大、眼力强的便可以收购价钱贵的皮货、红木家具、瓷器等等。一般都挑两个竹筐,前面竹筐敞着,后面竹筐上面盖块布,里面有什么东西,路人看不见。最高级的,连箩筐也不挑,衣着整齐,见人彬彬有礼,腋下夹一个蓝布包袱,行话叫作"软包"。买到东西,就用这包袱包走。这是专门收买珠宝、古董的,在打小鼓的里面,这是最高级的了。不过他们虽然有不少差别,而打小鼓这一"市声"是一致的,都是上午敲着小鼓串胡同,中午在固定小茶馆喝茶休息,吃干粮,或者叫小饭馆送斤饼、斤面(以秤斤计算的炒饼、汤面之类)来吃。然后大家交换买旧货的情报,如有特别大宗或贵重的,一个人买不了,便大家合股去买。下午再敲着小鼓走一趟,把买到的东西带回去,或交旧货铺、估衣铺转手出售,或第二天五更天到宣武门外晓市(也叫"小市")上去出售。

打小鼓的都有一张极为伶俐的嘴,十分敏锐的眼光。他看准了你要卖、他要买的东西,却把这东西说成一文不值。说什么你放着反而白占地方,没有意思,日久要搁坏了,大扫除反而麻烦等等。等到他把东西买到手,那就成"无价之宝"了,你要想再买回来,那便比登天还难了。记得同院住的中旅导演陈绵博士,收集了不少资料,准备写个《袁世凯》的剧本。一天,他出去了,他的法籍夫人嫌这些破烂太脏,叫来个打小鼓的,统统卖掉了。他回来知道后十分着急,连忙到附近小茶馆找打小鼓的商量买回来,那打鼓的一听,哪里肯呢? 说什么也不卖,后来说好说歹,大概花了四五倍的价钱才又把东西买了回来。所以俗话说:"买死人,卖死人。"因为打小鼓的总想发"横财",买到手的东西一般是绝对不再卖给原主的。

收旧货

在北京住过的人,大概不论穷富,很少没有不同打小鼓的打交道的。因为居家过日子,总不免有些破旧的东西,没有用处,扔掉有些可惜,收藏也没有价值,也没处放那些破烂,这样收买旧货的打小鼓商人,就应运而生了。以这种方式来收旧货,源于何代何年,其历史根源虽然未能深考,但也是很久的了。康熙时柴桑《燕京杂记》记云:

> 有荷筐系小鼓以收物者,谓之"打鼓",交错于道,鼓音不绝,贵家奴婢,每盗出器物以鬻之。打鼓旋得旋卖,路旁识者,至以贱价值得宋元字画、秦汉器皿。

这里不但记到打鼓,也说到了打鼓的货物的来源。虽只说到贵家奴婢盗窃的一种,当然不只这一样的。他们的货源主要是哪些呢? 大约不外乎这样几种:一是一般人家不用的旧货,这是大宗,但不甚值钱;二是北京流动人口,如在京住了一个时期,要回乡或到其他地方的小京官、赶考举子、毕业的学生,临走把不能带的东西卖掉;三是全家离京回乡或他住的人家,这大都是官宦,每遇搬迁,要卖掉大批东西;四是旗人官吏的后代,家世衰落,靠卖旧货度日;五是大宅门佣工偷出来的东西。第一、二宗是打小鼓的日常的交易,都是一般的旧货,即使是贱买贵卖,也都是较为正常的利润。打小鼓收旧货所最喜欢的却是后面的三种货源,这是收旧货发财的机会。《清稗类钞》说:"京师语云:怕甚苦,且打鼓;怕甚饿,且捡货。盖相传操是业者,岁必有一暴富者也。"打小鼓发财是数见不鲜的。

封建官吏,在京多少年,都有很大的宅子,单是木器家具就有不少,一旦调离他去,行期在即,急于清理搬迁,常以极便宜的价钱卖给打小鼓的,数量往往很大,因而打小鼓的每遇到这样一户,便可赚不少钱。曾经看见过一位做过教育总长、医学院院长的老先生去世后,他家眷急于离京他迁,一个打小鼓的以数十元在他家买走三架大钢琴,而且都是很好的西洋名牌钢琴,其他杂物还不算,只此一桩,亦可见打小鼓的所做的可观生意了。

打小鼓的总喜欢在大宅门附近兜生意,也总喜欢在北城一带旗人多的胡同中兜生意。据说,有一个打小鼓的在一个小胡同内看见几个小孩弹球(即上海话"打弹子"),一个小孩用的球是绿色的,个较大,他向小孩要过来一看,见这个"球"中间还有一个洞眼,便到小孩家用几块钱买走了。这家大人不懂,以为小孩的玩艺居然会卖了几块钱,意外欢喜,殊不知这绿球是清代大官朝珠上拆下来的一颗翠珠,还是很值钱的"玻璃翠",打小鼓的一转手之间,便赚了好几百元钱。类似这样的事,在旧时打小鼓的中流传也很多。今日不妨当作为市廛掌故和燕市清话说说了。

由于打鼓的常常买到俏货,因而有人故弄玄虚,抬高古董身价,就说是由打鼓的手里买来的,最著名的就是《红楼梦》后四十回,程伟元序中说,"然原目一百二十卷,今所传之八十卷,殊非全本……数年以来,仅积得二十余卷。一日偶于鼓担上得十余卷,遂重价购之……"连《红楼梦》都仗打小鼓的才使"全帙流传"下来,足以见旧时北京打小鼓的贡献多么重大了。

那家花园

在清人笔记中,有不少记载北京名人宅第的文字,都很有价值,可供后人研究历史掌故作参考。北京是明、清两代都城,几百年来在北京居住过的历史名人不知有多少,差不多每一条胡同中,都有他们的宅第,都是值得后人考证的。这些历史名人的住宅,房子都颇有规模,多设有花园,在建筑艺术上也极考究。这些宅第的兴废,直接关系到我国古建筑史的研究和考证,在学术上是很重要的。有一年回京,经过米市大街金鱼胡同口,看见拆去了一座老式的四合院,盖起了很好的新式楼房,忽然想到,这不是那家花园吗? 那是一处很有名的建筑,拆掉实在太可惜了。

那家花园就是清末那桐的住宅,大门开在金鱼胡同,是东城知名的宅第。东墙临东单北米市大街,后墙临西堂子胡同,是一大片东西长、南北短的宅子,清代末年建造起来的。

那桐,字琴轩,姓叶赫那拉,内务府满洲镶黄旗人,举人出身,由小京官户部主事逐步高升。宣统元年,做到军机大臣。罢袁世凯之后,他还署过直隶总督。在宣统年间,他是煊赫一时的人物。他这所宅子离东安市场近在咫尺,离东华门又极近,进皇宫去也非常方便。还有庚子时,侵略者八国联军盘踞北京,李鸿章以全权大臣与外国人议和,那桐被派为留京办事大臣,帮办议和。李鸿章在京住在贤良寺,这座庙就在那桐家门前,后墙对着他家的大门。

他这所宅子虽然没有王府、贝子府的大格局,但建造的年代近,既新且精,都是磨砖对缝的大四合院子,由西到东,占多半条金鱼胡同。院子中有精美的花园,有戏台。东面有极大的大厅,是带有五间大卷棚的七大间北房,南面又有很大的南客厅。院中还有假山石。整个建筑外面看是中式房屋,室中装饰则是西式的,屋顶都是很高级的多枝镀金花电灯,地上铺着很华丽的大地毯。当年北京还没有高级宾馆的时候,这所房子曾经被派过很大的用处。

辛亥革命南北议和时,这所花园和这个大厅,几次作为会场和宴请贵宾的地方。最值得一提的就是民国元年九月九日,孙中山先生和黄兴先生北上北京。清室派贝子溥伦、载沣等人为代表,在那宅举行隆重宴会,宴请孙中山和黄兴。席间溥伦代表隆裕后(光绪女人)致词,说了一些景仰的话,最后说"咱们所期待的五族一律平等,国基从此巩固,皇室受福无穷"。黄兴致了答词。这是当年那家花园最重要的一次宴会。其后广西陆荣廷来北京,北京各界也在这里宴请过他,还请谭叫天来此唱堂会戏。那次谭是扶病而来,唱完这次堂会,不久便去世了。

和那家花园最为邻近的,就是贤良寺,简单说,就是贤良寺后墙正对那家前门。如走后门,那就是门对门了。贤良寺前门在帅府胡同、煤渣胡同中间一巷中,原为怡亲王府,后舍为寺。寺中古柏老槐参天,清代外省督抚来京,多住该寺。在本世纪开始,庚子时,李鸿章来京与八国联军议和,就驻节此寺,一时车马盈门,冠盖煊赫。而三十年代时,这里已冷落不堪了,里面先有一个民众小学,后来又有了住家户,人们经过金鱼胡同东头,看着北面那家的房子,南面高大的贤良寺的大墙,如今北面盖了楼,南面则盖了更高的楼,北京历史的陈迹越来越少了。

从有计划地保存一些有历史意义和价值的旧宅第的角度看,这些房子是不宜拆掉的。略介绍一点历史,权当作京华宅第掌故吧。

<h2 style="text-align:center">书　摊</h2>

在北京做过学生的人,至少有百分之六七十的人,有过逛书摊的癖好,有着这种浓厚的兴趣和甜蜜的回忆。书摊的种类很多,一块破布摊在地上,平摆上几本破书,很难超过二三十本以上,这是最寒伧的地摊。卖的人如果在冬天,一定是穿件极破旧的棉袄,或是棉袍子,窸窸窣窣地站在寒风中发抖,如果侥幸卖出一本,会露出满脸感激之情,颤颤巍巍地把书递给你,又窸窸窣窣地把钱接过去。如果要找钱,会翻出口袋里一个破手绢包,珍重地把为数可怜的零头找给你。顺手用袖子擦一下流出来的清鼻涕……至于阔气的呢,那是东安市场丹桂商场中的大书摊,前面是高摆的大摊子,书脊向上竖插,后面是高大的书架子,插满大的、贵的大部头书,摆摊的掌柜站在书摊和书架中间接待顾客,这人冬天着一身黑布棉袍,夏天穿灰士林大褂,出言谦虚文雅,态度朴实安详,彬彬有礼,是典型的京朝派。买书的人站在他摊前,任你随意翻书看书。你可以从早上看到晚上,他对你态度始终如一,绝不会有一丝一毫的不满。在这二者中间,还可以分出不少等级的书摊,恕我不一一细说了。

我爱逛书摊的癖好是做中学生时养成的。那时每天放学回家,所经过的一段人行道上摆满了旧书地摊,虽然是些破旧、寒伧的小书摊,但对一个刚进中学的学生来说,吸引力还是很大的。每天下学走过这里,总要在小书摊上东翻翻、西看看,摆摊的人从来不拒绝,即使对十来岁的小学生,也是一视同仁。

我不知道这几个小书摊边留下了多少人的脚印,而我在这里确曾徘徊过不少年,几乎消磨掉我整个少年时期的课余时间。第一次买了本什么破书已记不得了,但我确在这里买过不少"宝书"。曾经在一个极小的摊子上,买到过一套精装烫金字簇新的《海上述林》,真像哥伦布发现新大陆般的高兴。也曾买到过四十多本《礼拜六》,使我了解了一点鸳鸯蝴蝶派的原始情况。还买过不少本杂志公司印行的米色道林纸本的"中国文学珍本丛书",如《西青散记》、《琅嬛文集》等等。最念念不忘的是曾买到过一本破杂志,里面逐页贴满了"八行书",都是写给一个人的,但署名却各不相同,大都是清末名家。先不说其中有康南海、翁常熟等人的亲笔信,多么值得珍贵,单只那些各式各样的梅红的和水印花纹的素雅信笺,就叫我爱不释手,喜欢了好一阵。可惜沧桑之后,早已失散,今天再也看不到了。

那时候还有大书摊的集中地,如隆福寺街、西单商场桃李园下面的几条街、东安市场丹桂商场的几条街,都是大大小小的书铺和书摊。再有东西琉璃厂一百几十家旧书铺,平时虽不出摊,到正月里厂甸庙会上也照样出摊。再有东西小市,每天早晚在地摊上也有卖旧书的。至于在冷摊上买"俏货"的故事,在北京逛书摊的常客中,旧书行业中是说不完的。有人以纹银一两在小摊上买到明代弘治年刻的黑口《元遗山集》,就是后来商务印书馆《四部丛刊》影印本该集的底本。有人花四块银元买到明刊本《盛明杂剧》后来辗转卖给姚茫父老先生,卖了一百元大洋。

这些轶事流传在人们口头，真不知有多少。要买外文书，最好到东安市场丹桂商场正街上的一些洋文书摊，那里东西洋的书都是琳琅满架。

我到西单商场逛书摊，真正是名副其实地"逛"，因去得虽勤，买的却非常少。一个穷学生又能买得起什么呢？因此只有看书。而我感到最大乐趣的也正是这种"逛"，不一定是买。那时我家住在西皇城根，离西单商场很近，斜穿背阴胡同，一会儿就到了。每天晚间吃完饭，总要到商场书摊上遛个弯儿。后来住东单二条，离东安市场近，每晚吃完晚饭，就到丹桂商场各书摊遛跶一趟，看见好书，随手拿起，站着看上半个来钟头，看不完，明天晚间再来，这个摊上看看，另一个摊上再看看，走上四五个摊，已经一两个钟头过去了。该回家睡觉去了。大本的翻译小说如什么《死魂灵》《罗亭》《复活》等，我第一次是这样读的。当然也要买一些，那时我喜欢从大堆旧杂志中，以极便宜的价钱零星买来，凑成一套，这也是极有兴味的一件事。我用这种办法凑成过几年的《文学》《译文》，早期的《小说月报》，几十本《论语》《逸经》《宇宙风》《人间世》等。《人间世》的第一期，我费了很长时间才遇到它，真比"金榜题名时，他乡遇故知"还高兴。那朱红洒金仿蜡笺的封面，翻开封面，第一页用米色道林纸印的曲园老人的像，情境历历，仍像在我面前一样。如今烟飞云散，已是好几十年的旧事了。而这逛书摊的美好的记忆，却像嚼橄榄一样，时时回味着，也常常在梦中出现。

老式公寓

如果按照英文概念翻译过来的词义所谓的公寓，即上海习惯上所说的公寓房间，那是很高级的西式套房，同几十年前北京所说的公寓是两种概念。几十年前北京的各种"公寓"，老实说来，那不少是寒伧的。那时在北京上高中、读大学以及当小职员的外地人，有不少人是靠这样的公寓托身的。甚至可以说，几十年前北京的大学生生活，是离不开公寓的。这种老式公寓，现在是早已没有了，而在几十年前，却是非常普遍的。这是一种介乎旅馆、宿舍、家庭之间的特殊寄宿客房，价钱较旅馆便宜，生活较宿舍方便，食宿稍有家庭风味。因而当年大中学生，不少都以公寓为家。二十年代后期出版的《民社北平指南》，曾介绍这种公寓道：

> 公寓者，即变相之客栈。另有所谓学员借宿舍者，又公寓之变相也。专租各大学、中学之学生居住，其租费多按月计算，伙食亦按月包，大约自九元至十二元不等，邻近各学校之公寓，亦多仿效之。

简言之，公寓，即按月包租之旅馆，一般连伙食一齐包。至三十年代中，经济不景气时代，小公寓门口用红纸写着："接待学员，八元房饭。"即一间小屋，每天两顿饭，一月只用八元钱就够了。就这么便宜的价格，开公寓的还能得到不少利润，因为那时物品比较便宜。

大约在一九三七年春天吧，一个青岛同学住在二龙坑一个很小的公寓中，他跟我同班，但比我大好几岁，我常常到他公寓去玩。他住一间小南房，一副铺板，一个木条子书架，一张三屉桌，两张木板椅子。窗户、顶棚都是新糊的，连墙也是"大白"纸（北京的一种上面刷了大白粉的特殊糊墙纸）新糊的，北京俗话所谓"四白到地"，倒也收拾得干干净净。我看他吃饭，中午每顿端来一小盘菜，如炒菠菜、炒绿豆芽等，总是最便宜的，但也有两三根肉丝。另外一碗高汤，有点虾皮和紫菜。一盘小馒头，大约六个。晚饭什么炸酱面等等，也有一小碗酱，大概每顿合三十枚铜元，一天合六十枚，当时四十六枚一毛钱，这样的伙食连早点大约每月要五元，房钱、灯、水费一元五，大约公寓这间小房房饭费八元，能营利一元到二元。住在这里的学员，每月总要去亲戚家或小馆中吃几顿，这样公寓就可不开饭，自然不退钱，公寓赚得就更多了。

公寓有大有小，房间有考究有简陋，价钱自然也不相同。当年著名的大公寓，如西单白庙胡同里面大同公寓，东城灯市口北辰宫公寓，报子街同兴公寓等等，有的是好几进大院子，有的是宏丽的老式三层楼房，有比较宽大的高等房间，套房包租每月房饭约三十元。那都是带有小客厅的套房，是十分阔气的了。当年不少名人也多住在公寓中，鼎鼎大名的刘师培，当年就常年住在大同公寓中。至于小公寓，那就更多了，如在西城二龙坑一带，学校集中的地方，一所旧四合房，再有一小间厨房兼茶炉而外，所得十三间房，房东兼做掌柜、记账总管，找个亲戚什么侄子、外甥之类做伙计，内掌柜管厨房，这样一挂牌，小公寓就开起来了。十三四个房号，住满客人，一个月除去开支，再赚个三五十元钱，不成问题，这比把房子租出去吃房租合算多了。

公寓生活是十分潇洒的。如同院相处和美，异乡学生长期居住，有家庭般的温暖。对寓中伙友三节（端午、中秋、旧历年）开赏，一进大门的柜房门口，便可见用红纸写着："端午节赏：一号张先生赏二元，二号钱先生赏一元五角……"更觉喜气洋洋，这也算公寓特有的景象吧。

学生住公寓,寒暑假要回家,临走的时候也要给伙计点钱,也叫赏钱,也都用红纸写上,贴在账房门口,一是向给赏钱的人表示谢意,二是向不给赏钱或给得少的人施加点压力。不过当时真正不给的人也是极少的,除非有特别原因,一般一块总是要给的。常住的人,寒暑假回家,房子一般都打个折扣,留着开学回来,早已给您打扫得干干净净等着您了。这真有到"家"的感觉。卢沟桥一声炮响,这个家破碎了,抛弃了。多少人这次离开再没有回来了。

住公寓不比住客店,一般住的时间都较长,账房对客人都很熟。小公寓里,内掌柜代客人洗衣服、缝缝补补,又多少赚几个,客人生活上也感到方便。除少数公寓有些打牌、酗酒,甚至其他坏事外,大多数住公寓的学生还是比较规矩可靠的。现在三十年代中在北京住过公寓的人还很多,不少人还有安静舒适方便的回忆,不用我再多说了。

京话官话

上海人笑外地人说不来上海话,曰"洋泾浜",这是因为帝国主义的侵略,外国人到上海住在洋泾浜一带。当年中国人学两句上海腔的外国话,外国人又学两句外洋腔的上海话,这样就出现了"洋泾浜"。另外北京人嘲笑别人口音不纯,一曰"怯",二曰"南腔北调"。如果随便说说,那也罢了。如果叫叫"真","怯"还可以解释为乡下人不懂北京音,胆小,不敢说等等。那"南腔北调"呢?如果问一声什么"南腔",什么"北调",这就回答不出来了。如果细想想这话,也和北京是几百年的首都有点关系。

首先北京是明、清两代的都城,梨园歌管,日新月异。北曲衰而南曲兴,"临川四梦",尽是南声;"燕子"、"桃花",亦作北调。就是著名的戏剧院本,不但都是南方人编的,而且昆腔、弋阳腔,一直到后来的徽腔,无一不是南方的腔。再看著名的演员,南明直到康熙时代,南京秦淮河的名手自不必说了。直到清朝末年,享盛名的伶人,大都还是南方人,如大名鼎鼎的程长庚,就是安徽人;余三胜是湖北人,有伶界大王之称的梅博士的祖父梅巧玲是江苏泰州人。这些著名人物都是南方人,而他们一生在北京唱由南方腔变化出来的西皮二簧,这不就是标准的南腔北调了吗?

过去的北京,唱昆曲,一定要会说苏州话,这就像其他地方学评弹一样,不会说苏州话是无法唱的。萧长华唱《请太医》,挂一根大杠棍当拐杖,戴一副特大茶晶眼镜,说的就是一口苏白。韩世昌唱《游园惊梦》样样都好,就是苏白不好,真是毫无办法。因为白云生、韩世昌等都是冀中高阳人,唱的是高腔的昆曲,也就是后来演变为"北昆"的剧种。昆山腔而用北音唱,就更是南腔北调了。吴瞿庵老夫子当年教韩世昌唱曲子,一个苏州音教来教去教不会,萧重梅(劳)老先生说起这段故事,边学边讲,极为引人发笑,可惜我文字上无法表现声音,不能记下来,太遗憾了。

明、清两代行科举制,三年一赶考,各省举子到北京去会试,南方文风盛,赶考的举子多,而他们的口音自然十分复杂。如果闽南人说闽南语,广东人说广东话,杭州人说杭州话,四川人说四川话,苏州人说苏州话……这便大家统统不懂"话"了。怎么办?于是当时真正流行了一种南腔北调的话,谓之"官话",又叫"蓝青官话"、"月白官话",也是以北京调为基础的,这种话专门流行于官场,在北京各衙门中盛行通用这种话。有些跟官的长随、听差也说这种腔调的话,他们虽然不是什么官儿,回到家乡却爱仗着官气去欺侮人,谓之"打官腔",人们对此更是十分痛恨的。至于南腔北调,看来比打官腔还是好得多了。

再有北京是几百年的都城,一些老住户惯说京话,自然伶牙俐齿,轻薄之徒,难免就要嘲弄外地人,常常在语言上编了不少笑话,拿操各地土音的人开玩笑。如嘲笑山西人为"老西儿",编笑话云:

"三个客人,两个茶碗(读如瓦),掌柜的不是外人,使个大碗吧(音如'是个大王八')。"

嘲笑定兴人怯音:

"这个黄天霸儿,拿着个修脚刀儿,说:贼儿,贼儿,我给你剃个头儿。"(因那时剃头、修脚师傅都是定兴人。)

嘲笑绍兴人为臭豆腐,编笑话道:

"臭豆腐,酱豆腐,五香的豆腐干呀!"

我十来岁才到北京,一口乡音,不知受过小朋友多少嘲弄,现在想想还好笑,可惜现在没有人这样嘲弄我了,有谁再这样笑笑我该多好呢?

孔方兄

制　钱

　　报载某个地方,在建造楼宇,挖掘地基时,挖出了大量的古钱,其中大多是唐代的,也有不少秦、汉以来的五铢、半两等古钱,这肯定是前朝不知名氏的一个窖藏,生前经之营之,聚之唯恐不多,藏之唯恐不秘,而身后渺茫,千百年后,又无意中被发现出来,而当年窖藏者则无处查考了,仔细思量,能无"后之视今,亦犹今之视昔"之感乎? 不过,不谈这些,只就古器物来言,还是一条很有趣的消息。在目前古物越来越少的情况下,一下子多了这么许多古钱,不是很有价值的事吗?

　　古钱,是一门专门的学问。自从秦代以来,我国就创造了外圆内方,中间有方孔的"孔方兄",直到清代的"宣统",每一个皇帝都要铸自己年号的钱,总计起来,真不知铸了多少千千万万,前后两千年,那是数也数不清的。明、清二代,在钱法上基本是稳定的。在北京有两个铸钱的机构,在外省,各省有各省铸钱的机构。这些铸钱的机构,不论北京和外省,都叫"局",新铸好的钱,第一次拿出来流通,叫做"新出局"的钱。《红楼梦》第五十三回写道:"抬了三张炕桌,每一张上搭着一条红毡,放着选净一般大新出局的铜钱……"所说"新出局",就是这个意思。

　　各省铸铜钱的"局"都归各省藩台衙门管,如福建的叫"宝福局"，山西的叫"宝晋局"，云南的叫"宝云局"，甘肃的叫"宝巩局"等等。北京是京师，则有两个局，一是户部的宝泉局，一是工部的宝源局。宝泉局在北新桥大街路西，宝源局在东单石大人胡同。明、清两代流通的制钱，可以说最早都是由这两个局铸造出来的。为什么说最早都是由这两个局铸造出来的呢？这要由各种制钱的第一枚钱说起。

即使在今天，人们家中可能还保存着一枚两枚的制钱，如"康熙通宝"、"光绪通宝"之类吧。它最早是怎么铸出来的呢？在清代，一个新皇帝登基了，宝泉、宝源二局奉旨按照新皇帝的年号铸新钱，先用纯铜錾凿成二钱三分重的钱样子，谓之"祖钱"，送进宫去给皇帝看，御览认可后，再以之翻出模子，铸造一批一钱六七分重的，这就是翻砂翻出的了，叫作"母钱"。这种母钱送进宫中，留下一些，保存在宫中，作为"钱式"，以当历史上实物资料。一部分就作为钱样子，命令宝泉、宝源二局依式铸造。并且把母钱式样用公文颁发各省钱局依式鼓铸，很快一个新朝代新年号的制钱就在各省流通开了，但是它的根，还在北京宝泉、宝源二局，所以说，所有的制钱，最早是这两个局铸造出来的。

清代的制钱，就其本质说来，是当年国家发行的唯一的法定钱币，因之叫"制钱"。当年虽然也用纹银，但是以重量计算，不断地浇铸银锭，在流通时被剪成碎银，又不断被聚拢重新浇铸，国家始终没有固定单位的法定"制银"，因而白银，不论大元宝也好，小锭子、锞子也好，都不是法定钱币，只有制钱才是国家规定的通货，小到一文钱，大到几千贯、几万贯，都是如此。

法定钱币是按照国家规定由国家机构制造发行。清代的"户部"，相当于现代的财政部，正是发行货币的单位，其领导下的宝泉局鼓炉铸钱，是理所当然的。为什么工部也有宝源局可以铸钱呢？那时的工部，相当现代的建筑部之类的机关，是负责修建国家和皇家各种巨大工程的，有什么权力可以发行通货呢？今天说来，就要稍作解释了。

老实说，明、清二朝的工部，虽说是国家的六部之一，但实际上只是皇家的御用建筑厂，主要任务是给皇帝修宫殿和修陵墓的。这种工程动不动就要领几万两银子的经费，而大批的工匠开支，全是用制钱，一个大工地上，每天要开销几千贯钱。一贯就是一千枚制钱，一千贯就是一百万枚铜钱，这样多的制钱都是零星开支，不能用白银代替。因此每天要大量的现钱，铜钱很重，如果各地去收集，每天搬运也不便，因而工部也设立宝源局，自己铸钱了，这是从明代就开始的，而且铸钱是一桩好买卖。

据明代记载万历时修建乾清、坤宁二宫的专书《两宫鼎建记》说：每银一两，铸钱六百九十文，市价是每钱四百五十文换银一两。发给工匠工钱伙食，均以五百五十文作银一两，每银一两收利一百四十文。日散十万钱，然人止得三二十文。从这段记载中，可知明、清二代工部也设局铸钱的原因。不但便于发放大批瓦木工匠的工钱、伙食，而且还有利可图，比用白银向市面上兑换铜钱合算的多。对工匠说来，似乎多赚了铜钱；而对工部说来，每铸三两白银的铜钱，几乎可以多出一两白银来。这个利润是很大的了。

北京俗话中，旧时常常听到这样一句话："一个大钱也不值。"或者说："一个小钱也不值。"都是贬低某一事物没有价值的意思。为什么又说一个"大钱"、又说一个"小钱"呢？简单地说：太平军兴，威胁了清朝的统治，咸丰时，清朝经济困难，通货膨胀，铸了当十钱，说是"当十"，但后来流通中，只当两枚制钱用,这就是"大钱",另有小铁钱、鹅眼等小钱,两枚抵一枚制钱用,都叫"小钱",这样制钱之外,又有大钱、小钱了。

用过大钱、小钱的人,已十分稀少了。等到用了铜元,那就等于清代的当十钱,小铜元北京叫"小铜子",等于十枚制钱,大铜元北京叫大枚,等于二十文制钱。制钱改铜元,等于国家一下子把币制提高十倍,大利是统治者得了,损失是老百姓负担了。银元和铜元,并不是直接关系。因为银元的辅币是角、分,十分一角、十角一元,比例是固定的,最早银元与制钱的比例,后来银元与铜元的比例,实际都是银价与铜价的比例,由民初到三十年代,总趋势是银价越来越高,铜价越来越低。后来采取了"白银政策",只用纸币,不用银元。而三十年代中期,北方乡间还用银元,北平已不用银元只用纸币了,每元换铜元四百六十小枚,二百三十大枚。

礼尚往来

干、水礼

客中光景,杂乱无章,在生活的拼搏中,又把五月节过了。北京旧时习惯上把端午节、文人又称为重五节的叫作五月节,是一年中的一个大节日,虽然比起旧历年、中秋,略逊一筹,但也是三大节之一。北京旧时,一般家庭,有点亲戚朋友,即有几处通家之谊的家庭,作为主妇的,常常说一句话,叫"三节两寿",即三大节日和男、女主人的寿辰,都要考虑一个伤脑筋的问题,就是送礼。人情礼往,在旧式家庭中是少不了的。《红楼梦》中宝二爷不就发过牢骚,说是过不完的生日吗?试想想,有上三房五房至亲,都有老家儿(指祖父母、父母)在,一年三大节,再加上过生日,都要送礼出份子,外带去行礼、拜寿叩节,这一套都要按着日子记好,该多么烦人。

送礼,还不单纯是一个钱的问题,这里面有复杂的学问,送什么?送多少?谁厚谁薄?谁该还礼?谁该补送?不能让人家挑礼,弄不好送了礼,反而得罪了人等等。这就要当家人非常熟悉本家与各家亲友之间的关系,了解亲友家各种送礼的特征,想得周到,办得细致,自家花钱又不多,送到亲友家中却非常满意,这就叫会办事,是位能干的主妇。

林语堂博士办《人间世》《宇宙风》时,有一个女作家冯和仪,写过一篇专门谈论送礼的文章,她提出的标准是:"送之者情有眷眷,受之者意有拳拳。"这种境界是送礼学的艺术标准,不要说一般人做不到,连艺术家有时也不赞成,郑板桥当年就明确地反对过,他说过凡有馈赠,物品总不如现金为妙,因君之所赠,未必某之所好也。自然,他是以卖画为生的,送东西总不如送钱为妙,有了钱样样都可随心所欲地去买,何必麻烦你买了再送呢?这在北京叫"折干",也叫"干礼"。过生日送上大洋一元,您随便买点什么,用红纸包起来,写上"寿敬"两个字,也是一笔人情。但一般过节,送节礼,除去清代大官给名士送过节钱或外省督抚给京官送节礼,大都折干送现钱,为的是好让这些旧京官能过节,也美其名曰"节敬"。一般普通人家中,送节礼则都是送东西,尤其是以食品为主。过去送吃食东西最不值钱,因而便叫作"水礼"。水礼是各种礼品中最薄的了。那时北京人情礼往,最便宜的礼品是"蒲包",这玩艺儿现在已经没有了,年轻人也都不知道了,但年纪大些的人,对它应该说还充满着思念之情,多么可爱的蒲包呢?

半世纪前,在北京蒲包是礼品的代名词。五月节送粽子,八月节送果子,苹果、葡萄、鸭梨,过年送苹果、橘子,都可以打蒲包。什么叫蒲包呢? 简单说,就像现在的塑料薄膜食品袋一样,用做包装食品的。蒲包是用蒲草编成八开报纸大小长方形的片子,四个角是圆弧形,一大叠、一大叠地放在那里备用,顾客来了,拿一张过来,四个角一折,成一长方形笸箩,如有鲜荷叶,里面再垫上一张鲜荷叶。称吧,三斤苹果、二斤鸭梨,红的苹果,黄的鸭梨,衬在绿色的鲜荷叶上,要多美,有多美,这就是当年北京人的生活艺术。只此一摆,就代表了高度文化的结晶。放好之后,再盖一张荷叶,荷叶上再盖一张印着字号的商标,商标是红纸黑字,有的是红纸金字。版式屋脊形长方,一行横的,三行竖的。横的大多是"京都"二字,竖的中间一行是店名,如"宏兴果局"等等。右面一栏小字:"四时嘉果,南北鲜货;童叟无欺,言不二价。"左面一栏小字:"开设南闹市口路东,认明冲天招牌便是。"全部放好盖好之后,再用染成梅红色的单股麻绳一捆,拴上提梁。鼓鼓囊囊五斤重,又好看,又实惠,拿起算盘噼啪一打……您付钱吧,付完钱,就可提着蒲包喜气洋洋地投亲访友去了。

这就叫"蒲包",尤其是女眷出门,大婶带着二丫头去看三姨去,老太太去看白头发义妹去,三姑奶奶去看四舅母去,亲上作亲,亲上串亲,东一门子,西一门子,正像大观园中王熙凤所说,这中间连着四五门子亲呢。这样一般人家,女眷们串来串去,也有不少来往,平常你来看我,我去看你,还则罢了,大节下的,怎么好空着手去呢?最普通的,就是提上一个"蒲包",因此,几十年前,"蒲包"在北京话中,已经是礼品的代名词了。

打蒲包都是些"水货",本来不值多少钱,一般都是五斤来重。但是寻常百姓家中,大多日子并不那么宽裕,人情来往,固然少不了,但也不能不精打细算,这样就把蒲包打得虚些,三斤水果,也可打个像样的蒲包,这样就可以省些钱。况且送礼还讲究几色,稍有余力,单送一个蒲包,便觉得拿不出手,除蒲包外,再配一盒点心,五月节,配上一盒玫瑰五毒饼,八月节,配上一盒自来红、自来白,过年,配上一盒蜜供,花不了多少钱,这样可就成双了。

"礼" 学

送礼是门学问,从什么时候开始,这个很难考证了,总之是很古老的事了,岂不闻《诗经》之语乎?"投之以木桃,报之以琼瑶,匪报也,永以为好焉。"古老的《毛诗》时代,早在孔老夫子之前,送礼的事儿就相当普遍。所谓"来而不往非礼也",礼是要讲究往来的。往来的目的说得很清楚,无它,永以为好焉。中国是礼仪之邦,永以为好,这种良好的愿望,是有悠久的历史传统的,甚至可以说是中国人传统的美德之一。岂不闻俗语又云,"礼多人不怪","千里送鹅毛,礼轻情意重","官不打送礼的"……关于这类送礼的谚语太多了,其中心还是一个,就是前面所说的那种良好的愿望。

从古至今,送礼分多少种类,似乎还没有人作过统计,这里不妨约略言之,也都以北京的旧事为例。一是邦交之间的礼物,这是人间送礼的最高档。英法联军火烧圆明园时,英皇乔治第三送给乾隆皇帝的两辆华丽的四轮西式马车、两架十二磅榴弹炮还完整如新地摆在那里,大概后来随大火化为灰烬了。举此一例,可见皇帝之间送礼故事的一斑。

二是封建时代,作大官的送给皇上、皇后、皇太后等人的礼。"送"应该叫孝敬,"礼"应该叫贡品,这一套繁文缛礼太复杂了,那是说也说不清楚的。近代最出名的是西太后那拉氏,她一辈子收的贡品是要用天文数字计算的了。更重要的,给这种人送礼,还怕"孝敬"不到。常言道:阎王好见,小鬼难搪。给那拉氏孝敬,要先孝敬李莲英,给她送大份,便要给他送小份,甚至给他要大大份。据传袁世凯做北洋总督,用一百万两黄金,作一百万金大洋给那拉氏贺万寿,铸成一百十六万,十六万送给李莲英当意思钱。这也是举个例子以见一斑耳。

三是小官送大官,直到民国初年的大总统。这一类最复杂,一是官职大小相差太远,等级最多,以清代说:亲贵王爷、外省督抚,到小县里的典史、教谕以及什么监大使、外委蓝翎之类太多了。以民国以后说,大总统、总长、督军,直到一个小小的录事。以工业来说,大经理、大董事长,直到小雇员,像《日出》里黄省三那样的可怜虫,也是说不胜说的。二是送礼的目的也不同,有的是层层管辖,不得不送;有的钻营门路,为做更大的官而送;有的为讨好上级来送;有的则是为了保住饭碗而送,也是千奇百态,笔难尽述。

至于亲朋之间,为友谊关怀送礼,那又当别论,不过也是复杂的。俗话说:"亲戚有远近,朋友有厚薄。"不要说大户人家,即使寒门小户,亲友礼尚往来,也要考虑一下不同的情况,哪家该重,哪家可轻,哪家一个蒲包就可以了,哪家便要配二色,或者四色,这都是当家人,家庭主妇要心中有数的。至于大户人家的主妇,那就更要懂得这门学问了。精于此道的,自家又省钱,面子上又好看,亲戚朋友都夸好。不然,自家多花了钱,送了礼,弄不好还得罪了人,这就是弄巧成拙了。

《红楼梦》里的人,是精通此道的,一部《红楼梦》,不知写了多少次送礼的事,不只是简单写送礼,而且写出了送礼的学问。凤姐在秦可卿房中,第一次见秦钟,没有带见面表礼,马上派人回家去拿,平儿素知凤姐和秦氏厚密,就自作主意,拿了一匹尺头(即一匹量好尺寸的缎子衣料)、两个状元及第的小锞子送来,凤姐还说太单薄。又如江南甄家派了家人给贾府送礼,贾母便吩咐说,预备下尺头,等着赏女佣人。果然,男家人刚送完,女家人又来了。贾母说我知道他家的规矩,男家人送过,一定还要派女的来。再如湘云送冻石戒指给大观园中诸姐妹,先派家里佣人送来几个,留着自己又带来几个。宝玉笑她,为什么不一起送。她洋洋洒洒地说了一番道理,分析细微,中肯扼要,说得宝玉哑口无言了。单举这三个例子，就可看出送礼的学问有多么复杂，而《红楼梦》中平儿、贾母、湘云等位，对各种人情礼往的关系，了解得多么熟悉，分析得多么细微，掌握得又多么得体，真够得上送礼专家的顾问，有资格当外交部礼宾司司长了。

普通人家，人情礼往不太多，顶多七家、八家有来往的人家，这都还容易记，也容易掌握礼轻礼重。但是像荣、宁二府那样的人家，以及再小一些，如清代的一般官吏之家，人情礼往都很多，有时送一次礼，礼品的种类也很多，这只凭心记，就不行了。还必须借助于文字，这就有了"礼单"、"礼账"等书面记录。礼单是送的品种多，要用红纸开个长条单子，前面写上一两句客气的话，再把礼品一宗宗写明。如甄府给贾府送礼，便先送上礼单，上面写着"上用妆缎、蟒缎十二匹"等五项，共七十二匹纱绫绸缎，正显了织造府的气派。这些礼品，都要一一记在礼账上，以便将来查考，照着相当的数字，给人家回礼，这一套也是十分复杂的。

官　礼

官场送礼，打开窗户说亮话，很难谈到什么友谊，送之者不过为讨好上官，受之者大多为搜刮财货。过去有一个笑话，一个官过生日，小官们凑份子给他送寿礼，因为他是属鼠的，便凑钱打造了一个金老鼠送给他。这个官看了十分喜欢，笑嘻嘻地对下属道："贱内下个月过生日，她是属牛的。"这虽然是讽刺的故事，但在实际生活中这种事例还是很多的。几十年前曹锟任直、鲁、豫巡阅使，在驻地保定称觞祝寿。张宗昌这时正没有地盘，走投无路，便动脑筋，罄其所有，铸造了八座大金寿星，送给曹锟,摆在保定巡阅使署寿堂大条案上,绚烂夺目,大得曹锟欢心,便答应给他拨一批枪械,足可成立一师人的队伍,这样送了一笔礼,一桩军阀交易便搞成了。

《论语》上说"齐人馈女乐,夫子去鲁"。这是春秋时代用活人作礼物送人。到了本世纪初,这种情况还是屡见不鲜。一九〇七年,段芝贵钻营黑龙江巡抚,走庆亲王奕劻和他儿子贝子载振的门路,暮夜赠金十万两,并以一万二千两白银买天津歌妓杨翠喜,送给载振作妾,这便是以大活人作礼物送人。后来让御史赵启霖参了一本,但当时正是奕劻、载振父子依靠帝国主义势力,控制那拉氏老太婆的时候,炙手可热,谁也碰不动他。因而招权纳贿的无耻之徒,反而平安无事,参他的御史却被夺职了。

当年做大官的人家,每天送礼的人是数不清的,有的照单全收,有的则不一定全收,或完全不收,因人而异,因事而异。据说段祺瑞做国务总理、做执政,送礼的人天天来往不断,逢年过节就更多了。外省督军相当于清代的督抚,都要给中枢送厚礼,礼单上一开就是几十样,而段祺瑞都要仔细地一样样看过,拣一样最便宜的收下,以全面子,其余全部退回。有一次齐燮元从南京送来重礼,共有二十多种。有一架大紫檀围屏,都是用宝石镶嵌的各种博古花纹,极为精美。段府的总管想着,这下可以全收了,一来是礼物不但贵重,而且的确精美。二来送礼的人不同泛泛,是坐镇江南,手握重兵的大员,不能随便谢绝,送礼为了拉关系,收礼也为了拉关系,不然岂不把送礼人得罪了。但是段祺瑞照样不收。当时东三省张大帅给段送来一大批关东货,像《红楼梦》中乌庄头账单一样,什么鲟鳇鱼、野猪、黄羊等样样都有,张作霖副官再三请段赏收,他也只收了两条江鱼,算是给面子了。

官场送礼,因纯是利害缘由。送者有目的,收者就有戒心,怕收下礼难办,因此不收。这并非真不好货,而是有所顾忌。因此送礼之徒,便动足脑筋,设法投其所好,以期达到送礼的目的。中国第一位发现甲骨文的人山东福山人王懿荣,一生讲求金石古文字,任国子监祭酒,为人正直,非贪婪者,门生送一般礼品是不收的,但送石刻及钟鼎文拓片,那是非常欢迎,而且作为资料研究考证。据传,一门生由江南晋京,路上打尖,吃吊炉烧饼,看见烧饼背面凹凸不平处很好玩,像古文字,忽发奇想,便用纸拓了不少下来,带到北京,送给老师王懿荣,王还题字作跋。无独有偶,毕秋帆做陕西巡抚,过六十整寿,预先禁止属员送礼。一个县令派人送来二十块古砖,都有秦汉年号。毕大喜。对送礼物来的家丁说:寿礼我一概不收,你们老爷的古砖正合我意,我就留下把玩了。那家人连忙跪下道谢,并且说:这都是我们主人亲自监督砖匠烧的,挑了二十块最好的给大人送来了。毕听了大笑而罢。

阔人到了一定地位,送礼有时别出心裁,因此也出了名。冯玉祥就是最著名的一位。齐燮元派人送价值巨万的寿屏给段祺瑞,段不收,而冯玉祥派人由驻地送个大南瓜给段祺瑞,段便欣然收下。吴佩孚鼎盛时,坐镇洛阳,正好过五十岁生日,天下送礼贺寿者,云集嵩下,有人送赤金打造的麻将牌。而冯玉祥则派人送来一坛子白水,还说明意义,这是古人说的:“君子之交淡如水。”

最送不起礼的是书生,俗云:“秀才人情纸半张。”最不为世所重。康有为送给吴佩孚,是一副寿联,这副寿联后来名闻全国,其词云:

嵩岳龙蟠,百世勋名才过半;

洛阳虎踞，八方风雨会中州。

另外还有一反送礼之道的是大官送小官的，或者台上的热官送给下台在野的闲员。目的之一是照顾生活，目的之二是爱才，予以经济上的支持，目的之三是寄愿望于未来，俗名叫"烧冷灶"，等下台者重新上台之后，他会得加倍的补偿。

最可贵的是私人之间友谊的、绝无任何利欲目的的送礼，姥姥看外孙，女婿看丈母娘，送个蒲包；小同学毕业分手，互赠礼品；几十年老朋友雪里送炭……范叔之寒，袍襫之赠，衷心藏之，永难忘怀的了。

行路难

道　路

　　北京旧时代路政不修,有两句流传了多少年的口头语:"无风三尺土,有雨一街泥。"又叫"无风三尺土,有雨墨盒子"。反正都是一样。这种情况也有阶段性:明、清两代几百年中最厉害,这一个阶段,城里面大街小巷都是土路,再加车辆多,不论载物的大车,拉人的轿车,以及独轮小车,都是有大铁钉的硬车轮,碾在泥路上,到处碾得都是很深的车辙。那时车又不是按一侧行驶,走起来横七竖八,因而把路面碾得高低不平,到处都是浮土,看上去是平路,其实有不少凹坑,俗名叫"坠窝",或"潴窝"。车轮一走过,不但颠簸不平,震动很大,而且有时车轮陷进去,牲口力气小,拉不出来,甚或断轴折辐,那就更困难了。

　　这种路面,一遇雨天,那就是一塌糊涂,实际不只是"一街泥"或"墨盒子"了。这种路有两个季节最伤脑筋。一是春风开冻的时候。冬天路面硬如坚冰,最好走。一到春天开冻,路面都变成稀泥,再来上两场春雨,天气还不太热,湿泥中的水分蒸发不快,最少有半个来月泥泞难行的日子。再有就是六七月间,大雨时行的日子,一场大雨过后,满街尽成泽国,低洼地区,水深过膝,而且积了很长时间泄不掉,这就成了不少水坑了。因而胡同的名字,也常常以此得名,如城里有名的二龙坑,宣南南下洼子大川淀、小川淀等处，都是因此得名的。

读前人日记，常常有关于这方面的记载。《越缦堂日记》中不只一次地记到道路泥泞的情况，坐在骡拉轿车中，拖泥带水地走在街衢中，泥水都能没到马肚皮，并牢骚满腹，一再叹喟。《鲁迅日记》也常记宣武门一带的大水。当时宣武门城门内外，地势极低，夏天一到大雨，便要积水。那时先生每天上下班，宣武门是必经之路，初到北京时，坐骡车上下班，后来坐洋车，总之，不管什么车，大雨后经过宣武门时，总要涉水而过。总的来讲，北京地势北城高，南城低，雨天南城积水更多，道路更难走。

庚子之后，北京讲求新政，开始修马路，孙宝瑄《忘山庐日记》光绪三十二年（一九〇六年）二月二十九日记云：

> 晚，入城，复过子蕃谈诗。时自四牌楼以南，方筑路，泥石狼藉，镘锸纷如，车行视未筑日益艰……

而四月二十七日又记云：

> 晨，坐慕兄马车，赴颐和园。自西四牌楼，出西直门，至万寿山路，约十八九里之遥，皆坦平如砥。在马车中，看西山峰峦起伏，林原如画，此为上海所未有者。余于上海，独爱其道路，居则必京师之屋，以其爽垲绝于他处也。始谓二者不可兼得，今则果兼之矣，岂不快哉？

这两则日记，记载了北京最早修马路的具体情况。

北京自清代末年，开始修新式马路，最早是东交民巷使馆区，后通衢大道，陆续修成。在《京华百二竹枝词》中，亦曾写到，这里不多引了。但直到三十年代中，柏油马路，还不很多，除去前门大街、东西长安街、南北长街、南北池子、东单、西单南北大街而外，不少大路也不都是柏油马路，如南新华街、虎坊桥、宣外大街、东珠市口等处，一直到很晚才修柏油路。至于各大胡同，那就更少了。西城直到"七七事变"，也只有丰盛胡同、武衣库是柏油马路，那是因为宋哲元将军家在武衣库，修马路为了他的汽车出入。少年时在二龙坑上学，年年秋季开学时，都要沿着大水坑的边沿到学校去，这印象是非常深的。

当时北京道路，柏油路最好，土路平坦的扫干净也很好走。碎石子马路走起来硌脚，而且灰多，实际最不好，沙滩前就是这种路，是名副其实"沙滩"了。

自行车

北京自半世纪前，自行车就一直很多，记得在小口袋胡同上学时，二门里车棚五六丈长，两旁摆得满满的。有专人管存车，发对号车牌子，各学校、各单位大多都有专门管车的人，北海图书馆存车处在最后面，去时总是先骑车到后面，存好车，再提着书包进大楼。四十多年前到上海，那时上海自行车极少，上千人的学校，只有两三个人有自行车，因之各单位都没有存车处，而十几年后，则大变样，到处都是脚踏车了。但迄今为止，各单位存车处还不普遍，车还是乱放的多。脚踏车是外国传来的，各地却也有不同的名字。

上海人叫脚踏车，香港、广州人叫单车，北京人叫自行车，记得老年间还有人叫"自由车"的，但是这个名字没有时兴开，现在已经很少有人知道了。一个东西，有许多名字，各叫各的，想想也怪有意思。而且它不但有名字，还有别号呢。五十多年前，常和老词人夏枝巢先生见面，老先生每爱笑着说："我比不了你们，你们脚底下有两只风火轮。"风火轮是《封神榜》哪吒的代步，来去自如，极为方便，是古人的想象，与今天的自行车却颇相像，枝巢老人说得多么有趣，又多么生动呢？一时在我们那一圈人当中，"风火轮"便成为自行车的雅号了。枝巢老人当时说这话是有感慨的，因为他看到同学们骑自行车十分方便，很羡慕，而他自己，无法再骑。而常常也想出去逛逛，当时正在沦陷时期，老人经济并不很好，每思出游，又有出无车之叹，便不免发此感慨了。那时不免有点笑老先生，但一弹指间，自己也不免有同感了。这正如陶渊明诗所说："昔闻长者言，掩耳每不喜。如何五十年，忽已亲此事。"青年、老年之间，似乎总在重复着一些东西，其可叹不是正在这种地方吗？

平心而论，"风火轮"作为自行车的别号，还是十分惹人相思的。我感到现代科学制品的车辆中，自行车也是最惹人喜爱的。当年北京的大中学生中，不会骑自行车的人实在是很少的，一般到了初中一二年级，差不多都是骑自行车上学了，到了高中，几乎百分之百都是骑自行车上学，偶然有住家离校极近，或是家中极阔的不骑车，但一般也都会骑。我是初中三年级时，学会骑车，开始骑车上学的。好像是一个远房亲戚，弄来一辆很破的自行车卖给我。所住苏园，外面有网球场，黄昏时、晚上，两三天就学会了。后来这辆破车卖给同院一个同学，父亲给一些钱，又凑起来仍旧托那位远房亲戚带着，到缸瓦市一个车行中买了一部新车，很漂亮的天蓝色仿美式大把车，脚登闸。车的内外胎很重要，我记得当时最讲究"必爱司"牌，就是两个英文字母，至于是哪里出产的，就记不清了。这辆车，一直骑了七八年，北大毕业那年暑假,住在同学家里,这辆破车放在门洞中,夜里还被贼偷了。车已很破旧,还能值几个钱呢?而那位"贼先生"守了半夜,还爬下房来,偷了又从房上扛走,十分辛苦,又能卖几个钱呢?可见当时民生之凋敝了。车一被偷,我一时就没有的骑,一时又买不起,恼丧了好多天。现在想起来,也还感到有些遗憾呢。

在北京读过书的人,大概都有一页美好的骑自行车的记忆吧。或是每天按时间脚踩两只"风火轮"驰骋着去上学,在那小胡同中,像鱼似的、游来游去,一溜烟,过去了。或是驰骋在长安街上,像骑着骏马一样,双脱把放一辔头;或是驰骋在西郊路上,香山秋游归来,车把前插着一大枝红叶,那红叶在行进中,像风车一样,在深秋的燕山劲风中哗哗乱响;春天,女同学迎风骑车悠闲地行驶在马路上,那彩色面纱不用扎紧,会自然被风吹拂在脸上,飘飘欲仙;清华园读书的人,晚上夹着笔记,一登破车,由新斋到图书馆看书,那比小毛驴方便得多,自然也没电单车的马达惊扰他人;星期天,一对情侣,肩并肩,骑自行车去逛青龙桥,慢慢骑,有说有笑,情深意长,即使过后分手,那也是永生永世忘不了的绮罗梦啊!

老北京人对于自行车是有特殊感情的,上自退位的皇帝,下至贩夫走卒,都十分喜欢。爱新觉罗·溥仪在他的《我的前半生》中,就生动地记载着他在宫里骑自行车的故事。他为了骑自行车方便,把宫中不少门坎都锯了。有一次他骑车乱转,一位在宫中装电灯的看见了,连忙跪下来向他讨封,他笑着说:"封你一个镇桥侯(猴)吧!"这是北京当年对把守在桥头行乞的乞丐所起的诨名,他封了装电灯的了。可见溥仪小时候够坏的,是北京人所说的那种"蔫坏"。鲁迅在文章中,曾经讽刺过李仲揆骑自行车,李即著名地质学家李四光先生。当时他初从美国回来,在北大当教授,又在国立图书馆做副馆长,每月有五百元的工资收入,却骑自行车上下班,一方面说明李先生年轻时,对自行车的爱好;另一方面也说明在当时觉着是少见多怪了。至于沦陷时期,容庚教授由宣外老墙根骑着破自行车到沙滩上课,那种艰苦卓绝的韧性精神,更足以成为后生们的仪型了。

现在看到永久、飞鸽、凤凰牌的自行车,十分惹人相思。我小时候,在北京是买不到有商标的国货自行车的。那时北京最大的车行是西长安街六部口附近的竣记车行,路南,没有楼,三间门脸,里面摆的都是外国牌子的自行车,什么蓝牌、飞利浦、三枪、凤头等等,沦陷之后,又有不少日本货,什么富士山等等。这些外国自行车价钱都很贵,一般穷学生是买不起的。学生们大部分都是到小市上买旧车,买来修理修理,换条新胎,便可骑上转九城了。

北京什么时候才有的自行车呢?大概是在庚子前后吧。但可肯定,在宣统时,已十分普遍了。宣统元年兰陵忧患生竹枝词云:

> 臀高肩耸目无斜,大似鞠躬敬有加。
> 喝叭一声人急避,后边来了自行车。

诗后尚有注说:"拱其臀,耸其肩,鞠其躬,两目直前,不暇作左右顾,一声喝叭,辟易行人,人每遇之,急避两旁,而骑车遂得意洋洋飞行如鸟而去。"形容逼真,很可看出自行车初风行时的情况了。

大马车

北京旧时人们喜欢说"绕口令"玩,比如说:"吃葡萄不吐葡萄皮,不吃葡萄倒吐葡萄皮。"要求说者越说越快,但越快就越说不清楚,说到后来,便不知咕噜咕噜说的是什么了。如能说得又非常快,又非常清楚,便可得胜,这是很不容易的一种游戏。绕口令中,有一则云:"门口有四辆四轮大马车,你爱拉哪两辆,你就拉哪两辆。"我小时候常说这个绕口令玩,但很难说好,四声咬清,本来说出来就很慢,一快,便听不清了。我想起这绕口令中的四轮大马车来,这玩艺现在在北京恐怕很难找到了吧。要注意,这是"四轮"大马车,是西洋玩艺,在本世纪,曾在北京出过短时期的风头,但不到二十年,便为汽车所代替,在二十年代之后,便身价大落,只成为大出殡时送葬行列中的车辆了。

北京旧时畜力车辆,有三种叫法:即大车、轿车(也叫骡车)、马车,前二种是"国粹",后一种是舶来品,专指西式马车。西方的华丽马车,什么时候传到北京,那是很早的。乾隆五十八年(一七九三年),英吉利使臣马戛尔尼入觐,其礼品中,就有英皇乔治第三送给乾隆皇帝的两辆华丽四轮马车,这是十八世纪末的事,但是后来乾隆并未坐此车,一直陈列在圆明园正大光明殿上,直到一八六〇年火烧圆明园时,还光彩如新,后来大概也一齐化为灰烬了。

自此,直到庚子之后,西式马车才在北京时兴起来。皇家亲贵如庆亲王奕劻、贝子载振,权臣大僚如袁世凯,名优名妓如谭叫天、赛金花等,都坐起西式大马车了。最出风头是双马的,一般是单马的。双马的非常少,自然都是特别大的官了。袁世凯在武昌起义之后，再度出山，进宫见光绪女人隆裕，坐的就是双马大马车了。走到东安门大街，为隐藏在三义茶馆的革命志士所刺，可惜未中，只把他卫队长袁金镖打死了。

前引孙宝瑄日记所说："坐慕兄马车，赴颐和园。"就是这种西式大马车，"慕兄"是其胞兄孙宝琦，字慕韩，即仰慕宋代名臣韩琦之意。其时光绪三十二年，孙慕韩是顺天府尹，孙宝瑄在邮传部当差。其时大概各部尚书、侍郎及王公等都已坐马车了。

辛亥后，袁做了总统，出入坐的是金漆、朱轮、饰以黄缎车垫的双马车，拉车的是两匹高大的阿拉伯种枣骝马。北京习惯叫"大洋马"，不同于中国种的蒙古马、川马。大马车一定要洋马才能拉。中国马不够高，驾不起辕。在我小时候，马车早已衰落了，熟识者，只有做过御医的韩一斋家中，还有辆破马车，显示点落日余晖。其衰落的原因，就是马车要养马、有马号、要车夫，开销并不省，但没有汽车快，没有汽车舒服，所以马车很快被新兴的汽车代替了。

私人家的旧马车，都卖给营业性的马车行了。这种马车行同出租汽车一样，按钟点或全天出租给人家。有的人家全家出游，摆老谱，包辆马车，去万牲园、去颐和园，可以多坐人，车厢中面对面可坐四人。后面倒座行李架，还可坐一人。一路走来，晃晃悠悠，十分有趣。二是办白事接三出殡时，女眷送殡，步行太远，走不动，都坐马车，跟在大殡后慢慢走，有时阔人大殡，送殡马车，四五十辆，甚至上百辆。马车由本世纪初匆匆一放光辉，很快便落伍了，至三十年代，则也不免盛衰之感了。

小汽车在北京辛亥以前已有了，但极少。到了二十年代北洋政府时期，在阔人中已相当普遍，也有不少出租车行，但不如马车行多，因价钱贵，相差四五倍。到了三十年代政府南迁，北

京改称北平,市面萧条,汽车价格降低不少。这里引用一段刘半农先生的文章,先生在《北旧》一文中道:

自从首都南迁,从前的大阔人、小阔人、大官僚、小官僚,都不免携着妻妾儿女,带着整捆整箱的金银细软,纷纷的往别处去另谋生路,但汽车之为物,既不细,又不软,带走既不能,搁着又要锈烂,不得不出于廉价卖去之一途。于是乎北平市面上,自那时起以至于今日,旧汽车之廉价,决非他处人所能梦想。只须你通声风儿说是要买汽车,保管一天之内有十辆八辆开来给你看,请你试坐,价值最高不过一千元,六七百元普通,三四百元的也有,真要廉之又廉。据说还有一百元或八十元的!在这种状况之下,自然大家都要过过汽车瘾(特别声明:我并没有说过过阔人瘾)。我们朋友中,从前同是两轮阶级,现在升做四轮阶级的也不少,有时同上什么地方去,承他们的情邀我同坐,我也就乐得大揩而特揩其油!

有数百元的资本就可以买一两辆旧车开个汽车行,所以小汽车行日见其多了。车价也日廉:普通是一元四一点钟,有几家只须一元一一点钟,第二点钟以后还可以便宜些。……

半农先生所写,正是半世纪前北京的小汽车情况,先生当时月薪,大约在三四百元之间,以人力车改坐小汽车看来还是困难的了。因说大马车,附带说一声小汽车,以见半世纪前北京交通情况吧。

"祥子"朋友

过去我说过"祥子",再说说祥子的朋友。

《骆驼祥子》搬上银幕了,这是非常值得庆幸的事。几十年前,好莱坞著名华裔摄影家黄宗霑先生就想把"祥子"拍成电影,可是几经周折,未获成功。现在终于拍摄成功了,对于电影观众来说,认识历史的苦难很有价值,"祥子"的摄成是值得庆幸的。

我从小生长在北京,有过不少类似祥子这样的朋友,同胡同街坊中,就有一个。他母亲摆茶摊,自己拉洋车,母子二人住在一个大宅门封闭的门洞中,三十大几了还成不了亲,力气很强壮,也给人拉"包月",但只能混个"肚儿圆",其他一无所有,遭遇虽然不像祥子那样曲折凄惨,但也是艰难到了极点的。

我最早在《宇宙风》上读一回回刊出的《骆驼祥子》,还正是同前面说的那位朋友天天见面的时候。我每天背着书包上学,第一个经过的就是他作为"家"的那个破大门。说破也并不真破,原本是个很好的磨砖对缝的大红门,那是"盛宫保"(即盛宣怀)宅子的边门,一直不开,所以他们母子二人就在门洞中定居了。门洞没有门窗,他们就用破木板、洋铁皮,钉成一个大方片,挡在前面,又不像门,又不像窗,晚上关紧,白天掩成一条缝,加以门前就是脏土堆,所以更显得破了。他们和祥子是同一个阶层的人,所不同的,祥子是从乡间流落到古城的汉子,而他们母子都是北京城里土生土长的,不但是土生土长,而且还是八旗后裔,往上推几代,说不定还戴过双眼花翎,挂过朝珠呢。清代八旗子弟,到了晚季,繁衍日多,没有那么些官给他们做,只靠那一份钱粮又不够生活,他们不会种田,不能做买卖,于是形成了一个特殊集团,很多人去"赶车",这就是孔子说的:"富若可求焉,虽执鞭之士,吾亦为之。"不过这不是求富,只是求饱肚耳。可是没有多久,老式的骡车随着时代的推移没有了。辛亥之后,旗人的架子更一落千丈,市面上又大量时兴起四轮大马车、东洋车,于是靠赶车过日子的在旗的爷们儿、哥们儿,便纷纷转入"胶皮团"中,靠拉洋车过日子了。

我这个朋友叫德禄,就是这样爷们的后裔,三十年代末,他也不过二十岁,他是出生在辛亥之后,在他出生时,爱新觉罗的繁华早已随着历史的烟尘消失了。

北京人过去非常重视礼貌,我早上背书包经过他门口,他在擦车,我照例要叫一声:"德禄哥,您擦车。"他照例也招呼道:"上学去,啊——我送您去吧!"我也要回敬一句:"不用啦,不敢劳您驾!"这样客气一番,我就走开了,因为我当时已是中学生,能在《宇宙风》上读《骆驼祥子》了。

我搬进那所房子时,他正给我们房东拉"包月",房东的车是自己的,并不太新,车箱后面钉一块铜牌子:"某宅自用。"管他吃饭,一个月十六块工钱,还有零星赏钱。按理说,他也能剩几个钱,但他要还他父亲去世时欠下的一屁股债,赚几个钱,都让他舅父要了去了。他舅父住的也不远,当时是个五十多岁的老头儿,也拉车,自己有一辆很新、很漂亮的车,洋车车箱有黑漆、桔黄漆两种,大多是黑漆,而他那辆却是桔黄漆的。老在门口擦车,要不就是托着鸟笼子上茶馆斗黄鸟,却很少拉坐,日子过得颇为悠闲。有一次,正是冬天,我记得遇到他穿着黑布面大羊皮袄,黑大绒"老头乐"毛窝(棉鞋),拉着车不跑,却慢慢踱方步。他是定时接送某家小少爷上学的。所以同样拉洋车,也有三六九等,像这样拉车,自然是特殊的了。现在想来,很明显,他似乎是拿他的外甥当奶牛、拿了外甥的钱过悠闲日子的。

　　德禄伺候的主人在一家银行当主任，他主要的活儿，就是早晚和中午送接大爷上下班，和送接小姐、少爷上小学，小学离家不过二里来地，但路上要经过单牌楼，而单牌楼附近，车辆行人都是很多的，所以要他拉车接送。有一天早上我上学时，正遇上房东小姐、少爷上车，当时都是一起玩的小朋友，他们要我也坐上去，我不肯坐，因为我比他们大一些，而且洋车车箱很小，三个小孩如何坐法呢？虽然我这一次没有坐车，但我和他们却结下很好的友谊。后来房东全家离开北京，他也七拼八凑买了辆八成新的车拉散座了，我也慢慢长大了。

　　他母亲在荒僻的胡同口上摆茶摊卖大碗茶，照顾她的主顾，最阔气的就是打小鼓买卖旧货的，其次就只有赶大车的、拾破烂的了。

　　母子二人住在破门洞中，苦撑苦熬，起早摸黑，见人就打招呼，广结人缘，最后总算没有落到祥子那样凄惨境地……和他分别已有几十年了，他一定还健在吧。

小毛驴

　　我很爱小毛驴，不过很遗憾，我现在没有小毛驴，设想未来，也很难有一头小毛驴；十分遗憾，情况是实在的，没有半点虚假。其实说来道理也是简单的很：世界上每个人爱的东西，不一定就是能有的东西；而有的东西，可能也不一定就是爱的东西。

　　因爱而思，也是人之常情，原是无可厚非的，何况我幼年时，曾经与小毛驴有过不少友谊呢？旅居上海三十多年，在南京路和淮海路上，没有一次看见过赶着小毛驴进出百货公司的人，偶然想到小毛驴时,便不免有寂寞之感了。自然,这只是一点淡淡的思念……

幼年时代,是在北国山乡中度过的,那些山村中,到处能看到可爱的小毛驴,因此我从小就和小毛驴结下了深厚的友谊。我当时会唱很动听的《放驴儿歌》:

"我的小驴儿,我的小驴儿实在听话;

"要它站住,就对它说:'噔儿——嗒——噢号——吁!'"

我现在还会唱,只是声音苍老了,那感情还是甜蜜的。

山乡的夏季是最欢乐的,牲口放青,小毛驴也可以自在些日子。小朋友们到河北面滩上去放驴,割大谷草。我要跟他们一起去,母亲却不让我去,怕过河时山洪骤然下来,把我冲走。但我偷着去,回来的时候,有人立在驴背上,而我却不敢,我只会骑着,慢慢地绕过遍布鹅卵石的河滩,哗哗地蹒过河水,又从小杨树林中穿出来,悠悠然在斜阳中走进村口。

在我过完幼年,快要成为个大孩子的时候,随着父母到了北京。当时的北京叫"北平",但乡下人习惯还叫她"北京"。那时北京的毛驴还是很多的。《鲁迅日记》一九二六年三月七日记云:"季市来。同品青、小峰等九人骑驴同游钓鱼台。"那时在正月里,在阜成门口,西便门口,骑上小驴儿逛白云观,那还是很普通的、最带有乡土情趣、老少皆宜的乐事。秋天骑着小驴儿上香山,西山看红叶,那更是最宜人、最值得赞叹的胜游。诗人和准诗人们在驴背上穿行于秋山红叶之中,则会欣然得句;如果是爱侣,则会互赠红叶,永结同心。这都要感谢这些善良的、忍辱负重的小毛驴。当年骑小毛驴穿行于秋山红叶之间的爱侣们,自然都已皤然白发了,偶然于劫余的残书中,翻出一片夹在书中的红叶,那已变得焦黄发脆的红叶,也许会触动你的思绪,记起一点菲色的梦……那你还会想到那忍辱负重驮着你游山的小毛驴吗?

对于北京的小毛驴的感情,我时常还有一点特殊的想法:就是与其说是爱,倒不如说是可怜。因为在我的记忆中,不论是逛白云观时骑的小驴,还是逛香山看红叶骑的小驴,都太可怜了。不但小,而且毛色不好,非黑非白,一点灰黑或灰红色,毛上一点光泽都没有,其寒伧简直像一只刚褪毛的小公鸡。大个子的男人,一跨腿就骑上了,两只脚都能够到地,这样瘦小的驴,如何能驮得动一个人呢? 如果让世界上保护动物组织的人看见,一定会说你虐待动物,也许会讲一下人道主义之外的"驴道主义"呢!可惜一直没有人提到这一点。因此我昔时每看到这样的可怜小毛驴,就不由自主地想起那个没有主意的骑驴人的笑话,只好父子二人抬着驴进城了。

毛驴不怕小,要毛色漂亮,毛色最好是黑的或铁灰的,都可以,但要油亮油亮的,大长耳朵高高竖着,透明的眼睛中闪着深沉而和善的光,这才招人喜爱。记得《儿女英雄传》中,写十三妹的那个小毛驴,什么白耳朵尖儿、白眼圈儿、白鼻梁儿等等,这便是长得十分俏丽的小毛驴。这是纯黑驴,白眼圈黑白分明,正好同熊猫相反。再配上小骑鞍、小马褥子、小銮铃、大红剔胸、嚼子的饰件上配几个红绒球,十三妹骑上,的、的、的地跑起来,该是多么美丽呢? 毛驴少女,配在一起,原是绝妙的,所以画家黄胄爱画她。

"上坡骡子下坡马,平地骑个'叫夏夏'",小毛驴雌性者曰"草驴",雄性者曰"叫驴",是十分稳妥的代步者。虽然上坡时耐力不及骡子,下坡时冲劲不及马,但在平地上为人奔走,较之前者是毫不逊色的。因之历史上以骑驴出名的人也真不少。

"骑驴过坝桥，独叹梅花瘦"，好为《梁父吟》的诸葛亮高卧隆中的时候，出来入去，总是骑小毛驴代步的。更以骑驴出名的是八洞神仙中的张果老，小时候看年画"八仙图"，张果老和他老人家那匹漂亮的小驴总是站在最当中，因此给我一个深刻的印象：张果老好像是八仙的头儿，吕洞宾好像是军师，不知众仙当年是否有此组织形式。这且不管他，只说那头漂亮的小毛驴。而张果老这老头儿也怪，总爱倒骑着小驴，脸向后，这就使某位诗人有了雅兴，遂写道：

"世上多少人，谁似这老汉；不是倒骑驴，凡事回头看。"不过也奇怪：居然没有哪位"批判家"批判他，说他"不向前看"，反而"向后看"，这也是万幸了。

张果老是唐代人；因而联想到，好像唐人也特别喜欢倒骑驴，李白离开长安来到华阴县，不是也曾故意倒骑毛驴三过县衙门前，招惹县官出来接待他吗？县官要打他板子，他狂说什么："天子殿前，尚容我骑马；华阴县内，不让我骑驴！"居然吓倒了这小小的知县，大有一点"钦差大臣"的味道。当然，最可怜的还是杜甫，"骑驴三十载，旅食京华春"，一辈子过的都是穷日子。

据说王安石罢相之后，闲住南京钟山，以相国之尊，出入也只是骑个小毛驴。因而骑驴之乐，上自神仙相国，下至穷汉野老，都是可以共享的。"独乐乐，与民同乐，孰乐？"孟老夫子的思想，我是十分赞赏的。因而我十分喜欢小毛驴，毛色好固然可爱，毛色差也还可怜。怜者，据《尔雅·释诂》云：亦是爱也。

我之所以爱小毛驴，因为它善良朴实、忍辱负重。当然，它没有吃人的"本事"。柳子厚《三戒》中《黔之驴》的故事，一直是我不喜欢读的文章之一。为什么嘲弄这样一个可怜的小毛驴呢？这篇文章的意义我是完全理解的，但在感情上我却感到接受不了。有一年,清华校庆,开运动会。曾记老教授马约翰先生妙想天开,按照马球规则,在体育馆外足球场上组织"驴球"比赛。那些从香山山村中雇来的可怜的小毛驴,一到人山人海的球场上,听着呼叫声、哨子声、身上又驮着手舞足蹈的球员,都吓呆了。哪里肯动呢? 赶脚的为了赚钱,拿大棒子狠命打它,也不肯移动半分……那些小毛驴的可怜相迄今仍鲜明地浮现在我眼前,似有同命之感,太深刻了!

在清代,北京各个城门口都有小驴等着人雇来骑乘,叫作"脚驴"。同治时《进京不求人》云:"大街正南菜市口,脚驴轿车打成群。"可见当年脚驴之多。由宣武门到德胜门,由阜成门到朝阳门,曾经在数百年中,作为北京城里的重要的短途交通工具。老太太到后门看闺女,带着小孙子,老太太骑在后面,把小孙子搂在前面,的的……的的,两个时辰到了,到小胡同里头小砖门楼前下驴,比挤公共汽车要从容、安全、方便多了。而且直到家门口,用不着下车顶着大太阳再走二里地。当然,小毛驴在老北京,也只是穷苦平民百姓骑的,稍微有点身份的,那就是骑马、乘骡车或坐轿了。《太平歌词》不是写着吗:

"人家骑马我骑驴,回头一看还有一个推车的汉,比上不足比下有余!"当年老北京持有这种思想者大有人在。如今骑马、坐轿者都变成坐小汽车的了,"推车的汉"也都成了驾驶员了,骑小毛驴的呢……

我小时候在北京,城里已没有脚驴了,只剩下逛白云观打金钱眼、逛西山看红叶骑小毛驴了。而今这种小毛驴也没有了,有一年暮春时候,有幸在京逛香山,但那是坐了汽车去的,当时也未想到可爱的小毛驴。而在回沪途中,火车经过山东境内,闲眺车窗外公路上,忽然发现不少小驴车,那是一种装有胶皮车轮的新式小驴车。其时斜阳向晚,一抹金色的光斜照在公路蓝黑色的沥青路面上,送完货的小驴车,车主人扬着小鞭子,跨在小车辕上悠闲地摇着鞭子,小毛驴轻快地跑着……跑着……我怅然若有所触:啊——在人类已能太空飞行的今天,小毛驴居然还有它的用处。我想起了乾、嘉时方朔的《驴车行》,"驴性驯良驴步稳",我久久地目送着这一辆又一辆的小驴车,望着那些可爱的小毛驴……

旧时衣冠

袍　子

有一位青年女士，问我穿袍子的感觉，我一时很难形容，因为用语言表现感觉是很困难的，就是如人饮水，冷暖自知，你的感觉，用语言说出来，并不等于他的感受。我忽然对她说，穿袍子的感受就如脱了衣服，钻进被窝里那样舒服。这样一说，她听了哈哈大笑，因为她部分感受到了。实际的确如此，一袭丝棉褞袍在身，就如整天身在丝棉被窝中那样温暖适体，又因它有襟袖、领、扣绊等，所以行动舒展自如，极为方便。

当年的北京，穿洋装的是很少的，除非爱摩登的裙屐少年，或刚由外国回来的洋派人物，不然很少其西服革履也。因而上自国务总理，下至贩夫走卒，则统统是"国粹"服装，中式衫裤、长袍马褂。裤腿上要系打腿带，绑起来，爱漂亮的人弄条绸飘带，系在裤脚上。有的老年人或街上卖力气的，要穿套裤。即里面穿夹裤，外穿棉或皮套裤。套裤只是两条裤脚管，而无裤裆，套在夹裤外面，两腿不冷，而裆内很灵活。外面再穿上大棉袄。这或者与江南、西南不同，知堂老人在其短文《赤脚》中云：

> 北京人相信有地风，于人体很有害，所以保护下肢最为用心。他们冬天固然是棉裤扎脚，穿"老头儿乐"的毡鞋，就

是在夏天，虽是单裤也要扎脚，鞋袜穿得整整齐齐，决不赤脚。……

因说保护下肢，说到了一些衣着的事，或者说中国北派衣着吧，总之是"中式的"。洋派学生，外面穿大褂、袍子，里面穿条西装裤子，这在当年是非常流行的时式服装了。清华、北大、燕京等校的夹着洋文书的大学生，几乎统一都是这样的服式。

当年的北京学生，似乎没有一个以穿西装为荣的，有时还常常以之开玩笑。我们那时习惯叫西服为"对襟小夹袄儿"，因其不分冬夏，上衣都是夹的。"对襟"者，区别于带大襟的而言也。大学三年级时，有位通州同学，家里寄来点钱，忽发奇想，跑到东安市场做了套麻袋般的西服，第二天很神气地穿了到教室来，引得大家哄堂大笑。原来他没有西式衬衫，更无领带。内穿中式小褂，外穿西服，下穿千层底布鞋，戴着黑架近视眼镜，完全是个卓别林式的滑稽人物了。几个嘴皮薄的女同学，对之大加奚落。好在这位老大哥，一切都不在乎，怡然自得，照样穿着他中西合璧的服饰来上课。

那时不少老先生对于华夏服装是由衷地喜爱的。大学教授中似乎很少有着西服的。那些教授大多是由外国归来，有世界名望的，但却都爱穿着袍子、抄着手说外国话，讲尼采、达尔文、康德、拜伦……早期的辜鸿铭，袍子、马褂、留着辫子，不要说了。后来的也都还是这个传统。梅贻琦、潘光旦这些先生也都习惯穿袍子。胡适博士在北大任校长期间，一直是褊袍一袭，夏天白纺绸大褂，冬天蓝布大褂罩着棉袍或皮袍，从未见过他穿西服。顾随先生冬天穿三件长袍，大毛套小毛，小毛套丝棉，进了教室，先脱帽，再解大围脖，讲上十分钟，脱大毛皮袍，再十分钟，脱小毛皮袍，只穿丝棉袍子讲课。如此穿袍子法,顾先生是独一无二的。

有一个时期,长袍马褂,定为乙种礼服。燕京大学是洋学校,穿西服的最多,但三十年代中,毕业典礼,却规定穿蓝绸大褂,黑马褂参加。然后以此服装,头戴学士帽,捧着一卷文凭,鱼贯而行,到礼堂外照相。想来还有不少人保存着这样的照片吧。

有位老朋友,曾是日本早稻田大学的毕业生,最近去东京住了一个多月,回来闲聊,说起在日本很少看见有穿和服的了,一来是大家都学欧美,已不习惯穿这种宽袍大袖的衣服,再就是做套和服价钱太贵,平时穿不起。只有逢年过节,或是举行婚礼的时候,姑娘们才穿上件彩色缤纷的和服,像花蝴蝶般的飘来飘去。言下有些感慨、惋惜,又有些赞赏。时光流逝,样样都在变,着了和服、木屐满街跑的时代似乎已很遥远了。听了老友的话,也不禁使我想起袍子来。袍子也似绝无而仅有了。除去在电影中,偶然看到外,在马路上已是很少看到了。而电影电视中穿袍子的,没有一个穿得像的。叶圣陶仁丈在世时,有一次问我"电影中穿袍子的演员,为什么总用手撩着袍子呢?"老先生是穿了半个世纪袍子的人,感到奇怪,却未想到这年轻演员一生还没有穿过袍子,自然动作不自然了。

有一年在朋友那里,看到郎静山先生的照片,穿的是蓝色绸大褂(上海叫长衫)。九十高龄,珊珊玉骨,十分丰采,真像神仙人物。后来,在报上又看到钱穆、朱光潜二位老先生在香港的摄影,钱先生穿的也是袍子,不但是袍子,外面还套着一件带大襟的坎肩。这种古老的服装,看了不禁使我哑然失笑,在三十年代也已少见,深觉有鲁殿灵光之感了。

现在年轻的朋友,常常有一种隔阂,总以为袍子是老头穿的,是有闲者穿的,其实这是一种昧于历史的错觉。因为袍子在当年北京城中,是一种最普通的服装,一般是不分老少,不论闲忙的。当年北京把单的、江南人叫长衫的,统称大褂儿,如蓝布大褂儿、夏布大褂儿、纺绸大褂儿等等。罩在棉袍、皮袍外面的,江南叫罩衫的,北京也叫大褂儿。这是从清代服装袍、褂来的传统名称。除此之外,夹的、棉的、皮的则都叫袍子了。而卖力气的哥儿们,一般单衣、夹衣,都穿短的,叫作小褂儿。夹的、棉的、皮的也是穿袍子,但他们不叫袍子,而叫大棉袄、大皮袄。这是过冬的恩物,御寒的佳品,是少不了它的。

穿袍子、大褂等,并不影响日常动作,照常可以骑自行车,一上车,稍微立一立,用手轻轻一拢,后襟正好双折垫在后面座垫上,然后坐下,很自然悠闲地就可以踏起来走了,手里也许还拿着讲义夹呢?至于那些未上车前,先把袍子大褂撩起围在腰间的,那就有些笨伯的样子,毫无潇洒之态了。

冬天挑担子,穿件大棉袄或大皮袄(自然是老羊皮的),腰里再系一条紧腰带,那就十分暖和了。为了走路方便,把大襟一角撩起来,掖在腰带上,这就又麻利,又暖和,走起来健步如飞了。这种头戴毡帽,把棉袄大襟掖在腰带上的,挑着担子赶路的汉子,其形象似乎还在我目前晃动,多么朴实呢?

摇笔杆的朋友,穿件破棉袍子,坐在桌前爬格子,那你的双膝便藏在袍子大襟下,暖暖和和,这是任何鸭绒滑雪衣、高级呢料大衣不能代替和媲美的。新款式,只是新,并不见得就实惠,合体,"破帽遮颜却恋头",我还是思念袍子呢!

旗　袍

有一年选出的港姐,我看了香港报纸登出的照片,有一个很欣慰的感觉，就是清一色，全部穿的是旗袍，既显落落大方之美，又显民族风格之典雅，是很理想的服装款式。

唐代诗人白居易曾经写过《时世装歌》，大概有史以来，变化最频繁的，莫过于妇女的服饰打扮了。旗袍是本世纪一二十年代时兴起来的女服，迄今也有六七十年的历史了。清代旗人（包括满洲、汉军等）妇女穿旗装，梳两把头、穿花盆底子鞋，穿袍子外褂，家常服装，也穿袍子，制如男式，花色很鲜艳，如《四郎探母》之铁镜公主所穿。辛亥后，制定男女礼服，男人穿西式大礼服，常礼服；女人即穿长袍，因系旗人式样，故称"旗袍"。一九二九年四月，南京又颁"服制条例"："女用甲种礼服，色蓝，长至膝与踝之间。"简单说，就是蓝色旗袍。

旗袍刚刚时兴起来，穿的人不多，式样也较一般，看民国初年的妇女旗袍照片，不管用料多么讲究，都是直腰身、直袖子，与男袍区别不大。我幼小时，夏天帮母亲晒衣服，看她最早的旗袍，樟绒、樟缎一枝花夹袍，花纹凸起，大株牡丹由前后襟下面，一直伸上去，枝叶花朵伸向两肩，极为漂亮，这种料子在织时即考虑好花朵位置，按式裁制，不能错，一错花的位置就错了，或者向下开了，那就坏了。因之由织料到裁剪成衣，都是十分讲究的。但其式样却都是直的。长短及踝，肥瘦都同男式的一样，这可以说是第一代旗袍。

这种样式旗袍在三十年代初、中叶，北京一般五六十岁的老太太都穿，如五十以下、四十出头的中年女性，也都穿小腰身曲线旗袍，不穿这种老式的了。而在前些年去新加坡访问，接待了几位比我年纪大的老太太，一律都还是这种样式的旗袍，都沿着小滚边，短扣鼻的小纥纩纽绊，脚穿黑缎子圆口鞋，使我忽然像见到我母亲同辈的亲戚老太太们，忘去了自己的年龄，感到分外亲切。稍微停顿之后,才感到这是一种幻觉。

在我刚记事时,年轻女人的旗袍就变成大袖口、大下摆了。这大概是从一十年代末期,五四运动时期变的。一般梳的还是"爱思头"(横 S 型),烫发也是火剪烫直式的,奶油电烫还远未出现呢。我记忆中则是二十年代末了。那袖口又大又短,袖子上段瘦、下段肥,袖口最大据说可以大到一尺二寸,当然我那时没有量过。下摆就是下襟,也很阔,呈圆形弧线。旗袍内已不穿长裤,均是丝袜了,鞋式系西式皮鞋高跟或中式绣花缎鞋、礼服呢鞋。有一种尖头、斜带子黄皮高跟鞋,当时很时兴,我生母和大姐那时都年轻,还穿着这种皮鞋,形象于今还历历如在眼前,而奇怪的是:这么多年过去了,这种样式的皮高跟鞋,现在还摆在鞋店里卖,似乎还很合时式。

大肥袖子,当时叫"倒打袖子",因其由抬肩起,越来越宽,一反上宽下瘦之常规也。这种样式的旗袍,一直时兴到二十年代末才起了"突变"。所谓"突变",就是一下子又由宽变窄,由肥变瘦了。

由肥变瘦,是受到了西方的美学影响,即所谓的"人体曲线美"。这样一改,才出现了裹在身上的瘦旗袍,这是三十年代初的事。瘦旗袍的出现,对于过去大肥袖子旗袍来说,有两个重大的突破,其一是照体型剪裁,穿在身上显出曲线;其二是有长袖、有短袖,长袖及腕,短袖在肘上,直至短到腋下。这在肥袖时,是没有的,茅盾的《子夜》中所写旗袍,已是短袖可见腋毛了。这是三十年代初的时代风貌。

最早的瘦旗袍,其缝制工艺,还全是老式的,剪裁腰部挖去很多料子,一律钉钮绊,纥绽钮。高领上要钉三排、甚至四排钮子。要镶边,有时镶两条边,外宽内窄。很长,拖到脚面。白杨在《十字街头》中就穿这种旗袍，最长拖到地上。叶浅予画漫画"王先生"，把女人的旗袍画成拖在地上四五个大折，是很有趣的夸张讽刺。

抗战之后，大概是因为大家都穷了，所以时装也由长变短，长旗袍变成短旗袍，长度越短，领子也越来越低，到抗战后期，直到胜利，旗袍短到膝盖，领子也低到几乎没有，钮绊也少了，只腋下一枚，其他均用按钮。胜利之后，逐渐又变，由短又变长了，领子由低又变高了，而且变成后高，前面渐渐降低的斜领，这样颈后托着头发，显得挺秀，而颈喉部并不卡得难受，领口用暗钩扣紧，后改半只按钮互按，其改进都十分科学，腋下用拉链，穿着也方便。更明显的改变，老式旗袍，虽然瘦腰裹身，但仍有大襟、底襟，裁剪缝制都很麻烦，穿着也像男人袍子一样，要钮绊全部解开才能穿能脱。新式旗袍则不然，腰胯间不开口，缝死，像个口袋一样，穿脱一套即可，由头上套，由脚下套，任意，极为方便合体。尤其夏天，腰间只薄薄一层，十分凉爽，比任何裙子都实惠，所以穿惯这种旗袍的妇女们，口口声声总说这种旗袍最方便、最经济，也最美观大方。既能出客穿，也适宜于家居穿，是理想的女服。

五十多年前，我在北京读大学，女同学一年四季都穿旗袍，而且都穿蓝布大褂，朴素而大方，套在各种棉旗袍、夹旗袍外，几乎是一种不成文的制服了。老北京的小媳妇、大姑娘，夏天喜欢穿月白——俗名叫"缸靠"——大褂，也就是月白士林布旗袍，浆洗的十分挺括干净，黑鞋白袜子，头上戴朵石榴花，走起来腰板笔直，不用问，这是老北京姑娘，也许是旗下的大格格呢。

附带说一句：二三十年代中，北京的大小当铺，一律不收旗袍作当头，因其变化太快、又窄又瘦，如果不赎，死号后，卖不出去，不能改作别用，无法处理也。但亦可见当时北京商人之保守了。

冬　衣

　　天气冷了，居家过日子，首先要考虑到冬衣。杜少陵诗云："寒衣处处催刀尺，白帝城高急暮砧。"那是思念北国，在川东白帝城边写下的诗。"全家都在秋风里，九月衣裳未剪裁。"这是乾隆时短命诗人黄仲则在宣南法源寺养病时，穷愁潦倒中的名句。诗穷而后工，似乎有些道理，但想到诗人冬来无衣的苦况，未免要感慨系之了。

　　旧时在北京，所谓"长安居，大不易"，每到寒风如箭时节，多少人家为了寒衣发愁，着急呢？可是又不得不千方百计地去张罗缝制呀。因为在北方，到了数九寒天，没有御寒的衣服，度过冬天是难哪！在北京，过去有"十月一、送寒衣"的风俗，给死去的人烧纸制寒衣。对已死的人还怕他死后受冻，还要给他送寒衣，何况活人乎？丈夫出远门，妻子总要打点寒衣，以寄远人，昔有才女为其良人寄寒衣，并附书云："欲寄寒衣君不还，不寄寒衣君又寒，寄与不寄间，妾身千万难。"托辞委婉而意义深远，深得风人之旨。

　　北京的冬衣与江南不同，与两广当然更不同。因为北京冬天房中生火炉，长江以南一般不生火。北京冬天屋里较江南暖，室外较江南冷，南方的厚厚的丝棉袄，在北京就不大适用。在屋里它太热，出去单穿它又太冷。有一年冬天回北京，我穿着一件厚丝棉袄到北京饭店参加一个晚会，弄得我受足了洋罪。脱掉吧，里面只有一件衬衫，一件绒线马甲，不成体统，穿着吧，实在热得受不了。

北京冬天的衣着，在屋里穿件小棉袄，或一件毛线衣就够了，到外面去，却要有件大衣，或大皮袄、大棉袍，总之，要有件挡风的厚实衣服。旧时代的一些大学生们，每到冬天，总是一件大厚棉袍子或羔皮袍子，外罩一件蓝布大褂。这似乎已成为制服。有南方同学，未及早为之备，突然变天，便要吃苦头。记得抗战胜利后一年，有一位新加坡的华侨同学，突然天寒，连套三件衬衫以御寒，还哆哆嗦嗦，同学们看着他笑，当时我先借给他一件厚绒衣，下午带他到东四南一家绸缎庄中做了一套里面三新的棉袄、棉袍子，外带蓝布大褂。第二次又降温时，他穿上这套全新棉衣，俨然一位北京式的新姑爷了。棉衣之外，还有棉鞋、手套、围脖等，零七八碎还不少。当年比较臃肿些，动作不便。鲁迅先生本是老北京，在上海过了几年之后，有一年冬天回北京，已不习惯，在商场被小偷偷了钱，写信给上海说："不买一物，而被扒手窃去二元余，盖我久不惯于围巾、手套等，万分臃肿，举动木然，故贼一望而知为乡下佬也。"

北京旧时穿棉衣，讲究里面三新，即新里、新面、新棉花。新棉花尤其是长绒花第一年上身，极为膨松，其保温力是不下于皮衣和丝棉的。但做件三新棉袄，在当年艰苦的岁月里是多么不容易呢？五口之家，夫妻二人，一位老太太，两个孩子，不要说全买新衣，即使添补添补，每人添一件棉袄，一双"毛窝"（棉鞋），所费也十分可观了。如果没有着落，孩子大人就要受冻，这就难怪《红楼梦》中刘姥姥的女婿狗儿要为冬事发愁了。

读书人有两件御寒的皮衣，夏天没地方放，又缺钱用，便送进当铺当了，钱随手花了。天气一冷，西北风一吹，便要考虑筹措钱来赎当，这也是十分伤脑筋的事。道光时邓廷桢有词《买陂塘》，题为《赎裘》，有句云：

怎奈天寒岁暮,寒且住。待积取叉头,还尔绨袍故。喜余又怒。帐子毋频权。皮毛细相,抖擞已微蛀。……

这又是冬衣的雅韵,于今知者寡矣。

说起邓廷桢《赎裘》词。不免又想自己当年当皮衣的事。读包天笑翁《钏影楼回忆录》记赎当事,改唐人诗云:"万事不如杯在手,一生几见赎当头。"极为发噱,因为在过去,到当铺去当号是没有钱用,十分困难的时候;而赎当则是有了钱,可以赎回原物,十分开心的时候。但穷人家这样开心的时候并不多,所以"一生几见赎当头",也可当作赏心乐事之一了。天笑翁说的是苏州的当铺,而我读了,不禁发出会心的微笑,想起北京的当铺来,因为这种事是没有经历过的人很难领会其况味的呀!

北京过去有句谚语讽刺老北京说:"富不离药罐儿,穷不离卦摊儿,不穷不富不离当铺。"就是说有钱的主儿,怕死,一天到晚吃补药,所以叫不离药罐;而真正穷苦者,又有不少人是宿命论者,没有其他办法,便到卦摊上算卦,乞灵于迷信,算算何时可以有钱;至于不贫不富,有时有点钱,但又常常接济不上,便不断跑当铺,当点东西来接济,这总比开口向人借钱方便得多。所以从某种方面讲,在旧时代城市中也是少不了的。而用新的经济术语来说,那就是所谓的"抵押贷款"了。

沦陷时期,生活困难,北京中下等经济力的家庭都常常周转不灵,用文语说,就是时感拮据,必须牵藤补屋了。母亲在家用接不上时,常常瞒着父亲,拿出一两件皮衣服,或一件小金饰,让我去当。我当时十三四岁,社会上的事,还不十分懂。第一二次去时,母亲嘱咐我好多话,什么把钱拿好呀,不要丢了当票呀等等。赎时还是我去赎,这样去了一二次,我便学会当号了。虽然谈不上"不离"二字,但总是去过不少次的。因此那些情景,那当铺的门脸,高大的栏柜……都还历历在目。

我常去的那家当铺,不在大街上,在西城李阁老胡同中,离我家不远,而且比较僻静,去时穿过两条胡同就到了,路上不大容易遇到同学等熟人,因而即使夹个包袱走,也不会难为情。去当物时,母亲叮嘱好我当多少钱。因为要预先考虑到赎当时的情况,所以当的钱尽量少些,够家内周转就好了,不要多,多了不但赎时困难,利钱还要多出。但是当铺对于值钱的东西,却希望你多当些,它可以多赚利钱。有一次我当一支金簪,约莫六七钱重,母亲只让我当重约二钱的钱,栏柜上伙计一再说还可以多当些钱,我不肯,他也只好算了,旧时北京当铺是规矩生意。二分半利,两年半死号。这完全不同于小押当。

估　衣

说起冬衣,不禁想起儿时在白塔寺、护国寺庙会上,挤在人堆里看卖估衣的唱估衣的事来,听那卖估衣的汉子一边抖落,一边抑扬顿挫地唱估衣的叫卖声,使人有无限温暖之感。

卖估衣是冬天的好生意,东西庙会、天桥等处都有长期卖估衣的,这些卖估衣的一年到头都卖,但冬天的生意特别好,因为北京冬天很冷,没有两件实实惠惠的防寒衣服,便过不了冬。自然可以去做新的,新的棉袄裤,新的皮袄都可以做,但要的钱多,经济困难的人,或是急于上身御寒的人,或者爱贪便宜货的人,便去买估衣。估衣者,旧衣也。也有经济力量有限,但是爱漂亮要打扮的,便也去买估衣,花买新布衣的钱,到估衣摊上便能买到绸的、呢的,花买新羊皮皮袄的钱,到了估衣摊上,可以买到旧狐皮皮袄。旧时京城中,是只认衣衫不认人的地方,在估衣摊上,花钱不多,便也可以风光风光了。

北京当年没后来那样的寄售商店、拍卖行之类的生意,旧衣服的货源,主要有二:一是打小鼓收旧货的走街串巷收购来的旧衣服,转手再卖给估衣行;二是各家当铺死号的东西。那时当铺中当物的期限是两年半,到期不去赎取,所当的东西便作为"死号",当票作废,东西便由当铺成批地变卖了。旧衣服就到了估衣铺中,这就保证了估衣铺的货源。北京当时有不少估衣铺。

顾客有一种心理,总以为摊子上的东西比铺子里便宜,何况买估衣,每个人都有一种捡便宜货的心理,估衣铺中很少顾客,而人们专门爱挤在摊子边上看,因此估衣铺都要出摊做生意。两个伙计,用车拉好几大包旧衣服到庙会上,摆好摊子,把衣服摊开,一件压一件,叠成一大堆。每件衣服上有一个小白布条,上写暗码,最高多少钱,最少多少钱,用的是"当字",一般人不认识。卖时一人在边上照料,一人抖起一件衣服,一边唱,一边给围观者看正反面。唱词中要讲明什么衣服、什么规格、什么料子的里和面,有什么优点,然后报价钱,一边报一边落,落到接近最低价格时,同围观者打招呼,如果有人买,便递给旁边的伙计,同顾客去交易,他便接下一件。如果没有人买,他也接唱下一件。很像外国拍卖行的办法,但是用唱的方式进行,唱得有声有色,十分好听,很值得思乡者的怀念啊!

说相声的朋友,有一个"卖估衣"的段子,差不多有名一些演员都会说,自然其中也大有高低,因为里面有唱的地方,要中气足,能唱,说起来才有劲,卖估衣的一边卖,一边唱,相声段子中为了招人笑,把这种唱词,分成两种,一种叫"怯估衣",就是故意用外乡口音来唱,带一点"侉音",北京人外号叫"京油子",对于说话有点外地口音的总以"侉"或"怯"目之,颇有不敬和嘲弄的成分在内,但亦并无恶意,日久天长,这些人也就乐于接受了。如北京人习惯把山西人叫"老西儿",还故意学山西人用鼻音说话,而山西人也乐于接受,所以说相声的用"侉"音唱估衣,即使那个地方的人听了,也哈哈一笑,不会介意的。"怯估衣"的唱词有这样几句:

"唉——这一件来个大皮袄,大哥哥买去给大嫂,大嫂穿了满街跑,卖您十块零六毛,唉哟。"

这几句要用沙哑的喉咙唱,发音又侉,辞句又滑稽,自然可以形成很好的艺术效果了。这段"怯估衣"唱过之后,再学唱几段其他腔调的卖估衣,每段在表演时都有一些可笑之处,等到最后,唱一段卖羊皮袍子的,达到制造笑料的高潮,说相声的行话叫作"丢包袱",这段词很长,其中有几句道:

"嗨——又是一件啰,这件大皮袄,您就仔细地看看啵,什么筒子什么面,宝蓝的线春一尺卖您一块六噢。筒子是大滩羊,出在宁夏的西口外噢。人称'九道湾',又叫'大麦穗',赛过头场雪,不让二场霜,它是又白又厚外号叫'一块玉'噢,就是这个里儿,就是这个面儿,连筒子带面子您就买了去,穿在身上,暖在心上,到了三九天,滴水成冰,洒水成凌,您就穿了我的皮袄,在冰地打滚,雪地上睡觉吧……"

唱到这里另一人接着问:"怎么样啦?"

唱的人答道:"冻挺啦!"

这样引得听众哈哈一笑,说相声的人在此以流利、夸张、辛辣的语调,讽刺了卖估衣的人。

卖估衣的人在报价上,也用唱的方式来表达,所以说相声的也用唱来表演让价钱。接着这段唱价钱,唱时还要表演翻衣裳

的动作:

"就是这个里儿,就是这个面儿,就是这个筒子'大麦穗',少了您也不要给,多了我也不要,不多不少卖您五十六呀!您要嫌贵,让三块,去三块,买您五十块;您要再嫌贵,让十块,去十块……买您二十块;您要还(读含)嫌贵,让十块,去十块……"

"怎么样啊?""没有啦!"

说到此处,下台鞠躬!

当年买估衣,不只是穷人,有的官宦人家照样买估衣。孙宝瑄《忘山庐日记》记云:

> 邻居挈眷赴天津,送之登汽车多人,皆衣冠楚楚。余过午归,有贩估衣曹姓者来索值,待希尚不至,时余无事,遂与闲谈。先问其同业中公议之规则若何?答云:无甚规则,惟同业之伙侣,如有亏负钱财逃遁,至累其主者,凡同业中不许收用而已。又问:凡初习是业者,其阶级若何?曰:首须能分别货之名色,能辨其真赝高下,某货能得若干价。然价亦无定,以供求之多寡而涨落,要在随时判定,期不亏失,又得赢利而已。又须习裁度布帛,知其长短能配合制衣之用,又须习酬对买主之法,凡言动语默,随机善应,使人忻悦甘心,买我之货,虽沾余利,不使彼知。余又问其人籍某地,曰冀州。因详问冀州风土人情,皆一一答余,不啻读一部冀州志也。

这也是估衣行的历史资料了。

毛　窝

　　各地方言如果仔细研究起来是很有意思的,清代学者钱大昕有过这方面的专门著作,现在已很少有人注意,不过内容也少了一些。北京话过去叫"官话",又叫"京话",俗语叫"京撇子",本来是比较好懂的,但偶然间也会有叫外地人莫明其妙的词语。如"骆驼鞍儿毛窝",读时儿字轻音,"鞍儿"并成一个音,请问读者,懂得这样的高级词语吗?

　　现在让我来注释一下,"毛窝"者,棉鞋也,"骆驼鞍儿毛窝"者,即江南苏沪等地所说之"蚌壳棉鞋"也。北京近塞外,多见骆驼,因以骆驼鞍儿即驼峰形容之。苏沪地在水乡,时食蚌肉,因以蚌壳形容之。两地的名称,都非常形象,可以说得到艺术境界中神似的精髓。这就是方言之传神处,翻译起来是很难的,要彻底了解方言的习惯。如翻译成外国文,把"骆驼鞍儿毛窝"译成骆驼鞍子上的毛制的窝,或是骆驼毛的窝,都要大错特错,弄得莫名其妙。正像以前人们说的把英文"天河"译成中文牛奶路一样了。

　　"毛窝"是北京老式棉鞋的总称。为什么叫"毛窝"呢? 因为过去有一种用羊毛制成的毡鞋坯,俗话也叫"毡屉箩",买了来,自己再加工,在鞋口上用布或缎子沿上边,下面再上一双麻绳扎的布鞋底,鞋底上可能还要钉一个皮掌子。鞋里面再放上垫子,这样既暖和又结实,是非常实用的。这叫作"毡屉箩毛窝",是真正的毛窝,因为是羊毛制成的,"骆驼鞍儿毛窝"是布制的,有里、有面,有鞋衬,里面再絮上棉花,或加一个毡垫子。半片面放,前面尖,后面齐,中间高出一个半圆形的峰,很像一座

"驼峰"。两半片合起,缝在一起,上在鞋底上,端端正正,很像一匹骆驼,所以有"骆驼鞍儿"的美名,两片合在一起时,又像一个"蚌",所以江南又有"蚌壳"的美名。

北京买鞋讲内联升、同升和。毛窝有家做的,也有买来的。不过不管家做的、买来的,都是布面、呢面、大绒面、库缎面,最好还要"千层底",用新白布垫的、用细麻绳纳的、纳好再拿木锤子砸过,边上再抹上白浆子,涂上蜡,这样的底子做成的便鞋、毛窝,穿在脚上,弹性又好,又轻便、又结实、又不走样,是最好的鞋底。老头们当年最讲究穿"老头儿乐",帮子是黑库缎、厚棉花,用丝线纳成云头花纹,底子有半寸厚,三年也穿不坏。

"老头儿乐"是什么?不是五六十岁以上,甚至年龄再高些的老北京,是很难理解的。相反如果四五十年前,在北京生活过较长时间的青少年,如今最年轻的也都是"早生华发"的老少年,不然便都是垂垂老矣的老叟,这些人听了"老头儿乐"三字,便会哑然失笑:"嗨!这玩艺儿你们哪里知道呢?"显然,他是在卖老了,笑年轻人不知京华旧事。其实他自己一般也只是知道而已,很少真正脚登过老头儿乐。"老头儿乐"怎么是登呢?因为它是老人穿的棉鞋的别名呀!试想如今六七十岁的人,四五十年前,也不过十几二十岁的小伙子,穿双老头儿乐,像个什么样子呢?因此就我个人来说,虽然也将虚度耳顺之年,却也未穿过"老头儿乐",现在想买双穿穿,但又买不到。再说买了也穿不出去,一条西装裤,配双"老头儿乐",走起来扑嗵扑嗵的,像个什么样子呢?

年轻学生,孩子气足,常有故意调皮的怪思想。记得初中时比我低一班的一个同乡同学,家不在京,一个人住在宿舍里,冬天到了,好奇心趋使,买了一双"老头儿乐"穿在脚上,上课间操,绕操场跑步,扑咂扑咂,招得大家大笑,被级任先生叫出来臭骂一顿,他还嘻皮笑脸地分辩说:"脚冷,这是棉鞋,又不违反校规,这是内联升买的呢!"但是自然拗不过级任老师去,不许穿就是不许穿,一顿骂算白挨,是自找的。

岂明老人旧时写过一篇短文《老棉鞋》,说上海某评弹艺人在北京买棉鞋事,文云:

> 在前门大街买了一双特制的老棉鞋,鞋头双梁,鞋底厚寸许。估计这双棉鞋在家里拖拖,可拖上五六年,清初鲍冠亭的笔记中有"翁鞋"一则云:北人冬日履棉絮,臃肿粗壅,谓之翁鞋。《李空同集》中用之,当是老人所着,故名。这种棉鞋,制法精粗很不一样,有的缎面细线切花,单梁纸底,穿了也很轻便,抗战前内联升鞋店所制,售价三元,亦颇不廉。……廉价的自然也有,黑布面布底,也更笨重得多,却是使用的更普遍,俗称"老头儿乐",所谓,"翁鞋"大概就是这名称的文言译语,可是把原来的幽默感全没有了。

"老头儿乐"是一种棉鞋,在前文及引岂明老人文中,已经明确了,那么它是一种什么样的棉鞋呢? 这里也必须为京华服饰史注明一句:即前面所说,北京习惯把棉鞋叫"毛窝",江南苏沪一带人叫"蚌壳棉鞋",北京人则叫"骆驼鞍儿毛窝"。这是一般青年、中年、男女都可穿的,不过料子不同,肥瘦大小不同,比如绣花缎毛窝,便只有青年妇女穿,男人不能穿。"老头儿乐"是一般棉鞋的变格,布底特别厚,而且是老式直底,左右脚可以换着穿。鞋帮两扇,中间棉花垫得特别厚,再纳成云头、寿字、蝙蝠等花纹,因为棉花厚,所以纳后花纹凸出来,十分好看,两扇鞋帮合在一起，前面还加皮条，做成皮梁。鞋面有布、有大绒、有黑贡缎，价格自然不同。这种"老头儿乐"不但厚实，特别暖，而且最大好处，一伸脚就穿进去，不用弯倒腰提鞋，给穿了厚实棉袄裤的老年人以极大的方便，所以得了"老头儿乐"的美名。一鞋之微，也关系到京华风土文物，乡情所系，岂偶然哉？

帽　子

　　现在外国人很少戴帽子，大礼帽、小礼帽早不时兴了。上下汽车、出入楼房，都是恒温的，冬暖夏凉，根本不需要帽子，中国大官也生活在类似环境中，也不用帽子，可老百姓不同了，在北京冬天零下十度顶西北风骑自行车，不戴帽子行吗？因而迄今为止北京冬季冷天，大人小孩少不了一顶棉帽子。在清代做官的冬天要戴暖帽，而且换戴暖帽的日期，由皇上下上谕统一规定，到那一天说换大家都换。什么是暖帽呢？就是那顶装翎子、顶子的黑缎帽沿的帽子，在帽沿上装一圈皮或绒，如阔气的装水獭皮，没有钱的装剪绒皮，把羊皮长毛剪去，剩底绒，再染成烟色。再不然装黑的平绒也可以。这就叫作暖帽了，实际并不实用，也不暖。因为冬天外出时，最怕冷的是耳朵，这样是中看不中用的，即使是花翎顶戴的所谓暖帽，实际上也还解决不了耳朵冷的问题，这就又有了耳朵帽，用缎子做两个小套子，里面缝点皮子，用根绳连起来，一个耳朵套一只。不套的时候拿下来，像两个桃子形状的东西，放在口袋里也还方便，只是这个小套子，也只能套个耳朵尖尖，真冷的时候，还不大管用。再有就是用长毛皮子，如狐嗉之类，缝个圆圈，套在耳朵上，倒很实用，只是毛茸茸的，远看一对毛耳朵，不大好看。在早年间，冬天最实用的帽子，莫过于毡帽了。北京腊月中儿歌道："糖瓜祭灶，新年来到，姑娘要花，孩子要炮，老婆要条手帕罩，老汉要顶新毡帽。"当年妇女冬天头冷，用一条五尺多长的黑绸手帕包起来，一般没有官职的男人，便戴顶毡帽。李越缦在鲜鱼口买完毡帽，在他有名的《越缦堂日记》中记云："京华黑猴儿毡帽，天下闻名。"那时虽然没有注册商标的办法，但这"黑猴为记"的标记，到了三十年代还在，我年幼时在鲜鱼口马聚源帽店门口，还常常看到一个木制黑油漆、红眼睛亮光光的"黑猴"，十分精神，但不知是否就是李越缦当年所见的那位了。

这种毡帽有白和咖啡二色。以白色的为多，是用羊毛制成的。俗名"赶毡"，是把羊毛经过梳整之后，粘在一起，再经粘压而成的。这同织的东西不一样，所以它可以粘压成各种形状的。新毡帽是里外两层，如叠起来像一个大白瓷碗，是半个球形。如把里面一层拉出来，便是一个椭圆形的像现代橄榄球形的东西。一般新毡帽买来，自己还要加工。把里面一层拉出来，用剪刀剪开，左右剪成两个"半月"形，前面剪成一个小的圆舌头，左右两上半月形上缝上狐皮，前面小舌头也缝一点皮子。不太冷时左右两片合在里面，戴在头上只是一个小毡帽，稍冷翻出来，左右两面，好像鸟翅膀一样，又好看，又暖和。如果再冷，把翻出来的半圆形的狐皮帽耳，再反扣过来，正好合在耳朵和脸上，严丝合缝，极为暖和。比后来时兴的欧洲式"三块瓦"皮帽子实惠多了。

漂亮的毡帽子除去里面缝皮之外，还要在外面用黑缎子沿个边，头顶上还要缝一个"五福捧寿"的花纹，不过这也只是当时年轻的爱漂亮的人们的摩登打扮，年纪大些的自然不弄这些。年纪大的人冬天戴的叫"风帽"，也就是《红楼梦》中说的"昭君套"。是一种顶部半圆、后面又带鱼尾的帽子。做起来很方便，一般剪个样子，家庭中善于女红的主妇都能做。最普通的是棉的，布面子、绸面子都可以。有里有面，中间絮棉花或丝棉，再好一点，里面做上皮里子，这样连头带脸和颈项都可以挡住，即使在大风雪中也不怕了。这种帽子当年都是老年人戴，而且喜欢用枣红宁绸做面子，不过这一般都是现在六七十岁的老人的祖父辈戴的，从历史上说来，虽然不久，但对当代的青年人说，那已是很渺茫的了。

有的帽店在黑缎瓜皮帽左右和后面装上三块捂耳挡风的东西，也当暖帽，这种黑缎子瓜皮暖帽，虽然也很漂亮，但是没有那种"昭君套"的风帽适用。

西方服饰影响到中国之后，白毡帽还很流行，但大多只是农工人士戴了。政界、文化教育界人士不戴了，试想穿着一身洋服，再戴上一顶白毡帽，那不是很滑稽吗？穿上很讲究的袍子马褂，戴上一顶白毡帽，也不大相称。这样最好戴呢礼帽，但冬天又太冷。这样便时兴戴"三块瓦"的皮帽子，这种帽子又叫"火车头"帽子，因为它摆在桌上，很像一个火车头。前面高高的一大块皮，边上皮耳朵，可以翻下来。当年北洋政府的大官、大军阀都喜欢戴这种皮帽子，一顶戴针海龙皮的火车头帽子，要卖五百块大银元。一顶水獭皮的也要卖上百块。自然普通人买不起，只能买一顶兔子皮、剪绒的戴戴了。

这种帽子大帽沿、大捂耳是很威武的，是欧洲式或者可以说是英国式的。抗日胜利之后，一切都时兴美国式的，这种皮帽子也便时兴美国式的了。其特征是前面的皮帽沿和两边皮捂耳都比较小，比较轻便，学生们戴这种皮帽子的人很多，最普通是长毛绒的，黑色的、咖啡色的都很好看，现在可能还有吧。那时北京有名帽店鲜鱼口马聚源、王府井同升和、西单盛锡福，都卖这种漂亮的小皮帽子。

高的筒状的皮帽子叫作"土耳其帽子",一般戴的人很少,但很神气,有学者风度。在我记忆中印象最深的,一是杨振声先生,冬天獭皮领子大衣,獭皮帽子,一派大学校长风度。二是俞平伯先生,冬天爱戴一顶黑紫羔的土耳其帽子,朴素中有儒雅风度,写到此处,如见颜色了。

冰炭故事

冰　桶

　　清代外官给北京大老送干礼——银两，五月节、八月节送来，有一专名词，叫"冰炭敬"，即夏天孝敬你买冰，冬天孝敬你买炭，因而统名之曰"冰炭敬"。孙宝瑄《忘山庐日记》光绪二十年（一八九四年）正月初二记云："家君得宫保衔，家叔得三眼翎。又送来傅相与大哥贺岁书，并馈炭仪三十金。"这是冬天，如在夏天，便是"冰仪"了。

　　夏天到了，常想起京华旧事，很自然地想起了北京的冰，似乎冰也是北京的好，北京的沁人脾肺。当然这是游子的主观感觉，客观上大体世界各地的冰都是一样的，小时候教自然课的老师不是讲过吗？水在零度之下便会凝结成固体的冰，这本是物理现象啊。虽然不少年了，但也未敢忘掉。

　　客观世界有冰，人为万物之灵，懂得利用冰，于是有了防暑降温的设备。"冰桶"——这是半世纪之前北京人的叫法，很少叫"冰箱"。更不懂现在广东人之所谓"雪柜"。当然，旧时冰桶、冰箱与今天雪柜之不同，还不单纯是名称上的差异，而是内容上的不同，盖一本天然人工，一是电气化也。

　　半世纪前北京的家用冰桶是什么样儿呢？先说造型：下面一个二尺五六宽、二尺多长，略作方形的、高约八九寸的木档底座。像春凳一样四只方脚平稳地摆在地上。上面笼统说是一个大木箱子,稍特殊者,是上大下小的形状。这个大木箱一般有三道铜箍,不论黑、红、绿油漆,配上耀眼的铜箍,都极为典雅漂亮。在中部铜箍的下周,每面都有两个雕成贯圈花纹的孔,以散发冰的凉气。桶内有一层笼屉式的木档子搁板,正搁在二道铜箍的部位上。搁板屉子是活络的,拿起屉子,把冰放在下面。这冰自然是天然冰,那时,北京大约除去协和医院、清华、燕京等洋派十足的机构外,是找不到电冰箱、人造冰的。北京当年用的全是头年三九天藏在各冰窖的天然冰。玉泉山天下第一泉的水放出来,先到昆明湖,再开闸放水,流到护城河,流进德胜门水关积水潭,在三九天,在那凛冽的寒风中,温度降到摄氏零下十五度,那清冽的泉水,便结成晶莹的坚冰了。可以结到多么厚呢? 一般都有一市尺厚。凿冰人戴着皮护耳毡帽,脚下穿着草靰鞡,手持冰钎子,奔跑在冰上,把冰大块大块地凿下来,在深入地下一两丈的地窖中,像砌城墙一样,把那些大块冰藏起来,以备来年夏天出售,供北京人消暑时享用。皇家冰窖的故事,前面已经写过小文介绍过了,这里不再多赘。

这种冰桶的底层,就放着一块这样的天然冰,大约一尺多见方吧。木冰桶内部,都是锡镴皮包过的,不长锈。冰桶四壁,外木内锡镴,很厚,可隔热,冰在底部慢慢融化,化的水由下面小孔中滴滴嗒嗒,像铜壶滴漏般的流出来,因此底下要有一个容器盛着。一般要由上午化到晚间才化完。

每天用的冰,冰窖的送冰车天天在上午八九点钟就送来了,很便宜。清代光绪间浙省词人严缁生特别赞美北京的冰,认为南中所无,曾写《忆京都》词道:

忆京都,赏夏绿荷湾。冰果登筵凉沁齿,三钱买得水晶山。不似此间蒸溽暑,纵许伐冰无处所。

词后注云:"冰窖开后,儿童昇卖于市,只须数文钱,购一巨冰,置之室中,顿觉火宅生凉。"这在没有雪柜、空调的旧时代,居住炎方,纵然有钱,也是办不到的。

老北京这种考究的冰桶摆在什么地方呢?大北屋,掀起大竹帘子进入室中,迎面后墙所挂中堂、对联下面,先是大条案(也叫大几案),条案前大八仙桌、两边两张大椅子,或太师椅,或交椅均可,在八仙桌前便放一具黑油铜箍发亮耀眼的大冰桶,从那贯圈孔中散发着沁人的凉气,配着窗上的绿纱(冷布)、院中的槐阴,试问,这时室中,还有丝毫暑气吗?

一般中产之家,堂屋八仙桌前的冰桶中,是不镇荤腥之物的,鱼呀、肉呀,都在厨房里的冰箱中,这里镇的是绿豆汤、酸梅汤、奶酪、香瓜、西瓜之类的东西。客人来了,宽衣让座之后,大暑天的,喝什么呢?打开冰桶盖,用小彩花碗盛两碗冰糖熬的绿豆汤,该多么清暑解渴呢?如果抱出一个六道筋青皮大西瓜,噗哧一切,血红的大沙瓤,主客均可痛快淋漓地大嚼一顿了。在使用电气雪柜的今天,有谁还记得在这样的黑油冰桶前大吃西瓜的情景呢?

说到老北京的木制冰桶,知者还多;如说当年最珍贵的冰桶是琉璃的,那知道的人恐怕就不多了。北京从明代建造宫殿以来,就生产琉璃器,主要是烧宫中的琉璃砖瓦兽头等。琉璃窑有官窑,也有私窑。烧成的民用器皿,最普通的就是大小绿盆、绿水壶、冬天绿釉子虎子,既精美,且又价廉实用。有人别出心裁,照木制冰桶的款式,烧出绿琉璃冰桶,在清代,这是十分别致而珍贵的,比木制冰桶价钱要贵多了。清代管琉璃窑的官员是工部郎中,有名的修陶然亭的江藻就是这种官。清末有一位管琉璃窑的官,性爱结交优伶,为讨好一雏伶,为其特制极精美之琉璃冰桶。琉璃色彩除黄绿之外,还可烧出其他色彩,这一琉璃冰桶烧作粉红色,且雕镂花纹,精美异常。后散失在琉璃厂古玩铺中,为豪家以万元购去,值百两黄金。想来现在用最高级雪柜的人,也难与之比阔气了。

说到精美冰桶,有比琉璃冰桶还高级的,有朋友家收藏一具乾隆年景泰蓝大冰桶,而且全是金丝嵌的,极为精美,简直是无价的国宝,后来据说奉献给国家了。

冬　煤

看《红楼梦》第六回,刘姥姥的女婿狗儿在家里喝了两杯闷酒,闲行气恼,姥姥也不敢顶撞,原因是"因这年秋尽冬初,天气冷将上来,家中冬事未办"。这"冬事"两个字十分重要。在夏天天热的时候,南北数千里之遥,实际相差也并不大,南方热,北方也凉快不了多少(当然,北冰洋之类的地方例外)。而一入秋天,再一到秋去冬来的时候,那南北就大不一样了。如以广州和北京比,那就大不相同,北京就要多出许多广州人想也想不到的事情,什么买煤呀、买柴呀、买过冬的大白菜呀,棉袄之外还要大衣呀、皮帽子、棉帽子呀、棉鞋呀等等,不管好坏,孩子大人都要有一套。这就是"冬事"的内容,而这"冬事",一句话,是要钱的。

冬事之一,首先是买煤。平日做饭也用煤,但一般是煤球,而且用得较少。冬天要生取暖用的炉子,家家如此,那便额外要买一大批煤,不只是煤球,还要买硬煤、红煤。当年一般人家在住室中还要装带烟筒的西式炉子,俗名洋炉子。《鲁迅日记》一九二三年十一月中记着:"午后装火炉,用泉三。""午后买煤一吨半,泉十五元九角,车泉一元。"这两笔就用了二十块现大洋。试想想,只此一项,就已可观,更何况还有其他呢?这个冬是好过的吗?

北京把无烟煤煤块,叫作"硬煤",把山西大同运来的、一点就着的有烟煤叫作"红煤"。《鲁迅日记》也有过"从李匡辅分得红煤半吨,券五枚"的记载。这个外地人可能是看不懂的。

再有生炉子还要劈柴,在北京冬天,这也是很大的消耗,因为炉火夜间加好煤让它慢慢烧,谓之"封火",这也是技术。如果不封火,而每天现笼火(就是生炉子),那天天都要用不少劈柴来引火,那样一冬天,单只这引火的劈柴,也要准备不少了。这些准备充足,才能暖暖和和地过这一冬。不然,数九严寒,下着大雪,不要说,没有煤吃不消,就算有煤,突然火灭了,没有劈柴,生不起火来,也要抓瞎受冻,这也不是好受的。

为了屋中取暖,除去煤和木柴以备生炉子而外。房屋本身,也还有不少麻烦,北京过去大多住的都是老式四合院瓦屋,门窗隔扇,很少装玻璃,大多是纸糊的。夏天为了凉快,不少都糊冷布(即绿纱),天气一凉,都要重新糊好纸窗。连窗缝也要用纸糊上,不然是吃不消的。俗语道:"针尖大的窟窿椽头大的风。"夏天惟恐其通风不好,而冬天,木窗棂上,一点点一个洞,便会吹进来打着呼啸的刀子般的寒风。如果是老式对开门的房屋,那还要装上过冬的风门(即单扇门),或者挂上有夹板的棉门帘子,甚至毡帘子。这样屋子中才能保暖,才能在温暖的小屋中舒舒服服地过这一冬。

看电视,外国总统在有高级取暖设备的房间,接见来宾,还对着壁炉熊熊的火焰谈话,这是一种生活情调,我过去写过冬天围炉的文章,现在又说,也是眷眷于此情调耳。

油　灯

人们思旧的感情,说来很奇怪,常常并不是因为某些物质享受的好坏。所谓情之所钟,另有所属,有时目前用着很时髦、很现代的东西,却又常常怀念起几十年前那些古老、落后的东西。比如说,我晚间对着书桌前的电炬台灯,却常常会想起小时夜读时桌上的那盏三号煤油灯,觉得怪有趣的。古人云:"青灯有味似儿时。"情、景、趣,都是那样普通,那样朴实,而又那样感人。我想我在电灯面前,怀念煤油灯,正像现在摩登人物在电灯下面点燃蜡烛喝香槟一样,可能也是这种意境罢。

点煤油灯,是很有意思的事。首先每天晚上点灯前,要检查一下灯里面的油多油少。添油时,要把罩子先摘下来放在一边,不要碰碎,然后把灯头旋转下来,放一个小漏斗,用提子从煤油桶中提一小提油,倒下去把它加满,还要透过玻璃仔细看看,不要溢出来。第二件重要的事是每天要擦玻璃罩子,玻璃罩子有两种,一种顶部有花边的,底座以上是弧线形上去,像一朵肥胖的玉簪花蕾一样,十分好看。另一种两头细,中间一个圆球,没有前一种好看。

书房念书的同学,秋冬之后,便要夜读了,每人桌上一盏三号油灯,江南叫"美孚灯",是因美孚牌煤油得名的,北京没有这个名字,只叫煤油灯,也不叫"洋油"。在晚饭后,黄昏时分,点灯还早,各人在桌前先擦灯罩子,这是一个很有诗意,又合乎卫生原理,很能养成良好的清洁习惯的事儿。每个小伙伴都把灯罩摘下来,先捂住一头,放在嘴边哈点气,然后用块柔软的旧布,裹在手指上伸进去擦，三号灯罩子短，用手指两头伸进去，正好全部擦到。一边擦、一边还要就亮光照一照，看是不是还有污痕，然后再继续擦，一边擦、一边大家聊闲天，然后互相比较比较，看看谁擦得最干净，等到大家都擦得晶莹雪亮，然后把灯点起，先拧小一点，等玻璃罩子热了，然后再把灯火拧大，小小的书桌前，就大放光明了。在这光晕前，可作"鸡兔同笼"的难题，可读欧阳子方夜读书的《秋声赋》，也可写一篇"光阴似箭，日月如梭"之类的窗课……

二三十年代，电灯在北京已经不是什么稀奇的东西，闹市上也有了闪着怪眼的所谓"霓虹灯"了。可在一些老先生家，却还点煤油灯。鲁迅先生西三条"老虎尾巴"不是就点一盏煤油灯吗？师大名教授史学家王桐龄氏家中一直点煤油灯，人问他，他说：乡下生活过惯了，早睡早起，用不着什么灯。我家初搬到皇城根苏园时，房中电线、灯头，一应俱全，可是先大人汉英公就是不用，一律点二号煤油灯，打煤油、擦罩子，天天真麻烦，但这是老谱，没办法，直到沦陷后买不到煤油了，才改用电灯。旧时代远了，有谁还记得这盏小小的煤油灯呢？

说到煤油灯，不由我想起另一种点植物油的灯，不是油灯盏，而是大烟灯，即吸鸦片烟时用的考究的灯。鸦片是毒品，但这灯却真是艺术品，是著名的太谷灯。山西太谷高手匠人制造的。过去我收藏一具。不打开时，是一个圆白铜筒，大小如现在一听中华香烟。盖部螺丝口在下面，旋开，底部是灯座，下大上小有灯头，灯头活的，拿起便好注油。另一寸许高镂花白铜圈翻过来套在灯座槽中，再把玻璃灯罩扣在白铜圈上，便是一座精美的灯了。这罩子是车料玻璃的，很厚很重，又白又亮。汉英公平生无此嗜好，这还是先大父选青公的遗物。现在这种精美的小灯很难看到了。

筷子与挑子

筷　子

从报纸上得知,吃饭用筷子的日本,有些小孩子却已不会用筷子,为此还要加以特殊的训练才能使之学会用筷子,这条消息使人感慨万端。现代西方科学冲击着东方,东方固有的文明往往被忽略了,慢慢有所改变,甚至消失、沦亡。从维护民族传统来说,这是很值得忧虑的。

吃饭用筷子,是中国、日本、朝鲜、越南等东方民族的传统,单纯说北京的筷子,却也没有什么好说的。只是过去家中,有几副带绿鲨鱼皮套的清代行营行路用的筷子,比较特殊,一面插一把八寸多长的割肉刀,一面槽中插一双镶银象牙筷子,实际这是清代满人祭堂子吃白肉用的。随身所带,用刀子割肉,用筷子夹肉。现在一般不知是派什么用场,三十多年前,有一次在东四市场一个人拿这种刀筷卖给收旧货的,而收旧货的不敢要,说这是凶器,试想当时谁敢收买"凶器"呢? 北京的筷子,除以上所说外,也只和江南、湖广一样,高级的象牙筷子、乌木筷子,一般的漆筷子、竹筷子,而且大部分都是南方出产,贩运而来的。北京筷子,真是没有什么好说的了。只是想起一个有关筷子的故事。

吃饭用筷子,直到今天,仍不失为东方生活古老文明之一端,从卫生、便利、灵巧诸方面来说,都是远胜刀叉等餐具。自然用筷子吃饭,一直为西方人所不解,他们甚至感到很奇怪。

闻一多先生在美国留学时,寄居在一位美国老太太家中,伙食也是居停主人代办,每天晚饭在餐桌上总要谈些家常,这是西方生活中很有情趣的事,大家这时边吃边谈,感情最融洽,为此聪明的社会活动家便利用这种机会进行社交活动,谓之"餐桌社交"。闻先生每晚和这位美国老太太一家同桌用餐,这位老太太总爱问一些中国的风俗,尤其是吃饭的情况,什么菜呀、鱼呀、李鸿章杂碎呀,而且常常要问一句:

"中国人真是用两根棍子吃东西吗?"

闻先生说"是呀"!但过了两三天,这位老太太又提出同样的问题,闻先生照样回答"是呀"!有一次这位老太太又提出这一问题,闻先生回答后,老太太想了半天,忽然又慎重地问道:

"那么吃通心面时怎么办呢?难道也用两根棍子吗?"

闻先生听了先是一呆,后来反复交谈,闻先生才恍然大悟:原来这位美国老太太一直以为中国人用筷子是一只手拿一根,像西方人拿刀叉一样,拿小棍戳菜或挑面吃。她们无法理解我们用筷子夹、扒拉、拌等等十分简单、便利,却又十分高超的动作。闻先生是习以为常的,自然未多解释,却料不到大洋彼岸的老太太如此不理解东方生活方式,无法想象用筷子夹菜的动作。这样才产生出中国人感到不可思议、而西方人却感到很合理的一只手拿一根筷子的怪想法。

这似乎是东西方思维的主要差别造成的。一个是艺术的、随意的,一个是机械的、认真的;一个是多用自己之力的,一个是多借外物之力的,表现在筷子的故事上,不是很明显吗?筷子正名为箸,又作筯。箸古义是"梜"。《史记》记"纣为象箸,而箕子唏",可见中国人用筷子是很古老的了,能不珍惜乎?

挑　子

北京筷子没有什么可说的。而北京挑子却有可说的。不过只说剃头挑子。

"剃头挑子"这个玩艺,不要说外地人、外国人现在不知道,即使现在生活在北京的年轻人,恐怕亦很少看见过这套家伙的了。鼓书大王刘宝全唱的《大西厢》中有一句唱词道:

> 常言道,剃头挑子一头儿热,您不信就用手摸呀,这一头儿烫手,那一头儿冰凉……

先把这挑子的两头说清楚。冷的一头:是一个像八字脚凳子一样的小抽屉柜。上面是五寸宽、一尺多长的一块平板,两头伸出,便于用绳子一兜就挑走。下面四根八字斜叉的脚,在板下面,脚中间,有三层小抽屉,抽屉内放围裙、剃刀等物。这小柜是给剃头人坐的。热的一头:外面是二尺多高用笼圈作的圆桶,一个高架子,可以挂手巾等物。桶用细绳子兜起来,可以挑起来走。桶口上,放一只白铜脸盆,以备洗头,铜盆下面,是深口汤罐,盛热水,汤罐下有一个小煤炉,老在那里烧着汤罐的水。所以摸上去烫手。

剃头师傅们挑着这副担子串街走巷,给人剃头,嘴上不吆呼,只是手里拿着一个奇怪的东西,招呼人来剃头,这个玩艺儿叫作"唤头"。是纯钢打造的,一尺来长,像两片织布梭子,又像一柄巨大的镊子,一头有柄,一头尖尖,左手执着柄,右手拿一根小铁棍,从里面一滑,由豁口滑出,便"铮——"一声,发出尖锐的金属震动的声音，久久不息。住在四合院里的人，听见这种特殊的声音，便走出大门，招呼一声"剃头的！"，挑担子的人闻呼而至，于是一笔剃头的生意便成交了。

剃头挑子把剃头叫"做活"，剃一个客人的头叫"一人活"，剃完付钱叫"活儿钱"，一般给了"活钱"，还要给点酒钱，即小费。如在剃头铺剃，则活钱归掌柜，酒钱归剃头的伙计。剃头铺不同于新式理发馆。在半世纪前，城内均已是大小理发馆，剃头挑子还到处串胡同，而老式剃头铺，挂"朝阳取耳（掏耳朵），迎风剃头"幌子的剃头铺已看不到了。

三百多年前，清兵入关，下令剃发，人怕剃头。明代人是满头都留发，清代人头部前面三分之二要剃光，后边留着梳辫子。上海姚廷遴顺治二年《历年记》记云："见人初剃者，皆失形落色，秃顶光头，似乎惨状。甚有哭者，因怕剃头，连日不归。"这是清初江南人剃头的惨状，当时有"留头不留发，留发不留头"的说法。据说就是挑着这种挑子、敲着声音尖锐而凄厉的"唤头"的人，到处给人剃头。热的那头上面的架子，后来是挂毛巾的，当初据说是挂人头的。谁要不剃头，就杀了把头挂起挑着走。当然，这是清初的老话，后来就不是这样了。"朝阳取耳，迎风剃头"，剃头挑子是生活必需的了。不过那种老式剃刀，不管是"王麻子"的亦好，"双十字"的亦好，磨得再快，剃起来头皮仍旧很疼，嚓嚓地，一刀刀刮起来，只能含泪忍受着，这就是我对剃头挑子的记忆。记得在前面剃头小文中已说过，这里就不赘述了。

买卖琐话

老买卖

北京叫作买卖,江南叫作生易;北京叫买卖人,江南叫生易人;北京叫小买卖,江南叫小生易。大家都懂,但叫法两样,习惯成自然,很难改变。而细细琢磨这两个不同词语的微言大义,我爱前者而恐惧后者。何耶? 买卖者,有买有卖也。岂不闻"买卖不成仁义在"之俗语乎? 它是代表了双方利益的。任何商店,在进货时它是买方,在出售时它是卖方,每一商品流通过程,都包括着买卖双方,必然要照顾到双方的利益,如只考虑单方,那就包孕着损害对方利益的因素在内。而生易一词,"生"者,生发也,"易"者,贸易也。即在贸易当中如何生发财源,这样所考虑的,就纯粹是单方面的了。做买卖的说:会买的不如会卖的。一说买卖,还使人想到有来有去;一说生易,便使人感到必须提高警惕。一说买卖人,还想其直朴认真;一说生易人,便想其精明厉害。一词之差,而且是最普通的,却也足以体现南北风俗之差异。

北京自明代以来,迄于本世纪前期,也已作了五百多年京城,商业之繁华,行会之齐备,一直是全国之最,直到上世纪末,上海许多时式物品,还最讲究"京式",北京做官回到南方,都要带许多"京货"赠送亲友,足见当时北京商业之发达。如果有条件，多收集一些资料，写一部《北京商业史》，不也是很有意义的事吗？而在此小文中，我想关于旧时商业，先有两点可以随便谈谈。一是行业之复杂，二是老字号之众多。

大约是十几年前，有一次暑假返京，坐车经过东直门北小街，偶然看见一处老式破旧铺面房，前檐的白短墙上，还留着"山货铺"三个字，隔了一天，坐车经过下斜街南口，猛一回头，又见一砖砌铺面房，前檐"柳货店"三字，依稀可见。这两家买卖，如果问现在的北京人，一般中青年恐怕都不知道了。因而感到北京过去商业界行业的划分，似乎特别复杂，分得十分细。比如这"山货铺"和"柳货铺"都卖什么呢？山货都是笨重玩艺，什么铁锹柄、扁担、磨刀石、砧板、案板、擀面杖、荆条筐等等。而"柳货铺"则专卖柳条编的大小笸箩、簸箕、井水柳罐、箩筐等，有些柳货铺的货山货铺也卖。但柳货铺更集中，更专门。现在山货铺、柳货铺卖的东西，不少还是居家过日子生活必需品，但都综合在一起归土特产商店出售了。

手边有一本民国九年商务印书馆所编《实用北京指南》，其中详载当时各行各业的商业店名，是很好的北京商业史资料，使我知道当时商业分行之细。如木行有木厂、木料厂、生料厂、生料板厂、桅厂等分别，另外还有棺材厂也归入木行。其中木厂、木料厂有何区别呢？即木厂是大生意，不但出售房檩房柁，而且承包建筑，即等于营造厂、建筑公司，因为一切房屋建筑，先要柱子、搭房架子，这全是木匠活儿，用的全是木料，任何建筑，木料都是主要的，所以当时木厂是承包建筑的大买卖了。而木料厂则是专门卖料而不包揽建筑的。桅厂，现在人们也许感到奇怪。北京既无船码头，又不造木船，桅厂做什么买卖呢？实际是当时北京每年夏天公私房舍都要搭天棚，是老式防暑降温的重要措施,每年都要用大量杉篙桅杆,还有各处造房子,搭脚手架也需要大量杉篙。这也是桅厂的买卖,桅厂专门卖杉篙,又不卖其他木材。北京当时,占劳动力多的叫"厂",当时北京只木厂就有一百六十多家。大工程要许多木厂共同承包,庚子后,因前门城楼、箭楼被烧,一九〇三年,福建人陈璧做顺天府尹,管工重建,数十家木厂承包,因陈氏要求极严,木厂无法耍奸偷工减料,结果有二十来家木厂因赔累而倒闭。

占劳动力少的叫"作",如楠木作、油漆作、包金作、錾金作、拔丝作,都各有专门,又是作坊,又出售货物,如购买红木家具就要到楠木作。

金融业有金店、金珠店、银行、银号、银钱店、炉房、汇兑庄、兑换所等。北京很少叫银楼、首饰楼,把金店、金珠列入金融业,因为它主要买卖条金、叶金的原因。而二者的分别,是金店不卖珠玉,金珠店则卖珍珠,有镶嵌首饰。另有专门卖钻石的"钻石局",专门卖首饰的首饰店,卖假货首饰。当时最大的钻石局在前门外大街五牌楼下。

书铺分书局、书社、书庄、书铺,文具店分笔墨店、墨盒店、南纸店、纸店、账本店、图章馆、刻字铺,而古玩铺、扇画铺、灯画铺、古画铺、帖铺、裱画铺又各分行业。

同样是铜器,有铜器铺、白铜铺、红铜铺、黄铜铺、铜丝铺,铜锡店、锡店、铁铺,叫店、叫铺各有区别,从不相混。

棉花、颜料、染坊、绸缎则叫庄,如有长驻外地的采购员叫"坐庄",缎叫"庄"、绫叫"店"、布叫"铺"、叫"庄",以大小分。有"蹦布局",现在人不知什么意思,是专卖鞋底布的。丝线、棉线、绒线,又各有所分。而绒线铺兼卖杂货,即针、线、顶针、头油等小百货,所以"绒线铺",在北京特别多。

衣服则有估衣铺、戏衣局、新衣庄、新衣袜店、雨衣店、寿衣店，估衣铺特别多，新衣局却较少。因当时很少买现成新衣者，一般家庭衣服都主妇自己做，或找女工做。而好的衣服又找成衣局裁缝做，在记忆中自己家亲朋同学家，很少听说人买现成衣服，都讲究买衣料。另外还有专门西服庄、军衣庄，还有专门"祭衣庄"兼卖"顾绣"，现在人们很难想象了。

帽子、靴鞋、皮货、绣货、花边、栏杆（实际也可算花边，是各种幔帐等的流苏）、绦带、绒球，这些都有专店，一方面是生活用，一方面是戏剧用，如绒球，大量戏装头面，而生活缎帽盔大红绒球，就是这种店专门生产出售的。

北京冬天取暖是大事，当时有专门卖老式炉子的"白炉铺"，又有专门卖西式炉子"洋炉铺"，都很多。

有专门卖嫁妆的嫁妆铺、专门喜轿铺、专门蜡铺、专门死人冥衣铺、专门抬棺材的杠房。

吃的牛、羊、猪肉、鸡、鸭、鱼等不要说了，其他还有酱羊肉铺、汤羊肉铺、酱牛肉铺、蒸羊肉铺、酱肉铺、炉肉铺、滷虾铺（即硝店）、臭豆腐铺、面筋铺、果脯铺、茶汤铺、真素南果铺、瓜子店、糕干铺、蜜供局，至于那数不清的饽饽、点心、南货铺、干果子铺，就不必多说了。

藏香局、通草铺、哈哒店、龙头铺、荆条铺、挂货铺，凡此种种，都知道是卖什么的吗？

至于老字号：什么明代就有的西鹤年堂药铺、六必居酱园、月盛斋酱肉，清代早期的同仁堂、饭馆子广和居，清末以来，那就更多，数也数不清。不少老字号，现在还叫这个名，也不必多说。不过只有名称，并无内容。过去朴实认真、货真价实，各有特色的传统风格，都已烟消云散，荡然无存了。深感保存个名称，还算容易,保持传统风格的优点,太难了。说得再好些,也只是有名无实而已,不必再说了。

商　场

东有"市场",西有"商场",这是旧时北京的两个商业中心,最热闹时,几乎要超过前门外大栅栏等处了。

《鲁迅书简》写给乖姑信有云:

> 我今天出去,是想买些送人的东西,结果一无所得。西单商场很热闹了,而玩具铺只有两家,雪景无之,他物皆恶劣,不买一物,而被扒手窃去二元余,盖我久不惯于围巾、手套等,万分臃肿,举动木然,故贼一望而知为乡下佬也。

这是一九三二年"十一月二十六夜八点半"写的,距今已六十年矣。文章写得实在传神。但我这里不作艺术欣赏,而只想谈谈西单商场旧事,抄迅翁一段见闻,作谈古的引子,首先说明二点:一是那时西单不但已有商场,而且"很热闹了";二说明大文豪鲁迅先生逛过西单商场,我也逛过西单商场,这不也很光荣吗?列位不要笑我,世界上夸耀类似这样光荣的人多得很呢。撇过笑话,还是说说西单商场旧事吧。

北京甘石桥南面路东,旧时有条徽子胡同,连着的是背阴胡同,这两条小胡同在路北各有一所大宅子,几乎占了整条胡同。徽子胡同是公爵巴图堪的宅第,后来成为某贝子府。背阴胡同路北是贝子傅喇塔宅。辛亥之后,这些王公贝子的日子一天不如一天,纷纷把第宅卖掉,此即杜少陵所谓之"王侯第宅皆新主"

也。背阴胡同的大房子后来作了北京医科专门学校的医院，近三十年代，北平大学合并各学院，这里成了平大医学院附属医院，当时在北京也是比较著名的公立医院了。徽子胡同那所大房子，东北军到了北京后，万福麟买了下来，修缮一新，作为公馆，高大的砖墙围着，先是辕门，后是三间大红正门。在其公馆的南面，以及临西单牌楼街东一片，有不少空地，有的还是庚子时代的火场，烧过后还没有盖起来。当时张作霖大元帅府在北沟沿顺成王府，东北军的阔人住在西城的很多，西城的学校也多，大小公寓中住满了外地来北京上学的学生，每人每年一般要用掉二三百元大洋。很明显西城购买力提高了，而繁华商业区，不是前门外，就是王府井、东安市场，距离都远。华侨广东商人黄树滉等集资十万元先在南面办西单商场，后又看准北面这块空地大可利用，便在东北军阀万福麟等人中集资，仿照东安市场的样子，盖起了大片商业用房，临大街三层，里面两层，往南去是平房，起名"西单商场"，简称"商场"二字，这是北京把大型百货营业场所叫"商场"的开始。最早商场是民国十九年六月一日开幕的。有铺商一百五十七家，摊商二百八十余家。有大饭馆富庆楼，小馆较好者明湖春，又因其公馆前胡同名"徽子"，音同"散资"，不吉利，便改名为"槐里"，音谐"获利"。眼光不错，果然一上来就做了近十年好生意。

当年鲁迅翁去西单商场时，正是建成开放后不久。当时场内有正街两条，仿东安市场的样子，两边是铺房，中间摆货摊，前门在大街上，后门对太仆寺街，出后门往南有极狭小巷，名"西牛角胡同"，通堂子胡同。临街铺面最好，可以两边开门，一边开在商场内，一边开在大街上。经营商场的人，把铺房、货摊位置出租给商家，开各种店铺，商场收房租。临街正门北面是三益祥绸缎庄，三大间门面，是这一带最大的买卖，南面是半亩园糖果点心铺，最后面就是富庆楼饭庄。已经到了后门边，出门直走太仆寺街，右拐西牛角胡同，左拐背阴胡同，不远就是医学院附属医院了。

北京冬天冷，在商场里逛最好，好像在屋里，又挡风，又防寒。还可以看看两边的货摊，所以越到冬天越热闹。我冬天下学回家，背着书包由口袋胡同出来，就穿过大街，进商场前门，穿后门出去，经背阴胡同回家。商场南面，连着好几个小商场，在桃李园楼下一带，都是书铺、书摊，因而下学进商场逛书摊，消磨上一两个钟头，也便成了我的常课了。缅怀往事，虽说前尘如梦，但也似得到不少安慰。

过去北京商业界有句"火烧旺地"的说法，这可能也是从经验中得来的说法吧，越是热闹的地方越容易着火，烧了还可以重盖，盖得比原来的还好。由华侨黄树滉、军阀万福麟他们投资盖得西单商场，于一九三六年十二月间被火烧了，起火的时候，是在晚间八九点钟。我家离商场不远，记得在大院中看过，西南半天里一片红光，虽望不到火苗，但其猛烈可想见了。足足烧了一夜，把一大片商场全部烧光了，只剩下四周的墙头。早上七点多钟我上学时，消防队还没有走，我站在马路西交通银行办事处门口看了一会儿，只见那临街三层楼墙还未倒，墙上湿淋淋的，窗户只剩下洞了。

西单商场火烧后半年多，就是"七七事变"。在此期间，于北面一块杂耍场子空地上，搭了不少小棚子，安置火烧后商家，叫"临时商场"，一度也非常热闹。还留一小块地方作杂耍场子，说相声的高德明、汤瞎子、张傻子在此作场。

沦陷后第三年，重建西单商场，不知是谁的资本，但大批的日本商人跟着侵略的军队来了。东京银座大百货公司"高岛屋"在临街一面开了分店。重建的三层楼上又修了一间四层,装了个大字霓虹灯,远看又像"商"、又像"高",我说是"高",我父亲说我不通,但他老人家哪里懂侵略者的名堂呢? 这是第二代西单商场。后来西单商场又改建了,算来这是第三代西单商场,这只是百货公司,已无过去商场的味儿了。

旧都绝技

搭　棚

　　北京过去各行各业,都有不少手艺高超的工匠,不论瓦匠、木匠、裱褙匠、铜匠等等,常常有拿手的绝活,代代相传,以满足都门的各种高级要求。这些手艺直到三十年代,有不少还流传着,以夏天搭天棚说罢,那时还有不少老师傅能搭出令人赞叹的高级天棚,当年人们夏天到协和医院看病,协和的门诊大门坐东朝西,夏天西晒十分厉害,那大门和楼房又是宫殿式建筑,结构十分复杂,每年夏天搭的大天棚,由汉白玉台阶下面开始,直顶到四层楼绿琉璃瓦屋檐,好几丈高,又分好几层,而且全有绳子可以拉开,可以卷上,舒卷自如,工程实在伟大。我年轻时,曾亲眼看见棚匠师傅搭过,照北京说法,真是又麻利又快,那么大的、那么四五丈高的大天棚,只两三天就搭好了,看惯的人无所谓,没见过的人谁不惊叹这种神奇绝技呢?

　　搭天棚的"棚匠"技艺是高超的,但那工作却是很辛苦的,这不但是一种艰苦的职业,而且还有很大的危险性。一个合格的棚匠,起码要有几种硬工夫:一是能右手臂抱着一根二丈多长直径三四寸的杉篙,左面一只手攀登架子,要爬多么高就爬多么高;二是肩上能顶得住一根二三丈长的大杉篙,像旧时天桥宝三的"顶幡"一样,人骑在架子上,肩上顶着大杉篙,递给上几层的师傅,而且一低头能左、右换肩;三是要能"飘高",即非常熟练地爬到高空架子上工作。那时没有什么安全带,在高空操作,全靠自己熟练的技巧,身手矫健,臂力过人,胆大心细,是很不容易的。危险程度较之泥瓦工、木工都要高的多,旧时报纸上常常会登载"棚匠飘高,发生意外"的消息。就是因为当年高空作业,没有好的安全保证。

棚匠和现代建筑业的架子工很相近,但又不完全相同,架子工只管扎架子,没有"细活",棚匠则不然,即使搭一个最普通的天棚,也要把芦席平平整整地缝在棚顶上,任凭多大的风,也不能让风把棚顶上席子掀走。中间留一块卷的地方,人站在棚下,抽动麻绳,席便卷起或展开,或者平卷,或者斜卷、竖卷,随意舒展自如,只做到这点,就不容易。

棚匠的高超技艺,不仅表现在搭普通天棚上,而且还表现在搭"红白喜事"(即庆寿、娶亲、嫁女、丧事)的彩棚上,要搭棚,还要扎彩。要用杉篙、竹竿、木板、芦席、布匹、彩绸,搭出各种亭台楼阁、牌楼、戏台等等,这种临时建筑物,不仅看上去要美轮美奂,十分漂亮,而且要能实际使用。搭出的楼要能供饮酒摆宴席,搭出的戏台要敲锣打鼓唱全武行的大戏。这些在今天说来,人们也许觉得是很难想象的,但在当年都是普通事实。当年西太后那拉氏由西安回北京,正阳门已被焚,来不及修,便在正阳门那儿搭了大彩牌楼给她看。光绪十四年(一八八八年),太和门大火,第二年,光绪大婚,来不及修建,便由棚匠搭了个假太和门,远看和真的一样。试想想,这是多么惊人的绝艺呢?崇彝《道咸以来朝野杂记》记云:

光绪十四年戊子冬十一月,太和门灾,次年正月二十五日德宗（光绪）大婚，已定期矣，相去不过两月，重修为时已迫，且在严冬。时总管内务府大臣为福相国锟，嵩尚书申，师侍郎曾，巴侍郎克坦布，崇侍郎光，五大臣均无法可施。嵩尚书之纪纲孙荩卿者，精强人也。毅然以此事自任，福相喜出望外，慨然以银库、缎匹库钥匙付之，令其相机行事。孙即广招工匠，每日进匠五百人，就原基之未毁者扫除之，施以彩绘，头停即房檐屋顶，纯以彩绸扎成，与原式无异，期月而成，虽元旦朝贺，亦不误事。

这件事情《天咫偶闻》也曾记载过，但把年份弄错了。这种特殊的绝艺，当年只有北京的棚匠师傅能够做得出。不过今天这些技艺，已如"屠龙术"无所用其技，大都失传了。

山　村

山村屋檐下

北京西郊山村中，农民小院的屋檐下，是一幅画，是一首诗，是一支歌，是一片梦……它温暖在多少朴实的黑脸汉子、满脸皱纹的老太太、一头黑发嫩脸一双粗手的小媳妇……的心中；它浮现在多少万里游子湿润的睫毛前，眺望的视线外，午夜的枕头边……

你如果去西山、香山以及戒台寺、潭柘寺等处玩，不管你怎么走，步行，古老的交通工具，骑驴，现代的交通工具，坐汽车……去法尽管不同，但有一点是一样，即你都要走山路，沿着山路，越走越高，人站高了，回头一看，或向边上一看，你视野中的东西都变低了。你在平地上走路，经过村落，即使农舍人家的院墙再低，也很难看到人家院里，所谓"满园春色关不住，一枝红杏出墙来"。也只能看到出墙的一枝，不出墙则只能眺望到树尖尖，至于那树下的坐在小板凳上吸叶子烟的老人，围着花围裙干活的小媳妇，就看不见了。……而你在山路上往下看，则完全不同了。一面往上看，那山坡上的人家，则只见高高的黄泥墙，小门楼；而往下山坳坳里一看，那山村人家的小院落，就一览无余了。离得近的，那真是看得清楚，不但院中的杏树、桃树，吸旱烟的老头等看得清清楚楚，历历如绘，就连那老头吐出的烟雾，窗户玻璃里面的陈设，啄虫觅食的小鸡，摇着尾巴的小黄狗……也都看得清清楚楚。如果你是坐着现代化的小汽车经过,偶然按了一下喇叭,也许会惊动树下吸烟的老头,悠悠然地抬起头瞥你一眼,给你留下一刹那的印象,但他却是过眼云烟,似乎他见得太多了。自然,他也不会怪你惊扰了他的宁静。因为他有他的生活,你有你的目的,两不相扰,在茫茫的人海中,只不过匆匆一过而已,真比大海的小浪花还要平淡。

转眼风驰云飞过去了,又把这家人家抛在你后面,车子又盘上一圈,方才你眺望着的山坡高处的那座黄泥墙小门小院又在你视线下,你可以看见那院中的一切了……

但人生中平淡与珍奇,并不全是绝对的,恒河沙数,也许你单为一粒沙而惆怅,而欷歔;大海无垠,也许你只对着一个浪花,一片浮藻而凝神,而落泪;漫天浮云,也许只望着一片云去凝神,去遐想。我不知经过多少次这样的山路,看见过多少这样宁静而平淡的人家,这些不相识的山村人家,不知姓名,也没有说过一句话,匆匆而过,又是匆匆而过,而我却是常思念着,特别思念着那墙角边,屋檐下……

有一年残腊雪后,我走这样的山路,看到这些极为幽绝,而又无限温暖的屋檐。

北国天寒,雪不易化,那矮矮的屋顶瓦垅上,那短墙上,那小门楼上,全覆盖着一层白白的雪,并不感到寒冷,似乎是在屋顶上盖着一条棉花胎,把屋檐压得更低了,更静谧了,那檐头上顺着瓦垅不知何时融化的雪水,一滴滴地流下来,但又不全流到地上,在檐下结成长短不一的晶莹的冰柱。人们常看到雪景的圣诞祝贺卡片,印着覆盖着白雪的小木屋,边上一支红蜡烛,但那是北欧的情调,是异国的、异域的风光,这不同于我思念中的京华山乡人家的白雪覆盖的农舍,圣诞卡片上的白雪小木屋,对我说来,既不感到热,也不感到冷,是木然的。而我思念中的白雪覆盖着的屋檐,是温暖的——不信吗? 在屋檐下面新糊的气窗中,正冒出团团白絮般的蒸气,屋顶一头的短烟囱中,也飞出缕缕的炊烟,是一锅豆腐已经开锅了呢? 还是一笼黄粱糕正蒸熟了呢? 猛然再一细看,最显眼的是映着白雪屋檐那一点鲜红;腊尽春回,新贴在屋檐下横梁正中的"福"字小斗方,"抬头见喜"的帖儿——现在人们一般只知春联对子、横披等等。这种竖贴的"抬头见喜"、"紫气东来"等已经不知道了,岂不知这比春联还古老,这正是宋人春帖子的遗制——这样的屋檐下,怎能不在我的思念中呢?

秋天的屋檐下,那又是一派风光了。由初秋到深秋,慢慢在变化着。金风乍起,凉意陡然而至,实际还是炎夏的尾巴,山家屋檐下窗户上还糊着褪了色的冷布,但早熟的金黄的留种玉米,已经剥去外衣,一簇簇的挂在檐前了。另外一根苍老的南瓜藤由屋檐倒挂下来,还开着两朵娇黄茸毛的秋花,而一个红绿斑斓的大南瓜,横卧在屋檐上的瓦垄间,已经等待着主人摘下来入馔了。屋中主人的兴趣是多样的,小蝈蝈笼子还挂在窗棂上,一个普通鸟笼子,挂在檐下,山乡人养不起娇贵的鹦鹉,那笼中是跳来跳去的小黄雀儿或红靛壳,那是在豆子地里自己拉网捕捉的。

秋色渐渐深了,屋顶上的南瓜藤早已拉秧了,褪色的冷布凉窗,已经不知在哪天糊上了窗纸,下面玻璃映着阳光,吊在屋檐下的一簇簇留种老玉米,已经晒干了,更黄了。又加了一大串红辣椒,点点鲜红,在秋阳中,似乎热辣辣的。还有在窗边柱子上,拉着一辫子结实的大蒜头,再过两天,把打来的野猫儿也连皮挂在檐下,预备年下煮了下酒,这就更增添了山家的色彩……

登上秋山看红叶,猛回头,看见山洼里人家这样的屋檐,那就比红叶更耐看,看过后永远值得你相思了。

京话官腔

京　话

唐代贺知章诗云：

少小离家老大回，乡音无改鬓毛衰。
儿童相见不相识，笑问客从何处来？

这首诗在《唐诗三百首》中也有，不少人都是很小时候就读熟了，而到了老大时，还感到十分有味。似乎不如说，到了老大时，才感到十分有味。试想一头白发，万里归来，笑哈哈地说两句老家话，这种境界，是人生中多么欢乐的真趣呢？

人的乡音，有时使人感到很奇怪，似乎是凝聚在血肉中的一样，尽管年代久远，从不用乡音谈话，有时却会一下子全说出来，使人愕然吃惊。据传明末逸士朱舜水，明亡后流寓日本，数十年中，生活、语言全是日本式的。在老年的时候，有一次生了一场病，在病中突然间完全不会说日本话了，不但说的全是中国话，而且说的全是他那浙东余姚乡下话，服侍他的日本下女，一句也听不懂，弄得茫然无所措手足。明末清初刘继庄，以北京人流寓无锡三十多年，老年病后忽然不会再说无锡话，只说北方话。在他的名著《广阳杂记》中似有记载。这也是两个未改乡音的故事。

小时候在北京，虽然孩子们都说北京话，但各家大人，有时就要说他们各自的家乡话。我家租的是福建人的房子，院子很大，人家很多，房东的房份也很多。妙的是夏日院中乘凉，房东太太这边和我母亲说话，说北京话；回过头去和她妯娌说话，又是一口福州话，音节又密又快。在这种环境里，我前后听了有十五年之久，却还听不懂福建话，只知道"嘠"是叔叔的意思，其他则全不懂了，可见我是多么大的一个笨伯呢？

　　北京的商人，在那时有两处人，同任何人说话都不改乡音，一是京南宝坻、安肃一带的人，剃头铺、澡堂子、煤厂摇煤球的，都是终身不改乡音，同京话仿佛，人们都听得懂，只是有些怯，北京人叫"怯口"。另是山东人，挑水的、粪厂、大饭庄子、名厨，什么"银"（人）、小"给"（鸡）子、"又"（肉）等等，终身不改乡音，这是山东老乡的本色。

　　清代宫里的太监，大都是京南安肃县一带的人，摧残身体，进宫为奴，不与外界接触，大多也是终身"怯口"，京南乡音一直不改。有时回话常常为了说不好而挨打。据说西太后那拉氏有一次问一个太监外面冷不冷，那太监不但用乡音、而且用乡下说法回答道："外边匣儿（邪）冷、匣儿冷的。"那拉氏听不清楚，又问一遍，他仍然这样回答，那拉氏越听越气，说他顶撞，叫人打了他个半死。

　　学习各地方言，似乎也与语言天才大有关系，即与声音的辨察、模仿天赋大有关系，有的人一学就会，有的人即使住在那个地方，多少年下来，也还是学不会。说相声学各种方言，但也就是那几句，多了他就说不来了。学者当中，人们说王力老先生可以说标准的北京话、上海话、广东话，因为他老先生是语言文字学专家。但是我听他老先生说北京话，仍旧带有一定的江南语音,他虽原籍广西,但久住江南,吴语乡音还是没有完全改变的。已故电影名演员赵丹、魏鹤龄等位,都是南通人,早期的《十字街头》时代不要说了,对话时普通话中全是南通乡音,直到后来,在好多影片中,这种乡音仍然带着。

师友中最妙的是沈从文师,湘西凤凰县乡音一直保持着。与他老先生谈话,开始说得慢还好,能勉强说几句带着乡音的北京话。后来越说越高兴,越快,凤凰话也越多,听的人也越来越不懂了。有一次,我笑着问先生何时到京,夫子莞尔笑曰:"一九二一年……"说这话时已七十年岁月过去了,仍保持乡音,说不来北京话,你说有趣不有趣呢?

乡　音

如果有一位广州人,乔寓在北京,每天早上起来,左邻右舍,不论大人小孩,一张嘴都是"好哦……"一口广州沉重的乡音,那该多么好呢? 使你虽居异地,却如在故乡,丝毫没有客中之感。这种设想,如果在现在,恐怕很难办到,没有一个机会,是按籍贯分配房子的。如在二三十年代,那就好办了,你可以搬到会馆里去住,在那个环境里,那你周围便都是可爱的乡音了。

广东人在北京,当年有大范围的广东会馆、湖广会馆,也还有小范围的各县的会馆,在那里,你可以听到最标准的乡音。你是广州人,那你就住进草场头条广州会馆去,你也可以住进宣武门外上斜街的番禺会馆去,番禺是清代广州府的首县,番禺话也就是广州话。你还可以住进骡马市大街米市胡同南海会馆去,南海也是广州府的首县,同广州实际也是合二而一的。这是戊戌政变的历史纪念地,是当年康南海居住过的地方,你住进去,不但是满耳乡音，而且可以思念前贤。你在那破旧的三间大门前面，你可以想象一下维新百日时，这门前的车马缨簪的盛况；也可以想象一下，被袁项城出卖后，康南海秘密出亡时的紧张气氛，在永恒的历史长河中，只是转瞬间耳；而在现实生活中，则已是渺茫的故事，难以想象了。

广东的乡音多，潮州话，客家话又迥不同于广州话，那也没有关系。你可以住进打磨厂的粤东会馆、潮郡会馆。也可以住进延寿寺街的潮州会馆，在这里你便可以天天听到地道的潮州话、客家话了。

清代北京做官的，除去八旗亲贵一律都京片子而外，其他外地的人，在官场中，都说一种通行的官话，俗名"蓝青官话"，表示它颜色不纯。因了这样的话，便有了"打官腔"的说法，这话一直使用到现在。这种"官腔"不同于普通话，现在很难听到了，只有在京戏中，衙役说话以及说书先生口中，尚可听到。当时官吏中南方人最多，在官场中和见外省人时都说蓝青官话，一回到家中，或遇见同乡时，一定要说家乡话。如果见到同乡，还说蓝青官话，人家便要笑你，甚至说你官不大，架子倒不小，这样便要得罪人。因而乡人见面，一定要说家乡话，分外亲切，谓之"打乡谈"。各地会馆，是打乡谈的最好的地方，那里湖广方言、吴侬软语，到处都有你可爱的乡音呀！

艺苑风烟

戏台琐话

新戏台

　　小时候在山乡中,东西南北街有四个戏台,一年唱六七台戏,唱戏时,台上挂灯结彩,夜间挂上贼亮贼亮的煤气灯,十分热闹。但不唱戏时,台上什么也没有,前台后台空荡荡的,便是孩子玩耍的天堂了。折段柳枝便是马鞭、咚锵咚锵……前台跑到后台,后台跑到前台,常常跑个不停。我家在北街,北街三间大戏台,前台正中挂着先高祖永清公写的大匾"霓裳羽衣"。上下场门白地黑字小匾"今演古"、"假作真",以及后台墙上写的画的乱七八糟的玩艺,在记忆中太清楚了。后来到了北京,这种"野台子"看不到了。我在北京第一次见到的是新式的第一舞台。

　　第一舞台看演义务戏,在几十年前的北京人说来,是一件大事,虽然不一定把这件事再写到自传里,但对某些爱听戏的人说来,也会终身难忘。经过半个多世纪,仍然会如数家珍地说出来,不但帽儿戏是什么,压轴是什么,大轴是什么,而且连大小角色,谁扮什么、谁扮什么,都能报给你听,这是老北京地道戏迷的惊人绝技,似乎是生命以之的。一九三七年春,梅博士回京演出,就在第一舞台。《实报半月刊》有一漫画:一人趴在椅子下,被坐在椅子上的人踩着肩,那人斜着头,向坐着的人打招呼道:

"劳驾,抬抬脚,让我喊个好……"这虽是夸张,但试想,类似这样的朋友,他一辈子能忘记在第一舞台看的这场戏吗?

但是我却惭愧得很,平生只在第一舞台看过一次戏,而留下深刻印象的,都是些杂七杂八的玩艺;对于戏本身,则在当时就未能很好注意,现在更是十分模糊,无从说起了。这倒很像韩非子说的"买椟还珠"的故事,不妨细述之。

第一舞台在虎坊桥东大街上,正式地名是西柳树井,在六七十年前,是北京戏院名单第一位。是民国初年盖的。当年是北京最新式的大型剧场,新式戏台,没有柱子,座位很多,好像是能坐两千人。因而大义务戏,都在这里唱,特殊名角,像梅兰芳南迁上海之后,偶然回北京短期演出,便也在这所大园子登台。而平时似乎并不经常演出。在三十年代时,似乎已经冷落了。我去看戏,也不是看大名角的义演,而是学校庆祝会义务演出,大轴是所在学校高中学生演的,名字叫宁柏林、宁巴黎,据说是名票友。可当时对我这个刚由山村来到北京读初一的怯孩子来说,那听来只感到惊讶,其他则什么也不懂了。

因为学校庆祝会,我好奇心盛,一再请求,家中大人便让我去了。可是怎么去呢?家住西安门,我只有十二岁,但当时不成问题,门口有熟洋车,说好,拉我去,再拉我回来,三毛钱。到得很早,我把学校发的油印入场券,给了门口带红条的,便进去了。一进去,我傻眼了,灯光辉煌,黑鸦鸦全是人,那个学校,当时有两千七百名学生,加上教职员,全坐满了,无法找自己班上的同学,台上锣鼓乱敲,穿红挂绿,我也不懂,在最后排空座上坐了一会,便出来了,一点意思也没有,坐车回家吧,这就是我唯一的一次在第一舞台看戏的记忆。后来大了,说也奇怪,也没有再去过,后来也很少听人说起。好像是火烧了,再没有重盖。不过记不清了,直到今天有时想起还感到纳闷!

前门外最老的戏台据说是肉市广和楼,是富连成科班经常演出的地方,这是最早的"查楼",其历史在清代初叶了。我也未在里面听过一次戏,而只是有一次经过它门口,上午时分,离开戏还早,我进去看了一看,站在池子中,看那台栏杆、台口两根大柱子、台上文场处、上下场门,安安静静,这个古老的戏台,给我留下一些印象,迄今仍历历在目。前门外其他戏园子如珠市口开明,鲜鱼口的华乐,大栅栏三庆、庆乐,粮食店中和等,有的始终没有进去过,有的虽然去听过戏,那也是几度沧桑而后了,有名的联语云:"记得丁歌甲舞,曾醉昆仑。"我是没醉过。

我家住西城皇城根,出来就是甘石桥,往南不远就是西单,因而对西城的戏园子较熟悉。现在的首都电影院,就是当年的"新新大戏院"。在旧时代北京的戏院,它是年龄最轻的,故取名"新新",似乎倒也名副其实。盖的时候我是看见的。

北京在清代同、光之后,内城不准开茶园,唱大戏。东西两庙也只有茶馆清唱票房或唱单弦的场子。所有戏园子如广德、广和、三庆、庆乐等唱大戏的楼、园,都在前门外,会馆唱戏也都在南城虎坊桥、菜市口一带。辛亥革命后,东安市场日趋繁华,开出著名的戏园子吉祥茶园,西城还是没有。东北军进驻北京,把西单刑部街旗人贵宝的房子买来改为奉天会馆。贵宝做过东三省将军、内务府大臣,因事被劾,清末房子为协办大学士李殿林租用,房子很大,有花园,有戏台。东北军军官便投资把戏台部分修整,改为"哈尔飞戏园",卖票营业。这时西城才有了戏园子。因只一家,设备虽差,营业却好,名气很大。有一年程派青衣赵荣琛由美东飞时,因飞机故障,在台北机场停留,还有人问他"哈尔飞"现在还在不在了,可见盛名所在,还有人在思念它呢。

西城有新建的新式戏园子，是三十年代中叶的事，先落成的是西长安街西面路南的长安大戏院，紧邻西黔阳贵州菜馆，再过来是和兰号糖果店，已经到马路转弯处了。后落成的"新新大戏院"，也在路南，不过偏东好多，其西邻是忠信堂闽菜馆，东邻是淮阳春淮阳馆、竣记车行，再过去就是六部口了。我家当时去"新新"，不走西单，而是穿背阴胡同、兴隆街，再由大栅栏出去，就是长安街中间，过马路就是新新了。

在地段上，新新远不如长安，但在建筑上，那新新比长安要漂亮多了。这是一座红砖高台阶，山字形凹凸墙面，线条造型特别气派的建筑物，摆到任何名城，都能显其特色，何况在当时高楼大厦很少的北京，自然有鹤立鸡群之感了。据说图样是当时北平大学工学院建筑系主任设计的，而且是模仿罗马某一剧场的造型画的图。据传戏院是由名须生马连良等位投资建造的，用了将近三十万元，约合三千两黄金。但是园子盖起来不久，抗日战争爆发，北京就沦陷了。在日寇和汉奸统治下，地面上日本宪兵、特务、警察到处横行，敲诈勒索，开戏园子这碗饭是不好吃的，钱赚不到，呕气的事却时时都有。这样不知道是谁从中拉线，把园子便以三十万元代价，在币制尚未贬值时，卖给日本人了。改为"新新电影院"，是西城最大的头轮电影院。沧桑而后，现在是首都电影院了。

旧刑部街东口奉天会馆戏台改的哈尔飞戏园子，过去因在西城独一无二，很做过几年好生意，但自长安、新新盖起来之后，生意就差多了，也曾改过电影院。长安则一直是戏园子，几乎所有名角都在这里演出过，后来还演过话剧，它的舞台最早在半新半老之间，比起新新，正面是舞台，下有乐池，完全新派的样子差多了。

674

会馆戏台

现代人对于本世纪初北京人到会馆看戏的情况，已经很难想象了。孙宝瑄《忘山庐日记》光绪二十年（一八九四年）二月初六日记云："晚，至湖广馆观夜戏，夜深归。"这是当年最有名的会场，不但唱戏，辛亥后，孙中山先生到北京，还在这里作过讲演呢。

湖广会馆在虎坊桥路南，不但戏台是会馆中最好的，而且有园亭之胜。有一年在北京和吴晓铃先生闲谈，我说北京应该筹建一个京戏博物馆。他说：最好的地方就是湖广会馆。并同市政当局说过，可是没有下文。

会馆戏台，先要从会馆说起。会馆有大有小，小会馆一两个四合小院，只是寄居一些同乡人而已。大会馆则不同，会馆中多少进院子，有大厅，有戏台，有大院子，有花园，有亭台楼阁，因而会馆的用途，也就不一样了，不但突破了住人的范围，变成一个多用途的场所；而且突破了籍贯，变成一个广泛的公共场所，甚至成为营业场所。不信看林则徐嘉庆二十一年（一八一六年）正月三十日"日记"："福建通省同乡在浙绍乡祠团拜，赴之，并搭席宴客。"浙绍乡祠就是西珠市口绍兴会馆的正式名称。福建人团拜为什么不在福建馆、福州馆，而到人家浙江绍兴会馆去呢？为什么，一句话，不只是因为那里房子大、条件好，而是因为那里可以看戏，可以订酒席，说得摩登一点，那里有点是俱乐部性质了。当时《竹枝词》所谓："谨詹帖子印千张，浙绍乡祠禄寿堂。"当年浙江会馆等大馆极为有名，是办红白喜事的地方，说是会馆，实际等于大饭庄子了。这种会馆，在当时还不只浙绍乡祠一处,早年间,菜市口的洪洞会馆也是十分热闹的。洪洞是山西一县,因京戏《玉堂春》而出名。它是一所大会馆,地点极为冲要,在菜市口路南,正对西鹤年堂。康熙年间,洪洞出过大学士,因而有这么大的会馆,有戏台,二百多年前,也是天天摆酒席唱戏的地方。三十年代中期,有友人住在那里,我常去,房屋虽然十分破旧了,但是规模还在,大车门直通里面,可以想见当年达官贵人坐着大鞍车进来,车水马龙的热闹情况。

有园亭之胜的大会馆是宣外上斜街的山西会馆——三忠祠,是明代天启时为祀张铨、高邦佐、何廷櫆而建。其中有著名的"小秀野"堂,所谓"背郭环流,杂莳花药",又道"藤萝成阴,丁香花放,满院浓香",可以想见其风光情韵,是清代修禊胜地,不少名人都来过。最后的匾额是同治时祁寯藻相国所书。另外相距不远的河南会馆嵩云草堂也很出名。

本世纪初直到三十年代,最出名的可以唱戏的大会馆是宣外大街路东的江西会馆,是庚子之后新建的,因为张勋的关系,它在所有大会馆中,最新、最气派。院子里有大铁罩棚剧场,可以坐一千五六百名观众,三十年代初我在此听过几次堂会戏,好多学校开联欢会都在这里,好多著名文化人办红白喜事也在这里,一般祝寿的宴会,都要唱堂会戏,都是名角来唱的。北方著名学者高步瀛先生给母亲祝寿,就在江西会馆,《鲁迅日记》曾记录去行礼、看戏。陈师曾先生是江西人,去世后,追悼会就是在江西会馆开的,梁任公先生主祭,当时正是日本东京大地震,任公致辞时说:师曾先生逝世之损失,犹过于日本地震之十倍。这是江西会馆戏台近七十年前的旧事了。

前　台

　　我不懂京戏,实际也不懂其他剧种的戏,真正好戏,偶然看看,也能欣赏一番,但无常兴,往往戏还没有完,我就坐不住了。因此我很少坐在前台听戏,有些唱戏的朋友,约我去看戏,我情愿到后台为他们服务,我别的做不来,捧个小茶壶去给他们饮场还会做。因而我就做饮场的,没事在后台看他们化装、勾脸、穿戏衣等等,也十分有趣。

　　我不是守旧复古派,但直至今天,仍觉得京戏是应该在有上、下场门的老式戏台上唱最好,把文场去掉放在乐池中就可以了。拣场的留着也不影响剧情,本来它就是写意的,无法写实,新式舞台反不如老戏台协调。

　　有一年从新闻广播中,听到北京举办舞台美术设计布景展览会的消息,这是一个别开生面戏剧艺术的展览,也看到一部分照片。虽然远隔数千里之外,不能参观,但只在报纸上看一眼,也感到很好玩了。展览会上展出了梅兰芳用过的"大帘",行话又叫"守旧",这是很难得见到的一种精美的刺绣品,因为现在唱戏不用这玩艺了,所以在展览会上展出,是很能吸引观众的。可惜新闻照片上看不十分清楚,其五彩缤纷的丝织刺绣品的光芒,都看不出来,十分可惜。

　　什么叫"大帘"或"守旧"呢? 这里不得不稍加解说。话要先从旧式戏台建筑说起,老式戏台,好比三大间进深的大厅,前檐就是台口,有柱子,厅的前半部分是表演的地方,即俗话说的"前台",在厅的中间,横排着一个屏风似的木隔断,隔断后面是堆放"行头"(衣服)、道具和化装的地方,即俗话说的"后台"。

这个隔断是木头做的像老式房屋的隔扇一样,中间有一大块地方,一般是一个圆形大窗,大窗两侧有两个门,右面是上场门,左面是下场门,过去中间大窗及左右门上,都挂着匾,中间四字:如"霓裳羽衣"、"歌舞升平"等,上下场门上小匾有二字或三字,常见如"出将"、"入相"、"阳春"、"白雪",也有三字者,曾记得有一台守旧,上场门挂"今演古",下场门挂"假当真",十分贴切。这个隔断俗名"龙虎板",以分前后台,因系木制,窗棂门框,也都雕刻着牙子,也都油漆彩画,新的时候,也很漂亮。但是不管怎么漂亮,真要唱戏的时候,就这样敞着门窗,还是不能唱,最少门上要挂上门帘,叫作"台帘",再讲究些的,用一个大帘子把龙虎板上中间的大窗也挡起来,这就叫"大帘"或叫"守旧",这个大帘有一丈多高、两丈多宽,布里子,缎面子,而且全部绣上五彩丝线或金线的花纹,颜色配得极为艳丽,如大红缎子上绣五彩牡丹,大红缎子上绣金龙,紫色缎子上绣展翅金凤,挂起来作为舞台背景,富丽堂皇,那本身就是极为精美的刺绣艺术品。上、下场门的门帘,和大帘是一套的,京戏演员在上、下场门上随着台帘的起动,踩着锣鼓点儿,还有一套十分优美的表演动作,都是十分珍贵漂亮的。

北京后来不少戏园子,前台有柱子的戏台都改建了,但其式样还大多不同于新式的扇面形的旋转台,也无镜框式的台口,而只是一个伸出来的不足二尺高的长方形平台,三面临池子,有栏杆,一面通后台,有大隔扇,挂大帘,同乡间的戏台和最老式的戏台比,少掉台口最挡观众视线的两根柱子,已经大大改良了。但也少掉不少戏,如武戏盘柱子作功夫、拿顺风旗等。至于俞振庭演"金钱豹",把钢叉由后台台帘扔出,钉在柱子上的功夫,就不能演了。但还能挂大帘。

现在,有些剧团不用"守旧"了,抛弃了精美的艺术结晶——大帘,改用现在的那种幕。近几年虽不去剧院看戏,但常在电视上看,那二道幕还飘动着,一个摇着马鞭子的人从边上出来,晃晃悠悠不伦不类,像滑稽人一样,这还谈到什么艺术呢?使人看了非常不舒服,远不如上、下场门,台帘一撩,演员摇着马鞭出来,自然好看。不过京剧现在基本上没有人看了。这些都将成为绝响,只在各地还新成立了几处戏剧博物馆,可以保存一些旧物供人参观吧。

门外戏谭

京与昆

　　我虽少年青年时代,在北京生活过相当长的时期,近年又写了许多有关京华旧事的文章,但不懂戏,看过的也很少。因此很少说到京戏,偶然写到一些,也都是外行话,这里几篇谈到戏的短文,也只能算是门外汉的乱谈吧。先此声明,并请内行的知友们多多指正!

　　几年前,我曾写过一篇小文,记在东安市场吉祥戏园看韩世昌、白云生唱昆曲,在说明书上印着两句古诗:"不识歌者苦,但伤知音稀。"现在回想起来,也觉得怪凄凉的。古人有阳春白雪、曲高和寡的说法,客观上常常有这样的情况。对于昆剧说来,这种典雅的戏文,当年也曾风靡一时,赢得广大的观众,记载中不是有"家家收拾起,户户不提防"的谚语吗,"收拾起"、"不提防",均戏文中名句,"收拾起大地山河一担挑",即戏文中明代建文帝之名句也。但是这对后来一般观众说,未免太高深了。因而在北京昆曲衰落,皮簧兴起,这已是上世纪中叶的事了,观众一般也只有观赏叫天的"一马离了西凉界"的水平了。但是还有不少热爱雅乐的人,不断提倡,使得昆曲还能不绝如缕,在戏剧园地里,保存一席之地。作为学术研究和高雅的艺术欣赏,在北京也不断有知名之士进行专门的研究,俞平伯先生既是文学家、红学家，也是著名的词曲家、昆曲专家。早在六十年前，就写过《论研究保存昆曲之不易》等论文，组织"谷音社"，结合同志，研讨宫商，在启事上说："譬诸空谷传声，虚堂习听，寂寥甚矣，而闻跫然之足音，得无开颜而一笑乎？"其感慨与"但伤知音稀"是近似的，但态度不一样，是继承了孔夫子的"知其不可为而为之"的入世观，是积极的。这种热心研究昆曲的，也是大有人在的。不但在北京，而且在江南也有，当年南方昆曲传习所、仙霓社都是十分著名的，不但在北京、江南，连海外也有热心人，为昆曲艺术孜孜不倦地在努力着。远在美国的张元和、张充和女士（沈从文先生夫人张兆和女士之姊妹）近年来不是仍在为昆曲艺术而展现自己的才华吗？

北京昆曲剧团在韩世昌、白云生等位之后，也应该有不少传人的，更值得一提的是已故的梅兰芳先生，他为昆曲作的艺术贡献，是毫不亚于他为皮簧作的艺术贡献的。他为了唱好昆曲，不但苦心孤诣研究音律、唱腔、身段等等。而且下功夫研究剧本，诗词名家罗瘿公、李释戡等位都逐字逐句地给梅先生讲过曲文，心领神会，所以梅先生能把角色演出神彩。至于音律、唱腔则得俞振飞先生的切磋之益甚多。

旧时北京戏曲界，有句行话，叫"昆乱不挡"，后来这句话，被其他行业的人也引用了，意指样样都行，难不倒他。"昆"就是昆曲，"乱"是乱弹，是梆子、弋阳腔合称的剧种。前者指雅乐，后者指通俗，二者相兼，即雅俗共赏也。在著名戏剧大家中，能够昆乱不挡、雅俗共赏的是大有人在的。鼎鼎大名的梅畹华先生，就是一位。人皆知梅兰芳是"京剧大王"，一代宗师，梅派开创者。一般却不知梅先生最早学戏时学的是梆子，而后来在昆曲上又下过苦功，造诣极深，真真可称得起是"昆乱不挡"。再有梅先生当年唱昆曲,和俞振飞先生有着密切的关系。

昆曲在近代,又分出了南昆、北昆;南昆是以苏州人为正宗,北昆则多是河北高阳人,俗称"高腔",著名演员为韩世昌、白云生、侯永奎等。院本都一样,唱词并无多大差别,但是行腔并不一样。大概言之:南昆以妩媚圆软著称,所谓吴侬软语,水磨腔是也。而北昆则以爽利劲拔见长,所谓燕赵多慷慨悲歌之士也。但还有一个特点,即不管南昆、北昆,有不少角色,一定要学会苏州话,唱词和韵白中入声字要发南音,而口白中尤其要说苏白,尤其是丑角、花旦、彩旦,如《戏叔别兄》中的武大郎、《春香闹学》中的春香,大量口白,更要一口苏白,才能显出昆曲神情,说不来苏白,那是无法唱昆曲的。当年韩世昌应吴梅先生之约,到北京大学曲社,吴先生亲自逐字教韩世昌吴语读音,真是花了不少力气,才略有成效。而梅先生在北京学昆曲,一上手主要学的就是南昆。在《舞台生活四十年》中自述云:"李寿山大家又管他叫大李七……初唱昆旦,后改花脸。教过我昆曲的《风筝误》、《金山寺》、《断桥》和吹腔的《昭君出塞》。"后面又说道:"专教昆曲的还有乔惠兰、谢昆泉、陈嘉梁三位。乔先生是唱昆旦的,晚年也就不常出演了。谢先生是我从苏州请来的昆曲教师……"前面所述,第一小段,好比是说学昆曲的启蒙阶段;后一小段,才是学昆曲的专门深造阶段。而在这个阶段,三位专任老师,一位已明说是特地由苏州请来的了。其实另一位,最重要的乔惠兰,也是苏州人。乔字纫仙,是佩春堂弟子,是清末北京著名的昆旦,长期供奉内廷,拿手戏是《挑帘裁衣》、《刺虎》、《风筝误》等,梅兰芳昆曲的基础,主要是乔惠兰传授的,所以在叙述中,他是三位专业教习的第一名。

梅博士唱昆曲,和俞振飞先生有深厚的丝竹缘。其在自述中曾写道:"我在'九一八'以后,移家上海。又跟丁兰荪、俞振飞、许伯遒三位研究过昆曲的身段和唱法。"其中俞振飞先生是极为重要的。这话还要从昆曲本身说起。原来昆曲同京戏西皮二簧不一样,首先在乐器上就有很大差别,京戏主要伴唱的乐器是胡琴,而昆曲主要伴唱的乐器是笛子。著名昆曲演员,不少都会吹笛子,又会唱、又会吹,行腔度曲,更有深刻体会;俞振飞先生就是这样一位全能艺术家。他在五十多年前,与梅博士订交后,一起研究昆曲,就常常给梅吹笛度曲。吹笛有两种吹法,一种是拢起唇吹,一种是张开一些嘴唇吹。后者谓之"满口笛",最吃工夫,但可高可低,配昆曲最好,俞振飞先生正是这种吹法,当年给梅吹笛度曲。

抗战胜利后,有一天,俞到思南路看望梅先生,见他有些不愉快的样子,便问为什么? 梅说:"咳,抗战期间,不唱戏,把点积蓄用光了,现在不能再坐吃,必须想办法唱戏了。但是,今天早上,找了个胡琴吊一吊嗓子,谁想,多年不唱,嗓子上不去了……"俞抱着为梅分忧的心情说:"何不唱唱昆曲试试呢?"梅考虑到爱听昆曲的人少,怕营业上没有把握,不住地踌躇,俞便鼓励他说:"人家八年没有听梅大王的戏了,不要说您还唱昆曲,就是您不唱,只贴出'梅兰芳'三个字,在台口亮亮相,就值五块钱……我明天带笛子来给您试试。"经过俞振飞这样一说,梅的兴致果然起来了。第二天,俞带来笛子,给梅一试,果然又比二簧好唱,又比二簧动听,这样就决定唱昆曲了。

梅先生昆乱不挡,会的昆曲戏很多,当时选定了五出戏:一是《奇双会》、二是《游园惊梦》、三是《贞娥刺虎》、四是《断桥》、五是《思凡下山》。班底、配角、园子等等,都由俞一手承办。演出地点是美琪大戏院。这里平时是演米高梅电影的,建成于一九三八年,是当时最新的豪华剧场。海报一出,果然盛况空前,连演十场,场场客满。

这已是四十多年前的事了,读者中还有看过这次戏的人吗?今天俞振飞先生还健在,大有白头龟年之感了!

评　戏

北京有一种戏叫"评戏",这个名字是很怪的。北京在一个时期中改称"北平",因此以西皮、二黄为主的京戏,那时也叫"平戏",评戏、平戏,在嘴上说起来发音一样,因而外地人就常常弄不清楚。抗战时在后方重庆一带,人们就常常问起,怎么又叫"评戏",又叫"平戏",很多人不知道这二者是两个剧种。

评剧过去不叫评戏,而叫"蹦蹦戏",又叫"落子",俗名"半帮戏"。因为起初它的角色只有小生、老生、花旦(也叫彩旦)、老旦,谓之"四梁四柱",有小丑,而无黑头,以角色论似乎比起大戏(即京戏)来角色不够齐全,因而叫"半帮戏",叶音叫成蹦蹦戏,又叫"小戏",评戏过去演员演唱时,没有标准词句,可以在台上任意编。见景生情顺口溜,行话叫作"水",这个剧种,原是京东、冀东、一直到山海关以外的一个地方剧种,山海关内外,在唱腔上稍有差别,关外的叫"奉天落子",冀东一带的叫"唐山落子"。

燕赵之音多高亢,郑魏之音多低靡。评戏的唱腔多是高亢的,不过虽高亢而并不激昂,因为演的多是以男女私情为主的风月戏,因而激昂的情节是不多的。在唱腔上,平铺流水调最多,最后落在高音上。在高亢之中,有柔媚的感觉,唱得好时,真是如珠走玉盘,是很中听的。而这种唱腔,又最宜于年轻女孩子唱,清脆可听,正所谓"出谷乳莺,分窠新燕"也。如果让鲁智深型的人物唱这种调门,那就有说相声的味道了。

评戏的故事,多是演家庭男女间爱情恩怨,伦理道德,接近一般生活,所以群众易于接受,评戏另一个特点是唱词通俗易懂,容易为大众所接受。但有的又流于粗野,不免为文人所轻,而且有些戏内容过于庸俗,如"老妈开嗙"之类。过去北京大戏园子是京戏的一统天下,评戏是不能到街北(指东西珠市口北面)来演的。只能在天桥一带的小戏园子演,直到三十年代初著名评剧演员白玉霜大红之后,才打破了这种局面。西珠市口开明大戏院,在马路南面,是家有名的大剧院,不少著名京剧演员在此演出,这时白玉霜也来到这里唱起《马寡妇开店》了。当年的确风靡一时,但一些戏目也不免于色情的成分居多,或有些恐怖气氛,如《八大拿》一类的戏,什么《拿苍蝇》、《拿窦尔墩》、《拿康小八》等等。

但评剧也还有不少好剧目,如《花为媒》、《玉堂春》、《秦香莲》、《珍珠衫》、《杜十娘》等。旧时北京的评剧,有似乎上海的越剧,是一种地方剧种。一般都在天桥唱,大戏园子除去白玉霜之外,在当时还没有听谁唱过。当时北京没有越剧,地方戏除评戏而外,还有梆子戏,但是唱的时候也很少。我们山乡是唱山西北路梆子的。可能山西有名的梆子戏演员和陕西易俗社梆子来过当时的北平,但我说不清楚了。

配　角

北京有句俗话,叫作"好花还要绿叶衬",意思是:无论什么东西,都得要有个陪衬。牡丹虽好,如果孤零零的几朵花,没有大片的绿叶子,就不能更好地衬托出牡丹花的国色天香,因而既要欣赏花,亦要欣赏叶子;懂得欣赏叶子,才更懂得欣赏名花。

此即所谓"红花"必须有"绿叶"相伴也。

当年北京梨园行内更重视这句话,一个"一等一"的名角,如果没有好的配角,即使他本领再大,亦唱不出好戏,因为没有人帮衬他,只他一个,便唱不成一台戏。而即使有人来给他当配角,但本领不济,论武功开打,接不上手,论抢板道白,接不上口,甚至跑龙套摇旗呐喊,在台口上站成一边一个一边三个,成为侯宝林相声中所讽刺的对象,那名角的戏,亦非得要唱砸不可。因此好的名角,特别重视自己的配角,爱护自己的配角。

京剧各剧目中,有人多的,有人少的。过去折子戏,如全本都唱,那一般总是有不少人的,但只唱一折,有时人就很少了。最少可少到一人,如《林冲夜奔》《尼姑思凡》,只有一个人;如《武松打虎》,有一个人还有一个"老虎","老虎"虽然是人装扮的,却不算配角,那叫"底包"。广义地说配角,那就包括二牌老生、青衣、丑角,直到底包、龙套,都可以叫"配角",但严格分,即够"角"的才能叫配角,"角"者,有一定水平和知名度,为社会公认者。

京戏角色分:生、旦、净、末、丑。前三者当主角的最多,从清末到民初,一直到晚近,所有名伶中,以唱正生、正旦者最多,"四大名旦"、"四小名旦"不都就是唱旦的吗?另外就是有名的老生多,由谭叫天算起,近百年来,能够挂头牌的老生,亦真可以车载斗量了。这些头牌旦角、头牌老生,每个人都有各自的一帮配角,外加文武场,这样组成一个班子,才能唱一台好戏。

配角当中,如果分类,有比较次要的,亦有十分重要的。比较次要的,即所谓"神仙、老虎、狗",武松打虎,那个扮虎的,只要老老实实挨打好了,只要不打死了再站起来,就算帮了武松的忙,演出成功了。这类配角叫"底包"。而十分重要的配角则不简单,几乎演技要同主角一样。不但丑、末角色如此,如《女起解》的崇公道。正生、正旦亦同样如此,如《草船借箭》的孔明、鲁肃,同样都是老生来扮,不分轩轾,都要能配得上才行。因此名角组班,自己是老生,还要找一位好老生来合作,这叫做"里子老生",唱得好,叫"硬里子",名旦亦要找个好旦角来配,叫"二牌青衣",这样就红花、绿叶,相得益彰了。

在某些人少的戏中,戏中人不分主次,只看演出者谁是名角,谁挂头牌,如唱《三娘教子》,扮三娘的青衣,和扮薛保的老生,谁名气大谁就是主角。但小东人永远不会当主角。而《苏三起解》,永远苏三是主角,全本《玉堂春》苏三还是主角,崇公道、王金龙都不能当主角。而《霸王别姬》,如青衣名气大,则虞姬是主角,如黑头名气大,则霸王是主角。杨小楼、金少山如同梅兰芳唱此戏,则梅是主角,如同别的青衣唱此戏,则他们是主角。

名角重视自己的合我,梨园行讲江湖义气,唱红时、赚大钱时,人家来帮你;如果你不唱时,亦要照顾好这些配角的生活,这叫"鱼帮水,水帮鱼",同行们都会称赞你。如果相反,人家就要摇头了。沦陷时间,有位名角,不唱戏了,一些配角底包,日子难过,偶然向他借点钱,他总不痛快,内行人多少年后还有怨言。

我虽不懂戏,但在北京生活过漫长时期,接触到的朋友当中,有不少都是精通戏剧的,而且也有几位内行人。认识的内行人中,有一位张春彦先生,是唱须生的,但一直作配角,作戏却十分认真,台下生活也很严肃,从他那里,我看到一些北京梨园行的老谱。

苏　丑

我不懂京戏,偶然看戏,喜欢看丑角的戏,如《豆汁计》、《连升店》、《请太医》等,曾经听过萧长华老人的《请太医》,留下深刻的印象,因此常想起一个苏丑的故事。

光绪年间,北京有一著名丑角,绰号"赶三",昆乱不挡,极有胆识,像宋人笔记中记载的用"二圣环丢在脑后"讽刺南宋赵构一样,也很敢在戏中讽刺权贵。甲午之后,朝野舆论正在大骂李鸿章之卖国。赶三有一次在广德楼唱《鸿鸾喜》,饰金团头,在交代众丐杆儿时,临时发科云:"你好好干,不要被剥去黄马褂,拔去三眼花翎。"正是尖锐地出李鸿章的丑,因为李这时正受到那拉氏这样的处分。台下听了于是哄堂大笑。不想李鸿章的干儿子正在台下,听后大发威风,当场跳上台去,打了赶三一个耳光。一时别人虽给拉开了,但赶三受此侮辱,大为生气,回家就郁郁不起,一病身亡了。好事者大为不平,便编了一副对联,盛传都下,联云:"赶三已死无苏丑;李二先生是汉奸。"

这是北京早年间有关苏丑的一个著名掌故,也可见北京当年多么重视苏丑了。生、旦、净、末、丑,丑角虽然排在最后,可是在戏中最见功力。我虽然从小在北京,但不大懂戏,北京人叫听戏,我却只能看戏。我最讨厌看满台龙套的长靠戏,在我看真是乌烟瘴气,乱七八糟。而我最爱看丑戏,武丑、文丑,我都爱看。《盗甲》的时迁,《诱叔》的武大郎,《别兄》的武大郎,《十五贯》的娄阿鼠,《双下山》中的小和尚,《长生殿》中的高力士。这些都是丑角的戏,在昆曲中比在京戏中更中看。因为昆曲中的丑角,首先不分文武,要全能,都要有熟练惊人的武功。第二昆丑作工细腻,抬手动脚,都有姿态,很少有冷场的时候。第三就我来说,更可取者,是丑角唱少,说白多,而且十分滑稽,最配我胃口。因此三点,我特爱看苏丑,也就是昆曲中的丑角了。

昆曲苏丑功夫之深,动作之细,其他戏种是无法比拟的。单说他在台上的脚步,就有二十余种之多,什么丁字步、八字步、踮脚、笃脚、台步、上步、腾步、箭步、拐脚、踢脚、小窜步、跺步、斜步、云步、挪步、商羊步、矮步……说也说不清。而一种步,又有多种变化,如同一"矮步",武大郎、时迁走的就大不相同。再有苏丑在戏中临时插科发噱,如前所说,都是有讽刺意味的笑话,好像诗文中的即兴之作,最能显示人的智慧,也最耐看。晚近北京能演苏丑的,要数萧长华老先生,他是名苏丑杨鸣玉的再传弟子,萧的师傅宋万泰,是杨的徒弟,后继无人,都已早成"广陵散"了。

水磨腔

前几年俞振飞先生以耄期之年,率上海昆剧团去香港参加艺术中心主办之戏剧盛会,会后又公演于新光剧院,俞家新声,水磨旧曲,真可以说是"此曲只应天上有,人间能得几回闻"了。

按,昆曲来源于南戏,明人何良俊《四友斋丛说》云:"金元人呼北剧为杂剧,而南戏为戏文。"最普通的例子,一是王实甫的《西厢记》,一是高则诚的《琵琶记》,北剧南剧之分,最为典型。明、清以来,北剧尽废,南剧大兴。汤显祖《临川四梦》、洪昇《长生殿》、阮大铖《风筝误》、孔尚任《桃花扇》等相继而出,院本新声、丝竹排场、争奇斗胜,蔚为大观矣。北剧每戏只四折,每折只一人唱,而南剧折数多,唱的人多,自然较北剧能曲尽故事悲欢离合、歌喉抑扬婉转之妙。所以尤侗在《红拂记》题词中说北剧"未免冷落生涯",而"易为南音,徘徊宛转,观者耳目俱靡,其移人至矣"。

南剧大兴,江南海盐、余姚、慈溪、黄岩、永嘉、昆山等地,各有名优出现,各翻新腔,创为流派,有所谓余姚腔、海盐腔、昆山腔之名。其中以明代嘉靖间魏良辅首创之昆山腔影响最大,流风所及,便成为名著南北的极为典雅动人的剧种了。所以说起昆剧,总是和魏良辅分不开的。吴梅村《琵琶行》所谓:"百余年来无北风,竹枝水调唱吴侬。里人度曲魏良辅,高士填词梁伯龙。"可以看出,昆曲迄今,已绵绵三百多年了。

魏良辅所创的昆腔,行腔吐字,最为细腻,谓之"水磨腔"。清代中叶有苏州人叶怀庭者,将昆剧各剧工尺汇编为一套总谱,这套谱后来成了昆剧的秘籍,口传心授,不知出了多少名伶工。娄县人韩华卿将叶怀庭的昆剧谱传授给同邑俞家,这就是俞振飞先生先德俞粟庐老先生,上世纪末,本世纪初,昆曲界最出名的"俞家唱",就是指粟庐老先生的腔调。粟庐老先生名宗海,和词曲家吴瞿安先生是至交。瞿安先生给粟庐老先生作家传,称之为"得叶氏正宗者,惟君一人而已",指的就是近代得到叶怀庭昆曲谱真传的,只有"俞家唱"了。

《霜厓曲录》中有两首有关的曲子:一是《小令正宫刷子三太师》,题为《寄俞粟庐宗海吴门》;二是套数《北越调斗鹌鹑》,题为《寿粟庐七十》。套数较长,引前者于后,以见前辈风流。

(正宫刷子三太师)(刷子序)书斋数弓,东方暮年,游戏神通。偶翻一曲清商,传遍了裙屐江东,匆匆。

(三学士)记结夏西泠邀我共,怎消停又过春风。

（太师引）听海上成连操雅弄,问谁是怀庭伯仲。朝阳凤,有吴门数公,望南州暮云春树千重。

这大概是瞿安先生在北大教书时写的,故有"望南州"之句,曲子不同于词的写法,不但有词,而且要协宫商能唱。现在一般用新乐谱写戏词,完全不同于旧时的雅令了。录此以见曲中小令格式罢。

俞振飞先生从五六岁起就学度曲,家学源渊,在昆剧、京剧界享盛名数十载,与梅兰芳先生合作多年,人称"江南俞五",其艺术境界,真是已到了炉火纯青的时候,正如他所唱的《太白醉写》,他本人也真够上谪仙人了。

勾　脸

中国戏剧中的脸谱是很特殊的东西,是中华民族文化艺术独有的创造,在其他国家是少见的。日本的旧文化受中国文化的影响最深,但脸谱也没有完全传过去,在日本的"能乐"中,只有假面而无脸谱。西欧式的戏剧化装也在脸上涂油彩,但没有中国的脸谱那么许多变化,更没有那样的美丽。

中国戏剧剧种很多,以大类分,南北各地有京戏、昆剧、绍兴大班、越剧、徽剧、梆子、汉剧、川剧、粤剧等,剧种不同,唱腔也有大差异,但脸谱和行头却基本相同,这是很值得注意的。说明它的来源是古老的、一致的。有人说脸谱是兰陵王、狄武襄面具故事的演变,也未能深考,只可姑妄听之耳。

画脸谱的行道在梨园界,叫"黑头"、又叫"花脸"、"大花脸"、"花面"、"大面"等等,"黑头"、"铜锤"又是按他的声音分的。也就是"生、旦、净、末、丑"中的"净"。唱花脸的要比其他行道的多一手工夫，就是画大花脸，行话叫"勾脸"。不管多大的名角，都要自己化妆。花脸勾脸更要自对镜用彩笔勾画，要把脸谱记熟，唱谁勾谁，一笔不能错，戏中人物成百上千，脸谱起码有上百种花纹，还有同样是大白脸，但赵高、曹操、贾似道就不同，同样是黑脸，张飞、包公、李逵也不一样，勾脸时自然不能勾错。

我不懂京戏，但有一些京戏界朋友，而且我从小就爱到后台玩，我觉得坐在演员身旁看他们化妆、站在台帘边上捧个小茶壶等着给他们"饮场"，要比坐在台下看戏好玩得多。我那时有个要好同学的弟弟在富连成坐自由科（不是立合同"各听天命"的卖死的，而是自愿报名交费学戏，可以自由来自由去的，不承担满师后白唱几年的义务），这种坐科的人比较自由，我常到后台找他，因为是熟人，随便来，随便去，跟演员熟识了，由他化妆开始，直到他演完散戏为止，可一直呆在后台坐在大衣箱上聊天。熟人还跟你打招呼："您不到前头听会去，角儿马上就要上了……"不但不赶你走，而且那样温和地对待你。

我那个小朋友是唱胡子的，看他化妆，主要看他勒网子，把眉毛吊得高高的。他旁边是一个唱花脸的小伙子，我更爱看他对着镜子勾脸，那是最高的艺术。

近代著名画家贵筑姚茫父当年也特别赞赏花脸勾脸，他是从绘画艺术的观点赞赏的，他也特别喜欢跑到后台看花脸上妆，他说花脸勾脸时须脸、手、笔同时动作，同唐代孙过庭《书谱》中所说的"智巧兼优，心手双畅"的意境一样，这种比喻是很形象的。

我在后台坐在一个唱花脸的小伙子边上，看他对着镜子，面前好多颜色樽子，红的、白的、绿的、蓝的……各种颜色基本上都有,同画家的画案一样,也有好些支彩笔,他拿起一支彩笔,蘸点颜色,反过手来,往脸上画起来,一边往脸上涂颜色,一边还对镜子作着各种面部表情,呶呶嘴,皱皱眉,瞪瞪眼睛,噘噘鼻子,不停地画,脸上也不停地对着镜子动,如果不知道他是在化妆、准备上场,那准还以为他是在发精神病呢。红的、白的、黑的,在脸上涂一气,一会儿工夫,全部涂满了,就画好了剧中人的脸谱,全部画好以后,还要对镜子仔细端详一番,扭过头来,掉过脸来,左顾右盼,或见精神,或显威武,色彩斑斓,固各不相同,而均能从彩色中见妩媚,大有"一笑回眸百态生,后台生旦无颜色"之感了。这就是大花脸的美丽处,也就是在后台看花脸画脸谱的有趣处。

我除去看见偶然登台的学生票友,要别人绘勾脸之外,其他内行名角、名票唱戏,还都是自己勾脸。这些工夫都是要过硬的。有的花脸,色彩和线条都十分复杂,如《安天会》中的天兵天将,脸上蓝的、绿的、金的、白的,有的还在额头上画个小孩脸,真是无奇不有。这些不要说反手在自己脸上画,就在纸上画出来,也不简单,要花不少时间,而他们勾脸,速度却很快,有的左右脸并不对称的彩色线条,弯弯曲曲,一会工夫就勾好了,比旦角化妆,擦粉、揉胭脂、抹嘴唇、描眉毛花的时间还少。据说当年名净金少山能双手勾脸,我没有亲眼见过,但我想是可能的,因为左右手都能写字的人不是也有吗?

跟花脸在后台聊天也很有趣。他化好妆,打着大花脸,却捧着个小茶壶,同你二哥长、三哥短地说家常,风趣地笑着、谈着。那时后台光线很暗,跟他们聊天,有一种特别的朦胧感,神秘感,这种有趣的生活感受,是在前台看戏的大老官们所得不到的。这就是我爱在后台看花脸勾脸的原因之一。梨园子弟江湖老,红粉佳人两鬓斑。旧事如烟,能无感慨乎?

　　齐如山先生著《脸谱》、《脸谱图解》二书,是讲脸谱的权威著作,我之小文,则只是门外汉谈谈脸谱的趣味而已。我虽不懂京剧,却对脸谱还是感兴趣的,至于以脸谱看人,那更近于得鱼忘筌之意了。

什样杂耍

大　鼓

唐大郎先生去世已多年了,去世前数年在《大公报》上经常写旧诗。有一次他写诗说到唱京韵大鼓的"小彩舞"(这是艺名,真名骆玉笙),这也是硕果仅存的老艺员了。有人问起我一些大鼓书的情况,在此就把当年北京大鼓书的遗事说说吧。

大鼓书的历史本来很早,可以远溯到宋代,陆放翁诗"负鼓盲翁正作场",就是最早的"大鼓书",但恐怕和近代的大鼓书还有些区别,其间如何溯其源流,述其演变,那是专门家的事,这里不必多说,这里只说说北京旧时的大鼓书。北京当年的大鼓书,种类可分为京韵大鼓、梨花(也叫铁片、犁铧)大鼓、怯大鼓也叫滑稽大鼓等。京韵大鼓又分文、武两派。武派有动作,俗名"刀枪架",用手中的板和鼓楗作各种示意动作。文派不加动作。

大鼓书在清代同、光之际,盛行于北方山东、河北、奉天各省。《老残游记》中描写黑妞、白妞唱大鼓书,写得十分生动。魏元旷《都门琐记》记云:"大鼓书……以架支鼓,鼓小而扁,两面皆可击……左手拍板,右手击鼓,师以三弦叶于门外,有昭君出塞、南阳关、绕口令等,其音繁碎急促,有一气至一二十句者。"刘铁云在《老残游记》中写的是梨花大鼓,魏元旷写的没有说明是什么大鼓,但总之这面直径一尺的扁鼓,一把大三弦是少不了的。所不同的,是手中的"板"和唱的调子,最早大鼓书是来自农村,全用金属"板",有铜有铁(实际是钢的),两个四寸来长的月牙形薄片,拿在左手中,中间夹一手指,轻轻敲击,发出很脆的响声,如梨花大鼓、西河大鼓、奉天大鼓、梅花大鼓、乐亭大鼓、怯大鼓等等,都是用金属"板",俗称"梨花片",实际就是"犁铧片"的谐音。光绪中叶有鼓书艺人霍明亮始创新腔,改金属板为檀木板,这才出现了击"檀板"的京韵大鼓。其后出现了专唱京韵大鼓的宋五、胡十,人称宋五先生、胡十先生,才把京韵大鼓发扬开来,再传给刘宝全,名盛一时,被人称之为"鼓王",此后唱京韵大鼓的就逐渐多起来。

在大鼓书的唱腔上,大约以梅花大鼓最抑扬婉转,因而又称"梅花调";以梨花大鼓、乐亭大鼓等最缠绵回荡,唱时带有"乡音",有浓厚的泥土气。西河大鼓又称"西河调",演唱长篇故事,腔调较平淡,少变化;京韵大鼓完全用京音演唱,较为慷慨高昂,唱腔先缓后急,逐步加紧,有几个音节特别拔高,有时在中间还夹唱一段反二簧,更为苍凉。小彩舞的名曲《击鼓骂曹》、《徐母骂曹》,都是十分典型的京韵大鼓。

各种大鼓书演唱的内容各有不同,一般京韵大鼓都是以武段子为主,如《关黄对刀》、《洪武爷游武庙》、《华容道》等等,其中有一个例外,那就是《大西厢》,这是把张生和崔莺莺、红娘的故事北京化了。刘宝全当年一出《大西厢》准卖满堂,以六十来岁的老头子唱:"二八地那个俏佳人懒梳妆,崔莺莺得了那末不大点儿病躺在了牙床……"唱起来精神抖擞,妙趣横生,是有一些滑稽成分的,所以人们特别爱听。其后京韵大鼓武段子著名艺人如白凤鸣、良小楼、林红玉、小彩舞等,唱《大西厢》都是按照刘宝全的路子唱的。刘宝全稍后,有白云鹏者,也唱京韵大鼓,别开蹊径,不唱带刀枪架的武段子,改唱文段子,以韵味见长。他擅长的有不少《红楼梦》的段子,如《黛玉焚稿》、《宝玉探晴雯》等,还有《剑阁闻铃》等。《剑阁闻铃》唱唐明皇、杨贵妃故事,十分缠绵哀怨。据说是清末北京俗曲著名作者韩小窗的稿子。当年韩小窗写过不少大鼓书唱词,这种唱词均以七字句为主,唱时可以随便"衬字",用韵用"十三辙",不分平仄,如"发花"辙、"回来"辙等等。

梅花大鼓不唱武段子,都是文段子,最常唱的历史故事如《昭君出塞》,"恼恨奸贼毛延寿,把哀家的美人图送与了番营……"行腔回荡,吐字很尖锐,而且没有动作,较之京韵大鼓还难唱。梅花大鼓中有不少风土气息很浓厚的段子,如《王二姐思夫》、《王二姐摔镜架》等等,曲中完全是俗语,运用纯熟,流利洗练,刻划细腻,如《十针扎》一节:"一针扎凤凰单展翅,二针扎二郎爷细狗把孙大圣拿,三针扎……"唱起来如珠走玉盘,极为悦耳。这是花小宝的名曲。

梨花大鼓、乐亭大鼓等演唱内容,有一些共同的地方,即除历史故事而外,有一些反映社会生活的段子,留下不少当时风俗的影子,甚至是一些社会黑暗面的东西,对后代研究社会、研究风俗史是有价值的材料,如当年著名乐亭大鼓女艺人王佩臣唱的不少段子都是这一类的。这种俗曲反映的社会内容,大多是上世纪末和本世纪初的,清末北京专印俗曲、戏词的一个出版商名叫"百本张"的,印过不少这样本子,在各大庙会上卖。旧时俗曲家傅惜华先生收集有不少,可是现在这种唱本很难找到了。怯大鼓,又名滑稽大鼓,是从乐亭大鼓等曲调中变出来的。著名艺人有"架冬瓜"(都是艺名)等,演唱以通俗滑稽著称。"七七事变"后,到内地去,编了不少通俗的鼓词,起了很好的作用。现在小彩舞仍能贾其余勇,登台演唱,足见其心情之开朗,但也不能不说是鼓书艺人的鲁殿灵光了。

孙宝瑄《忘山庐日记》记云:

> 里巷所谓大鼓书及种种俚曲,士夫多鄙不屑道,不知其品实在昆曲、二簧之上,犹古体诗之在律诗上也。擅其技者,无一定之节奏,纯用天籁抑扬之,顿挫之,直是古诗流亚,其曲调亦千变万化,有所谓洪武正韵一派,其词多雅驯,今能歌者鲜矣。

这对大鼓书的评价,有一定道理。

鼓　王

近百年中,北京以唱大鼓书而盛名最高者,首推唱京韵大鼓的刘宝全,几十年前,曾有"鼓王"之誉,确是名不虚传的。

我赶上听刘宝全的唱已是刘的晚年了。地点在西单旧刑部街东口路北"哈尔飞"。这个园子原是奉天会馆的旧址,房子很大,有正院、跨院、戏台,还有一座具林木山石之胜的花园,在清代是黑龙江将军的宅子,清末协办大学士李殿林曾经在里面住过,民国后卖给奉天同乡会改为会馆,会馆的戏台花园又改建为营业性的戏园子"哈尔飞"。

刘宝全在这里唱大鼓时,还有荣剑尘的单弦、王佩臣的西河大鼓等。刘宝全照例是最后一个上场。伴奏的是一把大三弦,一把二胡,一张月琴。刘宝全上场之前,先由捡场的换好绣有"刘宝全"三字的桌帏,支好鼓架,桌上放好小茶壶,另外有一样别人不用，但刘宝全一定不可缺少的东西，便是一条雪白的新毛巾。

场上安排好，琴师坐好，电灯一亮，鼓王出场了。台下自然是"迎帘好"，鼓王款款走向台口。袍子、马褂（冬天礼服呢马褂、夏天纱马褂）、白袜、布鞋，穿得规规矩矩，头上剃得净光，向台下一行礼，一抱拳，然后交待过场：

"方才王佩臣唱了一段'王二姐思夫'，她唱完了没有她的什么事，换上学徒我来，伺候您一段京韵大鼓，学徒初学乍练，请各位多包涵，各位当陈的听，我当新鲜的伺候。今儿个一位老主顾烦了一段儿'战长沙'，这个段子嚜——学徒不少日子没有唱啦，有个走了神儿，忘了词儿，那位行家，您可就多担待着点儿。闲话少说，一唱当先。请二位把丝弦调理起来，学徒就至至诚诚地伺候您这段'战长沙'……"

"关夫子与黄忠在疆场直杀到了红日西沉……噔本噔本噔本噔……"

就这样在以三弦为主乐器的伴奏下唱了起来。京韵大鼓唱的是武段子多，一边唱，一边还带"刀枪架"，即手脚要做出各种姿势来，右手拿鼓楗子，左手拿板，亮刀枪架时，便要以之代替刀枪剑戟诸般武器。再有京韵大鼓唱时高音多，丹田用力，那时没有扩音器，但声音要灌满园子，所以是很费力的。几个高音一拔，头上就见汗了，那条大白毛巾就是随时用来擦汗的。

刘宝全唱大鼓，由清末经辛亥革命、北洋军阀，直到"九一八"事变，可谓饱阅沧桑，亦殊有李龟年、柳敬亭之感。有一次他到沈阳去演唱，正是东北形势非常吃紧的时候，座中有常熟诗人杨云史，送了他四首绝句，写得十分悲壮。现在杨云史的《江山万里楼诗钞》已很难找到，我做一个文抄公，引在后面，向读者作个介绍吧，题为《辽东听刘宝全鼓曲》：

此曲人间定有无,花飞四座万人呼。

渔阳三挝齐惊起,争识前朝张野狐。

五月边城闻管弦,熟梅时节老莺天。

少陵野老俱头白,流落江湖二十年。

崔九堂前花满枝,当筵贺老定场迟。

而今休话开元事,白发弹词此一时。

对酒闻歌泪满胸,口传忠孝有伶工。

曲终天上重回首,破碎山河锁故宫。

杨云史是著名的才子,清末曾任驻新加坡领事,民国任吴佩孚秘书长,诗中多少有遗老口吻,而写得是十分形象的,以"渔阳三挝"、"五月边城"、"崔九堂前"、"白发弹词"等状刘宝全均极为贴切,这是同、光体诗人过得硬的功夫,现在能写这样诗的人是不多了。

刘宝全唱的主要段子都是历史上的故事,其中以《三国》的段子最多,如"关黄对刀"、"徐母骂曹"、"博望坡"、"草船借箭"、"截江夺斗"等。《水浒》中的段子是"活捉张三郎"、"李逵夺鱼"、"狮子楼"等,另外常唱的有"子期听琴"、"洪武爷游武庙"等等。在这些段子当中,所演唱的大都是忠臣孝子,如"徐母骂曹",就是演唱《三国演义》中徐庶之母骂曹操的故事,唱来慷慨激昂。与另一个后来著名刘派女艺人"小彩舞"常唱的段子"击鼓骂曹",都是有名的骂曹段子,小彩舞并以双手打鼓来号召,唱来把曹操骂得淋漓尽致,鼓声像炒豆一样,颇有"羌鼓一挝,则万花齐落"的气氛。

京韵大鼓的基调多很高昂,往往开始几句之后便要拔高。如"子期听琴"开头几句:"列国诸侯乱纷纷,出了些个贤士与名人,有一人字表伯牙姓俞名瑞,这位爷他本是晋国的臣……"刘在这四句唱中,"国"字、"侯"字、"爷"字上都要翻高,唱起来十分有声有色,四句之后,头上马上见汗了。

刘宝全原籍河北深县,生在北京。原坐科学京戏老生,嗓音高亢,天赋很好。但他有先天欠缺,即不能勒网子、吊眉,只要一勒网子,就头晕、呕吐,而唱京戏又非勒网子不可。为此他只能放弃唱大戏,而改学大鼓。最后也成了大名。

刘宝全成为古人也已经半个多世纪了。

单 弦

孙宝瑄《忘山庐日记》赞赏大鼓书,其议论在前文中已引用过。他在后面说:"有所谓洪武正韵一派,其词多雅驯,今能歌者鲜,余专记其数语录之。词云:'秋风萋萋,衰草离离。斜阳渐下水流迟,碧天云外,鸿雁高飞。青山(二字不记)黄花地。又只见,采莲舟中女子美,东园去采菊。'"

他所引的这段词,不是大鼓书,而是单弦岔曲。大鼓书唱词,都是七字句加衬字,扩展为九字、十一字,句法始终是整齐的。而单弦牌子曲、岔曲,则多是长短句式,长的长,短的短,在唱法上比大鼓书似乎更复杂些。在什样杂耍中,一般是少不了单弦的。单弦牌子曲、岔曲等,半世纪前由老艺人荣剑尘、谢芮芝、葛恒泉演出。后来空竹艺人王桂英也经常献艺,但她当时还是小姑娘,向葛恒泉学唱快书,偶然一弄歌喉,也呖呖吐珠,毫无俗态。当然,今天这个小姑娘也是做外婆的年龄了。唱单弦、快书之前，一定先要唱个"岔曲"。出台时大体是这样的：弹弦子的先出场，坐好，定定弦，拖着杏黄色丝穗的八角鼓放在高桌上，已经换上绣有该演员姓名的桌帏。艺人由后台一撩台帘走出来，长袍马褂，黑缎子双梁鞋，走到台前，向听众先鞠个躬，一语不发，拿起八角鼓，一抖穗子，便弹了起来，先唱一支"岔曲"，然后再作交待。

"岔曲"完全同苏州评弹中的"开篇"一样，不列入正书中，好像是看馔上的菜码一样，吃也可，不吃也可。评弹的老听客，有人爱听"开篇"；听杂耍单弦的，也有人爱听"岔曲"。在词曲上，"开篇"和"岔曲"稍有不同，开篇更文雅一些。如有名的《桃花扇》结尾"陈隋烟月恨茫茫，井带胭脂土带香……"便是"开篇"，实际抵得上一篇吴梅村的七古。而"岔曲"则较通俗，然而却有乡音的亲切感，更有朴实的泥土气。不妨举一两个小例子看看：

慢岔："树叶儿发，呀呀哟，姐儿打扮一枝花，俏皮不遇他。站在门前卖风流，手里又把鞋——鞋扇儿纳，他可故意羞答答。"

平岔带马头调："谨记谨记，万一万一，有封书信央烦你，千万捎在他的家里。有人之处你别和他讲，无人之处你说几句，你就说是相思害的意乱心迷。"

"岔曲"是北京八角鼓之一种，齐如山先生当年说："吾国各地小唱之腔调至繁，而岔曲惟旧都有之。"可见这是地道北京玩艺。但在嘉庆、道光之际，曾传到南方，太平天国前成书之以扬州为背景的小说《风月梦》记"杂耍"道:"一班杂耍,八角鼓、隔壁象声,冰盘珠捧,大小戏法,扇子戏。"其中"八角鼓"就是"单弦排子曲",因为演唱者手中要持一八角小鼓,据说这是清初八旗军队打胜仗之后,所创作的马上自行娱乐项目,因此在过去唱八角鼓的大多是旗人,其唱词也都是具有相当文化水平的人编的。而其唱词大体可分三类,一是闲适的,内容多是退归林下,讲求自我享受,如"风雨归舟",继承了词曲传统;二是男女爱情的,继承了明代以来小曲"挂枝儿"等表现手法;三是讲故事带有滑稽成分的。还有把汉语、满语词句糅合在一起编的段子,如著名的《螃蟹段儿》、《升官图》等等。把满语、汉语写在一起,于今不要说唱,知者亦寡矣。

三　弦

道光时以扬州为背景的小说《风月梦》中写杂耍场面云:

> 三个人上来将桌子摆在中间,有一个拿着一把大鼓弦子坐在中间,那一个人拿着一面八角鼓站在左首,那一个人抄着手站在右边,那坐着的念了几句开场白,说了几句吉祥话,弹起大鼓弦子。

这里说到"大鼓弦子",是区别于江南说书的小三弦而言的。即北方杂耍各种大鼓、单弦伴奏的是大三弦,南方评弹伴奏用的是小三弦。大鼓要由三弦琴师伴奏。而评弹三弦,则是自弹自唱。任何唱大鼓的男女艺人,都离不开一个好三弦。如同唱京戏离不开胡琴,昆曲离不开笛子一样。张恨水写的《啼笑因缘》

其中沈三弦这个人物刻划得非常深刻。如不十分熟悉北京鼓书女艺人的生活，是写不好这个人物的。

三弦之与鼓书艺人，是绝对分不开的。名艺人必然有一个名三弦，一般的艺人，三弦往往是他师父，因之，不少女艺人，尤其在未成名之前，常常是控制在三弦手中的。《啼笑因缘》中的沈凤喜，就是控制在沈三弦手中的。

一个技艺精湛的名三弦，无论对于一个已成名的或未成名的"角儿"，都是十分重要的，所谓"好花还要绿叶扶衬"。因而昔时在北京杂耍界里，出过不少名三弦，其中不少都是盲人。

第一位值得一提的就是王玉峰，这是清末民初北京最有名的一把三弦，当时不少名艺人都是由他来伴奏的。他从小双目失明。当年失明的孩子，只有两条路可走，一是跟师父学当算命先生，挂一根棍，敲一个"报君知"（中间鼓一个包的小铜锣）或吹一枝横笛串街走巷，给人算命；再不然就是跟师父学乐器，主要是弹弦子。

盲人两耳的音感特别敏锐，所以学乐器都能学得很精。王玉峰弹三弦之出名，除去他给刘宝全等著名鼓书艺人伴奏得好之外，更主要的是他能用三弦摹拟各种声音。不但能弹西皮二簧，摹拟谭叫天、汪大头（桂芬）、程长庚等人的唱腔，能弹生、旦、净、末、丑各种角色的唱腔，而且能用三弦演奏洋鼓、洋号、步兵、马队的各种口令，军队进行操练时的声音，听起来有如千军万马，惟妙惟肖，实际只是一把大三弦。

兰陵忧患生《京华百二竹枝词》云：

操步齐来音乐鸣，三弦双手万人声。
歌弹金鼓都奇肖，两字无惭绝技名。

诗后注云："有瞽人王玉峰者，能三弦子，弹出各名角全出戏剧，逼真逼肖，金鼓丝竹，以及叫好之声，无一不备。其弹学生军乐，直闻千百人声音脚步，令人神往，真不愧一时绝技弦子王玉峰之称。"这是本世纪初同时人对他的评价。

王玉峰在民国初年就去世了。学他艺术的值得一提的是卢成科，也是盲人，也能用三弦弹出各种声音，洋鼓、洋号、汽车发动、火车发汽，十分有名，谓之"巧变丝弦"。我听过他给王佩臣伴奏，王佩臣唱的是西河大鼓里的怯段子。即基本调门是西河调，专唱如《王二姐思夫》、《王二姐摔镜架》等稍带滑稽的风月段子，用鼻音，自成一功。有一个段子报不少汤名，如冬瓜汤、黄瓜汤、萝卜汤等等，她每唱一汤，三弦便弹一个汤，音调同王佩臣一模一样，王佩臣故意唱了几十种，他也弹了几十种，真是珠联璧合的绝技，卢成科之后，再无传人，"巧变丝弦"也绝响了。

相　声

《红楼梦》第三十五回宝钗对薛蟠说："你不用做这些象生儿了。"道光时《风月梦》中所记："一般杂耍，八角鼓，隔壁象声……"同、光前"百本张"俗曲《护国寺》也写着"……仓儿的象声据我听来全无趣味……"说明清代自乾、嘉以来，都是写作"象"的，什么时候"象声"写成"相貌"之"相"，还说不清楚。

说相声，广义地来说，似乎就是说笑话，目的在引观众一笑。按照说相声的人在台上交代：是"逗得您哈哈一乐"。当然，这是最普通的说法，如果说得再高深一些，那就要提到什么幽默、讽刺等上面去，追本溯源，可以直数到汉代的东方朔之类的人身上，甚至更早太史公《史记》有洋洋大观的《滑稽列传》，所记什么"漆城荡荡，寇来不能上"之类的话，也可以算作相声、俏皮话等的始作俑者了。幽默是一种专门的学问，最高的幽默境界，甚至是带有哲理的，可惜幽默大师林语堂博士去世了，自从他老先生一去世，这门学问也就似乎再无人谈起，未免有点广陵散之感了。

如果就相声说相声，那倒是一种雅俗共赏的东西。北京人很少不爱听相声的，虽然有人听完了，会说一声"耍贫嘴"，但爱听还是照样的爱听。相声是北京语区的一种特有民间曲艺，讲究的是"说、学、逗、唱"。相声如果不用北京话来说，味道就两样了。我听过四川人用成都音说的"扒马褂"，很风趣，别有一种辛辣的味道，正像四川人爱吃红辣椒一样，热乎乎的能使人笑出一身汗。但后来听用上海话说的"相声"，应该叫"滑稽"，就觉得完全不是那样一回事。不能说浮浅，只是觉得太勉强，没有评弹中的滑稽地方有味道。当然，这只是我个人的感觉，自然也有不少爱听"滑稽"的朋友，这点请恕我直言。

相声的四字真言，所谓"说"，主要是说笑话，"学"是模仿各种声音，"逗"是装扮各种怪样子，招引观众笑，"唱"是唱莲花落之类的歌词。这四样各有一功，有的人长于说，有的人长于学。而学也不同，如学各种方言，学各种唱腔，学各种鸟兽叫声，以及学其他声音，后者就近于口技了。在《聊斋志异》中有很著名的故事。晚清人王韬笔记中，记京师口技艺人小画眉之事，说他学蟋蟀叫，学子规啼声，惟妙惟肖，听的人在台下听着听着，不觉忘情，会动了思乡之心，掉下思乡的眼泪，可以想见他艺事之精。小画眉是同治、光绪间人，姓郎，其师傅姓杨，叫杨画眉，所以他叫"小画眉"。

侯宝林在"学"字上，是十分有功夫的，不过他的"学"，不是学禽鸟鸣声等等,而是学方言,学各种流派的唱腔,他的拿手好戏是"学方言",不只是一个相声段子,而且可以说是一则很有价值的语言学教材和资料。他非常善于学喊北京的各种市声。如卖西瓜的声音,卖菜的声音,卖糖葫芦的声音,卖硬面饽饽的声音等等,都是悠扬动听的,侯宝林学起来也都惟妙惟肖。如从歌唱艺术水平来评价,北京旧时卖馄饨的在夕阳西下的胡同中吆呼的一声:"馄饨哎噢——开锅噢——"那感人的魅力,绝不亚于邓丽君的名歌《卖馄饨》。只是当年百代公司没有给馄饨挑子的市声灌唱片,所以现在人们听不到这种美妙的市声了。清朝末年,有一个署名"闲园菊农"的人,真名蔡绳格,写过一本小书叫《一岁货声》,用文字记录了北京当年一年中的各种小贩走街串巷叫卖时的货声,可惜的是,只有文字,听不见声音。因而真想建议侯宝林,模拟当年各种市声,灌一套唱片,制一套录音带,这就可以成为有声的《一岁货声》,不但不让蔡绳格专美于前,而且可以藏之博物馆,以垂久远,但不知宝林以为然否?

侯宝林对于学虫吟鸟鸣等等,好像是不大擅长,没有听他表演过。晚近善于口技的是汤瞎子,真姓名叫汤金城,因为他眼小,又有点近视,看东西或在台上表演,总爱眯起眼来,所以别号"瞎子",后来也就成为艺名了。他是专门表演口技的,第一善于表演蟋蟀叫,文言就叫"虫吟",北京话又叫蛐蛐叫。他能表演不同的蛐蛐叫声,大蛐蛐、小蛐蛐、斗蛐蛐一个胜利之后的振翅高鸣,但叫得正在得意的时候,突然"咯咯"一声,又被公鸡吃掉了。他还会学两个狗打架,一个大狗,一个小狗,"汪汪"地为了一根骨头争个不停,他一边学不同的狗叫声,一面又用语言解释这两个狗叫的意思。如:一个抢到一块骨头,另一个也想分一点吃;一个不肯给,一个要硬抢,每汪汪几声,都有其含义在,大小狗吠声既学得惟妙惟肖，其解说词又十分滑稽，什么"我来点怎么样?"，"老啦——我抢着的给你吃?!"等等，既能招人笑，又有比较深刻的讽世味道。他还会学吹洋号，不过只是娱乐性质，没有什么意义。

汤瞎子如果健在，大概有八九十岁年纪了吧。我四十多年前在一家堂会上遇到他，听他说如何用马兰叶子含在嘴唇上练学蛐蛐叫，那时他已四十多岁了。

说起学各种禽鸟叫声，不禁又想起善学驴叫的相声家高德明。学驴叫在古代也是有的，《世说新语》中有著名的学驴叫的故事：一个人死了，他的朋友在他生前爱听他学驴叫，在他死后，他的朋友来吊丧时也大学起驴叫来，用以哀悼他的朋友，其音极哀怆，故事十分感人。古诗云："萧萧马鸣。"马叫、驴叫的声音苍凉、高亢，并非恶声，所以两晋人物学其叫声。几十年前高德明说相声，也学驴叫，倒也还有点古意。

当年说相声，能够上杂耍园子、登台表演的并不多。民国初年，著名相声演员徐狗子能登台表演，一时很红。清宫最早装上电话时，宣统皇帝第一次打电话，就是打给徐狗子的。叫通电话以后，只说了一句："你是徐狗子吗?"就挂上了，宣统竟因此大乐。但是徐狗子还不能演大轴，只能说是第二，大轴还要让给鼓王刘宝全。相声更多的演出，是摆地摊。侯宝林最早说相声，就是夏天在什刹海河沿，冬天在鼓楼后头地摊上。

所谓地摊，就是在平地放一张桌子，四周用长板凳围成一个二三十平方米的长方形，听的人或坐在板凳上，或站在四圈听，听一段，演员或他的助手就用小笸箩要钱，叫"零打钱"。摆地摊的地方，多在东西庙会(隆福寺、护国寺)、鼓楼、夏天什刹海荷花市场等处。天桥也有不少相声摊，习惯上被人叫"街南"，即珠市口南。那里说相声的不为街北的艺人所重视，即使说得很好，也很难晋升到杂耍园子登台。因此各庙会的艺人都不愿意到天桥去，而天桥自有地头蛇，他们去了也难以立足。

抗战前夕，一九三七年一月间西单商场起了一场大火，过了几个月，在北面空地上建立了临时商场。说相声的张傻子等人摆地摊，汤瞎子、高德明等人也在一起说，生意不错，但沦陷之后，有的人沉沦了，便风流云散了。其后西单商场重建起来，在商场后门，"老蘑菇"常连安搭了一个大铝皮固定棚子，找了许多人专门说相声，起名"启明茶社"。里面虽然十分简陋，破桌子、破板凳，而且是零打钱，但是比起摆地摊要强多了，有屋顶，有门有窗，不愁雨雪，听的人很多。随进随出，每听完一段就要一回钱。当然也有不少爱占小便宜的人，听完一段便起身溜走，因而收钱时，有在台下收钱，有站在台上瞪眼盯着听众的，那目光咄咄逼人，付了钱的人也有坐立不安之意。但这也是没有法子的事，说相声的也要吃饭哪，而且不少人还是拉家带口的，如果都是听了一段就一走了之，说相声的揭不开锅又去找谁呢！

过去北京唱戏卖艺，讲究开码头，要大红大紫，必须由北京出去，开过大码头再回来，才能成名。"四大名旦"包括梅大王在内，也无一不是如此。唱戏的都讲究去上海，说相声的则很少去上海，大部分都是去天津。在天津红起来，然后再回到北京，那就要名噪一时了。启明茶社主持人"老蘑菇"常连安的长子"小蘑菇"就是在天津出了名，成名后大部分时间都在天津演出。另外启明茶社有一个郭荣启，离开北京，也到天津出了名。拿手的段子是学天津妇女"斗纸牌"，学天津妇女口吻，惟妙惟肖。天津当时有几个大杂耍园子，如天祥市场楼上、小梨园等等。不少杂耍演员，都是在这些地方成名的。

侯宝林自然也不例外，他在北京落地摊时，自是没有什么声名，很少人知道他。但他到天津说了几年之后，很快声誉鹊起，再回到北京，那真是士别三日，当刮目相看了。待他成名后，北京再请他回去表演，在当时就是叫作"重金礼聘"了。他表演的地方，也不再是什刹海河沿的地摊上，尽管在那大柳树下地摊上表演，更加潇洒舒服，但世俗听众却不欣赏这个，却要坐在剧场里。侯宝林被礼聘到北京说相声，似乎是在东安市场南花园升平游艺场。在东安市场南头，有一大片地方，俗称"南花园"，其实一无花，二无园，只是有两家娱乐场所，如会贤球社、升平球社。升平球社楼下，就是升平游艺场，演出杂耍，最后一个节目，就是侯宝林、郭启儒的相声。说相声分"单口"、"对口"，单口是一个人说，像讲故事一样，晚近最善于说单口相声的是张寿臣，他如果在世，可能有九十岁了。侯宝林则说的是对口相声，这也像苏州评弹一样，是"双档"，分上下手。一个说，一个捧，二人要合作得好，侯、郭二人当时真有珠联璧合之感。

杂耍园子讲究什样杂耍，就是有许多种玩艺，侯宝林在升平说相声时，还有不少档子玩艺，都值得一看，如王雨田、王桂英父女的抖空钟，马小荣的河南坠子，王佩臣的西河大鼓。那时王佩臣年纪已很大，唱单弦的谢芮芝叫她"王佩老大臣"，盖江湖身世，亦颇有浔阳商女之感也。尽管前面有这么许多好节目，而侯宝林一出台，便马上有耳目一新之感，台上、台下气氛顿时活跃起来，这便是压台戏的魅力。当时侯宝林正在壮年，精、气、神正在旺盛，不过这已是几十年前的事，纵无"少年子弟江湖老"之感，也是"老树着花无丑枝"了。

桃李园

在西单商场桃李园听歌,已是半世纪前的旧事了。我当时还是一个十分幼稚的大学生,偶然的机会,也作过几次听歌的座上客。

桃李园不是花园,是专唱大鼓书的小杂耍园子。近似乎落子馆,又名"乐子馆"。龙阳易实甫《哭庵赏菊诗序》云:

> 天桥数十弓地耳,而男戏园二,女戏园三,乐子馆又三,女乐子馆又三,戏资三枚,茶资仅二枚……乐子馆地稍洁,游人亦少。有冯凤喜者,楚楚动人,自前清以来,京师穷民生艰,游民亦日众,贫人鬻技营业之场,为富人所不至。而贫人鬻技所得者,仍皆贫人之财。

易哭庵诗序中说到的乐子馆,是天桥的乐子馆。我说的桃李园是在西单商场南面临街楼上,楼下都是卖旧书的铺子和摊子。桃李园不同于天桥的乐子馆,它是介乎杂耍园子和乐子馆之间的。简单说:杂耍园子是什样杂耍,而且有文有武,文的如单弦、梅花大鼓、京韵大鼓、河南坠子、相声等等。武的如耍坛子、耍盆子、变戏法、抖空竹等等。而乐子馆则只唱各种大鼓、单弦、河南坠子等。再有杂耍园子演员表演完就走,不在台前逗留,或是总的卖座位钱、卖票,或是唱完一段,零打钱(即拿一笸箩向听众要钱)。但听众一般不点唱。而乐子馆不然,由一执扇者,到座位前向熟客人打开折扇,请客人点唱。扇面上写满所唱段子的曲名,如《闹江州》、《关黄对刀》、《王二姐摔镜架》等。这把扇子，就是诗文中所说的"歌扇"。点唱者点好，持扇人即向台上高喝"请某某姑娘唱某某段子"，即由点唱者开赏。不点唱的人只付茶资，可以白听唱。这种乐子馆主要在天桥。另外有一家最著名的，在王广福斜街，叫"四海升平"，如苏州北局的光裕书场一样，是大鼓书艺人的大本营。著名的鼓王刘宝全都在这里唱过。当年鼓书艺人，不论男女，有一种帮会组织，名"老合"，又名"合点"，属于"五老"之一，乐子馆又叫"坤书馆"。其中有许多江湖切口，俗名黑话，内部人交谈多用之，则名"春点"，对一般人则保密，有"宁舍一锭金，不舍一句春"的说法。如呼钱为"杵头"，父亲为"戗儿"，扇子为"叶子"，妇女为"果子"，姑娘为"铃铛"，钱多为"杵头霍"，钱少为"杵头念"等等。这是杂耍园与乐子馆的简单区别。而在杂耍园子中表演大鼓书、坠子的艺人，也都是乐子馆来的，一般杂耍园子应的活儿一唱完，便又回到乐子馆中坐在一旁，等人点唱。桃李园则二者兼之，既如杂耍园卖座，又如乐子馆点唱。

桃李园的命名，自然是由于李白的《春夜宴桃李园序》，它地方不大，也不过十来米见方。从楼梯上去，进门就是一个不足方丈的小台，如江南常见的书场台，台后墙上挂一"守旧"，红缎绣折枝花卉和黑绒绣桃李园三字，台上照例高桌，两把椅子，一摆桌后，一摆左手，是三弦、二胡的座位，右手鼓架子，都有旧桌帷椅帔。台前三张半桌，竖摆，一边两把椅子，共十二个座位，这样一共大约四排桌子，共四十八张椅子，叫作"池座"，两边及后面贴墙，都有茶几椅子，就是边座。坐池座的人随时有被招呼点唱的可能。如连来三次，坐池座而不点唱，那就要遭白眼了。坐边座则只出茶钱，拿扇子的不来找你。当然你也可主动点唱。

桃李园一天作两场，每天下午是票友清唱，也有内行参加，如住在报子街的张春彦，天天必到。住在八宝坑的臧岚光有时也来，但臧有嗜好，虽然年轻，却没有张春彦精神好。晚上是坤书大鼓，照例七点左右开台，先由全体上台锣鼓合奏，叫作"打通儿"，号众听客进场，表示已开始了。接着照例由葛恒泉老艺人唱快书，什么春云板、连珠串词等等，那时他已是六十来岁的人，牙都没有了，唱起来精神喷口还好。这场唱照乐子馆规矩叫"发四喜"。葛恒泉唱完，照例由金万昌唱梅花大鼓，金万昌资格很老，与刘宝全同过台。上台也照例是蓝线春袍子，黑礼服呢马褂，唱"昭君和番"，最精彩。这一点与乐子馆不同，乐子馆发四喜之后，是小徒弟随意演唱，叫借台学艺。而桃李园却似乎是名角先唱。

金万昌唱完，即开始点唱，如一时无人点唱，便由坐在台边的唱手随意依次演唱，当时有李兰芳、李兰芬、桂月秋、马桂荣、马小荣、汪淑珍等人。我因当时喜欢了解一点民间通俗文艺的情况，认识了京韵大鼓艺人白凤鸣，及其家老四、老五，他们在商场后门开"茗园茶室"，演什样杂耍。我因专听大鼓，不看武场子，所以由茗园改到桃李园专听边座，两边演唱者来回赶场子。汪淑珍当时从白老四学艺刚满师，唱得最好，在茗园唱第三四档，常常桃李园唱完"群活"（即开台时大家齐唱），赶到茗园，唱完再赶回桃李园，反正都在商场，离得很近。汪还会唱架冬瓜（艺名）的滑稽大鼓。后来她与一教师结婚，改名入银行当职员，脱离艺海，再不演唱了。现在知道她的人已极少，知道桃李园的人也恐怕不多了。前尘历历，浑如昨日，歌扇鼓板的桃李园，也只是在梦中而已了。

丝竹之余

抖空竹

有一年在巴黎奎斯马戏场"明日"国际杂技节比赛会上,中国的钻圈获得了"法兰西共和国总统奖",抖空竹获得金奖。抖空竹也能得国际奖,朋友这样告诉了我,我真有点飘飘然了。几十年前在东安市场升平茶社看什样杂耍,王雨田、王桂英父女抖空竹,一边抖,一边说笑话道:"抖起来了,抖起来了……"北京习惯把升大官、发大财、出大名叫"抖起来了",一语双关,十分有趣。今天,抖空竹居然轰动了巴黎的花花世界,得了国际金奖,可不真是"抖起来了"吗?

抖空竹是十分有趣的,它既是儿童游戏,又是杂技表演。它在北京的历史也很长了,而且受到学人的重视,被写入到很有名的著作中去。嘉庆时前因居士《日下新讴》竹枝词云:

> 杨柳抽青复隐黄,儿童镇日聚如狂。
> 空钟放罢寒冬近,又见围喧踢毽场。

诗后注云:"京师旧谚云:'杨柳儿青,放空钟;杨柳儿死,踢毽子。'至今犹然也。空钟截竹为之,高二三寸。实其两端,旁开一孔,中心贯挺,挺出筒外,绕以长线,一手持线急抽,乘势脱放,就地旋转，嗡嗡有声，为放空钟。"所说"空钟"，就是"空竹"，所谓钟者，因为抖起来声音嗡嗡作响；如单空竹（即一头有圆扁，一头尖，如葫芦尖），抖转之后，倒放在地上，即旋转不停，更嗡嗡作响，如钟声余韵，故谓之"空钟"。更有一种小的，两头尖，如前面注中所说"中心贯挺"、"乘势放脱"等等，这就好像放陀螺一样，不能抖，只能绕上绳，一抽一放，这后来北京叫作"风葫芦"。再有"钟"、"竹"音近，而且空钟圆筒、圆盒均为竹制，所以又叫作"空竹"了。康熙时柴桑《燕京杂记》云：

> 京师儿童有抖空钟之戏，截竹为二短筒，中作小杆，连而不断，实其两头，穿其中间，以绳绕其小杆，引两头擞抖之，声如洪钟，甚为可听。

柴桑所记，更为明确，是"抖"而不是"放"，竹筒是二而非一。如用现代物品来比拟，则其形状如举重运动员之杠铃，或练习力之哑铃耳。两则记载，所说并非同一形状。北京叫空钟、空竹，外地叫地铃、扯铃。但以北京的最好。坐观老人《清代野记》记云：

> 京师儿童玩具，有所谓空钟者，即外省之地铃。……惟京师之空钟，其形圆而扁，加一轴，贯两车轮，其音较外省所制，清越而长。

一个小小的玩艺，有这么许多文献可征，亦可以看出它也是中华悠久文化的一个细胞，而且京华空钟，或曰空竹，是全国最佳者了。

竹枝词注解中所引的谚语，"杨柳儿青"云云，那在刘同人《帝京景物略》"春场"中就已引用了，可见这首儿童歌谣，最晚也还是明代的旧物呢。迄今也有四五百年的历史，比"星条旗"的年纪要大上两倍可能还不止。

空竹什么年代变为杂技项目，一时说不清。在清代杂耍园子，有什样杂耍之说，其中有文有武。"文"即单弦、排子曲，各种大鼓书、相声等，"武"即武戏法、弄盘子、抖空竹等。但台上表演和落地摊又不是一种。有的武玩艺，只能在地摊上表演，如拳棍、摔跤、耍叉等。至于空竹则当年既能在台上表演，也能在地摊上表演，比较自由。我最早看表演空竹，那还是在西单商场地摊上看的。表演者是王雨田、王葵英父女，那时王桂英岁数小，学艺未成，只能在场子中跟着打下手，或者打钱时，拿着小笸箩向观众要钱。王雨田是耍叉的，北京杂耍武档子中，耍叉是单一功，叉上有铁环，耍起来哗啦啦乱响，光闪闪上下飞动，叉还能在脖子上不用手扶，自动绕来绕去，十分惊险。当年著名武生俞振庭唱《金钱豹》，耍的就是这种叉。老式戏台有柱子，一挑台帘，他能打出手，把叉先扔出来，钉在台口柱子上，叉环乱响，叉杆乱颤，坐在台前的人自然吃惊，但还爱看他这一手。王雨田耍叉，无此惊险动作，只是叉环哗哗乱响，先耍一通，吸引看玩艺儿的游客。等到四圈板凳上坐满人，圈外站了不少人。父女二人就表演空竹了。抖空竹以王葵英为主，其父把场作配角。

照例王雨田先把空竹抖转了，一松绳子一扔，他女儿在一丈外一张绳子接住，一边抖一边还要说笑话。先抖双的，再抖单的，再抖茶壶盖，再抖酒葫芦。前两样是竹木制品，掉了不会摔坏。后者是瓷的，不能掉，一掉就碎了。说也好笑，小时为了学他们抖茶壶盖，偷着不知道摔碎过家中多少茶壶盖，为此也不知挨过多少骂。现在想来，真像梦一样的远，又像蜜一样的甜。

王桂英、王葵英抖空竹，有一套动作，把空竹抖转之后，接着抖出各式花招，计有"风摆荷叶"、"黄瓜架"、"回头望月"、"片马"、"流星赶月"等招数。她们表演时，都穿中式短衫裤，带大襟紧身小褂、散腿裤子、缎鞋。据说这次在巴黎演出抖空竹，姑娘们穿的是大红短裙，大红羊皮小靴，这样古老的空竹不但已走向世界舞台，而且服装也西洋化了。我想它不久的将来，可能列入奥林匹克的比赛项目，和艺术体操并肩媲美吧。

踢毽子

春天抖空钟，冬天踢毽子，这是几百年中北京小孩儿最爱玩的游戏。北京乡音轻巧，有"儿"的尾音，但空钟或空竹，都无"儿"尾音；毽子却有"儿"音尾声，不叫毽子而叫"毽儿"。"咱们踢毽儿好不好？"这是童年时常听小伙伴们说的一句话，而弹指间，不闻此语已五十余年矣。

毽子作为儿童玩具，与空竹比，那就更方便，因为可以自己做，不用花钱去买。那时虽然早已不用制钱，但随便那一家，多年不开的抽屉里，找一两个"大官板"，如"康熙通宝"、"乾隆通宝"等大钱还不难。找到后，再找一小块羊皮，把毛剪去，比钱大一些剪两个圆片，正好把钱包起来，边上用花针十字交叉缝起来。再缝一个细筷子粗、半寸多高的小皮桶，制钱有眼，中间正好穿针，把这个小皮桶竖着用针线钉在中间，毽子底盘就算做好了。趁大人不注意时，偷着把大公鸡抱住，从尾部拔下三五根四寸长的羽毛来，根部茸毛松柔，上部羽毛照眼，分插在皮桶中，便做成一个很漂亮的毽子了。

踢毽子是儿童最好的冬日游戏,差不多每一个北京人小时候都踢过毽子,都能踢几下。但要说会踢,那就不容易了。如果说踢得有功夫,那就更难了。据传古代有一位会击技的和尚,云游在一个山村中,看见一个近十岁的小姑娘,和孩子们一起踢毽,她一条腿独立在井台上,另一条腿平端踢毽,连踢五百尚未住脚。和尚大感吃惊,觉得这小孩得天独厚,腿功秉赋极好。后来收她作徒弟,练成最出色的"弹腿"功夫。我小时同院一位女同学,小学五六年级时,也能连踢二百多不住脚。后来又是歌唱家,又是运动员,中学、大学中很出风头,现在远隔天涯,算来也已垂垂老妪了。

踢毽所谓"会踢",是要做到一整套踢毽子的本领,都可以来一手。儿歌云:"里踢、外扩、蹓毛、探海,翻过来,瞧瞧,八仙过海!"即右脚踢一下,着一下地,谓之"踢";左脚独立,右脚连踢不着地,谓之"端";用脚面踢,谓之"蹦";用脚踝,即外侧踢,谓之"扩";左右脚对踢,谓之"盘";左右交叉一盘一扩,谓之"里踢外扩";前面踢高,跳起,用左右脚跟再从左右腿后面把毽子踢起,谓之"探海"。变化无穷,每种几个,一口气连着把全套都踢下来,才叫"会踢"。当时这些会踢的小朋友,在孩子中便是受人仰望的英雄了。我很粗,始终踢不高明,但我有另一功夫,会制毽子,做得很好,所以会踢的人也引我为同道。儿童游戏,踢毽子之外,最普通者,尚有弹球、玩烟卷画片等,一般人童年都经历过,几年前,一位老表兄还同我说小时候玩大联珠洋片的事,现在烟卷牌子虽多,但无画片了。

拉洋片

五十多年前,在北京夏天逛荷花市场,真是男女老少,贫富官民，没有一种人不喜欢，没有一种人不适宜的场所……我孩提时，暑假到什刹海玩，是由太平仓、西皇城根、西步压桥绕过去的，一走完乐家花园北墙根，不远，就到了荷花市场。在大柳荫下，远远的就先听到一种声音："咚咚锵……咚咚锵……"这是什么呢？这是老太太和十来岁的儿童最爱看的玩艺——拉洋片。

声像娱乐工具发展到今天，家家都有电视机，到处都可看到电影、录像，自然没有人再提"拉洋片"了。但是在五六十年前，那还是非常吸引乡下老太太和孩子们的玩艺。

"咚咚锵……咚咚锵……看了一片又一片。嗳，来到了十里洋场上海滩，你看那鸣儿地一声汽车屁股直冒烟，还有那再看一片杭州景，西湖上桃红柳绿三月天……咚咚锵、咚咚锵，再来看这一片，那吴佩孚大战阎锡山，娘子关前迫击炮，轰轰、轰轰打上个没有完，眼看着阎老西儿要玩儿完……咚咚锵。"

"拉洋片"，正名叫"西洋景"，到现在还有"拆穿西洋景"的说法。因画上有西湖景致，所以也叫"西湖景"。一架像钢琴般的彩画箱子，又用架子架起来。后面吊着八到十张大画片，前面有四五个装有凹凸玻璃的洞眼，放下一张画片，即可从洞中张望。箱子边上还装着锣鼓架，拉绳和片子连在一起，一拉，锣鼓有节奏地乱响，片子也吊起一张，演唱人按次序拉动演唱。旁观者可以看到上面的片子，引起了兴趣，坐下来再看看放大了的图片。十分好玩，主要在于演唱人的精气神和滑稽有趣的唱词，调子基本一样，但唱词不同，各人有自编的词。北京"拉洋片"也出过名人，天桥八大怪之一的"大金牙"，就是载誉京华的"拉洋片"艺人，他的箱子大，片子大，都是庚子以来的时事片，唱词吸引人，所以名满京华，成为"拉洋片"演出界的名人。"拉洋片"最后一片只能在下面从洞眼中张望，从不拉上来给旁观的人看，因为那是画着伊甸园偷吃禁果的图像。但孩子们不大注意这个，更爱看的是"迫击炮轰娘子关……"。我记忆中，天桥因路远，很少去，而且也不大喜欢那地方，那时的拉洋片对我说来无所谓，而什刹海拉洋片太值得思念了。

后　记①

　　几年前,在我写完《鲁迅与北京风土》之后,常常和朋友们谈起"七七事变"以前北京日常生活中的许多旧事,大家都感到是很可贵的民俗材料,可惜有的限于前书的体例,没有能够写进去。这样,不少朋友便鼓励道:为什么不再写一本完全以北京乡土为中心的书呢? 我听了感到既欢喜、又畏惧,有些诚惶诚恐。为什么呢? 一是要写这样以半世纪前北京乡土为中心的书,我必然要沉溺在童年、少年时代的记忆中去,"忆昔十五心尚孩,一日上树千百回",人生还有比回忆童年、少年时代生活更有兴味的事吗? 但是又想到,前写《鲁迅与北京风土》是以《鲁迅日记》为纲,写起来有个范围;那是为鲁迅研究工作提供点微不足道的素材。现在写纯以北京乡土为中心的书,范围这样大,该如何下手呢? 写出来又有什么意义呢? 再有关于北京乡土的文献,历史上名作不知有多少,孤陋如我,又何敢轻易下笔呢? 这就是我在写这本书时的矛盾心理。但是在师友们的帮助下,我还是鼓起勇气动笔写了,这样断断续续的,以随笔小品的形式,写成了这部《燕京乡土记》。

　　在我写作过程中,常常想起鲁迅先生的一句名言:"发思古之幽情,往往为了现在。"《燕京乡土记》的内容,主要是在忆旧的基础上写成的。回忆这些旧事的用意,从鲁迅先生的这句话

---

　　①　本文为一九八六年上海文化出版社版《燕京乡土记》后记,二〇〇四年版《邓云乡集》未录,现移来作为后记。——编者注

里就可得到初步的答案。现在和将来的读者，从这些肤浅的记叙里，能有一二会心处，觉得还稍有可取，能增加一点对昔时北京乡土风俗的理解，那就达到我写这书的初衷了。

这本书以记叙风物乡俗为主，包括衣食住行、岁时节令、人情来往、土宜物产，都是些生活中至细至琐的事，而又是与生活关系非常密切的事。我国传统上，最早十分重视这方面的著作，《礼记·月令》就是很好的明证。《诗经》中也载有很多风土民俗的好材料，不知什么原因，后来这方面著作越来越稀少了。即使有所出现，也没有《月令》记叙得那样生动。如汉代应劭的《风俗通义》，名义上是介绍秦汉时代的生活风貌，实际内容谈神鬼、说封建占了很多篇幅，而且文笔也毫无情趣，读起来枯燥无味。因之很难从中了解秦、汉时代人民生活的点滴风貌。联想到近年关中出土珍贵文物极多，如洋洋大观的秦代兵马俑，极为精美的秦代铜制车马，但可惜这些都缺少详细生动的文献记载，不能与实物加以配合，无法让后人了解当时社会的繁盛生活内容，以及它所达到的高超精美的工艺水平，多么遗憾呢？试想，塑造那么许多兵马俑该需要有多少高手艺人呢？他们怎么学的手艺？他们在塑兵马俑之前是做什么的呢……一连串问题得不到回答。假如，秦汉时流传下一二种像《东京梦华录》那样的书，该多么好呢？梁代宗懔《荆楚岁时记》是一部很有情趣的风土书，遗憾的是分量少了一些。北魏杨衒之的《洛阳伽蓝记》中也夹有不少风土材料，不过究竟比较专门，不完全是写风土的书。唐代近三百年中，在它的前期，显现了中华民族经济文化最灿烂的一页。我们想象开元、天宝之际，长安城该有多么繁华，人民生活必曾有不少新的面貌和习俗，可惜历史上缺少这样一部记载其社会风貌的书留传下来，这不能不说是一件憾事。读杜少陵西蜀、夔州诸诗,常常写到长安旧事,无限情深,但均以咏唱表现之。常想少陵当日,为什么不写一部细致的生活回忆录呢?真感到《杜工部集》中的《进三大礼赋表》以及《朝献太清宫赋》、《朝享太庙赋》等等,是最大的笔墨浪费了。"历历开元事,分明在眼前",究竟都是些什么呢?使千古之下的人们,常常对此思念遐想不值。偶然看唐人诗文,遇到一鳞半爪的风土资料,总感到无比珍贵,耐人寻味。如陈鸿《长恨歌传》写道:"玉妃茫然退立,若有所思,徐而言曰:'昔天宝十载,侍辇避暑于骊山宫。秋七月,牵牛织女相见之夕,秦人风俗,是夜张锦绣,陈饮食,树瓜华,焚香于庭,号为乞巧……'"

这种地方写的除使人感到繁华易逝、无限凄凉而外,作为风俗小品来看,又是多么耐人想象呢?可惜在唐人著作中,这种记载实在过少了,不然,真可以下点功夫,辑一部唐人《长安风俗志》呢!

自宋代《洛阳名园记》、《益都方物略》、《东京梦华录》、《桂海虞衡志》、《岭外代答》、《梦粱录》、《武林旧事》等书出现之后,这方面的著作才越来越多了起来。不仅有文学记载,在绘画上也有了注意。流传下来的珍贵的《清明上河图》、《秋庭婴戏图》、《货郎图》等等,从民俗学和风俗史料的角度看,这些画比宋人的其他名画该有价值的多了。

元、明、清以来,关于民俗乡土的著作出现稍多,专写北京的也有几种,但仍感简略。值得一提的是自清代中叶以来的民间俗曲、子弟书、马头调等等,有大量专门演唱北京风土的作品,可谓是了解和研究清代北京风土的第一手珍贵资料,只是现在还尚未引起人们的重视,得到充分的利用。这有待于进一步的整理和研究。

北京是我国自辽代以来的都城,辽、金、元三代城廓变化,时代久远,姑且不谈。即从明代永乐辛丑十九年(一四二一年)迁都北京算起,迄今为止五百六十余年中,除三四十年代外,都是我国伟大的首都。昔人云:"见乔木而思故国。"站在天安门里或中山公园那四五百年以上的老槐树下,回顾过往悠悠岁月,是颇令人神思的,自然会感到祖国有悠久的辉煌历史,中华儿女有无限的葱葱郁郁的生命力。作为五百多年的首都,不惟有山川形胜、苑囿宫阙、闾里市廛,而且物产丰富、风俗淳厚,几百年中形成了一种特有的"北京味",贯穿在北京人的全部生活中,这就是所谓的"乡土风"。

近百年以来,这种古老、淳厚的北京味、乡土风,在随着历史的变革不断地变化着。如庚子八国联军的侵略、"七七事变"等等,在这些时代剧烈变化的冲击下,不少旧时常见的岁时点缀、风俗故事,慢慢消失,不再为人所道及了。这就不免常常引起一些过来人的怀旧思念。当年老舍先生写小说,不管客居何处,总是以北京为背景。《四世同堂》是抗战时期在重庆写的。写"七七事变"北平沦陷后,八月中秋祁老人买兔儿爷那段,人物的感情该多么淳厚而深挚啊!祁老人恋恋不舍地买,卖兔儿爷的瘦子凄凉地诉说:"'您看哪,今年我的货要是卖不出去,明年我还傻瓜似的预备吗?不会!要是几年下去,这手艺还不断了根?您想是不是?''几年?'老人的心中凉了一下。'东三省……不是已经丢了好几年了吗?''哼!'老人的手有点发颤……"

卖兔儿爷的感情,祁老人的感情,难道不都是作者的感情吗?这你能单纯理解仅仅是对兔儿爷的眷恋吗?同样老诗人夏仁虎在这时也写过著名的《旧京秋词》,其中也写到兔儿爷。这诗我在书中已经引用了,这里不必再引。为什么老舍先生、枝巢老人,在他们的不同体裁的文学作品中,都津津乐道兔儿爷呢?就是因为这些风土民俗的东西,在他们心中生了根,和他们的感情融化在一起了。在剧烈的时代历史变革中,这些东西不是在一样一样地逐渐消失了吗!怎会不令他们感到惆怅和惋惜呢!

当然,在那中秋节满街卖兔儿爷的旧北京,同样还有许多罪恶的、残酷的、丑恶的、肮脏的东西存着;即使在值得眷恋、值得回忆的东西的另一面,也包藏着凄凉和痛苦。像那卖兔儿爷的汉子,有那么好的手艺,掐出那样逗人喜爱的兔儿爷;如果这些东西卖不出,他的日子该怎么过呢? 他不得已而改行,想想那又是多么令人依恋不舍,惋惜自己的手艺"断了根"呢! 因此回忆这些旧事风俗,也必须是用历史的辩证的眼光有分析、有取舍地来对待。

说起来大多都是半世纪前的旧事了,那时我还是一个刚刚进中学的孩子,"七七事变"前三十年代中叶北京的种种一切,不只是在我的生命的底片上曝了光、显了影,而且已全部融化在血液中了。三十年代的北京,基本上还保存着五百年间所形成的北京乡土风味的余韵。我母亲是生长在北京,身历过"庚子"的人,因此我从小就听她讲老北京的故事,由"红灯罩"的"倒打抓髻"说到"青豆嘴炒麻豆腐"……这些都是我写《燕京乡土记》的基础材料。这些琐琐碎碎的旧事,有时不用想,它常常会忽然显现在我记忆的屏幕上,那样生动,那样情深。另外,我也欢喜看那些有关北京风土的书,如《帝京景物略》、《燕京岁时记》之类。即使一张旧戏报或旧包装纸,都能引导我看到历史的生活痕迹和领会乡土的情趣。美好的记忆,是常常寄托在最细小的事物上的。二三十年代的孩子们,都有过积攒烟卷画片的记忆,直到今天老人谈起来还津津乐道。而我曾还有过攒中药小画纸的美好记忆。一九三七年前后,我常常到鹤年堂给母亲抓药,那时中药,是每一味药分别包成小包,然后再汇总包为大包。每一小包中都附一张寸半见方的木版印的说明,白纸红字,有图有文,十分好玩。什么厚朴、当归、郁金、山药等等,看看图再看看字,可以记住不少中药的文字。今天有谁还记得这点北京味呢?此只不过是"北京味"的雨帘中的一个小雨点儿。

悠悠岁月,几十年过去了,旧事的回忆,是甜蜜的,也是零星的,像是夜空中的浮云和繁星,忽而这块飘来了,忽而那块飘走了;忽而这颗星闪亮了,忽而那颗星隐没了。因此这些回忆,既不是历史,也不是资料,写出来的只是凭借思念徘徊所得,可说是一些断简残编的东西。昔人嘲笑蹩脚的史书,是"断烂朝报",那我的恐怕连断烂朝报也比不上。因为"朝报"也者,即使断烂,所记也是军国大事,哪里会轮到生活琐事、青菜豆腐呢?我的所记,充其量不过如打小鼓的筐子中的玩艺儿,一堆破烂杂货而已。虽是一堆破烂杂货,作为文稿来看,也总不脱离旧时燕京风土这个中心题目,我也就终于写成这样一本不起眼的书。敝帚自珍,痴态可掬,难免要被一些大作家嘲笑了,但我还诚恳地期待着读者的批评、指教。

最后,还要声明一下,这本书是在继《鲁迅与北京风土》成书之后写的。因为所谈均是北京的旧事,虽然后者较前者范围大得多,但既在同一范畴之内,个别地方仍难免有重复之处,这是需要在此说明的。

本书在出版过程中,得到不少师友的热情关怀和大力帮助:

圣陶仁丈年来视力衰退,但仍以九十高龄,为本书题了书名,并且一再垂询出版情况。老人家的诚恳关怀,不惟使我衷心铭感,更使我服膺不已。作文必先作人,正笔先要正心,其奖掖后进热情朴实的风范,永远是我学习的榜样。

顾起潜、周玉言二位先生在百忙中为本书写了序言;半世纪前《旧都文物略》的编者之一陈兼与(声聪)丈,以耄期之年,也拨冗为本书写了序;王运天兄为本书拍摄照片;邓之诚先生哲嗣邓珂兄为本书提供了珍贵照片底片;亲戚魏经南帮助抄稿,在此一并表示衷心的感谢。

一九八四年六月十八日、甲子夏至前四日,记于水流云在轩雨窗下

附录

原版序一①

顾廷龙

余因挚交瓜蒂庵主谢国桢教授之介，获识邓君云乡。云乡熟掌故，擅诗文，谈艺论学，滔滔不绝，颇堪钦敬。一日持近著《燕京乡土记》一稿示读。皆旧时北京之习俗风尚，颇多异闻。在游戏饮食之中，皆存历史演变之迹。昔我家颉刚教授在广州中山大学提倡民俗之研究，研究关于民间流传之信仰、习俗、故事、歌谣、谚语等，尝主编《民俗周刊》，是亦专门之学，岂可以识小视之。余于三十年代间曾旅居燕京者八年，素性不好游赏而又善忘，今读云乡之稿，浑然如温旧梦矣。

尝阅前人日记，往往载厂甸之盛，余曾两度游观：从和平门起至南新华街，均搭盖席篷，遍悬名人字画、楹联、屏条、中堂，游人之多，挤扎不能驻立。跷足眺望，大名家，多伪作，近人者尚有佳品，价亦不廉，非学子可以染指。南行至海王村，则书摊林立，游人亦多，然尚可在摊旁捡阅，偶得异本，归与同好相赏，殊足乐也。今观云乡稿中所记，情亦历历，为之神往。

又忆一九三四年，其时国民党政府废止阴历。阴历元旦凡

---

① 原版序一、二、三为一九八六年上海文化出版社版《燕京乡土记》序，现收在此作为附录。——编者注

728

学校机关均必须照常上班,然于腊鼓催年,农历除夕之际,家家户户无不置酒欢饮;商店照例休息,厂甸仍极热闹,即白云观之"燕九"盛日,亦仍车毂喧阗,不殊曩昔焉。由此可见,风俗之移易,似不宜强加变革。况风俗之中,有善有陋,善者宜保存之,发扬之;陋者宜剔除之,改变之。"但开风气不为师",其取舍之际,要在深心者之远瞻熟虑,因势利导,保存发扬其善者,为民族传统之继承;剔除改变其陋者,为民族健康之前进;二者至宜并重,固不能轻率主观,以个人之好恶而偏废之也。建国以来,重视春节,亦所以重视农业劳动,重视历史传统,顺乎民情,适乎天时,岂不懿欤?

《四库全书总目》其时令一类,收书仅二部,而入存目者十一部,可谓寥寥。嗣后著者稍多,亦不过约二十部。云乡此书,可于此类占一席矣。衰年笔墨荒伧,不足阐扬于万一,率记数语,聊存鸿雪。

原版序二

周汝昌

明人刘、于二公的《帝京景物略》,真是一部奇书,每一循诵,辄为击节叫绝。——然而高兴之余,却又总带有几分怅惘之感,因为在我寡陋的印象中,似乎数百年间,竟无一人一书堪称继武,在他们之后,拖下了这么大的一片大空白。这难道不让人沉思而慨然吗?多年以来,此种感慨日积日深,——不想今日要为云乡兄的《燕京乡土记》作序,我心喜幸,岂易宣喻哉!

乡土记有甚可读?有何价值?我不想在此佳构前面回答这种八股题,作此死文章。汉人作赋的,先讲"三都"、"两京";三国诗人,也有帝京之篇。看来古人所以重视"皇州"、"帝里",不一定只因为它是"天子脚下"。不论什么时代,一国的首都总有巨大的代表性,燕都的代表性,远的可以上溯到周武王分封,近的,也可以从辽金说起——这"近",也就有七八百年呢!这其间,人民亿众,歌哭于斯,作息于斯,蕃衍于斯,生死于斯,要包涵着多么广阔深厚的生活经验、文化内容,恐怕不是"计算机"所能轻易显示出答案来的。我们中华民族,就在这样的土壤上,创造积累出一种极其独特而美妙的文化;这一文化的表现形式,不只是存在于像有些人盯住的"缥缃卷轴"之间,却是更丰富更迷人地存在于"乡土"之际。这一点,往往为人忽略。忽略的原因,我认为是它太神奇而又太平凡了,于是人们如鱼在水,日处其中,习而与之化;于是只见其"平凡"、而忘其神奇,而平凡的东西还值得留心与作记吗?这也许就是刘、于二公之所以可贵。我常常这样思忖。

"乡土"到底是什么？稍稍长言，或者可以说成乡风土俗。乡风土俗，岂不"土"气乎？仰慕"洋"风的，自然避席而走。但因沾了"帝京"的光，或许就还能垂顾一眼，也是说不定的。其实，"帝京"的实体，也仍然是一个人民聚落的"大型"物罢了。一个小小聚落的"乡土"，却也是很值得为之作"记"的呢？

　　我打一个比方。譬如这"庙"之一物，今天一提起它，想的大约只是一个"迷信象征"。事实上并不是这么简单的"认识论"所能理解说明的。如果他一乍听庙和"社会"密切相关，会惊骇诧异或嘲骂其"荒谬"、"错误"。因为他不知道中华民族的文化历史，我们的"老祖宗"们，凡是聚落之点，必先有一"社"（也许设在一株古树之下），群众有事——祭祀的，岁时的，庆吊的，娱乐的，商议的，宣传的……都以此"社"为"会"众之所。从这里发生出"一系列"的文化活动形式。后来的庙，就是"社"的变相遗型（众庙之一的"原始体"叫土地祠，就是"社"了）。庙的作用，远不只是"烧香磕头"一类。应当想到：建筑、雕塑、壁画种种艺术，都从此地生长发展。唱一台戏，名曰"敬神"，其实"娱人"（"心到神知，上供人吃"的俗谚，深通此理了！），而戏台总是在庙前头的。所谓"庙会"，其实是"农贸市场"和"节日文艺演出"的结合体！所以鲁迅先生早就指出，这是中国农村人民一年一度的唯一的一种自创娱乐形式，把它当作"迷信"反掉了，则农民们连这么一点快乐也就没有了！——讲"乡土"，其中必有与"庙"相关的事情，这是我敢"保证"的。这些事，难道不值得我们思索一下吗？

　　我们常说"人民的生活"这句话。其内涵自然有科学表述，今不多及；然而假使人民的生活当中不包括我们刚才叙说的那一重要方面，那么这个民族（伟大的民族啊！）还有什么"意味"

可言呢？这个民族有他自己的文化历史，有他自己的乡风土俗，这如不是一个民族的一种标志，那什么还是呢？

历史的时间长河是望不到尽头的，时代要前进，科技要发展，文明要进化，社会要变迁……但不管怎么进展变化，中华民族的根本质体与精神是不会变"土"为"洋"的。以此之故，后人一定要了解先人的"乡土"，知道他们是怎样生活、为什么如此生活的深刻道理，才能够增长智慧，更为爱惜自己民族的极其宝贵的文化财富，对于"古今中外"的关系，才能够认识得更正确，取舍得更精当，而不致迷乱失路，不知所归。

如此看来，为燕京之乡土作记，所系实非细小。以"茶余酒后，谈助可资"的眼光来对待它，岂不浅乎视之了？

开头我提《帝京景物略》，此书确实不凡。但它是以"景物"为主眼，除"春场"等个别条目，记"乡土"的实在不够丰富。如今云乡兄这部新书，大大弥补了前人的阙略，长期的空白，使得我们不再兴惘然之慨叹，其于后来，实为厚惠，不独像我这样的一个人的受贶良多而已也。

云乡兄的文笔亦佳，使刘、于二公见之，或亦当把臂入林。这也是不可不表的。

我草此序，极为匆促，不及兼作题咏，今引前年他的《鲁迅与北京风土》的一首七律于此，也算"义类"相关吧：

> 至日云鸿喜不遐，春明风物系吾家。
> 轮痕履印坊南北，酒影书魂笔整斜。
> 霏屑却愁琼易尺，揖芬良愧墨难加。
> 揩摩病眼寒灯永，惆怅东京总梦华。

诗题是:《壬戌长至节云乡兄远惠其新著赋句报之》。

是为序。

一九八四年六月十三日,北京东城

原版序三

陈兼与

我们伟大的首都——北京,不唯是今天的首都,也是历史上的首都。城阙宫殿,苑囿园林,红墙缭绕,碧瓦参差,那种庄严巍焕的气象,在世界各国都会中,具有独特的东方标格。加以玉泉翠柏、花市斜街,郊外香山、西山、房山、潭柘、戒坛诸胜,以北地的水深土厚,又兼有江南林壑之美,天然的赋予,尤是不可及。北京本是古幽燕地,固有本地风光。但经过辽、金、元、明、清数代的朝市变置,它的礼俗风尚以及文物技艺各方面,都带有几个民族色彩,内容是多样的,生活是极其丰富的。尽管有些礼仪习俗,随着时代的进展与封建迷信的破除,逐渐消失,有的已成为历史的痕迹,但乡土的岁时景物,实对人有一种感召力,作为历史文献,自值得予以回顾;作为乡风土俗,更值得予以记载。

云乡博闻好古,留心掌故,近撰《燕京乡土记》,内分岁时风物、胜迹风景、市廛风俗、饮食风尚①数录,叙事翔实,笔墨爽利,引人入胜。近日看了电影《骆驼祥子》和《城南旧事》,其中只是片段昔时的北京风貌,已吸引了许多观众,评为最佳影片,受到国际赞许,足见人们对北京乡土风物的感情,是多么亲切。云乡此书出版,也一定会不胫而走了。

我在北京度过少年和壮年时期,是我第二故乡,半世纪前还协助汤用彬先生编辑过大型文字画册《旧都文物略》,与燕京乡

---

① 《饮食风尚录》部分于二〇〇四年版《邓云乡集》出版时编入《云乡话食》一书,本次整理从该版不变。——编者注

土之因缘，不可谓不深。可惜别来已三十多年了。摇鼓卖线，铜碗敲冰，沿街叫卖的清脆的顺口溜，还时时萦回于脑际。春日厂甸的集摊，前门廊房一带的灯市，夏日的北海泛舟，来今雨轩雪藕，以至于慈仁寺松，龙树寺槐，崇效寺楸和牡丹，法源寺栝和丁香，晾台杏花，南北河泊荷花，极乐寺海棠，所有这些，往日流连吟赏的地方，至今还怀念不值。云乡此书可以作为宗懔《荆楚岁时记》看，也可以作为孟元老《东京梦华录》看，与近人震钧之《天咫偶闻》、张次溪之《北平岁时志》、陈宗蕃之《燕都丛考》及一九三五年北平市政府所编之《旧都文物略》可以互相补充。对于北京掌故，史实考证，民间轶闻，都有其价值。正足以发热爱乡土之深情，增怀念燕京之遥思；不唯有益于今日读者，亦将影响于日后之流传。

　　我老益不文，对于云乡此著，不能有所增重。云乡索为弁言，只能就我的感想写了一些，持以就正！

一九八三年六月，时年八十七

原版序四①

柳存仁

　　我小时候开始读一点西方作者写的小说，还是从文言的译本里，才读到雨果（Victor Hugo 旧时的译音作嚣俄）的长篇《孤星泪》（Les Misérables）。这是两册的节译本小书，收在当年商务印书馆出版的《说部丛书·第二集》里面的。虽然我当时也很欣赏这套丛书里的许多别的小说，但是教育我并且给我印象最深的，教我稍微知道一点好的小说里面应该有的、高尚的人生意义，这大概是最早的一部启蒙书籍了。可惜这部书上似乎是没有印出译者的名姓的。其后又经过许多年，我又发现这书虽然首尾俱全，其实是节本，还有很多繁复的情节都割弃了不曾译。我于是又去找到《现代文库》里它的英译全译本来读。这个英译本奇厚，有一千六百多页。我因为太喜欢这部书，又早已知道它的结构大概了，就分开来每天只读十五六页，把它细细地咀嚼。在这个细研的过程中，我发现一件事：雨果对巴黎这一座大城的历史太熟悉了，不但里巷街道，被他描写得生动亲切，如数家珍，甚至于连巴黎的沟渠、水道，委曲琐细他都熟到透顶，所以他的书里有好几处都利用这些活的知识去安排他的曲折变化、不容易料得到的情节，却能够教读者们心服口服，相信他描写的自然、真确。因为对十九世纪中叶雨果写的巴黎的街道感到亲切，我在一九七三年有机会在巴黎小住过几个月，就曾到书坊去尝

---

① 本文为一九九八年中华书局版《增补燕京乡土记》序，原题为《巴黎·北京·乡土记》。——编者注

试觅寻有多少像雨果所写的专以繁复的巴黎里巷街道的风土和历史做题材的书籍。敢情一找就是一大堆！那须不是指导游客们食宿游览用的廉价的 brochure，却是趣味盎然，有说有叙，衬得起一座世界大城的像样的著作！这样的书，假如把巴黎换上了北京，我想云乡先生的这一部《增补燕京乡土记》可以说是当之无愧的了！只是今天能够这样写的书，我们还没有一大堆，这就更使我们爱读这部《乡土记》的人，对这书在初版之后不到几年，就得到增补重印的机会，更加觉得高兴的了。

我把巴黎这个欧洲的大都来比北京，今天的读者们大概都会同意这不是僭妄，自然也不是阿好。然而我更有一层主意必须在这里一并说明的，就是我找到的那些描写巴黎的风貌的书多数还是现代人写的，因此那里面除了有今日的真实的生活情味之外，还不免有一点"怊怅旧游，留传佳话"的思古之幽情。这大概是凡是人类的共通的感性，不因时地国籍的分别而异罢。大凡在巴黎多逗留过几天的人，除了熟悉那些匆匆忙忙的游客们坐在旅游车里可以"卧游"的胜地之外，到了许多令人感慨系之的场所，就不免更要细想想，多看看。譬如说：看过了著名的伤兵院，圣路易教堂地下长眠的拿破仑的墓穴——那门外的牌子庄肃地写着"这里是一座神殿，不是博物院，请勿喧哗"——之后，也不妨问问老巴黎 Porte de Clig-nancourt 一带卖旧货的跳蚤市场（Marche aux Puces）在哪儿。看过北京的故宫、三大殿、北海、颐和园……这一串旅游的快览必备，也会打听一下，从前著名的天桥这块大众娱乐的中心现在怎么样了？三百年来诗酒风流的江亭是什么地方？虽然今天的北京也像巴黎那样，现代科技新建设值得称赞的地方实在不少，但是这些簇新的东西人有我有的贡献是全世界都差不多的，可是说明历史是延续的和继续生发的那些实证,对于一个大都的居民或游客却似乎更有绝大的、永恒的吸引力。明朝崇祯末年李自成打进北京射进皇城西安门门洞匾旁木柱上面的那一枝箭不知道现在是不是还保存在那里,如果还在,那肯定会是一个人人花钱都要去瞻望一下的目的物;这在巴黎,也有凡尔赛宫(Versailles)的御花园外面一条岔道可以通到相距不远的充满了乡村风光、木楼屋舍、细柳清溪的小垂浓花园(Petit Trianon):那是在法国大革命时不幸上了断头台的路易十六的奥地利籍王后玛丽·安东妮(Marie Antoinette)生前的乐游之地。这里游人来的也特别的多,在凡尔赛宫正宫的地下一层王子们住的一间房间里,现在还保存着一大块手织的地毯,是玛丽·安东妮死前在监狱里两年的作品。这些事物,不论它的主人的身份、心态和处境怎样,在法国人的心里都是感到骄傲的,因为它们是别的国家没有的地方,没有的东西。那里面代表了一个抟合了的民族挣扎向上的活力。

写一部像《增补燕京乡土记》这样的书是不容易的。像法国人爱好他们自己的地理、风土、品物那样,我觉得写北京的这样的好书,只有中国人才能写,然而它也不是每一个能写书的中国人都能够写得出来的。我仔细地读它,觉得这部书它有三个很了不起的地方,不能够不多说几句,就是这部书的取材,它的文笔,和它的组织。

中国也是一个比较古老的、抟合了许多民族圆熟生长的大国,假如我们学舌说太阳底下无新事,那么像风土、民族这一类的资料,大概在远古也不是很欠缺的罢?这些讯息有时候竟然埋藏在防腐的经典注疏里。譬如郑玄笺《诗·周颂·有瞽》"箫管备举"句说"箫,编小竹管,如今卖饧者所吹也",饧就是糖字。郑康成是东汉末到三国时的人,我们就知道那时候沿街卖糖的人得吹箫。我生在北京，小时候最欢迎的是过胡同卖糖兼做别的小买卖的人都打"糖锣"，这又合乎顾亭林《日知录》卷五"木铎"条所记的"鸣金"，知道这些"打糖锣儿的"从明末直到民初悠悠二百八十多年间过的营生在这一点上是没有什么改变的了。这儿举的不过是个小例子。扩而大之，燕云十六州的旧事我们虽然比较模糊，元朝的刘秉忠太保依照了哪吒三头六臂的形象去督造北京城的传说也很费近人像陈学霖教授的考证，无论如何到了明朝这一代，关于北京的风土的记载总是很像样的了。最著名的《帝京景物略》，这一部颇为《四库提要》所弹讥的、只有八卷的书，用我们现代人的眼光看来它的文学价值和记载景物的趣尚都是绝高的，《四库》却说它"冗滥"，说"其文皆么弦侧调，惟以纤诡相矜"，大概是因为刘侗（字同人）是竟陵派谭元春的好友，元春的诗《四库》也是打落别集类的"存目"的罢。其实纪晓岚自己也许仍是很喜欢刘侗这部书的人，因为在他被派做修《四库》的总纂官的前七年（乾隆三十一年丙戌，一七六六），他丁父忧在河间守制的时期还曾经刻过一部节本的《帝京景物略》，那么《四库》对这部书的评价，或者仅可以算是乾隆时候官方的意见罢？云乡先生的书引用《帝京景物略》的地方颇不少，堪以和它媲美的是清亡后赴八里桥投水死的敦崇的《燕京岁时记》，征引都在十余则以上，其他像《水曹清暇录》、《天咫偶闻》、《一岁货声》之类，我就不需要历历数了。粗浅地看一看，这些林林总总的材料不过是以晚明到清末民初这个阶段为主，虽说它们的总数目超过了一百多种，似乎也还有几部现成的丛书可以做入手的凭借。但是这样说是错误的。在作者之前，三十到四十年代间周岂明先生也写过一些看书的笔记，他曾看过的清人著述就不少，并且和云乡先生有同嗜的，是他们都注意到若干旗人的文字。岂明先生曾引用过王渔洋的弟子宗室文昭的《紫幢轩集》里关于街头叫卖的市声，打更的梆子声和火烷封煤的描写，特别是后者，说"封火细事，却亦是北方生活的一点滴，亏得他收拾来放到诗里去"（《书房一角》，页一○一），可是他却不曾见过乾隆间杨米人著的《都门竹枝一百首》（参看《北京的风俗诗》一文，收《知堂乙酉文编》，页五八）。在云乡先生的书里，难得的《紫幢轩集》和杨米人的《竹枝词》他都使用到了，这也可见他取材之广博。这些书自然是在那五六种现成的丛书之外的。

引书是一事，这可引的书又该怎样的引法，自是另外一件事情。有人以为引书就是抄书，文抄公的雅谑是不能免的了，这真是外行的胡涂话。没有意见怎样就能够抄？好的文章里面的引证都是有目的的，有意见有褒贬的地方作者不肯直说，就借用现成的话成了我田引水，是文章风格的一种特殊的形式；这在前贤的读书随笔这一类的文章里常可以见到，不过抄的技巧各有不同罢了。如果就这一方面来说，云乡先生的《增补燕京乡土记》引书虽然繁博，甚至一书引上许多次，他引的每一段文字，往往仅是少少的十几个字或是几十个字，像是剪裁衣服的巧手，集腋成裘的师傅，材料到手放在最贴切的地方，和他自己灵活的布局打成一片，这一点是最难得的。这里也就连得上我要说的这部书里面组织的细密和文字的魔力。

刘侗的《帝京景物略》照地理区划分做五部分，包括了一百二十九个细目，如果不是靠了他的识见高，文章美，那么帮助他搜寻事迹的于奕正和排比系在篇末诗的周损的功劳，能不能够和他的叙述水乳交融，或竟是像张叔夏批评吴梦窗的词"拆碎下来不成片段"，都在未可知之数了。刘同人自是高手，不过他自己和周损都是湖广麻城人，所以初步的探求事迹，采访那城坊里巷间的逸闻故事，和那有趣味的甚至荒渺的传说，大为后世的社会、人类学家所宝贵的，还要宛平县本地人于奕正相助。云乡先生也不是京都本地人，但是他在北京多年的经历和他的深入的民俗学的知识，在现代真可以说是权威性的了。他的《增补燕京乡土记》，不仅作者是像广东口语所描画的"一脚踢"，而且组织细密，从书的目录上我们就可以看见每一个大标题之下又分许多细目，每个细目，就是一篇清新可诵的、融情入景、即景生情的散文，这些文字的亲切生动，我看只有五四时期的老大家像俞平伯的《西湖六月十八夜》、叶绍钧（圣陶）的《藕与莼菜》、朱自清的《荷塘月色》或可与之竞爽，这在现在还活着的后生如我辈者看来，云乡先生的文章至少也该说是他们的继武罢。我的短序不便抄许多文字，热心的读者们只要看一看《帝京景物略》里胡家村一段描写永定门一带出产名蛐蛐（蟋蟀）和捕捉的情况；岂明老人《书房一角》里收的"蟋蟀之类"条批评多隆阿的《毛诗多识》不知道普通蟋蟀和在野的油葫芦的分别；再用它们来和云乡先生本书里《斗蛐蛐之趣》这一篇的文字来比较，就知道我说的清新流畅的现代散文的源头和它的支脉，是怎么一回事了。《论语》里不是说么，"逝者如斯夫，不舍昼夜"，不同时代的人们的辛劳，正像不停的流水每个分秒都有它们的变化的面目，然而它们的本质仍无殊，犹似不曾变动的、给后人做见证的古城里森森的柏木，皇城根畔落落的砖石。

提到北京的城垣和砖石，这自然久已是世界人士注目的事物，早在一九二四年瑞典的美术史家喜龙仁（Osvald Sirén）著的《北京的墙和门》（Walls and Gates of Peking）已经用文字和图片把它们摄下了很好的回忆的记录了；富察敦崇的《燕京岁时记》，在三十年代也有了德克·波迭的译本（Derk Bodde, Annual Customs and Festivals in Peking, 1936），迄今仍为社会学、民俗学家们之所珍。现在各国说汉语、习汉文的人越来越多了，我祝福云乡先生这一部《增补燕京乡土记》要比敦礼臣的那部可纪念的著作该有更大的福气。

一九九一年辛未六月，序于南溟之堪培拉